BEST-SELLERS
Collection dirigée par Jean Rosenthal

DU MÊME AUTEUR

Chez le même éditeur :

LA SANCTION

L'EXPERT

LE FLIC DE MONTREAL

TREVANIAN

SHIBUMI

roman

traduit de l'américain par Anne Damour

ÉDITIONS ROBERT LAFFONT
PARIS

Tous les personnages et organisations de ce livre appartiennent à la fiction, même si certains d'entre eux ne s'en rendent pas compte.

Titre original : SHIBUMI

ISBN 2-221-00652-6
(édition originale :
ISBN 0-517-53243-3 Crown Publishers Inc., New York)

A la mémoire des hommes
qui sont ici nommés :
Kishikawa
Otake
de Lhandes
Le Cagot

STRATÉGIE DE SHIBUMI

Première partie : FUSEKI — *Manœuvre d'ouverture en début de partie.*

Deuxième partie : SABAKI — *Une tentative pour établir une séquence confuse avec une tactique légère et flexible.*

Troisième partie : SEKI — *Position neutre dans laquelle personne n'a l'avantage. Impasse.*

Quatrième partie : UTTEGAE — *Un mouvement sacrifice, une ruse stratégique.*

Cinquième partie : SCHICHO — *Mouvement d'attaque.*

Sixième partie : TSURU NO SUGOMORI — « *Les grues restent au nid* », *une manœuvre au cours de laquelle les pions ennemis sont capturés.*

PREMIÈRE PARTIE

FUSEKI

9, 8, 7, 6, 5, 4, 3... les chiffres s'inscrivirent sur l'écran... le projecteur s'éteignit et les appliques lumineuses sur les murs de la salle de projection privée se rallumèrent.

La voix du projectionniste était grêle et métallique dans l'interphone. « Quand vous voudrez, monsieur Starr. »

T. Darryl Starr, unique spectateur, pressa le bouton de l'interphone placé devant lui. « Hé vieux, dites-moi une chose, que signifient ces chiffres avant le film ?

— C'est ce qu'on appelle l'amorce, monsieur, répondit le projectionniste. Je l'ai montée sur le film, un peu comme une blague.

— Une blague ?

— Oui, monsieur. C'est-à-dire... étant donné la nature du film... c'est plutôt marrant d'avoir une amorce commerciale, non ?

— Pourquoi marrant ?

— Eh bien, c'est-à-dire... avec toutes ces histoires sur la violence dans les films, tout ça. »

T. Darryl Starr grogna et se frotta le nez du revers de son poing, puis il abaissa les lunettes noires d'aviateur qu'il avait repoussées sur ses cheveux taillés en brosse quand les lumières s'étaient éteintes.

Une blague ? Je t'en foutrai moi, d'une blague ! Si quelque chose a foiré, ça va être ma fête. Et s'il y a le moindre truc qui cloche, tu peux parier tes couilles que Diamond et son équipe ne le louperont pas. Foutus coupeurs de cheveux en quatre ! Depuis qu'ils ont pris le contrôle des opérations de la C.I.A. au Moyen-Orient, ils ne nous passent pas la plus petite boulette.

Starr mordit l'extrémité de son cigare qu'il recracha sur la moquette, suçota le havane entre ses lèvres pincées et frotta une allumette sur son ongle. En tant que responsable sur le terrain, il se procurait des cigares de Cuba. Après tout, c'est ça le privilège du rang.

Il s'enfonça dans son fauteuil et passa ses jambes par-dessus le dossier du siège devant lui, comme il le faisait quand il était gosse au cinéma du Lone Star Theater. Et si le type de devant râlait, Starr lui proposait de lui botter le cul en plus des omoplates. L'autre la fermait, car tout le monde à Flat Rock savait que T. Darryl Starr était du genre brutal, et qu'il était capable de sérieusement vous amocher.

Les années et les coups avaient passé, mais Starr était resté du genre brutal. C'était ce qui l'avait amené au grade de Responsable principal des Opérations de la C.I.A. Ça, et l'expérience. Et quelques habiles roucoulades.

Et le patriotisme, bien sûr.

Starr jeta un coup d'œil à sa montre : seize heures moins deux minutes. M. Diamond avait demandé la projection pour seize heures, et il arriverait à seize heures, pile. Si la montre de Starr ne marquait pas seize heures au moment où Diamond entrerait dans la salle, cela signifierait qu'elle était bonne à faire réparer.

Il pressa à nouveau le bouton de l'interphone. « Comment se présente le film ?

— Pas mal, si l'on tient compte des conditions dans lesquelles nous l'avons tourné, répondit le projectionniste. L'éclairage dans Rome International est difficile... un mélange de lumière naturelle et de néon. J'ai dû me servir de filtres CC qui ont augmenté mon ouverture de diaphragme et rendu la mise au point délicate.

— Je ne vous ai pas demandé de raconter vos histoires à la con.

— Excusez-moi, monsieur. Je répondais simplement à votre question.

— Eh bien, fermez-la !

— Monsieur ? »

La porte du fond de la salle de projection s'ouvrit brutalement. Starr regarda sa montre ; la trotteuse était à cinq secondes de seize heures. Trois hommes descendirent l'allée d'un pas pressé. En tête marchait M. Diamond, silhouette osseuse d'une cinquantaine d'années, aux gestes rapides et précis, et dont les vêtements parfaitement coupés reflétaient une grande netteté d'esprit. Suivait de près le Premier adjoint de M. Diamond, grand, la démarche souple, l'air vaguement intellectuel. N'étant pas homme à perdre son temps, M. Diamond avait pour habitude de dicter des notes, même entre deux réunions. Le Premier adjoint tenait en bandoulière un magnétophone portatif dont le micro miniature était attaché à la monture métallique de ses lunettes. Il marchait toujours aux côtés de M. Diamond, ou bien s'asseyait auprès de lui, la tête penchée pour mieux saisir le flot continu d'instructions débitées d'une voix monocorde et étouffée.

Etant donné la raideur de la mentalité des gens de la C.I.A., il était inévitable que leur mauvais esprit les portât à insinuer qu'il existait des rapports homosexuels entre Diamond et son inséparable adjoint. La plupart des plaisanteries avaient trait au sort du nez de l'Adjoint si jamais M. Diamond s'arrêtait brusquement.

Le troisième homme, un peu plus loin derrière, quelque peu désorienté par la rapidité d'action et de décision de ceux qui l'entouraient, était un Arabe aux vêtements européens sombres, coûteux et peu seyants. Son allure négligée n'était pas imputable à son tailleur ; l'Arabe avait un corps qui n'était pas fait pour des vêtements exigeant de la tenue et de la discipline.

Diamond se glissa dans un siège au bord d'une rangée, à l'opposé de Starr ; le Premier adjoint prit place juste derrière lui, et le Palestinien, après avoir vainement attendu que quelqu'un lui indiquât où s'asseoir, se laissa finalement tomber dans un fauteuil au fond de la salle.

Tournant la tête afin de livrer au micro la fin de sa dictée brève et monocorde, Diamond mit un terme aux considérations qu'il poursuivait. « Établissez-moi un rapport sur les sujets suivants dans les trois prochaines heures. Un : l'accident de la plate-forme pétrolière en mer du Nord : suppression des rapports de presse. Deux : ce professeur qui étudie les ravages écologiques le long du pipe-line en Alaska : élimination par mort accidentelle. »

Ces deux opérations étaient dans leur phase finale, et M. Diamond espérait pouvoir faire une petite partie de tennis pendant le week-end. Pourvu, bien sûr, que ces crétins de la C.I.A. n'aient pas bousillé l'opération Rome International. C'était une action élémentaire de dissuasion qui ne devait présenter aucune difficulté, mais en six mois, depuis que la Mother Company l'avait chargé de contrôler les activités de la C.I.A. au Moyen-Orient, il avait eu le temps d'apprendre qu'une intervention, même la plus simple, n'échappait pas à la propension à l'erreur de la célèbre agence.

Diamond comprenait les raisons de la Mother Company de vouloir rester à l'écart en travaillant sous le couvert de la C.I.A. et de la N.S.A., mais cela ne lui facilitait pas la tâche. Pas plus qu'il ne trouvait particulièrement réjouissante l'allusion enjouée du Président, considérant l'utilisation des agents de la C.I.A. par la Mother Company comme son obligation d'employer des handicapés mentaux.

Il n'avait pas encore lu le compte rendu d'opération de Starr et il tendit le bras en arrière pour l'obtenir. Le Premier adjoint, devançant ses désirs, se tenait prêt à le lui mettre dans la main.

Tout en parcourant la première page, Diamond dit sans élever la voix : « Éteignez ce cigare, Starr. » Puis il esquissa un geste et les lumières des appliques diminuèrent progressivement.

Darryl Starr remonta ses lunettes noires sur son crâne tandis que la salle s'assombrissait et que la lueur du projecteur trouait les traînées stagnantes de fumée bleue. Sur l'écran apparut une vue d'ensemble saccadée de l'intérieur d'un grand aéroport.

« C'est Rome International, fit Starr d'une voix traînante. Heure de référence : 15 h 34 G.M.T. Le vol 414 en provenance de

Tel-Aviv vient d'arriver. Ça va mettre un moment avant que l'action démarre. Ces rigolos de douaniers italiens ne sont pas des rapides.

— Starr ? dit Diamond d'un ton las.

— Monsieur ?

— Pourquoi n'avez-vous pas éteint votre cigare ?

— Eh bien, à vrai dire, monsieur, je n'ai pas entendu que vous me le demandiez.

— Je ne vous l'ai pas *demandé.* »

Confus d'être rappelé à l'ordre en présence d'un étranger, Starr ôta ses jambes du siège de devant et écrasa le cigare presque intact sur le sol. Pour sauver la face, il continua de parler comme si de rien n'était. « J'espère que notre ami arabe ici présent appréciera la façon dont nous avons mené cette action. Ça a filé comme un pet de lapin sur une toile cirée. »

Plan général : les guichets de douane et d'immigration. Une file de passagers se prépare à remplir les formalités avec plus ou moins d'impatience. Face à l'incompétence et à l'indifférence administratives, les seuls à montrer un visage aimable et souriant sont ceux qui s'attendent à des ennuis avec leurs passeports ou leurs bagages. Un vieil homme à barbiche blanche se penche par-dessus le guichet, expliquant pour la troisième fois quelque chose au douanier. Derrière lui, en rang, deux jeunes gens d'une vingtaine d'années, très bronzés, vêtus d'un short kaki et d'une chemise déboutonnée. Tandis qu'ils s'avancent, poussant du pied leur sac à dos, la caméra opère un zoom sur eux.

« Ce sont nos cibles, commenta inutilement Starr.

— En effet, dit l'Arabe d'une voix crispée de fausset. Je reconnais l'un d'eux. Il est connu dans l'organisation sous le nom d'Avrim. »

Avec une courbette cocasse, le premier des jeunes gens invite une jolie fille rousse à les précéder au guichet. Elle le remercie en souriant, mais refuse d'un signe de tête. Le fonctionnaire italien, sous sa casquette à visière trop petite, prend le passeport du premier jeune homme d'un geste fatigué et le feuillette rapidement, louchant à plusieurs reprises sur la poitrine de la jeune fille, manifestement nue sous une chemise en jean. Ses yeux vont de la photo du jeune homme à son visage ; il fronce les sourcils.

Starr explique. « La photo du passeport a été prise avant que notre type ne se laisse pousser la barbe. »

L'officier d'immigration hausse les épaules et tamponne le passeport. Le second jeune homme est traité avec le même mélange de méfiance et d'incompétence. Son passeport est tamponné deux fois, le douanier, fasciné par la chemise de la jeune rousse, a oublié de se servir du tampon encreur la première fois. Les jeunes gens ramassent leurs sacs de montagne, les mettent en bandoulière sur l'épaule. S'excusant, se contorsionnant, ils se frayent un chemin parmi un enchevêtrement d'Italiens surexcités, toute une famille qui se presse, se hisse sur la pointe des pieds, pour accueillir un parent.

« Okay ! Passez au ralenti maintenant, ordonna Starr dans l'interphone. Ça va chier dans la colle, à partir d'ici. »

Le projecteur ralentit au quart de sa vitesse.

D'une vue tremblotante à l'autre, les jeunes gens s'avancent, comme si l'air était fait de gélatine. Le premier se retourne pour sourire à quelqu'un dans la queue, il a l'air de danser dans une pesanteur lunaire. Le second regarde par-dessus la foule. Son sourire nonchalant se glace. Il ouvre la bouche dans un hurlement muet, tandis que le devant de sa chemise kaki explose et laisse échapper un flot de sang. Avant de s'effondrer à genoux, il reçoit une seconde balle qui lui arrache la joue. La caméra est prise de vertige avant de se fixer sur le second jeune homme qui a jeté son sac et court dans un ralenti de cauchemar vers la consigne. Il pirouette en l'air au moment où une balle l'atteint à l'épaule. Il s'abat avec grâce contre les casiers de consigne et rebondit. Sa hanche se macule de sang, et il dérape de côté sur le sol de granit lisse. Une troisième balle lui emporte l'arrière du crâne.

La caméra balaye rapidement l'aérogare, cherche, perd, retrouve deux hommes — flous — qui courent vers les portes vitrées de l'entrée. La mise au point corrigée, l'image révèle deux Orientaux. L'un porte un automatique. Soudain, il se cambre, lève les bras, part une seconde en avant, et s'écroule la tête la première. Son arme résonne silencieusement en tombant à côté de lui. Le deuxième homme a atteint les portes vitrées où se reflète confusément sa silhouette sombre. Il plonge au moment où une balle brise la vitre près de sa tête ; il vire sur lui-même, se rue vers une cage d'ascenseur ouverte d'où sort un groupe d'écoliers. Une petite fille s'effondre, ses cheveux ondoyant comme si elle était sous l'eau. Une balle perdue l'a atteinte au ventre. La deuxième balle touche l'Oriental entre les omoplates et l'épingle doucement contre le mur près de l'ascenseur. Le visage déformé par la terreur, il tord ses bras derrière lui, comme pour extraire la balle. La suivante lui troue la main et pénètre dans la colonne vertébrale. Il glisse le long du mur et tombe la tête dans la cage d'ascenseur ouverte. La porte se ferme, mais les joints de fermeture heurtent la tête et elle se rouvre. Elle se ferme à nouveau sur la tête, se rouvre. Se ferme. S'ouvre.

La caméra revient lentement dans le hall principal. Contre-plongée.

... Un groupe d'enfants épouvantés autour de la petite fille. Un garçon hurle en silence...

... Deux gardes de l'aéroport, petits automatiques au poing, courent vers les Orientaux abattus. L'un d'eux tire encore...

... Le vieil homme à barbiche blanche est assis tout ébahi dans

une mare de son propre sang, jambes écartées, comme un enfant en train de jouer dans un tas de sable. Son visage reflète une incrédulité atterrée. Il était pourtant sûr d'avoir tout expliqué aux douaniers...

... L'un des jeunes Israéliens gît la face contre terre sur sa joue arrachée, son sac à dos étrangement accroché à l'épaule...

... Lent ballet confus parmi la famille d'Italiens qui attendait un parent. Trois d'entre eux ont été tués. Les autres gémissent, s'agenouillent ; un adolescent tourne en rond, cherchant où courir pour trouver du secours ou se mettre à l'abri...

... La jeune fille rousse se tient très raide, les yeux agrandis d'horreur à la vue du jeune homme abattu qui, quelques secondes auparavant, lui offrait de passer devant lui...

... La caméra va se poser sur le jeune homme écroulé près des casiers de consigne, la nuque éclatée...

« Ter-ter-ter-terminé, les enfants », dit Starr. Le rayon du projecteur vacilla, disparut, et la lumière revint progressivement.

Starr se tourna, prêt à répondre aux questions de M. Diamond et de l'Arabe. « Alors ? »

Diamond fixait l'écran blanc, trois doigts légèrement pressés sur ses lèvres, le compte rendu d'opération ouvert sur ses genoux. Il fit glisser ses doigts de ses lèvres à son menton. « Combien ? fit-il calmement.

— Pardon ?

— Combien de morts dans l'opération ?

— Je vois ce que vous voulez dire, monsieur. Les choses ont été un peu plus sanglantes que prévu. Nous nous étions arrangés pour que la police italienne se tienne tranquille, mais ils ont foutu la merde dans leurs instructions — et ça n'est pas une nouveauté. J'ai moi-même eu quelques difficultés. J'ai dû me servir d'un Beretta pour que les balles soient identiques à celles des Italiens. Et comme arme de poing, ça ne vaut pas mieux qu'un pet dans la tempête, comme dirait mon vieux. Avec un S&W j'aurais pu abattre ces Japs en deux coups et je n'aurais pas touché la pauvre gosse qui s'est mise dans ma ligne de tir. Bien sûr, dans la première partie de l'opération, on avait donné l'ordre à nos garçons Nisei de semer un peu de bordel — de faire un numéro à la Septembre noir. Mais ces cons de flics italiens se sont mis à gicler des pruneaux comme vache qui pisse, comme dirait...

— Starr ? (La voix de Diamond traduisait un profond dégoût.) Je vous ai posé une question, je crois.

— Vous m'avez demandé le nombre de victimes. » Starr prit brusquement un ton cassant, comme s'il renonçait à l'image de brave type derrière laquelle il se dissimulait en général pour tromper l'ennemi et lui donner l'impression qu'il avait affaire à un imbécile heureux. « Neuf morts en tout. (Un bref sourire, et l'accent de la cambrousse réapparaissait.) Voyons, il y a eu nos deux cibles israéliennes, bien entendu. Puis nos deux agents Nisei que j'ai dû rétrograder définitivement. Cette pauvre gosse qui s'est fourrée dans ma trajectoire. Le vieux type qui a attrapé un pruneau. Et les trois membres de cette famille de péquenauds qui traînaient par là quand le second Israélien les a bousculés. Dangereux de traîner. Ça devrait être puni par la loi.

— Neuf? Neuf morts pour deux cibles?

— Eh bien, monsieur, rappelez-vous qu'on nous a demandé une opération à la Septembre noir. Et ces types-là ont tendance à dépasser la mesure. Ils n'y vont pas avec le dos de la cuillère — sans vouloir offenser M. Haman, bien sûr. »

Diamond leva les yeux du rapport qu'il lisait rapidement. Haman? Il se souvint alors que l'imaginative C.I.A. avait trouvé Haman comme nom de couverture pour l'observateur arabe.

« Je n'y vois aucune offense, monsieur Starr, dit l'Arabe. Nous sommes ici pour apprendre. C'est la raison pour laquelle quelques-uns de nos propres stagiaires travaillent avec vos hommes à la Riding Academy, avec une bourse destinée aux échanges culturels. A vrai dire, je suis impressionné qu'un homme de votre grade prenne la peine de s'occuper personnellement de cette histoire. »

Starr écarta la remarque d'un geste de satisfaction discrète. « C'est la moindre des choses. Si vous voulez un travail bien fait, donnez-le à un homme débordé.

— Est-ce autre chose qu'avait coutume de dire votre vieux papa? demanda Diamond, les yeux toujours fixés sur le rapport qu'il parcourait à la verticale en partant du centre, selon la méthode de lecture rapide.

— C'est le cas, en effet, maintenant que vous m'y faites penser.

— C'était le vrai sage des familles.

— Je dirais plutôt que c'était un foutu fils de pute, monsieur. Mais il avait le sens des mots. »

Diamond soupira et se replongea dans la lecture du compte rendu. Depuis qu'il était chargé de contrôler les activités de la C.I.A. concernant les intérêts des puissances pétrolières pour le compte de la Mother Company, il avait appris qu'en dépit de leur ineptie fondamentale, les hommes tels que Starr étaient loin d'être stupides. Ils étaient, en fait, étonnamment malins, dans le sens pratique, débrouillard, du terme. Rien de sa syntaxe primitive, rien de l'indigence de son vocabulaire scatologique, n'apparaissait dans les rapports d'opération de Starr. Au contraire, on y découvrait une prose concise, austère, propre à faire appel à l'imagination.

En lisant sa notice biographique, Diamond avait découvert que Starr faisait figure de héros aux yeux des plus jeunes agents de la C.I.A. — le dernier représentant de la vieille école, d'avant l'informatique, des jours où les interventions de l'agence ressemblaient plus à des échanges de tirs du côté du Mur de Berlin qu'à des contrôles d'élections sénatoriales par dénonciation d'abus fiscaux et sexuels.

T. Darryl Starr était de la même veine que son camarade de promotion qui avait quitté l'agence pour écrire des romans d'espionnage minables et avait trempé dans des crimes politiques. Quand sa stupidité crasse l'avait mené à sa perte, il avait gardé un silence farouche, alors que ses collègues entonnaient de formidables chœurs de mea culpa et se faisaient publier à grand profit. Après se l'être coulée douce à la prison fédérale, il chercha à monnayer son silence, mettant en application le code tacite : « Tu ne lâcheras pas le morceau — sauf par écrit. » Le monde apprécia peu cette vieille plaisanterie, mais Starr fut plein d'admiration pour ce crétin des Andes. Ils avaient en commun ce mélange de boy-scout et de forban qui caractérisait les vétérans de la C.I.A.

Diamond leva les yeux du rapport. « D'après ceci, monsieur Haman, vous suiviez l'opération de dissuasion en tant qu'observateur.

— C'est exact. En tant qu'observateur-stagiaire.

— Dans ce cas, pourquoi avez-vous tenu à voir ce film avant d'en référer à vos supérieurs ?

— Ah... oui. Eh bien... pour dire l'exacte vérité...

— Je ne vois pas ce qu'il aurait pu rapporter comme témoin oculaire, monsieur, expliqua Starr. Il était avec nous sur la mezzanine quand tout a démarré, mais dix secondes plus tard, il n'y avait plus trace de sa présence. Un de nos hommes que nous avions laissés derrière nous pour ramasser les débris l'a finalement trouvé dans le dernier box des chiottes publiques. »

L'Arabe eut un rire bref et sans joie. « C'est exact. Les besoins de la nature sont aussi inopportuns qu'empiriques. »

Le Premier adjoint fronça les sourcils et cligna des yeux. Empiriques ? Voulait-il dire impératifs ? Impérieux ?

« Je vois », dit Diamond, et il reprit sa lecture à la soixante-cinquième page du rapport.

L'Arabe rompit rapidement un silence embarrassant. « Je ne veux surtout pas avoir l'air de faire une enquête, monsieur Starr, mais il y a quelque chose que je ne comprends pas.

— Accouchez, mon vieux.

— Pour quelle raison nous sommes-nous servis de Jaunes pour la dérouillée ?

— La quoi ? Oh !... Vous vous souvenez que nous avions convenu d'agir comme si c'étaient vos hommes qui faisaient le *coup*. Mais nous n'avons pas d'Arabes dans la boutique, et les garçons que nous entraînons à l'Académie ne sont pas de ce calibre. (Starr pensa qu'il était peu diplomatique d'ajouter qu'avec leur incapacité héréditaire, ils ne le deviendraient probablement jamais.) Mais vos garçons de Septembre noir ont participé aux interventions de l'Armée rouge japonaise... et nous avons pris des Japs. »

Perplexe, l'Arabe fronça les sourcils. « Vous dites que les Japonais étaient *vos propres* hommes ?

— Tout juste. Un couple de Nisei de l'Agence d'Hawaii. Deux braves garçons. C'est vraiment navrant de les avoir perdus, mais leur mort colle ce que vous appelez un cachet de vraisemblance sur un récit qui pourrait sembler sec et peu convaincant. Les balles qu'on retirera de leurs corps proviendront d'un Beretta et les flics locaux passeront pour les avoir pincés. Ils portaient des documents qui les identifiaient comme des membres de l'Armée rouge, assistant leurs frères arabes dans ce que vous appelez votre lutte incessante contre le monde capitaliste.

— Vos *propres* hommes ? répéta l'Arabe stupéfait.

— Vous cassez pas. Leurs papiers, leurs vêtements, même la nourriture qu'on trouvera dans leur estomac... tout les fait venir du Japon. D'ailleurs, ils étaient arrivés de Tokyo à peine deux heures avant le coup ou la dérouillée comme nous disons parfois. »

Les yeux de l'Arabe brillaient d'admiration. C'était exactement le genre d'organisation que son oncle — et président — l'avait envoyé étudier aux États-Unis, dans le but d'en créer une similaire, et de mettre fin à leur dépendance vis-à-vis de leurs nouveaux alliés. « Mais vos agents japonais ne *savaient* sûrement pas qu'ils allaient être... quel est le terme que vous employez pour ça ?

— Définitivement rétrogradés ? Non, ils ne le savaient pas. Il est une règle pratique dans la boutique : les agents ne doivent pas en savoir plus qu'il ne faut pour leur boulot. C'étaient de bons éléments, mais malgré tout, s'ils avaient dû apprendre qu'ils partaient pour se faire zigouiller, ils auraient pu perdre un peu de leur enthousiasme, si vous voyez ce que je veux dire. »

Diamond continuait à lire, la rapidité de son regard précédant les opérations d'analyse et d'assemblage de son cerveau qui triait, absorbait les données d'une manière que l'on peut qualifier de vision intellectuelle périphérique. Quand un point ne collait pas, ou sonnait faux, il s'arrêtait et reprenait en arrière, à la recherche du détail qui le heurtait.

Il en était à la dernière page, au moment où l'alerte fut donnée. Il s'arrêta, reprit la page précédente et lut attentivement — horizontalement cette fois. Sa mâchoire se crispa. Il leva les yeux, étouffa une exclamation d'une manière qui lui était typique : il retint sa respiration pendant un moment.

Le Premier adjoint cligna des yeux. Il savait ce que cela signifiait. Il y avait un hic.

Diamond poussa un long soupir d'impatience en passant le rapport par-dessus son épaule. Il ne voulait pas alerter l'Arabe avant d'avoir élucidé le problème. Il savait par expérience qu'il est imprudent et inutile de donner aux Arabes une information superflue. C'est une responsabilité dont ils s'acquittent rarement avec aisance.

« Alors ? demanda-t-il, tournant légèrement la tête. Êtes-vous satisfait, monsieur Haman ? »

L'Arabe hésita un instant à reconnaître son nom de code, puis il sursauta et gloussa. « Oh ! oui, bien sûr, j'avoue que je suis très impressionné par la démonstration du film.

— Cela signifie-t-il que vous êtes impressionné, mais non satisfait ? »

L'Arabe rentra le cou, pencha la tête, et tendit ses deux mains ouvertes, avec le sourire en coin du marchand de tapis. « Mes chers amis, il ne m'appartient pas d'être satisfait ou non satisfait. Insatisfait ? Je ne suis qu'un messager, un contact, ce que vous appelleriez un...

— Larbin ? suggéra Diamond.

— Peut-être. Je ne connais pas ce mot. Il y a peu de temps, nos agents secrets ont entendu parler d'un complot d'assassinat contre les deux derniers héros de la Vengeance des Jeux de Munich. Mon oncle — et président — a exprimé le désir de voir ce complot mis en échec... est-ce le terme exact ?

— C'est le terme exact », admit Diamond, d'une voix ennuyée. Il perdait patience avec ce crétin qui tenait plus de la farce ethnique que de l'être humain.

« Comme vous vous en souvenez, la mise en échec de ce funeste complot était l'une des conditions de la poursuite de nos bonnes relations avec la Mother Company en ce qui concerne les approvisionnements en pétrole. Dans sa sagesse, la Mother Company a décidé que la C.I.A. prendrait l'affaire en main sous votre direction personnelle, monsieur Diamond. Je ne veux pas froisser mon valeureux ami M. Starr, mais l'on doit admettre que depuis que certaines maladresses des agents de la C.I.A. ont provoqué la chute d'un président extrêmement amical et coopératif, notre confiance dans cette organisation n'est plus sans limites. » L'Arabe inclina la tête de côté et eut un sourire d'excuse en direction de Starr, qui examinait ses ongles avec le plus grand intérêt.

L'Arabe poursuivit : « Nos services secrets ont pu fournir à la C.I.A. les noms des deux meurtriers sionistes désignés pour cette action criminelle, et les dates approximatives de leur départ de Tel-Aviv. M. Starr y a sans doute ajouté ses propres sources d'information ; après quoi il a décidé d'éviter la tragédie par la technique de ce que vous appelez une « opération de dissuasion », éliminant les criminels avant qu'ils n'aient pu commettre leur crime. Un procédé des plus rentables en matière de justice. Maintenant, vous m'avez donné la démonstration audio-visuelle que cette opération a réussi.

J'en ferai le rapport à mes supérieurs. C'est à eux d'être satisfaits ou non, pas à moi. »

Diamond, qui avait prêté peu d'attention à cette litanie monotone, se leva. « C'est bon. » Sans un mot de plus, il sortit, suivi de son Premier adjoint.

Starr passa sa jambe par-dessus le siège de devant et sortit un cigare. « Vous voulez le revoir ? demanda-t-il en se retournant vers l'Arabe.

— Cela pourrait être amusant. »

Starr poussa le bouton de l'interphone. « Hé, mon vieux, repassez-le nous. (Il remonta ses lunettes noires sur ses cheveux en brosse quand la lumière s'éteignit lentement.) Et voilà. On remet ça. Et à la meilleure heure d'écoute. »

Tandis qu'il arpentait d'un pas vif le couloir aux murs blancs du Centre, seul le petit claquement sec de ses talons en cuir sur le sol carrelé dénotait l'exaspération de Diamond. Il s'était entraîné à ne laisser à ses émotions qu'une très étroite marge d'expression, mais la légère crispation au coin des lèvres, le regard indéfinissable, suffisaient à avertir le Premier adjoint que la colère bouillonnait en lui.

Ils pénétrèrent dans la cage de l'ascenseur, et le Premier adjoint introduisit une carte magnétique dans la fente qui remplaçait le bouton du seizième étage. La cabine descendit rapidement du hall principal au second sous-sol indiqué comme étant le seizième étage. La première décision de Diamond, quand la Mother Company l'avait chargé de contrôler les activités de la C.I.A., avait été d'installer ses services dans les tréfonds du Centre. Aucun membre de la C.I.A. n'avait accès au seizième étage ; le bureau était entièrement isolé par un revêtement de plomb muni de dispositifs anti-écoutes destinés à laisser la C.I.A. dans son état traditionnel d'ignorance. Pour se prémunir contre la curiosité gouvernementale, le bureau de Diamond possédait une liaison directe par câbles avec l'ordinateur de la Mother Company, qui rendait inopérantes les méthodes d'écoute par ligne capacitive parallèle qu'emploie la N.S.A. pour contrôler les communications télégraphiques et téléphoniques dans tous les États-Unis.

En liaison constante avec les équipements de recherche et de communication de la Mother Company, Diamond n'avait besoin que d'un assistant ou deux : son Premier adjoint, génie de l'informatique, et sa secrétaire, Mlle Swivven.

Ils entrèrent dans une vaste salle de travail aux murs et moquette d'un blanc mat. Au centre se trouvait la zone de conférence, composée de cinq chaises à peine rembourrées autour d'une table dont le dessus en verre dépoli servait d'écran où se projetaient les images transmises par l'ordinateur. Des cinq chaises, une seule pivotait : celle de M. Diamond. Les autres étaient solidement fixées au sol, destinées à assurer un confort minimum. L'endroit était prévu pour des réunions rapides, efficaces — non pour des conversations de salon.

Dans le mur face à la zone de conférence était installée une console de commande qui reliait l'ordinateur local avec le système central de la Mother Company : Fat Boy. La console permettait également la liaison par télévision, télécopieur et télex avec Fat Boy pour la reproduction des données orales et visuelles, et possédait une banque de données locale pour la mémorisation temporaire et l'indexation. Le Premier adjoint se tenait toujours devant cette console et il jouait de l'instrument avec un talent unique d'abstraction et une véritable passion.

Légèrement surélevé sur une estrade, le bureau de Diamond était d'une modestie intentionnelle, avec son dessus en stratifié blanc de cinquante centimètres sur soixante-cinq. Il ne comprenait ni tiroirs ni tablettes, nul endroit où perdre ou oublier des dossiers, aucune possibilité de mettre une affaire de côté sous prétexte de s'occuper d'une autre. Un système de priorité, commandé par un ensemble complexe de critères très stricts, permettait aux dossiers de n'arriver sur le bureau qu'accompagnés de tous les éléments nécessaires aux décisions ; celles-ci étaient prises rapidement et les affaires réglées. Diamond méprisait le désordre, qu'il soit physique ou émotionnel.

Il se dirigea vers son fauteuil (fabriqué par un orthopédiste spécialisé dans le but de prévenir la fatigue sans apporter un confort engourdissant) et s'assit le dos tourné à la baie vitrée derrière laquelle on apercevait un bout de parc bien entretenu et, au second plan, l'obélisque du monument de Washington. Il resta un moment immobile, mains jointes en un geste de prière, les deux index posés sur ses lèvres. Le Premier adjoint prit automatiquement place devant la console et attendit les instructions.

Avertie de leur arrivée, Mlle Swivven sortit de son bureau contigu et s'installa sur sa chaise au pied de l'estrade de Diamond, son bloc-notes ouvert. Elle n'avait pas trente ans, un corps superbe, d'épais cheveux blonds relevés en chignon impeccable. On remarquait surtout l'extrême pâleur de sa peau où les veines dessinaient de fins réseaux bleuâtres.

Sans lever les yeux, Diamond détacha ses mains jointes de ses lèvres et pointa le bout des doigts vers le Premier adjoint. « Ces deux Israéliens. Ils appartenaient à une organisation. Laquelle ?

— Le Cinq de Munich, monsieur.

— Fonction ?

— Venger le massacre des athlètes juifs aux Jeux de Munich. Plus spécifiquement, traquer et abattre les terroristes palestiniens impliqués. Rien d'officiel. Rien à voir avec le gouvernement israélien.

— Je vois. (Diamond tourna ses doigts en direction de Mlle Swivven :) Je dînerai ici ce soir. Quelque chose de rapide et de léger, mais avec des protéines ; j'ai besoin d'un coup de fouet. Levure de bière, boisson vitaminée, jaune d'œuf, deux cent cinquante grammes de foie de veau. Passez tout ça au mixer. »

Mlle Swivven hocha la tête. La nuit allait être longue.

Diamond fit pivoter son fauteuil et contempla d'un air absent le monument de Washington. Non loin de l'obélisque, le même groupe d'étudiants traversait la pelouse comme chaque jour à la même heure. Sans se détourner de la fenêtre, il lança : « Donnez-moi un extrait des données sur ce Cinq de Munich.

— Quels critères, monsieur ? demanda le Premier adjoint.

— C'est une petite organisation. Récente. Commençons par l'historique et les adhérents.

— Quelle profondeur de recherche ?

— Débrouillez-vous. Vous faites ça très bien. »

Le Premier adjoint se retourna et commença à commander Fat Boy. Son visage était immobile, mais derrière les verres de ses lunettes rondes, ses yeux étincelaient de plaisir. Fat Boy contenait une combinaison d'informations de tous les ordinateurs du monde occidental, plus un certain nombre d'éléments dérobés par satellite aux pays de l'Est. C'était un mélange de communiqués militaires top secret et de relevés téléphoniques, de documents de chantage de la C.I.A. et de permis de conduire français, d'identification de comptes suisses numérotés et de fichiers de sociétés de vente par correspondance en Australie. Il contenait l'information la plus fine et la plus banale. Si vous résidiez dans le pays de l'Ouest, Fat Boy vous tenait. Il connaissait votre crédit auprès des banques, votre groupe sanguin, votre passé politique, vos instincts sexuels, vos rapports médicaux, vos diplômes scolaires et universitaires, quelques exemples de vos conversations téléphoniques personnelles, une copie de chaque télégramme reçu ou envoyé, tous vos achats faits à crédit, vos états de service militaire, votre casier judiciaire, vos abonnements aux magazines, vos déclarations de revenus, permis de conduire, empreintes digitales, certificats de naissance — cela si vous n'étiez qu'un citoyen ordinaire n'intéressant pas spécialement la Mother Company. Si, en revanche, celle-ci ou l'une de ses antennes de renseignements comme la C.I.A. ou la N.S.A. et leurs correspondants dans les autres nations démocratiques s'intéressaient à vous, alors Fat Boy en savait plus, bien plus que cela sur vous.

L'entrée des données dans Fat Boy était le travail constant d'une armée de techniciens et de programmeurs, mais en extraire l'information utile était l'œuvre d'un artiste, d'un homme possédant l'entraînement, le toucher, l'inspiration nécessaires. La difficulté résidait dans le fait que Fat Boy en savait trop. Si vous exploriez un sujet donné avec trop peu de profondeur de recherche, vous risquiez de ne pas obtenir la réponse voulue. Mais si vous augmentiez trop la profondeur, vous pouviez être submergé par une foule inutilisable de détails : résultats d'analyse d'urine, médailles d'honneur gagnées chez les scouts, préférence pour un papier de toilette. Le Premier adjoint jouissait d'un toucher exceptionnel qui lui permettait de poser exactement la bonne question à Fat Boy, et de rechercher une réponse à la profondeur exacte. L'expérience et l'instinct se combinaient pour lui faire trouver les critères exacts, les combinaisons exactes, les rubriques exactes, les degrés de profondeur exacts. Il jouait de l'ordinateur avec maestria, et adorait ça. Travailler à sa console représentait pour lui ce qu'était le plaisir sexuel pour d'autres — ou plutôt ce qu'il pensait qu'était le plaisir sexuel pour les autres.

Diamond s'adressa sans se retourner à Mlle Swivven. « Quand je serai prêt, j'aimerais parler à Starr et à ce dénommé Haman. Dites-leur de se tenir à ma disposition. »

Sous les doigts du Premier adjoint, la console s'animait et bourdonnait. Les premières réponses arrivaient ; les éléments étaient mis en attente dans la mémoire locale ; le dialogue avait commencé. Il n'y avait jamais deux conversations identiques avec Fat Boy ; chacune possédait son propre patois, et le plaisir de la difficulté s'emparait peu à peu de l'intelligence remarquable, bien qu'uniquement cérébrale, du Premier adjoint.

Le rapport d'ensemble ne serait prêt que dans une vingtaine de minutes. Diamond décida d'employer utilement ce laps de temps. Il allait prendre un peu d'exercice en bronzant, tonifier son organisme et s'éclaircir les idées en vue de la lourde tâche qui l'attendait. Il fit signe à Mlle Swivven de le suivre dans la petite salle de gymnastique attenante.

Pendant qu'il enfilait son short, Mlle Swivven mit une paire d'œillères noires sur ses yeux, lui en tendit une similaire et brancha la rangée de lampes à bronzer accrochées aux murs. Diamond commença par des abdominaux sur un plan incliné, les chevilles prises dans une sangle recouverte de velours. Mlle Swivven se collait au mur, tentant désespérément de protéger la pâleur fragile de sa peau de l'intensité des ultra-violets. Diamond faisait ses exercices lentement, travaillant à fond un minimum de mouvements. Il était en excellente condition physique pour un homme de son âge, mais devait surveiller son estomac. « Voyons, dit-il, la voix tendue par l'effort pendant qu'il se redressait et touchait son genou droit de son coude gauche. J'aurai besoin du renfort de la C.I.A. dans cette affaire. Prévenez le type qui se trouve encore à la direction après leur prétendue dernière réorganisation. »

Le plus haut responsable en dessous des fantoches politiques, qui servait épisodiquement de bouc émissaire à l'opinion publique outragée, était le Délégué adjoint des Relations internationales, que l'on avait coutume de désigner par son sigle. Mlle Swivven informa son supérieur qu'il était encore dans la maison.

« Ça fera l'affaire. Dites-lui de se tenir à ma disposition. Oh ! — et annulez ma partie de tennis pour le week-end. »

Mlle Swivven haussa les sourcils au-dessus des petites œillères noires. Ça devait être vraiment sérieux.

Diamond se mit à travailler les poids. « Je veux aussi une priorité absolue sur Fat Boy pour le reste de l'après-midi, peut-être plus longtemps.

— Bien, monsieur.

— Okay. Qu'avez-vous noté sur votre carnet ?

— Maximum de protéines sous forme liquide. Prévenir et retenir Starr et Haman. Prévenir et retenir le délégué. Demander priorité absolue sur Fat Boy.

— Parfait. Avant tout ça, ajoutez un message pour le Président. (Diamond haletait sous l'effort de l'exercice.) Message : Éventualité opération dissuasion Rome International défectueuse. Examine, détermine, communique alternatives. »

Mlle Swivven revint sept minutes plus tard, avec un grand verre rempli d'une mixture épaisse, mousseuse et violacée. Diamond terminait la dernière série de ses exercices habituels, le travail à la barre. Il s'arrêta pour prendre son repas des mains de la jeune femme qui se pressait contre le mur, s'écartant au maximum des lampes à bronzer bien qu'elle sache parfaitement qu'elle s'était déjà trop exposée pour ne pas avoir la peau brûlée. Malgré les nombreux privilèges de son poste à la Mother Company — heures supplémentaires rétribuées, retraite intéressante, avantages médicaux, vacances aux frais de la Compagnie dans les Rocheuses, soirées de Noël, Mlle Swivven déplorait deux aspects de son travail : ces coups de soleil quasi hebdomadaires, et l'occasionnelle utilisation que M. Diamond faisait d'elle pour soulager ses tensions. Mais elle était philosophe. Aucun job n'est parfait.

« Vous avez transmis mes instructions ? demanda M. Diamond en finissant son verre avec un léger frisson.

— Oui, monsieur. »

Sans se préoccuper de sa présence, Diamond ôta son short, entra dans la cabine de douche vitrée, et tourna à fond le jet d'eau froide revigorant, haussant la voix sous le bruit : « Le Président a-t-il répondu à mon message ?

— Oui, monsieur. »

Après un bref silence, Diamond poursuivit : « Je vous en prie, mademoiselle Swivven, pouvez-vous me dire quelle a été sa réponse.

— Je vous demande pardon, monsieur ? »

Diamond arrêta la douche, sortit et se frotta avec la serviette rêche qu'il utilisait pour activer la circulation.

« Désirez-vous que je vous lise le message du Président, monsieur ? »

Diamond soupira. Si cette idiote n'avait pas été la seule fille attrayante de toute l'équipe des cent mots à la minute… « Ce serait très aimable à vous, mademoiselle Swivven. »

Elle consulta son carnet, clignant des yeux sous l'éclat des lampes. « Réponse : Président à Diamond, J.O. — Une erreur dans cette affaire est inacceptable. »

Diamond hocha la tête en se séchant soigneusement le haut des cuisses. Il s'y attendait.

Après s'être changé pour travailler — un survêtement jaune pâle, large et confortable, qui mettait en valeur son teint bronzé — il revint dans la salle de travail, l'esprit aiguisé, prêt à prendre des décisions.

Le Premier adjoint travaillait à sa console avec entrain et concentration, tirant avec doigté de Fat Boy une liste de données significatives sur les Cinq de Munich.

Diamond s'installa dans sa chaise pivotante et se pencha sur la table en verre dépoli. « Tapez le RP, ordonna-t-il. Donnez-moi un déroulement de cinq cents mots à la minute. » Il ne pouvait enregistrer l'information plus rapidement car les données provenaient d'une demi-douzaine de sources internationales et les traductions automatiques de Fat Boy en anglais étaient aussi sommaires et primitives qu'un film de Clint Eastwood…

CINQ DE MUNICH, LE...

ORGANISATION... OFFICIEUSE... DISSIDENTE... BUT ÉGALE ÉLIMINATION MEMBRES SEPTEMBRE NOIR IMPLIQUÉS DANS MEURTRE ATHLÈTES ISRAÉLIENS AUX JEUX DE MUNICH...

LEADER ET HOMME CLÉ ÉGALE STERN, ASA...

MEMBRES ET SATELLITES ÉGALENT LEVITSON, YOEL... YARIV, CHAIM... ZARMI, NEHEMIAH... STERN, HANNAH...

« Arrêtez, dit Diamond. Étudions-les l'un après l'autre. Donnez-moi seulement les profils. »

STERN, ASA

NÉ LE 13 AVRIL 1909... BROOKLYN, NEW YORK, U.S.A... 1352 CLINTON AVENUE... APPARTEMENT 3B...

Le Premier adjoint serra les dents. « Désolé, monsieur. » Il travaillait à une trop grande profondeur. Personne ne s'intéressait au numéro de l'appartement dans lequel Asa Stern était né. Du moins, pas maintenant. Il réduisit l'exploration d'un micron.

STERN ÉMIGRE DANS PROTECTORAT PALESTINIEN... 1931...
PROFESSION ET/OU COUVERTURE... FERMIER/JOURNALISTE/POÈTE/HISTORIEN...
ENGAGÉ DANS LUTTE POUR L'INDÉPENDANCE... 1945-47 (détails sur demande)...
ARRÊTÉ PAR FORCES DE L'OCCUPATION BRITANNIQUE (détails sur demande)...
RELACHÉ DEVIENT POINT DE CONTACT POUR STERN ORGANISATION ET GROUPES SYMPATHISANTS EXTÉRIEURS (détails sur demande)...
REVIENT A LA FERME... 1956...
REPREND ACTIVITÉ DANS AFFAIRE JEUX DE MUNICH (détails sur demande)...
POTENTIEL DE GÊNE VIS-A-VIS MOTHER COMPAGNY, 001...
RAISON POUR FAIBLE COEFFICIENT ÉGALE :
HOMME A CE JOUR DÉCÉDÉ, PARAGRAPHE CANCER, PARAGRAPHE GORGE.

« C'est une exploration superficielle, monsieur, dit le Premier adjoint. Voulez-vous que j'augmente la profondeur de recherche ? C'est manifestement l'homme pivot.

— Pivot. Mais décédé. Non, gardez-le dans la mémoire locale. J'y reviendrai plus tard. Examinons les autres membres du groupe.

— Vous avez le déroulement sur votre écran, monsieur. »

LEVITSON, YOEL
NÉ LE 25 DÉCEMBRE 1954... NEGUEV, ISRAËL...
PÈRE ABATTU... COMBAT... GUERRE DES SIX JOURS... 1967...
REJOINT CINQ DE MUNICH... OCTOBRE 1972...
ABATTU... 25 DÉCEMBRE 1976... (IDENTITÉ ENTRE DATES NAISSANCE ET MORT NOTÉE ET CONSIDÉRÉE COMME COÏNCIDENCE.)

« Arrêtez, ordonna Diamond. Donnez-moi un peu plus de détails sur la mort de ce garçon.

— Bien, monsieur. »

ABATTU... 25 DÉCEMBRE 1976...
VICTIME (PROBABLEMENT CIBLE PRINCIPALE) DE BOMBE TERRORISTE...
LIEU ÉGALE CAFÉ DANS JÉRUSALEM... BOMBE SUPPRIMA ÉGALEMENT SIX SPECTATEURS ARABES. DEUX ENFANTS AVEUGLES...

« Ça va. Laissez tomber. C'est sans intérêt. Reprenez à la profondeur précédente. »

POTENTIEL DE GÊNE VIS-A-VIS MOTHER COMPANY ÉGALE COEFFICIENT 001...

RAISON POUR FAIBLE COEFFICIENT ÉGALE :

HOMME A CE JOUR DÉCÉDÉ, PARAGRAPHE FRACTURES MULTIPLES, PARAGRAPHE PNEUMONIE...

YARIV, CHAIM

NÉ LE 11 OCTOBRE 1952... ÉLATH, ISRAËL...

ORPHELIN/FORMATION KIBBOUTZ (détails sur demande)...

REJOINT CINQ DE MUNICH... 7 SEPTEMBRE 1972...

POTENTIEL DE GÊNE VIS-A-VIS MOTHER COMPANY ÉGALE COEFFICIENT 64...

RAISON POUR COEFFICIENT MOYEN ÉGALE :

HOMME DÉVOUÉ A LA CAUSE, MAIS NON TYPE LEADER...

ZARMI, NEHEMIAH

NÉ LE 11 JUIN 1948... ASHDOD, ISRAËL...

FORMATION KIBBOUTZ/UNIVERSITÉ/ARMÉE (détails sur demande)

GUÉRILLA ACTIVE, NON COMMANDITÉE (détails des actions connues, probables, possibles, sur demande)...

REJOINT CINQ DE MUNICH... 7 SEPTEMBRE 1972...

POTENTIEL DE GÊNE VIS-A-VIS MOTHER COMPANY ÉGALE COEFFICIENT 96

RAISON POUR COEFFICIENT ÉLEVÉ ÉGALE :

HOMME DÉVOUÉ ET TYPE LEADER...

ATTENTION ! ATTENTION ! ATTENTION ! ATTENTION ! HOMME PEUT ÊTRE ÉLIMINÉ A VUE.

STERN, HANNAH

NÉE LE 1er AVRIL 1952... SKOKIE, ILLINOIS, U.S.A...

UNIVERSITÉ/ÉTUDES SOCIOLOGIE ET POÉSIE/

ÉTUDIANTE GAUCHISTE ACTIVE (DOSSIER N.S.A./C.I.A. SUR DEMANDE)...

RÉPÉTEZ ! RÉPÉTEZ ! RÉPÉTEZ ! RÉPÉTEZ !

Diamond leva les yeux de la table-écran. « Que se passe-t-il ?

— Il y a une erreur quelque part, monsieur. Fat Boy va la corriger de lui-même.

— Alors ?

— Nous le saurons dans une minute, monsieur. Fat Boy fait sa petite cuisine. »

Mlle Swivven revint du laboratoire. « Monsieur ? J'ai demandé les photos des membres du Cinq de Munich.

— Apportez-les dès qu'elles seront développées.

— Bien, monsieur. »

Le Premier adjoint leva la main pour attirer l'attention. « Ça vient. Fat Boy corrige de lui-même suivant les rapports de Starr sur l'opération de dissuasion à Rome. Il vient d'absorber l'information. »

Diamond lut le déroulement projeté sur l'écran.

ANNULEZ PRÉCÉDENT, CONCERNANT : YARIV, CHAIM
PARAGRAPHE POTENTIEL DE GÊNE VIS-A-VIS MOTHER COMPANY...
COEFFICIENT CORRIGÉ ÉGALE 001
RAISON POUR FAIBLE COEFFICIENT ÉGALE :
PERSONNE ÉLIMINÉE...
ANNULEZ PRÉCÉDENT : ZARMI, NEHEMIAH
PARAGRAPHE POTENTIEL DE GÊNE VIS-A-VIS MOTHER COMPANY...
COEFFICIENT CORRIGÉ ÉGALE 001
RAISON POUR FAIBLE COEFFICIENT ÉGALE :
PERSONNE ÉLIMINÉE...

Diamond se laissa aller en arrière et secoua la tête. « Un retard de huit heures. Ça pourrait nous faire sauter un jour.

— Ce n'est pas la faute de Fat Boy, monsieur. C'est un effet de l'accroissement mondial de la population et de l'explosion de notre propre information. Parfois, je me dis que nous en savons trop sur les gens ! (Le Premier adjoint eut un petit rire à cette excellente remarque.) Au fait, monsieur, avez-vous remarqué la correction.

— Quelle correction ?

— HOMME est maintenant énoncé comme PERSONNE. Fat Boy doit avoir absorbé la notion que la Mother Company est en train de devenir un employeur qui respecte l'égalité des droits. » Le Premier adjoint ne put dissimuler sa fierté.

« Remarquable », dit Diamond sans conviction.

Mlle Swivven revint du laboratoire et plaça cinq photos sur le bureau de Diamond avant de prendre place au bas de l'estrade, son bloc-notes ouvert.

Diamond chercha parmi les photos celle du seul membre des Cinq de Munich qui ne soit pas porté disparu. Hannah Stern. Il examina le visage, secoua la tête pour lui-même et soupira d'un air fataliste. « Ces abrutis de la C.I.A. ! »

Le Premier adjoint se détourna de la console et ajusta nerveusement ses lunettes. « Que se passe-t-il, monsieur ? »

Les yeux mi-clos tournés vers la baie vitrée ouverte sur le monument de Washington érigé vers le même nuage joufflu qui flottait toujours dans le ciel à cette heure-là de l'après-midi, Diamond tapota sa lèvre supérieure de son doigt replié.

« Avez-vous lu le compte rendu d'opération de Starr ?

— Parcouru, monsieur. Surtout pour vérifier l'orthographe.

— Quelle était la destination apparente des deux jeunes Israéliens ? »

Le Premier adjoint se sentait toujours mal à l'aise quand M. Diamond se mettait à penser tout haut. Il n'aimait pas répondre aux questions sans l'aide de Fat Boy. « Autant que je m'en souvienne, leur destination était Londres.

— Exact. Dans l'intention présumée d'intercepter certains terroristes palestiniens à l'aéroport de Heathrow avant qu'ils ne puissent détourner un avion pour Montréal. Bon. Si l'équipe du Cinq de Munich allait à Londres, pourquoi sont-ils descendus à Rome ? Le vol 414 en provenance de Tel-Aviv est un vol direct pour Londres avec arrêts à Rome et Paris.

— Eh bien, monsieur, il pouvait y avoir...

— Et pourquoi allaient-ils en Angleterre six jours avant que soient attendues leurs cibles de Septembre noir sur le vol de Montréal ? Pourquoi aller s'exposer à Londres pendant tout ce temps, alors qu'ils pouvaient rester en sécurité chez eux ?

— Eh bien, peut-être qu'ils...

— Et pourquoi avaient-ils des billets pour Pau ?

— Pau, monsieur ?

— Rapport d'opération de Starr. Du bas de la page trente-deux au milieu de la page trente-quatre. Description du contenu des sacs de montagne des victimes et de leurs vêtements. Liste établie par la police italienne. Inclus deux billets pour Pau. »

Le Premier adjoint n'avoua pas qu'il n'avait aucune idée de l'endroit où se trouvait Pau. Il nota de le demander à Fat Boy à la première occasion. « Que signifie tout ceci, monsieur ?

— Cela signifie qu'une fois de plus la C.I.A. s'est montrée à la hauteur de la tradition de la Baie des Cochons ou du Watergate. Une fois de plus, ils se sont foutus dedans. (Diamond serra les dents.) Les abrutis d'électeurs de ce pays ont tort de s'inquiéter des dangers de corruption à l'intérieur de la C.I.A. Si la nation est menée au désastre, ce ne sera pas par le scandale, mais plutôt par l'incompétence. (Il retourna à son petit bureau rudimentaire et prit la photo d'Hannah Stern.) Fat Boy s'est interrompu de lui-même pendant qu'il donnait les éléments sur Hannah Stern. Remettez-moi là-dessus. Avec un peu plus de profondeur. »

Examinant à la fois les données et les blancs, Diamond en

conclut que Mlle Stern devait être d'une espèce assez courante dans les rangs de l'action terroriste. Jeune, intelligente, issue de la classe moyenne américaine, dédiée à une cause. Il connaissait le genre. Elle aurait été libérale, du temps où c'était à la mode. C'était le genre qui recherche partout « l'opportunité », qui prend son manque de jugement critique pour de l'absence de préjugés ; qui s'inquiète de la faim dans le tiers monde, mais traîne dans un campus universitaire en compagnie d'un gros chien bourré de vitamines, symbole de son amour pour les êtres vivants.

Elle s'était d'abord rendue en Israël au cours d'un voyage organisé dans un kibboutz, dans le but de rendre visite à son oncle et — d'après ses propres mots cités dans une interception N.S.A. de son courrier — « pour découvrir ma judéité ».

Diamond retint mal un soupir en lisant la phrase. Mlle Stern souffrait manifestement de l'illusion démocratique que tous les peuples présentent de l'intérêt.

Fat Boy avait attribué un faible coefficient à Mlle Stern, la considérant comme le type de jeune intellectuelle américaine qui cherche une justification à son existence, jusqu'à ce que le mariage, une carrière, ou des occupations soi-disant artistiques viennent l'en détourner. L'analyse de son caractère ne révélait aucun de ces troubles psychotiques qui engendrent le guérillero urbain trouvant dans la violence le moyen d'exprimer sa sexualité. Elle n'était pas non plus atteinte de cette soif désespérée de notoriété qui conduit acteurs et artistes, incapables de retenir l'attention du public par la vertu de leurs seuls talents, à découvrir soudain des injustices sociales jusqu'alors insoupçonnées.

Non, il n'y avait rien dans le rapport sur Hannah Stern qui pût la désigner à une attention particulière — à l'exception de deux faits : elle était la nièce d'Asa Stern. Et elle était la seule survivante du Cinq de Munich.

Diamond s'adressa à Mlle Swivven : « Dites à Starr et à cet Arabe... M. Hamman... de se trouver dans la salle de projection dans dix minutes. »

— Bien, monsieur.

— Le délégué aussi. (Il se tourna vers le Premier adjoint.) Continuez à travailler avec Fat Boy. Je veux une exploration détaillée de ce leader, Asa Stern. C'est la source de renseignements. Établissez-moi une liste de ses contacts à la première génération : famille, amis, complices, associés, relations, affaires, etc.

— Une seconde, monsieur. (Le Premier adjoint introduisit deux questions dans l'ordinateur, et une dans le modificateur.) Ah... monsieur ? La liste de la première génération représentera... trois cent vingt-sept noms, avec les graphiques. Il faudra multiplier par la puissance trois quand nous arriverons à la liste de la deuxième génération — les amis d'amis, etc. Cela nous donnera près de trente-cinq millions de noms. De toute évidence, nous devons choisir des critères de priorité.

Le Premier adjoint avait raison ; la question était délicate ; il y a littéralement mille façons de déterminer une liste.

Diamond repensa au profil d'Asa Stern. Un point l'avait alerté : profession et/ou couverture : fermier, journaliste, poète, historien. Pas un terroriste typique. Bien pire : un patriote romantique.

« Déterminez la liste par critère émotionnel. Attaquez sur les thèmes de l'amour, l'amitié, les croyances, tous ces trucs. Allez du plus proche au plus éloigné. »

Les yeux du Premier adjoint brillaient. Il prit une longue inspiration et se frotta doucement le bout des doigts. C'était un défi qui exigeait toute sa virtuosité à la console. Amour, amitié, croyances — ces informations imprécises et vagues ne pouvaient pas être repérées par des moyens tels que la théorie de Schliemann. Aucun ordinateur, pas même Fat Boy, ne peut répondre directement à de tels critères. Les questions doivent être énoncées en termes de relations d'échanges non séquentielles. Dans leur forme la plus simple, les actions accomplies pour des raisons non mesurables, ou contraires à la logique linéaire, pouvaient révéler des motifs cachés comme l'amour, l'amitié ou la foi. Mais il fallait opérer avec le plus grand soin, car d'actions identiques peuvent découler la haine, la démence ou le chantage. Bien plus, dans le cas de l'amour, la nature de l'action aide rarement à identifier sa motivation. La principale difficulté consiste à distinguer l'amour du chantage.

C'était une mission qui l'enchantait par sa complexité. Quand il introduisit les premières questions dans Fat Boy, le Premier adjoint se mit à osciller de tout son corps, comme s'il jouait au flipper.

Mlle Swivven revint dans la salle de travail. « Ils vous attendent dans la salle de projection, monsieur.

— Bon. Prenez ces photos avec vous. Bon sang, mais qu'est-ce qui ne va pas, mademoiselle Swivven ?

— Rien, monsieur. J'ai des démangeaisons dans le dos, c'est tout.

— Pour l'amour du ciel ! »

Darryl T. Starr sentit qu'il y avait de l'eau dans le gaz quand on lui intima l'ordre de retourner dans la salle de projection avec l'Arabe. Ses craintes se confirmèrent en apercevant son supérieur direct assis dans la salle, le visage sombre. Le Délégué principal des Relations internationales inclina sèchement la tête en direction de Starr et émit une sorte de grognement à l'adresse de l'Arabe. Il reprochait à ces tribus riches en pétrole nombre de ses ennuis actuels, dont le moindre n'était pas la présence importune à l'intérieur de la C.I.A. de M. Diamond et de ses airs sarcastiques à chaque vétille opérationnelle.

Quand les puissances pétrolières arabes avaient déclenché un boycott contre les pays de l'Ouest, en manière de chantage pour obtenir le retrait du soutien moral et légal donné à Israël, le délégué et les autres responsables de la C.I.A. proposèrent de mettre sur pied le Plan d'Urgence N.E. 385/8 (Opération de la Guerre des Six Secondes). Au terme de ce plan, les troupes sous contrôle de la C.I.A. de la Phalange maoïste islamique orthodoxe devaient refréner les tentations d'expansion des États arabes en occupant plus de 80 pour cent de leurs champs de pétrole en moins d'une minute de combat réel ; bien qu'il soit universellement reconnu que trois mois supplémentaires seraient nécessaires pour récupérer les troupes arabes et égyptiennes, enfuies jusqu'aux fins fonds de la Rhodésie et de la Scandinavie.

Il était admis que l'Opération de la Guerre des Six Secondes serait entreprise sans impliquer le Président ou le Congrès dans ce genre de décisions qui coûtent si cher en période électorale. La Phase Un fut engagée et les chefs politiques, tant en Afrique noire qu'en Afrique musulmane, connurent une véritable épidémie d'assassinats, un ou deux commis par les membres de la propre famille de la victime. La Phase Deux était en cours, quand soudain la machine se bloqua. Les preuves de l'intervention de la C.I.A. filtrèrent jusqu'aux comités d'investigation du Congrès ; la liste des agents fut révélée aux journaux de gauche en France, en Italie et au Proche-Orient ; les communications intérieures de l'agence commencèrent à être brouillées ; d'importants effacements s'effectuèrent dans les banques de données, privant la C.I.A. des « fichiers biographiques » au moyen desquels elle contrôlait les élus officiels américains.

Et un après-midi, M. Diamond et sa modeste équipe débarquèrent au Centre, chargés d'ordres et de directives qui donnaient à la Mother Company le contrôle absolu sur toutes les opérations touchant, directement ou indirectement, les nations productrices de pétrole. Ni le délégué ni ses collègues n'avaient jamais entendu parler de la « Mother Company », aussi organisa-t-on un rapide briefing. Et ils apprirent ainsi que la Mother Company était un consortium des principales multinationales du pétrole, des communications et des transports, contrôlant de fait l'énergie et l'information dans le monde occidental. A la réflexion, la Mother Company avait décidé qu'elle ne pouvait laisser plus longtemps la C.I.A. interférer dans des affaires qui risquaient de nuire ou d'irriter ces alliés producteurs de pétrole, grâce auxquels elle avait vu tripler ses bénéfices en deux ans.

Personne à la C.I.A. n'avait songé à s'opposer à M. Diamond

et à cette « Mother Company » qui contrôlait la carrière des plus hautes personnalités gouvernementales, non seulement par un appui direct, mais aussi en utilisant ses propres médias pour dévaloriser et démoraliser d'éventuels opposants, et fabriquer ce que la masse américaine prend pour La Vérité.

Quelle chance pouvait avoir la C.I.A., minée par les scandales, de s'opposer à une puissance assez forte pour construire des pipe-lines dans la toundra, depuis toujours considérée comme écologiquement vulnérable ? Qui pouvait résister à l'organisation capable de réduire à leur plus simple expression les recherches du gouvernement consacrées aux énergies solaire, géothermique, du vent et des marées, et cela afin d'éviter toute compétition sur le terrain de l'énergie atomique et des combustibles fossiles ? Comment la C.I.A. pourrait-elle en fait tenir tête à un groupe jouissant d'une telle omnipotence qu'il était, avec ses larbins du Pentagone, en mesure de faire accepter au peuple américain le stockage de déchets atomiques recelant des dangers radioactifs pendant si longtemps qu'un désastre était inévitable d'après la loi de l'antichance ?

Dans sa mainmise sur la C.I.A., la Mother Company n'avait été soumise à aucune ingérence de l'exécutif, car on approchait des élections et toutes les affaires publiques sont stoppées pendant cette année de foire aux candidats. Elle ne se préoccupait d'ailleurs pas plus de cette pause de trois ans qui suit les élections et précède la convulsion démocratique suivante, la conception américaine du gouvernement représentatif impliquant que les qualités intellectuelles et morales requises pour diriger une puissante nation sont précisément celles qui devraient l'empêcher de se soumettre aux humiliantes pratiques de la chasse au vote et du marchandage de candidats. C'est un truisme de la politique américaine qu'un homme à même de remporter une élection n'en a pas l'étoffe.

La Mother Company connut un passage délicat quand une commission de jeunes et naïfs sénateurs décida de mettre son nez dans les millions arabes prêtés à court terme qui permettaient de manipuler les banques américaines et de tenir l'économie de la nation en otage contre l'éventualité — peu probable, d'ailleurs — de voir les États-Unis remplir leurs engagements moraux envers Israël. Mais ces investigations tournèrent court grâce à l'intervention du Koweït qui menaça de retirer ses fonds et d'anéantir les banques si le Sénat poursuivait son enquête. Avec une habileté remarquable, la commission conclut que n'ayant pu poursuivre ses recherches, elle n'était pas en mesure d'affirmer avec certitude que la nation était soumise au chantage.

Telle était l'explication de l'amertume du délégué devant la perte de contrôle de sa propre organisation quand il entendit s'ouvrir les portes de la salle de projection. Il se leva à l'entrée de

Diamond que suivait Mlle Swivven, chargée de plusieurs listings de Fat Boy et des photos des membres du Cinq de Munich.

Ébauchant une sorte de salut, Starr souleva ses fesses de son siège, et se rassit avec un grognement. A la vue de Mlle Swivven, l'Arabe se dressa avec un large sourire et s'inclina dans une imitation heurtée de la galanterie européenne. Très jolie femme, se dit-il. Très sensuelle. Une peau de neige. Et superbement dotée de ce qu'ici ils appellent des roberts.

« Le projectionniste est dans la cabine ? demanda Diamond en s'asseyant à l'écart.

— Oui, monsieur, fit Starr de sa voix traînante. Vous désirez revoir le film ?

— Je veux que vous, imbéciles, vous le revoyiez. »

Le délégué n'apprécia pas d'être mis à la même enseigne qu'un simple agent, et encore moins qu'un Arabe, mais il avait appris à souffrir en silence. C'était là son principal talent de responsable.

« Vous n'aviez pas prévenu que vous désiriez voir le film, dit Starr. Je ne pense pas que le projectionniste l'ait déjà rembobiné.

— Qu'il le fasse passer à l'envers. Peu importe. »

Starr donna les instructions par interphone, et les lumières des appliques s'éteignirent doucement.

« Starr ?

— Monsieur ?

— Éteignez votre cigare ! »

... la porte de l'ascenseur s'ouvre et se ferme sur la tête du tueur japonais abattu. L'homme revient à la vie, se relève le long du mur. Le trou dans la paume de sa main se referme, il retire la balle de son dos. Il court en marche arrière, traverse un groupe d'écoliers ; une petite fille se redresse, ondoyant au-dessus du sol, la traînée rouge sur sa robe rentre, comme aspirée, dans son ventre. Le Japonais atteint le hall principal baigné d'une lumière floue, esquive des morceaux de verre brisé qui se rassemblent d'un coup en forme de porte vitrée. Le deuxième tueur se remet sur pied, saisit une arme automatique au vol ; tous les deux courent en arrière et sortent du champ ; un panoramique accéléré découvre un jeune Israélien étendu à terre ; le flot de sang remonte à sa hanche. Il se redresse d'un bond, court à reculons, attrapant son sac de montagne au passage. La caméra pivote, se fixe sur le second Israélien juste à temps pour voir sa joue se recoller. Il se redresse et le sang reflue dans sa poitrine, la déchirure dans la chemise kaki se répare d'elle-même. Les deux jeunes gens marchent à reculons. L'un se tourne et sourit. Ils reculent à grand-peine dans une famille d'Italiens qui se pressent et se hissent sur la pointe des pieds pour accueillir un parent. Ils refont en sens inverse le parcours jusqu'au guichet d'immigration et l'officier italien aspire de

son tampon l'autorisation d'entrée sur leurs passeports. Une fille aux cheveux roux secoue la tête avant de remercier en souriant...

« Stop ! » cria Diamond, au grand étonnement de Mlle Swivven qui ne l'avait encore jamais entendu élever la voix.

La fille sur l'écran s'immobilisa et l'intensité de la lampe diminua automatiquement pour ne pas brûler la vue.

« Vous voyez cette fille, Starr ?

— Sûr.

— Elle ne vous dit rien ? »

Cette question apparemment arbitraire embarrassa Starr. Il sentit qu'il aurait du mal à s'en tirer et se réfugia derrière son habituelle façade de brave garçon tombé des nues.

« Eh bien... voyons... Elle a une sacrée paire de roberts, ça s'est sûr. Un petit cul bien roulé. Les bras et la taille un peu maigrichons à mon goût, mais comme dirait mon vieux papa, plus proche est l'os, plus tendre est la chair. » Il eut un rire forcé et rauque auquel se joignit l'Arabe, avide de montrer qu'il avait compris.

« Starr ? (Diamond avait une voix pesante et monocorde.) J'aimerais que vous fassiez quelque chose pour moi. Pendant les quelques heures qui nous restent, pourriez-vous vous abstenir de parler comme un charretier. Je ne vous ai pas fait venir pour me divertir, et encore moins pour vous entendre agrémenter vos réponses de fioritures de mauvais goût. Il n'y a rien de drôle dans ce qui se passe ici. Fidèle aux traditions de la maison, vous vous êtes fichu dedans, Starr. Vous comprenez ça ? »

Il y eut un silence pendant lequel le délégué ravala sa protestation contre une telle diffamation.

« Starr ? Vous m'avez compris ? »

Un soupir, suivi d'un tranquille : « Oui, monsieur. »

Le délégué s'éclaircit la gorge et prit un ton ferme : « S'il y a quelque chose que l'agence puisse...

— Starr ? Reconnaissez-vous cette fille ? » demanda Diamond.

Mlle Swivven tira la photographie de son classeur et remonta l'allée jusqu'à Starr et l'Arabe.

Starr inclina la photo pour mieux l'examiner dans la pénombre.

« Oui, monsieur.

— Qui est-ce ?

— La fille là-haut, sur l'écran.

— Exact. Son nom est Hannah Stern. Son oncle était Asa Stern, organisateur du Cinq de Munich. Elle était le troisième membre du groupe de commando.

— Troisième ? interrogea Starr. Mais... on nous avait dit qu'ils n'étaient que deux dans l'avion.

— Qui vous avait dit ça ?

— C'était dans le rapport des services de renseignement de notre copain ici.

— C'est exact, monsieur Diamond, intervint l'Arabe. Nos agents de renseignement... »

Mais Diamond avait fermé les yeux et secouait lentement la tête. « Starr ? Êtes-vous vraiment en train de me raconter que vous avez monté une opération sur des informations venant de source arabe ?

— Eh bien nous... oui, monsieur. » Starr avait perdu son assurance. Vu comme ça, cela semblait être une sacrée gaffe. Comme si vous demandiez aux Italiens de venir réorganiser votre politique, ou aux Britanniques de s'occuper de vos échanges industriels.

« Il me semble, coupa le délégué, que si nous avons commis un impair fondé sur des données erronées de nos amis arabes, ceux-ci doivent endosser une part de responsabilité.

— Vous vous trompez, dit Diamond. Mais vous y êtes habitué, je suppose. Ils n'ont rien à endosser du tout. Ils ont le pétrole. »

Le représentant arabe sourit et hocha la tête. « Vous reflétez exactement la pensée de mon président et oncle, qui disait souvent...

— Très bien. (Diamond se leva.) Vous restez tous les trois à ma disposition. Dans moins d'une heure, je vous ferai demander. On me fait parvenir d'autres informations. Il reste encore une chance que je puisse rattraper votre maladresse. »

Il remonta l'allée, suivi de Mlle Swivven.

Le délégué s'éclaircit la voix pour dire quelque chose, mais estima que le silence était la plus grande démonstration de fermeté. Il jeta un long regard à Starr, détourna les yeux de l'Arabe, et quitta la salle.

« Ben, mon vieux, dit Starr en s'extrayant de son fauteuil, on ferait mieux d'aller manger un morceau tant qu'il est temps. Comme qui dirait que ça va chier dans la colle. »

L'Arabe gloussa en hochant la tête, essayant d'imaginer un amalgame de colle et de crottin de chameau.

Pendant un instant, la salle de cinéma déserte fut dominée par l'image figée de Hannah Stern, souriant du haut de l'écran. Quand le projectionniste remit le film en marche, il se bloqua et une tumeur brune et granuleuse envahit le visage de la jeune femme et le consuma.

Etchebar

Hannah Stern était assise à une table de café sous les arcades de la place principale de Tardets. Elle fixait d'un air absent le marc de café au fond de sa tasse, épais et granuleux. Le soleil faisait luire les maisons blanches sur la place ; l'ombre sous les arcades était sombre et fraîche. De l'intérieur du café lui parvenaient les voix de quatre Basques qui jouaient aux cartes, s'accompagnant d'une suite monotone de bai... passo... passo... alla Jainkoa ! passo... alla Jainkoa !... cette dernière locution prenant toutes les formes possibles d'intensité et d'accentuation suivant que les joueurs bluffaient, annonçaient, mentaient ou en appelaient à Dieu pour témoigner de cette putain de donne, ou sanctionner ce couillon de partenaire qu'Il leur avait fichu.

Au cours des sept dernières heures, Hannah avait oscillé entre la panique et le vertige, prise entre une réalité cauchemardesque et des images d'évasion. Elle était anéantie par le choc, la tête vidée. Et maintenant, vacillant au bord de l'écroulement nerveux, elle se sentait étonnamment calme... comme endormie...

Le réel, l'irréel, l'important, l'insignifiant, l'A Présent, l'Après ; la fraîcheur des arcades ; la chaleur qui montait de la place déserte ; ces voix psalmodiant dans la plus vieille langue d'Europe... tout s'emmêlait. Tout cela arrivait à quelqu'un d'autre, quelqu'un pour qui elle éprouvait une immense compassion, une grande sympathie, mais qu'elle ne pouvait pas aider. Quelqu'un pour qui on ne pouvait plus rien.

Après le massacre de Rome International, elle avait franchi presque inconsciemment la distance qui séparait l'Italie de ce café dans une petite ville basque. Hébétée, bouleversée, elle avait traversé mille cinq cents kilomètres en neuf heures. Et à présent, alors qu'il ne lui restait plus que quatre ou cinq kilomètres à parcourir, elle se sentait vidée de ses dernières ressources d'énergie. Épuisée, elle allait échouer au dernier moment par le caprice d'un patron de café.

D'abord, la terreur et l'affolement s'étaient emparés d'elle à la vue de ses camarades abattus. Frappée de stupeur, elle était restée sans mouvement au milieu de la foule qui la bousculait. D'autres coups de feu. Les lamentations d'une famille d'Italiens venus attendre un parent. Puis la panique l'avait saisie ; comme une aveugle, elle s'était dirigée vers l'entrée principale de l'aérogare, vers la lumière du soleil. Elle respirait par la bouche, haletant. Des policiers la heurtèrent en passant. Elle se força à avancer, les muscles du dos noués en attente de la balle qui ne venait pas. Elle passa devant un vieil homme à barbiche blanche, assis par terre les jambes étendues devant lui, comme un enfant qui joue. Elle ne voyait aucune blessure, mais la mare de sang noir dans laquelle il baignait s'agrandissait. Il semblait ne pas souffrir et leva vers elle des yeux étonnés. Elle fut incapable de s'arrêter. Leurs yeux se rencontrèrent quand elle le dépassa et elle murmura stupidement : « Je suis désolée, vraiment désolée. »

Une matrone hystérique, dans le groupe d'Italiens, hurlait, suffoquait. On lui prêtait beaucoup plus d'attention qu'aux victimes. Après tout, c'était la Mama.

Par-dessus la confusion générale, les cris, les courses précipitées, une voix calme et mélodieuse annonça le premier appel des passagers du vol Air France 470 pour Toulouse, Tarbes et Pau. Enregistrée, la voix ignorait le chaos qui régnait sous les haut-parleurs. Quand l'annonce fut répétée en français, les derniers mots atteignirent la conscience d'Hannah. Porte 11. Porte 11.

L'hôtesse dut rappeler à Hannah de relever le dossier de son siège. « Oh ! oui, excusez-moi. » Une minute plus tard, la même hôtesse lui dit d'attacher sa ceinture. « Oh ! oui, excusez-moi. »

L'avion perça la couche mince de nuages et s'éleva dans le bleu vif de l'infini. Le vrombissement des moteurs, la vibration de la cabine. Hannah se sentit glacée d'impuissance et de solitude. A côté d'elle, un homme d'une quarantaine d'années parcourait un magazine. De temps à autre ses yeux glissaient par-dessus la page et lui jetaient un rapide coup d'œil ; elle boutonna le haut de sa chemise. L'homme sourit, s'éclaircit la gorge. L'imbécile allait essayer de la draguer ! Seigneur !

Et brusquement, elle eut la nausée.

Elle vomit dans la cuvette des toilettes, agenouillée au milieu de l'étroit réduit. En la voyant sortir, pâle et chancelante, la marque des carreaux imprimée sur ses genoux, l'hôtesse lui témoigna une sollicitude légèrement condescendante à l'idée qu'un vol aussi court pût la rendre malade.

L'avion vira sur l'aile à l'approche de Pau, et Hannah contempla par le hublot la chaîne des Pyrénées aux cimes couvertes de neige dans l'air limpide, mer d'écume gelée dans la tempête. Superbe et terrifiant.

Quelque part par-là, dans la partie basque de la chaîne, vivait Nicholaï Hel. Si seulement elle pouvait arriver jusqu'à M. Hel...

Ce n'est qu'après le départ de l'avion, en survolant la lumière glacée des Pyrénées, qu'elle se rendit compte qu'elle n'avait pas d'argent. Avrim portait sur lui toute leur fortune. Elle serait obligée de faire du stop ; et elle ne connaissait pas la route. Tant pis, elle demanderait aux conducteurs. Elle savait qu'elle n'aurait aucun mal à arrêter une voiture. Quand on est jeune et jolie... avec une belle poitrine...

La première voiture la mena jusqu'à Pau, et le conducteur lui proposa un endroit où passer la nuit. Mais elle le persuada de la déposer aux faubourgs de la ville, dans la direction de Tardets. Le changement de vitesse devait être dur à manœuvrer, car sa main glissa deux fois du levier et lui effleura la jambe.

Elle arrêta une seconde voiture presque immédiatement. Non, il n'allait pas à Tardets. Seulement à Oléron. Mais il pouvait lui trouver un endroit où passer la nuit...

Une autre voiture, un autre conducteur insistant, et Hannah arriva enfin au petit village de Tardets où elle alla demander davantage d'indications au café. La première barrière qu'elle y rencontra fut l'accent local, la langue *d'oc,* accompagné des lourdes consonances du dialecte du pays de la Soule où une petite cuillère prend huit syllabes.

« Qu'est-ce que vous cherchez ? » demanda le patron du café. Ses yeux ne quittaient la poitrine d'Hannah que pour s'attarder sur ses jambes.

« J'essaye de trouver le château d'Etchebar. La demeure de M. Nicholaï Hel. »

Le patron fronça les sourcils, loucha vers les arcades au-dessus de sa tête, et se gratta d'un doigt sous le béret que les hommes de ce pays ne quittent qu'au lit, dans la tombe ou en arbitrant une partie de pelote. Non, il ne pensait pas avoir jamais entendu ce nom. Hel, vous dites (il prononçait le H, qui fait partie des sons basques). Sa femme le connaissait peut-être, elle. Il allait le lui demander. Mademoiselle prendrait-elle quelque chose en attendant ? Elle commanda un café, qui lui fut servi épais, amer, plusieurs fois réchauffé, dans une cafetière d'étain alourdie de multiples soudures qui ne l'empêchaient pas de fuir. Le patron semblait regretter la fuite, mais l'accepter avec fatalisme. Il espérait que le café qui était tombé sur la jambe d'Hannah ne l'avait pas brûlée. Il n'était pas assez chaud pour brûler ? Bon. Bon. Il disparut dans le fond de la salle, visiblement pour s'enquérir de M. Hel.

Cela faisait quinze minutes.

Hannah avait peine à ouvrir les yeux face à la place étincelante, déserte, à l'exception d'un pêle-mêle de voitures, pour la plupart des *Deuches* immatriculées 64, garées n'importe comment, là où leurs conducteurs avaient bien voulu s'arrêter.

Avec un rugissement assourdissant, un grincement d'embrayage et d'abominables crachements, un énorme camion allemand négocia péniblement un virage à dix centimètres à peine des façades crépies des maisons. Suant, braquant son volant, actionnant les freins à air comprimé, le conducteur tentait de faire entrer le monstre sur la vieille place, quand il se trouva face au plus formidable des obstacles. Se dandinant côte à côte au milieu de la rue, deux commères du pays, visage rude et inexpressif, échangeaient leurs potins du coin des lèvres. Sans âge, massives, l'air buté, elles avançaient d'un pas lourd sur leurs grosses jambes, indifférentes à la frustration du chauffeur germanique qui roulait au ralenti derrière elles, grommelant les imprécations les plus virulentes, tapant du poing sur son volant.

Hannah Stern n'était pas à même d'apprécier cette représentation scénique des relations franco-germaniques dans le Marché commun, et d'ailleurs le patron du café réapparaissait, son visage auguleux de Basque éclairé d'une soudaine compréhension.

« Vous cherchez M. Hel ? lui dit-il.

— C'est ce que je vous ai dit.

— Ah ! si j'avais su que c'était M. Hel que vous cherchiez... » Il poussa un énorme soupir, levant les deux mains dans un geste qui impliquait que si elle s'était montrée plus claire, cela aurait évité tous ces embarras.

Et il finit par lui expliquer comment se rendre au château d'Etchebar. D'abord, il fallait franchir la gave de Tardets (le r roulé, les deux t et le s appuyés), puis traverser Abense-le-Haut (cinq syllabes, le h et le t appuyés) et ensuite monter jusqu'à Lichans (pas de nasale, prononcer le s) et à l'embranchement, prendre à droite vers les collines d'Etchebar ; pas le chemin de gauche, qui vous mènerait à Licq.

— Est-ce loin d'ici ?

— Non, pas très loin. Mais vous ne voulez pas aller à Licq, de toute façon ?

— Je veux dire Etchebar ! Sommes-nous loin d'Etchebar ? »

Hannah était dans un tel état de tension nerveuse et d'épuisement que le simple fait d'obtenir un renseignement d'un Basque lui paraissait au-dessus de ses forces.

« Non, ce n'est pas loin. Peut-être à deux kilomètres après Lichans.

— Et à quelle distance est Lichans ? »

Il haussa les épaules. « Oh ! ça doit bien être à deux kilomètres après Abense-le-Haut. Vous ne pouvez pas le manquer. Sauf si vous tournez à gauche après l'embranchement. Alors là, vous le manqueriez, parce que vous arriveriez à Licq, vous comprenez. »

Les vieux joueurs de cartes avaient abandonné leur partie et s'étaient rassemblés derrière le patron du café, intrigués par toutes ces histoires autour de cette touriste étrangère. Il y eut une brève discussion en basque, et on convint que si la fille prenait le chemin de gauche elle tomberait sur Licq. Mais alors, Licq n'était pas un si mauvais village. N'était-ce pas là que s'était passée la fameuse histoire du pont de Licq construit avec l'aide des lutins de la montagne qui…

« Ecoutez, implora Hannah, y a-t-il quelqu'un qui pourrait me conduire au château d'Etchebar ? »

Un rapide conciliabule entre le patron du café et les joueurs de cartes. On argumenta, on s'expliqua, on prit position. Puis le patron donna l'opinion du groupe.

« Non. »

Il avait été décidé que cette étrangère vêtue d'un short de marche et qui portait un sac à dos était l'une de ces jeunes touristes sportives connues pour leurs manières familières, mais chiches sur les pourboires. Par conséquent, il n'y avait personne pour la conduire à Etchebar, excepté le plus vieux des joueurs qui voulait bien parier sur sa générosité, mais qui, malheureusement n'avait pas de voiture. Et de toute façon, il ne savait pas conduire.

Avec résignation, Hannah souleva son sac. Le cafetier lui rappela alors la tasse de café, et elle se souvint qu'elle n'avait pas d'argent français. Elle l'expliqua avec force mines de contrition, feignant de se moquer du ridicule de la situation. Mais l'homme restait de marbre, l'œil rivé sur le café non payé, obstinément silencieux. Les joueurs commentaient ce nouveau tour des événements avec animation. Comment ? La touriste prenait un café sans avoir de quoi le payer ? Ça pouvait bien faire l'objet d'un procès-verbal, ça !

Finalement, le patron du café lâcha un soupir entrecoupé, et la regarda, un air de tragédie au fond des yeux. Lui disait-elle qu'elle n'avait pas les deux francs pour payer le café — sans compter le pourboire — juste les deux francs pour le café ? C'était une question de principe. Après tout, lui, il achetait le café ; il payait le gaz pour faire chauffer l'eau, et tous les deux ans il payait le rétameur pour réparer la cafetière. Il était homme à payer ses dettes, lui, pas comme certains…

Hannah oscillait entre le fou rire et la colère. Comment imaginer que deux francs — et elle ignorait qu'une tasse de café ne coûte qu'un franc — pouvaient occasionner une telle scène ? Elle ne s'était encore jamais trouvée face à cette manifestation typiquement française de l'avarice où l'argent — le centime même — est le centre de toute considération, plus important que les biens, le confort, la dignité. Plus important, en fait, que la richesse véritable. Elle ne pouvait pas savoir que malgré leurs noms basques, ces villages sont devenus profondément français sous les pressions culturelles corrosives de la radio, de la télévision et du système d'éducation étatisé, qui fabriquent l'histoire moderne pour aboutir à la *Vérité lénifiante de la Ve République*.

Dominés par la mentalité du petit commerçant, les Basques partageaient cette conception caractéristique du profit où le plaisir de gagner cent francs est infime si on le compare à l'immense douleur de perdre un centime.

Réalisant enfin que sa pantomime d'affliction et de déconvenue n'arracherait pas les deux francs à la jeune fille, l'homme s'excusa avec une politesse ironique et lui dit qu'il revenait tout de suite.

Il réapparut vingt minutes plus tard, après une conversation animée avec sa femme dans l'arrière-salle. « Vous êtes une amie de M. Hel ? lui demanda-t-il.

— Oui, mentit Hannah, préférant ne pas entrer dans les détails.

— Bon. Eh bien alors, j'imagine que M. Hel voudra bien payer, si vous ne pouvez pas le faire. » Il déchira une feuille de son carnet offert par les distributeurs Byrrh et y inscrivit quelque chose avant de le plier en deux, marquant le pli de l'ongle du pouce. « Vous donnerez ça à M. Hel, s'il vous plaît », dit-il sèchement.

Son regard ne s'attardait plus sur la poitrine et les jambes d'Hannah. Il est des choses plus importantes que la bagatelle.

Hannah marchait depuis plus d'une heure. Elle avait traversé le pont d'Abense-le-Haut, et grimpait lentement dans les collines basques, le long d'un étroit chemin dont le goudron fondait au soleil, bordé d'anciens murs de pierres entre lesquelles se faufilaient des lézards à son approche. Dans les champs, les moutons broutaient, les agneaux vacillaient aux côtés de leurs mères, les vaches rousses des Pyrénées flânaient à l'ombre des pommiers à l'abandon, regardant passer la jeune fille de leurs yeux infiniment doux et stupides. Les collines arrondies, luxuriantes de fougères, égayaient la petite vallée fermée, et au-delà s'élevaient les montagnes couronnées de neige, leurs arêtes dentelées dessinées sur le ciel d'un bleu immaculé. Haut dans les airs, une buse se laissait porter par un courant ascendant, le bout des ailes déployé comme des doigts, pour sentir le vent en scrutant le sol à la recherche d'une proie.

La chaleur intensifiait un entêtant mélange d'odeurs : le parfum aigu des fleurs sauvages, celui plus atténué de l'herbe coupée et des crottes fraîches de mouton, les lourds effluves du goudron ramolli.

Abrutie de fatigue, Hannah ne remarquait ni le paysage ni les odeurs autour d'elle. Elle avançait en titubant, tête baissée, l'œil fixé sur le bout de ses chaussures de marche. Son esprit, échappant à l'excès de sensations des dernières dix heures, se réfugiait dans un rétrécissement visuel de la conscience. Elle n'osait plus penser, imaginer, se souvenir ; car derrière les frontières de l'instant présent, l'attendaient des visions qui l'anéantiraient, si elle les laissaient surgir. Ne pas penser. Marcher. Regarder le bout de ses chaussures. Ne penser qu'à atteindre le château d'Etchebar. Contacter Nicholaï Hel. Rien avant. Rien après.

Elle arriva à un croisement sur le chemin et s'arrêta. A droite, le sentier montait plus raide vers le village perché d'Etchebar ; derrière le petit groupe de maisons crépies, Hannah aperçut la large façade classique de ce qui devait être le château, dominant le faîte de grands pins et entouré d'un haut mur de pierre.

Elle eut un profond soupir et continua avec peine à avancer, épuisée physiquement et moralement. Elle n'avait qu'un désir, arriver au château... joindre Nicholaï Hel.

Deux paysannes en robe noire interrompirent leur caquetage au-dessus d'un petit mur de pierre pour regarder l'étrangère avec une curiosité et une méfiance affichées. Où allait-elle, cette effrontée qui montrait ses jambes ? Au château ? Alors, ça expliquait tout. Toutes sortes de gens bizarres se rendaient au château depuis que l'étranger l'avait acheté. Non que M. Hel fût un mauvais homme. En fait, les hommes, à la maison, racontaient même qu'il était très admiré par le Mouvement de Libération des Basques. Mais quand même... c'était un nouveau venu. Inutile de dire le contraire. Il habitait le château depuis quatorze ans, alors que chacun au village (quatre-vingt-treize habitants) a son nom inscrit sur des douzaines de tombes autour de l'église, tantôt récemment gravé dans le granit du pays, tantôt à peine lisible sur la vieille pierre érodée par cinq siècles de pluie et de vent. Regardez ! L'effrontée n'avait même pas de soutien-gorge ! Elle voulait attirer les hommes, voilà tout ! Elle aura un enfant illégitime si elle continue comme ça. Et qui voudra l'épouser, après ça ? Elle finira par éplucher les patates et frotter les carreaux chez sa sœur, va. Et le mari de sa sœur lui courra après quand il sera saoul ! Et un jour, quand la sœur sera trop enceinte pour faire l'amour, c'est la fille qui cédera au mari ! Probablement dans la grange. Ça arrive toujours comme ça. Et la sœur s'en apercevra, et elle la chassera de sa maison ! Et où ira-t-elle alors ? Putain à Bayonne, voilà ce qu'elle sera !

Une troisième femme se joignit aux deux commères. Qui est cette fille qui montre ses jambes ? On ne sait rien d'elle, sauf que c'est une putain de Bayonne. Et même pas basque ! Ce serait pas une protestante, par hasard ? Oh ! non, je n'irais pas si loin. Seulement une pauvre putain qui a couché avec le mari de sa sœur. Voilà ce qui arrive quand vous montrez votre poitrine.

« Certain. Certain. »

Hannah leva les yeux en passant et remarqua les trois femmes. « Bonjour, mesdames, dit-elle.

— Bonjour, mademoiselle, répondirent-elles en chœur, avec ce sourire basque qui en dit long. Vous vous promenez ? demanda l'une.

— Oui, madame.

— C'est bien. Vous en avez de la chance d'avoir le temps. »

Elle se poussèrent du coude. L'allusion était rusée, audacieuse.

« Vous cherchez le château, mademoiselle ?

— Oui.

— Continuez dans cette direction, et vous trouverez ce que vous cherchez. »

Un coup de coude. Un autre. Le sous-entendu était hardi, mais si délicieusement perfide.

Hannah s'arrêta devant la lourde grille de fer. Il n'y avait personne en vue, et il ne semblait y avoir aucun moyen de sonner ou de frapper à la porte. Le château s'élevait à une centaine de mètres plus loin, au bout d'une longue allée sinueuse d'arbres. Hésitante, elle allait essayer l'une des grilles plus petites sur le chemin, quand une voix chantante l'interpella : « Mademoiselle ? »

Elle retourna à la grille principale derrière laquelle la fixait un vieux jardinier en tablier bleu. « Je cherche M. Hel », dit-elle.

Le jardinier avala un « oui » qui ressemblait à tout sauf à un oui. Il lui dit d'attendre et disparut dans la rangée d'arbres. Une minute plus tard, elle entendit grincer les gonds de l'une des petites portes de côté, et il lui fit signe d'entrer avec un geste arrondi du bras et un salut si profond qu'il faillit en perdre l'équilibre. En passant devant lui, Hannah se rendit compte qu'il était à moitié ivre. En fait, Pierre n'était jamais vraiment ivre. Et il n'était jamais vraiment sobre. L'espacement régulier de ses douze verres de vin rouge quotidiens le protégeait de l'un ou l'autre de ces deux excès.

Il lui indiqua le chemin, mais ne l'accompagna pas jusqu'au château ; il retourna tailler le dédale des haies de buis. Il ne travaillait pas vite, mais n'abandonnait jamais son travail, chaque demi-heure de sa journée ponctuée, rafraîchie, embuée par son verre de rouge.

Hannah entendait résonner le clip-clip-clip des cisailles en remontant l'allée bordée de grands cèdres bleus dont les plus basses branches penchaient et se balançaient, balayant l'ombre comme de longues algues. Le vent susurrait haut dans les arbres, bruit de la marée sur le sable, et il faisait frais sous l'ombrage. Elle frissonna. Elle était étourdie par sa longue marche sous le soleil, n'ayant rien avalé d'autre qu'un café de toute la journée. La peur avait glacé ses émotions, puis le désespoir l'avait anéantie. Glacée, anéantie. Son emprise sur la réalité lui échappait.

Elle s'arrêta au pied du double escalier de marbre qui menait à la terrasse, ne sachant quel côté prendre.

« Puis-je vous aider ? » demanda une voix de femme d'en haut.

Hannah leva la tête vers la terrasse ensoleillée en se protégeant les yeux. « Bonjour. Je suis Hannah Stern.

— Eh bien, montez Hannah Stern. » Le soleil cachait le visage de la femme aux yeux d'Hannah, mais sa robe et ses manières avaient quelque chose d'oriental, bien que la voix, douce et modulée, ne ressemblât pas au gazouillis des femmes d'Extrême-Orient. « C'est une coïncidence qui devrait nous porter chance. Je m'appelle Hana — presque comme vous. En japonais, mon nom signifie fleur. Que veut dire le vôtre ? Peut-être, comme tant de noms occidentaux, ne signifie-t-il rien. Quelle bonne idée d'arriver à l'heure du thé. »

Elles se serrèrent la main, suivant la coutume française, et Hannah s'étonna de la beauté paisible de cette femme dont les yeux semblaient la regarder avec un mélange de bonté et d'ironie. Elle avait soudain l'impression d'être étonnamment à l'aise et rassurée. En traversant la large terrasse dallée devant la belle demeure à façade classique, ses quatre portes-fenêtres flanquant l'entrée principale, la jeune femme choisit la plus épanouie des fleurs qu'elle venait de couper et l'offrit à Hannah dans un geste aussi naturel que gracieux. « Je vais les mettre dans l'eau, dit-elle. Puis nous prendrons le thé. Vous êtes une amie de Nicholaï ?

— Non, pas vraiment. Mon oncle était un de ses amis.

— Et vous êtes venue le voir en passant. Comme c'est gentil à vous. » Elle ouvrit les portes vitrées d'un salon ensoleillé ; le plateau du thé était posé au milieu de la pièce, sur une table basse, devant une cheminée en marbre que protégeait un pare-étincelles en cuivre. Une porte au fond de la pièce se referma au moment où elles entraient. Durant son séjour au château d'Etchebar, Hannah apprendrait à ne voir et n'entendre du personnel et des domestiques que des portes qui se ferment, des pas furtifs au bout des couloirs, ou l'apparition de café ou de fleurs sur sa table de nuit. Les repas étaient préparés de façon à laisser la maîtresse de maison faire le service elle-même. Elle pouvait ainsi se montrer aimable et attentionnée.

« Posez votre sac ici, dans le coin, Hannah, dit la jeune femme. Et voulez-vous être assez gentille pour servir le thé pendant que j'arrange les fleurs. »

Le soleil qui inondait le salon par les portes-fenêtres, les murs bleu clair, les moulures dorées, le mélange de meubles de marqueterie Louis XV et orientale, les filets de vapeur grise qui s'échappaient de la théière dans un rai de soleil, les miroirs qui reflétaient, multipliaient chaque objet ; tout faisait de cet endroit un autre monde, un monde différent de celui où l'on abat les jeunes gens dans les aéroports. En penchant la théière d'argent au-dessus des tasses de porcelaine de Limoges au décor vaguement chinois,

Hannah fut saisie par le vertige de la réalité. Elle crut qu'elle allait s'évanouir.

Elle retrouvait soudain cette impression qu'elle éprouvait parfois quand elle était enfant, à l'école... C'était l'été, elle s'ennuyait, il y avait un bourdonnement d'étude autour d'elle. Elle fixait le vide, jusqu'à ce que les choses deviennent énormes... minuscules. Et elle se demandait : « Est-ce que je suis moi ? Est-ce que je suis moi ? Est-ce vraiment moi qui pense ? Moi ? Moi ? »

Et aujourd'hui, en regardant les gestes gracieux, mesurés, de l'élégante et svelte Orientale qui reculait pour apprécier le bouquet, changeait une fleur, Hannah essayait désespérément de s'ancrer contre la vague de désarroi et d'épuisement qui l'emportait.

C'est étrange, pensa-t-elle. De tout ce qui était arrivé aujourd'hui, l'horreur dans l'aérogare, la vol presque irréel de Rome à Pau, les avances des conducteurs, cet arriéré de cafetier à Tardets, la longue montée sous le soleil éblouissant jusqu'à Etchebar... de tout cela, l'image la plus forte restait celle des grands cèdres à l'ombre aquatique... de la fraîcheur du couvert épais des branches, et le bruit de mer que faisait le vent dans les arbres. Un autre monde. Étrange.

Était-elle réellement assise ici, en train de servir le thé dans un service de Limoges, paraissant sans doute ridicule avec son short de marche et ses lourdes chaussures à semelles de caoutchouc ?

Y avait-il si peu de temps qu'elle était passée, hébétée, près du vieil homme assis par terre, dans l'aéroport de Rome ? « Je suis désolée » avait-elle stupidement murmuré.

« Je suis désolée », redit-elle à voix haute. La jeune femme venait de dire quelque chose que Hannah n'avait pas saisi.

La femme sourit en s'asseyant auprès d'elle. « Je disais simplement qu'il est dommage que Nicholaï ne soit pas là. Il est parti en montagne depuis plusieurs jours, explorer l'une de ses chères grottes. Un curieux passe-temps. Mais je l'attends ce soir ou demain matin. Cela vous donnera le temps de prendre un bain et peut-être de dormir un peu. Vous en avez besoin, ne croyez-vous pas ? »

La perspective d'un bain chaud et de draps frais était grisante.

La femme sourit et approcha sa chaise de la table où était servi le thé. « Comment prenez-vous votre thé ? » Son regard était paisible et direct. Elle avait des yeux bridés, mais d'une couleur noisette, semés de gouttes d'or. Hannah se demandait de quelle race elle était. La légèreté précise de ses mouvements était tout orientale, mais la teinte café au lait de la peau, les formes que révélait la robe chinoise de soie verte à col officier étaient propres aux Africaines. La bouche, le nez, avaient une courbure asiatique.

Et sa voix était posée, basse et modulée, comme l'était son rire quand elle dit : « Oui, je sais, c'est troublant.

— Excusez-moi, dit Hannah, confuse que l'on ait pu lire si facilement dans ses pensées.

— Je suis ce que les gens bien élevés appellent une « eurasienne » et les autres une métisse. Ma mère était japonaise, et il semblerait que mon père fût un soldat américain mulâtre. Je n'ai pas eu la chance de le connaître ? Vous prenez du lait ?

— Comment ?

— Dans votre thé ? (Hannah sourit.) Seriez-vous plus à l'aise si nous parlions anglais ? demanda-t-elle dans cette langue.

— Oui, en effet, répondit Hannah également en anglais, mais avec l'accent américain.

— Je l'ai deviné à votre accent. C'est entendu. Nous parlerons donc en anglais. Nicholaï l'emploie rarement à la maison, et je crains d'en avoir un peu perdu l'habitude. » Elle avait, en fait, un accent à peine perceptible ; non un défaut de prononciation, mais une légère réapparition de son accent britannique. Son français avait peut-être également quelques traces d'accent, mais l'oreille étrangère d'Hannah ne les percevait pas.

Hannah remarqua soudain autre chose : « Il y avait deux tasses sur le plateau. M'attendiez-vous, madame Hel ?

— Appelez-moi Hana. Oui, je vous attendais. L'homme du café à Tardets a téléphoné pour demander s'il pouvait vous expliquer le chemin. Et j'ai reçu un coup de téléphone quand vous avez traversé Abense-le-Haut, et un autre quand vous êtes arrivée à Lichans. (Hana eut un petit rire.) Nicholaï est très bien gardé, ici. Vous savez, il n'aime pas beaucoup les surprises.

— Oh ! cela me fait penser. J'ai une note pour vous. » Hannah sortit de sa poche le billet soigneusement plié que le patron du café lui avait donné.

Hana l'ouvrit, jeta un coup d'œil et se mit à rire doucement. « C'est une addition. Très détaillée. Ah ! ces Français ! Un franc pour le coup de téléphone. Un franc pour votre café. Et un franc cinquante en plus — estimation du pourboire que vous auriez dû laisser. Mon Dieu, c'est une excellente affaire. Nous avons le plaisir de votre compagnie pour le prix de trois francs cinquante ! » Elle rit à nouveau et mit la note de côté. Puis elle tendit le bras et posa une main sèche et chaude sur le bras d'Hannah. « Jeune fille ? Je ne sais si vous vous rendez compte que vous pleurez.

— Comment ? » Hannah passa sa main sur sa joue. Elle était humide de larmes. Mon Dieu, depuis combien de temps pleurait-elle ? « Je suis désolée. C'est juste... ce matin, mes amis... étaient... Je dois voir M. Hel.

— Je sais, très chère, je sais. Maintenant, finissez votre thé. On y a mis un calmant. Ensuite, je vous montrerai votre chambre et vous pourrez prendre un bain et vous reposer. Et vous serez fraîche et belle pour rencontrer Nicholaï. Laissez votre sac ici. Une des domestiques vous l'apportera.

— Je voudrais vous expliquer... »

Mais Hana leva la main. « Vous expliquerez ces choses à Nicholaï quand il reviendra. Et il me dira ce qu'il désire que je sache. »

Hannah reniflait encore comme une enfant en suivant Hana dans le grand escalier de marbre qui dominait l'entrée. Mais elle sentait une délicieuse sensation de paix l'envahir doucement. Ce que l'on avait mis dans son thé atténuait l'âpreté de ses souvenirs, les dispersait au loin. « Vous êtes si gentille pour moi, madame Hel », dit-elle sincèrement.

Hana rit doucement. « Appelez-moi Hana. Après tout, je ne suis pas la femme de Nicholaï. Je suis sa maîtresse. »

La porte de l'ascenseur s'ouvrit sans bruit et Diamond précéda Mlle Swivven dans la salle de travail immaculée du seizième étage. « ... et je veux qu'ils soient là dès que je les ferai appeler : Starr, le délégué et l'Arabe. Vous avez noté ?

— Oui, monsieur. » Mlle Swivven se rendit directement dans son minuscule bureau pour prendre les dispositions nécessaires. Le Premier adjoint se leva de sa console.

« J'ai le déroulement des contacts d'Asa Stern à la première génération, monsieur. Le voilà. » Il ressentait une fierté justifiée. Il n'existait pas dix hommes au monde capables d'extraire de Fat Boy une liste de données fondées sur des relations émotionnelles informes.

« Donnez-moi un RP, ordonna Diamond en s'installant dans sa chaise pivotante au bout de la table de conférence.

— Voilà. Hoop ! Une seconde, monsieur. La liste est inversée à 180 p. cent. Je la redresse immédiatement. »

C'était la démonstration typique de l'incapacité de l'ordinateur à faire la distinction entre amour et haine, affection et chantage, amitié et parasitisme : une liste établie en termes de critères émotionnels avait 50 p. cent de chance d'être inversée. Le Premier adjoint avait prévu le risque et parsemé la liste brute des noms de Maurice Herzog et Heinrich Himmler (tous deux commençant par un H). Quand le listing indiqua que Asa Stern admirait Himmler et détestait Herzog, le Premier adjoint en conclut que Fat Boy avait inversé les données à 180°.

« Ce n'est pas uniquement une liste brute, n'est-ce pas ? demanda Diamond.

— Non, monsieur. J'ai demandé des informations précises. Juste les faits les plus marquants relatifs à chaque nom ; nous pouvons ainsi déterminer l'identification nécessaire.

— Llewellyn, vous êtes un génie. »

Le Premier adjoint fit un signe d'approbation distrait et regarda la liste se dérouler sur l'écran en lettrage IBM.

STERN DAVID

RELATION ÉGALE FILS... CARTE BLANCHE... ÉTUDIANT, ATHLÈTE AMATEUR... ABATTU, 1972 paragraphe JEUX DE MUNICH...

STERN, JUDITH
RELATION ÉGALE ÉPOUSE... CARTE ROSE... ÉTUDIANTE, SCIENTIFIQUE.
DÉCÉDÉE, 1956 paragraphe CAUSES NATURELLES...
ROTHMANN MOISHE
RELATION ÉGALE AMI... CARTE BLANCHE... PHILOSOPHE, POÈTE... DÉCÉDÉ, 1958 paragraphe CAUSES NATURELLES...
KAUFMANN S.L.
RELATION ÉGALE AMI... CARTE ROUGE... ACTIVISTE... RETIRÉ...
HEL NICHOLAI ALEXANDROVITCH
RELATION ÉGALE AMI...

« Stop ! cria Diamond. Arrêtez là. »

Le Premier adjoint parcourut les extraits d'information suivants. « Oh ! bonté divine ! »

Diamond se carra dans sa chaise et ferma les yeux. Quand la C.I.A. foutait le bordel, elle le faisait dans les règles. « Nicholaï Hel, prononça-t-il d'un ton uniforme.

— Monsieur ? fit doucement le Premier adjoint, se souvenant qu'autrefois les porteurs de mauvaises nouvelles étaient exécutés. Ce Nicholaï Hel est identifié avec une carte mauve.

— Je sais... je sais.

— Ah !... Je suppose que vous désirez un déroulement et un listing complet sur Hel Nicholaï Alexandrovitch ? demanda le Premier adjoint, comme s'il s'excusait.

— Oui. » Diamond se leva et marcha jusqu'à la grande fenêtre derrière laquelle s'élevait le monument de Washington illuminé dans le ciel noir. Une double rangée de phares sillonnaient la grande avenue en direction du Centre — les mêmes voitures, au même endroit, à cette même heure de la nuit. « Le déroulement va vous paraître étonnamment mince.

— Mince, monsieur ? Sur une carte mauve ?

— Sur cette carte mauve-là, oui. »

Dans le système de code par couleur, les cartes perforées mauves indiquaient les hommes les plus insaisissables et les plus dangereux du point de vue de la Mother Company. Ceux qui agissaient sans référence à des principes nationalistes ou idéologiques, les agents indépendants, les tueurs que ne contrôlait aucune pression gouvernementale, ceux qui tuaient pour les deux côtés.

A l'origine, le code par couleur des cartes perforées était introduit dans Fat Boy dans le but d'exposer immédiatement certaines caractéristiques importantes de la vie et des activités du sujet. Mais dès le début, l'incapacité foncière de Fat Boy de traiter avec des abstractions et des zones incertaines avait réduit la valeur du système. Le problème reposait sur le fait que Fat Boy avait la possibilité d'établir lui-même le code par couleur aux termes de certains principes définis.

Le premier de ces principes était que seuls des sujets présentant un danger réel ou potentiel pour la Mother Company et les gouvernements qu'elle contrôlait seraient représentés par des cartes de couleur ; tous les autres étant identifiés par les cartes standard blanches. Un autre principe était qu'il devait y avoir une relation symbolique entre la couleur de la carte et la nature de l'affiliation du sujet. Cette sélection marchait assez bien dans sa forme la plus simple : agitateurs de gauche et terroristes étaient représentés par des cartes rouges. Politiciens d'extrême droite et activistes avaient une carte bleue ; les sympathisants de la gauche possédaient une carte rose ; ceux des ultra-conservateurs une carte bleu clair. (Pendant une brève période on attribua aux libéraux confirmés des cartes jaunes, en harmonie avec le symbolisme politique britannique, mais quand le potentiel d'action des libéraux fut estimé par Fat Boy, on leur attribua à nouveau des cartes blanches, correspondant à leur insignifiance politique.)

L'efficacité du système de code par couleur devenait discutable quand on l'appliquait à des situations trop complexes. Par exemple, les partisans de l'IRA et ceux des différentes organisations d'Ulster étaient au hasard affectés de cartes vertes ou orange, l'analyse de Fat Boy sur la stratégie, l'idéologie et l'efficacité des deux groupes les démarquant difficilement l'un de l'autre.

Il y avait un autre problème : Fat Boy poursuivait une recherche bornée de la logique dans l'attribution des couleurs. Ainsi, pour différencier les agents communistes chinois des agents communistes européens, il avait attribué aux premiers des cartes jaunes, et aux seconds (contrôlés par les Chinois) un mélange de jaune et de rouge, ce qui les dotait de cartes orange identiques à celles des Irlandais du Nord. De telles méthodes plus ou moins hasardeuses conduisaient à des erreurs fâcheuses, dont la moindre ne fut pas l'hypothèse émise par Fat Boy que Ian Paisley était albanais.

La méprise la plus sérieuse concerna les nationalistes africains et les agents du Black Power américain. Suivant une certaine logique raciale, ces sujets possédaient des cartes noires. Plusieurs mois durant, ces hommes purent agir sans surveillance ni interférence de la part de la Mother Company ou de ses filiales, pour la simple raison que l'impression noire sur les cartes noires était indéchiffrable.

On décida donc à regret de mettre fin à l'utilisation du code par couleur, malgré les millions de dollars que les Américains y avaient consacrés.

Mais il est plus facile d'introduire un système dans Fat Boy que de l'en éliminer, car sa mémoire est éternelle et sa continuité dans la logique linéaire, implacable. Il restait donc encore des vestiges du système de code par couleur. Les agents de gauche étaient toujours identifiés avec des cartes roses ou rouges ; tandis que les crypto-fascistes, comme les membres du KKK, avaient des cartes bleues et les légionnaires américains du bleu pastel. Avec une certaine logique, les sujets qui travaillaient indifféremment pour les deux côtés se retrouvaient en violet, mais Fat Boy, se rappelant ses difficultés avec les agents du Black Power, avait atténué le violet en mauve.

De plus, Fat Boy réservait une carte mauve à des hommes spécialisés dans le meurtre.

Le Premier adjoint leva un regard perplexe vers la console. « Ah !... il y a quelque chose qui ne va pas, monsieur. Fat Boy déroule des schémas information/correction/information/correction. Ses données varient, même sur l'information la plus fondamentale. Nous avons des âges pour ce Nicholaï Hel qui varient de quarante-sept à cinquante-deux ans. Et voyez ça ! Pour la nationalité, nous avons le choix entre russe, allemande, chinoise, japonaise, française et costaricaine. Costaricaine, monsieur ?

— Ces deux dernières ont un rapport avec son passeport ; il a deux passeports, un délivré par la France, l'autre par le Costa Rica. A l'heure actuelle, il vit en France — ou du moins il y vivait récemment. Les autres nationalités correspondent à ses antécédants hériditaires, son lieu de naissance, et ses principales influences culturelles.

— Alors, quelle est sa véritable nationalité ? »

Les yeux dans le vide, M. Diamond fixait toujours la fenêtre. « Aucune.

— Vous paraissez en savoir beaucoup sur cet individu, monsieur. » La voix du Premier adjoint était interrogative, bien qu'hésitante. Il était curieux, tout en sachant qu'il valait mieux ne pas poser trop de questions.

Pendant plusieurs minutes, Diamond resta silencieux. Et enfin : « Oui. J'en sais beaucoup sur lui. (Il se détourna de la fenêtre et s'assit lourdement à son bureau.) Continuez votre recherche. Sortez tout ce que vous pouvez. La plupart des informations seront contradictoires, vagues ou inutiles, mais il faut que nous en sachions le maximum.

— Alors, vous pensez que ce Nicholaï Hel est impliqué dans l'histoire ?

— Pour notre malheur, probablement.

— Dans quel sens, monsieur ?

— Je n'en sais rien. Trouvez-le !

— Oui, monsieur. » (Le Premier adjoint sortit les données suivantes.) Ah... monsieur ? Nous avons trois lieux de naissance possibles.

— Shangai.
— Vous en êtes sûr, monsieur ?
— Oui ! (Puis après une pause.) Raisonnablement sûr, en tout cas. »

Shanghai : 193 ?

Comme toujours en cette saison, les vents frais du large se lèvent sur la ville, attirés par la chaleur du continent chinois ; et les rideaux gonflent aux portes vitrées et voltigent dans la véranda de la grande maison située sur l'avenue Joffre, dans la concession française.

Le général Kishikawa Takashi prend un pion dans son *Go ke*[1] en bois laqué qu'il tient délicatement entre le médium et l'ongle de l'index. Quelques minutes s'écoulent en silence, mais le général n'est pas concentré sur la partie qui court vers l'inéluctable. Ses yeux se posent sur son adversaire, pour sa part entièrement absorbé dans les combinaisons des pions noirs et blancs sur le damier jaune pâle. Kishikawa-san a décidé d'envoyer le jeune homme au Japon, et il va le lui annoncer ce soir. Mais pas tout de suite. Cela gâcherait l'attrait du jeu, et ce serait injuste, car pour la première fois, le jeune homme est en train de gagner.

Le soleil s'est couché sur la Chine, derrière la concession française. On a allumé les lanternes dans la vieille ville fortifiée, et l'odeur de tous les repas du soir envahit les rues étroites et enchevêtrées. Le long de Whangpoo, jusqu'à Soochow Creek, les sampans de la ville flottante s'animent de lumières pâles, les vieilles femmes en pantalons resserrés aux chevilles consolident les feux sur les ponts inclinés des embarcations qui ont gîté à marée basse, offrant au fleuve leurs flancs de bois gluants de boue jaunâtre. La foule, poussée par la faim, se presse à petits pas sur le pont de Stealing Hen. L'écrivain public manie hâtivement son pinceau, impatient d'achever sa journée ; il sait que la jeune illettrée pour laquelle il écrit une lettre d'amour d'après l'un de ses Seize Modèles Souverains ne remarquera pas le peu de soin de sa calligraphie. Le Bund, haut lieu de l'hôtellerie et du commerce, manifestation éclatante du pouvoir et de l'impudence de l'impérialisme, n'est plus qu'une rue sombre et silencieuse ; les taipans britanniques ont déguerpi ; le *North China Daily* n'édite plus ses cancans, ses hypocrites désapprobations, ses affirmations complaisantes sur la situation mondiale. Même Sasson House, la façade la plus élégante du Bund, édifiée sur le commerce de l'opium, ne sert plus qu'à

1. *Go ke :* bol contenant les pions dont disposent les joueurs de go.

héberger le Quartier Général des Forces d'Occupation. Le cupide Français, l'arrogant Anglais, le prétentieux Allemand, l'opportuniste Américain, tous sont partis. Les Japonais contrôlent Shanghai.

Le général Kishikawa pense à l'étrange ressemblance entre le jeune homme penché de l'autre côté du damier et sa mère : comme si Alexandra Ivanovna avait conçu son fils par parthénogenèse — exploit qui n'aurait pas étonné ceux qui ont connu son extraordinaire rayonnement. Le jeune homme a la même ligne anguleuse de la mâchoire, le même large front, les pommettes hautes, le nez fin qui n'a pas cette caractéristique typique du Slave de donner à son interlocuteur l'impression de regarder dans le double canon d'un fusil. Mais le plus étonnant pour Kishikawa-san est la comparaison entre les yeux du fils et ceux de la mère. Similitudes et contrastes. D'aspect, les yeux sont identiques ; grands, enfoncés, et de cette surprenante couleur vert bouteille unique dans la famille de la comtesse. Pourtant, l'extrême dissemblance de personnalité entre la mère et le fils apparaît dans la précision et l'intensité du regard, dans le rétrécissement et le durcissement de ces yeux de sinople. Le regard de la mère était charmeur, celui du fils est froid. Là où la première vous séduisait, le second vous congédie. Ce qui était coquetterie dans les yeux de la mère, devient arrogance dans ceux du fils. La lumière que reflétait le regard d'Alexandra n'est plus que calme et impassibilité dans celui de Nicholaï. L'humour la caractérisait ; l'intelligence le définit. Elle charmait ; il trouble.

Alexandra Ivanovna était égoïste ; Nicholaï est égoïste.

Si les critères orientaux du général ne lui permettaient pas d'en juger, au regard d'un Occidental Nicholaï semblait très jeune pour ses quinze ans. Seules la froideur de ses yeux trop verts et une certaine sévérité dans la bouche évitaient à son visage une apparence trop délicate, trop finie pour un garçon. Le vague malaise que lui causait sa beauté physique avait poussé Nicholaï à s'adonner dès son plus jeune âge aux sports les plus vigoureux et les plus combatifs. Il s'était exercé au jiu-jitsu, discipline classique quoique démodée, et il jouait au rugby dans l'équipe internationale contre les fils des taipans britanniques avec une efficacité qui frisait la brutalité. Si Nicholaï comprenait les méandres empesés du fair play et de l'esprit sportif où se réfugiaient les Britanniques en cas de défaite, il préférait les impératifs de la victoire au réconfort de savoir perdre avec élégance. Mais en réalité, il n'aimait pas les sports d'équipe, préférant gagner ou perdre par la seule vertu de son talent et de son endurance. Et celle-ci était telle qu'il gagnait presque toujours, par détermination.

Alexandra Ivanovna aussi gagnait presque toujours ; non par détermination, mais de droit. Quand elle débarqua à Shanghai au cours de l'automne 1922 avec un incroyable chargement de bagages et aucun moyen apparent de subsistance, elle comptait sur sa précédente position sociale à Saint-Pétersbourg pour lui assurer un rang privilégié au sein de la communauté croissante des Russes blancs émigrés — ainsi nommés par les dirigeants britanniques, non parce qu'ils venaient de Belorosskija, mais parce qu'ils n'étaient manifestement pas « rouges ». Elle réunit immédiatement autour d'elle une cour admirative, comprenant les hommes les plus intéressants de la colonie. Pour intéresser Alexandra Ivanovna, il fallait être riche, beau ou intelligent ; et l'un des drames de sa vie fut qu'elle trouva rarement deux de ces qualités réunies en un seul homme, et en tout cas jamais les trois.

Il n'y avait aucune autre femme au cœur de son entourage. La comtesse trouvait ses semblables assommantes, et en fait superflues puisqu'elle était capable d'occuper seule l'esprit et l'attention d'une douzaine d'hommes à la fois, et de créer dans une soirée une ambiance brillante, spirituelle, avec juste ce qu'il faut de frivolité.

En retour, les dames jugées superflues de la haute société internationale déclarèrent qu'elles ne voudraient pour rien au monde se commettre en public avec la comtesse, et elles désiraient ardemment voir leurs maris et fiancés partager leur sens de la bienséance. Avec force gestes, murmures et moues de dédain, ces « laissées-pour-compte » firent savoir qu'elles suspectaient une relation étroite entre deux paradoxes : le premier étant que la comtesse menait un train de vie luxueux alors qu'elle était arrivée sans un sou, et le second, qu'elle était constamment entourée des hommes les plus séduisants de la communauté internationale ; et ceci en dépit du fait qu'elle manquait des solides vertus que les dames de la haute société tiennent de leurs mères comme étant plus durables et plus essentielles que les seuls attraits de la beauté. Elles auraient aimé mettre la comtesse dans le même panier que ces Russes blanches venues de Mandchourie en Chine et qui (après avoir vendu leurs quelques misérables biens et bijoux, s'étaient finalement vu contraintes de vivre de leurs charmes. Mais ces sévères piliers de vertu se virent refuser un facile motif d'exclusion en apprenant que la comtesse était une exception que l'on trouvait parfois à la cour du tsar, une aristocrate russe sans une seule goutte de sang slave dans son corps par trop dévoilé (et sans doute offert). Alexandra Ivanovna (dont le père se prénommait Johann) était une Habsbourg, apparentée à une famille royale allemande qui avait émigré en Angleterre avec son protestantisme pour unique recommandation, et qui avait récemment pris un nom de consonance moins germanique en geste de patriotisme. Ces dames n'en soutinrent pas moins que de tels quartiers de noblesse n'étaient pas preuve de droiture morale en cette époque de décadence. Ni même un substitut suffisant, en dépit de l'apparente prétention de la comtesse.

Au cours de la troisième saison de son règne, Alexandra Ivanovna jeta son dévolu sur un jeune et futile Prussien qui possédait l'intelligence superficielle et creuse mêlée de susceptibilité propre à sa race. Le comte Helmut von Keitel zum Hel devint son compagnon attitré — son animal favori, son jouet. De dix ans plus jeune qu'elle, il était très beau et très sportif. Cavalier émérite et escrimeur de premier plan, il lui servait d'élément décoratif, et la seule allusion qu'elle fit en public à leur intimité fut de le décrire comme « un modèle propre à la reproduction ».

Elle avait coutume de passer les mois chauds et humides de l'été dans une villa dans la montagne. Un automne, elle regagna Shanghai plus tard que d'habitude, et dès lors on entendit des cris de bébé dans la maison. Par convenance, le jeune von Keitel proposa de l'épouser. Elle rit doucement et lui déclara que si elle avait toujours souhaité faire un enfant pour combattre l'égalitarisme, elle n'avait pas la moindre envie d'avoir deux enfants chez elle. Il s'inclina avec l'impatience contenue qui tient lieu aux Prussiens de dignité, et se fit muter en Allemagne le mois suivant.

Loin de cacher l'enfant ou les circonstances de sa naissance, Alexandra Ivanovna en fit la gloire de son salon. Quand elle dut satisfaire aux exigences officielles et lui donner un nom, elle l'appela Nicholaï Hel, en souvenir d'une petite rivière qui borde l'État de Keitel. La preuve manifeste de son rôle dans la conception de l'enfant se traduisit dans le fait qu'elle le déclara Nicholaï Alexandrovitch Hel.

Une suite de nurses anglaises se succédèrent dans la maison et l'anglais vint s'ajouter au russe, au français et à l'allemand autour du berceau de l'enfant, sans aucune préférence particulière, si ce n'est qu'Alexandra Ivanovna était convaincue que certaines langues sont mieux adaptées que d'autres à exprimer différentes catégories de pensée. On parle d'amour et de frivolité en français ; d'affaires en allemand ; et on s'adresse en anglais à ses domestiques.

Parce que les enfants des domestiques étaient ses seuls compagnons, Nicholaï parlait également couramment chinois et il prit l'habitude de penser dans cette langue, sa plus grande terreur d'enfant étant de laisser sa mère lire dans ses pensées — or, elle ne parlait pas chinois.

Alexandra Ivanovna considérant que les écoles étaient bonnes pour les enfants de commerçants, l'éducation de Nicholaï fut confiée à une succession de précepteurs, tous jeunes et beaux, tous dévoués à la jeune femme. Quand il se révéla que le jeune garçon montrait un intérêt et un don particuliers pour les mathématiques pures, sa mère ne s'en montra pas ravie. Mais le précepteur du moment lui assura que les mathématiques étaient une science sans application pratique ou commerciale, et elle décida alors que leur étude était appropriée à l'éducation de son fils.

Les aspects les plus pragmatiques de l'éducation de Nicholaï — et la plupart de ses distractions — lui vinrent de ses escapades répétées avec des voyous dans les ruelles étroites et les cours secrètes de la ville bruyante, grouillante, pleine d'odeurs fétides. Vêtu du classique costume bleu flottant, les cheveux coupés ras sous la casquette ronde, il flânait seul ou avec ses amis du moment et rentrait chez lui, prêt à recevoir réprimandes et punitions qu'il acceptait avec le plus grand calme et un regard exaspérant venu d'ailleurs dans ses yeux vert bouteille.

Des rues, Nicholaï apprit la mélodie de cette ville que les Occidentaux s'étaient appropriée. Il vit les jeunes et arrogants blancs-becs anglais dans leurs pousse-pousse tirés par des boys cadavériques, rongés de tuberculose, suant sous l'effort et la malnutrition, bâillonnés de masques de gaze pour éviter d'incommoder les maîtres européens. Il vit les compradores, revendeurs gras et luisants, qui profitaient de l'exploitation de leur propre peuple par les Européens, singeant manières et éthiques occidentales. Engraissés de la vente des produits exotiques, ces marchands avaient pour plus grand plaisir de déflorer des fillettes de douze à treize ans, achetées à Hangchow ou à Soochow pour les bordels détenus par les Français. Leurs méthodes de défloration étaient... irrégulières. La fille n'avait qu'une seule façon lucrative de se venger, si elle était douée pour la comédie : faire le plus souvent semblant d'être déflorée. Tout cela, Nicholaï l'apprit des mendiants qui effrayaient les passants en les touchant de leurs membres pourris, piquaient la chair des bébés pour les faire hurler, ou harcelaient les touristes de leurs demandes de *kumshash* — tous, du vieillard vous suppliant ou vous maudissant aux enfants affamés offrant d'accomplir pour votre plaisir des actes de dépravation, tous étaient sous le contrôle de Son Odieuse Majesté, le Roi des Mendiants, qui avait instauré un curieux mélange de protection et de racket. Vous aviez perdu quelque chose, vous vouliez vous cacher, vous aviez besoin d'aide... Son Odieuse Majesté était là pour vous servir, grâce à une modeste contribution.

Sur les quais, Nicholaï vit les dockers en nage monter et descendre à petits pas rapides les passerelles des cargos et des jonques en bois à la proue ornée de grands yeux obliques. Le soir, après onze heures de travail rythmé au son du lancinant *hai-yo hai-yo,* les dockers faiblissaient et parfois même l'un d'eux s'écroulait sous sa charge. Alors les Gurkhas en veste noire s'avançaient avec leurs barres de fer, et le paresseux retrouvait de nouvelles forces... ou un dernier repos.

Il vit la police accepter ouvertement « l'argent extorqué » des amahs desséchées, vieilles maquerelles de prostituées adolescentes. Il apprit à reconnaître les signes secrets des « Verts » et des « Rouges » qui constituaient les sociétés secrètes les plus puissantes du monde entier, et dont les rackets s'étendaient du mendiant jusqu'au politicien. Chang Kai-Chek lui-même était un Vert, soumis aux lois du gang. Et c'étaient les Verts qui avaient assassiné et mutilé les jeunes étudiants qui tentaient d'organiser le prolétariat chinois. Nicholaï savait reconnaître un « Rouge » d'un « Vert » à la façon dont il tenait sa cigarette, à la manière dont il crachait.

Le jour, Nicholaï apprit de ses précepteurs : les mathématiques, la littérature classique et la philosophie. Le soir, il apprit des rues : le commerce, la politique, l'impérialisme éclairé et les humanités.

Et la nuit, il participait aux réceptions que donnait sa mère en l'honneur des hommes les plus influents de Shanghai qui, de leurs clubs et entrepôts, contrôlaient la ville et la saignaient à blanc. Ce que la majorité prenait pour de la timidité chez Nicholaï, et les plus perspicaces pour de la réserve, n'était en fait qu'une haine farouche envers ces marchands et leur mentalité.

Le temps passa. Les investissements d'Alexandra, habilement placés et administrés, fructifièrent, comme le traduisait son train de vie. Ses formes s'épanouirent, elle devint plus indolente, plus sensuelle ; mais sa beauté et son éclat n'en acquirent que plus de séduction, car elle avait hérité de sa mère et de ses tantes cet air d'avoir toujours trente ans. Les anciens amants devinrent de vieux amis, et la vie avenue Joffre s'écoula harmonieusement.

Le jour où elle se mit à éprouver quelques légers malaises, Alexandra n'y attacha pas d'importance, n'étant pas femme à considérer l'évanouissement comme essentiel à l'arsenal amoureux d'une dame de sang. Et lorsqu'un médecin de ses amis, depuis longtemps désireux de l'examiner, attribua ses malaises à une faiblesse cardiaque, elle consentit un compromis à ce qu'elle prenait pour un petit ennui, elle réduisit ses réceptions à une par semaine. A part cela, elle refusa de se ménager.

« ... et l'on me dit, jeune homme, que j'ai le cœur fragile. C'est un défaut essentiellement romantique, et vous devez me promettre de ne pas en prendre avantage trop fréquemment. Vous devez également me promettre de vous mettre en quête d'un vrai tailleur. Quel accoutrement, mon fils ! »

Le 7 juillet 1937, le *North China Daily News* relata les coups de feu échangés entre Japonais et Chinois au pont Marco Polo, près de Pékin. Au numéro 3 du Bund, les habitués britanniques du Club de Shanghai convinrent que cette dernière tournure des événements dans le vain conflit des Orientaux entre eux pouvait devenir incontrôlable, si elle n'était pas prise en main immédiatement. Ils suggérèrent au général Chang Kai-Chek de remonter vers le Nord et d'engager les Japonais sur un front qui mettrait leurs comptoirs à l'abri des fichus désagréments de la guerre.

Toutefois, le général décida d'attendre les Japonais à Shanghai dans l'espoir de mettre la concession internationale en péril et d'attirer en sa faveur l'intervention étrangère.

Cette tactique ayant échoué, il entreprit une guérilla systématique contre les entreprises et les civils japonais dans la concession internationale, guérilla qui atteignit son point culminant à 6 h 30 du soir le 9 août, quand le sous-lieutenant Isao Oyama et son chauffeur, le matelot de première classe Yozo Saito, en route pour aller inspecter les filatures de coton à l'extérieur de la ville, furent arrêtés par des soldats chinois.

On les retrouva près de Monument Road, criblés de balles et sexuellement mutilés.

En réponse, les bâtiments de la marine japonaise remontèrent le Whangpoo. Un millier de marins débarquèrent pour protéger leur concession de Chapei, de l'autre côté de l'anse de Soochow. Ils se trouvèrent face à dix mille soldats de l'armée chinoise retranchés derrière les barricades.

Aux protestations des riches taipans britanniques vinrent s'ajouter les dépêches que les ambassades européennes et américaine adressèrent à Nankin et à Tokyo, demandant de laisser Shanghai à l'écart de la zone des hostilités. Les Japonais acceptèrent à condition que les forces chinoises se retirent également de la zone démilitarisée.

Mais le 12 août, les Chinois coupèrent toutes les lignes téléphoniques du consulat japonais et des compagnies commerciales japonaises. Le jour suivant, vendredi 13, la 88e division chinoise entrait à North Station et bloquait les routes d'accès à la concession. Ceci dans l'intention d'utiliser les civils comme zone-tampon entre eux-mêmes et les Japonais infiniment plus nombreux. Le 14 août, des pilotes chinois survolèrent Shanghai à bord de Northrop américains. Une bombe explosa sur le toit du Palace Hôtel ; une autre dans la rue du Café Hôtel. Sept cent vingt-neuf personnes trouvèrent la mort ; huit cent soixante et une furent grièvement blessées. Trente et une minutes plus tard, un autre avion chinois bombardait le Great World Amusement Park transformé en camp de réfugiés pour les femmes et les enfants. Mille douze morts ; mille sept blessés.

Pour les Chinois pris au piège, il n'existait aucun moyen de fuir Shanghai ; les troupes du général avaient bloqué toutes les routes. Mais pour les taipans étrangers, il y avait toujours une issue. Les coolies, suant et soufflant au rythme de leur lancinant *hai-yo hai-yo*, escaladèrent les passerelles, chargés du butin chinois, sous la surveillance des jeunes « blancs-becs » en costume immaculé, inventaire à la main, et des Gurkhas en veste noire. Les Anglais sur le *Raj Putana,* les Allemands sur le *Oldenburg,* les Américains sur le *President McKinley,* les Hollandais sur le *Tasman,* se quittèrent ; les femmes tamponnaient leurs yeux avec de minuscules mouchoirs, les hommes échangeaient des propos amers sur ces Orientaux ingrats et sans parole, au son d'un pot-pourri d'hymnes nationaux exécutés par la musique de chaque bâtiment.

Cette nuit-là, derrière les barricades de sable et de civils chinois piégés, Chang Kai-Chek ordonna à l'artillerie d'ouvrir le feu sur les navires japonais en rade dans le fleuve. Les Japonais ripostèrent, détruisant les barricades des deux sortes.

Alexandra Ivanovna traversa les événements en refusant de quitter sa maison de l'avenue Joffre — maintenant déserte — ses fenêtres brisées ouvertes aux vents du soir et aux pillards. N'étant de nationalité ni soviétique, ni chinoise, ni anglaise, elle échappait aux systèmes officiels de protection. De toute façon, elle n'avait aucunement l'intention de quitter sa maison et les meubles qu'elle avait collectionnés avec amour pour aller s'installer Dieu sait où. Après tout, se disait-elle, les Japonais de son entourage n'étaient pas plus ennuyeux que d'autres, et ils pouvaient difficilement être de plus mauvais administrateurs que les Anglais.

C'est à Shanghai que les Chinois opposèrent la résistance la plus dure ; il fallut trois mois aux Japonais, pourtant bien supérieurs en nombre, pour les chasser. Toujours dans le but d'attirer une intervention étrangère, les Chinois laissèrent un certain nombre de bombardements « par méprise » gonfler le tribut de vies humaines et de destruction dû aux bombardements japonais.

Et ils maintinrent leurs barricades sur les routes, gardant une zone-tampon d'une dizaine de milliers de civils... leurs propres ressortissants.

Pendant ces mois tragiques, les Chinois de Shanghai s'appliquèrent à survivre jour après jour du mieux qu'ils pouvaient, en dépit des mitraillades japonaises et des bombes que lâchaient les avions chinois de fabrication américaine. Les médicaments, puis les vivres, les abris, et finalement l'eau vinrent à manquer ; mais la vie se poursuivit dans la ville surpeuplée et frappée par la terreur. Et les bandes de voyous que Nicholaï suivait dans les rues trouvèrent de nouveaux jeux dans les éboulis des immeubles, les geysers des conduites d'eau crevées, au milieu des bousculades désespérées vers les abris antiaériens.

Il errait avec des voyous dans le quartier des grands magasins, le Wing-On et le Sincere, quand par l'une de ces méprises fréquentes les bombardiers chinois piquèrent sur la rue de Nankin. C'était l'heure du déjeuner et la foule était dense. Le Sincere fut frappé de plein fouet et un côté du Wing-On explosa. La foule horrifiée vit s'effondrer sur elle les plafonds décorés. Les occupants d'un ascenseur bondé poussèrent un hurlement d'épouvante quand le câble se rompit, jetant la cabine au sous-sol. Une vieille femme, devant une des fenêtres éclatées, eut la figure arrachée ; de dos, elle semblait indemne. Les vieux, les faibles, les enfants furent écrasés sous les pas de ceux qui se ruaient dehors. Le jeune garçon aux côtés de Nicholaï poussa un grognement et s'affaissa lourdement au milieu de la rue. Mort. Un éclat de pierre lui avait percé le cœur. Puis le fracas des bombes et des éboulements s'atténua et on entendit s'élever la clameur stridente de milliers de voix. Une femme hébétée geignait doucement en fouillant dans les débris de verre de ce qui avait été un comptoir. C'était une ravissante jeune femme, vêtue à la mode occidentale de Shanghai d'une longue robe de soie verte fendue jusqu'au-dessus du genou, au petit col raide enserrant son cou de porcelaine. On aurait pu attribuer sa pâleur extrême aux blanches poudres de riz en vogue chez les filles de riches marchands chinois, mais ce n'était pas le cas. Elle cherchait désespérément la figurine d'ivoire qu'elle était en train d'examiner au moment du bombardement, et la main qui la tenait.

Nicholaï s'enfuit.

Il se retrouva un quart d'heure plus tard, assis sur un monceau de gravats dans un quartier désert où des semaines de bombardements n'avaient laissé que des blocs de carcasses vides et des décombres. Des sanglots secs lui brûlaient la poitrine, mais il ne pleurait pas. Aucune trace de larmes ne striait la poussière de plâtre qui lui couvrait le visage. Il se répétait sans cesse : « Des bombardiers Northrop. Des bombardiers américains. »

Quand enfin les troupes chinoises furent repoussées, leurs barricades démolies, la horde des civils fuit cette ville de cauchemar et ses maisons en ruine, ces murs où se dessinaient encore les cloisons des appartements éventrés. Les décombres révélaient au hasard un calendrier déchiré, la photographie carbonisée d'une jeune femme, une enveloppe renfermant un billet de loterie et un projet de suicide.

Par un cruel tour du destin, le Bund, monument de l'impérialisme étranger, était relativement intact. Ses fenêtres vides regardaient la désolation de cette ville que les taipans avaient créée, épuisée, et désertée.

Nicholaï se mêla à la petite bande d'enfants chinois qui couraient les rues pour regarder passer le premier défilé des troupes d'occupation japonaises. Les reporters photographes de l'armée avaient distribué des bonbons poisseux et les petits drapeaux *hinomaru* du soleil levant que les enfants avaient ordre d'agiter tandis que les caméras enregistraient leur enthousiasme désordonné. Un jeune officier zélé conduisait la manifestation, amplifiant la confusion de ses instructions aboyées dans un chinois lourdement accentué. Ne sachant que faire d'un gamin aux cheveux blonds et aux yeux verts, il ordonna à Nicholaï de rester en arrière.

Nicholaï n'avait jamais vu de tels soldats, rudes et efficaces sans doute, mais certainement peu doués en matière de défilé. Loin d'avoir la cadence synchronisée et mécanique des Allemands ou des Anglais, ils défilaient d'un pas saccadé et désaccordé derrière de jeunes officiers moustachus aux épées ridiculement longues.

Tout en n'ignorant pas qu'il restait peu de maisons intactes dans les quartiers résidentiels quand les Japonais entrèrent dans la ville, Alexandra Ivanovna se montra fort surprise et contrariée à la vue de la voiture d'état-major, fanions flottant aux pare-chocs, qui débouchait au bout de son allée et du jeune officier venu lui annoncer dans un français heurté que le général Kishikawa Takashi, gouverneur de Shanghai, allait s'établir chez elle. Mais son fort instinct de conservation lui suggéra qu'il pouvait y avoir quelque avantage à entretenir de bonnes relations avec le général, notamment en cette période de restrictions. Pas un instant elle ne douta que le général s'inscrirait sur la liste de ses admirateurs.

Ce en quoi elle se trompait. Le général prit quelques minutes de son emploi du temps surchargé pour lui expliquer dans un français bizarrement accentué mais grammaticalement parfait qu'il déplorait les désagréments que les nécessités de la guerre apportaient dans sa maison. Mais il lui fit clairement comprendre qu'elle était une invitée chez lui, et non lui chez elle. Toujours d'une extrême correction envers elle, il était trop pris par son travail pour perdre son temps à faire le joli cœur. Alexandra Ivanovna fut d'abord surprise, puis irritée, et finalement intriguée par l'indifférence polie de cet homme, réaction qu'elle n'avait jamais inspirée à quiconque du sexe masculin. Quant au général, il la trouvait intéressante, sans plus. Et les origines de la jeune femme, qui en imposaient même aux dames les plus snobs de Shanghai, ne l'impressionnaient guère. Pour le millier d'années de ses ancêtres samouraï, la famille d'Alexandra Ivanovna n'était qu'une tribu de Huns à peine âgée de deux siècles.

Néanmoins, en signe de courtoisie, il la reçut une fois par semaine à dîner, à la manière occidentale, et apprit lors de ces réunions bien plus sur la comtesse et son impénétrable fils qu'ils n'en apprirent sur lui. Il n'avait pas soixante ans, ce qui est peu pour un général japonais, et il était veuf, père d'une fille qui vivait à Tokyo. Très patriote au sens où il aimait les choses de son pays — les lacs, les montagnes, les vallées brumeuses — il n'avait pourtant jamais considéré sa carrière militaire comme l'épanouissement naturel de sa personnalité. Jeune homme, il avait rêvé d'être écrivain, tout en sachant au fond de lui-même que les traditions familiales le conduiraient inéluctablement à une carrière militaire. Le sens de l'honneur, l'amour du devoir avaient fait de lui un officier appliqué et consciencieux, mais après plus d'une moitié de vie de soldat, il envisageait encore l'armée comme un passe-temps. Il y avait consacré son esprit, et non son cœur, son temps, mais pas ses passions.

Grâce aux efforts sans relâche qui gardèrent souvent le général à son bureau sur le Bund du matin très tôt jusqu'à minuit, la ville se remit à vivre. Les services publics furent réorganisés, les usines remises en route, et les paysans chinois revinrent peu à peu en ville. Bruits et activités regagnèrent lentement les rues ; et parfois des rires. Sans les comparer à des critères occidentaux, les conditions de vie du travailleur chinois étaient sûrement meilleures que celles qu'il avait connues sous la domination des Européens. Il y avait du travail, de l'eau saine, des services d'hygiène élémentaire, un début d'équipements médicaux. La profession de mendiant fut interdite, mais la prostitution se développa, et les actes de brutalité se multiplièrent. Shanghai était une ville occupée, et le soldat est un homme au pire de sa bestialité.

Quand la santé du général Kishikawa commença à souffrir des conditions de travail qu'il s'imposait, il prit la saine habitude de dîner tous les soirs chez lui, avenue Joffre.

Un soir, après dîner, le général fit allusion à sa passion pour le jeu de Go. Nicholaï, qui parlait toujours peu, si ce n'est pour répondre brièvement aux questions qu'on lui posait, avoua qu'il jouait également à ce jeu. Le général s'étonna que le garçon parlât si parfaitement japonais. Il éclata de rire en apprenant que Nicholaï s'était exercé à l'aide de manuels et grâce au propre ordonnance du général.

« Vous le parlez très bien, pour à peine six mois d'étude, dit le général.

— C'est ma cinquième langue, monsieur. Toutes les langues sont mathématiquement similaires. Chacune est plus facile à apprendre que la précédente. Et, ajouta le garçon en haussant les épaules, je suis doué pour les langues. »

Kishikawa-san apprécia la façon dont Nicholaï prononça ces derniers mots, sans fanfaronnade et sans affectation britannique, comme s'il disait qu'il était gaucher ou qu'il avait les yeux verts. Mais il refréna un sourire quand il s'aperçut que le jeune garçon avait manifestement répété sa première phrase, car si celle-ci était correcte, les déclarations suivantes révélaient des erreurs d'idiome et de prononciation. Le général garda son amusement pour lui-même, conscient que Nicholaï était d'un âge à se vexer profondément.

« Je vous aiderai dans votre étude du japonais, si vous le désirez, dit Kishikawa-san. Mais d'abord, voyons si vous êtes un adversaire de taille au Go. »

Nicholaï reçut un handicap de quatre pions, et ils jouèrent un jeu rapide, limité dans le temps, car le général avait une journée très remplie le lendemain. Ils furent très vite absorbés dans leur partie, et Alexandra Ivanovna, qui ne prenait aucun intérêt aux activités dont elle était exclue, se plaignit de se sentir un peu fatiguée et se retira.

Le général gagna, mais pas aussi facilement qu'il l'aurait dû. Excellent amateur, capable de s'opposer à des professionnels avec un minimum d'handicap, il fut très impressionné par le jeu particulier de Nicholaï.

« Depuis combien de temps jouez-vous au Go ? demanda-t-il en français pour éviter à Nicholaï l'effort de chercher ses mots.

— Oh ! quatre ou cinq ans, monsieur. »

Le général fronça les sourcils. « Cinq ans ? Mais... quel âge avez-vous donc ?

— Treize ans, monsieur. Je sais, je parais plus jeune que mon âge. C'est un trait de famille. »

Kishikawa-san hocha la tête et sourit en lui-même à la pensée d'Alexandra Ivanovna qui, en remplissant ses papiers d'identité pour les autorités de l'Occupation, avait tiré avantage de ce « trait de famille » et effrontément apposé une date de naissance qui laissait supposer qu'elle avait été la maîtresse d'un général de l'armée blanche à l'âge de onze ans, et qu'elle avait donné naissance à son fils à peine plus âgée. Les services secrets du général l'avaient depuis longtemps informé des faits concernant la comtesse, mais il lui permettait ce geste sans gravité de coquetterie, surtout sachant ce qu'il en était de son état de santé.

« Eh bien, même pour un jeune homme de treize ans, tu joues remarquablement, Nikko. » Au cours de la partie, le général avait inventé ce surnom qui lui permettait d'éviter la difficile prononciation du « l ». C'est ainsi qu'il appela désormais Nicholaï. « Je suppose que tu n'as jamais pris aucune leçon ?

— Non, monsieur. On ne m'a donné aucune leçon d'aucune sorte. J'ai appris à jouer dans les livres.

— Vraiment ? C'est inhabituel.

— Peut-être, monsieur. Mais je suis très intelligent. »

Pendant un moment, le général examina le visage impassible du garçon, les yeux couleur d'absinthe qui lui rendaient franchement son regard. « Dis-moi Nikko, pourquoi as-tu choisi d'apprendre le Go ? C'est presque exclusivement un jeu japonais. Je suppose qu'aucun de tes amis n'y joue. Ils n'en ont sans doute jamais entendu parler.

— C'est précisément pourquoi je l'ai choisi, monsieur.

— Je vois. » Quel étrange garçon. Une honnêteté et une arrogance désarmantes. « Et tes lectures t'ont-elles appris à comprendre les qualités nécessaires pour devenir un fin joueur ? »

Nicholaï réfléchit un instant avant de répondre. « Bien sûr, il faut de la concentration. Du courage. Le contrôle de soi. Cela va sans dire. Mais plus encore que ces qualités, il faut avoir à la fois l'esprit d'un mathématicien et celui d'un poète. Comme si la poésie était une science ; ou les mathématiques un art. Jouer au Go exige l'amour des proportions. Je m'exprime mal, monsieur. Je suis désolé.

— Pas du tout. Tu arrives parfaitement à exprimer l'inexprimable. Et de ces qualités que tu viens de nommer, Nikko, où crois-tu que se situe ta propre force ?

— Dans les mathématiques, monsieur. Dans la concentration et le contrôle de soi.

— Et ta faiblesse ?

— Dans ce que j'appelle la poésie. »

Le général plissa le front et regarda au-delà du jeune homme. Étrange que Nicholaï soit capable d'une telle réflexion. A son âge, il n'aurait pas su s'examiner avec un pareil détachement. On pouvait s'attendre à ce que Nikko conçoive l'obligation de certaines aptitudes occidentales pour jouer au Go, comme la concentration, le contrôle de soi, le courage. Mais reconnaître la nécessité de ces qualités de réceptivité et de sensibilité qu'il appelait poésie dépassait la logique linéaire qui fait la force de l'esprit occidental... et sa limite. Cependant, Nicholaï — né du meilleur sang européen, mais élevé dans le creuset de la civilisation chinoise — était-il vraiment un Occidental ? Ce n'était pourtant pas un Oriental. En fait, il n'était d'aucune culture raciale. A moins de le considérer comme le seul représentant d'une culture qui lui était propre.

« Nous partageons vous et moi la même faiblesse, monsieur. (Les yeux verts de Nicholaï étaient pleins de malice.) Nous avons tous deux une sorte de fragilité dans le domaine que j'appelle poésie. »

Le général leva des yeux étonnés : « Ah ?

— Oui, monsieur. Mon jeu manque de poésie. Le vôtre en a trop. Trois fois au cours de la partie, vous êtes revenu sur votre attaque. Vous avez préféré un jeu élégant à un jeu concluant. »

Kishikawa-san rit doucement. « Et comment sais-tu que je ne tenais pas compte de ton âge et de ta relative inexpérience ?

— Cela aurait été condescendant et peu aimable de votre part, et je ne vous crois pas capable d'une telle attitude. (Les yeux de Nicholaï brillèrent à nouveau.) Je regrette, monsieur, qu'il n'y ait pas de formule de politesse adéquate en français. Cela doit rendre mon langage abrupt et irrespectueux.

— Oui, un peu. C'est ce que je pensais, en effet.

— Je vous demande pardon, monsieur. »

Le général hocha la tête. « Je suppose que tu joues aux échecs ? »

Nicholaï haussa les épaules. « Un peu. Cela ne m'intéresse pas.

— Comment comparerais-tu les échecs au Go ? »

Nicholaï réfléchit une seconde. « Ah… eh bien si le jeu de Go s'adresse aux philosophes et aux guerriers, les échecs sont pour les comptables et les marchands.

— Ah ! Le sectarisme de la jeunesse ! Il serait plus gentil, Nikko, de dire que le Go fait ressortir le philosophe dans l'homme, et les échecs le marchand. »

Mais Nicholaï ne se rétracta pas. « Oui, monsieur, cela serait plus gentil. Mais moins exact. »

Le général se leva de son coussin, laissant Nicholaï ranger les pions. « Il est tard, et je dois aller me coucher. Nous rejouerons bientôt, si tu le veux.

— Monsieur ? dit Nicholaï au moment où le général atteignait la porte.

— Oui ? »

Nicholaï garda les yeux baissés, s'armant contre un éventuel refus. « Allons-nous être amis, monsieur ? »

Le général prit la question avec la considération qu'appelait la gravité du ton employé. « C'est possible, Nikko. Nous verrons. »

C'est cette nuit-là qu'Alexandra Ivanovna, enfin convaincue que le général Kishikawa ne ressemblait pas aux hommes qu'elle avait connus par le passé, vint frapper à la porte de sa chambre.

Ils vécurent en famille pendant un an et demi. Alexandra Ivanovna était plus douce, plus épanouie, avec peut-être un peu plus d'embonpoint. Ce qu'elle perdit en agitation, elle le gagna en gentillesse et pour la première fois de sa vie Nicholaï se mit à l'aimer. Nicholaï et le général établirent peu à peu des relations affectives aussi profondes qu'elles étaient peu démonstratives. L'un n'avait jamais eu de père, l'autre n'avait jamais eu de fils. Kishikawa était de nature à aimer guider et former un jeune homme intelligent et vif, même s'il se montrait parfois trop hardi dans ses opinions, trop confiant de sa valeur.

Alexandra Ivanovna trouva un refuge auprès de la personnalité aimable et forte du général. Lui se divertissait de ses éclairs d'humeur et de sa vivacité. Entre le général et la femme — courtoisie, générosité, amabilité, plaisir physique. Entre le général et le garçon — confiance, honnêteté, affection, respect.

Et un soir, après dîner, Alexandra Ivanovna fit les plaisanteries habituelles sur les désagréments causés par ses malaises et monta dans sa chambre… où elle mourut.

A présent, le ciel est noir à l'est, violet sur la Chine. Dans la ville flottante clignotent les lanternes jaunes et orange, tandis que l'on déroule les nattes pour la nuit sur les ponts inclinés des sampans qui gîtent dans la boue. L'air s'est refroidi sur la plaine chinoise, les vents du large sont tombés. Les rideaux ne voltigent plus aux fenêtres pendant que le général tient son pion en équilibre sur l'ongle de son index, l'esprit ailleurs.

Il y a deux mois qu'Alexandra Ivanovna est morte, et le général vient de recevoir son ordre de mutation. Il ne peut emmener Nicholaï avec lui et refuse de le laisser à Shanghai, sans ami, où son absence de citoyenneté le prive de la protection diplomatique la plus élémentaire. Il a décidé d'envoyer le jeune garçon au Japon.

Kishikawa-san examine le visage délicat, semblable à celui de sa mère, aux traits moins généreux, plus aigus chez le jeune homme. Où trouverait-il des amis ? Où trouverait-il une terre propre à ses racines, ce garçon qui pense en cinq langues, en parle six, mais qui ne sait vraiment rien d'utile ? Quelle peut être sa place dans le monde ?

« Monsieur ?

— Oui ? Oh !... Ah !... Tu as déjà joué, Nikko ?

— Depuis un certain temps, monsieur.

— Ah ! oui. Excuse-moi. Et voudrais-tu me dire ce que tu as joué ? »

Nicholaï désigna son pion, et Kishikawa-san fronça les sourcils, car le mouvement inattendu avait l'apparence d'un *tenuki.* Il fixa son attention sur le damier, supputant l'issue de chaque manœuvre qui lui était encore possible. Quand il leva la tête, le regard vert de Nicholaï était posé sur lui, ravi. Le jeu pouvait encore durer plusieurs heures, et la victoire serait serrée. Mais il était inévitable que Nicholaï allait gagner. C'était la première fois.

Le général jeta un œil admiratif sur Nicholaï. Et il éclata de rire. « Tu es un vrai démon, Nikko !

— C'est vrai, monsieur, admit Nicholaï, très satisfait de lui-même. Votre attention s'était égarée.

— Et tu en as profité.

— Bien sûr. »

Le général ramassa ses pions et les remit dans le *Go ke.* « Oui, marmonna-t-il. Bien sûr. (Puis il rit à nouveau.) Que dirais-tu d'une tasse de thé, Nikko ? » Kishikawa-san avait la manie de boire du thé fort et amer à toute heure du jour et de la nuit. Dans le cérémonial discret de leurs rapports affectifs, l'offre d'une tasse de thé signifiait conversation en tête à tête. Pendant que l'ordonnance du général préparait le thé, ils sortirent sur la véranda, dans l'air froid de la nuit, vêtus tous deux de *yukatas.*

Le général resta un moment sans parler, laissant son regard errer sur la ville où chaque lumière indiquait qu'ici et là quelqu'un priait, étudiait, mourait ou se vendait. Il demanda soudain à Nicholaï : « As-tu jamais pensé à la guerre ?

— Non, monsieur. Cela ne me concerne pas. »

L'égoïsme de la jeunesse. L'égoïsme confiant d'un jeune homme à qui l'on avait inculqué qu'il était le dernier fleuron d'une lignée sélective prenant ses sources bien avant que les romanichels ne deviennent des Henry Ford, les comptables des Rothschild, et les marchands des Médicis.

« Je crains bien, Nikko, que notre petite guerre ne t'atteigne malgré tout. » Et avec cette entrée en matière, le général fit part au jeune homme des ordres qui le mutaient à un autre poste, et de son projet d'envoyer Nicholaï au Japon, chez un célèbre joueur et professeur de Go.

« ... mon plus vieil et plus cher ami, Otake-san — que tu connais de réputation : Otake-san, Septième *Dan.* »

Nicholaï le connaissait en effet très bien de nom. Il avait lu les rubriques remarquables d'Otake-san sur le jeu de Go.

« J'ai prévu que tu habiterais dans la famille d'Otake-san, avec les autres disciples de son école. C'est un grand honneur, Nikko.

— J'en suis conscient, monsieur. Et je suis ravi d'avoir Otake-san pour maître. Mais ne trouvera-t-il pas dérisoire de perdre son temps avec un simple amateur ? »

Le général eut un petit rire. « Dérisoire n'est pas un mot qu'emploierait mon vieil ami. Ah ! voilà notre thé. »

L'ordonnance avait enlevé le *Go ban* du *kaya* et installé à sa place une table basse pour le thé. Après la première tasse, le général se renversa légèrement en arrière et prit un ton sérieux. « Ta mère avait très peu d'argent, comme je le prévoyais. Elle avait investi çà et là dans quelques sociétés dont la plupart se sont effondrées à la veille de l'Occupation. Les dirigeants de ces sociétés ont tout simplement regagné l'Angleterre, le capital en poche. Il semble que pour les Occidentaux, la grande crise morale de la guerre voile considérablement les problèmes mineurs d'éthique. Il y a cette maison... et à peine plus. J'ai vendu la maison à ton compte. Le produit de la vente paiera ton entretien et tes études au Japon.

— C'est vous qui décidez.

— Bon. Dis-moi, Nikko. Regretteras-tu Shanghai ?

Nicholaï réfléchit une seconde. « Non.

— Te sentiras-tu seul au Japon ? »

Nicholaï réfléchit une seconde : « Oui.

— Je t'écrirai.

— Souvent ?

— Non. Pas plus d'une fois par mois. Mais tu pourras m'écrire aussi souvent que tu en ressentiras l'envie. Peut-être te sentiras-tu moins seul que tu ne le crains. Il y a d'autres jeunes gens qui étudient avec Okate-san. Et si tu éprouves des doutes, si tu te poses des questions, tu trouveras toujours en Okate-san un précieux interlocuteur. Il t'écoutera avec intérêt, mais ne t'ennuiera jamais de ses conseils. (Le général sourit.) Bien que tu puisses parfois être déconcerté par sa façon de parler. Il s'exprime souvent en termes de Go. Toute la vie, pour lui, est un paradigme du Go.

— J'ai l'impression que je vais l'aimer, monsieur.

— J'en suis certain. C'est un homme qui a toute mon estime. Il possède la vertu de... comment dire... de *shibumi.*

— *Shibumi,* monsieur ? » Nicholaï avait déjà entendu ce mot, mais à propos de jardins, d'architecture, où il suggère une beauté équilibrée. « Quel sens donnez-vous à cette expression, monsieur ?

— Oh ! un sens imprécis. Et incorrect, je le crains. Une tentative maladroite pour décrire une qualité ineffable. Comme tu le sais, *shibumi* implique l'idée du raffinement le plus subtil sous les apparences les plus banales. C'est une définition d'une telle exactitude qu'elle n'a pas besoin d'être affirmative ; si touchante qu'elle n'a pas à être séduisante, si véritable qu'elle n'a pas à être réelle. *Shibumi* est compréhension plus que connaissance. Silence éloquent. Dans le comportement, c'est la modestie sans pruderie. Dans le domaine de l'art, où l'esprit de *shibumi* prend la forme de *sabi,* c'est la simplicité harmonieuse, la concision intelligente. En philosophie, où *shibumi* devient *wabi,* c'est le contentement spirituel, non passif ; c'est exister sans l'angoisse de devenir. Et dans la personnalité de l'homme, c'est... comment dire ? L'autorité sans la domination ? Quelque chose comme cela. »

Le concept de *shibumi* galvanisait l'imagination de Nicholaï. Aucun idéal ne l'avait jamais tant attiré. « Comment peut-on atteindre le *shibumi,* monsieur ?

— On ne l'atteint pas, on... le découvre. Et seul un très petit nombre d'hommes d'un raffinement extrême y parviennent. Des hommes comme mon ami Okate-san.

— Cela signifie-t-il qu'il faut beaucoup apprendre pour découvrir le *shibumi ?*

— Cela signifie plutôt que l'on doit dépasser la connaissance pour atteindre la simplicité. »

A partir de cet instant, Nicholaï décida de devenir un homme de *shibumi ;* un être doué d'un calme irrésistible. Une vocation s'ouvrait à lui alors que pour des raisons de naissance, d'éducation et de tempérament, la plupart des vocations lui étaient fermées. Dans la quête du *shibumi,* il pouvait exceller, sans attirer l'attention et la vengeance des masses tyranniques.

Kishikawa-san prit sur la table du thé une petite boîte de santal enveloppée d'un simple morceau de tissu et la mit entre les mains de Nicholaï. « C'est mon cadeau d'adieu, Nikko. Un petit souvenir. »

Nicholaï inclina la tête en signe de remerciement et tint le paquet avec précaution ; il n'exprima pas sa gratitude en paroles inutiles. Ce fut son premier acte conscient de *shibumi.*

Ils parlèrent tard cette dernière nuit de ce que signifiait et pouvait signifier *shibumi,* mais ils divergeaient sur l'essentiel. Pour le général, *shibumi* impliquait une sorte de soumission ; pour Nicholaï, c'était le pouvoir.

Tous deux étaient prisonniers de leur génération.

Nicholaï s'embarqua pour le Japon sur un bateau de rapatriement ; les soldats blessés allaient retrouver leurs familles, des décorations, l'hôpital, une vie à jamais mutilée. La boue jaunâtre du Yangtze suivit le bateau pendant des miles en mer, et c'est seulement quand l'eau vira au bleu ardoise que Nicholaï déplia le tissu qui enveloppait le cadeau d'adieu de Kishikawa-san. Dans une fragile boîte de santal, il découvrit, protégés par un épais papier, deux *Go ke* en laque noire à motifs d'argent à la manière Heidatsu. Sur le couvercle des bols se dessinaient des petites maisons de thé enveloppées de brumes, nichées contre les rives de lacs invisibles. L'un des bols contenait les pions noirs Nichi, de Kishiu. L'autre les pions blanc coquille de Miyazaki... brillants, étrangement froids au toucher par n'importe quelle température.

Qui aurait deviné, en regardant le jeune homme debout contre la rambarde de ce cargo rouillé, ses yeux verts mi-clos fixés sur la houle tandis qu'il songeait aux deux cadeaux que lui avait offerts le général — ces *Go ke* et l'espoir de parvenir au *shibumi* — qui aurait deviné qu'il allait devenir le tueur le mieux payé du monde ?

Washington

Le Premier adjoint se carra dans sa chaise et laissa échapper un long soupir en remontant ses lunettes sur son front. Il frotta doucement les marques rouges sur l'arête de son nez. « Cela devient difficile d'obtenir une information correcte de Fat Boy, monsieur. Chaque source offre des données contradictoires et conflictuelles. Êtes-vous sûr qu'il soit né à Shanghai ?

— Pratiquement, oui.

— Eh bien, il n'y a rien là-dessus. Dans un tri chronologique, la première information indique qu'il a vécu au Japon.

— Alors, commencez par là ! »

Le Premier adjoint sentit l'irritation sourdre dans la voix de M. Diamond et crut devoir se justifier. « Ce n'est pas aussi simple que vous le pensez, monsieur. Voici un exemple du baragouinage que j'obtiens. Sous la rubrique « langues parlées » j'ai russe, français, chinois, allemand, anglais, japonais, basque. Basque ? Cela ne peut pas être exact, n'est-ce pas ?

— C'est exact.

— Basque ? Pourquoi diable voudrait-on apprendre le basque ?

— Je n'en sais rien. Il l'a étudié pendant qu'il était en prison.

— En prison, monsieur ?

— Vous y arriverez plus tard. Il a passé trois ans en isolement cellulaire.

— Vous... vous semblez être particulièrement au courant des données, monsieur.

— Je l'ai à l'œil depuis des années. »

Le Premier adjoint hésita à demander pourquoi Nicholaï Hel avait fait l'objet d'une attention spéciale, mais il préféra se taire. « Bien, monsieur. Allons pour le basque. Maintenant, que pensez-vous de ceci ? Notre première information arrive immédiatement après la guerre, quand il semble qu'il travaillait pour les Forces d'Occupation comme agent du chiffre et traducteur. Ensuite, en supposant qu'il ait quitté Shanghai à la date dite, nous avons six années dans le blanc. La seule ouverture que me donne Fat Boy là-dessus me paraît insensée. Il suggère qu'il a passé six ans à étudier une sorte de jeu. Un jeu appelé *Go* — ou quelque chose comme ça.

— Je pense que c'est exact.

— Comment est-ce possible ? Pendant toute la durée de la

Seconde Guerre mondiale, il aurait passé son temps à étudier un jeu ? » Le Premier adjoint secoua la tête. Ni lui ni Fat Boy n'étaient à l'aise en face de conclusions qui ne relevaient pas de la simple logique. Et il n'était pas logique qu'un tueur international à carte mauve puisse avoir passé cinq ou six ans (Bon Dieu ! Ils ne savaient même pas exactement combien !) à apprendre une de ces inepties de jeux !

Pendant près de cinq ans, Nicholaï vécut dans la maison d'Otake-san : à la fois comme étudiant et membre de la famille. Otake-san, Septième *Dan,* était un homme à double personnalité. Dans les tournois, c'était un stragège impitoyable, célèbre pour son habileté à exploiter sans relâche les failles dans le jeu ou l'endurance de son adversaire. Mais chez lui, au sein d'un entourage nombreux et quelque peu anarchique, comprenant, outre sa femme, son père, trois enfants et jamais moins de six disciples, Otake-san se montrait paternel, généreux, aimant à divertir ses enfants et ses élèves. L'argent n'abondait pas, mais ils habitaient un petit village de montagne et n'éprouvaient pas le besoin de distractions onéreuses. Quand les ressources diminuaient, on se restreignait ; si elles augmentaient, on dépensait sans compter.

Aucun des enfants d'Otake-san n'était particulièrement doué dans l'art du Go. Et de ses disciples, seul Nicholaï possédait ce rare ensemble de talents nécessaires au joueur de première classe ; le don de concevoir des combinaisons abstraites ; le sens de la poétique mathématique qui permet de ramener le chaos infini des probabilités et des permutations à la simplicité géométrique ; l'implacable pression sur la faiblesse la plus indécelable d'un adversaire.

A la longue, Otake-san découvrit une aptitude supplémentaire chez Nicholaï, qui mettait son jeu hors du commun : au milieu d'une partie, le jeune homme était capable de s'abandonner à une sorte de quiétude profonde pendant une brève période, puis de revenir au jeu, l'esprit frais.

Otake-san fut le premier à s'apercevoir que Nicholaï était mystique.

Comme la plupart des mystiques, Nicholaï était inconscient de ses dispositions et il s'étonna que les autres ne connussent pas d'expériences similaires aux siennes. Il ne concevait pas la vie sans extase et ne s'apitoya pas sur le sort de ceux qui ignoraient de tels transports, les considérant seulement comme des créatures d'une espèce différente.

Le mysticisme de Nicholaï apparut à Otake-san un soir, au cours d'une leçon de Go. La partie était serrée et classique, et seules de légères nuances dans les attaques distinguaient leur jeu des exemples donnés dans les manuels. Vers le milieu de la troisième heure, Nicholaï sentit s'ouvrir la voie qui lui permettait d'accéder au recueillement et à la découverte de son identité. Au bout d'un moment, la sensation disparut, et Nicholaï se retrouva paisible et silencieux, vaguement étonné de constater que le maître hésitait devant une attaque évidente. Il leva les yeux et surprit le regard d'Otake-san fixé sur lui et non sur le damier du Go.

« Qu'y a-t-il, maître ? Ai-je commis une erreur ? »

Otake-san observa attentivement le visage de Nicholaï. « Non, Nikko. Il n'y a rien d'exceptionnel dans tes deux derniers mouvements ; pas d'erreur non plus. Mais... comment peux-tu jouer en ayant l'air de rêver ?

— Rêver ? Mais je ne rêvais pas, maître.

— Vraiment ? Pourtant tes yeux étaient ailleurs et tu paraissais absent. En fait, tu ne regardais même pas le damier en jouant. Tu as placé tes pions les yeux fixés sur le jardin. »

Nicholaï sourit et secoua la tête. « Oh ! je comprends. En réalité, je venais juste de me recueillir. Alors, bien sûr, je n'avais pas besoin de regarder le damier.

— Veux-tu m'expliquer, Nikko, comment pouvais-tu ne pas avoir besoin de regarder le damier.

— Je... ah... eh bien, je me recueillais. » Nicholaï voyait bien qu'Otake-san ne comprenait pas, et cela le rendait perplexe, étant donné qu'il considérait son expérience comme des plus banales.

Otake-san s'installa confortablement et prit l'une de ses pastilles de menthe qu'il avait coutume de sucer pour soulager ses douleurs d'estomac, résultat d'années de contrôle de soi d'un joueur professionnel. « A présent, explique-moi ce que tu veux dire en racontant ce que tu te recueilles.

— Je suppose que « recueillir » est un mot impropre, maître. Je ne sais comment dire. Je n'ai jamais entendu personne donner un nom à cela. Mais vous devez savoir de quelle sensation je veux parler. S'échapper sans partir. Le... vous savez... le courant qui vous entraîne dans les choses... la compréhension des choses. » Nicholaï était embarrassé. L'expérience lui paraissait trop simple et fondamentale pour avoir besoin d'être expliquée. Comme si le maître lui avait demandé d'expliquer la respiration, ou l'odeur des fleurs. Il était sûr qu'Otake-san savait parfaitement de quoi il parlait ; après tout, il n'avait qu'à se rappeler ses propres moments de recueillement. Pourquoi posait-il ces questions ?

Otake-san tendit la main et toucha le bras de Nicholaï. « Je sais, Nikko, il t'est difficile d'expliquer. Et je crois que je comprends un peu ton expérience — non pour l'avoir vécue, mais parce que j'ai lu certains ouvrages sur ce sujet qui a toujours attiré ma curiosité. On appelle cela le mysticisme. »

Nicholaï se mit à rire. « Le mysticisme ! Mais bien sûr, maître.

— As-tu déjà parlé à quelqu'un de ce... comment dis-tu... s'échapper sans partir ?

— Non... Pourquoi en parler ?

— Pas même à ton cher ami Kishikawa-san ?

— Non, maître. Je n'en ai pas eu l'occasion. Mais pourquoi me posez-vous toutes ces questions ? Je me sens gêné. Devrais-je avoir honte ? »

Otake-san lui pressa le bras. « Non, non. N'aie aucune honte. N'aie pas peur, Nikko. Vois-tu, ce que tu éprouves, ce que tu nommes " recueillement "... n'est pas très courant. Peu de gens connaissent ces choses, excepté dans la petite enfance, et d'une manière superficielle. C'est l'état que s'efforcent d'atteindre les hommes de foi à travers la discipline et la méditation, et que les insensés cherchent dans les drogues. A tous les âges, dans toutes les civilisations, un petit nombre d'élus a pu atteindre cet état de paix et d'identité avec la nature (j'emploie ici les mots que j'ai lus) sans se plier à des années de sévère discipline. C'est pour eux dans la nature des choses. On les appelle des mystiques. Appellation d'ailleurs incorrecte, car elle comporte des connotations de religion et de magie. En fait, tous les mots utilisés pour décrire cette expérience ont un caractère emphatique. Ce que tu nommes " recueillement ", d'autres le nomment " extase ". »

Nicolaï eut un sourire gêné. Comment pouvait-on appeler mysticisme la chose la plus réelle du monde ? Extase, l'émotion la plus sereine ?

« Ce mot te fait sourire, Nikko. Mais ce que tu ressens est agréable, n'est-ce pas ?

— Agréable ? Je ne l'ai jamais envisagé sous cet angle. C'est nécessaire.

— Nécessaire ?

— Je veux dire, comment peut-on vivre jour après jour sans moments de recueillement ? »

Otake-san sourit. « Beaucoup d'entre nous doivent se débrouiller sans.

— Excusez-moi, maître. Mais j'ai du mal à imaginer une telle existence. Quel en serait le but ? »

Otake-san hocha la tête. Il savait, pour l'avoir lu, que les mystiques font souvent preuve d'incompréhension envers ceux qui ne possèdent pas le même don qu'eux. Et il se souvint aussi, avec une certaine inquiétude, qu'en perdant ce don — et cela arrive à beaucoup d'entre eux à un moment ou à un autre de leur vie — ces êtres d'exception traversent des périodes de dépression et de panique. Les uns entrent en religion, pour retrouver le mysticisme par la religion, d'autres se suicident, tant la vie sans extase leur semble dénuée d'intérêt.

« Nikko ? Le mysticisme a toujours excité ma curiosité. Aussi permets-moi de te poser quelques questions sur ce « recueillement » qui t'est si cher. Dans mes lectures, les mystiques qui racontent leurs transports utilisent des termes tellement flous, des contradictions, des paradoxes poétiques. Comme si la chose était trop complexe pour être décrite par de simples mots.

— Ou trop simple, monsieur.

— Oui. Peut-être. Trop simple. (Otake-san pressa son poing sur sa poitrine pour contenir la douleur qui montait, et prit une autre pastille de menthe.) Et dis-moi. Depuis quand connais-tu de telles expériences ?

— Depuis toujours.

— Même lorsque tu étais bébé ?

— Toujours.

— Je vois. Et combien de temps durent ces expériences ?

— Cela importe peu, maître. Ce n'est pas une question de temps.

— C'est hors du temps ?

— Non. Ce n'est ni dans le temps ni hors du temps. »

Otake-san sourit en secouant la tête. « Vas-tu, toi aussi, m'offrir les mêmes paradoxes poétiques ? »

Nikolaï se rendit compte que ces figures de style contradictoires jetaient la confusion sur l'infiniment simple ; mais il ne savait coment manier ces instruments gauches que sont les mots.

Otake-san vint à son secours. « Tu veux donc dire que tu n'as aucun sens du temps pendant ces expériences. Que tu ignores combien de temps elles durent ?

— Je sais exactement combien de temps elles durent, monsieur. Quand je m'échappe, je ne pars pas. Je suis où est mon corps, aussi bien que n'importe où ailleurs. Je ne suis pas en train de rêver. Parfois le recueillement dure une minute ou deux. Parfois des heures. Il dure aussi longtemps qu'il est nécessaire.

— Et se produisent-ils souvent ces... moments de recueillement ?

— Cela dépend. Deux ou trois fois par jour, au plus. Mais parfois je reste un mois sans me recueillir. Et c'est terrible. J'ai peur que ça ne m'arrive plus jamais.

— Peux-tu provoquer une de ces périodes de « recueillement » de par ta propre volonté ?

— Non. Mais je peux les entraver. Et je dois prendre garde de ne pas leur barrer le chemin, si j'ai besoin d'elles.

— Comment ça, leur barrer le chemin ?

— En éprouvant des sentiments de colère. Ou de haine.

— Tu ne peux pas connaître une de ces expériences si tu éprouves de la haine ?

— Comment le pourrais-je ? Le recueillement est le contraire de la haine.

— C'est l'amour, alors ?

— Ce pourrait être l'amour, si cela concernait les gens. Mais cela ne concerne pas les gens.

— Cela concerne quoi ?

— Chaque chose. Moi. Nous sommes une et même chose. Quand je me recueille, chaque chose et moi... sommes... je ne sais comment dire.

— Tu deviens un avec chaque chose ?

— Oui. Non, pas exactement. Je ne *deviens* pas un avec chaque chose. Je *me retrouve* un avec chaque chose. Comprenez-vous ce que je veux dire ?

— J'essaye. Écoute, prenons ce « recueillement » que tu as éprouvé il y a un instant, pendant notre partie. Décris-moi ce qui t'est arrivé. »

Nicolaï tendit ses mains ouvertes, en un geste d'impuissance. « Comment le pourrais-je ?

— Essaye. Commence par : « Nous étions en train de jouer, et vous veniez juste de placer le pion cinquante-six... et... allez, continue. »

— C'était le pion cinquante-huit, maître.

— Bon. Cinquante-huit. Alors ? Qu'est-il arrivé ?

— Eh bien... le courant de la partie était juste bien, et il m'a peu à peu amené à la prairie. Ça commence toujours par une sorte de mouvement, de courant... un torrent ou une rivière, ou peut-être des vagues de vent sur un champ de riz mûr, le miroitement de feuilles qui bougent dans la brise, des nuages qui passent. Et pour moi, si le mouvement des pions suit un courant classique, cela peut aussi m'amener dans la prairie.

— La prairie ?

— Oui. C'est l'endroit où je m'épanouis. C'est ainsi que je me rends compte que je me recueille.

— Est-ce une vraie prairie ?

— Oui, bien sûr.

— Une prairie que tu aurais vue autrefois. Un endroit dans ton souvenir ?

— Non, ce n'est pas dans mon souvenir. Je n'y suis jamais allé quand j'étais comprimé.

— Comprimé ?

— Vous savez... quand je suis dans mon corps et que je ne me recueille pas.

— Alors, tu considères que la vie normale est un état de compression ?

— Je considère que le temps passé à se recueillir est normal. Le temps comme celui-ci... temporaire... et... oui comprimé.

— Parle-moi de la prairie, Nikko.

— Elle est triangulaire. Et elle monte en pente douce devant moi. L'herbe est haute. Il n'y a pas d'animal. Personne n'a jamais foulé ni mangé l'herbe de la prairie. Il y a des fleurs, un vent... chaud. Un ciel pâle. Je suis heureux d'être à nouveau l'herbe.

— Tu es l'herbe ?

— Nous sommes l'un l'autre. Comme le vent, et la lumière dorée du soleil. Nous sommes... mêlés.

— Je vois. Je vois. Ta description de l'expérience mystique ressemble à celles qui sont décrites dans les ouvrages que j'ai lus. Et cette prairie est ce que les auteurs de ces ouvrages appellent la « voie » ou le « chemin ». N'y penses-tu jamais en ces termes ?

— Non.

— Bon. Alors, qu'arrive-t-il ?

— Rien. J'ai atteint le recueillement. Je suis partout à la fois. Et tout est sans importance et merveilleux. Ensuite... Je commence à m'amoindrir. Je me sépare du soleil et de la prairie, et je me contracte à nouveau dans mon corps. Le recueillement est fini. (Nicholaï eut un sourire hésitant.) Je crois que je ne décris pas très bien tout cela, maître. Ce n'est pas le genre de chose facile à expliquer avec des mots.

— Au contraire. Tu le décris parfaitement, Nikko. Tu as évoqué en moi un souvenir que j'avais presque perdu. Une ou deux fois dans mon enfance, en été, je crois... j'ai connu de brefs transports semblables à ceux que tu dépeins. J'ai lu que la plupart des gens ont eu de temps en temps des expériences mystiques dans leur enfance, mais qu'ils n'en ont plus en grandissant, et qu'ils les oublient. Veux-tu me dire autre chose ? Comment peux-tu jouer au Go alors que tu es hors de toi-même... que tu es dans ta prairie ?

— Eh bien, je suis aussi bien ici que là. Je m'échappe mais je ne pars pas. Je fais partie de ce jardin, de cette pièce.

— Et moi, Nikko. Fais-tu aussi partie de moi ? »

Nicholaï secoua la tête. « Il n'y a pas d'êtres vivants là où je me recueille. Je suis seul à pouvoir voir. Je vois pour nous tous, pour le soleil, pour l'herbe.

— Je comprends. Et comment peux-tu jouer sans regarder le damier. Comment sais-tu où les lignes se croisent ? Où j'ai placé mon dernier pion ? »

Nicholaï haussa les épaules. C'était tellement évident. « Je suis une partie de chaque chose, maître. Je partage... non... je bouge dans chaque chose. Le *Go ban,* les pions. Je fais partie du damier. Comment ignorerais-je les dessins du jeu ?

— Alors, tu vois le damier de l'intérieur ?

— L'intérieur et l'extérieur sont une seule et même chose. Mais « voir » n'est pas tout à fait exact non plus. Quand vous êtes partout, vous n'avez pas besoin de voir. (Nicholaï secoua la tête.) Je n'arrive pas à m'expliquer. »

Otake-san pressa légèrement le bras du garçon et retira sa

main. « Je ne te poserai plus de question. J'avoue que j'envie la paix mystique que tu ressens. J'envie surtout le naturel avec lequel tu l'atteins — sans avoir besoin de la concentration et des efforts qui sont nécessaires même aux hommes de foi. Et pourtant, si je t'envie, j'éprouve également un peu d'inquiétude à ton égard. Si l'extase mystique est devenue, comme je le suppose, aussi naturelle et nécessaire à ta vie intérieure, qu'adviendra-t-il de toi le jour où ce don disparaîtra, où tu ne connaîtras plus ces expériences ?

— Cela me paraît impossible, maître.

— Je sais. Cependant mes lectures m'ont appris que les dispositions au mysticisme peuvent se dissiper, les voies qui mènent à la paix intérieure se perdre. Un incident engendre la haine ou la peur, et tout disparaît. »

La crainte de perdre l'activité psychologique la plus spontanée et la plus essentielle de sa vie bouleversa Nicholaï. Dans un éclair de panique, il réalisa que cette crainte elle-même pouvait être assez puissante pour provoquer cette perte. Il aurait voulu échapper à cette conversation, à ces doutes nouveaux et inconcevables. Les yeux baissés sur le *Go ban*, il se demandait comment il réagirait à une telle privation.

« Que ferais-tu, Nikko ? » insista Otake-san après un silence.

Nicholaï leva les yeux du damier, son regard vert calme et inexpressif. « Si quelqu'un me prive de mes périodes de recueillement, je le tuerai. »

C'était dit avec un calme inéluctable ; Otake-san comprit qu'il n'impliquait pas de colère, mais une simple évidence. L'affirmation tranquille de Nicholaï l'inquiéta plus que le reste.

« Mais, Nikko, imaginons que ce n'est pas un homme qui te prive de ton don. Imaginons que c'est une situation, un événement, un détour de la vie. Que feras-tu alors ?

— Je chercherai à le supprimer, quoi que ce soit. Je le punirai.

— Et cela fera-t-il revenir la voie du recueillement ?

— Je l'ignore, maître. Mais ce sera l'ultime vengeance requise pour une si grande perte. »

Otake-san soupira, partagé entre la compassion qu'il éprouvait pour la soudaine vulnérabilité de Nikko et une certaine sympathie pour ce ou celui qui pourrait être cause de son malheur. Nicholaï ferait ce qu'il venait de dire, Otake-san n'en doutait pas. Un homme ne révèle sa personnalité nulle part aussi bien qu'au cours d'une partie de Go, face à un adversaire assez perspicace pour interpréter son jeu. Et le jeu de Nicholaï, brillant et audacieux, avait les défauts d'un esthétisme glacé et d'une détermination presque inhumaine. Otake-san avait ainsi appris que son meilleur disciple pouvait parvenir au sommet, devenir le premier des *dans* non japonais ; mais il savait aussi que le jeune homme ne connaîtrait jamais la paix ou le bonheur dans le jeu plus simple de la vie. Bien sûr, il avait cette disposition à l'exaltation mystique. Mais c'était un cadeau empoisonné.

Otake-san soupira à nouveau et examina le tracé des pions. Ils étaient au tiers du jeu. « Que dirais-tu, Nikko, si nous ne terminions pas la partie. Mon vieil estomac me harcèle ; et le déroulement du jeu est suffisamment classique pour que l'issue en soit déjà implantée. Je ne pense pas que nous puissions l'un ou l'autre commettre une erreur fatale. Et toi ?

— Non, monsieur. » Nicholaï était soulagé de s'arrêter de jouer, de quitter cette petite pièce où il venait d'apprendre pour la première fois que son refuge dans le mysticisme était fragile... qu'une fonction vitale pouvait lui être ôtée. « En tout cas, maître, je pense que vous auriez gagné de sept ou huit pions. »

Otake-san jeta un coup d'œil au damier. « Tant que ça ? J'aurais cru pas plus de cinq ou six. » Il sourit à Nikko. C'était l'une de leurs plaisanteries favorites.

En fait, Otake-san aurait gagné d'au moins une douzaine de pions, et ils le savaient très bien tous les deux.

Les années passèrent, et les saisons se succédèrent paisiblement dans la maison Otake ; aux fonctions traditionnelles, obligations, travail, étude, se mêlaient le jeu, le plaisir, l'affection, cette dernière non moins sincère d'être en grande partie tacite.

Même dans leur petit village de montagne, où le rythme de la vie s'accordait au cycle des moissons, l'ombre de la guerre restait en arrière-plan. Dans chaque famille, des jeunes gens partirent rejoindre l'armée, parfois pour ne jamais revenir. Travail et austérité devinrent le lot quotidien. La nouvelle de l'attaque de Pearl Harbour le 8 décembre 1941 provoqua l'exaltation générale ; dans les milieux bien informés, on convint que la guerre serait finie avant un an. Des voix enthousiastes annoncèrent victoire sur victoire à la radio, tandis que l'armée chassait l'impérialisme européen du Pacifique.

Mais néanmoins, les fermiers se plaignirent en privé des quotas de production qui leur étaient imposés, et des pressions provoquées par la diminution des biens de consommation. Quand, en accord avec l'austérité générale, on limita le nombre des tournois de Go, Otake-san consacra plus de temps à ses rubriques. Mais la guerre toucha plus directement sa famille. Un soir d'hiver, le fils cadet revint de l'école la tête basse, mortifié ; ses camarades de classe l'avaient ridiculisé, traité de *yowamushi,* de poule mouillée, parce qu'il mettait des moufles au cours de gymnastique pour protéger ses mains délicates des contusions, alors que tous les garçons s'entraînaient dans la cour enneigée, nus jusqu'à la taille, faisant preuve d'endurance physique et d' « esprit de samouraï ».

De temps à autre, Nicholaï se fit traiter d'étranger, de *gaijin,* de « rouquin », avec une suspicion qui reflétait la xénophobie des maîtres d'école. Mais son statut d'étranger ne l'affectait pas vraiment. Le général Kishikawa avait pris soin de lui faire établir des papiers qui l'identifiaient de mère russe (neutre) et de père allemand (allié). Qui plus est, Nicholaï profitait du grand respect qu'inspirait aux villageois le fameux joueur de Go, Otake-san, qui les honorait de sa présence parmi eux.

Quand Nicholaï eut une assez grande connaissance du jeu pour disputer des tournois préliminaires et accompagner Otake-san en qualité de disciple dans les grands championnats qui se tenaient dans des villes éloignées où l'on isolait les joueurs des distractions du monde, il eut l'occasion de constater par lui-même l'esprit avec lequel le Japon allait à la guerre. Dans les gares, de bruyants au-revoir accompagnaient les nouvelles recrues, et on lisait sur de grandes bannières :

FÉLICITATIONS POUR VOTRE ENRÔLEMENT SOUS LES DRAPEAUX — QUE LA FORTUNE DES ARMES SOIT AVEC VOUS

Il entendit parler d'un garçon du village voisin qui, refusé au conseil de révision, avait supplié qu'on l'enrôlât malgré tout, plutôt que de faire face à l'innommable *haji*[1] de ne pouvoir servir son pays. Ses prières ignorées, il avait été renvoyé chez lui par le train. Il était resté immobile à la fenêtre, répétant sans cesse, « *Haji desu, haji desu* ». Deux jours plus tard, on avait retrouvé son corps sur la voie ferrée. Il n'avait pu affronter la honte de retrouver ses parents et amis qui l'avaient quitté avec tant de joie et de fierté.

Pour la population japonaise, comme pour la population des pays ennemis, c'était une guerre juste et qu'ils devaient faire. Il y avait une sorte de grandeur désespérée dans le spectacle de ce minuscule Japon, qui n'avait pratiquement pas d'autre ressource que l'esprit de son peuple, face à des hordes de Chinois et aux immenses puissances industrielles de l'Amérique, la Grande-Bretagne, l'Australie, et presque toutes les nations de l'Europe. Et on savait bien qu'une fois le Japon affaibli par le poids écrasant de l'adversaire, la masse de l'Union soviétique fondrait sur lui.

Mais au début on ne compta que des victoires. Le village apprit la nouvelle du bombardement par Doolittle avec stupéfaction et révolte. Stupéfaction parce qu'ils étaient sûrs que le Japon était invulnérable. Révolte parce que, pour des effets minimes, les bombardiers américains avaient largué leurs engins explosifs au hasard, détruisant maisons et écoles et — par une ironie du sort — ne touchant ni les usines ni les bases militaires. Quand il entendit

1. Haji : honte. Haji desu : quelle honte. (*N.d.T.*)

parler des bombardiers américains, Nicholaï se souvint des avions Northrop qui avaient détruit le Sincere à Shanghai. Il revoyait la jolie Chinoise dans sa robe de soie verte, son cou de porcelaine entouré du petit col raide, son visage pâle sous la poudre de riz, qui cherchait sa main.

Bien que la guerre laissât son empreinte sur chaque chose de la vie, trois éléments marquèrent davantage les années de formation de Nicholaï : le perfectionnement de son jeu, ses périodes revivifiantes de recueillement mystique et, au cours de sa dix-septième année, son premier amour.

Mariko était l'une des disciples d'Otake-san, une jeune fille timide et délicate d'un an à peine plus âgée que Nikko, qui n'avait pas l'acharnement des futurs grands joueurs, mais un jeu complexe et raffiné. Nicholaï et elle se mesurèrent plusieurs fois l'un à l'autre, s'exerçant plus particulièrement à des jeux d'ouverture et de milieu.

La timidité de Mariko et la réserve de Nicholaï s'accordaient et ils s'asseyaient souvent le soir dans le petit jardin, échangeant quelques mots, partageant de longs silences.

Parfois, ils allaient faire une course au village, et leurs bras se frôlaient, figeant la conversation dans un silence embarrassé. Un jour, avec une audace que démentait la demi-heure de contrainte qu'il s'était imposée, Nicholaï finit par tendre le bras à travers le damier et prendre la main de Mariko. Retenant sa respiration, le regard désespérément fixé sur le damier, Mariko lui rendit la pression de ses doigts sans lever les yeux. Main dans la main, ils jouèrent tout le reste de la matinée une partie complètement désorganisée, Mariko les paumes moites tant elle avait peur d'être surprise, Nikko les doigts tremblants tant était inconfortable la position de son bras. Mais il ne pouvait desserrer son étreinte, pas plus qu'elle n'était capable de lui retirer sa main, craignant d'avoir l'air de le repousser.

Ils furent tous les deux soulagés d'entendre l'appel pour le repas de midi, mais le frisson du péché et de l'amour les agita durant tout le reste de la journée. Et le lendemain, ils échangèrent un baiser furtif.

Une nuit de printemps, Nicholaï osa rendre visite à Mariko dans sa petite chambre. Dans une maison où tant de monde vivait à l'étroit, se retrouver la nuit était un exploit. Mouvements furtifs, chuchotements, souffles retenus, cœurs qui battent la chamade dans les poitrines pressées l'une contre l'autre au moindre son réel ou imaginaire.

Ils firent l'amour avec hésitation, maladresse, et beaucoup de tendresse.

Nicholaï échangea régulièrement une lettre par mois avec le général Kishikawa, mais ce dernier ne put venir au Japon que deux fois au cours des cinq années d'instruction du jeune homme.

La première fois, Kishikawa-san ne resta qu'un jour, et passa la plus grande partie de sa permission à Tokyo avec sa fille qui venait de perdre son mari, officier de marine sur un bâtiment coulé pendant la bataille de la mer de Corée, et qui restait enceinte de leur premier enfant. Après avoir soutenu la jeune femme dans son deuil et s'être occupé de sa situation, le général fit une halte au village pour rendre visite aux Otake et apporter à Nicholaï deux paquets de livres qu'il avait choisis à son intention dans une bibliothèque réquisitionnée et qu'il lui donna en lui recommandant de continuer à entretenir son don pour les langues. C'étaient des ouvrages russes, anglais, allemands, français et chinois. Ces derniers n'étaient d'aucune utilité pour Nicholaï qui n'avait du chinois qu'une connaissance rudimentaire, acquise dans les rues de Shanghai. Les propres limites du général en français étaient soulignées par le fait qu'il avait choisi quatre exemplaires des *Misérables* dans quatre langues différentes — et une cinquième en chinois, autant que Nicholaï pût en juger.

Ce soir-là, le général dîna en tête à tête avec Otake et tous deux évitèrent de parler de la guerre. Quand Otake-san fit l'éloge du travail et des progrès de Nicholaï, le général prit l'attitude du père japonais, traitant à la légère les qualités de son pupille, affirmant qu'Otake-san était d'une grande bonté de bien vouloir s'occuper d'un élève si paresseux et tellement niais. Mais il ne pouvait masquer la fierté qui brillait dans ses yeux.

La visite du général coïncida avec le *jusanya,* le Festival de la Lune d'Automne ; des offrandes de fleurs et d'herbes d'automne ornaient l'autel érigé dans le jardin sous les rayons de la lune. En temps normal, on y aurait mêlé des fruits et des victuailles, mais les restrictions de la guerre obligèrent Otake-san à modérer son attachement aux traditions. Il aurait pu, comme ses voisins, offrir des nourritures et les rapporter le lendemain sur la table familiale, mais cela lui semblait indigne.

Après dîner, Nicholaï et le général s'assirent dans le jardin, contemplant la lune naissante qui se dégageait des branches d'un arbre.

« Alors, Nikko, raconte-moi. As-tu atteint le *shibumi* comme tu le désirais il y a quelque temps ? » Une note ironique perçait dans sa voix.

Nicholaï baissa les yeux. « J'étais impétueux, monsieur. J'étais jeune.

— Plus jeune, oui. Et maintenant, tu découvres que la chair et la jeunesse sont un obstacle à ta recherche. Peut-être pourras-tu avec le temps acquérir cet insigne raffinement du comportement et des manières que l'on nomme *shibusa*. Que tu puisses atteindre la profonde simplicité spirituelle qu'est le *shibumi* est plus incertain. Efforces-y toi, bien sûr, mais sois prêt à te contenter de moins. C'est le lot de la plupart d'entre nous.

— Je vous remercie de vos conseils, monsieur. Mais je préférerais devenir un homme de *shibumi* à n'importe quoi d'autre. »

Le général hocha la tête en retenant un sourire. « Oui, bien sûr, tu préférerais. J'avais oublié certain côté de ton caractère. Nous avons été trop longtemps séparés. (Ils restèrent un moment silencieux dans le jardin.) Dis-moi, Nikko, as-tu travaillé tes langues ? »

Nicholaï dut avouer qu'en parcourant quelques-uns des livres apportés par le général, il s'était aperçu de ses lacunes en allemand et en anglais.

« Tu dois te reprendre, Nikko. Surtout en anglais. Je ne serai pas en mesure de t'aider quand la guerre sera finie, et tu ne pourras compter que sur ton don pour les langues.

— Vous parlez comme si vous alliez perdre la guerre. »

Kishikawa-san resta un long moment sans rien dire. Nicholaï pouvait lire de la tristesse et une grande fatigue sur son visage pâle et indistinct sous la lune . « Toutes les guerres sont perdues au bout du compte. Des deux côtés, Nikko. Le temps des batailles menées par des professionnels de la guerre est révolu. Aujourd'hui, nous assistons à des guerres entre les puissances industrielles, entre des populations adverses. Les Russes et leur marée humaine anonyme vaincront les Allemands. Les Américains et leurs usines anonymes nous écraseront. Au bout du compte.

— Que ferez-vous, alors, monsieur ? »

Le général secoua lentement la tête. « Peu importe ce que je ferai. Je ferai mon devoir, jusqu'au bout. Je continuerai à travailler seize heures par jour sur des petits problèmes administratifs, je continuerai à agir en patriote. »

Nicholaï le regarda, perplexe. Il n'avait jamais entendu Kishikawa-san parler de patriotisme.

Le général eut un sourire furtif. « Eh oui, Nikko. Après tout, je suis un patriote. Non pas un patriote fanatique d'une politique, d'une idéologie, ou d'un hymne national, ou d'un drapeau *hinomaru*. Mais un patriote quand même. Attaché aux jardins comme celui-ci, aux festivals de la Lune, aux subtilités du Go, aux chants des repiqueuses de riz, aux cerisiers en fleur — aux choses du Japon. Savoir qu'il nous est impossible de gagner cette guerre n'a rien à voir avec le fait que je doive continuer à faire mon devoir. Comprends-tu, Nikko ?

— Seulement les mots, monsieur. »

Le général gloussa doucement. « Peut-être n'y a-t-il rien d'autre. Va te coucher maintenant, Nikko. Laisse-moi seul un moment. Je partirai demain avant que tu ne sois levé ; mais ces quelques instants passés avec toi m'ont fait plaisir. »

Nicholaï inclina la tête et se leva. Longtemps après son départ, le général resta assis, immobile, le regard paisiblement posé sur le jardin au clair de lune.

Plus tard, Nicholaï apprit que le général Kishikawa avait voulu payer les frais de son éducation. Mais Otake-san avait refusé, se déclarant indigne d'accepter de l'argent pour un pupille aussi inintéressant que l'affirmait le général. Kishikawa-san avait souri à son vieil ami et secoué la tête. Il ne pouvait que s'incliner.

Le cours de la guerre tourna contre les Japonais. Ils avaient engagé toutes leurs forces de production dans un combat intensif et de courte durée qui devait leur apporter des conditions de paix favorables. La défaite était évidente ; dans le fanatisme hystérique des messages moraux lancés à la radio par le gouvernement, dans les témoignages des réfugiés sur les « tapis de bombes » lâchés par les Américains sur les zones résidentielles, dans la pénurie chaque jour plus grande de produits de consommation les plus courants.

Les restrictions se firent sentir jusqu'au village, suivant le quota de production accordé aux fermiers ; et maintes fois la famille Otake dut se contenter de *zosui,* gruau de carottes et de fanes de navets bouillies avec du riz que seules les mimiques d'Otake-san rendaient mangeable. Il avalait son repas avec force gestes et manifestations de ravissement, roulant des yeux, se frottant l'estomac, tant et si bien que ses enfants et ses élèves riaient à en oublier le goût douceâtre et terreux de la nourriture dans leur bouche. Dans un premier temps, les réfugiés des villes furent traités avec compassion ; mais par la suite ces bouches supplémentaires devinrent une charge pour les habitants du village. On les traita de *sokaijin*[1] et il se trouva des paysans pour grogner contre ces fainéants de citadins assez riches pour échapper aux horreurs de la ville, mais incapables de travailler pour se nourrir.

Otake-san avait un seul luxe, son petit jardin de cérémonie. Vers la fin de la guerre, il le bêcha pour en faire un jardin potager. Mais il ne put s'empêcher d'arranger radis et carottes en parterres, de rendre leurs fanes attrayantes à l'œil. « C'est moins commode à sarcler et à entretenir, je l'avoue. Mais si nous renonçons à la beauté dans notre lutte pour la vie, alors les barbares ont déjà gagné. »

De temps à autre, les autorités étaient contraintes d'annoncer

1. *Sokaijin :* réfugié. (*N.d.T.*)

officiellement une défaite ou la perte d'une île, afin de garder une ultime apparence de crédibilité face aux récits des soldats blessés rapatriés. A chaque annonce de défaite (toujours accompagnée d'un commentaire : retraite stratégique, réorganisation des lignes de défense ou raccourcissement intentionnel des lignes d'approvisionnement), l'émission se terminait par le vieil hymne bien-aimé, « *Umi Yukaba* », dont les doux accents s'identifiaient à cette époque sombre et désolée.

Otake-san n'alla plus qu'exceptionnellement disputer des tournois de Go, les moyens de transport étant réservés aux besoins militaires et industriels. Mais la pratique du jeu national et les comptes rendus des rencontres les plus importantes dans la presse suscitaient toujours un grand intérêt, car tous savaient qu'il s'agissait là de l'une des subtilités traditionnelles de la culture pour laquelle ils se battaient.

A l'occasion de ces très rares tournois où il accompagna son maître, Nicholaï put constater de lui-même les effets de la guerre. Villes dévastées, population sans abri. Mais les bombes n'avaient pas détruit l'esprit du peuple japonais. Aberration de croire qu'un bombardement stratégique (c'est-à-dire dirigé sur la population civile) peut briser le désir de combattre d'une nation. Que ce soit en Allemagne, en Angleterre, au Japon, les bombardements stratégiques eurent pour résultat de donner au peuple une cause commune, de fortifier sa volonté de résistance dans l'épreuve des difficultés partagées.

Un jour, leur train s'arrêta de longues heures dans une gare par suite de dégâts sur la voie ferrée et Nicholaï vit des rangées de civières qui s'alignaient contre le mur, chargées des blessés qu'on envoyait à l'hôpital. Certains étaient blêmes de douleur, tendus dans l'effort qu'ils faisaient pour ne pas se plaindre. On n'entendait pas un gémissement. Vieillards et enfants allaient de brancard en brancard, des larmes de compassion plein les yeux, saluant chaque blessé, murmurant : « Merci, merci. *Gokuro sama. Gokuro sama.* »

Une vieille femme courbée en deux s'approcha de Nicholaï et scruta ce visage d'Occidental aux singuliers yeux vert foncé. Son regard ne reflétait aucune haine, seulement un mélange d'étonnement et de déception. Elle secoua tristement la tête et s'éloigna.

Nicholaï alla s'asseoir au bout du quai et s'absorba dans la contemplation d'un nuage. Il se détendit, fixa son attention sur le lent bouillonnement à l'intérieur du nuage, et se laissa rapidement emporter dans un de ses élans mystiques, insensible à la scène qui l'entourait, délivré de son sentiment de culpabilité raciale.

La seconde visite du général eut lieu vers la fin de la guerre. Il arriva sans s'être annoncé, un après-midi de printemps et, après s'être entretenu avec Otake-san, invita Nicholaï à venir voir avec lui les cerisiers en fleur sur la rivière Kajikawa, près de Niigata. Avant de pénétrer à l'intérieur des terres, leur train traversa au nord la région industrialisée entre Yokohama et Tokyo, cahotant sur une voie ferrée détériorée, minée par les bombardements, franchissant des kilomètres de décombres et de ruines laissés par les bombardiers qui avaient rasé maisons, usines, écoles, temples, magasins, théâtres et hôpitaux. Rien ne dépassait la hauteur d'un homme, si ce n'est un éventuel bout déchiqueté de cheminée tronquée.

Puis le train contourna Tokyo à travers des faubourgs tentaculaires. Partout régnait la preuve du grand raid aérien du 9 mars, pendant lequel plus de trois cents B-29 avaient incendié Tokyo. Sur vingt-cinq kilomètres carrés, la ville ressemblait à un enfer ; la température dépassait 1 800 degrés Farenheit, les toitures fondaient, la chaussée se déformait. Des murs de flammes léchaient les maisons, les canaux, les rivières, encerclant une foule affolée qui courait en rond, cherchant désespérément une brèche au cercle de feu qui se resserrait. Les arbres des parcs sifflaient et fumaient avant de se transformer en une seule gigantesque flamme avec un énorme craquement. Des hordes de gens pataugeaient dans les canaux, tentant d'éviter la fournaise ; mais ils étaient repoussés, renversés, par une foule hurlante qui se jetait du haut des berges. Des femmes lâchaient les bébés qu'elles avaient tenus à bout de bras hors de l'eau jusqu'au dernier moment, avant de se noyer.

La tornade de flammes aspirait l'air à sa base, créant une tempête de feu de la force d'un ouragan. Les vents ascensionnels étaient si violents que les appareils américains qui survolaient Tokyo pour prendre des photographies en ressentirent les effets à des milliers de pieds d'altitude.

Beaucoup de ceux qui trouvèrent la mort cette nuit-là moururent asphyxiés. Les feux voraces s'emparèrent littéralement du souffle de leurs poumons.

N'ayant plus aucune protection de chasseurs, les Japonais ne pouvaient pas se défendre contre les vagues successives de bombardement qui se répandaient sur la ville. Les pompiers se lamentaient, honteux et découragés, traînant leurs tuyaux inutiles vers les murs de flammes. Les canalisations éclatées ne laissaient couler que de pauvres filets d'eau.

Quand vint l'aube, la ville fumait encore ; des petites langues de feu léchaient chaque tas de gravats, à la recherche de morceaux combustibles. La mort était partout. Cent trente mille disparus. Les corps carbonisés des enfants étaient empilés comme des bûches dans les cours des écoles. Des couples de vieillards étaient morts dans les bras l'un de l'autre, leurs corps soudés dans un embrassement final. Les canaux étaient jonchés de cadavres qui flottaient dans l'eau encore tiède.

Les survivants parcouraient sans un mot les tas de cadavres carbonisés, cherchant les membres de leur famille. Sous chaque tas, on découvrait quelques pièces de monnaie qui, chauffées à blanc, avaient transpercé les corps. Une jeune femme écorchée vive reposait dans un kimono qui semblait n'avoir pas été touché par les flammes ; mais il tomba en poussière au premier contact.

Des années plus tard, on blâmera la conscience occidentale pour les événements de Hambourg et de Dresde. Mais après le bombardement du 9 mars de Tokyo, *Time Magazine* titra : « La fiction devient réalité. Une expérience qui prouve que, bien allumées, les villes japonaises prennent feu comme des feuilles d'automne. »

Et Hiroshima appartenait encore au futur.

Durant toute la durée du voyage, le général Kishikawa resta immobile et silencieux. Sa poitrine se soulevait imperceptiblement sous son costume civil froissé. Il resta aussi taciturne quand le train, après avoir traversé la vision d'horreur qu'offrait la ville de Tokyo, gagna l'incomparable splendeur des montagnes et des hauts plateaux. Pour combler le silence, Nicholaï lui demanda poliment des nouvelles de sa fille et de son petit-fils. Mais avant même d'avoir fini sa phrase, il pressentit la réponse. Pour quelle autre raison le général aurait-il obtenu une permission pendant ces derniers mois de guerre ?

Kishikawa-san avait un regard très doux, mais blessé et vide, quand il répondit : « Je les ai cherchés, Nikko. Mais le quartier où ils habitaient était... n'existe plus. J'ai alors décidé de leur dire adieu au milieu des fleurs de Kajikawa, là où j'ai emmené ma fille quand elle était petite, et où j'avais l'intention d'emmener mon... petit-fils. Veux-tu m'aider à leur dire adieu, Nikko ? »

Nicholaï s'éclaircit la voix. « Mais comment, monsieur ?

— En marchant près de moi parmi les cerisiers. En m'écoutant quand le silence me sera trop lourd. Tu es presque mon fils, maintenant, et tu... » Le général avala sa salive et baissa les yeux.

Une demi-heure plus tard, Kishikawa-san pressa ses doigts sur ses paupières, renifla, et regarda Nicholaï. « Eh bien ! Raconte-moi, Nikko. Fais-tu des progrès au Go ? Tentes-tu toujours d'atteindre le *shibumi ?* Et comment les Otake se débrouillent-ils ? »

Nicholaï se jeta dans un torrent de détails, arrachant le général à l'immobilité qui lui glaçait le cœur.

Ils restèrent trois jours dans un vieil hôtel à Niigata. Chaque matin, ils se rendaient sur les rives du Kajikawa, marchaient lentement entre les rangées de cerisiers en fleur. De loin, on aurait dit des nuages de vapeur teintés de rose. Les fleurs voltigeaient, recouvrant les chemins et les allées, mourant à l'instant de leur plus grande beauté. Kishikawa-san trouvait un réconfort dans cette vision symbolique.

Ils parlaient peu et paisiblement ; réflexions fugitives échangées en quelques mots ou phrases laissées en suspens, mais qui leur suffisaient pour se comprendre. Parfois, ils s'asseyaient sur les hautes berges de la rivière, regardant l'eau couler jusqu'à ce qu'elle leur semble immobile, jusqu'à ce qu'ils aient l'impression de flotter à contre-courant. Le général portait un kimono marron et rouille. Nicholaï était vêtu de l'uniforme bleu sombre des étudiants, col raide et casquette à visière sur ses cheveux clairs. Ils formaient l'image si parfaite du père et du fils que les passants s'étonnaient de l'étrange couleur des yeux du jeune homme.

Le dernier jour, ils s'attardèrent plus longtemps dans la soirée parmi les cerisiers, longeant la grande allée d'un pas tranquille. A la tombée de la nuit, une inquiétante lueur sembla sourdre du sol, éclairant les arbres d'en dessous, intensifiant le rose des pétales. Le général se mit alors à parler à voix basse, s'adressant plus à lui-même qu'à Nicholaï. « Nous avons eu de la chance. Nous sommes tombés sur les trois plus beaux jours de la floraison des cerisiers. Le jour de la promesse, aube de leur épanouissement. Le jour parfait de l'enchantement. Et aujourd'hui, crépuscule de leur apogée, le jour du souvenir. Le plus mélancolique des trois... mais le plus riche. Il y a une sorte de consolation... non... plutôt de réconfort — dans tout cela. Et une fois encore, je suis frappé par le tour de magie que nous joue le Temps. J'ai soixante-six ans, Nikko. Pour tes jeunes années — tournées vers l'avenir — soixante-six ans font beaucoup de temps. C'est toute l'expérience de ta vie multipliée par trois. Mais de mon point de vue — tourné vers le passé — ces soixante-six années ne sont qu'un pétale de ces cerisiers. Il me semble que ma vie n'est qu'un tableau hâtivement esquissé et jamais achevé... par manque de temps. Le Temps. Hier seulement — il y a plus de cinquante ans — je me promenais le long de cette rivière avec mon père. Il n'y avait ni berges ni cerisiers, alors. Ce n'était qu'hier... et c'était un autre siècle. Dix ans nous séparaient encore de notre victoire sur la flotte russe. Vingt ans et plus de notre combat aux côtés des Alliés dans la Grande Guerre. Je revois le visage de mon père (dans mon souvenir, j'ai toujours les yeux levés vers lui). Je retrouve encore aujourd'hui, au plus profond de moi-même... comme si les nerfs avaient une mémoire indépendante... l'angoisse que je ressentais devant mon impuissance à lui dire combien je l'aimais. Nous n'avions pas l'habitude de communiquer en termes hardis et concrets. Je revois chaque ligne de son profil sévère et fin. Cinquante ans. Toutes ces choses infimes, confuses. Ces choses terriblement importantes, aujourd'hui oubliées, qui appartiennent au passé, s'évanouissent et disparaissent de ma mémoire. Je me croyais triste pour mon père de n'avoir pas su lui dire que je l'aimais. C'était pour moi-même que j'étais triste. J'avais plus besoin de le lui dire qu'il n'avait besoin de l'entendre. »

La lueur qui montait du sol faiblissait, le ciel se violaçait ; à l'ouest, les gros nuages ventrus de l'orage se teintaient de mauve et de saumon.

« Et je me souviens d'un autre hier. Ma fille était une enfant. Nous marchions ici. En ce moment même, ma main retrouve la sensation de ses doigts potelés accrochés à l'un des miens. Ces arbres en pleine maturité venaient à peine d'être plantés — petites tiges maigrelettes attachées à leurs tuteurs par des bandes de coton blanc. Qui aurait pensé que de si jeunes branches se chargeraient au fil des ans de tant de sagesse et d'apaisement. Je me demande... je me demande si les Américains les feront abattre sous prétexte qu'ils ne donnent pas de véritables fruits. Sans doute. Et sans doute dans la meilleure des intentions. »

Nicholaï était mal à l'aise. Jamais Kishikawa ne s'était dévoilé de cette manière. Leurs relations avaient toujours gardé une réserve concertée.

« Quand je t'ai rendu visite la dernière fois, Nikko, je t'ai demandé d'entretenir ton don pour les langues. L'as-tu fait ?

— Oui, monsieur. Je n'ai pas eu l'occasion de parler une autre langue que le Japonais, mais j'ai lu tous les livres que vous m'aviez apportés, et parfois je me parle à moi-même en différentes langues.

— Surtout en anglais, j'espère. »

Nicholaï regarda l'eau de la rivière. « Moins souvent en anglais. »

Kishikawa-san hocha la tête pour lui-même. « Parce que l'anglais est la langue des Américains ?

— Oui.

— As-tu déjà rencontré un Américain ?

— Non, monsieur.

— Mais tu les détestes tous de la même façon ?

— Comment ne pas haïr cette race de bâtards ? Je n'ai pas besoin de les connaître en tant qu'individus pour les haïr en tant que race.

— Ah ! mais tu sais, Nikko, les Américains ne sont pas une race. C'est, en fait, leur principale faiblesse. Ce sont, comme tu le dis, des bâtards. »

Nicholaï leva un regard surpris. Le général était-il en train de défendre les Américains ? Trois jours seulement après avoir traversé Tokyo et vu les effets du plus grand bombardement de cette guerre intentionnellement dirigé sur les zones d'habitation et les civils. La propre fille de Kishikawa-san... son petit-fils...

« J'ai connu des Américains, Nikko. J'ai passé quelque temps dans l'armée avec l'attaché militaire de Washington. T'ai-je déjà raconté cela ?

— Non, monsieur.

— Eh bien, je n'étais pas un diplomate très brillant. Il faut acquérir une certaine déformation de la conscience, une élasticité envers la vérité, pour être efficace en diplomatie. Je n'avais pas ces dons. Mais cela m'a permis de connaître des Américains, et d'en arriver à apprécier leurs qualités et leurs défauts. Ce sont de très habiles marchands, et ils ont un grand respect des réussites financières. Cela peut te sembler des qualités minimes et sans dignité, mais elles sont en accord avec les desseins du monde industriel. Tu traites les Américains de barbares. Tu as raison, bien sûr. Je le sais aussi bien que toi. Je sais qu'ils ont torturé, mutilé sexuellement des prisonniers. Je sais qu'ils ont enflammé des hommes au lance-flammes, pour voir jusqu'où ils étaient capables de courir avant de s'écrouler. Oui, des barbares. Mais, Nikko, nos soldats ont commis des actes similaires, des actes de cruauté et d'atrocité au-delà de toute description. La guerre, la haine, la peur, on fait de nos propres compatriotes de véritables bêtes. Et nous ne sommes pas des barbares ; notre moralité aurait dû être étayée par mille ans de civilisation et de culture. Dans un certain sens, la barbarie fondamentale des Américains est leur excuse — non, de telles choses sont inexcusables —, leur justification. Comment condamnerions-nous la brutalité de ces hommes dont la culture n'est qu'un mince patchwork hâtivement tissé en une poignée de décennies, quand nous nous transformons nous-mêmes en bêtes sauvages sans pitié et sans humanité, malgré des centaines d'années de civilisation et de tradition ? Après tout, l'Amérique n'a été peuplée que par la lie de l'Europe. Ceci étant, nous devons les considérer comme innocents. Innocents comme la vipère, le chacal. Dangereux et perfides, mais non coupables. Tu les méprises en tant que race. Mais ce n'est pas une race. Pas même une civilisation. Seulement un ragoût culturel des détritus et des restes du banquet européen. Au mieux, une technologie à apparence humaine. Pour éthique, ils ont des règles. La quantité, chez eux, fait office de qualité. Honneur et déshonneur se nomment gagner et perdre. En fait, tu ne dois pas penser en termes de race ; la race n'est rien. La culture est tout. Toi-même, tu es caucasien de race ; mais non de culture. Par conséquent tu n'es pas caucasien. Chaque culture a ses forces et ses faiblesses. On ne peut les mesurer les unes aux autres. Le seul jugement que l'on puisse porter est qu'un mélange de cultures donne toujours un assemblable de ce qu'il y a de pire dans chacune d'entre elles. Le mauvais chez l'homme ou dans une culture, c'est l'essence animale, brutale. Le bon, c'est l'acquis précaire de la civilisation. Et quand les cultures s'entrecroisent, les éléments de base dominent inévitablement. Ainsi, lorsque tu traites les Américains de barbares, tu justifies leur cruauté et leur superficialité. Ce n'est qu'en soulignant leur bâtardise que tu touches leur principal défaut. Et défaut est-il le terme exact ? Après tout, dans le monde futur, un monde de marchands et de techniciens, les impulsions primaires du bâtard seront les impulsions dominantes. L'Occident est l'avenir, Nikko. Un avenir sinistre et impersonnel, un avenir de technologie et d'automatisme, c'est vrai, mais l'avenir malgré tout. Et tu devras y vivre, mon fils. Mépriser les Américains ne te sera d'aucune utilité. Tu dois chercher à les comprendre, ne serait-ce que pour te garder d'eux. »

Kishikawa-san parlait à voix très basse en marchant lentement dans le crépuscule décoloré, presque pour lui-même. Un monologue qui avait l'intonation d'une leçon donnée par un maître affectueux à son élève entêté. Et Nicholaï écoutait avec une attention profonde, la tête baissée. Après une pause d'une ou deux minutes, Kishikawa-san se mit à rire et frappa des mains. « Suffit avec tous ces sermons ! Les conseils ne sont utiles qu'à ceux qui les donnent, et uniquement dans la mesure où ils soulagent le fardeau de leur conscience. En dernier ressort, tu feras ce que te dicteront le destin et ton éducation, et mes conseils n'auront pas plus d'effet sur toi que les fleurs de cerisier n'altèrent le cours de la rivière qu'elles effleurent. En fait, je voulais t'entretenir de tout autre chose et je m'y suis dérobé en parlant pour ne rien dire de culture et de civilisation et de futur — sujets suffisamment profonds et vagues pour m'y dissimuler. »

Ils marchèrent en silence. La nuit tombait et le vent du soir se levait, emportant les pétales comme des flocons de neige rose qui frôlaient leurs joues et leur recouvraient les cheveux et les épaules. Ils trouvèrent un pont au bout de l'allée et, penchés par-dessus bord, contemplèrent l'écume légèrement phosphorescente qui tournoyait sur les rochers. Le général respira profondément et poussa un long soupir entre ses lèvres serrées, comme s'il s'armait de courage pour parler.

« C'est notre dernier entretien, Nikko. J'ai été muté à Manchukuo. On s'attend à ce que les Russes attaquent dès que nous serons assez faibles pour leur permettre d'entrer dans la guerre — et dans la paix — sans risque. Il est peu vraisemblable que les officiers survivent à la honte d'être pris par des communistes. Beaucoup préféreront le *seppuku*[1] à l'infamie de la capitulation. J'ai décidé de suivre cette voie ; non parce que je cherche à éviter le déshonneur. Ma participation dans cette guerre bestiale m'a souillé plus que le *seppuku* ne pourra jamais laver — et je crains qu'il n'en

1. *Seppuku* : suicide rituel. (*N.d.T.*)

soit de même pour chaque soldat, mais si je ne trouve aucune sanctification dans cet acte, j'y trouverai au moins... la dignité. J'ai pris cette décision pendant ces derniers trois jours, pendant nos promenades parmi les cerisiers en fleur. Il y a encore une semaine, je ne me sentais pas libre de me délier de l'indignité, tant que ma fille et mon petit-fils étaient les otages du destin. Aujourd'hui... les circonstances m'ont libéré. Je regrette de t'abandonner aux orages du hasard, Nikko, car tu es un fils pour moi. Mais... (Kishikawa-san soupira.) Mais... je ne saurais te protéger. Un vieux soldat vaincu, humilié, ne te serait d'aucune aide. Tu n'es ni japonais, ni européen. Je doute que quelqu'un puisse t'aider. Et puisque je ne puis le faire en restant auprès de toi, je me sens libre de partir. Ai-je ta compréhension, Nikko ? Et ta permission de te quitter ? »

Nicholaï fixa les remous de l'eau avant de trouver ses mots. « Vos conseils, votre affection, seront toujours présents en moi. Ainsi, vous ne me quittez pas. »

Accoudé à la rambarde du pont, les yeux fixés sur la lueur indéfinissable de l'écume, le général hocha lentement la tête.

Les dernières semaines dans la maison Otake furent infiniment tristes. Non parce que les rumeurs de revers et de défaite arrivaient de toutes parts. Ni parce que les privations et le mauvais temps s'alliaient pour faire de la faim une compagne de tous les instants. Mais parce que Otake-san, Septième *Dan,* allait mourir.

Au cours des années, les tensions d'une vie de joueur professionnel avaient provoqué ces crampes d'estomac permanentes qu'il combattait avec ses habituelles pastilles de menthe ; mais la douleur était devenue de plus en plus aiguë et les médecins finirent par diagnostiquer un cancer de l'estomac.

Lorsqu'ils apprirent que Otake-san était sur le point de mourir, Nicholaï et Mariko mirent naturellement fin à leurs rapports amoureux. Le fardeau universel de la honte qui pèse sur l'adolescent japonais leur interdisait de participer à une activité aussi vivante que l'amour quand leur maître et ami était mourant.

Par l'une de ces ironies de la vie qui nous surprennent toujours, même si l'expérience prouve que l'ironie est la figure de style la plus commune du Destin, ce n'est qu'une fois qu'ils eurent mis fin à leurs relations que leur entourage se mit à les soupçonner. Quand ils s'aimaient, la peur d'être surpris les rendaient extrêmement prudents dans leur comportement public. Dès qu'ils n'eurent plus à se cacher, ils passèrent plus de temps ensemble, se promenant au vu et au su de tout le monde, s'asseyant dans le jardin ; et c'est alors que des rumeurs sourdes, bien qu'affectueuses, commencèrent à circuler dans la famille, regards obliques et haussements de sourcils.

Souvent, après une partie sans issue concluante, ils parlaient de leur avenir, quand la guerre serait perdue et leur maître bien-aimé disparu. Que deviendrait leur vie lorsqu'ils ne feraient plus partie de la maison Otake, lorsque les soldats américains occuperaient le pays ? Était-il vrai, comme ils l'avaient entendu dire, que l'empereur leur demanderait d'aller mourir sur les grèves dans un dernier sursaut pour repousser l'envahisseur ? Et après tout, une telle mort ne serait-elle pas préférable à la vie sous la domination des barbares ?

Ils bavardaient ainsi quand le plus jeune fils d'Otake-san annonça à Nicholaï que le maître désirait lui parler. Otake-san attendait dans son bureau de six tatamis ; les portes coulissantes ouvraient sur le petit jardin aux légumes artistiquement plantés, et ce soir-là, une brume insalubre venue des montagnes enveloppait les verts et les bruns des parterres. L'air, dans la pièce, était humide et froid, l'odeur douceâtre des feuilles en décomposition se mêlait aux effluves délicieusement âcres du bois qui brûlait. Il flottait aussi une faible odeur de menthe, celle des pastilles impuissantes à guérir Otake-san du cancer qui emportait sa vie.

« C'est très aimable à vous de me recevoir, maître », dit Nicholaï après plusieurs minutes de silence. Il n'aimait pas le caractère formel de ses paroles, mais ne trouvait pas les mots justes entre l'affection compatissante qu'il ressentait et la solennité du moment. Pendant ces trois derniers jours, Otake-san avait eu de longues conversations avec chacun de ses enfants et de ses étudiants, et Nicholaï, son disciple le plus doué, était le dernier.

Otake-san lui indiqua le tatami auprès de lui, et Nicholaï s'agenouilla de côté, dans la position qui permettait de lire sur son visage tout en préservant l'intimité de celui du vieil homme. Embarrassé par un silence qui se prolongeait, il se crut obligé de parler. « La brume des montagnes est inhabituelle en cette saison, maître. Certains disent qu'elle est insalubre. Mais elle apporte une beauté particulière au jardin et à... »

Otake-san leva la main et secoua légèrement la tête. Ce n'était pas le moment. « Je parlerai en termes généraux de jeu, Nikko, sachant que mes généralisations seront modifiées par les conditions particulières de la partie. »

Nicholaï acquiesça d'un signe de tête. Le maître avait pour habitude de parler en termes de Go quand il avait quelque chose d'important à communiquer. Comme l'avait autrefois fait remarquer le général Kishikawa, la vie, pour Otake-san, n'était qu'une métaphore simpliste du Go.

« Est-ce une leçon, maître ?

— Pas exactement.

— Un blâme, alors ?

— Tu auras peut-être cette impression. En fait, c'est une critique. Pas uniquement de toi. Une critique... une analyse... de ce que je perçois comme étant un mélange dangereux et explosif — toi et ton avenir. Commençons par reconnaître que tu es un joueur brillant. (Otake-san leva la main.) Non. Ne cherche pas de formules de dégénation polie. J'ai vu des jeux aussi brillants que le tien, mais jamais chez un jeune homme de ton âge, et pas à notre époque. Mais il faut d'autres qualités que le brio pour réussir, aussi ne t'accablerai-je pas de compliments sans réserve. Ton jeu a quelque chose d'angoissant, Nikko. Parfois abstrait et implacable. En quelque sorte inorganique... sans vie. C'est la beauté du cristal, mais il lui manque celle des fleurs. »

Nicholaï avait les oreilles en feu, mais il ne donna aucun signe d'embarras ou d'irritation. Châtier et corriger est le droit, le devoir d'un maître.

« Je ne qualifierai pas ton jeu de mécanique et de prévisible. Il ne l'est pratiquement jamais. Ce qui l'en garde, c'est ton étonnant... »

Otake-san prit une brusque inspiration et la retint, le regard aveuglément fixé sur le jardin. Nicholaï baissa les yeux pour ne pas gêner son maître pendant qu'il luttait contre la douleur. Après de longues secondes sans respirer, Otake-san poussa un léger soupir et expira lentement, graduellement, contrôlant la douleur tout au long de l'expiration. La crise passée, il prit deux grandes goulées d'air, cligna des yeux plusieurs fois et...

« ... ce qui évite à ton jeu d'être mécanique et prévisible c'est ton incroyable audace. Mais même ta clairvoyance est teintée de cruauté. Tu joues seulement contre la situation du damier ; tu refuses l'importance — l'existence même — de ton adversaire. Ne m'as-tu pas dit que lors de tes transports mystiques, tu jouais sans jamais te référer à ton adversaire ? Il y a quelque chose de diabolique dans cela. De cruellement supérieur. D'arrogant, même. Et en contradiction avec ton désir d'atteindre le *shibumi.* Je ne fais pas ces remarques pour que tu te corriges, ou que tu t'améliores, Nikko. Ces dispositions font partie de ta personnalité, et elles sont immuables. Et je ne suis pas tellement sûr de vouloir que tu changes, si tu le pouvais ; car tes défauts font aussi ta force.

— Parlez-vous seulement de Go, maître ?

— Nous parlons en termes de Go. » Otake-san glissa sa main dans son kimono et pressa sa paume contre son estomac en prenant une autre pastille de menthe. « Malgré tout ton brio, mon cher disciple, tu es vulnérable. Ton manque d'expérience, par exemple. Tu es moins concentré lorsque tu étudies des situations auxquelles un joueur plus expérimenté réagit par habitude et mémoire. Mais cela n'est pas grave. Tu acquerras l'expérience, si tu évites à tout prix la vaine répétition. Ne tombe pas dans le travers de l'artisan qui se vante de vingt ans d'expérience, alors qu'il n'a en fait qu'une année — répétée vingt fois. Et accepte sans sourciller l'avantage de l'expérience propre à tes aînés. Souviens-toi qu'ils ont payé pour cela la monnaie courante de la vie, et qu'ils ont vidé une bourse qu'on ne remplira plus jamais. (Otake-san eut un imperceptible sourire.) Souviens-toi aussi que les vieux doivent tirer le maximum de leur expérience. C'est tout ce qui leur reste. »

Otake-san se tut et resta perdu en lui-même, contemplant vaguement le jardin blême qui semblait se décomposer dans la brume. Il sortit péniblement de ses réflexions sur les choses éternelles et poursuivit. « Non, ta plus grande faiblesse n'est pas ton manque d'expérience. C'est ton mépris. Tes défaites ne viendront pas de plus forts que toi. Elles te seront infligées par le patient, le bûcheur, le médiocre. »

Nicholaï fronça les sourcils. Kishikawa-san lui avait dit la même chose quand ils se promenaient parmi les cerisiers en fleur de Kajikawa.

« Ton mépris pour la médiocrité te cache son immense pouvoir primitif. Tu restes dans l'éclat de ta propre virtuosité, incapable de voir dans les coins sombres de la pièce, d'ouvrir les yeux sur les dangers potentiels de la masse, de la bourre de l'humanité. Et en ce moment même où je te parle, mon cher disciple, tu as du mal à admettre que des hommes inférieurs, en quelque nombre que ce soit, puissent réellement te vaincre. Mais nous sommes à l'âge de l'homme médiocre. Il est triste, incolore, ennuyeux — mais inévitablement victorieux. L'amibe survit au tigre parce qu'elle divise et persiste dans son immortelle monotonie. Les masses sont les derniers tyrans. Vois comment, dans les arts, le *kabuki* et le *Nô* dépérissent, tandis que le roman populaire, violent et inepte, baigne l'esprit du lecteur de masse. Et même dans ce genre mineur, aucun auteur n'ose créer un héros qui soit authentiquement supérieur, car dans son humiliation l'homme de la masse lui enverrait son *yoshimbo,* son critique « garde du corps ». Le rugissement des travailleurs est inarticulé, mais assourdissant. Ils n'ont pas de cervelle, mais un millier de bras pour vous agripper, s'accrocher à vous, pour vous tirer vers le fond.

— Parlez-vous toujours de Go, maître ?

— Oui. Et de son ombre, la vie.

— Que me conseillez-vous, alors ?

— Évite leur contact. Dissimule-toi poliment. Reste effacé et distant. Vis à l'écart, étudie le *shibumi.* Et par-dessus tout, ne te laisse pas happer par l'hameçon de la colère et de l'agressivité. Dissimule, Nikko.

— Le général Kishikawa m'a dit presque la même chose.

— Ce n'est pas étonnant. Nous avons parlé de toi la dernière nuit qu'il a passée ici. Ni lui ni moi ne pouvons savoir ce que sera l'attitude de l'Occidental envers toi, quand il sera là. Mais nous craignons plus encore ton attitude envers lui. Tu es converti à notre culture, et tu as le fanatisme d'un converti. C'est l'une de tes failles. Et les failles mènent à... » Otake-san haussa les épaules.

Nicholaï inclina la tête, attendant que le maître le congédie.

Après un silence, Otake-san prit une autre pastille de menthe et dit : « Je vais te faire un aveu, Nikko. Pendant toutes ces années, j'ai raconté que je prenais des pastilles pour soulager mes douleurs d'estomac. La vérité est que je les aime. Mais un adulte qui suce des bonbons en public manque de dignité.

— Et de *shibumi,* monsieur ?

— Exactement. (Otake-san parut perdu dans ses pensées un moment.) Oui. Tu as raison. La brume des montagnes est peut-être insalubre. Mais elle prête une beauté mélancolique au jardin, et nous devons lui en être reconnaissants. »

Après l'incinération, les dispositions concernant les membres de la famille et les disciples d'Otake-san furent soigneusement exécutées. La famille rassembla ses affaires et partit vivre chez le frère d'Otake. Les disciples furent renvoyés chez eux. Nicholaï, maintenant âgé de vingt ans, bien qu'il n'en parût pas plus de quinze, reçut l'argent que le général Kishikawa lui avait laissé et se retrouva libre de faire ce qu'il voulait, d'aller où bon lui semblait. Il éprouva cette ivresse palpitante qui accompagne la liberté totale dans un contexte sans but.

Le troisième jour d'août 1945, toute la famille Otake était rassemblée (caisses et paquets) sur le quai de la gare. Ce n'était ni l'endroit ni le moment pour Nicholaï de montrer son émotion à Mariko. Mais il mit une emphase et une gentillesse particulières dans sa promesse de venir la voir très vite, dès qu'il serait installé à Tokyo. Il était impatient d'aller chez elle, car Mariko parlait toujours si chaleureusement de sa famille et de ses amis dans sa ville natale, Hiroshima.

Le Premier adjoint repoussa sa chaise et secoua la tête. « Il n'y a pas grand-chose à faire, monsieur. Fat Boy n'a rien de solide sur ce Hel avant son arrivée à Tokyo. » On sentait l'irritation percer dans sa voix ; il était exaspéré par les gens ayant une vie si crépusculaire et peu mouvementée que Fat Boy se trouvait dans l'impuissance de faire la démonstration de son savoir et de ses compétences.

« Humm, grogna M. Diamond d'un air absent, en continuant de prendre ses propres notes. Ne vous en faites pas, les données vont s'étoffer à partir de maintenant. Hel a travaillé pour les Forces d'Occupation peu après la guerre, et il est ensuite plus ou moins resté dans notre champ d'observation.

— Êtes-vous certain d'avoir vraiment besoin de ces informations, monsieur ? Vous semblez déjà tout connaître sur ce type.

— Un rapport peut toujours m'être utile. Écoutez, je pense à quelque chose. Nous n'avons qu'un seul élément qui relie Nicholaï Hel au Cinq de Munich et à cette Hannah Stern, ce sont ces relations à la première génération entre Hel et l'oncle. J'aimerais m'assurer que nous ne suivons pas une fausse piste. Demandez à Fat Boy où vit Hel à l'heure actuelle. » Il pressa l'interphone sur le côté de son bureau.

« Bien, monsieur. » Le Premier adjoint retourna à sa console.

Répondant à l'appel de M. Diamond, Mlle Swivven entra dans la salle de travail. « Monsieur ?

— Deux choses. La première : procurez-moi toutes les photos disponibles de Hel, Nicholaï Alexandrovitch. Llewellyn vous donnera la carte mauve de code ID. La seconde : contactez M. Able, de l'O.P.E.P., et priez-le de venir le plus tôt possible. Dès qu'il arrivera, introduisez-le ici, avec le délégué et ces deux ânes bâtés. Vous les accompagnerez ; ils n'ont pas l'accès au seizième étage.

— Bien monsieur. » En partant, Mlle Swivven ferma la porte de la salle du télécopieur un peu trop brusquement et Diamond leva les yeux. Que diable lui prenait-il ?

Fat Boy répondait à l'interrogation, faisant trépider la machine du Premier adjoint. « Ah... il semble que ce Nicholaï Hel ait plusieurs résidences. Il y a un appartement à Paris, une résidence sur la côte dalmate, une villa d'été au Maroc, un appartement à

New York, un autre à Londres — ah ! Nous y voilà. La dernière résidence connue est un château dans le village sanglant d'Etchebar. Cela semble être sa résidence principale, si l'on considère le temps qu'il y a passé depuis les quinze dernières années.

— Et où se trouve cet Etchebar ?

— Ah… c'est dans les Pyrénées basques, monsieur.

— Pourquoi l'appelle-t-on un village sanglant ?

— C'est justement ce que je me demandais, monsieur. (Le Premier adjoint interrogea l'ordinateur. Quand la réponse arriva, il gloussa :) Intéressant. Ce pauvre Fat Boy a eu un léger problème de traduction du français en anglais. *Bled* signifie un petit hameau en français. Fat Boy a confondu avec bleed, sanglant. Trop d'informations de source britannique ces temps derniers, je suppose. »

Diamond lança un regard furieux dans le dos du Premier adjoint. « Mettons que ce soit très intéressant. Donc, Hannah Stern a pris un avion de Rome pour la ville de Pau. Demandez à Fat Boy quel est l'aérodrome le plus proche d'Etchebar. Si c'est Pau, les ennuis vont commencer. »

La question fut passée à l'ordinateur. Sur l'écran vierge s'inscrivit une liste des aéroports en ordre de distance par rapport à Etchebar. Le premier sur la liste était Pau.

Diamond hocha la tête avec fatalisme.

Le Premier adjoint soupira et glissa son index sous les branches de ses lunettes, frottant doucement les marques rouges. « C'est donc ça. Nous avons toutes les raisons de supposer que Hannah Stern est maintenant en contact avec une carte mauve. Il ne reste que trois cartes mauves en vie dans le monde entier, et il faut que cette fille trouve le moyen de tomber sur l'une d'elles. La poisse !

— Eh oui. Très bien, maintenant nous savons avec certitude que Nicholaï Hel est bien au centre de cette affaire. Demandez à votre machine tout ce qui existe sur lui, afin de pouvoir en informer Able quand il viendra ici. Commencez par son arrivée à Tokyo. »

Japon

L'Occupation battait son plein ; les évangélistes de la démocratie dictaient leur credo du haut du Dai Ichi Building, de l'autre côté des douves du palais impérial. Le Japon offrait l'image d'un pays dévasté économiquement, physiquement et moralement, mais les Forces d'Occupation plaçaient leur croisade idéaliste avant les nécessités matérielles du peuple conquis. Une âme acquise était plus importante qu'une vie perdue.

Épave parmi des milliers d'autres épaves, Nicholaï Hel errait dans le chaos de la lutte pour survivre. L'inflation galopante réduisit vite ses économies à une boulette de papier sans valeur. Il chercha à se joindre aux équipes de manœuvres japonais qui déblayaient les décombres des bombardements ; mais les contremaîtres se méfièrent de lui, mettant ses besoins en doute, étant donné sa race. Il n'avait pas davantage droit à l'assistance des Forces d'Occupation, n'étant citoyen d'aucun pays. Il se joignit donc au flot des sans-logis, des sans-travail, aux affamés qui arpentaient la ville, dormant dans les parcs, sous les ponts, dans les gares. Il y avait trop de travailleurs et trop peu de travail. Seules les jeunes femmes trouvaient des emplois lucratifs auprès des soldats rustres et bien nourris qu'étaient les nouveaux maîtres.

Ses économies fondues, Nicholaï resta deux jours sans manger. Il revenait chaque soir dormir dans la gare de Shimbasi avec des centaines d'autres miséreux qui se poussaient en rangs serrés sur ou sous les bancs, occupant chaque espace libre, somnolant, tressautant dans leurs cauchemars, tourmentés par la faim. Chaque matin, la police les dispersait. Et chaque matin, il s'en trouvait huit ou dix qui ne répondaient pas aux bastonnades des policiers. La faim, la maladie, la vieillesse, le désespoir étaient venus pendant la nuit les soulager du fardeau de la vie.

Nicholaï rôdait dans les rues, avec des milliers d'autres, cherchant désespérément quelque chose à voler. Mais il n'y avait pas de travail, il n'y avait rien à voler. Son costume d'étudiant était constellé de taches, constamment trempé, et ses chaussures prenaient l'eau. Il avait arraché l'une de ses semelles complètement décousue, mais le flap flap qu'il faisait en marchant le mortifiait et il regretta de ne pas l'avoir attachée avec un bout de chiffon.

Le second jour, il regagna la gare de Shimbasi tard dans la nuit. Il pleuvait. Serrés les uns contre les autres, des vieillards chétifs, des femmes avec leurs enfants, le regard triste, s'installaient sous la grande voûte métallique, leurs affaires roulées en baluchons, chacun dans son petit espace. Leur dignité silencieuse remplit Nicholaï d'admiration. Jamais il n'avait autant apprécié la dignité des Japonais. Recroquevillés, apeurés, affamés, glacés, ils se comportaient dans ces circonstances de conflits émotionnels avec une civilité et une politesse feutrées. Une seule fois dans la nuit, un homme tenta de violer une jeune femme, et brièvement, sans bruit, dans un coin sombre de la salle d'attente, la justice fut rendue, rapide, définitive.

Nicholaï eut la chance de trouver une place sous l'un des bancs où personne ne pouvait le déranger en se levant la nuit. Sur le banc au-dessus de lui s'était installée une jeune femme avec deux enfants et un bébé. Elle leur parlait doucement pour les endormir, pour qu'ils oublient leur faim. Elle leur racontait que leur grand-père n'était sans doute pas mort, et qu'il allait venir les chercher. Elle leur décrivait son petit village sur la côte. Et quand ils furent endormis, elle se mit à pleurer, sans bruit.

Le vieil homme à côté de Nicholaï disposa péniblement ses trésors sur un morceau de tissu plié près de sa tête avant de se pelotonner sur lui-même. Un bol, une photo, et une lettre tant de fois pliée et dépliée que le papier pluchait à la pliure. C'était un formulaire de condoléances de l'armée. Avant de fermer les yeux, le vieil homme dit bonsoir au jeune étranger près de lui, et Nicholaï sourit et lui souhaita bonne nuit.

Avant de sombrer dans un sommeil intermittent, Nicholaï se concentra sur lui-même et atteignit l'extase, échappant à l'amère morsure de la faim. Lorsqu'il revint de sa petite prairie aux herbes mouvantes sous la lumière dorée, il était comblé bien qu'affamé, paisible bien que désespéré. Mais il savait qu'il devait trouver du travail ou de l'argent dès le lendemain, s'il ne voulait pas mourir.

Quand la police vint les déloger peu avant l'aube, le vieil homme était mort. Nicholaï enveloppa le bol, la photo et la lettre dans son propre baluchon, tant il lui semblait insupportable de voir les pauvres trésors du vieillard balayés et jetés aux ordures.

Vers midi Nicholaï descendit rôder dans les environs du parc Hibiya, en quête d'un travail ou de quelque chose à voler. La faim n'était plus l'effet d'un appétit insatisfait. C'était une crampe aiguë, une faiblesse qui l'envahissait, le laissant les jambes lourdes et la tête vide. Mêlé à la foule errante, il sentait des vagues d'irréalité le submerger ; les gens et les choses étaient tantôt des formes indistinctes, tantôt des objets d'une incroyable fascination. Parfois, il flottait dans un courant d'inconnus sans visage, mû par leur volonté dans leur direction, laissant ses pensées tournoyer et s'entrechoquer en un carrousel irréel et extravagant. La faim lui créait des hallucinations, des bribes d'évasion qui se terminaient par un retour brutal à la réalité. Il se retrouvait en train de fixer un mur ou un visage, convaincu de contempler un fait remarquable. Personne n'avait jamais examiné cette brique-là avec une telle attention, une telle sollicitude. Il était le premier ! Personne n'avait regardé l'oreille de cet homme avec autant d'acuité. Cela devait bien signifier quelque chose, n'est-ce pas ?

Le vertige de la faim, le spectre brisé de la réalité, la divagation, finissaient par exercer sur lui un attrait irrésistible, mais son instinct le prévenait du danger. Il devait s'en sortir. Ou bien il allait mourir. Mourir ? Mourir ? Cela avait-il un sens ?

Un flot de gens le fit sortir du parc à un carrefour de deux avenues envahi de véhicules militaires, de gazogènes, de tramways brinquebalants et de bicyclettes chancelantes tirant des charrettes surmontées d'incroyables chargements. Il y avait eu un accident et la circulation était bloquée dans toutes les directions. Un agent de police japonais en longs gants blancs tentait vainement de s'interposer entre un Russe au volant d'une jeep américaine et un Australien au volant d'une jeep américaine.

Nicholaï fut poussé en avant par la foule curieuse qui se faufilait autour de l'embouteillage, ajoutant à la confusion générale. Le Russe parlait russe, l'Australien parlait anglais et le policier parlait japonais. Et tous les trois étaient engagés dans une discussion animée de délit et de responsabilité. Nicholaï se retrouva pressé contre la jeep de l'Australien. L'officier qui l'occupait regardait droit devant lui d'un air impassible et ennuyé. Son chauffeur hurlait qu'il serait heureux de s'expliquer d'homme à homme avec le chauffeur russe, avec l'officier russe, avec les deux à la fois et avec toute cette foutue Armée rouge, s'il le fallait !

« Êtes-vous pressé, monsieur ?

— Quoi ? » L'officier australien sursauta en entendant ce garçon dépenaillé dans son uniforme misérable d'étudiant japonais s'adresser à lui en anglais. Il mit deux secondes avant de réaliser que les yeux verts dans le jeune visage décharné n'avaient rien d'oriental. « Bien sûr, je suis pressé ! J'ai une réunion — il leva son poignet et regarda sa montre — depuis déjà douze minutes !

— Je peux vous aider, moyennant de l'argent, dit Nicholaï.

— Je vous demande pardon ? » L'accent était celui d'un rajah britannique d'opéra comique. C'était souvent le cas chez les coloniaux qui se sentaient obligés d'en rajouter pour faire plus anglais que les Anglais.

« Donnez-moi de l'argent, et je vous aiderai. »

L'officier lança un autre regard furieux à sa montre. « Oh ! d'accord. Allez-y. »

Les Australiens ne comprirent pas ce que Nicholaï disait, d'abord en japonais au policier, puis en russe à l'officier de l'Armée rouge, mais ils relevèrent plusieurs fois le nom de « MacArthur ».

Évoquer l'empereur de l'Empereur eut un résultat immédiat. En cinq minutes, l'embouteillage fut forcé et la jeep conduite sur l'herbe du parc qu'elle franchit pour atteindre une allée de graviers où elle se fraya un chemin au milieu des piétons stupéfaits, rejoignant finalement une rue écartée à l'abri des encombrements et laissant derrière elle un amas gelé de véhicules qui actionnaient furieusement clochettes et klaxons. Nicholaï était monté dans la jeep aux côtés du conducteur. Une fois sorti d'embarras, l'officier ordonna à son chauffeur de se garer.

« Bon. Et maintenant, combien voulez-vous ? »

Nicholaï n'avait aucune idée du cours des monnaies étrangères. Il lança à l'aveuglette. « Cent dollars.

— Cent dollars ? Vous êtes cinglé !

— Dix dollars, rectifia rapidement Nicholaï.

— Prêt à vous vendre pour n'importe quoi, hein ? ricana l'officier. (Mais il extirpa son portefeuille.) Oh ! Bon Dieu ! Je n'ai pas un billet. Chauffeur ?

— Désolé, monsieur. A sec.

— Humm ! Écoutez. Voilà. Mon bureau est de l'autre côté. (Il désigna le San Shin Building, centre des Forces d'Occupation alliées.) Allons-y et je demanderai que l'on s'occupe de vous. »

A l'intérieur du San Shin Building, l'officier australien abandonna Nicholaï au département de la Trésorerie avec des instructions pour un ordre de paiement de dix dollars, et se rendit à ce qu'il restait de sa réunion. Mais non sans avoir jeté au jeune homme un rapide coup d'œil. « Dites-moi. Vous n'êtes pas anglais, n'est-ce pas ? » A cette époque, Nicholaï avait l'accent britannique de ses précepteurs, mais l'Australien était incapable d'associer l'élocution de son interlocuteur et son apparence extérieure.

« Non, répondit Nicholaï.

— Ah ! fit l'officier avec un soulagement évident. C'est bien ce que je pensais. » Et il se dirigea vers l'ascenseur.

Nicholaï resta assis une demi-heure sur un banc en bois dans l'entrée du bureau, attendant son tour. Autour de lui dans le couloir, les gens parlaient en anglais, russe, français, chinois. Le San Shin Building était l'un des points de ralliement des différents occupants et l'on pouvait deviner la réserve et la méfiance sous-jacente dans l'apparente bonhomie de leurs relations. Plus de la moitié du personnel était civil, et les Américains étaient de beaucoup les plus nombreux, pour les mêmes raisons que leurs troupes étaient plus nombreuses que toutes les autres réunies. Nicholaï entendait pour la première fois le r roulé et les voyelles métalliques typiques de l'accent américain.

Il commençait à avoir sommeil et mal à la tête quand une secrétaire américaine ouvrit la porte et cria son nom. Elle lui donna un formulaire à remplir et retourna à sa machine, lançant de temps à autre un coup d'œil vers ce drôle de type aux vêtements dégoûtants. Mais sa curiosité n'alla pas plus loin ; elle ne pensait qu'à son rendez-vous avec un commandant, un type très séduisant aux dires des autres filles, et qui vous emmenait toujours dîner dans un bon restaurant, après.

Quand il tendit son formulaire, la secrétaire y jeta un bref regard, haussa les sourcils, renifla, et le porta à la femme qui dirigeait le service. Quelques minutes plus tard, Nicholaï fut introduit dans un petit bureau.

La responsable des services de la Trésorerie aux armées était une femme d'une quarantaine d'années, attrayante et bien en chair. Elle se présenta : « Mlle Goodbody. » Nicholaï ne sourit pas.

Mlle Goodbody désigna le formulaire. « Vous devez le remplir en entier, vous savez.

— Je ne peux pas. Je veux dire, je ne peux pas remplir toutes les cases.

— Vous ne pouvez pas ? (Elle n'en revenait pas.) Que voulez-vous dire... (Elle regarda la première ligne du formulaire.)... Nicholaï ?

— Je ne peux pas vous donner d'adresse. Je n'en ai pas. Et je n'ai ni carte d'identité, ni — comment appelez-vous ça ? — organisme responsable ?

— Oui, organisme responsable, c'est ça. L'administration ou l'organisme pour lequel vous travaillez, ou pour qui travaillent vos parents.

— Je n'ai pas d'organisme responsable. Est-ce important ?

— Eh bien, nous ne pouvons pas vous payer sans que ce formulaire soit correctement rempli. Vous comprenez, n'est-ce pas ?

— J'ai faim. »

Mlle Goodbody resta un instant décontenancée. Elle se pencha en avant. « Vos parents font-ils partie des Forces d'Occupation, Nicholaï ? » Elle avait le pressentiment que c'était un gosse de militaire enfui de chez lui.

« Non.

— Êtes-vous seul ici ? demanda-t-elle, incrédule.

— Oui.

— Bon... (Elle fronça les sourcils et eut un petit haussement d'épaule d'impuissance.) Quel âge avez-vous, Nicholaï ?

— Vingt et un ans.

— Oh ! mon Dieu. Excusez-moi. Je croyais — je veux dire, vous ne paraissez pas plus de quatorze ou quinze ans. Oh ! alors, c'est différent. Voyons. Qu'allons-nous faire ? » Il y avait un très fort instinct maternel chez Mlle Goodbody, la sublimation d'une sexualité inexplorée. Elle se sentait étrangement attirée par ce jeune homme aux airs d'orphelin qui avait l'âge d'un éventuel partenaire. Elle identifia ce mélange de sentiments contradictoires à une marque de sollicitude pour son prochain.

« Ne pouvez-vous me donner seulement mes dix dollars ? Ou même cinq dollars ?

— Les choses ne fonctionnent pas comme ça, Nicholaï. Même en supposant que nous trouvions un moyen de remplir ce formulaire, il faudra attendre dix jours avant qu'il ne soit enregistré. »

Nicholaï sentit le désespoir l'envahir. Il ignorait encore que les invisibles barrières de la complexité administrative étaient aussi impénétrables que la chaussée qu'il foulait à longueur de journée. « Alors, je ne peux pas avoir d'argent ? » demanda-t-il d'une voix atone.

Mlle Goodbody haussa à demi les épaules et se leva. « Je suis navrée, mais... Écoutez, je n'ai pas encore déjeuné. Venez avec moi à la cantine du personnel. Nous mangerons un morceau et nous verrons si on peut faire quelque chose. (Elle sourit à Nicholaï et posa sa main sur son épaule.) Ça va, comme ça ? »

Nicholaï hocha la tête.

Les trois mois qui suivirent restèrent à jamais radieux dans le souvenir de Mlle Goodbody, avant son retour aux États-Unis. Nicholaï était l'être le plus proche de l'enfant qu'elle pût rêver, et il fut sa seule aventure durable. Elle n'osa jamais dévoiler, ou même analyser la complexité des sentiments qui l'enflammèrent pendant cette période. Elle se réjouissait sans nul doute d'être utile à quelqu'un, elle appréciait la sécurité qu'offre la dépendance. Mais c'était aussi une personne naturellement bonne, qui aimait aider les gens quand ils en avaient besoin. Et il y avait dans leurs relations sexuelles un parfum délicieux de honte et le piquant d'être à la fois mère et amante, un mélange capiteux de tendresse et de péché. Nicholaï n'eut jamais ses dix dollars ; faire accepter un formulaire sans carte d'identité dépassait les compétences de vingt ans d'expérience bureaucratique de Mlle Goodbody. Mais elle s'arrangea pour le présenter au directeur des services de traduction, et une semaine après, il travaillait huit heures par jour, traduisant des documents, assistant à d'interminables conférences, répétant en deux ou trois langues autant de communiqués circonspects et verbeux qu'un représentant officiel peut en faire en public. Il apprit ainsi qu'en diplomatie la fonction principale des dépêches est de dissimuler le sens des choses.

Ses rapports avec Mlle Goodbody étaient amicaux et courtois. Dès qu'il le put, et malgré ses protestations, il lui remboursa les dépenses qu'elle avait faites pour ses vêtements et ses affaires de toilette. Et il insista pour partager leurs frais quotidiens. Il ne l'aimait pas assez pour désirer lui devoir quoi que ce soit. Non qu'elle lui fût antipathique — elle n'était pas le genre de femme que l'on trouve antipathique, elle n'éveillait pas des sentiments d'une telle intensité. Par moments, son bavardage était insipide, et ses attentions permanentes pouvaient devenir pesantes ; mais elle faisait tant d'efforts maladroits pour se montrer prévenante, elle lui était si ingénument reconnaissante de leurs rapports physiques, qu'il la supportait avec une sorte de réelle tendresse, celle que l'on éprouve pour un animal familier et empoté.

Une chose incommodait pourtant Nicholaï chez Mlle Goodbody. La concentration de protéines animales dans l'alimentation des Occidentaux leur donne une mauvaise haleine imperceptible qui indispose le sens olfactif des Japonais et refroidit, entre autres, leur ardeur sexuelle. Avant de s'y accoutumer, Nicholaï mit un certain temps à atteindre l'orgasme lorsqu'ils faisaient l'amour. Mais, pour sa part, Mlle Goodbody n'y trouva que des avantages ; et ayant peu de terrains de comparaison, elle présuma que l'endurance sexuelle de Nicholaï était coutumière. De retour aux États-Unis, enhardie par cette expérience, elle se lança dans plusieurs aventures de courte durée qui furent toutes plus ou moins décevantes. Elle finit par devenir la « Grande Figure » du mouvement féministe.

Nicholaï vit avec un certain soulagement Mlle Goodbody s'éloigner sur le bateau de rapatriement. Il déménagea du logement que lui avait alloué le gouvernement pour s'installer dans une maison du quartier Asakusa au nord-ouest de Tokyo. Là, dans cette partie ancienne de la ville, il pouvait vivre dans une simplicité raffinée — proche du *shibumi* — et ne se mêler aux Occidentaux que durant les quarante heures par semaine qui lui assuraient un train de vie luxueux pour les critères japonais, grâce à un salaire relativement élevé et, surtout, à son accès aux services de l'Intendance militaire. Car il était maintenant en possession du privilège social le plus important : des papiers d'identité obtenus grâce à une certaine complicité entre Mlle Goodbody et ses amis du service administratif. Nicholaï avait une carte d'identité prouvant qu'il faisait partie du personnel civil américain, et une autre certifiant qu'il était de nationalité russe. Dans le cas improbable où il serait interrogé par la police militaire américaine, il pourrait présenter sa carte d'identité russe ; et pour toutes les autres nations, il avait des papiers américains. Les relations entre Russes et Américains étaient fondées sur la méfiance et la peur réciproques et ils évitaient d'interférer avec les ressortissants les uns des autres, comme un homme qui traverse la rue pour aller braquer une banque préfère éviter de traverser hors des clous.

Dans l'année qui suivit, la vie privée et professionnelle de Nicholaï prit de nouvelles dimensions. En ce qui concerne son travail, il fut appelé à collaborer au département du Chiffre de Sphinx/FE, avant que cette organisation secrète ne soit entièrement rongée par la nouvelle et insatiable bureaucratie de la C.I.A. Un jour où personne n'arrivait à traduire en anglais un message décodé parce que le texte russe était un véritable charabia, Nicholaï demanda à voir l'original chiffré. Combinant son don inné pour les mathématiques pures, sa capacité de concevoir en permutations abstraites, commune aux joueurs de Go, et son aptitude à s'exprimer en six langues, il put sans difficulté localiser les erreurs de transcription. Il découvrit que le message original avait été mal codé par quelqu'un qui écrivait un russe maladroit avec une construction bizarre comparable à la construction chinoise, propre à déconcerter les machines à décoder du Sphinx/FE. Nicholaï avait connu des Chinois qui parlaient russe de cette manière, et dès qu'il en découvrit la clé, le contenu du message s'organisa naturellement. Le personnel du Chiffre fut fortement impressionné, et Nicholaï consacré « jeune prodige », car la plupart le prenaient encore pour un adolescent. Un des décripteurs siffla d'admiration et le traita de surdoué, qualifiant son travail de décodage de « super-sensas » !

Nicholaï fut alors transféré au Sphinx/FE de façon permanente, nanti d'un avancement et d'une augmentation de salaire ; et on lui attribua un petit bureau à l'écart où il s'amusa à déchiffrer et traduire des messages pour lesquels il n'éprouvait pas le moindre intérêt.

Avec le temps, et non sans un certain étonnement, il sentit évoluer ses sentiments envers les Américains qui l'employaient. Non qu'il en vînt à les aimer, ou à leur faire confiance, mais il réalisa peu à peu qu'ils n'étaient pas les êtres amoraux, dépravés, que suggérait leur conduite politique et militaire. En fait, ils manquaient de maturité culturelle, ils étaient rustres et sans tact, matérialistes et sans perspective historique, bruyants, mal élevés et désespérément ennuyeux dans leurs rapports sociaux ; mais au fond, ils étaient hospitaliers et généreux, désireux de faire partager — à tout prix — leur richesse et leur idéologie à tout le monde.

Et surtout, il apprit que tous les Américains étaient des marchands, que le fondement même du génie américain, de l'esprit yankee, est d'acheter et de vendre. Ils vendaient leur idéologie démocratique comme des colporteurs, encouragés par le grand racket de protection des ventes d'armes et des pressions économiques. Leurs guerres étaient des démonstrations monumentales de production et d'approvisionnement. Leur gouvernement une suite de contrats sociaux. Ils vendaient leur éducation à tant de l'heure. Leurs mariages n'étaient que des marchés émotionnels, aux contrats immédiatement résiliés si l'une des parties ne remplissait pas sa dette. L'honneur pour eux signifiait commerce honnête. Et ils ne formaient pas, contrairement à ce qu'ils croyaient, une société égalitaire ; c'était la société d'une seule classe — la classe marchande. Les riches en étaient l'élite ; les travailleurs et les paysans avaient un seul but : accéder à l'échelon de la bourgeoisie possédante. Le prolétariat des États-Unis respectait des valeurs comparables à celles du vendeur d'assurances et du cadre supérieur, à la seule différence que ces valeurs s'exprimaient en termes plus modestes : le bateau à moteur remplaçait le yacht ; le club de bowling faisait office de club de golf, Atlantic City se substituait à Monaco.

Son éducation et un certain penchant naturel poussaient Nicholaï à aimer et respecter les classes authentiques : fermiers, artisans, artistes, soldats, enseignants et religieux. Mais il n'éprouvait que du dédain pour la classe artificielle des marchands, celle qui tire sa subsistance de l'achat et de la vente de choses qu'elle ne crée pas, celle qui amasse richesse et pouvoir sans distinction, et qui est responsable du tape-à-l'œil, du changement sans amélioration, des excès de consommation !

Se souvenant que ses tuteurs lui avaient toujours conseillé de garder une attitude réservée de *shibumi,* Nicholaï s'appliqua à feindre aux yeux de ses collaborateurs. Il évita leur jalousie en demandant occasionnellement avis sur de simples problèmes de décodage, ou en formulant ses questions de façon à leur donner la possibilité d'énoncer les réponses correctes. De leur côté, ils le considéraient comme une sorte d'anomalie, de phénomène intellectuel, un prodige tombé d'une autre planète. A ce niveau, ils étaient vaguement conscients de l'abîme génétique et culturel qui les séparait, mais dans leur esprit, c'étaient eux qui détenaient la vérité et non lui.

Cette situation lui convenait parfaitement car sa véritable existence était centrée sur sa maison, construite autour d'une cour intérieure, dans une petite rue du quartier Asakusa. L'américanisation pénétrait lentement dans ce vieux quartier du nord-ouest de la ville. Il y avait bien des petites échoppes qui vendaient des imitations de briquets Zippo et des paquets de cigarettes représentant un billet d'un dollar, certains bars d'où s'échappait une parodie japonaise de la musique de « big-band », des petites chanteuses sémillantes qui chantaient à leur façon : « Ne t'assieds pas sous le pommier avec un autre que moi. » On apercevait même de temps à autre un jeune homme déguisé en gangster de cinéma pour faire moderne et américain, et une publicité vantait en anglais à la radio les vertus du vin Akadama. Mais le vernis était mince, et en mai, le quartier fêtait encore le festival de Sanja Matsuri. Des jeunes gens bloquaient les rues, trébuchant, suant, chancelant sous le poids des somptueux palanquins laqués en noir ; les yeux brillants d'excitation et de saké, ils chantaient *washoi, washoi, washoi,* sous la direction d'hommes superbement tatoués, à peine vêtus de pagnes *fundoshi* dévoilant la complexité des dessins qui leur recouvraient les épaules, le dos, les bras et les cuisses.

Nicholaï rentrait un soir sous la pluie après le festival, un peu étourdi par le saké, quand il rencontra M. Watanabe, imprimeur à la retraite devenu vendeur d'allumettes dans la rue parce que son honneur lui interdisait de mendier, bien qu'il eût soixante-douze ans et que sa famille l'eût quitté. Nicholaï fit mine d'avoir un besoin urgent d'allumettes et voulut lui acheter tout son stock. M. Watanabe se montra ravi de lui rendre ce service, cette vente inespérée lui permettant de calmer sa faim pendant un certain temps. Mais quand il se rendit compte que la pluie avait rendu les allumettes inutilisables, son sens de l'honneur lui interdit de les vendre, malgré l'insistance de Nicholaï qui affirmait avoir justement besoin d'allumettes mouillées pour une expérience.

Le matin suivant, Nicholaï se réveilla avec la gueule de bois et le souvenir confus d'avoir eu une longue conversation avec M. Watanabe pendant qu'ils mangeaient une *soba* dans la rue, penchés en avant pour empêcher la pluie de tomber dans leur soupe aux nouilles. Mais il se rendit vite compte qu'il avait un invité permanent. M. Watanabe ne mit pas une semaine à se considérer essentiel à Nicholaï et à l'entretien quotidien de la maison Asakusa, à considérer qu'il serait malséant de sa part d'abandonner un jeune homme aussi aimable.

C'est un mois plus tard que les sœurs Tanaka entrèrent dans la maison. Nicholaï se promenait après déjeuner dans le parc Hibiya quand il rencontra les deux sœurs, de robustes campagnardes de dix-huit et vingt et un ans, qui avaient fui la famine consécutive aux inondations du Nord, et en étaient réduites à offrir leurs charmes aux passants. Nicholaï était leur premier client potentiel et elles s'approchèrent de lui avec tant de timidité et de gaucherie qu'il fut pris d'une envie de rire mêlée de pitié. Elles avaient appris de prostituées plus expérimentées un vocabulaire limité aux expressions anglaises les plus pittoresques et les plus vulgaires pour les descriptions anatomiques et les différentes positions sexuelles. Une fois installées dans la maison Asakusa, elles redevinrent ce qu'elles avaient toujours été, des paysannes rieuses et pleines d'entrain, et furent l'objet d'une attention constante et affectueuse de la part de M. Watanabe dont les principes étaient très stricts quant à la conduite des jeunes filles. Elles en vinrent naturellement à partager le lit de Nicholaï où leur vigueur spontanée s'exprimait avec la plus grande gaieté et une propension aux positions inhabituelles et souvent balistiquement invraisemblables. Elles assouvirent les besoins sexuels du jeune homme, sans implications sentimentales, outre l'affection et la gentillesse.

Nicholaï ne sut jamais exactement comment Mme Shimura, la dernière addition à la famille, entra dans la maison. Elle était simplement là quand il revint un soir et elle resta. Une soixantaine d'années, rude, revêche, grommelant sans cesse, profondément bonne, c'était une merveilleuse cuisinière. Au début, il y eut une certaine rivalité entre M. Watanabe et Mme Shimura pour la conduite de la maison, car M. Watanabe était responsable du budget et Mme Shimura des menus quotidiens. Ils finirent par faire les courses ensemble, elle se chargeant de la qualité et lui du prix : le lot le plus difficile étant réservé au pauvre commerçant pris dans le feu de leurs chamailleries.

Nicholaï ne considéra jamais ses invités comme ses domestiques, car eux-mêmes ne se considéraient pas comme tels. En fait, c'était lui qui semblait ne pas avoir de rôle précis et de droits concomitants, si ce n'est qu'il gagnait l'argent dont ils vivaient tous.

Pendant ces mois de liberté et de vie nouvelle, Nicholaï s'entraîna à d'autres disciplines physiques et intellectuelles. Physiquement, il se maintint en forme en s'adonnant à une branche secrète des arts martiaux fondée sur l'utilisation d'objets les plus usuels en tant qu'armes mortelles. Il était attiré par la précision mathématique et la justesse d'anticipation de ce mode de combat subtil dont le nom, composé des deux caractères *hoda* (nu) et *korusu* (tuer), n'était traditionnellement jamais prononcé à haute voix. Plus tard, bien qu'il portât rarement une arme sur lui, il ne resta jamais sans défense ; dans ses mains, un peigne, une boîte d'allumettes, un magazine roulé, une pièce de monnaie et même une feuille de papier pliée pouvaient devenir autant d'armes mortelles.

Intellectuellement, il était toujours fasciné par le Go. Il ne jouait plus guère car, pour lui, le jeu était intimement lié à sa vie chez Otake-san, aux moments riches et chaleureux à jamais disparus ; et il valait mieux fermer les portes du regret. Mais il lisait toujours les commentaires de parties et s'entraînait sur le damier. Le travail au San Shin Building était mécanique et pas plus stimulant que des mots croisés. Pour se nourrir l'esprit, Nicholaï se plongea dans un ouvrage intitulé *Blossoms and Thorns on the Path Toward Go,* édité en secret sous un pseudonyme, et qui jouissait d'une grande popularité parmi les amateurs éclairés. L'ouvrage était un canular élaboré sous forme de commentaires et explications d'un tournoi de Go disputé au début du siècle. Si le jeu des « maîtres » pouvait paraître classique et brillant aux yeux du joueur moyen, le lecteur plus expérimenté y relevait quelques petites erreurs et attaques hors de propos. L'intérêt du livre résidait dans l'analyse faite par un imbécile bien informé qui trouvait le moyen de faire de chacune des erreurs une preuve d'audace et de finesse et laissait aller son imagination jusqu'à gratifier les mouvements de métaphores évoquant la vie, la beauté et l'art, le tout avec force démonstrations d'érudition, vides de toute signification.

C'était en fait une parodie subtile et révélatrice du parasitisme intellectuel du critique, et le plus grand plaisir consistait à savoir que les erreurs du jeu et le non-sens du commentaire étaient tellement fumeux que la plupart des lecteurs les approuvaient avec une grande gravité.

Le 1er de chaque mois, Nicholaï écrivait à la veuve d'Otake-san et recevait en retour des nouvelles des ex-disciples et des enfants de la famille. C'est ainsi qu'il apprit la mort de Mariko à Hiroshima.

En apprenant les effets du bombardement atomique, il avait craint que Mariko ne fît partie des victimes. Il avait écrit plusieurs fois à son adresse. Les premières lettres disparurent simplement dans la tornade de confusion consécutive au bombardement, mais la dernière lui fut retournée avec la mention : « Cette adresse n'existe plus. » Il tenta un temps de jouer avec la réalité, imaginant que Mariko était allée rendre visite à un parent le jour du bombardement, qu'elle était descendue chercher quelque chose à la cave, qu'elle... il échafauda des douzaines d'hypothèses improbables. Mais elle avait promis de lui écrire par l'intermédiaire de Mme Otake, et aucune lettre n'arriva jamais.

Il était émotionnellement préparé quand la veuve d'Otake-san lui apprit la nouvelle. Néanmoins il resta un instant sans réaction, vidé, secoué d'une haine féroce pour tous les Américains avec lesquels il travaillait. Mais il lutta contre son ressentiment, craignant de bloquer la voie des transports mystiques dont dépendait son seul moyen d'échapper au désespoir et à l'abattement. Toute la journée, il erra aveuglément dans les rues de son quartier, revoyant Mariko, feuilletant les images qu'il avait d'elle. Il se rappelait leur plaisir mêlé de honte et de crainte quand ils faisaient l'amour, souriant en lui-même au souvenir de l'absurdité des sous-entendus. Puis, tard dans la soirée, il lui dit au revoir et l'écarta de ses pensées avec tendresse. Resta un vide automnal, sans haine, sans douleur ; et il put retrouver sa prairie triangulaire et puiser force et repos dans la lumière du soleil et l'herbe mouvante.

Il en vint aussi à ne plus se tourmenter de la disparition du général Kishikawa. Depuis leurs longues conversations sous les cerisiers en fleur de Kajikawa, Nicholaï n'avait plus de nouvelles. Il savait que le général avait été muté en Mandchourie, et que les Russes avaient attaqué la frontière dans les derniers jours de la guerre, quand l'opération comportait plus d'avantages politiques que de risques militaires. Des quelques survivants, il avait appris que de nombreux officiers s'étaient donné la mort en commettant le *seppuku,* et qu'aucun des prisonniers ne résistait aux rigueurs des camps de « rééducation ».

Nicholaï se consola à la pensée que Kishikawa-san n'avait pas eu à affronter le mécanisme brutal et l'indignité des procès de la Haute Cour militaire, où la justice était dénaturée par un racisme profond, similaire à celui qui avait expédié les Américains d'origine japonaise dans les camps de concentration, alors que les Américains d'origine allemande ou italienne (groupe électoral important) profitaient de l'industrie de l'armement. Et ceci en dépit du fait que les unités Nisei dans l'armée américaine furent les plus décorées et les plus décimées, bien que honteusement cantonnées sur le front européen par crainte de voir leur loyauté diminuer face aux troupes japonaises. Les procès des Crimes de Guerre japonais étaient infestés de la même présomption de sous-humanité qui avait fait admettre le lancement d'une bombe à uranium sur une nation déjà vaincue demandant la paix, et qui, plus tard, fera accepter le lancement de la bombe au plutonium pour des raisons de curiosité scientifique.

Nicholaï s'étonnait surtout de constater que le peuple acceptait le châtiment infligé à ses chefs militaires non pour des raisons d'éthiques japonaises, parce que ces hommes avaient fait passer leur gloire personnelle et leur goût du pouvoir avant les intérêts de la nation, mais pour des raisons d'éthiques occidentales, parce qu'ils avaient péché contre des règles de conduite fondées sur une notion de moralité étrangère. Nombreux étaient ceux qui ne semblaient pas réaliser que la propagande du vainqueur devient vite l'histoire du vaincu.

Jeune et sans ami, subsistant précairement à l'ombre des Forces d'Occupation, dont les intérêts et les méthodes ne l'intéressaient pas, Nicholaï avait besoin d'un exutoire à son énergie et à ses frustrations. Il découvrit, au cours de sa seconde année à Tokyo, un sport qui allait l'emmener hors de la ville sordide et surpeuplée, vers les montagnes libres : la spéléologie.

Il déjeunait souvent avec de jeunes Japonais employés au parc motorisé du San Shin, se sentant plus à l'aise parmi eux qu'avec les Américains gouailleurs et vulgaires du Chiffre. Depuis que la connaissance de l'anglais était une condition nécessaire pour le travail, même le plus humble, la plupart des employés au parc motorisé sortaient de l'université, et la plupart de ceux qui lavaient les jeeps et servaient de chauffeurs aux officiers avaient des diplômes d'ingénieur inutiles dans une économie de chômage et de pénurie.

Au début, les jeunes Japonais ne surent comment se comporter en face de Nicholaï, mais ils mirent peu de temps, avec la liberté propre à la jeunesse, à l'accepter comme un Japonais aux yeux verts qui avait eu la malchance d'égarer son enveloppe épicanthique. Il fut admis dans leur cercle et se joignit même à leurs lourdes plaisanteries sur les mésaventures sexuelles des officiers américains qu'ils conduisaient. Tous ces rires avaient un thème unique : l'Américain type constamment excité, mais techniquement incompétent.

C'est au cours de l'un de ces déjeuners qu'ils évoquèrent la spéléologie, accroupis sous le toit en tôle ondulée d'un abri contre la pluie devant leurs gamelles de riz et de poisson. Trois de ces ex-universitaires étaient fous de spéléologie, ou l'avaient été avant le chaos de l'Occupation. Ils parlèrent du plaisir et des difficultés de leurs expéditions en montagne, déplorant leur manque d'argent et de moyens pour y retourner. Nicholaï vivait depuis trop longtemps en ville ; le bruit et la foule minaient sa sensibilité de campagnard. Il interrompit les jeunes gens dans leurs descriptions, leur demandant quel équipement leur était nécessaire. Leurs besoins étaient minimes mais inaccessibles pour le salaire de misère que leur versaient les Forces d'Occupation. Nicholaï suggéra de fournir le matériel nécessaire s'ils acceptaient de l'emmener avec eux et de l'initier à leur sport favori. L'offre fut acceptée avec allégresse et deux semaines plus tard, ils partirent à quatre passer un week-end dans les montagnes. Le jour, ils s'attaquaient aux grottes ; le soir, ils descendaient dans les auberges de montagne où ils buvaient du saké en parlant tard dans la nuit, comme tous les jeunes gens du monde. Leurs propos allaient de la nature de l'art aux histoires de bordel. Ils faisaient des projets d'avenir, des calembours, parlaient politique, sexe, souvenirs. Et se taisaient.

Dès sa première heure sous terre, Nicholaï sut qu'il avait trouvé le sport qui lui convenait. Son corps, souple et nerveux, semblait désigné pour se glisser dans les passages les plus étroits. Les calculs rapides et serrés sur la méthode et les risques à prendre étaient ceux auxquels l'avait entraîné le jeu de Go. Et la fascination du danger l'attirait. Il n'avait jamais eu envie de faire de l'alpinisme dont le côté ostentatoire offensait son sens du *shibumi* et sa réserve naturelle. Mais les moments de risque et d'audace au fond des cavités étaient individuels, silencieux, cachés ; et ils avaient l'attrait particulier des peurs primitives et animales. Dans les descentes de cheminées, on retrouvait la terreur de la chute, commune à tous les animaux, et plus aiguë encore de savoir qu'il y a un grand trou noir en dessous au lieu du paysage coloré qui se déroule sous les pieds de l'alpiniste. Dans les gouffres, il y avait la présence constante du froid et de l'humidité, peurs primordiales de l'homme, réelles pour le spéléologue si l'on sait que les accidents les plus graves et la mort résultent de l'hypothermie. Il y avait aussi la peur du noir, de l'obscurité infinie et la crainte toujours présente de se perdre dans les dédales de fissures et de passages si resserrés que l'homme y reste parfois bloqué sans pouvoir revenir en arrière. La peur des inondations qui surviennent en quelques minutes, sans prévenir. Et l'angoisse permanente de savoir qu'au-dessus, vous grattant parfois le dos quand vous vous tortillez dans un passage, des milliers de tonnes de roche devaient irrésistiblement un jour obéir à la loi de la gravité et boucher l'ouverture.

C'était le sport parfait pour Nicholaï.

Les dangers subjectifs lui parurent encore plus excitants. Il aimait mesurer sa maîtrise de soi, sa dextérité, aux craintes les plus originelles et les plus profondes en lui : l'obscurité, la peur de tomber, de se noyer, de se perdre, le froid, la solitude, l'usure des nerfs. Les principaux alliés du spéléologue sont la logique et la lucidité. Ses principaux adversaires sont l'imagination et la panique. La peur lui est plus naturelle que la bravoure, car il opère seul, sans spectateur, sans conseil, sans encouragement. Nicholaï aimait les adversaires qu'il rencontrait et l'arène privée où il les rencontrait. Il aimait savoir que la plupart d'entre eux étaient en lui et que les victoires restaient secrètes.

Il y avait aussi le plaisir unique de la sortie. Le quotidien le plus morne prenait couleur et vie après des heures sous terre, après s'être mesuré au danger. On buvait avidement la douceur de l'air. Une simple tasse de thé amer vous réchauffait les mains, vous réjouissait l'œil ; une sensation merveilleuse vous envahissait, une ruée de chaleur dans la gorge, un festin de saveurs subtiles et variées. Le ciel était d'un bleu significatif, l'herbe d'un vert capital. C'était bon de sentir une main amie vous frapper dans le dos. Bon d'entendre des voix, de manifester ses émotions, de communiquer ses idées, d'amuser ses amis. Tout était neuf, savoureux.

Pour Nicholaï, la première heure après la sortie d'un gouffre avait presque la qualité de ses transports mystiques. Avant que les objets et les sensations ne reprennent leur place habituelle, il se mêlait au rayon jaune et aux herbes luxuriantes.

Les quatre jeunes gens passèrent tous leurs week-ends libres dans la montagne, et bien qu'ils fussent des amateurs et que leur équipement de fortune les condamnât à se limiter à des réseaux souterrains modestes en comparaison des grands gouffres classiques, c'était toujours une épreuve d'endurance, de volonté et d'adresse, suivie de nuits de camaraderie, de bavardage, de saké et de franche gaieté. Plus tard, Nicholaï acquit une réputation de premier plan dans les expéditions les plus difficiles, mais jamais il ne retrouva la joie et le goût de l'aventure que lui apportèrent ces premières explorations.

A vingt-trois ans, il menait une existence qui satisfaisait la plupart de ses besoins et le distrayait de ses peines, excepté celle de la disparition du général Kishikawa. Pour faire revivre l'atmosphère de la maison Otake, il avait rempli sa maison d'Asakusa de gens qui lui tenaient lieu de famille. Il avait perdu son adolescence et son amour de jeunesse, mais il contentait ses exigences charnelles grâce aux imaginatives sœurs Tanaka. Les joies émotionnelles et physiques de la spéléologie remplaçaient la discipline mentale et les plaisirs du Go. D'une façon singulière et assez morbide, son entraînement au combat *hoda korusu* lui permit de donner libre cours à la violence de sa haine pour ceux qui avaient détruit son pays et sa jeunesse : il imaginait que son adversaire avait l'œil « rond » et il se sentait mieux.

Il avait perdu tout ce qui lui était personnel et fondamental ; il ne lui restait que des substituts mécaniques et superficiels. Mais le vide était en partie comblé par ses périodes de recueillement et d'expérience mystique.

Le plus pénible restait les quarante heures de travail hebdomadaire dans le sous-sol du San Shin Building. Son éducation et ses études lui avaient donné des ressources intérieures suffisantes qui le laissaient étranger à la course au travail lucratif, si vitale à l'homme de l'Occident égalitaire ignorant comment occuper son temps et justifier son existence sans travailler. Le plaisir, le bien-être, l'étude comblaient ses exigences ; il n'avait nul besoin des applaudissements de la foule, de la garantie du pouvoir, du narcotique des divertissements. Malheureusement, les circonstances l'obligeaient à gagner sa vie et, ironie du sort, à la gagner chez les Américains. (Si les collègues de Nicholaï étaient un mélange disparate d'Américains, de Britanniques et d'Australiens, les méthodes, les valeurs et les objectifs étaient avant tout dictés par les Américains ; aussi en vint-il rapidement à considérer les Britanniques comme des Américains incompétents, et les Australiens comme des Américains à l'entraînement.)

Tout le monde parlait anglais au Chiffre, mais Nicholaï trouvait l'élocution confuse et geignarde de la classe dirigeante britannique aussi dissonante que le fracas métallique et nasillard de l'américain. Il cultiva donc son propre accent, entre les inflexions américaines et les intonations anglaises. Cet artifice eut pour résultat que tous ses futurs collaborateurs anglophones pensèrent qu'il était de langue anglaise, mais « d'ailleurs ».

De temps à autre, ses collègues l'invitaient à se joindre à leurs sorties, loin de soupçonner que le jeune homme prenait leur gentillesse condescendante pour de la prétention.

C'était moins leur irritante affectation d'égalité qui agaçait Nicholaï que leur chaos culturel. Les Américains confondaient standard de vie et qualité de la vie, opportunité et médiocrité institutionnalisée, bravade et courage, machisme et virilité, libertinage et liberté, verbosité et clarté de langage, amusement et plaisir — bref, toutes les erreurs communes à ceux qui croient que la justice implique égalité pour tous, plus qu'égalité entre égaux.

Dans ses moments d'indulgence, il les comparait à des enfants — énergiques, curieux, naïfs, généreux, mal élevés — et à cet égard, il ne voyait que peu de différence entre les Américains et les Russes. Deux peuples robustes et vigoureux, excellant dans le domaine matériel, mais ignorant de la beauté. Ils étaient au même titre sûrs de détenir l'idéologie suprême, infantiles et querelleurs, terriblement dangereux. Dangereux parce qu'ils avaient pour jouets des armes cosmiques qui menaçaient l'existence même de la civilisation. Le danger venait moins de leur malveillance que de leur maladresse. Quelle ironie de penser que la destruction du monde ne serait pas l'œuvre de Machiavel, mais de Sancho Pança !

Il était toujours gêné de vivre aux dépens de ces gens-là, mais n'avait pas d'autre alternative. C'est au début du mois de mars humide et venteux de la seconde année qu'il fut forcé d'apprendre que, lorsque l'on dîne avec les loups, on n'est jamais certain d'être l'invité ou le plat principal.

Malgré le temps maussade, l'indestructible résistance de l'âme japonaise jaillissait du *Ringo no Uta* que l'on entendait partout dans le pays, chantonné à mi-voix par les milliers de ceux qui redressaient peu à peu les ruines physiques et morales de la guerre. Les hivers de famine étaient passés ; les printemps d'inondation et de maigres moissons oubliés. Au loin naissait l'espoir d'un monde en voie de guérison. Malgré les vents humides de mars, les arbres se paraient du tendre brouillard vert d'un printemps précoce, le fantôme de l'abondance.

En arrivant au bureau ce matin-là, Nicholaï était d'humeur si joyeuse qu'il trouva un côté comique à l'inscription sibylline apposée sur sa porte : SCAP/COMCEM/SPHINX-FE (N-CODE/D-CODE).

L'esprit ailleurs, il se mit à travailler sur des textes émanant des Forces d'Occupation russes en Mandchourie, communications de routine, sommairement codées. N'éprouvant aucun intérêt aux jeux politiques et militaires des Russes et des Américains, il déchiffrait les messages, inattentif à leur contenu, comme une bonne sténo tape son texte sans le lire. C'est ainsi qu'il s'attaquait à une autre information quand l'importance de celle qu'il venait juste de déchiffrer frappa son esprit. Il reprit la feuille et la relut.

Le général Kishikawa Takashi était rapatrié par les Russes à Tokyo, où s'ouvrait son procès comme Grand Criminel de Guerre.

Washington

Les quatre hommes pénétrèrent dans l'ascenseur à la suite de Mlle Swivven et la regardèrent en silence introduire la carte magnétique dans la fente marquée « 16e étage ». Le dénommé M. Haman, stagiaire en méthodes de terrorisme, perdit l'équilibre quand, contre toute attente, la cabine descendit en flèche dans les profondeurs de l'immeuble. Il heurta Mlle Swivven qui poussa un petit cri lorsque l'épaule de l'Arabe frôla la sienne.

« Je m'excuse, madame. Je pensais que la direction du premier vers le seizième étage allait vers le haut. Mathématiquement parlant, ce devrait être ainsi, mais... »

Un froncement de sourcils de son supérieur de l'O.P.E.P. interrompit net son caquetage, et il fixa son attention sur la nuque raidie de Mlle Swivven.

L'expert de l'O.P.E.P., M. Able, supportait mal la voix de fausset et les gaffes de son compatriote arabe. Ancien d'Oxford à la troisième génération, issu d'une famille qui avait longtemps joui des privilèges culturels consécutifs à sa participation, aux côtés des Britanniques, à l'exploitation de son peuple, il méprisait ce fils de chevrier dont le père avait sans doute découvert du pétrole en plantant trop fort un piquet de tente.

Il était d'autant plus contrarié qu'il avait dû interrompre sans explication un rendez-vous personnel, et tout ça pour s'occuper d'une affaire due sans nul doute à l'incompétence de son compatriote et de ces crétins de la C.I.A. En fait, si elle n'était venue du président de la Mother Company, il aurait ignoré cette convocation subite qui le dérangeait au moment le plus excitant d'une entrevue avec un charmant jeune homme, fils d'un sénateur américain.

Ignorant la froideur méprisante du responsable de l'O.P.E.P., le Délégué principal se tenait dans le fond de l'ascenseur, feignant des préoccupations autrement plus importantes que cette petite affaire.

Darryl Starr, pour sa part, simulait une attitude de froide indifférence et faisait tinter des pièces de monnaie dans sa poche tout en sifflant entre ses dents.

Avec une décélération brutale, l'ascenseur s'arrêta, et Mlle Swivven inserra une seconde carte magnétique dans la fente pour ouvrir la porte. Le chevrier en profita pour lui effleurer les fesses. Elle tressaillit avec un mouvement de recul.

Ah ! pensa-t-il. Une femme vertueuse. Probablement vierge. Inappréciable. La virginité est capitale pour les Arabes qui craignent avec raison les comparaisons.

Darryl Starr et le délégué examinèrent les lieux. Ni l'un ni l'autre n'avaient jamais été admis au « Seizième » de leur propre immeuble. Mais M. Able secoua sèchement la main de Diamond et demanda : « Qu'est-ce que c'est que cette histoire ? Je n'aime pas être convoqué ici sans explication, surtout quand j'ai autre chose à faire.

— Vous aimerez encore moins quand je vous aurai mis au courant, dit Diamond. (Il se tourna vers Starr.) Asseyez-vous. Je vais vous donner un aperçu de l'amplitude de votre gâchis à Rome. »

Starr haussa les épaules avec une indifférence simulée et se glissa dans une chaise moulée de plastique blanc devant la table de conférence recouverte de verre dépoli. Le fils de chevrier était perdu dans la contemplation du paysage derrière la fenêtre en trompe l'œil.

« Monsieur Haman ? » dit Diamond.

Le nez sur le carreau, l'Arabe regardait avec ravissement les traînées des phares progressant lentement devant le monument de Washington — les mêmes voitures qui descendaient toujours cette avenue à cette même heure du soir.

« Monsieur Haman ? répéta Diamond.

— Quoi ? Ah, oui ! C'est drôle, j'oublie toujours mon nom de code.

— Asseyez-vous, ordonna Diamond d'un ton excédé.

— Pardon ?

— Asseyez-vous ! »

Avec un sourire forcé, l'Arabe rejoignit Starr devant la table. Diamond désigna le bout de la table au représentant de l'O.P.E.P. et lui-même s'installa dans son fauteuil pivotant sur son estrade. « Dites-moi, monsieur Able, que savez-vous de l'opération manquée à Rome International ce matin ?

— Pratiquement rien. Ces détails ne m'intéressent pas. Je ne m'occupe que de la stratégie économique. » Il ôta d'une chiquenaude un grain de poussière imaginaire sur le pli de son pantalon.

Diamond hocha sèchement la tête. « Je ne devrais pas plus que vous me mêler de ce genre d'histoires, mais la stupidité de vos gens et l'incompétence des miens nous obligent tous les deux...

— Un instant, je vous prie, interrompit le délégué.

— Nous obligent à prendre cette affaire en main. Je vais tout de suite vous mettre au courant des événements ; vous saurez ainsi le pourquoi de votre présence ici. Mademoiselle Swivven, prenez note, s'il vous plaît. (Diamond leva un regard froid vers le délégué de la C.I.A.) Pourquoi tournez-vous en rond comme ça ? »

Lèvres serrées, narines frémissantes, le délégué répondit : « J'attends seulement que vous me priiez de m'asseoir, ainsi que vous l'avez fait pour les autres. »

Diamond eut un regard inexpressif et las. « Eh bien, asseyez-vous. »

Sûr d'avoir remporté une victoire diplomatique, le délégué prit place à côté de Starr.

A aucun moment de l'entretien, Diamond n'usa de son ton sarcastique avec M. Able. Ils avaient travaillé ensemble sur de nombreuses affaires, et montraient un certain respect l'un pour l'autre, fondé non sur l'amitié, bien sûr, mais sur des qualités réciproques de compétence administrative, de justesse d'analyse et de pouvoir rapide de décision sans s'embarrasser de notions d'éthique plus ou moins romantiques. Leur mission consistait à représenter les puissances dont ils dépendaient dans toutes les relations paralégales et extra-diplomatiques entre les pays arabes producteurs de pétrole et la Mother Company dont les intérêts étaient intimement liés, bien qu'ils ne se fassent jamais confiance au-delà des limites de leur profit mutuel. Les nations représentées par M. Able étaient puissantes dans l'arène internationale, malgré les piètres aptitudes et compétences de leurs peuples. Le monde industrialisé se retrouvait imprudemment dépendant du pétrole arabe, tout en sachant que l'approvisionnement était limité, pour ne pas dire extrêmement restreint. Ces nations primitives, conscientes de n'être privilégiées du monde technologique que grâce à l'indispensable pétrole qui jaillissait de leur désert, cherchaient à transformer cette source d'énergie et le pouvoir politique qui en découlait en source de richesses plus durables avant que leur sol ne soit épuisé. Dans ce but, elles acquéraient des terrains dans le monde entier, rachetaient des sociétés, s'infiltraient dans les groupes bancaires et exerçaient un contrôle financier sur les gouvernants du monde occidental. Et elles n'avaient aucun mal à atteindre leurs objectifs. D'abord, elles pouvaient manœuvrer rapidement, n'étant pas soumises aux systèmes politiques de la démocratie. Ensuite, les politiciens du monde occidental étaient corrompus et vénaux. Et enfin la masse occidentale est avide, paresseuse, dépourvue de sens historique du fait qu'elle est conditionnée par l'ère atomique à vivre au bord du désastre, et par conséquent uniquement concernée par le confort et la prospérité dans le présent.

Les différents groupes de pression qui constituaient la Mother Company auraient pu briser le chantage des nations arabes à tout moment. Le pétrole brut est sans utilité s'il n'est transformé en polluant profitable, et ils étaient seuls à contrôler les moyens de stockage et de distribution. Mais l'objectif à long terme de la Mother Company était d'accélérer les pénuries de pétrole pour se rendre peu à peu maîtresse de toutes les sources d'énergie : charbon, atome, soleil, géothermie. Exemple de leur symbiose, l'O.P.E.P. aidait la Mother Company à provoquer des pénuries quand elle désirait construire des pipe-lines dans la toundra, bloquer les investissements gouvernementaux dans la recherche d'énergie solaire ou éolienne, ou créer des manques de gaz naturels en faisant campagne pour l'abolition du contrôle des prix. En retour, la Mother Company apportait son concours aux pays de l'O.P.E.P. de nombreuses façons, dont la moindre ne fut pas d'appliquer des pressions politiques pendant l'embargo du pétrole pour empêcher les nations occidentales de prendre la seule décision évidente : occuper le pays et libérer le pétrole. Ceci demandait plus de diplomatie que ne le soupçonnaient les Arabes, car en même temps la Mother Company montait un vaste programme de propagande destiné à assurer le public qu'elle travaillait à dégager l'Amérique des importations de pétrole. Elle utilisait ses principaux actionnaires — le plus souvent des personnalités très appréciées du monde du spectacle — pour gagner le soutien des masses populaires quand elle entreprenait des explorations de combustible fossile, mettait l'humanité en danger avec ses déchets atomiques et contaminait les mers avec ses forages marins et ses transports hasardeux de pétrole.

La Mother Company et les pays de l'O.P.E.P. passaient à l'heure actuelle par une période délicate de transition ; la première tentait de transformer son monopole de l'énergie pétrolière en une hégémonie couvrant toutes les autres sources d'énergie, afin de conserver son pouvoir et ses avantages au-delà de l'épuisement des ressources pétrolières mondiales ; l'autre s'efforçait de transformer ses richesses pétrolières en acquisitions industrielles et territoriales dans le monde occidental. Et c'est pour leur permettre de franchir cette phase difficile que M. Diamond et M. Able avaient le pouvoir illimité de résoudre les trois obstacles les plus dangereux à leur succès : les efforts furieux de l'O.L.P. pour semer le désordre afin d'obtenir une part des richesses arabes. L'interférence stupide et maladroite de la C.I.A. et de son organe la N.S.A. Et l'insistance tenace d'Israël à survivre.

En gros, M. Diamond avait pour rôle de contrôler la C.I.A. et, par l'intermédiaire des pouvoirs internationaux de la Mother Company, les actions des États occidentaux ; tandis que la tâche de M. Able était de contenir les États arabes indépendants, ceci étant particulièrement malaisé car ces puissances forment un mélange complexe de dictature médiévale et de socialisme militaire confus.

Le principal problème était de garder le contrôle de l'O.L.P. L'O.P.E.P. et la Mother Company s'accordaient à reconnaître que les Palestiniens étaient un fléau hors de proportion avec leur véritable importance, mais les caprices de l'Histoire faisaient d'eux et de leur cause dérisoire le point de ralliement de tous les pays arabes divisés. Chacun aurait aimé être débarrassé de leur ineptie et de leur malveillance, mais ces affections, quoique contagieuses, ne sont pas fatales. Donc, M. Able faisait de son mieux pour les tenir hors d'état de nuire et il leur avait récemment ôté une grande partie de leur prestige en suscitant le désastre du Liban.

Mais il n'avait pu empêcher le massacre des Jeux de Munich qui avait remis en question des années de propagande antijuive reposant sur l'antisémitisme latent dans les pays occidentaux. M. Able avait fait l'impossible ; il avait alerté M. Diamond de ce qui allait se passer. Et Diamond avait dirigé l'information sur le gouvernement de l'Allemagne de l'Ouest, supposant qu'ils prendraient l'affaire en main. En fait, ils n'avaient pas bronché. La protection des juifs n'a pas toujours été un thème dominant de la conscience allemande.

Bien que leur coopération remontât loin et qu'elle soit teintée d'une certaine admiration mutuelle, Diamond et Able ne s'aimaient pas. Diamond était mal à l'aise face à l'ambiguïté sexuelle de Able. Et qui plus est, il supportait mal la supériorité culturelle et la position sociale de l'Arabe. Diamond était un gosse des rues du quartier ouest de New York, et comme beaucoup de ses semblables, il cultivait ce snobisme contraire qui prétend que l'éducation est un défaut de personnalité.

De son côté, M. Able regardait Diamond avec un mépris qu'il ne chercha jamais à déguiser. Il considérait que sa propre mission était noble et patriotique — établir de nouvelles bases de pouvoir pour son pays quand le pétrole serait épuisé. Mais à ses yeux, Diamond était une canaille, capable d'anéantir les intérêts de son propre peuple pour accéder à la richesse et au jeu du pouvoir. C'était le prototype de l'Américain chez qui honneur et dignité sont dictés par l'appât du gain. La civilisation américaine était l'exemple même de la décadence où le raffinement s'exprime dans le choix du papier de toilette, et les Américains des enfants gâtés qui courent sur leurs autoroutes, avec leurs radios C.B., en se prenant pour les pilotes de la Seconde Guerre mondiale. Qu'est devenue l'âme d'un peuple dont Rod McKuen est le best-seller, le Howard Cosell de la poésie ?

Ainsi pensait M. Able, assis à la table de conférence, le visage impassible, un sourire de politesse distante sur les lèvres. Il ne laissait jamais paraître ses sentiments en public, sachant que son peuple avait besoin des Américains — jusqu'au jour où il aurait acquis le contrôle de leur pays sans qu'ils s'en aperçoivent.

M. Diamond, enfoncé dans son fauteuil, examinait le plafond, cherchant une façon d'introduire le problème sans engager sa propre responsabilité. « Bon, dit-il. Résumons-nous. Après le désastre des Jeux de Munich, nous avions votre engagement que vous contrôleriez l'O.L.P. et éviteriez ce genre de bévue dans l'avenir. »

M. Able soupira. Bon, au moins Diamond ne remontait pas à l'évasion des Israélites à travers la mer Rouge.

« Pour les amadouer, continua Diamond, nous avons laissé machinchose apparaître à la tribune des Nations unies et débiter ses torrents d'injures contre les juifs. Mais malgré vos assurances, nous avons récemment découvert qu'une cellule de Septembre noir — deux membres de l'opération de Munich — allait organiser, avec votre accord, un détournement d'avion à Heathrow. »

M. Able haussa les épaules. « Les circonstances modifient les intentions. Je ne vous dois pas d'explication pour chacune de nos opérations. Je me contenterai de dire que cette manifestation sanguinaire était le prix demandé pour qu'ils marquent le pas jusqu'à ce que la pression américaine réduise à néant la capacité d'Israël à se défendre.

— Et nous étions d'accord avec vous sur ce point. En tant qu'assistance passive, j'ai ordonné à la C.I.A. d'éviter toute action contre les Septembristes. Ordres sans doute superflus, car les traditions d'incompétence à l'intérieur de l'organisation les auraient de toute façon neutralisés. »

Le délégué s'éclaircit la gorge, mais Diamond le fit taire d'un geste de la main et poursuivit. « Nous avons dû outrepasser les limites de l'assistance passive. En apprenant qu'un petit groupe non officiel d'Israéliens était sur la trace des responsables du massacre de Munich, nous avons décidé de monter contre eux une opération de dissuasion. Le chef de ce groupe était un certain Asa Stern, un ex-leader dont le fils faisait partie des athlètes abattus à Munich. Sachant que Stern souffrait d'un cancer généralisé — il est mort il y a deux semaines — et qu'il n'entraînait qu'une poignée de jeunes amateurs idéalistes, nous avons pensé que les forces combinées de vos services secrets arabes et de notre C.I.A. suffiraient à les éliminer.

— Et ce ne fut pas le cas ?

— Et ce ne fut pas le cas. Ces deux hommes ici présents étaient responsables de l'opération, bien que l'Arabe ne soit qu'un agent-stagiaire. Au cours d'une action sanglante et publique, ils ont réussi à éliminer deux des trois membres du groupe Stern… et sept spectateurs. Mais l'un des membres, une dénommée Hannah Stern, nièce du défunt leader, leur a échappé. »

M. Able soupira et ferma les yeux. Rien ne marchait-il donc jamais dans ce pays ? Quand s'apercevraient-ils que le monde entre dans une ère post-démocratique ? « Vous dites qu'une jeune femme a échappé à l'opération ? Cela ne doit pas être bien grave. Je vois mal une femme seule se rendre à Londres pour tuer de sa propre main six des terroristes palestiniens les mieux entraînés jouissant non seulement de la protection de votre organisation et de la mienne, mais aussi, grâce à vos bons offices, de celle des MI-5 et MI-6 anglais ! C'est ridicule !

— Ce devrait être ridicule. Mais Mlle Stern n'a pas l'intention de se rendre à Londres. Nous sommes à peu près certains qu'elle est allée en France. Nous sommes également sûrs qu'elle est maintenant, ou qu'elle sera bientôt, en contact avec un certain Nicholaï Hel — carte mauve — parfaitement capable de s'infiltrer chez vous, chez moi, dans toute l'Angleterre, d'exécuter les six Septembristes noirs, et d'être de retour en France pour l'heure du déjeuner. »

M. Able lança un regard interrogateur à M. Diamond. « Est-ce de l'admiration que je décèle dans votre voix ?

— Non ! Je n'appellerais pas cela de l'admiration. Mais Hel est un homme que nous ne pouvons pas ignorer. Certains détails de son passé vous feront présumer du mal que nous aurons à réparer tout ce gâchis. (Diamond se tourna vers le Premier adjoint, discrètement assis devant sa console.) Affichez-moi les données sur Hel. »

Tandis que se déroulaient les maigres informations de Fat Boy sur l'écran de la table devant eux, Diamond donna rapidement quelques détails biographiques jusqu'au moment où Nicholaï apprenait que le général Kishikawa était prisonnier des Russes et condamné par la Haute Cour militaire.

Nicholaï demanda et obtint un congé pour pouvoir s'enquérir de l'endroit où l'on gardait le général Kishikawa. Ce fut une semaine cauchemardesque, une lutte lente et désespérée contre les barricades spongieuses et impénétrables de la paperasserie, du secret, de la méfiance internationale, de l'inertie administrative, et de l'indifférence générale. Ses recherches auprès du gouvernement civil japonais furent vaines. Il se heurta à un système politique pesant et léthargique. On avait greffé sur la tendance japonaise à l'excès d'organisation et à la dilution de l'autorité une notion étrangère de démocratie qui portait en elle les caractéristiques d'inaction fébrile de cette forme inefficace de gouvernement.

Nicholaï se tourna alors vers les gouvernements militaires et parvint peu à peu à rassembler les éléments du puzzle qui conduisaient à l'arrestation du général. Mais ce faisant, il dut se mettre dangereusement en avant pour quelqu'un muni de faux papiers, et il savait que sans la garantie d'une nationalité officielle, il est périlleux d'irriter les bureaucrates embourbés dans le statu quo.

Les résultats de cette semaine d'enquêtes et de tracasseries furent maigres. Nicholaï apprit que Kishikawa-san avait été livré à la Cour de Justice militaire par les Soviétiques, qui seraient chargés de l'accusation, et qu'il était actuellement gardé dans la prison de Sugamo. Il découvrit qu'un avocat militaire américain était chargé de la défense, mais ce n'est qu'après quantité de lettres et d'appels téléphoniques qu'il obtint un rendez-vous, une petite demi-heure coincée très tôt dans la matinée.

Nicholaï se leva avant le jour et prit un tramway bondé vers le quartier de Yotsuya. Une aurore humide, gris ardoise, maculait le ciel à l'est quand il traversa le Akebonobashi, le pont de l'Aube, de l'autre côté duquel se dressait la masse rébarbative de la caserne Ichigaya, symbole de la machinerie inhumaine de la justice occidentale.

Il attendit trois quarts d'heure sur un banc au sous-sol, devant la porte du bureau de l'avocat. Finalement, une secrétaire à l'air revêche et débordé l'introduisit dans le bureau encombré du capitaine Thomas. Ce dernier lui désigna une chaise sans lever les yeux de la déposition qu'il parcourait. Ce n'est qu'après l'avoir lue et griffonné une note dans la marge qu'il regarda Nicholaï.

« Oui ? » Il y avait plus de lassitude que de sécheresse dans le ton de sa voix. Il était chargé de la défense de six criminels de guerre et travaillait avec un personnel et des ressources limitées, comparés aux vastes moyens de recherche et d'organisation mis à la disposition de l'accusation dans les bureaux au-dessus. Malheureusement pour sa tranquillité d'esprit, le capitaine Thomas était un idéaliste de la justice anglo-saxonne, et il se surmenait au point que la fatigue, la frustration et l'amertume fataliste marquaient chacun de ses mots et de ses gestes. Il n'avait qu'un souhait : en finir avec tout ce bordel et retrouver une vie civilisée et son modeste cabinet juridique dans le Vermont.

Nicholaï expliqua qu'il cherchait des renseignements sur le général Kishikawa.

« Pourquoi ?

— C'est un ami.

— Un ami ? »

Le capitaine était sceptique.

« Oui, monsieur. Il... Il m'a aidé quand j'étais à Shanghai. »

Le capitaine Thomas tira le rapport Kishikawa d'une pile de dossiers tous similaires. « Mais vous n'étiez qu'un enfant alors ?

— J'ai vingt-trois ans, monsieur. »

Le capitaine haussa les sourcils. Comme tout le monde, il s'était laissé prendre à l'apparente jeunesse de Nicholaï. « Excusez-moi, je croyais que vous étiez beaucoup plus jeune. Que voulez-vous dire quand vous déclarez que Kishikawa-san vous a aidé ?

— Il s'est occupé de moi quand ma mère est morte.

— Je vois. Vous êtes anglais, n'est-ce pas ?

— Non.

— Irlandais ? »

A nouveau cet accent qui venait d'ailleurs.

« Non, capitaine. Je travaille pour le S.C.A.P. comme traducteur. »

Il valait mieux passer outre les questions de nationalité — ou plutôt de manque de nationalité.

« Et vous vous proposez comme témoin de moralité, n'est-ce pas ?

— Je veux l'aider, autant que je peux le faire. »

Le capitaine hocha la tête et chercha une cigarette. « Pour être totalement franc, je ne crois pas que vous puissiez beaucoup l'aider. Nous sommes sous-équipés ici, et débordés. Je dois me limiter aux cas qui ont une petite chance de succès. Et je ne mettrais pas celui de Kishikawa dans cette catégorie. Cela vous semble probablement sans pitié, mais je préfère être honnête.

— Mais... Je ne peux pas croire que le général Kishikawa soit coupable de quoi que ce soit ! De quoi l'accuse-t-on ?

— Catégorie A : Crimes contre l'humanité — si cela a une signification.

— Mais qui témoigne contre lui ? Que lui reproche-t-on ?

— Je l'ignore. Les Russes soutiennent l'accusation, et je n'ai pas l'autorisation d'examiner leurs documents et leurs sources avant la veille du procès. Je présume que les charges porteront sur ses activités de gouverneur militaire de Shanghai. Ils ont à plusieurs reprises utilisé le terme de « Tigre de Shanghai ».

— Le Tigre de... C'est insensé ! C'était un administrateur. Il a remis en service le système d'adduction d'eau, les hôpitaux. Comment peuvent-ils...

— Quand il était gouverneur, quatre hommes ont été jugés et exécutés. Le saviez-vous ?

— Non, mais...

— Autant que je le sache, ces quatre hommes étaient des assassins, des pillards ou des violeurs. En fait la moyenne des exécutions capitales au cours des dix années de domination anglaise fut de 14,6. Vous pourriez penser que cette comparaison serait en faveur de votre général. Mais les hommes exécutés sur ses ordres ont été consacrés « héros du peuple ». Et on n'exécute pas comme ça des héros du peuple. Particulièrement quand on s'appelle « Le Tigre de Shanghai. »

— On ne l'a jamais appelé comme ça !

— C'est comme ça qu'on l'appelle maintenant. (Le capitaine Thomas se renfonça dans son siège et pressa ses doigts au creux de ses yeux. Puis il ébouriffa ses cheveux blonds, tentant de se ressaisir.) Et vous pouvez parier les couilles de votre oncle Henry qu'ils lui donneront ce surnom au moins une centaine de fois au cours du procès. Je suis désolé de vous paraître défaitiste, mais je suis bien placé pour savoir que les Soviétiques feront tout pour gagner. Ils mettent le paquet. Vous n'êtes pas sans savoir qu'on leur a tiré dessus à boulets rouges pour leur incapacité à rapatrier leurs prisonniers de guerre. Ils les ont gardés en camps de rééducation en Sibérie jusqu'à ce qu'ils en sortent parfaitement endoctrinés. Et ils n'ont pas produit un seul criminel de guerre, excepté Kishikawa. C'est donc un morceau de choix pour eux, une occasion unique de faire savoir au monde entier qu'ils font leur boulot et, en purgeant l'impérialisme capitaliste japonais, ouvrent la voie au socialisme. Maintenant, vous semblez croire que ce Kishikawa-san est innocent. D'accord. Il l'est peut-être. Mais je peux vous assurer qu'il est qualifié criminel de guerre. Vous savez, la qualification fondamentale dans ce cas-là, c'est d'être du côté perdant — et c'est là qu'il était. » (Le capitaine Thomas alluma une cigarette à la précédente et écrasa le mégot dans un cendrier plein. Il rejeta une bouffée avec un gloussement sans joie.) Essayez d'imaginer ce qui serait arrivé à Roosevelt ou au général Patton si les autres avaient gagné. A supposer qu'ils aient été assez sûrs d'eux pour constituer une Cour de Justice. Merde, les seuls à échapper au titre de « fauteurs de guerre » auraient été ces péquenauds d'isolationnistes qui nous ont empêchés de siéger à la Société des Nations. Et on les aurait sans doute retrouvés comme dirigeants de pacotille, tout comme nous avons mis en place leurs équivalents à la Diète japonaise. C'est comme ça, mon vieux. Maintenant, je dois reprendre mon travail. Demain, je vais défendre un vieil homme qui meurt d'un cancer et affirme qu'il n'a rien fait d'autre qu'obéir à son empereur. Mais on l'appellera sans doute le « Léopard de Luzon », ou le « Puma de Pago-Pago ». Et vous savez quoi, mon vieux ? Autant que je le sache, il peut très bien avoir été le Léopard de Luzon. Ça ne changera rien à rien

— Puis-je au moins lui rendre visite ? »

Le capitaine Thomas baissait la tête. Il parcourait déjà le dossier du procès suivant. « Comment ?

— Je voudrais rendre visite au général Kishikawa. Est-ce possible ?

— Je ne peux rien faire pour ça. C'est un prisonnier des Russes. Vous devez obtenir leur permission.

— Et comment avez-vous fait, vous, pour le voir ?

— Je ne l'ai pas encore vu.

— Vous ne lui avez pas parlé ? »

Le capitaine Thomas leva un regard brouillé. « Il reste six semaines avant son procès. Celui du Léopard de Luzon s'ouvre demain. Allez voir les Russes. Peut-être pourront-ils vous aider.

— Qui dois-je voir ?

— Merde, mon vieux. J'en sais foutre rien ! »

Nicholaï se leva. « Je vous remercie. »

Il allait atteindre la porte quand le capitaine Thomas lui dit : « Je suis désolé, fils, vraiment. »

Nicholaï secoua la tête et sortit.

Il eut par la suite longuement l'occasion de comparer le capitaine Thomas et son homologue russe, le colonel Gorbatov. Tous deux symbolisaient les divergences de pensée et de comportement des deux super-puissances. L'Américain était sincèrement affecté, compatissant, tourmenté, mal organisé... et finalement inutile. Le Russe était méfiant, indifférent, bien informé, et finalement utile à Nicholaï qui, assis dans un large fauteuil rembourré, le regardait remuer pensivement son thé pour faire fondre les deux gros morceaux de sucre au fond du verre.

« Vous êtes sûr que vous ne voulez pas de thé ? demanda le colonel.

— Merci, non. » Nicholaï préférait ne pas perdre son temps en mondanités.

« Moi, je suis un intoxiqué du thé. A ma mort, le type qui fera mon autopsie trouvera mes boyaux tannés comme du cuir. » Gorbatov sourit mécaniquement à sa propre plaisanterie, et posa le verre sur son support métallique. Il ôta ses lunettes rondes cerclées de métal et les nettoya, ou plutôt étala uniformément la saleté de son pouce. Ce faisant, il fixait ses yeux mi-clos sur le jeune homme assis en face de lui. Gorbatov était presbyte et distinguait très bien sans lunettes le visage d'adolescent et les étonnants yeux verts de Nicholaï. « Ainsi vous êtes un ami du général Kishikawa ? Un ami inquiet de son sort. N'est-ce pas ?

— Oui, colonel. Et je voudrais l'aider, si je le peux.

— C'est compréhensible. Après tout, à quoi servent les amis ?

— J'aimerais au moins avoir la permission de lui rendre visite en prison.

— Oui, bien sûr, vous aimeriez. C'est compréhensible. (Le colonel remit ses lunettes et but son thé.) Vous parlez très bien russe, monsieur Hel. Avec un excellent accent. Vous avez dû l'étudier très sérieusement.

— Ce n'est pas le fait de l'avoir étudié. Ma mère était russe.

— Oui, bien sûr.

— Je n'ai jamais vraiment étudié le russe. C'était une langue maternelle.

— Je vois. Je vois. » Gorbatov avait pour technique de diriger l'essentiel de la conversation sur son interlocuteur, de le faire parler tandis que lui-même gardait constamment un air sceptique. Nicholaï s'y laissa prendre, fatigué de ruser, exaspéré des raccourcis et des impasses, et avide d'en savoir davantage sur Kishikawa. Il donna plus d'informations qu'il n'était nécessaire, mais plus il parlait, plus il lui semblait que son histoire sonnait faux. Il s'enfonçait dans des explications détaillées ne faisant qu'accroître l'impression qu'il mentait.

« Chez moi, colonel, le russe, le français, l'allemand et le chinois étaient des langues que l'on apprenait au berceau.

— Vous avez dû être très occupé dans votre berceau. »

Nicholaï essaya de rire, mais il n'émit qu'un son grêle et sans conviction.

« Et bien entendu, poursuivit Gorbatov, vous parlez anglais de la même façon ? » La question était posée en anglais avec un léger accent britannique.

« Oui, répondit Nicholaï en russe. Et aussi le japonais. Mais ce sont des langues acquises.

— Vous voulez dire que ce ne sont pas des langues maternelles ?

— Exactement. » Nicholaï regretta sur-le-champ le ton cassant qu'il venait de prendre.

— Je vois. (Le colonel se carra dans son fauteuil de bureau et fixa Nicholaï, une lueur d'humour au fond de ses yeux de Mongol.)

Oui, finit-il par dire. Excellente formation. Et étonnamment jeune. Mais, en dépit de toutes vos langues maternelles et post-maternelles, monsieur Hel, vous êtes américain, n'est-ce pas ?

— Je travaille pour les Américains. En tant que traducteur.

— Mais vous avez montré une carte d'identité américaine en bas.

— J'ai obtenu cette carte par mon travail.

— Oh ! bien sûr. Je vois. Mais si je ne m'abuse, je vous ne vous ai pas demandé pour qui vous travaillez — nous le savions déjà — mais quelle est votre nationalité. Êtes-vous américain ou non ?

— Non, colonel. Je ne suis pas américain.

— Vous êtes quoi, alors ?

— Eh bien... je suppose que je suis plus japonais qu'autre chose.

— Oh ? Vous m'excuserez si je vous fait remarquer que vous ne ressemblez que de très loin à un Japonais.

— Ma mère était russe, comme je vous l'ai dit. Mon père allemand.

— Ah ! Ça éclaire tout. Des ancêtres typiquement japonais.

— Je ne vois pas quelle différence ma nationalité peut faire dans l'affaire.

— L'important n'est pas que vous le voyiez ou non. Voulez-vous, je vous prie, répondre à ma question. »

La soudaine froideur du ton obligea Nicholaï à prendre sur lui. Il inspira profondément. « Je suis né à Shanghai. Je suis venu ici pendant la guerre — sous la protection du général Kishikawa, un ami de la famille.

— Alors, de quelle nation êtes-vous citoyen ?

— Aucune.

— Cela doit être extrêmement embarrassant.

— En effet. J'ai eu beaucoup de mal à trouver du travail.

— Oh ! j'en suis persuadé, monsieur Hel. Et j'imagine que vous deviez être prêt à faire presque n'importe quoi pour assurer votre subsistance.

— Colonel Gorbatov, je ne suis pas un agent à la solde des Américains. Je suis leur employé, pas leur agent.

— Vous faites des distinctions parmi les ombres qui, je dois l'avouer, me dépassent.

— Mais pourquoi les Américains voudraient-ils interviewer le général Kishikawa ? Quelle raison auraient-ils de monter un coup aussi tordu pour contacter un officier qui a suivi une carrière entièrement administrative ?

— C'est précisément ce que j'espérais vous entendre m'expliquer, monsieur Hel », sourit le colonel.

Nicholaï se leva. « Il est évident, colonel, que vous prenez plus de plaisir que moi à notre conversation. Je n'ai pas l'intention de vous faire perdre votre précieux temps. Vous avez sûrement quelques cocottes en papier à terminer. »

Gorbatov éclata de rire. « On ne m'a pas parlé sur ce ton depuis des années ! Non seulement l'accent raffiné de la Cour de Russie, mais aussi l'arrogance. Splendide ! Asseyez-vous, jeune homme. Asseyez-vous. Et dites-moi pourquoi vous devez voir le général Kishikawa. »

Nicholaï se laissa tomber dans le fauteuil rembourré. Il était las, vidé. « C'est beaucoup plus simple que vous ne semblez le croire. Kishikawa-san est un ami. Presque un père. Aujourd'hui, il est seul, sans famille, et en prison. Je dois l'aider, si je le peux. A tout le moins, je dois le voir... lui parler.

— Un simple geste de piété filiale. Parfaitement compréhensible. Êtes-vous sûr que vous ne voulez pas un verre de thé ?

— Tout à fait sûr. Je vous remercie. »

Tout en remplissant son verre, le colonel ouvrit une chemise en papier kraft et jeta un coup d'œil au contenu. Nicholaï présuma que l'élaboration de ce dossier lui avait valu les trois heures d'attente qu'il avait passées dans les couloirs de l'état-major des Forces d'Occupation soviétiques. « Je vois que vous avez également des papiers vous identifiant comme citoyen de l'U.R.S.S. Cela me semble mériter une explication.

— Vous avez de très bonnes sources d'information à l'intérieur du S.C.A.P. »

Le colonel haussa les épaules. « Elles sont ce qu'elles doivent être.

— J'avais une amie qui m'a aidé à trouver du travail chez les Américains. C'est elle qui m'a obtenu une carte d'identité américaine.

— Excusez-moi, monsieur Hel. Je dois bien mal m'exprimer aujourd'hui. Je ne vous ai pas demandé d'expliquer vos papiers américains. C'est votre carte d'identité russe qui m'intéresse. Voulez-vous excuser mon manque de précision ?

— J'allais vous l'expliquer.

— Oh ! pardonnez-moi.

— J'allais vous dire que cette femme s'est rendu compte que j'aurais des ennuis si les Américains découvraient que je n'étais pas un de leurs ressortissants. Elle m'a donc fait établir des papiers d'identité russes, que je pouvais montrer à la police militaire américaine pour éluder leurs questions.

— Et combien de fois avez-vous eu recours à cet étrange expédient ?

— Jamais.

— La fréquence ne justifie pas beaucoup l'effort. Et pourquoi russe ? Pourquoi n'avoir pas choisi l'une des nombreuses nationalités qui encombraient votre berceau ?

— Comme vous l'avez remarqué, je n'ai pas l'air très japonais. Et l'attitude des Américains envers les Allemands est assez peu amicale.

— Tandis qu'elle est fraternelle et compatissante envers les Russes, n'est-ce pas ?

— Bien sûr que non. Mais ils se méfient de vous et ils vous craignent. Et pour cette raison, ils se montrent assez coulants envers les citoyens soviétiques.

— Votre amie était très astucieuse. Dites-moi, pourquoi a-t-elle fait de tels efforts en votre faveur ? Pourquoi a-t-elle pris tant de risques ? »

Nicholaï laissa éclater son exaspération. « Vous le savez parfaitement ! »

Gorbatov ôta ses lunettes et ricana. « Je sais certaines choses. Sur Mlle Goodbody, par exemple. Et sur votre maison du quartier Asakusa. Eh bien, eh bien ! Deux jeunes femmes dans votre lit ? Jeunesse dissolue ! Et je sais que votre mère était la comtesse Alexandra Ivanovna. Oui, je sais certaines choses sur vous.

— Et vous m'avez tout le temps cru, n'est-ce pas ? »

Gorbatov haussa les épaules. « Mettons que j'ai cru les détails qui agrémentaient votre histoire. Je sais que vous avez rendu visite au capitaine Thomas, du Haut Tribunal militaire, le... (Il jeta un coup d'œil au dossier.) ... le mardi matin à 7 heures et demie. Je suppose qu'il vous a dit ne rien pouvoir faire pour vous en ce qui concerne le général Kishikawa, qui, outre le fait d'être un grand criminel de guerre coupable de délits contre l'humanité, est aussi le seul officier de l'Armée impériale japonaise à avoir survécu aux rigueurs des camps de rééducation. Donc une figure inestimable pour nous au point de vue prestige et propagande. (Gorbatov remit ses lunettes.) Je crains qu'il n'y ait rien à faire pour le général, jeune homme. Et si vous persistez à vouloir le rencontrer, vous vous exposerez aux enquêtes des services secrets américains — qui n'ont de secrets que le nom. Et si mon allié, mon frère d'armes, le capitaine Thomas ne peut rien faire pour vous, je ne vois vraiment pas ce que je puis faire moi-même. Après tout, il représente la défense. Et moi, l'accusation. Vous êtes vraiment sûr que vous ne voulez pas un verre de thé ? »

Nicholaï se raccrocha à sa dernière bouée. « Le capitaine Thomas m'a dit que j'avais besoin de votre permission pour rendre visite au général.

— C'est exact.

— Alors ? »

Le colonel se tourna vers la fenêtre et tapota ses dents de devant de son index en regardant le ciel nuageux. « Êtes-vous certain qu'il désire lui-même vous voir, monsieur Hel ? J'ai parlé au général. C'est un homme très fier. Il peut trouver déplaisant de se présenter devant vous dans son état actuel. Il a tenté par deux fois de se suicider et il est maintenant très sévèrement gardé. Sa condition présente est dégradante.

— Je tiens à le voir. Je lui dois... énormément. »

Le colonel hocha la tête sans détourner les yeux de la fenêtre. Il semblait perdu dans ses pensées.

« Alors ? » demanda Nicholaï au bout d'un moment.

Gorbatov ne répondit pas.

« Puis-je rendre visite au général ? »

D'une voix monocorde et distante, le colonel prononça : « Oui, bien sûr. (Il se tourna vers Nicholaï et sourit.) Je vais arranger cela immédiatement. »

Pressé dans le métro aérien brinquebalant de Yamate, sentant la chaleur et la transpiration pénétrer ses vêtements, Nicholaï était perdu dans ses doutes et ses hésitations. Il regardait la ville défiler au-dessous, désolée dans le jour glacé et humide, vidée de toute couleur sous un ciel plombé.

Une imperceptible menace sourdait dans la voix atone du colonel Gorbatov lorsqu'il lui avait donné l'autorisation de rendre visite à Kishikawa-san, et toute la matinée Nicholaï s'était senti impuissant et démuni contre le pressentiment qui l'envahissait. Gorbatov avait peut-être raison en insinuant que cette visite n'était pas un acte de bonté. Mais comment laisser le général affronter seul son procès et sa disgrâce ? Ce serait un acte d'indifférence, qu'il ne se pardonnerait jamais. Alors, était-ce pour la paix de son propre esprit que Nicholaï se rendait à la prison Sugamo ? N'était-il guidé que par son égoïsme ?

A la station de Komagome, un arrêt avant la prison Sugamo, Nicholaï eut soudain envie de descendre — de rentrer chez lui, ou du moins de prendre le temps de réfléchir. Trop tard. Les portes se refermèrent brutalement avant qu'il n'ait pu atteindre la sortie, et le métro repartit en cahotant. Il aurait dû descendre, il le savait. Mais il savait aussi qu'il devait à présent aller jusqu'au bout.

Le colonel Gorbatov s'était montré généreux. Nicholaï avait l'autorisation de passer une heure avec Kishikawa-san. Mais maintenant, assis dans le parloir glacial, les yeux rivés sur la peinture verte écaillée du mur, le jeune homme se demandait ce qu'il allait dire pour remplir cette heure. Près de la porte, un gardien japonais et un sergent de la Police Militaire américaine s'ignoraient l'un l'autre. Le Japonais fixait le sol à ses pieds, tandis que l'Américain s'appliquait attentivement à tirer sur les poils de son nez. On avait fouillé Nicholaï avec une extrême et gênante minutie avant de l'introduire dans le parloir. Le sergent américain lui avait confisqué le paquet de gâteaux de riz qu'il apportait et le prenant pour un compatriote, d'après sa carte d'identité, lui avait expliqué : « Désolé, vieux. Mais on ne peut pas apporter de bouffe. Ce type — ah ! — j'oublie toujours son nom — ce citron de général, il a essayé de se liquider. On peut pas risquer du poison ou autre chose. Tu piges ? »

Nicholaï affirma qu'il pigeait et plaisanta avec le sergent. Il devait se mettre du côté des autorités s'il voulait aider Kishikawa-san. « Ouais, je vois ce que vous voulez dire, sergent. Je me demande quelquefois combien d'officiers japonais ont survécu à la guerre, avec leur amour du suicide.

— C'est vrai, ça. Et si quelque chose arrive à ce type, je me ferai drôlement botter le cul. Hé ! Qu'est-ce que c'est que ce truc ? » Le sergent montra un petit damier de Go magnétique que Nicholaï avait emmené à la dernière minute, au cas où le silence deviendrait trop pesant.

Nicholaï haussa les épaules. « Oh ! c'est un jeu. Une sorte de jeu d'échecs japonais.

— Ah ouais ? »

Le garde japonais, qui se tenait un peu à l'écart, conscient d'être en trop dans la situation, fut heureux d'affirmer à son homologue américain dans un anglais défectueux qu'il s'agissait en effet d'un jeu japonais.

« Bon, j' sais pas mon vieux. J' sais pas si vous pouvez apporter ce truc-là avec vous. »

Nicholaï haussa à nouveau les épaules. « Comme vous voulez, sergent. Je pensais que ça m'aiderait à passer le temps si le général n'était pas d'humeur à parler.

— Oh ! Vous savez parler la langue de ces citrons ? »

Nicholaï s'était souvent demandé comment ce mot était devenu le sobriquet standard pour tous les Jaunes dans le vocabulaire militaire américain.

« Oui, je parle le japonais », reconnut Nicholaï, sentant qu'il fallait jouer le double jeu quand la subtilité se heurtait à une ignorance crasse. « Vous avez probablement remarqué que ma carte d'identité mentionne que je travaille pour le Sphinx ? » Il regarda le sergent droit dans les yeux en désignant d'un signe de tête discret le gardien japonais. Il ne pouvait en dire plus avec des oreilles étrangères alentour.

Le sergent fronça les sourcils dans son effort pour comprendre, puis hocha la tête d'un air conspirateur. « Je vois. Ouais, J'avais comme des doutes sur ce qu'un Américain pouvait bien venir faire avec ce type.

— Boulot, boulot.

— D'accord. Bon. Je pense que c'est okay. Ce jeu, ça peut pas être bien dangereux. » Il rendit le Go miniature et conduisit Nicholaï au parloir.

Cinq minutes plus tard, la porte s'ouvrit et le général Kishikawa entra, suivi de deux autres gardes, un second Japonais et un gros Russe costaud au visage impassible et empâté de paysan slave. Nicholaï se leva pour l'accueillir et les deux nouveaux anges gardiens prirent place contre le mur.

Au moment où s'approchait Kishikawa-san, Nicholaï inclina légèrement la tête en un geste automatique de respect filial, qui ne passa pas inaperçu aux yeux des gardiens japonais. Ils échangèrent un rapide coup d'œil, mais ne bronchèrent pas.

Le général s'avança avec peine et prit la chaise en face de Nicholaï, de l'autre côté de la table en bois brut. Quand il leva les yeux, le jeune homme fut frappé par l'apparence du général. Il s'attendait à une altération des traits de Kishikawa-san, à une dégradation de son aspect à la fois viril et raffiné, mais pas à ce point.

L'homme assis en face de lui était vieux, frêle, diminué. De la transparence de sa peau, de la lenteur incertaine de ses mouvements, se dégageait un air étrangement sacerdotal. Quand il parla enfin, ce fut d'une voix étouffée et monocorde, comme si la communication était une épreuve inutile.

« Pourquoi es-tu venu, Nikko ?

— Pour être auprès de vous, monsieur.

— Je comprends. »

Suivit un silence durant lequel Nicholaï ne trouva rien d'autre à dire. Finalement, avec un long soupir tremblé, Kishikawa-san prit sur lui d'engager la conversation, afin de mettre le jeune homme à l'aise. « Tu sembles en forme, Nikko. N'est-ce pas ?

— Oui, monsieur.

— Bon. Bon. Tu ressembles de plus en plus à ta mère. Je retrouve ses yeux dans les tiens. (Il eut un petit sourire.) On aurait dû avertir ta famille que cette couleur de vert est faite pour le jade ou pour le verre ancien, non pour des yeux humains. C'est déconcertant. »

Nicholaï se força à sourire. « J'en parlerai à un ophtalmologiste, monsieur.

— Oui, c'est ça, parles-en.

— Oui.

— Parles-en. (Le général regarda devant lui et sembla oublier la présence de Nicholaï. Puis :) Alors, comment vas-tu ?

— Assez bien. Je travaille pour les Américains. Comme traducteur.

— Ah bon ? Et ils t'acceptent ?

— Ils m'ignorent, ce qui est aussi bien.

— Mieux, en fait. »

Il y eut un autre moment de silence que Nicholaï s'apprêtait à rompre quand Kishikawa-san tendit la main.

« Bien sûr, tu as des tas de questions. Je vais te dire les choses rapidement et simplement, et ensuite nous n'en parlerons plus. »

Nicholaï acquiesca de la tête.

« J'étais en Mandchourie, comme tu le sais. Je suis tombé malade — une pneumonie. J'étais dans le coma quand les Russes ont attaqué l'hôpital. Je suis revenu à moi pour me retrouver dans un camp de rééducation, sous une surveillance constante qui m'interdisait d'utiliser le moyen d'évasion qu'ont choisi tant de mes camarades pour échapper à la honte de la capitulation et aux humiliations de... la rééducation. Seul un petit nombre d'officiers ont été faits prisonniers. On les a déportés et plus personne n'a jamais entendu parler d'eux. Ils ont prétendu que les officiers étaient soit incapables, soit indignes d'être... rééduqués. Je pensais que tel devait être mon sort, et je l'attendais avec autant de calme que possible. Mais non. Les Russes ont trouvé qu'il serait très utile d'introduire un général soigneusement endoctriné au Japon pour les aider à réaliser leurs objectifs dans notre pays. Ils ont essayé beaucoup... toutes les méthodes de rééducation possibles. Les physiques furent les plus faciles à supporter — la faim, le manque de sommeil, les coups. Mais je suis un vieillard coriace, et on ne me rééduque pas facilement. Toute ma famille ayant disparu, ils n'avaient pas l'atout émotionnel de la prise d'otage qui leur avait permis de rééduquer les autres. Le temps passa. Un an et demi, je crois. Les saisons se distinguent difficilement quand on ne voit jamais la lumière du jour, quand l'endurance se mesure à cinq minutes supplémentaires... cinq minutes de plus... je peux encore supporter cinq minutes. » (Le général resta un instant perdu dans le souvenir de certaines tortures. Puis, avec un léger sursaut, il reprit son récit :) Parfois ils perdaient patience avec moi, et je trouvais des moments de repos dans l'inconscience. De longs mois passèrent ainsi. Des mois mesurés en minutes. Puis ils arrêtèrent soudain toutes leurs tentatives de rééducation. Je crus, bien sûr, qu'ils allaient me tuer. Mais ils avaient autre chose en tête, de bien plus dégradant. Ils m'ont lavé, épouillé. Un voyage en avion. Un long parcours en train. Un autre voyage en avion. Et je suis arrivé ici. Pendant un mois, je suis resté enfermé sans avoir la moindre idée de leurs intentions. Et, il y a deux semaines, un certain colonel Gorbatov est venu me voir. Il a été très franc avec moi. Chaque pays occupant avait offert sa part de criminels de guerre. Les Soviétiques n'avaient rien à offrir, aucune participation directe dans le mécanisme de la justice internationale. Avant moi.

— Mais, monsieur... »

Kishikawa-san leva la main pour l'interrompre. « J'ai décidé de ne pas affronter cette humiliation finale. Mais je n'avais pas les moyens de me supprimer. Je n'avais pas de ceinture. Mes vêtements, comme tu peux le constater, sont tissés dans une toile très solide, impossible à déchirer. Je mange dans un bol avec une cuillère en bois. On ne me permet de me raser qu'avec un rasoir électrique, et seulement sous surveillance. (Le général eut un sourire las.) Les Soviétiques m'apprécient, semble-t-il. Ils ont peur de me perdre. Il y a dix jours, j'ai cessé de manger. C'était plus facile qu'on ne le croit. Ils m'ont menacé, mais quand un homme ne veut plus vivre, les menaces d'autrui sont sans réel pouvoir. Alors... ils m'ont étendu sur une table et ils ont introduit de force un tube dans ma gorge. Et ils m'ont nourri. C'était horrible... humiliant... avaler et vomir à la fois. Indigne. J'ai promis de me remettre à manger. Et me voilà. »

Pendant ce bref récit, Kishikawa-san était resté le regard rivé sur la surface rude de la table, ailleurs.

Nicholaï avait les yeux brûlants de larmes contenues. Il regardait droit devant lui, n'osant cligner des paupières et laisser couler des pleurs qui auraient embarrassé son père — son ami.

Kishikawa-san prit une longue inspiration et leva la tête. « Non, non. Il ne faut pas, Nikko. Les gardiens nous observent. Ne leur donne pas cette satisfaction. »

Il tendit le bras et tapota la joue du jeune homme avec une fermeté proche de la gifle.

Le sergent américain se redressa, prêt à défendre son compatriote du Sphinx contre ce général aux yeux bridés.

Mais Nicholaï passa ses mains sur son visage, comme s'il était fatigué, et du même coup effaça ses larmes.

« Bien, dit Kishikawa-san avec une énergie retrouvée. C'est presque l'époque des cerisiers en fleur de Kajikawa. As-tu l'intention d'aller les voir ? »

Nicholaï avala péniblement sa salive. « Oui.

— C'est bien. Les Forces d'Occupation ne les ont donc pas encore coupés ?

— Pas réellement. »

Le Général inclina la tête. « Et as-tu des amis dans ta vie, Nikko ?

— J'ai... j'ai des gens qui vivent chez moi.

— Si je me souviens bien d'une lettre de notre ami Otake peu avant sa mort, il y avait une jeune fille chez lui, une étudiante — je suis désolé, mais j'ai oublié son nom. De toute évidence, tu n'étais pas insensible à ses charmes. La vois-tu encore ? »

Nicholaï réfléchit avant de répondre.

« Non, monsieur, je ne la vois plus.

— Vous ne vous êtes pas disputés, j'espère.

— Non, nous ne nous sommes pas disputés.

— Ah ! bon. A ton âge les affections vont et viennent. Plus

vieux, tu découvriras à quel point on peut en avoir besoin. » L'effort qu'il faisait pour mettre Nicholaï à l'aise épuisait Kishikawa-san. Il n'y avait vraiment rien qu'il désirât dire, et après ces deux années, rien qu'il désirât connaître. Il pencha la tête et contempla la table, glissant dans un cercle étroit de pensées sans suite et de souvenirs d'enfance qui lui permettaient d'endormir son imagination.

Pendant quelques minutes, Nicholaï trouva un certain apaisement dans le silence ; mais il se rendit vite compte qu'ils n'y étaient pas ensemble, mais seuls et séparés. Il tira le jeu de Go miniature et un sachet de pions de métal de sa poche et les déposa sur la table. « On nous a donné une heure, monsieur. »

Kishikawa-san revint difficilement au présent. « Comment ? Ah ! Oui. Oh ! un jeu. Bon. Oui. C'est quelque chose d'inoffensif que nous pouvons faire ensemble. Mais je n'ai pas joué depuis longtemps ; je ne serai pas un adversaire bien intéressant pour toi, Nikko.

— Je n'ai pas joué moi-même depuis la mort d'Otake-san, monsieur.

— Oh ! Vraiment ?

— Oui. J'ai bien peur d'avoir oublié tout ce que j'avais appris.

— Non. C'est une chose que l'on n'oublie jamais. Tu as appris à te concentrer, à penser avec subtilité, à aimer l'abstraction et à vivre à une certaine distance du quotidien. Ça n'est pas perdu. Jouons. »

Retrouvant automatiquement leurs premières habitudes et oubliant que Nicholaï était devenu un joueur de premier plan, le général Kishikawa lui offrit un handicap de deux pions, que le jeune homme accepta naturellement. Ils jouèrent un moment une partie vague et quelconque, juste assez concentrés pour repousser l'angoisse des souvenirs et l'anticipation des choses futures. Finalement, le général leva les yeux et soupira avec un sourire. « Ce n'est pas très bon. J'ai mal joué et j'ai sorti tous les *aji*[1] du jeu.

— Moi aussi. »

Kishikawa-san secoua la tête. « Oui, toi aussi.

— Nous rejouerons, monsieur, si vous le voulez. A ma prochaine visite. Peut-être jouerons-nous mieux.

— Oh ! Tu as l'autorisation de revenir me voir ?

— Oui. Le colonel Gorbatov a fait le nécessaire pour que je revienne demain. Après cela... je ferai à nouveau appel à lui, et je verrai. »

1. *Aji* : arrière-goût. Se dit des pions abandonnés qui continuent à être une source de souci pour l'adversaire. (*N.d.T.*)

Le général secoua la tête. « C'est un homme très habile, ce Gorbatov.

— Dans quel sens, monsieur ?

— Il s'est arrangé pour enlever ma « pierre de refuge » du damier.

— Pardon ?

— Pourquoi penses-tu qu'il te laisse venir ici, Nikko ? Par pitié ? Tu sais, une fois privé de tout moyen de m'évader dans une mort honorable, j'ai décidé d'affronter le procès en silence, dans un silence aussi digne que possible. Je ne voulais pas, comme certains, sauver ma vie en livrant des amis ou des supérieurs. J'étais prêt à refuser de parler et à accepter leur sentence. Et c'était aller contre les plans de Gorbatov et de ses compatriotes. Ils allaient être floués de leur seul criminel de guerre. Mais que pouvaient-ils faire ? J'étais au-delà des mesures punitives, au-delà des promesses de clémence. Et ils n'avaient aucun moyen de chantage émotionnel, sachant que toute ma famille avait péri dans le bombardement de Tokyo. Alors... alors le destin leur a offert... toi.

— Moi, monsieur ?

— Gorbatov est assez subtil pour s'être rendu compte que tu n'aurais jamais exposé ta situation délicate au sein des Forces d'Occupation pour me rendre visite si tu ne m'avais profondément honoré et aimé. Et il a pensé — avec raison — que j'éprouvais les mêmes sentiments à ton égard. Et maintenant il a son moyen de chantage. Il t'a permis de venir ici pour me montrer qu'il te tenait. Et il te tient, Nikko. Tu es extrêmement vulnérable. Tu n'as aucune nationalité, aucun consulat ne peut te protéger, aucun ami ne se soucie de toi, et tu as de faux papiers. Il m'a raconté tout cela. Je crains qu'il n'ait pris l'oiseau au piège, mon fils. »

Nicholaï écoutait Kishikawa-san avec une stupeur grandissante. Tout ce temps, cette énergie, dépensés à tenter de rencontrer le général, ce combat désespéré contre l'indifférence administrative, n'avaient eu qu'un effet, retirer à Kishikawa son armure de silence. Il n'était pas un réconfort pour Kishikawa-san ; il était l'arme dirigée contre lui. Nicholaï sentit l'envahir un mélange de colère, de honte, d'indignité, de pitié pour lui-même et de chagrin pour son tuteur.

Le général plissa les yeux dans un sourire résigné. « Tu n'y peux rien, Nikko. Ni moi non plus. C'est le destin, la malchance. Nous n'en parlerons plus. Nous jouerons quand tu reviendras, et je te promets de t'offrir un jeu meilleur. »

Il se leva et marcha vers la porte où il attendit ses deux gardiens japonais et russe, qui ne le firent sortir qu'après avoir vu Nicholaï faire signe au sergent américain et ce dernier incliner la tête dans leur direction.

Nicholaï resta atterré sur sa chaise, ramassant un à un les pions en métal du damier magnétique.

Le sergent américain s'approcha et demanda d'un ton de conspirateur. « Alors ? Vous avez découvert ce que vous étiez venu chercher ?

— Non, répondit Nicholaï d'un air absent. (Puis, plus fermement :) Non, mais nous n'avons pas fini.

— Vous allez le baratiner avec ce jeu de sous-développé ? »

Nikolaï fixa sur le sergent des yeux verts glacés.

Mal à l'aise, l'homme s'expliqua : « Je veux dire... eh bien, ce n'est qu'une espèce d'échiquier ou de damier, ou de truc, non ? »

Avec l'envie d'écraser cet abruti de tout son mépris pour l'Occident, Nicholaï répliqua : « Le Go est aux échecs occidentaux ce que la philosophie est à la comptabilité en partie double. »

Mais la stupidité bornée vous préserve autant du progrès que du châtiment. La réponse du sergent fut franche et naïve. « Non, sans blague ? »

Une pluie fine lui piquait les joues tandis qu'il contemplait du pont de l'Aube la masse grise de la caserne Ichigaya, sombre et voilée dans le brouillard, ses rangées de fenêtres souillées d'une lumière jaune blafarde, signe que les procès des Criminels de Guerre japonais étaient en cours.

Nicholaï s'appuya au parapet, le regard vague, la pluie gouttant de ses cheveux sur son visage et dans son cou. Sa première pensée en quittant la prison Sugamo avait été d'appeler le capitaine Thomas pour lui demander de le tirer des mains des Russes, du chantage du colonel Gorbatov. Mais il réalisa l'inutilité de faire appel aux Américains, leur attitude fondamentale et leurs objectifs quant au sort des chefs japonais étant identiques à ceux des Soviétiques.

Il était descendu du tramway et avait erré sans but sous la pluie, avant de s'arrêter sur le pont, penché par-dessus la rambarde, essayant de rassembler ses idées. Une heure et demie après sa visite, il était encore secoué de fureur et de désespoir.

Son affection et le devoir filial étaient le fondement de sa colère, mais il avait aussi terriblement pitié de lui-même. Qu'il puisse être, *lui,* l'instrument du colonel Gorbatov pour refuser à Kishikawa-san la dignité du silence était insupportable. Une ironie écrasante de l'injustice. Nicholaï était jeune encore et il croyait en l'équité fondamentale du Destin. C'était plus une théorie qu'un dogme.

Trempé sous la pluie, s'attendrissant de plus en plus sur lui-même, il en vint naturellement à jouer avec l'idée du suicide. Priver Gorbatov de son arme principale lui parut un instant une perspective réconfortante, jusqu'à ce qu'il réalise la vanité d'un tel geste. Kishikawa-san ne serait sûrement pas informé de la mort du jeune homme ; on lui raconterait que Nicholaï avait été arrêté comme otage en échange de sa coopération. Et quand il se serait déshonoré en donnant le nom de ses amis, on lui assènerait le coup final ; on lui dirait que Nicholaï était mort depuis longtemps, et que lui s'était dégradé en trahissant ses compagnons pour rien.

Le vent soufflait par bourrasques, creusant des rigoles de pluie sur le visage de Nicholaï qui vacilla et agrippa le bord du parapet au moment où une vague de désespoir le submergeait. Secoué d'un frisson, il se rappela soudain la pensée terrifiante qui lui avait traversé l'esprit lors de son entretien avec le général. Kishikawa racontait comment il avait tenté de se donner la mort, il disait l'infâme humiliation du tube introduit dans sa gorge pour l'alimenter de force. Et Nicholaï avait soudain pensé que s'il s'était trouvé aux côtés de son ami pendant cette séance indigne, il l'aurait d'un geste aidé à s'évader dans la mort. La carte d'identité plastifiée dans la poche aurait suffi ; c'était une arme parfaite pour le *hoda korusu.* Cela aurait pris une seconde[1].

L'idée de délivrer Kishikawa-san du piège de la vie s'était à peine formée dans son esprit que Nicholaï l'avait repoussée, incapable de l'affronter. Mais, à présent, sous la pluie, face à cette machine à vengeance raciale qu'était le Haut Tribunal militaire, elle refaisait son chemin, et cette fois, elle restait. Destin amer qui lui demandait de tuer la seule personne qui lui était chère. Mais une mort honorable était le seul cadeau qu'il pouvait offrir. Et il se souvint de ce vieil adage : Qui doit se charger des choses cruelles ? Celui qui le peut.

Ce serait le dernier acte de Nicholaï. Il attirerait sur lui la fureur et la déception, et serait puni. Bien sûr, il lui serait plus facile de se suicider que de tuer le général de ses propres mains. Mais c'était inutile… et égoïste.

---

1. Au cours de ce livre, Nicholaï appliquera souvent les méthodes du *hoda korosu,* mais celles-ci ne seront jamais décrites en détail. Dans un ouvrage plus récent, l'auteur décrivait une dangereuse ascension en montagne. Au cours du tournage d'un film — insipide — tiré du roman, un jeune montagnard trouva la mort. Dans un ouvrage plus ancien, l'auteur expliquait comment voler des tableaux dans un musée très bien surveillé. Peu après la sortie de l'édition italienne du livre, trois tableaux furent volés à Milan, suivant les procédés exacts décrits par l'auteur, et deux d'entre eux sévèrement endommagés.

Une simple question de responsabilité civique commande à présent d'éviter des descriptions rigoureuses de méthodes et de faits qui, pour une poignée de lecteurs intéressés, peuvent contribuer au tort fait à — et par — des non-initiés.

Dans un but similaire, l'auteur gardera une certaine discrétion sur des techniques sexuelles qui pourraient être dangereuses, et en tout cas douloureuses — pour le néophyte.

En marchant vers la station de métro, Nicholaï avait l'estomac serré, mais il était calme. Il savait enfin où aller.

Il ne put trouver le sommeil cette nuit-là, pas plus qu'il ne put supporter la compagnie des vigoureuses sœurs Tanaka dont l'énergie semblait faire partie d'un monde étranger de lumière et d'espoir, à la fois banal et irritant.

Seul dans l'obscurité d'une pièce qui donnait sur le petit jardin, les panneaux tirés afin d'entendre la pluie crépiter sur les larges feuilles des plantes et chuinter doucement sur le gravier, emmitouflé dans un kimono rembourré, Nicholaï s'agenouilla près d'un brasero de charbon depuis longtemps éteint et à peine chaud sous la main. Il chercha par deux fois à se recueillir dans un de ses transports mystiques, mais son esprit était trop encombré de peur et d'hostilité. Il ne savait pas encore qu'il ne pourrait plus jamais retrouver la petite prairie où il s'unissait à l'herbe et au soleil doré. Les événements allaient laisser en lui une barrière impénétrable de haine qui lui interdirait l'extase.

Tôt dans la matinée, M. Watanabe trouva Nicholaï encore à genoux dans la pièce donnant sur le jardin, inconscient que la pluie s'était arrêtée et qu'un froid vif lui avait succédé. M. Watanabe ferma méticuleusement les cloisons et alluma le brasero, marmonnant sur la négligence de la jeunesse qui finirait par payer cher en mauvaise santé son étourderie.

« Je voudrais avoir un entretien avec vous et Mme Shimura », dit Nicholaï d'un ton calme qui arrêta net le flot de ronchonnements du vieillard.

Une heure plus tard, après un petit déjeuner léger, tous les trois s'agenouillèrent autour d'une table basse sur laquelle étaient posés l'acte de donation de la maison et un papier officieux que Nicholaï avait rédigé lui-même et qui distribuait ses biens et ses meubles aux deux serviteurs d'égale façon. Il les informa qu'il allait partir un peu plus tard dans l'après-midi, et qu'il ne reviendrait sans doute jamais. Ils auraient quelques problèmes ; des étrangers viendraient poser des questions et leur rendraient la vie difficile pendant quelques jours ; mais ensuite, il était peu vraisemblable que ces étrangers s'intéressent à la petite maison. Nicholaï n'avait pas beaucoup d'argent, n'étant pas de nature économe. Le peu qui restait était enveloppé dans un carré de tissu sur la table. Si M. Watanabe et Mme Shimura n'avaient pas les moyens d'entretenir la maison, il leur donnait l'autorisation de la vendre et d'en utiliser le revenu comme ils l'entendaient. Ce fut Mme Shimura qui insista pour qu'ils mettent de côté une part pour les sœurs Tanaka.

Ceci réglé, ils prirent le thé et parlèrent de détails. Nicholaï avait espéré échapper à la pesanteur du silence, mais ils eurent vite épuisé leurs modestes histoires, et il ne resta rien à dire.

Un des défauts culturels du Japonais est la gêne qu'il éprouve face à des émotions simples. Certains dissimulent leurs sentiments derrière un silence stoïque ou un quant-à-soi poli. D'autres ont recours à l'emphase émotionnelle, aux exagérations de gratitude ou de douleur.

Ce fut Mme Shimura qui s'ancra dans le silence, tandis que M. Watanabe pleurait sans retenue.

Avec les mêmes précautions excessives de sécurité que la veille, les quatre gardiens se postèrent debout le long du mur, près de la porte du parloir. Les deux Japonais avaient l'air tendu et mal à l'aise ; le sergent américain bâillait d'ennui et le Russe semblait rêver, ce qu'il ne faisait sûrement pas. Dès les premiers mots échangés avec Kishikawa-san, Nicholaï testa les gardiens. Il parla d'abord en japonais. Il était évident que l'Américain ne comprenait pas, mais c'était moins sûr du Russe ; aussi fit-il une déclaration dénuée de sens qui provoqua un léger froncement sur le large front. Quand il se mit à parler français, déroutant les Japonais, mais toujours pas le Russe, il sut que cet homme n'était pas un soldat ordinaire, en dépit de son apparence de viscosité intellectuelle typiquement slave. Il était donc nécessaire de trouver un code, et il choisit le langage ésotérique du Go, rappelant au général qu'Otake-san avait toujours utilisé la dialectique de son jeu bien-aimé pour discuter de choses importantes.

« Voulez-vous continuer le jeu, monsieur ? demanda Nicholaï. Le parfum a un arrière-goût : *Aji ga warui.* »

Kishikawa-san leva des yeux légèrement surpris. Il n'y avait que quatre ou cinq jeux dans la partie ; c'était une chose très étrange à dire.

Trois jeux se passèrent en silence avant que le général ne saisisse ce que Nicholaï avait voulu dire. Il le vérifia en déclarant : « Il me semble que le jeu est en *korigatachi*[1], que je suis gelé dans une position sans liberté de mouvement.

— Pas tout à fait, monsieur. Je vois la possibilité d'un *sabaki*[2], mais bien sûr, vous devrez rejoindre le *hama*[3].

— N'est-ce pas dangereux pour toi ? N'est-ce pas en fait une situation de *ko*[4] ?

— C'est plus un *uttegae*[5], en vérité. Et je ne vois rien d'autre pour sauver votre honneur — et le mien.

— Non, Nikko. Tu es trop bon. Je ne peux accepter ton geste. Pour toi un tel jeu serait une attaque trop périlleuse.

---

1. *Korigatachi :* formation congestionnée.
2. *Sabaki :* séquence aboutissant à une formation résistante.
3. *Hama :* pion capturé.
4. *Ko :* situation répétitive, éternité.
5. *Uttagae :* échange.

— Je ne vous demande pas votre permission. Je ne peux vous laisser dans cette situation impossible. Je vais vous expliquer les mouvements du jeu que j'ai décidé. Ils croient qu'ils ont *tsuru no sugomori*[1]. En fait, ils affrontent un *seki*[2]. Ils ont l'intention de vous mettre au pied du mur avec un *shicho*[3], mais j'ai le privilège d'être votre *schicho atari*[4]. »

Du coin de l'œil, Nicholaï vit l'un des gardiens japonais froncer les sourcils. De toute évidence, il jouait un peu et se rendait compte que cette conversation n'avait aucun sens.

Nicholaï tendit le bras à travers la table de bois brut et plaça sa main sur le poignet du général. « Père adoptif, le jeu finira dans deux minutes. Permettez-moi de vous conduire. »

Des larmes de gratitude emplirent les yeux de Kishikawa-san. Il parut plus fragile qu'avant, à la fois très vieux et presque enfantin. « Mais je ne peux permettre... »

— J'agis sans votre permission, monsieur. J'accomplis par amour un acte de désobéissance. Je ne vous demande même pas votre pardon. »

Après un moment de réflexion, Kishikawa-san hocha la tête. Un léger sourire chassa les larmes de ses yeux. « Conduis-moi, alors.

— Tournez la tête et regardez par la fenêtre, monsieur. Il fait sombre et humide, mais nous rejoindrons bientôt la saison des cerisiers en fleur. »

Kishikawa-san tourna la tête et contempla calmement le rectangle de ciel gris et humide. Nicholaï prit un crayon à mine de plomb dans sa poche et le tint délicatement entre ses doigts. Tout en parlant, il se concentra sur la tempe du général où battait faiblement une veine sous la transparence de la peau.

« Vous souvenez-vous quand nous marchions sous les cerisiers en fleur de Kajikawa, monsieur ? Pensez-y. Rappelez-vous lorsque vous marchiez, il y a trois ans, avec votre fille, sa main blottie dans la vôtre. Rappelez-vous lorsque vous marchiez avec votre père le long de la même berge, votre petite main dans la sienne. Concentrez-vous sur vos souvenirs. »

Kishikawa-san baissa les yeux et fit le calme en lui. Nicholaï parlait doucement, le ronronnement apaisant de sa voix important plus que les mots. Au bout d'un moment, le général regarda Nicholaï, un semblant de sourire au coin des yeux. Il inclina la tête.

---

1. *Tsuru no sugomori :* « Les grues restent au nid. » Mouvement au cours duquel les pions sont capturés.
2. *Seki :* impasse.
3. *Schicho :* procédé tactique en forme d'escalier qui peut être fatal.
4. *Schicho atari :* pion qui bloque un schicho.

Puis il se tourna à nouveau vers la vue grise, dégoulinante, derrière la fenêtre.

Nicholaï continua à parler sur le même ton monocorde. Le sergent américain était très occupé à déloger un morceau de nourriture entre ses dents avec son ongle ; mais l'attitude tendue du plus malin des gardiens japonais laissait penser qu'il était désorienté et gêné par le ton de la conversation. Soudain, avec un hurlement, le « gardien » russe bondit.

Trop tard.

Depuis trois heures, Nicholaï était assis dans la salle d'interrogatoire aveugle, après s'être rendu sans lutte ni explication aux gardiens stupéfaits, hors d'eux, et par conséquent violents. Dans un premier geste de fureur, l'Américain l'avait frappé deux fois avec sa matraque, la première à l'épaule, l'autre en plein visage, déchirant l'arcade sourcilière. La blessure n'était pas douloureuse, mais elle saignait abondamment et Nicholaï souffrait de cette humiliation.

Terrorisés à la pensée des représailles qu'ils allaient subir pour avoir laisser abattre leur prisonnier sous leurs yeux, les gardiens hurlaient des menaces, sonnaient l'alarme, appelaient le docteur de la prison. Quand ce dernier arriva, empressé, hésitant, il n'y avait plus rien qu'il pût faire pour le général. Kishikawa-san avait perdu conscience quelques secondes après le coup de Nicholaï, et était mort en une minute. Secouant la tête et susurrant entre ses dents, comme s'il grondait un enfant turbulent, le médecin s'occupa de l'arcade sourcilière de Nicholaï, heureux d'avoir quelque chose à faire dans le domaine de sa compétence.

Nicholaï fut placé sous la garde de deux nouveaux Japonais, tandis que les autres gardiens allaient faire leur rapport à leurs supérieurs, chacun donnant une version de l'événement qui l'innocentait et faisait de son homologue un portrait entre l'incompétence et la trahison.

Le sergent américain revint, accompagné de trois autres gardiens de sa nationalité. Pas de Russe. Pas de Japonais. Le cas de Nicholaï concernait au premier chef les Américains.

Dans un silence menaçant, Nicholaï fut fouillé, dévêtu et rhabillé du même uniforme « antisuicide » que portait le général Kishikawa. On le fit ensuite descendre dans le couloir pour le laisser, pieds nus et poignets liés derrière le dos, dans la salle d'interrogatoire sinistre et nue, assis sur une chaise en métal boulonnée au sol.

Pour brider son imagination, Nicholaï se concentra sur les jeux de milieu de partie d'un célèbre tournoi entre les maîtres de Go des principales académies qu'il avait étudiés chez Otake-san. Il revoyait les mouvements, passant d'un point de vue à l'autre, examinant le déploiement stratégique de chacun. Cet effort de mémoire et de concentration suffisait à lui faire oublier le monde hostile et chaotique autour de lui.

Des voix derrière la porte, un bruit de clés et de verrous, et trois hommes entrèrent. L'un était le sergent de la Police Militaire qui curait si soigneusement ses dents quand Ksihikawa-san était mort. Le second, un homme à forte carrure dans un costume civil, dont les yeux porcins avaient ce regard vif d'intelligence superficielle teintée d'insensibilité matérialiste que l'on rencontre chez les politiciens, les producteurs de cinéma et les vendeurs de voitures. Le troisième, enfin, galons de commandant aux épaules, était un homme à l'air préoccupé, concentré, aux longues lèvres exsangues et aux paupières tombantes. C'est lui qui s'assit en face de Nicholaï, tandis que le civil à la forte carrure se tenait derrière la chaise du jeune homme et que le sergent allait de lui-même se poster près de la porte.

« Je suis le commandant Diamond. » L'officier sourit, mais une note implacable perçait dans son accent, cette intonation métallique, mélange de la rudesse du gosse des rues et du vernis de sophistication que prennent les commentatrices des actualités aux États-Unis.

Au moment de leur arrivée, Nicholaï cherchait à comprendre la tactique d'un mouvement dans le jeu qui avait une apparence de *tenuki*, mais qui était en fait une réaction subtile au jeu précédent du combattant adverse. Avant de lever la tête, il se concentra sur le damier, mémorisant les positions des pions afin de pouvoir y revenir plus tard. Alors seulement il leva son regard vert et froid vers le major.

« Vous disiez ?

— Je suis le major Diamond, du C.I.D.

— Oh ? » L'indifférence de Nicholaï n'était pas feinte.

Le major ouvrit son attaché-case et en sortit trois feuilles dactylographiées et agrafées. « Si vous acceptez de signer cette déclaration, nous pourrons nous entendre. »

Nicholaï jeta un coup d'œil sur le papier. « Je ne pense pas que je désire signer quoi que ce soit. »

Les lèvres de Diamond se crispèrent. « Vous niez avoir assassiné le général Kishikawa ?

— Je ne nie rien du tout. J'ai aidé mon ami à échapper à... » Nicholaï s'arrêta brusquement. A quoi bon expliquer à cet homme quelque chose que sa culture mercantile ne pouvait vraisemblablement pas comprendre ? « Major, je ne vois pas l'utilité de poursuivre cet entretien. »

Le major Diamond jeta un coup d'œil au civil derrière Nicholaï, qui se pencha et dit : « Écoutez. Vous avez tout intérêt à signer cette déclaration. Nous n'ignorons rien de vos activités chez les Rouges. »

Nicholaï ne prit pas la peine de regarder l'homme.

« Vous n'allez pas nier que vous avez été en contact avec un certain Gorbatov ? » insista le civil.

Nicholaï inspira profondément et ne répondit pas. C'était trop compliqué à expliquer ; et peu importait s'ils comprenaient ou pas.

Le civil agrippa Nicholaï à l'épaule. « Vous êtes dans de sales draps, mon vieux ! Maintenant, vous feriez mieux de signer ce papier, ou... »

Le major Diamond fronça les sourcils et secoua sèchement la tête, et le civil relâcha sa prise. Les deux mains sur les genoux, le major se pencha en avant et regarda Nicholaï dans les yeux avec une sorte de compassion ennuyée. « Laissez-moi essayer de vous expliquer. Vous êtes troublé, en ce moment, et c'est parfaitement normal. Nous savons que les Russes sont derrière le meurtre du général Kishikawa. Je vous avouerai que je ne sais pas pourquoi. C'est une des choses pour lesquelles nous désirons que vous nous aidiez. Je serai franc et direct avec vous. Nous savons que vous avez travaillé pour les Russes pendant un certain temps. Nous savons que vous vous êtes infiltré dans l'un des services les plus secrets du Sphinx / FE avec de faux papiers. On a trouvé une carte d'identité russe sur vous, en plus de l'américaine. Nous savons également que votre mère était communiste et votre père nazi ; que vous vous trouviez au Japon pendant la guerre ; et que vos contacts comprenaient des éléments militaires du gouvernement japonais. L'un de ces contacts était ce Kishikawa. (Le major Diamond secoua la tête et se renfonça dans sa chaise.) Vous voyez, nous en savons un bout sur vous. Et je crains que ce soit plutôt accablant. Voilà ce que veut dire mon associé quand il affirme que vous êtes dans de sales draps. Je pourrais peut-être vous aider... si vous voulez coopérer avec nous. Qu'en dites-vous ? »

Nicholaï était accablé par le non-sens de toute cette histoire. Kishikawa-san était mort ; il avait fait ce qu'il devait faire ; il était prêt à affronter les conséquences ; le reste importait peu.

« Niez-vous ce que je viens de dire ? demanda le major.

— Vous n'avez que quelques faits, major. Et à partir de là, vous établissez des conclusions grotesques. »

Diamond serra les lèvres. « Notre information vient du colonel Gorbatov lui-même.

— Je vois. » Ainsi Gorbatov le punissait de lui avoir ravi sa proie en fournissant aux Américains quelques semblants d'informations et en les laissant faire son sale boulot à sa place. Il était bien slave dans sa duplicité, dans ses manœuvres tortueuses.

« Bien sûr, poursuivit Diamond, nous ne prenons pas à la lettre tout ce que nous disent les Russes. C'est pourquoi nous désirons vous donner une chance de nous raconter votre point de vue sur cette histoire.

— Il n'y a pas d'histoire. »

Le civil lui effleura l'épaule à nouveau. « Niez-vous que vous avez connu le général Kishikawa pendant la guerre ?

— Non.

— Niez-vous qu'il appartenait au dispositif de défense militaire et industriel du Japon ?

— C'était un soldat. » Il aurait été plus précis de répondre que c'était un guerrier, mais cette distinction n'aurait rien signifié pour ces Américains à la mentalité de marchands.

« Niez-vous que vous étiez proche de lui ? poursuivit le civil.

— Non. »

Le major Diamond reprit le questionnaire. Sa voix et son attitude trahissaient sa perplexité et son réel désir de comprendre. « Vos papiers *étaient* faux, n'est-ce pas, Nicholaï ?

— Oui.

— Qui vous a aidé à vous les procurer ? »

Nicholaï resta silencieux.

Le major hocha la tête et sourit. « Je comprends. Vous ne voulez pas trahir un ami. Je comprends cela. Votre mère était russe, n'est-ce pas ?

— Elle était de nationalité russe. Il n'y avait pas de sang slave dans ses veines. »

Le civil intervint. « Donc vous admettez que votre mère était communiste ? »

Alexandra Ivanovna communiste ! C'était presque de l'humour noir. « Major, pour autant que ma mère s'intéressait à la politique — et c'était peu — elle était pour le droit d'Attila. » Il répéta Attila, mettant intentionnellement à tort l'accent sur la deuxième syllabe, afin que les Américains ne puissent comprendre.

« Bien sûr, dit le civil. Et je suppose que vous allez nier que votre père était un nazi.

— Il peut l'avoir été. Pour ce que j'en sais, il était assez stupide pour l'être. Je ne l'ai jamais connu. »

Diamond conclut : « Donc, vous êtes en train de nous dire, Nicholaï, que l'essentiel de nos accusations est exact. »

Nicholaï soupira. Il avait côtoyé la mentalité des militaires américains pendant deux ans et il n'arrivait toujours pas à comprendre leur propension à forcer les faits pour les faire rentrer dans des présomptions qui les arrangeaient. « Si je vous comprends bien, major — et franchement je ne m'en soucie guère — vous m'accusez d'être à la fois un ami très proche du général Kishikawa et son tueur, un militariste japonais et un espion soviétique. Et vous semblez croire que les Russes auraient organisé l'assassinat d'un homme qu'ils avaient l'intention de soumettre à l'indignité du Haut Tribunal militaire pour soutenir l'éclat de leur propagande. Et rien de tout cela ne choque votre prétendu rationalité ?

— Nous ne prétendons pas comprendre tous les tours et les détours, admit le major Diamond.

— Vraiment ? Quelle remarquable humilité ! »

La poigne du civil se resserra sur l'épaule de Nicholaï. « On ne vous demande pas vos foutus commentaires ! On a rien à foutre de vos commentaires ! Vous êtes dans de sales draps ! Ce pays est sous l'occupation militaire, et vous n'êtes citoyen de nulle part, mon vieux ! Nous pouvons faire ce que nous voulons de vous, sans la moindre interférence de consulat ou d'ambassade ! »

Le major secoua la tête, et le civil relâcha sa prise et recula. « Je crois que nous n'avons aucun intérêt à parler sur ce ton. Il me paraît évident que Nicholaï n'est pas facilement impressionnable. (Il sourit presque timidement et poursuivit :) Cependant, ce que dit mon associé est exact. Vous avez commis un crime capital, passible de la peine de mort. Mais il existe des moyens de nous aider dans notre lutte contre le communisme international. Une petite coopération de votre part, et on pourrait arranger votre affaire. »

Nicholaï reconnut le ton de marchandage des souks. Comme tout Américain, ce major était marchand jusqu'à la moelle ; tout avait un prix, et l'honnête homme était celui qui savait bien négocier.

« Est-ce que vous m'écoutez ? demanda Diamond.

— Je vous entends, rectifia Nicholaï.

— Et allez-vous coopérer ?

— Vous voulez dire en signant votre déclaration ?

— Ça, et plus. La déclaration implique les Russes dans l'assassinat. Nous voulons aussi avoir des renseignements sur les gens qui vous ont aidé à vous infiltrer au Sphinx/FE. Et sur les services secrets russes ici, et leurs contacts avec les militaristes japonais encore actifs.

— Major, les Russes n'avaient rien à faire avec mon activité. Croyez-moi, je me fiche totalement de leur politique, autant que je me fiche de la vôtre. Vous et les Russes, vous n'êtes que deux formes légèrement distinctes de la même chose : la tyrannie du médiocre. Je n'ai aucune raison de protéger les Russes.

— Donc, vous allez signer la déclaration ?

— Non.

— Mais vous venez de dire...

— J'ai dit que je ne protégerai ni n'aiderai les Russes. Je n'ai pas plus l'intention d'aider votre pays. Si vous voulez m'exécuter — avec ou sans parodie de procès militaire — allez-y.

— Nicholaï, je vous assure que nous aurons votre signature sur cette déclaration. Croyez-moi. »

Les yeux verts de Nicholaï fixèrent calmement ceux du major. « Je ne fais plus partie de cette conversation. » Il baissa la tête et retourna aux mouvements des pions sur le damier qu'il avait précédemment fixés dans sa mémoire. Il se remit à étudier les différentes possibilités à ce subtil semblant de *tenuki*.

Il y eut un échange de signes de tête entre le major et le civil, et ce dernier sortit un étui de cuir noir de sa poche. Nicholaï ne broncha pas quand le sergent PM lui retroussa sa manche et que le civil vida sa seringue en faisant jaillir en l'air un jet de liquide.

Quand, beaucoup plus tard, il essaya de se souvenir des soixante-douze heures qui suivirent, Nicholaï ne retrouva que des fragments épars de sensations, car les drogues dont on l'avait bourré avaient dissous l'enchaînement chronologique des événements. La seule analogie qui lui vint à l'esprit était celle d'un film où il était en même temps acteur et spectateur, avec des plans fixes et des surimpressions, avec la bande sonore d'une séquence accompagnant une autre séquence, avec des images subliminales inconsciemment perçues, de longs passages sous-exposés et flous, et des voix trop graves, trop lentes et pâteuses.

A cette époque, les services secrets américains commençaient à peine à expérimenter l'utilisation de drogues dans les interrogatoires, et ils faisaient souvent des erreurs qui pouvaient détruire irrémédiablement le cerveau. Le « docteur » civil testa plusieurs produits chimiques sur Nicholaï, parfois menant sa victime jusqu'à l'hystérie ou le coma, parfois créant des effets qui s'annulaient et la laissaient parfaitement calme et lucide, mais si éloignée de la réalité que ses réponses spontanées à l'interrogatoire n'avaient rien à voir avec les questions.

Pendant ces trois jours, dans les moments où il reprenait contact avec lui-même, Nicholaï fut pris d'une panique intense. Ils étaient en train d'attaquer, probablement de détériorer son cerveau, et la supériorité génétique de Nicholaï était autant intellectuelle que sensorielle. Il craignait qu'ils puissent broyer ses facultés mentales, et que le résultat de centaines d'années d'ascendance raffinée ne soit réduit à un niveau de déchet humain.

Souvent il était en dehors de lui-même, et Nicholaï le spectateur avait pitié de Nicholaï l'acteur, mais il ne pouvait rien faire pour l'aider. Durant les brèves périodes où il était capable de raisonner, il essayait de s'adapter aux distorsions de ses cauchemars, d'accepter la démence de ses perceptions. Il savait intuitivement que s'il luttait contre les pulsions de l'irréel, quelque chose à l'intérieur de lui allait lâcher sous l'effort, et qu'il ne pourrait jamais revenir sur ses pas.

Trois fois durant les soixante-douze heures, ses interrogateurs perdirent patience et laissèrent le sergent continuer l'interrogatoire au troisième degré. Ce qu'il fit à l'aide d'une chambre à air en toile de vingt-deux centimètres remplie de limaille de fer. L'impact de l'arme était terrible. Il entamait rarement la surface de la peau, mais écrasait les os et les tissus en dessous.

En homme civilisé qui ne peut évidemment pas accepter ce genre de choses, le major Diamond quitta l'interrogatoire à chacune de ces séances, ne voulant pas assister aux tortures qu'il avait ordonnées. Le « docteur » restait, curieux de voir les effets de la douleur sur un sujet drogué.

Les trois séances de torture physique marquèrent différemment la perception de Nicholaï. De la première, il ne garda aucun souvenir. Si ce n'était son œil droit fermé et gonflé et une dent en moins d'où suintait un goût de sang, la chose aurait pu ne pas exister. La seconde séance fut atroce. Les effets combinés et persistants des drogues à ce moment précis étaient tels que Nicholaï fut intensément conscient de toutes ses sensations. Sa peau était tellement sensible que même le frottement de ses vêtements était douloureux, et l'air qu'il respirait lui brûlait les narines. Dans ces conditions d'hyper-perceptibilité, la torture était indescriptible. Il aspirait à l'inconscience, mais les talents du sergent le retenaient à tout instant du bienheureux néant.

La troisième séance ne fut pas douloureuse, mais ce fut de loin la plus effrayante. Avec une lucidité parfaite, proche de la démence, Nicholaï encaissa toutes les tortures. A nouveau, il se retrouvait acteur et spectateur, et ne considérait ce qui lui arrivait qu'avec un intérêt modéré. Il ne ressentait rien ; les drogues avaient court-circuité ses nerfs. L'épouvante venait de ce qu'il pouvait *entendre* les coups comme si le son était amplifié par d'énormes micros placés dans sa chair. Il entendait le craquement liquide des tissus, le déchirement sec de la peau, le crissement de grenaille de l'os brisé ; il entendait la pulsion abondante du sang dans ses veines. Dans le miroir du miroir de sa conscience, il était calmement terrifié. Il se rendait compte que percevoir ces bruits sans éprouver de sensation tenait de la démence et que le détachement narcotique envers l'événement menait au bord de la folie.

A un moment, il revint à la surface de la réalité et s'adressa au major Diamond, lui disant qu'il était le fils du général Kishikawa et qu'ils faisaient une erreur fatale en ne le tuant pas, car personne ne lui échapperait s'il restait en vie. Il parlait d'une voix brouillée ; il avait la langue épaisse à cause des drogues et les lèvres fendues sous les coups. Mais de toute façon ses bourreaux ne l'auraient pas compris. Il avait inconsciemment parlé en français.

On lui retira ses menottes à plusieurs reprises pendant ces trois jours d'interrogatoire. Le « docteur » s'aperçut que Nicholaï avait les doigts blancs et froids par manque de circulation et ordonna qu'on lui libère les poignets pendant quelques minutes et qu'on les lui masse avant de remettre les menottes. Nicholaï porta pour le reste de ses jours deux bracelets d'un brun brillant en souvenir.

A la soixante-douzième heure, inconscient et indifférent, Nicholaï signa la déclaration qui impliquait les Russes. Il avait perdu le sens de la réalité au point qu'il la signa en japonais et au milieu de la page dactylographiée, malgré les efforts de ses interrogateurs pour diriger sa main tremblante vers le bas de la page. Cette déclaration avait si peu d'utilité qu'ils furent finalement obligés de contrefaire sa signature, ce qu'ils auraient très bien pu faire dès le début.

Le destin final de cette « déclaration » vaut d'être noté comme l'image même de l'incompétence des services de renseignement. Quelques mois plus tard, les gens du Sphinx pensèrent qu'il était temps de tenter un coup d'intimidation envers leurs homologues russes, et le major Diamond apporta le document au colonel Gorbatov. Il s'assit sans rien dire en face du colonel et attendit sa réaction à cette preuve irréfutable de ses activités d'espionnage.

Le colonel parcourut les pages avec une indifférence étudiée, puis il retira ses lunettes rondes cerclées de métal et les nettoya entre le pouce et l'index avec un soin exaspérant avant de les remettre. Du bout de sa cuillère, il écrasa le morceau de sucre qui n'était pas encore fondu au fond de sa tasse de thé, but une longue gorgée, et replaça délicatement la tasse au milieu de la soucoupe.

« Alors ? » fit-il nonchalamment.

Ce fut tout l'effet produit. Le geste d'intimidation avait été fait et ignoré. Et il n'eut pas la moindre conséquence sur les actions secrètes des deux puissances au Japon.

Pour Nicholaï, les dernières heures de l'interrogatoire se dissipèrent dans des rêves confus mais non déplaisants. Son système nerveux était tellement brisé par les drogues qu'il ne fonctionnait qu'au ralenti, et ses facultés mentales s'étaient mises en sommeil. Il vacillait d'un degré d'irréalité à un autre, et il se trouva soudain en train de longer les berges du Kajikawa sous les pétales des cerisiers en fleur. A ses côtés, mais suffisamment éloignée pour que le général Kishikawa ait pu se trouver entre eux deux, s'il avait été là, marchait une jeune fille. Bien qu'il ne l'eût jamais rencontrée, il savait que c'était la fille du général. Elle lui racontait comment elle se marierait un jour, et aurait un fils. Et d'un ton tranquille, elle ajouta qu'elle et son fils mourraient, brûlés dans le bombardement de Tokyo. Dès qu'elle eut prononcé ces mots, il était logique qu'elle devînt Mariko, morte à Hiroshima. Nicholaï fut fou de joie de la revoir, et ils jouèrent une partie de Go avec, en guise de pions, des pétales noirs pour elle, et des blancs pour lui. Puis Nicholaï devint l'un des pions, et de sa position microscopique sur le damier il aperçut le pion adverse en train de former des clôtures de plus en plus infranchissables. Il essaya de former des « yeux » défensifs, mais tous furent mis en échec, aussi se mit-il à fuir, courant sur la surface jaune du damier, les lignes noires s'estompant devant lui à mesure qu'il avançait, jusqu'à ce qu'il tombe du bord du damier dans une obscurité épaisse qui se répandit dans sa cellule...

... Où il ouvrit les yeux.

La peinture grise était récente, et il n'y avait pas de fenêtre. La lumière du plafond était si douloureusement brillante qu'il dut détourner les yeux pour ne pas s'abîmer la vue.

Nicholaï vécut en isolement cellulaire pendant trois ans.

La transition du cauchemar de l'interrogatoire aux années d'existence solitaire sous « cure de silence » fut progressive. Quotidiennement au début, puis moins souvent, Nicholaï reçut la visite du même médecin japonais empressé et hésitant qui avait confirmé la mort du général à la prison. Les soins qu'il en reçut furent uniquement prophylactiques, sans tentative pour remettre en état l'os et le cartilage broyés. A chaque visite, le docteur secouait obstinément la tête, susurrait entre ses dents et marmonnait en lui-même, comme s'il se désapprouvait de participer à cette incroyable violence.

Les gardiens japonais avaient reçu l'ordre de traiter le prisonnier dans le silence absolu, mais il fut nécessaire les premiers jours de l'instruire des rudiments de routine. Quand ils s'adressaient à lui, c'était avec des expressions succinctes et un ton brutal et saccadé qui n'impliquait aucune antipathie personnelle, seulement la conscience de l'abîme qui sépare le prisonnier du maître. Une fois la routine établie, ils cessèrent de lui parler, et pendant ces trois années Nicholaï n'entendit d'autre voix humaine que la sienne, excepté une demi-heure tous les trois mois, quand venait le voir le petit fonctionnaire de la prison responsable du comportement social et psychologique des prisonniers.

Il fallut presque un mois avant que les effets des drogues ne se dissipent ; alors seulement Nicholaï ne vécut plus dans l'inquiétude des cauchemars de distorsion du temps et de l'espace qui s'emparaient soudain de lui et le précipitaient vers la folie, le laissant à bout de souffle, transpirant, dans le coin de sa cellule, vidé de toute énergie et redoutant que son cerveau ne fût définitivement endommagé.

Il n'y eut aucune enquête sur la disparition de Hel, Nicholaï Alexandrovitch (TA/734804). Il n'y eut aucune tentative pour le libérer ou hâter son procès. Il n'était citoyen d'aucune nation ; il n'avait aucun papier ; aucun consulat officiel ne se prononça pour défendre ses droits civils.

Le seul écho perceptible causé par la disparition de Nicholaï Hel fut, quelques semaines plus tard, la brève visite que rendirent Mme Shimura et M. Watanabe au San Shin Building. Après des nuits de tergiversations, ils avaient fini par rassembler leur courage et faire cette démarche sans espoir envers leur bienfaiteur. Fourgués à un simple fonctionnaire, ils firent leur demande en quelques mots pressés, étouffés, avec toutes les manifestations de l'embarras et de l'humilité. Seule Mme Shimura parla, M. Watanabe se contentant d'incliner la tête en gardant les yeux baissés en face de l'impressionnant pouvoir des Forces d'Occupation et de leurs voies impénétrables. Ils savaient qu'en venant se fourrer dans la tanière des Américains, ils prenaient le risque de perdre leur maison et les petits revenus que leur avait laissés Nicholaï, mais leur sens de l'honneur et de l'honnêteté leur imposait de courir ce risque.

Cette tentative et ces demandes apeurées n'eurent pour résultat qu'une descente à la maison Asakusa d'une équipe de policiers militaires à la recherche de preuves de la trahison de Nicholaï. Au cours de cette perquisition, l'officier en chef s'appropria comme matériel d'investigation une petite collection d'estampes de Kiyonobu et de Sharaku. Nicholaï l'avait acquise lorsqu'il en avait les moyens, navré de voir les propriétaires contraints par les désordres économiques et moraux causés par l'occupant de se défaire de ces trésors nationaux, mais désireux de les sauver des mains des barbares.

Il se révéla par la suite que ces estampes eurent une certaine influence sur la décadence de l'art égalitaire américain. L'officier qui s'en était emparé les envoya chez lui et son enfant ignorant eut tôt fait de remplir tous les espaces vides avec ses Crayolor, s'appliquant si bien à rester entre les lignes que sa mère admirative fut une fois de plus convaincue du potentiel créatif de son rejeton et le dirigea vers des études artistiques. Ce jeune prodige finit par devenir l'un des chefs de file du Pop'Art grâce à la précision de ses reproductions de boîtes de conserve.

Pendant ces trois années, Nicholaï attendait théoriquement d'être jugé pour espionnage et meurtre, mais aucune procédure légale ne fut jamais entamée ; il ne fut jamais jugé, et pour cette raison n'eut jamais droit aux privilèges, même les plus sommaires, dont jouit le prisonnier ordinaire. Les administrateurs japonais de la prison Sugamo étaient sous la domination de l'occupant et ils gardèrent Nicholaï en isolement cellulaire parce qu'on leur en avait donné l'ordre, bien qu'il fût une exception embarrassante aux systèmes de leur administration. Il était le seul prisonnier à n'avoir été jamais jugé, et le seul maintenu en isolement sans dossier défavorable. Il aurait constitué une anomalie administrative inquiétante si ceux qui le gardaient ne le traitaient comme tout fonctionnaire traite les manifestations d'individualité dérangeantes : ils l'ignoraient.

Une fois libéré des accès de panique provoqués par les drogues, Nicholaï s'accommoda des routines et des points de repère chronologiques de sa vie solitaire. Sa cellule était un cube de deux mètres de côté en ciment gris, avec une lampe encastrée dans le plafond et recouverte d'un verre Securit épais. La lumière restait allumée vingt-quatre heures sur vingt-quatre. Nicholaï eut d'abord horreur de cette clarté permanente qui l'empêchait de se recueillir dans l'intimité de l'obscurité et l'obligeait à un sommeil léger et intermittent. Mais quand, par trois fois au cours de sa réclusion, la lumière sauta et qu'il dut vivre dans le noir total jusqu'à l'arrivée du gardien, il se rendit compte qu'il s'était tellement accoutumé à l'éclairage constant qu'il avait peur de la densité de l'obscurité autour de lui. Les trois visites du prisonnier délégué qui remplaça l'ampoule sous la surveillance d'un gardien furent les seuls événements venant rompre la routine établie de l'existence de Nicholaï, à l'exception d'une coupure de courant au milieu de la nuit, au cours de la seconde année. Le noir soudain réveilla Nicholaï qui s'assit au bord de la banquette métallique, le regard fixé dans les ténèbres, jusqu'à ce que la lumière revienne et qu'il pût retrouver le sommeil.

A part l'éclairage, trois éléments caractérisaient le cube peint en gris dans lequel vivait Nicholaï : le lit, la porte et les toilettes. Le lit était un cadre d'acier fixé au mur, les deux pieds de devant encastrés dans le sol. Pour des raison d'hygiène, il était surélevé par rapport au sol, à la manière occidentale, mais seulement de vingt centimètres. Pour des raisons de sécurité, et pour éliminer les tentatives de suicide, le lit n'avait ni rebord ni sommier, mais une simple plaque de métal couverte de deux coussins molletonnés qui servaient à la fois de matelas et de couverture. La banquette faisait face à la porte qui était l'élément le plus compliqué de la cellule. Elle était en acier et s'ouvrait sans le moindre bruit sur des gonds bien graissés ; elle s'appliquait si hermétiquement dans son embrasure que l'air à l'intérieur de la cellule était comprimé à chaque fois qu'on la refermait et que le prisonnier ressentait une sorte de pression désagréable dans ses tympans. En haut de la porte se découpait une lucarne en verre armé épais à travers laquelle les gardiens surveillaient constamment les gestes du prisonnier. En bas, un panneau d'acier riveté pivotait sur sa base pour passer les repas. Les toilettes à la turque carrelées étaient la troisième caractéristique de la cellule. Avec le souci de dignité propre aux Japonais, on les avait placées dans le coin du même côté que la porte, afin que le prisonnier pût satisfaire ses besoins naturels hors du champ d'observation. Un conduit d'aération de huit centimètres sortait du plafond au-dessus de l'installation.

Dans le strict contexte de son isolement, la vie de Nicholaï était remplie de rites qui ponctuaient et mesuraient son temps. Deux fois par jour, le matin et le soir, il recevait sa nourriture par le panneau pivotant. Le matin s'y ajoutait un seau d'eau et un petit morceau de savon grumeleux qui faisait une mousse peu abondante et grasse. Chaque jour, il se lavait de la tête aux pieds, s'aspergeant d'eau avec ses mains en coupe, et se séchait à sa chemise rugueuse après avoir rincé la cuvette des toilettes avec le reste d'eau.

Son alimentation était minime mais saine : du riz complet, un ragoût de légumes et de poisson, et du thé léger et tiède ; les légumes variaient légèrement selon les saisons et étaient toujours assez croquants pour ne pas avoir perdu leur valeur nutritive. Sa nourriture lui était servie sur un plateau compartimenté en métal avec un jeu de baguettes en bois à jeter, attachées ensemble à leur extrémité. Quand le panneau s'ouvrait, le délégué attendait toujours que le prisonnier eût rendu son plateau sale, les baguettes et le papier d'emballage (même ce dernier était vérifié) avant de passer le nouveau plat.

Deux fois par semaine, la porte de la cellule s'ouvrait et on lui faisait signe de sortir. Ayant reçu l'interdiction de lui parler, les gardiens communiquaient avec Nicholaï au moyen de multiples mimiques souvent très drôles. On le conduisait jusqu'au bout du couloir où s'ouvrait une lourde porte métallique (elle grinçait toujours sur ses gonds) et il avait l'autorisation de faire quelques pas dans la zone réservée à l'exercice, une allée droite entre deux bâtiments impersonnels, fermée à chaque extrémité par de grands murs de brique. Là, il pouvait marcher seul, à l'air libre, pendant vingt minutes, un rectangle de ciel au-dessus de sa tête. Il savait qu'il était sous la constante surveillance des gardiens du mirador au bout de l'allée, mais il ne les voyait pas, les fenêtres vitrées réfléchissant éternellement le ciel. Aussi avait-il l'illusion d'être seul et presque libre ; et à part les deux fois où il tomba malade, il ne manqua jamais ces vingt minutes de détente à l'air libre, même sous la pluie ou la neige. Après le premier mois, il en profita toujours pour courir aussi vite qu'il le pouvait, d'un bout à l'autre de l'allée, bandant ses muscles et brûlant au maximum l'énergie qui bouillonnait en lui.

A la fin du premier mois, quand les effets des drogues eurent complètement disparu, Nicholaï prit la décision de survivre, poussé en partie par un acharnement qui lui venait du fond des os, en partie par le désir de se venger. Il mangeait consciencieusement tout ce qu'on lui servait, et deux fois par jour, après ses repas, il faisait des exercices de gymnastique dans sa cellule pour entretenir le tonus de chaque muscle et la rapidité de ses réflexes. Après chaque séance, il s'asseyait en position de lotus dans le coin de sa cellule et se concentrait sur la pulsion du sang dans ses tempes jusqu'à ce qu'il parvienne au calme de la méditation qui, pâle substitut de ses transports mystiques perdus, suffisait malgré tout à apaiser son esprit et à le protéger du désespoir et de l'apitoiement sur lui-même. Il s'entraîna à ne jamais penser au futur, mais à présumer qu'il y en aurait un, parce que l'autre alternative l'aurait conduit à la détresse la plus destructive.

Après plusieurs semaines, il décida de dater arbitrairement les jours, pour se prouver à lui-même qu'il sortirait de cet endroit et reprendrait une vie normale. Il décida que le jour suivant serait un lundi, et le premier jour d'avril. Il se trompa de huit jours, mais ne s'en aperçut pas pendant trois ans.

Sa vie solitaire était active. Deux repas, sa toilette matinale, deux séances de gymnastique, et deux séances de méditation par jour. Deux fois par semaine, le plaisir de courir dans l'allée. Il y avait deux autres démarcations importantes du temps. Une fois par mois, il recevait la visite du préposé-coiffeur qui le rasait à la tondeuse à main, ne lui laissant qu'un centimètre et demi de cheveux drus. Ce vieux prisonnier obéissait à la consigne du silence, mais exprimait sa solidarité avec force grimaces et clignements d'yeux. Également une fois par mois, toujours deux jours après la visite du coiffeur, il trouvait en revenant de son entraînement sportif son lit changé et les murs de sa cellule dégoulinants d'eau et de désinfectant. L'odeur restait trois, parfois quatre jours.

Un matin, après six mois d'existence solitaire et silencieuse, un bruit de serrure le sortit de sa méditation. L'ennui et l'appréhension furent ses premières réactions à cette rupture d'une routine à laquelle il pouvait se fier. Il sut ensuite que cette visite n'était pas une rupture, mais une ponctuation finale dans les cycles qui réglaient sa vie. Une fois tous les trois mois, il allait recevoir la visite d'un fonctionnaire d'un certain âge, chargé de pourvoir aux besoins sociaux et psychologiques des prisonniers de cette prison modèle. Le vieil homme se présenta — M. Hirata — et dit à Nicholaï qu'ils avaient l'autorisation de parler. Il s'assit au bord de la couchette de Nicholaï, plaça sa serviette bourrée à côté de lui, l'ouvrit, fouilla à l'intérieur et en retira un questionnaire vierge qu'il inséra dans la pince de sa tablette, sur ses genoux. D'une voix monocorde et ennuyée il posa à Nicholaï des questions sur sa santé et son bien-être, et à chaque hochement de tête du prisonnier, il faisait une marque à côté de la question appropriée.

Après avoir vérifié du bout de son crayon s'il avait bien posé toutes les questions requises, M. Hirata leva des yeux las et humides et demanda si M. Hel (Heru) avait d'autres demandes ou réclamations à faire.

Nicholaï secoua mécaniquement la tête… puis se ravisa. « Oui », tenta-t-il de dire. Mais il avait la gorge coincée et seule une sorte de grincement en sortit. Il avait perdu l'habitude de parler. Il s'éclaircit la voix, essaya à nouveau. « Oui, monsieur. J'aimerais des livres, du papier, une plume et de l'encre. »

M. Hirata leva ses épais sourcils arqués et laissa échapper un profond soupir en détournant les yeux. La requête semblait extravagante. Ce serait difficile. Cela poserait des problèmes. Mais il enregistra consciencieusement la demande dans l'espace réservé à cet effet.

Nicholaï s'aperçut alors avec stupéfaction qu'il désirait désespérément des livres et du papier, même s'il était conscient de faire une erreur en risquant une déception nuisible à l'équilibre fragile de son existence crépusculaire faite de désirs refoulés et d'espoir limité à l'attente. Il risqua le tout pour le tout. « C'est ma seule chance, monsieur.

— Ah oui ? Votre seule chance ?

— Oui, monsieur. Je n'ai rien... (Nicholaï se racla à nouveau la gorge. Parler lui était si pénible.) Je n'ai rien pour m'occuper l'esprit. Et je crois que je suis en train de devenir fou.

— Ah oui ?

— Il m'arrive souvent de penser au suicide.

— Ah ! » M. Hirata fronça les sourcils et retint sa respiration. Pourquoi fallait-il toujours qu'il y ait des problèmes comme celui-ci ? Des problèmes pour lesquels il n'y avait pas d'instructions précises dans le manuel du règlement ? « Je ferai le rapport de votre demande, monsieur Heru. »

A son ton, Nicholaï sut que sa demande serait rapportée sans enthousiasme et qu'elle tomberait dans les abîmes de la bureaucratie. Il avait remarqué que M. Hirata posait souvent les yeux sur son visage meurtri où se voyaient encore les cicatrices et les boursouflures des coups qu'il avait reçus, et qu'à chaque fois il détournait son regard.

Nicholaï toucha son arcade sourcilière écrasée. « Ce ne sont pas vos gardiens, monsieur. La plupart de ces blessures viennent de l'interrogatoire des Américains.

— La plupart ? Et les autres ? »

Nicholaï regarda par terre et se racla à nouveau la gorge. Il n'avait plus qu'un filet de voix et il fallait se montrer désinvolte et persuasif. Il se promit de ne plus laisser sa voix s'enrouer par manque de pratique. « Oui, la plupart. Les autres... je dois avouer que j'ai tenté de me blesser moi-même. De désespoir, je me suis cogné la tête contre le mur. C'est stupide et déshonorant, mais je n'avais rien pour m'occuper l'esprit... » Il laissa sa voix traîner, baissa les yeux.

M. Hirata était troublé en songeant aux conséquences de la folie et du suicide d'un prisonnier sur sa propre carrière, surtout à quelques années de la retraite. Il promit de faire ce qu'il pourrait et quitta la cellule, tourmenté par le plus aigu des supplices pour un fonctionnaire : l'obligation de prendre une décision personnelle.

Deux jours plus tard, en rentrant de ses vingt minutes de course à pied, Nicholaï trouva un paquet enveloppé de papier au pied de son lit. Il contenait trois vieux livres qui sentaient le moisi, un paquet de cinquante feuilles de papier, une bouteille d'encre et un stylo bon marché mais flambant neuf.

Nicholaï eut une horrible déception en parcourant les livres. Ils étaient sans utilité. M. Hirata s'était rendu dans un magasin de livres d'occasion et il avait acheté (de sa propre poche pour éviter les complications administratives d'une demande concernant des articles qui pouvaient se révéler interdits) les trois livres les moins chers qu'il avait pu trouver. Ne parlant que le japonais, et sachant que Hel lisait le français, M. Hirata avait choisi ce qu'il pensait être des ouvrages français dans une pile de livres qui avaient autrefois fait partie de la bibliothèque d'un prêtre missionnaire, confisquée par le gouvernement pendant la guerre. Le prêtre était basque, et les livres aussi. Tous édités avant 1920. L'un était une description de la vie rurale basque écrite pour des enfants et agrémentée de vieilles photos retouchées et de gravures de scènes paysannes. Bien qu'écrit en français, l'ouvrage n'avait aucun intérêt pour Nicholaï. Le second livre était un mince volume de dictons, de proverbes et de contes populaires écrits en basque sur la page de gauche et en français sur la page de droite. Le troisième était un dictionnaire français / basque, conçu par un prêtre de la Haute Soule en 1808, qui tentait dans une introduction interminable et ampoulée d'identifier la connaissance de la langue basque aux vertus de piété et d'humanité.

Nicholaï repoussa les livres et s'accroupit dans le coin de la cellule qu'il réservait à la méditation. Il avait fait l'erreur d'espérer et il endurait les conséquences de la déception. Il se mit à pleurer amèrement et fut bientôt secoué de sanglots incontrôlables. Il se déplaça vers le coin des toilettes, afin que les gardiens n'assistent pas à son effondrement. Il était stupéfait, effrayé de découvrir combien il était resté proche du désespoir, malgré son entraînement à vivre dans la routine la plus stricte et à éviter toute pensée tournée vers le passé ou l'avenir. Anéanti, vidé de larmes, il s'absorba enfin dans la méditation et une fois calmé affronta la situation.

Question : pourquoi avait-il désiré ces livres au point de se livrer lui-même aux affres de la déception ? Réponse : sans vouloir l'admettre, il avait réalisé que son intellect aiguisé par la technique du Go avait des propriétés semblables à celles d'un moteur électrique qui, lorsqu'il n'est pas en charge, tourne de plus en plus vite jusqu'à ce qu'il saute. C'est pourquoi il avait limité son existence à une routine très rigoureuse ; c'est pourquoi il passait plus de temps qu'il n'était nécessaire dans le néant apaisant de la méditation. Il n'avait personne à qui parler, il évitait même de penser. Bien sûr, des impressions fugitives lui traversaient l'esprit, mais c'était en grande partie des images irrationnelles dépourvues de la logique linéaire de la pensée formulée. C'est inconsciemment qu'il avait évité de faire fonctionner son cerveau, et c'est pour cette raison qu'il avait sauté sur l'occasion d'avoir des livres et du papier, qu'il aspirait si fort à la présence et à l'occupation mentale que pouvaient lui procurer ces livres.

Et qu'étaient-ils ? Un livre de récits pour enfants, un petit volume de sagesse populaire, et un dictionnaire compilé par un prêtre au style ampoulé !

Et le tout en basque, une langue dont Nicholaï n'avait jamais entendu parler, la langue la plus vieille d'Europe, qui n'avait pas plus de lien avec les autres langues dans le monde que la race basque, avec son groupe sanguin unique et la forme particulière de son crâne, n'en a avec aucune autre race.

Nicholaï s'accroupit en silence et affronta le problème. Il n'y avait qu'une solution : il allait apprendre le basque. Après tout, il avait mieux que la pierre de Rosette, il avait une traduction simultanée et un dictionnaire. Son esprit était entraîné à l'abstraction géométrique du Go. Il avait travaillé au chiffre. Il pouvait élaborer une grammaire basque. Et du même coup, il perfectionnerait ses autres langues. Il traduirait les dictons populaires en russe, en anglais, en japonais, en allemand. Il les traduirait même dans le chinois qu'il avait appris dans les rues de Shanghai, mais mentalement car il ne savait pas l'écrire.

Il défit le lit, transforma la banquette métallique en bureau et y disposa les livres, le stylo et le papier. Il essaya de freiner son excitation, craignant qu'ils ne décident de lui reprendre ses trésors, le plongeant dans ce que Saint-Exupéry avait appelé la torture de l'espoir. La séance suivante d'entraînement sportif dans l'allée fut un véritable supplice ; il revint dans sa cellule prêt à découvrir qu'on lui avait confisqué ses livres. Mais ils étaient toujours là, et il s'adonna aux joies du travail intellectuel.

Après avoir découvert qu'il avait presque perdu l'usage de sa voix, il se força à parler pendant plusieurs heures chaque jour, inventant une conversation ou se racontant à voix haute l'histoire politique et la vie intellectuelle des pays dont il parlait la langue.

Les premiers temps, il fut gêné de parler tout seul, craignant que les gardiens ne pensent qu'il avait l'esprit dérangé. Mais penser tout haut devint vite machinal et il finit par marmonner toute la journée. De ses années de prison, Hel conserva toute sa vie l'habitude de parler à voix si sourde que seule la grande netteté de sa prononciation le rendait compréhensible.

A l'avenir, cette voix précise et sourde devait produire un effet glaçant sur les gens que son étrange profession l'amena à rencontrer. Quant à ceux qui commettaient l'erreur fatale de le tromper, leur cauchemar était de l'entendre murmurer dans l'ombre.

Le premier dicton du livre de proverbes était : « *Zahar hitzak, zuhur hitzak* », qui était traduit : « Les vieux dictons sont des mots sensés. » Son dictionnaire ne lui donna que la signification du mot *zahar* : vieux. Et ses premières annotations dans sa grammaire improvisée furent :

Zuhur — sensé.
Pluriel basque : « ak » ou « zak.
Radical pour « adages/dictons » : « hit » ou « hitz ».
Remarque : verbe dire/parler probablement construit sur ce radical.
Remarque : Possible que des constructions parallèles ne nécessitent pas de verbe.

Et à partir de ces éléments succincts, Nicholaï construisit une grammaire de la langue basque, mot à mot, concept par concept, construction par construction. Dès le début, il s'obligea à prononcer à voix haute les mots qu'il apprenait, afin de les garder vivants à l'esprit. Sans conseil, il fit plusieurs erreurs qui devaient à jamais marquer sa prononciation pour la plus grande joie de ses amis basques. Par exemple, il décida que le *h* devait être muet comme en français. De même il dut choisir comment prononcer le *x* basque parmi un éventail de possibilités. Ce pouvait être *z,* ou *sh* ou *tch,* ou le germanique et guttural *ch.* Il choisit arbitrairement ce dernier. A tort.

Son existence quotidienne était à présent remplie, comblée même, d'occupations dont il ne se lassa jamais. Petit déjeuner et douche froide commençaient sa journée. Après avoir brûlé son trop-plein d'énergie avec quelques mouvements de gymnastique, il se donnait une demi-heure de méditation. Puis l'étude du basque l'occupait jusqu'au dîner. Après quoi il faisait encore quelques exercices physiques jusqu'à ce que son corps fût rompu de fatigue. Une autre demi-heure de méditation. Et le sommeil.

La course à pied deux fois par semaine dans l'allée prenait sur son temps d'étude. Et tous les jours, en mangeant ou en faisant sa gymnastique, il se parlait à lui-même dans une des langues qu'il connaissait. Comme il en parlait sept, il consacrait un jour par semaine à chacune d'entre elles et son calendrier personnel indiquait : Monday, BTOPHNK, lai-bai-sam, jeudi, Freitag, Larunbat, et Nitiyoo-bi.

L'événement qui marqua le plus les années d'isolement cellulaire de Nicholaï fut la révélation de son sens de la proximité. Ce fut pratiquement involontaire et il s'aperçut à peine des premières manifestations. Il est admis par ceux qui étudient les phénomènes paraperceptifs que le sens de la proximité était chez les premiers hommes aussi usuel et fort que les cinq autres sens de la perception, mais qu'il s'est atrophié à mesure que l'homme s'est éloigné de sa condition de chasseur/proie. De même, la nature extra-sensorielle de ce sixième sens émanait des forces du cortex central qui sont en diamétrale opposition avec le raisonnement rationnel, dont le mode de compréhension et d'organisation de l'expérience devait finalement caractériser l'animal/homme. Certes, quelques civilisations primitives développent encore un sens rudimentaire de la proximité, certains individus reçoivent de temps en temps une impulsion des vestiges de cet ancien mécanisme, percevant un signal qui leur indique que quelqu'un les regarde ou pense à eux, ou encore éprouvent une sensation imprécise de bien-être ou de détresse ; mais ce sont des impressions passagères et ténues qui sont repoussées parce qu'elles ne sont plus compréhensibles dans le cadre logique et banal de notre raisonnement et parce que les reconnaître ébranlerait la conviction rassurante que tous les phénomènes appartiennent à un système rationnel.

Parfois, et en des circonstances peu explicables, le sens de la proximité se développe chez un homme de l'époque moderne. De bien des façons, Nicholaï Hel était représentatif des privilégiés chez lesquels peut s'épanouir ce sixième sens. Sa vie était avant tout mentale et intérieure. Porté au mysticisme, il avait connu des moments d'extase et par conséquent n'était pas déconcerté par l'irrationnel. Le Go lui avait appris à préférer les permutations claires au concept simpliste problème/solution des civilisations occidentales. Enfin les circonstances lui avaient appris à s'isoler en lui-même pendant une période prolongée. Tous ces facteurs concordaient avec ceux qui caractérisent l'individu, parmi plusieurs millions de nos contemporains, doué (pour son bonheur ou son malheur) du sens supplémentaire de la proximité.

Ce système de perception se développa si lentement et régulièrement chez Nicholaï qu'il l'ignora pendant toute une année. Ses journées étaient minutieusement réglées et il n'avait aucun sens de l'écoulement du temps en dehors des murs de la prison. Il ne s'attendrissait jamais sur son sort, et ne s'ennuyait pas. En contradiction apparente avec les lois de la physique, le temps n'est lourd que s'il est vide.

C'est une visite de M. Hirata qui lui fit prendre conscience de son don. Nicholaï était en train d'étudier quand il leva la tête et dit tout haut (en allemand car on était vendredi) : « C'est bizarre. Pourquoi M. Hirata vient-il me voir ? » Il regarda son calendrier improvisé et s'aperçut qu'en effet la dernière visite de M. Hirata datait de trois mois.

Plusieurs minutes plus tard, il s'interrompit à nouveau dans son travail pour se demander quel était l'inconnu qui accompagnait M. Hirata. L'individu dont il sentait la présence n'était pas un gardien habituel. Nicholaï savait toujours quel était celui d'entre eux qui approchait.

Un peu plus tard, la porte de la cellule s'ouvrit, et M. Hirata entra, accompagné d'un jeune stagiaire attaché au service social de la prison qui resta timidement à l'écart pendant que le vieil homme énonçait machinalement sa liste de questions et cochait méticuleusement chaque réponse sur sa feuille.

En réponse au dernier point du questionnaire, Nicholaï demanda un supplément de papier et d'encre, et M. Hirata rentra le cou et siffla entre ses dents pour souligner l'incroyable difficulté d'une telle demande. Mais quelque chose dans son attitude indiquait qu'il exécuterait le désir de Nicholaï.

Quand M. Hirata fut sur le point de partir, Nicholaï lui demanda : « Excusez-moi, monsieur. Êtes-vous passé près de ma cellule il y a environ dix minutes ?

— Il y a dix minutes ? Non. Pourquoi me demandez-vous cela ? »

Les deux fonctionnaires échangèrent un coup d'œil. M. Hirata avait mis son assistant au courant de l'état mental précaire de ce prisonnier enclin au suicide. « Non, commença-t-il. Je ne crois pas — ah ! un instant ! Mais oui ! Juste avant d'entrer dans cette aile de la prison, j'ai parlé de vous au jeune homme ici présent.

— Ah ! dit Nicholaï. Ça explique tout. »

Un autre coup d'œil gêné. « Ça explique quoi ? »

Nicholaï se rendit compte qu'il serait difficile et déplaisant de faire admettre une chose aussi abstraite que le sens de la proximité à une mentalité de fonctionnaire. Aussi secoua-t-il la tête en disant, « Rien. C'est sans importance. »

M. Hirata haussa les épaules et quitta la cellule.

Nicholaï passa le reste de la journée et toute la suivante à examiner cette capacité qu'il venait de découvrir en lui d'intercepter parasensoriellement la proximité et la direction de l'attention des gens. Pendant ses vingt minutes consacrées à l'entraînement sportif, sous un ciel d'orage, il s'exerça à marcher en fermant les yeux, essayant de se concentrer sur quelque particularité des murs et de savoir quand il s'en approchait. Il découvrit non seulement qu'il en était capable, mais encore qu'il pouvait se désorienter en pivotant les yeux fermés et rester concentré sur une fissure dans le mur ou sur une pierre d'une forme particulière, marcher droit dessus, tendre la main et l'atteindre à quelques centimètres près. Donc, son sens de la proximité marchait aussi bien avec les objets inanimés. Tout en s'exerçant ainsi, il sentit un flux d'attention dirigé vers lui et sut, bien qu'il ne pût rien voir derrière les vitres réfléchissantes du mirador, que ses facéties étaient observées et commentées par les hommes là-haut. Il pouvait percevoir l'intensité de leur concentration respective et dire qu'ils étaient deux, un homme très résolu et un autre plus faible — ou indifférent au comportement d'un pauvre cinglé de prisonnier.

De retour dans sa cellule, il réfléchit à sa découverte. Depuis quand avait-il cette aptitude ? D'où lui venait-elle ? Quelles en étaient les utilisations potentielles ? Aussi loin qu'il put d'abord se souvenir, elle s'était développée pendant cette dernière année en prison ; et si progressivement qu'il ne se rappelait pas comment. Depuis un certain temps, il savait instinctivement quand les gardiens s'approchaient de sa cellule, si c'était le petit bigleux ou l'autre à l'air polynésien, avec probablement du sang Ainu. Et il savait lequel des délégués lui apportait son petit déjeuner dès qu'il se réveillait.

Mais avant la prison, y avait-il des traces ? Oui. Oui. Les souvenirs affluaient peu à peu. Il y avait toujours eu des signaux ténus, rudimentaires de son sens de la proximité. Même enfant, il avait toujours su, dès qu'il entrait dans une maison, si elle était vide ou occupée. Sans qu'elle dise un mot, il avait toujours su si sa mère se rappelait ou avait oublié le service qu'elle attendait de lui. Il pouvait sentir flotter la charge d'agressivité ou de passion qui restait dans une pièce après une dispute ou des ébats amoureux. Mais il avait toujours pensé que c'était des sensations banales et propres à tout le monde. Il avait raison, à un certain degré. Beaucoup d'enfants et quelques adultes ont parfois de telles sensations impalpables grâce aux vestiges de leur sens de la proximité, mais ils les expriment en termes d'humeur, de nervosité ou d'intuition. La seule chose inhabituelle dans le sens de la proximité de Nicholaï était sa permanence. Il avait toujours été sensible aux messages.

C'est pendant ses explorations souterraines avec ses amis japonais que son don de paraperception s'était manifesté avec le plus de vigueur, bien qu'à cette époque il ne lui prêtât pas attention. Dans ces conditions particulières d'obscurité absolue, de peur et d'effort physique intense, les forces essentielles de son cortex central se déversaient dans son circuit sensoriel. Au fond d'un réseau souterrain inconnu, se tortillant avec ses camarades dans une faille sous des millions de tonnes de roche, les tempes battant sous l'effort, il n'avait qu'à fermer les yeux (pour éliminer l'impulsion primaire du système sensoriel qui fait appel à la vision, même dans l'obscurité totale) et il pouvait tendre la main et dire, avec une assurance invérifiable, dans quelle direction se trouvait le vide, où était la roche. Ses amis se moquèrent d'abord de ses « prémonitions ». Une nuit où ils bivouaquaient à l'entrée d'une cavité qu'ils avaient explorée dans la journée, ils se mirent à parler du sens de l'orientation de Nicholaï. L'un d'eux avança que Nicholaï interprétait peut-être sans le savoir l'écho de sa propre respiration et de ses efforts, qu'il sentait des différences dans l'air souterrain et qu'à partir de ces signaux ténus mais sûrement pas mystiques, il avait ses fameux « pressentiments ». Nicholaï accepta facilement son explication ; il ne s'en souciait guère.

L'un des membres de l'équipe, qui apprenait l'anglais pour obtenir un meilleur poste dans les Forces d'Occupation, frappa

Nicholaï sur l'épaule et grogna : « Drôlement forts, ces Occidentaux, pour s'*orienter.* »

Et un autre, un garçon désabusé au visage simiesque, qui était le clown de la bande, ajouta qu'au fond il n'était pas tellement étrange que Nicholaï fût capable de voir dans le noir. Après tout, c'était un homme du couchant !

Il fit cette constatation sur le ton de la plaisanterie, mais il régna un silence autour du feu pendant quelques secondes, comme chacun essayait de déchiffrer le calembour tortueux qui faisait partie de l'humour habituel de cette face de singe. A mesure qu'ils en saisissaient le sens, ils s'écroulèrent de rire l'un après l'autre et l'un des garçons jeta sa casquette à la tête du plaisantin.

Pendant le jour et demi qu'il consacra à examiner son sens de la proximité, Nicholaï en découvrit plusieurs aspects. Tout d'abord, ce n'était pas un sens simple, comme l'ouïe ou la vue. Il fallait plutôt l'associer au toucher qui rassemble une pléiade de réactions allant de la sensibilité à la chaleur et à la pression au mal de tête ou à la nausée, de la sensation d'élévation et de descente dans un ascenseur au sens de l'équilibre donné par l'oreille moyenne, bref tout ce que l'on réunit inconsidérément sous le terme de « toucher ». En ce qui concerne le sens de la proximité, il y a deux grandes catégories de la réaction sensorielle, qualitative et quantitative. Et il y a deux larges zones de contrôle, l'actif et le passif. L'aspect quantitatif se rapporte à la proximité simple, la distance ou la direction des objets animés ou inanimés. Nicholaï apprit rapidement que le rayon de ses perceptions était tout à fait limité dans le cas des objets inanimés passifs — un livre, une pierre ou un homme en train de rêver. La présence d'un tel objet ne pouvait être pressentie passivement qu'à une distance de quatre ou cinq mètres maximum, au-delà de quoi les signaux étaient trop faibles pour être perçus. Si toutefois Nicholaï se concentrait sur l'objet et établissait un réseau de forces, la distance effective pouvait brusquement être doublée. Et si le sujet était un homme — ou dans certains cas un animal — en train de penser à Nicholaï et de lui envoyer son propre réseau de forces, la distance était encore doublée. Le second aspect du sens de la proximité était qualitatif, et n'était perceptible que dans le cas d'un sujet humain. Non seulement Nicholaï pouvait interpréter la distance ou la direction de la source émettrice, mais il pouvait sentir à travers les vibrations de ses propres émotions la qualité des émissions : amicales, agressives, effrayantes, amoureuses, étonnées, coléreuses, sensuelles. Comme le système entier était commandé par le cortex central, les émotions les plus primitives étaient transmises avec les plus grandes nuances : peur, haine, désir.

Ayant fait ces quelques constatations superficielles, Nicholaï en détourna son esprit et se plongea à nouveau dans son étude du basque et la pratique de ses langues. Il se rendait compte qu'en prison, ses dispositions ne lui seraient pas plus utiles qu'un jeu de société. Il ne pouvait prévoir que dans les années futures, son sens de la proximité très développé, non seulement l'aiderait à se tailler une réputation mondiale de spéléologue de premier plan, mais lui servirait à la fois d'arme et de cuirasse dans sa profession d'exterminateur professionnel des terroristes internationaux.

DEUXIÈME PARTIE

SABAKI

M. Diamond leva les yeux du déroulement projeté sur l'écran et s'adressa au Premier adjoint. « Bon. Arrêtez là et avancez dans la chronologie. Donnez-nous un aperçu rapide de ses activités de contre-terroriste à partir du moment où il a quitté la prison jusqu'à aujourd'hui.

— Bien, monsieur. Ça prendra juste une minute pour repositionner. »

Grâce à Fat Boy et à l'habileté du Premier adjoint, Diamond avait pu exposer à ses invités les faits essentiels de la vie de Nicholaï jusqu'au milieu de sa période d'emprisonnement, fournissant à l'occasion de plus amples explications ou des détails qu'il avait en mémoire. L'énoncé des informations n'avait duré que vingt-deux minutes parce que Fat Boy ne répondait qu'aux faits et incidents enregistrés, les motifs, les passions et les idéaux restant étrangers à son jargon.

Pendant ces vingt-deux minutes, Darryl Starr était resté affalé dans sa chaise de plastique blanc, mourant d'envie de fumer un cigare mais n'osant pas en allumer un. L'air morne, il supposait qu'on lui infligeait les détails de la vie de ce dingo en sanction pour avoir bousillé le coup de Rome et laissé filer la fille. Il essayait de sauver la face et simulait une résignation ennuyée, suçotant entre ses dents et se permettant de temps à autre un soupir agité. Mais une chose le frappait plus que le fait d'être puni comme un mauvais élève. Il sentait que l'intérêt de Diamond pour Nicholaï Hel dépassait le souci professionnel. Il y avait quelque chose de personnel là-dedans, et les années d'expérience opérationnelle de Starr à la C.I.A. lui avaient appris à se garder de mélanger travail et sentiments personnels.

En tant que neveu d'une personnalité importante et stagiaire en terrorisme, le gardien de chèvres de l'O.L.P. prit tout d'abord l'expression de la plus stricte concentration en regardant l'information projetée sur l'écran de la table de conférence ; mais bientôt son attention s'égara sur la peau rose et tendue des genoux de Mlle Swivven, et il adressa à la jeune femme des sourires qu'il espérait ensorceleurs.

Le délégué avait réagi à chaque communication avec un hochement sec de la tête, destiné à donner l'impression que la C.I.A. avait accès à toute cette information et qu'il était simplement en train de la repasser dans sa tête. En fait, la C.I.A. n'avait pas accès à Fat Boy, bien que le système informatique de la Mother Company ait depuis longtemps absorbé et digéré tout ce qu'il y avait dans les banques de données de la C.I.A. et de la N.S.A.

Pour sa part, M. Able avait gardé un air d'ennui imperceptible et de politesse distante, cachant qu'il était intrigué par certains épisodes de la biographie de Hel, notamment ceux qui révélaient cet étrange mysticisme et ce don extraordinaire du sens de la proximité. En effet, les goûts de cet homme raffiné que reflétait son ambiguïté sexuelle le portaient vers l'occultisme et l'exotisme.

Une sonnerie sourde résonna dans la salle du laboratoire et Mlle Swivven alla chercher les photos de Nicholaï Hel que M. Diamond avait réclamées. Le silence régna dans la salle de conférence pendant une minute, seulement troublé par le bourdonnement et le cliquetis de la console du Premier adjoint qui était en train d'explorer les banques de données internationales de Fat Boy et d'enregistrer certaines données qu'il avait conservées dans sa propre mémoire temporaire. M. Diamond alluma une cigarette (il s'en permettait quatre par jour) et tourna sa chaise pour contempler le monument de Washington illuminé derrière la fenêtre, tout en tapotant pensivement ses lèvres de son doigt replié.

M. Able soupira bruyamment. Il tira élégamment sur le pli d'une jambe de son pantalon et jeta un coup d'œil à sa montre. « J'espère que cela ne va pas être beaucoup plus long. Je n'ai pas que ça à faire, ce soir. » Le souvenir du fils du sénateur Ganymede n'avait pas quitté son esprit de la soirée.

« Ah, fit Diamond. Nous y voilà. (Il prit des mains de Mlle Swivven les photos qu'elle apportait du laboratoire, et les feuilleta rapidement.) Elles sont classées par ordre chronologique. La première est un agrandissement de sa photo d'identité, prise quand il a commencé à travailler au Chiffre Sphinx/F.E. »

Il la passa à M. Able, qui l'examina attentivement. L'agrandissement excessif lui donnait un grain trop important. « Visage intéressant. Hautain. Fin. Dur. »

Il poussa la photo vers le délégué qui lui jeta un bref coup d'œil, comme si elle lui était déjà familière, avant de la passer à Darryl Starr.

« Merde alors ! s'exclama Starr. On dirait un gosse ! Quinze, seize ans !

— C'est une apparence trompeuse, dit Diamond. A l'époque où cette photo a été prise, il devait avoir dans les vingt-trois ans. La jeunesse d'aspect est un trait de famille. A l'heure actuelle, Hel a entre cinquante et cinquante-trois ans, mais on m'a dit qu'il avait l'air d'un homme dans la pleine force de l'âge. »

Le chevrier palestinien tendit la main vers la photographie, mais elle revenait dans les mains de M. Able qui la regarda à nouveau et dit : « Qu'est-ce qui ne va pas avec les yeux ? Ils ont un air bizarre, artificiel. »

Même en noir et blanc, les yeux avaient une transparence anormale, comme s'ils avaient été sous-exposés.

« Oui, dit Diamond. Il a des yeux étranges. D'une couleur verte très spéciale, comme celle des bouteilles anciennes. C'est son signe caractéristique le plus frappant. »

M. Able loucha vers Diamond. « Avez-vous déjà rencontré cet homme personnellement ?

— Je... Je m'intéresse à lui depuis longtemps », répondit Diamond d'un ton vague en passant à la seconde photo.

M. Able tressaillit en regardant l'image. L'homme était méconnaissable. Le nez avait été cassé, repoussé vers la gauche. Un grand bourrelet de tissu cicatriciel lui barrait la joue droite, et un autre lui traversait le front en diagonale, coupant en deux l'arcade sourcilière. La lèvre inférieure était boursouflée, écrasée, et il y avait une énorme bosse sous la pommette gauche. Les yeux étaient fermés, le visage inexpressif.

M. Able passa la photo du bout des doigts au délégué, comme s'il ne voulait pas y toucher.

Le Palestinien tendit la main, mais la photo passa à Starr. « Merde alors ! On dirait qu'il s'est battu avec un train de marchandises !

— Ce que vous voyez là, expliqua Diamond, sont les effets d'un interrogatoire énergique des services secrets. La photo a été prise trois ans après la séance de torture, quand le sujet était sous anesthésie avant une opération de chirurgie esthétique. Le voilà après l'opération. » Diamond glissa la photo suivante sur la table.

Le visage était encore tuméfié, mais tous les signes de défiguration étaient effacés, et un resserrement général des traits avait même atténué les marques de l'âge.

« Et quel âge avait-il à ce moment-là ? demanda M. Able.

— Entre vingt-quatre et vingt-huit ans.

— Étonnant. Il paraît encore plus jeune que sur la première photographie. »

Le Palestinien essaya de renverser la tête pour apercevoir la photo quand elle lui passa sous les yeux.

« Ce sont des agrandissements de photos de passeport. Celui du Costa Rica a été établi peu après son opération et le français un an après. Nous pensons qu'il a aussi un passeport albanais, mais nous n'en avons pas de copie. »

M. Able parcourut rapidement les photos de passeport, surexposées et de pauvre qualité mais parfaites en leur genre. Un détail attira son attention, et il revint à la photo du passeport français.

« Êtes-vous sûr qu'il s'agisse du même homme ? »

Diamond reprit la photo et lui jeta un coup d'œil. « Oui, c'est bien Hel.

— Mais les yeux...

— Je vois ce que vous voulez dire. Parce que la couleur de ses yeux ne lui permet aucun camouflage, Hel possède plusieurs paires de lentilles non correctives qui sont claires au centre, mais colorées à l'endroit de l'iris.

— Ainsi, il peut avoir la couleur d'yeux qu'il désire. Astucieux.

— Oh oui ! Hel n'a pas fini de vous paraître astucieux ! »

L'homme de l'O.P.E.P. sourit. « C'est la seconde fois que je crois déceler une trace d'admiration dans votre voix. »

Diamond lui lança un regard glacial. « Vous vous trompez.

— Vraiment ? C'est possible. N'avez-vous pas de photos plus récentes de cet astucieux — quoique non admiré — M. Hel ? »

Diamond prit la liasse de photos restantes et la jeta sur la table de conférence. « Bien sûr que si. Voilà. Ce sont des exemples typiques de l'efficacité de la C.I.A. »

Le délégué haussa les sourcils et prit un air de résignation suprême.

M. Able feuilleta les photos en plissant le front. Puis il les repoussa dans la direction de Starr.

Le Palestinien bondit, plaqua sa main sur la liasse et sourit d'un air penaud devant l'étonnement provoqué par la brusquerie de son geste. Il attira les photos à lui et les examina avec soin.

« Je ne comprends pas, avoua-t-il. Qui est-ce ? »

Sur chaque photo, le personnage central était flou. Elles avaient été prises dans différents endroits — dans un café, une rue, au bord de la mer, sur les gradins d'un terrain de *ahi-alai,* dans un aéroport — et toutes avaient la compression des plans caractéristique d'une prise de vue au téléobjectif ; mais on ne reconnaissait sur aucune d'entre elles l'homme photographié, car il avait brusquement bougé au moment de la prise de vue.

« C'est vraiment quelque chose que je ne comprends pas, avoua le gardien de chèvres, comme si c'était surprenant. C'est quelque chose que ma compréhension ne peut pas... comprendre.

— Il semble, expliqua Diamond, que Hel ne puisse être photographié s'il ne veut pas l'être, bien qu'il y ait de nombreuses raisons de croire qu'il est indifférent aux efforts de la C.I.A. pour le filer et enregistrer ses actions.

— Alors, pourquoi sabote-t-il toutes les photos ? demanda M. Able.

— Par hasard. Cela a un rapport avec son sens de la proximité. Il peut sentir l'attention centrée sur lui. Évidemment, la sensation d'être suivi par un objectif est identique à celle d'être visé dans la mire d'un fusil, et le moment où se déclenche l'obturateur paraît semblable à celui où l'on appuie sur la détente.

— Alors il plonge à l'instant où la photo est prise, constata M. Able. Étonnant. Vraiment étonnant.

— Est-ce de l'admiration que je décèle ? » demanda ironiquement M. Diamond.

M. Able sourit et inclina la tête, accusant le coup. « Je dois vous demander une chose. Le major qui assistait à l'interrogatoire assez brutal de Hel s'appelait Diamond. Je sais, bien entendu, le penchant qu'ont vos concitoyens à s'identifier à des pierres ou à des métaux précieux, mais néanmoins la coïncidence des noms me frappe. Après tout, la coïncidence est la plus grande arme du Destin. »

Diamond tapota le bord des photos sur son bureau pour en faire un tas aligné et les mit de côté, disant avec désinvolture : « Le major Diamond était mon frère.

— Je vois », fit M. Able.

Darryl Starr jeta à Diamond un regard embarrassé ; ses craintes d'une implication personnelle étaient confirmées.

« Monsieur ? dit le Premier adjoint, le déroulement des activités de contre-terroriste de Nicholaï Hel est prêt.

— Très bien. Projetez-le sur la table. Juste un aperçu superficiel. Pas de détails. Je veux seulement donner à ces messieurs une idée du personnage auquel ils ont affaire. »

Bien qu'il eût demandé une recherche superficielle des activités de contre-terroriste de Hel, la première information qui s'inscrivit sur la table de conférence était si mince que Diamond se sentit obligé de commenter. « La première opération de Hel ne fut pas à proprement parler une opération de contre-terrorisme. Comme vous le voyez, c'était un coup monté contre le chef d'une mission commerciale soviétique à Pékin, peu après que les communistes chinois eurent pris le contrôle du pays. L'opération fut si secrète que la C.I.A. démagnétisa les messages avant que la Mother Company n'ait commencé à les réclamer pour en donner des copies à Fat Boy. En bref, cela se passa ainsi : les services secrets américains s'inquiétaient d'une coalition sino-soviétique, en dépit du fait qu'il existait de nombreux terrains de mésentente entre les deux puissances — histoires de frontières, d'idéologie, d'inégalités dans le développement industriel, de méfiance raciale. Les grosses têtes de la C.I.A. arrivèrent avec un plan pour exploiter ces divergences sous-jacentes et briser toute tentative de rapprochement. Ils proposèrent d'introduire un agent à Pékin pour abattre le chef de la mission soviétique et infiltrer des directives compromettant Moscou. Les Chinois penseraient que les Russes avaient sacrifié un des leurs pour créer un incident susceptible de casser les négociations. Les Soviétiques, plus au courant, penseraient que les Chinois avaient fait le coup pour les mêmes raisons. Et quand les Chinois apporteraient les directives compromettantes comme preuve de la duplicité des Russes, les Soviétiques affirmeraient que Pékin avait falsifié les documents afin de justifier leur attaque. Les Chinois, sachant parfaitement que ce n'était pas le cas, auraient ainsi la confirmation que c'était un coup des Russes.

— Le plan a marché. La preuve en est que les relations sino-soviétiques n'ont jamais été établies, et qu'elles sont aujourd'hui caractérisées par la méfiance et l'hostilité, et que les puissances du bloc occidental peuvent toujours jouer l'un contre l'autre et empêcher ce qui pourrait être une alliance toute-puissante.

» La pierre d'achoppement de cet ingénieux complot était de trouver un agent qui sache suffisamment le chinois pour se déplacer dans le pays sous une couverture, qui puisse passer pour un Russe quand la nécessité s'en ferait sentir, et qui accepte une mission comportant peu de chances de succès, et pratiquement aucune d'en réchapper une fois le coup terminé. L'agent devait être brillant, polyglotte, tueur expérimenté, et assez désespéré pour se charger d'une mission ne lui laissant pas une chance sur cent de survie.

» La C.I.A. fit un tri sur ces critères, et ils ne trouvèrent qu'un seul homme remplissant ces conditions parmi ceux qui étaient sous leur contrôle... »

Japon

C'était le début de l'automne, le quatrième automne que Nicholaï passait dans sa cellule de la prison Sugamo. Il était agenouillé devant son lit-bureau, perdu dans un problème complexe de grammaire basque, quand il sentit un frisson lui parcourir la nuque. Il leva la tête, se concentra sur les effluves qu'il interceptait. L'aura de la personne qui approchait lui était inconnue. Il y eut des bruits à la porte, et elle s'ouvrit en grand. Un gardien souriant, le front barré d'une cicatrice triangulaire, entra. Nicholaï ne l'avait jamais vu auparavant.

Le gardien s'éclaircit la gorge. « Voulez-vous me suivre, s'il vous plaît. »

Hel fronça les sourcils. Décelait-il une forme de respect du gardien envers son prisonnier ? Il rangea soigneusement ses notes et ferma le livre avant de se lever. Il se força à rester calme et attentif. Cette rupture sans précédent de la routine pouvait être prise pour un espoir... ou un danger. Il se redressa et précéda le gardien hors de sa cellule.

« Monsieur Hel ? Ravi de faire votre connaissance. » Le jeune homme bien élevé se leva pour serrer la main de Hel quand celui-ci entra dans le parloir. Le contraste entre son costume bien coupé, sa petite cravate, et l'uniforme gris tout fripé de Nicholaï n'était pas plus frappant que celui qui existait entre leur apparence physique et leur tempérament. L'aimable agent de la C.I.A. était robuste et athlétique, capable de vous appeler par votre prénom avec cette bonhomie congénitale qui distingue le représentant de commerce américain. Hel, mince et osseux, était réservé et distant. L'agent, noté pour savoir gagner une confiance immédiate, était un homme de parole et de bon sens. Hel, un homme de réflexion et de subtilité. C'était l'artillerie lourde contre la rapière.

L'agent fit signe au gardien de les laisser. Hel s'assit sur le bord de sa chaise. Il n'avait eu pour siège que sa banquette métallique depuis trois ans, et avait perdu l'habitude de s'enfoncer dans un fauteuil et de se détendre. Après toutes ces années où personne ne lui avait adressé la parole sur le mode de la conversation, il trouva le badinage de l'agent moins insolite qu'absurde.

« Je leur ai demandé d'apporter un peu de thé », dit l'agent, souriant de ce faux air bourru qu'il trouvait toujours tellement efficace dans les relations avec les gens. « Il est une chose qu'il faut reconnaître à ces Japonais. Ils savent faire le thé — ce que mes frères d'outre-Atlantique appellent une « bonne tasse de thé ». Il rit de son imitation ratée de l'accent cockney.

Hel l'observait en silence, prenant plaisir à voir l'Américain, dérouté par les horribles meurtrissures de son visage, détourner d'abord les yeux d'un air gêné avant de se forcer à regarder Hel sans montrer sa répugnance.

« Vous semblez en forme, monsieur Hel. Je m'attendais à constater sur vous les effets de l'inaction. Il est vrai que vous avez un avantage. Vous n'êtes pas suralimenté. Si vous voulez mon avis, la plupart des gens sont suralimentés. Le vieil organisme humain se porterait bien mieux si on le nourrissait moins. On n'arrête pas de se remplir l'estomac, vous ne trouvez pas ? Ah, enfin ! Voilà le thé. »

Le gardien entra, portant un plateau avec une épaisse théière et deux bols japonais. L'agent versa le thé maladroitement, tel un gros ours amical, comme si l'inélégance était signe de virilité. Hel prit le bol mais ne but pas.

« A votre santé, dit l'agent avant de boire. (Il secoua la tête et rit.) Je suppose que vous ne dites pas « à votre santé » quand vous buvez du thé. Que dites-vous ? »

Hel posa son bol sur la table à côté de lui. « Qu'attendez-vous de moi ? »

Exercé aux méthodes de persuasion individuelle et de relations de groupe, l'agent crut sentir une intonation de froideur dans la voix de Hel, et suivant les règles qu'on lui avait apprises, il entreprit de le mettre dans l'ambiance d'une session d'information. « Je pense que vous avez raison. Mieux vaut aborder tout de suite le sujet. Écoutez, monsieur Hel, j'ai examiné votre cas, et si vous voulez mon avis, vous êtes dans un sale pétrin. C'est mon opinion, en tout cas. »

Hel garda les yeux rivés sur le visage ouvert de l'honnête jeune homme. Refrénant l'envie de lui tendre la main et de briser là, il baissa les yeux et dit : « C'est votre avis, n'est-ce pas? »

L'agent avala son sourire. Il ne tournerait pas plus longtemps autour du pot. Il allait dire la vérité. Il avait appris une maxime à ses cours de méthode persuasive : « Ne sous-estimez pas la vérité ; bien maniée, elle peut être efficace. Mais n'oubliez pas que les armes s'émoussent à être trop utilisées. »

Il se pencha en avant et parla d'une voix franche, préoccupée. « Je pense que je peux vous sortir d'ici, monsieur Hel.

— A quel prix ?

— Cela importe-t-il ? »

Hel réfléchit un instant. « Oui.

— Okay. Nous avons une mission à faire exécuter. Vous en êtes capable. Nous vous paierons avec votre liberté.

— J'ai ma liberté. Vous voulez dire que vous vous offrez mes services avec ma liberté.

— Si vous voulez.

— Quelle sorte de liberté m'offrez-vous ?

— Comment ?

— La liberté de faire quoi ?

— Je crains de ne pas vous comprendre. La liberté, mon vieux. Liberté. Vous pouvez faire ce que vous voulez, aller où vous voulez.

— Oh ! je vois. Vous m'offrez un statut de citoyen et de l'argent.

— Eh bien… non. Ce que je veux dire, c'est… Écoutez, je suis autorisé à vous offrir votre liberté, mais personne n'a parlé de citoyenneté ou d'argent.

— Laissez-moi m'assurer que je vous comprends bien. Vous m'offrez une chance de me balader au Japon, susceptible d'être arrêté à tout moment, citoyen de nulle part, libre d'aller nulle part et de faire tout ce qui ne coûte pas d'argent. C'est bien ça ? »

L'embarras de l'agent réjouit Hel. « Ah… je dis seulement que les questions de citoyenneté et d'argent n'ont pas été évoquées.

— Je vois. (Hel se leva.) Pourquoi ne reviendriez-vous pas quand vous aurez mis au point tous les détails de votre proposition ?

— Ne désirez-vous pas que nous parlions de la mission que nous désirons vous confier ?

— Non. Je suppose qu'elle est on ne peut plus difficile. Très dangereuse. Impliquant probablement un meurtre. Sinon, vous ne seriez pas ici.

— Oh ! je ne crois pas que l'on puisse appeler cela un meurtre, monsieur Hel. Je n'utiliserais pas ce mot. Cela ressemblerait plus à… à un soldat qui se battrait pour son pays et qui tuerait un ennemi.

— C'est bien ce que je disais : un meurtre.

— Si vous l'entendez ainsi.

— Je l'entends ainsi. Bonsoir. »

L'agent commençait à se demander si ce n'était pas lui qui était mené, alors que tout son entraînement était fondé sur le fait qu'il devait toujours rester le meneur de jeu. Il retomba sur ses pieds en reprenant son rôle naturel de bon bougre. « Okay, monsieur Hel. Je vais parler à mes supérieurs et voir ce que je peux faire pour vous. Je suis de votre côté dans cette histoire, vous savez. Hé ! Vous vous rendez compte, je ne me suis même pas présenté. Désolé.

— Ne vous inquiétez pas. Savoir qui vous êtes ne m'intéresse pas.

— Très bien. Mais retenez mon conseil, monsieur Hel. Ne

laissez pas cette opportunité s'échapper. La chance ne frappe pas deux fois à la même porte, vous savez.

— Remarquable. C'est vous qui êtes l'auteur de la citation ?

— Je reviendrai demain.

— Bien. Et demandez à mon gardien de frapper deux coups à la cellule. Je ne voudrais pas le confondre avec le hasard. »

Rapportée à l'état-major de la Section Extrême-Orient de la C.I.A., au sous-sol du Dai Ichi Building, la demande de Hel fut longuement discutée. La citoyenneté paraissait suffisante. Pas américaine, bien sûr ; privilège réservé aux danseurs russes émigrés. Mais on pouvait lui arranger une carte d'identité du Panama, du Nicaragua ou du Costa Rica — tous contrôlés par la C.I.A. Ça coûterait un petit bakchich local, mais c'était faisable.

Sur le paiement, ils se montrèrent plus réticents, non parce qu'ils devaient économiser sur leur budget élastique, mais parce qu'un respect protestant pour le fric, signe de la Grâce de Dieu, leur faisait regretter de le voir dépensé. Et probablement perdu, tant étaient minces les probabilités mathématiques que Hel revienne vivant. Et il fallait aussi prendre en considération les dépenses qu'il faudrait engager pour rapatrier Hel aux États-Unis et lui faire subir une intervention chirurgicale esthétique, car il n'avait aucune chance de s'introduire à Pékin avec un visage aussi reconnaissable. Pourtant, ils finirent par décider qu'ils n'avaient pas le choix. Leur tri sur critères n'avait donné qu'une seule carte perforée pour un homme capable d'accomplir cette mission.

Okay. Donnez-lui la nationalité du Costa Rica et cent sacs. Problème suivant...

Mais quand il retrouva son prisonnier le lendemain matin dans le parloir, l'agent américain s'aperçut que Hel avait encore une autre demande à formuler. Il n'acceptait la mission qu'à la condition que la C.I.A. lui donne les adresses personnelles des trois hommes qui l'avaient interrogé : le « docteur », le sergent et le major Diamond.

« Écoutez, monsieur Hel. Un moment. Nous ne pouvons pas accepter ce genre de truc. La C.I.A. assure la protection de ses membres. Nous ne pouvons pas vous les offrir sur un plateau comme ça. Soyez raisonnable. Passez l'éponge. Qu'est-ce que vous dites ? »

Hel se levait et demandait au garde de le reconduire dans sa cellule.

L'honnête jeune homme soupira et secoua la tête. « Bon. Laissez-moi téléphoner au bureau pour avoir leur bénédiction. D'accord ? »

« ... et je suppose que M. Hel a accompli sa mission avec succès, dit M. Able. Car, si tel n'était pas le cas, nous ne serions pas ici en train de parler de lui.

— Exact, dit Diamond. Nous n'avons pas de détails, mais environ quatre mois après son introduction en Chine par Hong Kong, nous avons appris qu'il avait été pris par une patrouille de la Légion étrangère dans la brousse en Indochine. Il était plutôt en mauvais état... il a passé deux mois à l'hôpital de Saigon... et nous avons à nouveau perdu sa trace, avant de le retrouver comme contre-terroriste indépendant. Nous le savons associé à une longue liste d'attentats contre des terroristes en groupe ou individuels, ordinairement employés par des gouvernements à travers leurs services secrets. (Il s'adressa au Premier adjoint.) Donnez-nous l'information sur ces attentats, à une grande vitesse d'exploration. »

Les détails des actions d'extermination successives s'inscrivirent sur la surface de la table de conférence tandis que Fat Boy dessinait la carrière de Nicholaï Hel du début des années 50 jusqu'au milieu des années 70. De temps en temps, l'un ou l'autre des invités demandait d'arrêter le déroulement pour poser quelque question de détail à Diamond.

« Bonté divine ! s'écria Darryl Starr à un moment. Ce type travaille vraiment pour tout le monde ! Aux États-Unis, il se tape à la fois les Weathermen et le K.K.K. ; à Belfast, on l'expédie des deux côtés du ragoût irlandais ; il semble avoir servi la terre entière sauf les Arabes, la Junte grecque, les Espagnols et les Argentins. Et vous avez vu un peu les armes qu'il utilise ? En dehors du traditionnel arsenal de fusils et de gaz asphyxiants, il y avait des armes aussi incongrues qu'un peigne de poche, une paille pour boire, une feuille de papier pliée, une clé, une ampoule électrique... Ce type vous étranglerait avec vos propres couilles, si vous faites pas attention !

— Oui, dit Diamond. Cela correspond à son entraînement au *hoda korosu,* la mort à main nue. On a estimé que pour Nicholaï Hel, une pièce occidentale ne contient pas moins de deux cents armes meurtrières. »

Starr hocha la tête et suçota bruyamment entre ses dents. « Se débarrasser d'un coco comme celui-là, ça doit être plus difficile que de s'enlever la morve du nez. »

M. Able pâlit à la grossièreté de l'image.

Le gardien de chèvres de l'O.L.P. secoua la tête et dit : « Je ne comprends pas les sommes extravagantes qu'il reçoit pour ses services. Dans mon pays, la vie d'un homme peut s'acheter pour l'équivalent de deux dollars trente-cinq cents. »

Diamond lui lança un regard excédé. « C'est un prix équitable pour l'un de vos compatriotes. La raison principale pour laquelle les gouvernements sont prêts à payer Hel si cher pour exterminer les terroristes est que ce contre-terrorisme est pour eux le moyen le plus économique de se défendre. Pensez au coût de la mise sur pied d'une police capable de protéger chaque individu d'une nation des attaques dans les rues, dans les maisons, en voiture. Rechercher une personne kidnappée par un terroriste coûte déjà des millions de dollars. C'est une véritable affaire pour un gouvernement de pouvoir s'offrir l'extermination du terroriste pour quelques centaines de milliers de dollars, et par la même occasion éviter la propagande antigouvernementale d'un procès. (Diamond se tourna vers le Premier adjoint.) Quelle est la moyenne des honoraires que demande Hel pour une mission ?

Le Premier adjoint posa la question à Fat Boy. « Exactement un quart de million, monsieur. En dollars. Mais il semble qu'il ait refusé d'accepter les dollars américains depuis 1963. »

M. Able gloussa. « Homme astucieux. Même en courant à la banque pour changer vos dollars en monnaie solide, vous n'arriverez pas à compenser l'érosion monétaire.

— Bien sûr, continua le Premier adjoint, cette moyenne d'honoraires est faussée. Vous aurez une meilleure idée de ce qu'il gagne en considérant le total.

— Pourquoi ça ? demanda le délégué, heureux d'avoir quelque chose à dire.

— Il semble qu'il accepte parfois des missions sans être payé.

— Oh ! dit M. Able. C'est surprenant. Considérant son expérience au sein des Forces d'Occupation et son désir de mener une existence conforme à ses goûts et à son éducation, j'aurais parié qu'il travaillait pour le plus offrant.

— Pas vraiment, corrigea Diamond. Depuis 1967 il a accepté bénévolement des missions pour divers groupes militants juifs — une sorte d'admiration bizarre pour leur lutte contre plus grands qu'eux ».

M. Able eut un sourire en coin.

« Prenez un autre cas, poursuivit Diamond. Il a gracieusement offert ses services à l'E.T.A.-6, l'organisation nationaliste basque. En retour, ils le protègent, lui et son château dans les montagnes. Entre nous, cette protection est très efficace. Nous connaissons le cas de trois hommes qui sont allés successivement dans la montagne pour demander des comptes à Hel et qui ont tout bonnement disparu. Et une fois de temps en temps, Hel accepte une mission pour nulle autre raison que son dégoût pour les actions d'un groupe terroriste. Il l'a fait récemment pour le gouvernement de l'Allemagne de l'Ouest. Montrez-nous ça, Llewellyn. »

Les hommes réunis autour de la table de conférence parcoururent des yeux les détails de l'introduction de Hel dans un groupe célèbre de terroristes allemands qui s'est conclue par l'emprisonnement de l'homme dont l'organisation portait le nom et par la mort de la femme.

« Il était mêlé à cette histoire ? demanda M. Able avec une nuance de crainte admirative.

— Foutre ! C'était un sacré coup ! reconnut Darryl Starr.

— Oui, mais ce sont les États-Unis qui lui ont offert ses honoraires les plus élevés pour une opération unique, dit Diamond. Et assez curieusement, c'est une personne privée qui a réglé l'addition. Montrez-nous cette opération, Llewellyn.

— Laquelle est-ce, monsieur ?

— Celle de Los Angeles — en mai 1974. »

Au moment où se projetaient les informations, Diamond expliqua : « Vous vous souvenez de ceci : cinq membres d'un gang de vandales et de voleurs, connu sous le nom de Phalange maoïste symbiotique, ont été liquidés en une heure de fusillade pendant laquelle trois cent cinquante types appartenant au S.W.A.T., au F.B.I. et à la C.I.A. ont arrosé la maison où ils s'étaient planqués.

— Qu'est-ce que Hel vient faire dans cette histoire ? demanda Starr.

— Il avait été contacté par une certaine personne pour localiser les guérilleros et les éliminer. On avait mis au point un plan suivant lequel la police et le F.B.I. devaient être avertis ; mais toute l'opération était calculée afin qu'ils arrivent après le travail de nettoyage et qu'ils n'aient plus qu'à endosser toute la gloire... et la responsabilité. Malheureusement pour Hel, ils arrivèrent une heure et demie trop tôt, et il était dans la maison quand ils l'ont cernée et qu'ils ont ouvert le feu avec des bombes lacrymogènes et des grenades. Il a dû enfoncer le plancher et se cacher entre les lambourdes tandis que tout brûlait autour de lui. Dans la confusion finale, il put enfin sortir et rejoindre le peloton des officiers. Bien entendu, il était vêtu comme un homme du S.W.A.T. — gilet pare-balles, casquette de base-ball, et tout l'arsenal...

— Mais si je me souviens bien, dit M. Able, il y a eu des comptes rendus de fusillades venant de l'intérieur de la maison pendant l'opération.

— C'est ce qu'on a raconté. Heureusement personne n'a jamais contesté que, malgré deux mitraillettes et un arsenal de revolvers et de fusils découverts dans les débris carbonisés de la maison, pas un seul des trois cent cinquante policiers (et Dieu seul sait combien de spectateurs) n'a été ne fût-ce qu'égratigné après une heure de tir.

— Mais il me semble avoir vu une photographie d'un mur de brique criblé de balles.

— Bien sûr. Entourez une baraque de plus de trois cent types le doigt sur la détente, et vous verrez un bon nombre de pruneaux passer de part et d'autre des fenêtres. »

M. Able éclata de rire. « Vous voulez dire que la police, le F.B.I. et la C.I.A. se sont joyeusement canardés les uns les autres ? »

Diamond haussa les épaules. « Vous n'achetez pas des génies à vingt mille dollars par an. »

Le délégué sentit qu'il était temps de défendre son organisation. « Je vous rappellerai que la C.I.A. n'était là qu'en tant que conseiller. La loi nous interdit de participer à des opérations de nettoyage. »

Chacun le regarda sans mot dire, jusqu'à ce que M. Able brisât le silence en s'adressant à Diamond. « Pourquoi ce " particulier " s'est-il offert le luxe de faire exécuter le coup par Hel, quand la police était sur les rangs ?

— La police pouvait prendre un prisonnier, et ce prisonnier témoigner à un procès ultérieur.

— Ah ! oui, je comprends. »

Diamond se tourna vers le Premier adjoint. « Reprenez l'exploration et donnez un aperçu rapide du reste des opérations que l'on connaît de Hel. »

Dans un ordre chronologique rapide, les opérations se déroulèrent l'une après l'autre sur le dessus de la table. Saint-Sébastien, caution E.T.A.-6 ; Berlin, caution gouvernement allemand ; Caire, caution inconnue ; Belfast, caution I.R.A. ; Belfast, caution U.D.A. ; Belfast, caution gouvernement britannique — et ainsi de suite. Puis le déroulement s'arrêta brusquement.

« Il s'est retiré depuis deux ans, expliqua Diamond.

— Alors, s'il s'est retiré… » M. Able tendit ses mains ouvertes en un geste qui demandait pourquoi on s'en préoccupait.

« Malheureusement, Hel a un sens extrêmement poussé du devoir envers ses amis. Et Asa Stern était un ami.

— Dites-moi une chose. Plusieurs fois le terme « performance » est revenu sur le listing. Je ne comprends pas.

— Cela correspond au système employé par Hel pour évaluer le montant de ses services. Il appelle ses opérations des « performances » et les évalue de la même façon que les cascadeurs de cinéma, sur la base de deux facteurs, la difficulté du travail et le risque d'échec. Par exemple, si une mission présente des difficultés pour accéder à la cible ou s'infiltrer dans le réseau, le prix sera plus élevé. Mais si les risques ne sont pas trop élevés de par l'incompétence de l'organisation contre laquelle est menée l'opération, alors le prix sera plus modeste (c'est le cas pour l'I.R.A., par exemple, ou la C.I.A.). Ou prenez un cas inverse : la dernière performance de Hel avant qu'il ne prenne sa retraite. Un homme à Hong Kong voulait faire sortir son frère de la Chine communiste. Pour quelqu'un comme Hel, cela ne présentait pas de grandes difficultés, aussi pourriez-vous imaginer que le prix était relativement bas. Mais si Hel était pris, il risquait la mort, ce qui fit monter les honoraires. Vous voyez comment ça fonctionne ?

— Combien a-t-il reçu pour cette dernière « performance » ?

— Assez bizarrement, rien en argent. L'homme qui l'avait engagé dirige une école qui forme les concubines les plus chères du monde. Il achète des petites filles au berceau dans tout l'Orient et leur enseigne les bonnes manières et l'élégance. Une sur cinquante, à peine, devient un produit suffisamment beau et expérimenté pour qu'il la lance sur son marché exclusif. Il dote les autres d'un métier honorable et les relâche à l'âge de dix-huit ans. En fait, toutes les filles sont libres de s'en aller quand elles le veulent, mais parce qu'elles gagnent cinquante pour cent de leur salaire annuel — entre cent et deux cent mille dollars — elles continuent généralement à travailler pour lui pendant une dizaine d'années, et se retirent dans la fleur de l'âge avec cinq cent mille dollars ou plus en banque. Cet homme avait une élève particulièrement brillante, une femme d'une trentaine d'années qui valait sur le marché environ un quart de million par an. Pour avoir fait sortir son frère de la Chine communiste, Hel lui demanda deux années des services de cette jeune femme. Elle vit maintenant avec lui dans son château. Elle s'appelle Hana — en partie japonaise, en partie négroïde, en partie caucasienne. Remarque intéressante, cette école passe pour un orphelinat catholique. Les filles portent un uniforme bleu marine, et les femmes qui les éduquent sont en habit de religieuse. L'endroit s'appelle l'Orphelinat de la Passion.

Starr émit un long sifflement. « Vous êtes en train de nous raconter que la nana de ce type gagne un quart de million par an ? Ça fait combien le coup, ça ?

— Dans votre cas, répondit Diamond, à peu près cent vingt-cinq mille dollars.

Le gardien de chèvres de l'O.L.P. secoua la tête : « Ce Nicholaï Hel doit avoir énormément d'argent, n'est-ce pas ?

— Pas autant que vous l'imaginez. D'abord, ses « performances » sont onéreuses à mettre au point. C'est particulièrement vrai quand il doit neutraliser le gouvernement du pays où a lieu l'opération. Il le fait par l'intermédiaire d'un homme que nous n'avons jamais pu situer — un homme connu seulement sous l'appellation Le Gnome. Le Gnome rassemble les faits préjudiciables au gouvernement et aux principales personnalités politiques. Hel achète cette information et l'utilise comme chantage contre toute tentative du gouvernement d'entraver son action. Et cette information est très chère. Il dépense aussi énormément d'argent pour ses expéditions spéléologiques en Belgique, dans les Alpes ou dans ses propres montagnes. C'est son hobby, et il coûte cher. Enfin, il y a son château. En quinze ans, il a dépensé un peu plus de deux millions pour le restaurer d'après les plans originaux ; il a fait venir la crème des maçons, charpentiers, couvreurs et autres. Et les meubles valent plus de deux millions.

— Donc, dit M. Able, c'est dans le plus grand faste que vit votre Hel.

— Faste, peut-être. Mais primitif. Le château est entièrement restauré. Pas d'électricité, pas de chauffage central, rien de moderne si ce n'est le téléphone souterrain qui tient Hel informé de l'arrivée ou de l'approche de tout inconnu. »

M. Able hocha la tête pour lui-même. « Ainsi cet homme du XXe siècle a voulu créer autour de lui un univers du XVIIIe siècle dans la solitude magnifique des montagnes. Intéressant. Mais je suis étonné qu'il ne soit pas retourné au Japon pour retrouver un mode de vie qu'il affectionnait.

— D'après mes informations, quand il est sorti de prison et qu'il a découvert à quel point les traditions et les principes éthiques du Japon avaient été « pervertis » par l'américanisme, il a décidé de s'en aller. Il n'y est jamais retourné.

— Comme c'est intelligent. Pour lui, le Japon de son souvenir restera toujours ce qu'il était à une époque plus noble et plus clémente. Dommage que ce soit un ennemi. Je crois que j'aurais bien aimé votre M. Hel.

— Pourquoi l'appelez-vous *mon* M. Hel ? »

M. Able sourit. « Cela vous contrarie-t-il ?

— Tout ce qui est stupide me contrarie. Mais revenons à notre affaire. Non, Hel n'est pas aussi riche que vous le pensez. Il a probablement besoin d'argent et cela pourrait nous servir à le ferrer. Il possède quelques centaines d'hectares dans le Wyoming, des appartements dans une demi-douzaine de capitales mondiales, une cabane de montagne dans les Pyrénées, mais il y a moins d'un demi-million dans son compte en Suisse. Il doit toujours subvenir aux frais de son château et de ses explorations souterraines. En supposant même qu'il liquide les appartements et les terrains du Wyoming, il mènerait dans son château, d'après ses critères, une existence modeste.

— Une vie de… quel est le mot ? demanda M. Able avec une certaine jubilation à l'idée d'importuner Diamond.

— Je ne vois pas de quoi vous parlez.

— Ce mot japonais pour cette attitude de retenue et de mesure.

— *Shibumi !*

— Ah oui. Donc, même s'il n'acceptait plus de performances, votre — je veux dire notre — M. Hel pourrait mener une existence de *shibumi*.

— Pas sûr, l'interrompit Starr. Pas avec une gonzesse à cent sacs le coup !

— Starr, fermez-la ! » dit Diamond.

Dépassé par les événements, le chevrier de l'O.L.P. avait quitté la table de conférence et s'était dirigé vers la fenêtre, d'où il contemplait une ambulance munie d'un girophare qui se faufilait dans les embouteillages, comme elle le faisait tous les soirs à cette même heure. Le langage coloré de Starr l'intriguait et il cherchait son dictionnaire dans sa poche, marmonnant « gonzesse... gonzesse... » quand brusquement le monument de Washington et la grande avenue saturée de voitures s'évanouirent et une lumière aveuglante envahit la fenêtre.

Le chevrier hurla et se jeta par terre, la tête sous les bras en attendant l'explosion.

Chacun dans la pièce réagit différemment. Starr bondit et sortit son Magnum. Mlle Swivven se recroquevilla sur sa chaise. Le délégué se couvrit la tête d'une feuille de papier machine. Diamond ferma les yeux et soupira à la vue de ces imbéciles autour de lui. M. Able examina ses ongles. Et le Premier adjoint, absorbé dans sa conversation avec Fat Boy, ne remarqua rien.

« Levez-vous pour l'amour du ciel, dit Diamond. Ce n'est rien. Le film de la scène de rue a cassé, c'est tout.

— Oui, mais... balbutia le chevrier.

— Vous êtes descendu en ascenseur. Vous avez dû vous rendre compte que vous étiez au sous-sol.

— Oui, mais...

— Vous vous imaginiez que vous regardiez la vue du seizième étage ?

— Non, mais...

— Mademoiselle Swivven, coupez le projecteur et faites une note pour qu'on vienne le réparer. (Diamond se tourna vers M. Able.) Je l'ai fait installer pour créer un meilleur environnement de travail, pour ne pas avoir l'impression d'être enfermé dans un souterrain.

— Et vous arriviez à y croire ? »

Starr remit son revolver dans son étui et lança un regard furibond à la fenêtre, comme pour dire qu'elle avait eu de la chance... *cette* fois.

Avec une ambiguïté de ruminant, le gardien de chèvres se

redressa en souriant d'un air penaud. « Oh la la ! Elle était bonne ! Je crois que vous vous êtes bien moqués de moi ! »

Mlle Swivven alla couper le projecteur et la lumière aveuglante disparut de la fenêtre, laissant un rectangle blanc mat qui eut pour effet immédiat de fermer hermétiquement la pièce et d'en réduire les proportions.

« Bon, dit Diamond. Maintenant nous avons un aperçu de l'homme à qui nous avons affaire. Il faut que nous parlions un peu stratégie, et pour cela j'aimerais que vous sortiez, tous les deux. (Il désigna la salle de gymnastique à Starr et au gardien de chèvres.) Attendez là jusqu'à ce que je vous fasse appeler. »

Apparemment indifférent à ce congé, Starr se dirigea d'un pas tranquille vers la salle aux rayons ultra-violets, suivi de l'Arabe qui répétait encore qu'il croyait qu'on s'était bien moqué de lui.

Une fois la porte refermée sur eux, Diamond s'adressa aux deux hommes restés autour de la table de conférence, ignorant le Premier adjoint comme s'il n'était pas présent, ce qui d'une certaine façon était vrai.

« Laissez-moi vous exposer mon plan. En premier...

— Une minute, Diamond, l'interrompit M. Able. Une chose me tracasse. Quelles sont vos relations personnelles avec Nicholaï Hel ?

— Que voulez-vous dire ?

— Oh ! allons ! Il est évident que vous avez pris un intérêt particulier à cet individu. Il y a trop de détails qui vous sont familiers et n'apparaissent pas sur les informations de l'ordinateur. »

Diamond haussa les épaules. « Après tout, c'est une carte mauve ; et c'est mon boulot de m'y intéresser.

— Excusez-moi d'insister, mais je n'aime pas les faux-fuyants. Vous avez reconnu que l'officier responsable de l'interrogatoire de Nicholaï Hel était votre frère. »

Diamond fixa l'expert de l'O.P.E.P. pendant une seconde. « Exact. Le major Diamond était mon frère. Mon frère aîné.

— Étiez-vous très lié à votre frère ?

— A la mort de nos parents, mon frère m'a pris en charge. Il m'a entretenu alors qu'il travaillait pour payer ses études. Même pendant qu'il gravissait les échelons de l'O.S.S. — cette organisation pour jeunes gens de la bonne société — et plus tard à la C.I.A., il a continué à...

— Épargnez-nous les détails. J'ai donc raison de penser que vous étiez très proche de lui ? »

Diamond avait la voix tendue. « Très proche.

— Très bien. Maintenant, vous êtes passé très rapidement sur quelque chose dans votre présentation biographique de Nicholaï Hel. Vous avez mentionné qu'il avait demandé, pour accepter la mission de Pékin devant le sortir de prison, les adresses personnelles des trois hommes qui avaient contribué à le torturer pendant l'interrogatoire. Puis-je avancer qu'il ne désirait pas ces adresses dans le but d'envoyer des cartes de vœux... ou des souhaits de *Hanukkah ?* »

Diamond serra les mâchoires.

« Mon cher ami, si cette affaire est aussi sérieuse que vous semblez le prétendre, et si vous avez besoin de mes services pour vous aider à la résoudre, j'insiste pour être mis au courant de chaque élément susceptible d'avoir une influence en la matière. »

Diamond joignit les mains et pressa ses pouces contre son menton. Il parla derrière ses doigts, d'une voix mécanique et monocorde. « Environ un an après la réapparition de Hel en Indochine, le « docteur » qui avait été chargé de lui administrer les drogues pendant l'interrogatoire a été retrouvé mort dans sa clinique d'avortement à Manhattan. Le rapport de l'enquête judiciaire a conclu à une mort accidentelle. Une chute insolite sur l'un des tubes d'analyse qu'il portait et qui lui a percé la gorge en se brisant. Deux mois plus tard, le sergent de la police militaire responsable de l'aspect physique de l'interrogatoire, et qui avait été rappelé aux États-Unis, fut retrouvé mort dans un accident de voiture. Il s'était apparemment endormi au volant et s'était écrasé en bas d'une falaise. Exactement trois mois plus tard, le major Diamond — alors lieutenant-colonel Diamond — était en mission en Bavière. Il a eu un accident de ski. » Diamond s'arrêta et frappa ses lèvres de ses doigts.

« Un autre accident insolite, je suppose ? souffla M. Able.

— Exact. On a simplement dit qu'il avait fait une mauvaise chute. On l'a retrouvé, un bâton de ski planté dans la poitrine.

— Hummm, fit M. Able après une pause. C'est donc ainsi que la C.I.A. protège les siens ? Ce doit être une véritable satisfaction d'avoir sous vos ordres l'organisation qui a donné la vie de votre frère en paiement d'honoraires. »

Diamond tourna les yeux vers le délégué. « Oui, c'est une grande satisfaction. »

Le délégué s'éclaircit la gorge. « En fait, je ne suis rentré dans l'Organisation qu'au printemps...

— Dites-moi, poursuivit M. Able. Pourquoi n'avez-vous jamais engagé d'action de représailles contre Hel ?

— Je l'ai fait une fois. Et je le referai. J'ai le temps.

— Vous l'avez fait une fois ? Quand ? Mais oui ! Bien sûr ! Ces policiers qui ont cerné la maison de Los Angeles et qui ont ouvert le feu une heure et demie avant l'heure prévue ! C'étaient vos ordres ? »

Le hochement de tête de Diamond pouvait être pris pour un signe d'acquiescement.

« Donc, il semblerait que vous soyez motivé par la revanche dans tout ceci.

— J'agis pour le meilleur intérêt de la Mother Company. Le président m'a adressé un message m'avertissant qu'un échec serait inacceptable. Si Hel doit être exécuté pour assurer le succès des pirates de l'air de Septembre noir, alors oui, j'y prendrai une certaine satisfaction personnelle. Ce sera une vie pour une vie, ou plutôt non, dans son cas trois meurtres pour un interrogatoire !

— Je doute qu'il les considère comme des meurtres. Il les associe plus vraisemblablement à des exécutions. Et si je ne me trompe pas, ce n'est pas la douleur de la torture qu'il a voulu venger.

— Quoi, alors ?

— L'indignité de cette torture. Vous n'êtes pas en mesure de comprendre. »

Diamond éclata d'un rire bref. « Vous imaginez donc connaître Hel mieux que moi ?

— Dans un certain sens, oui — en dépit de toutes les années que vous avez passées à l'observer. Voyez-vous, si l'on met de côté nos différences culturelles, nous appartenons à la même caste, lui et moi. Vous n'aurez jamais une connaissance précise de ce Nicholaï Hel même en vous escrimant à percer la barrière indéfinissable mais infranchissable de l'éducation — un océan figé, comme le définit le Coran ou l'un de ces ouvrages. Mais ne nous attardons pas aux problèmes de personnalité. Je présume que vous avez fait sortir ces deux paysans pour une autre raison qu'améliorer la qualité de la compagnie. »

Diamond gardait un silence tendu depuis un moment. Il aspira brusquement et dit : « J'ai décidé de m'offrir une visite chez Hel dans le pays basque.

— Ce sera la première fois que vous le rencontrerez en personne ?

— Oui.

— Et avez-vous considéré l'éventualité qu'il peut être plus difficile de sortir de ces montagnes que d'y pénétrer ?

— Oui. Mais je me crois capable de convaincre M. Hel qu'il commet une folie en essayant d'aider Mlle Stern. D'abord, il n'a aucune raison logique d'accepter une mission venant d'une malencontreuse petite bourgeoise qu'il ne connaît même pas. Hel a le plus profond mépris pour les amateurs de toutes sortes, y compris les amateurs dans le terrorisme. Mlle Stern peut se prendre pour un noble soldat au service de tout ce qui est juste dans le monde, mais je vous assure que Hel la prendra pour une emmerdeuse. »

Sceptique, M. Able secoua la tête. « Même en supposant qu'il considère Mlle Stern comme un fléau proctologique (qu'il apprécie ou non l'heureux calembour), il reste le fait que Hel était un ami de feu Asa Stern, et vous m'avez dit vous-même qu'il était extrêmement fidèle à ses amis.

— C'est vrai. Mais il existe des pressions financières que nous pouvons être à même de lui faire subir. Nous savons qu'il s'est retiré après avoir amassé suffisamment d'argent pour mener une vie confortable. Monter une « performance » contre nos amis de l'O.L.P. serait coûteux. Il est probable que Hel compte sur la vente éventuelle de ses terres dans le Wyoming pour financer sa sécurité. En deux heures de temps, elles peuvent ne plus lui appartenir. Tous les documents prouvant qu'il les a achetées disparaîtront pour être remplacés par un contrat stipulant que la Mother Company en est propriétaire. (Diamond sourit.) Avantage non négligeable, il paraît que le sol contient un peu de charbon que l'on pourrait extraire avec profit. Pour ajouter à ces difficultés financières, deux simples télégrammes de notre président suffiraient à effacer toute trace d'argent de Nicholaï Hel en Suisse.

— Et j'imagine que cet argent reviendrait à l'actif de la Mother Company ?

— En partie seulement. Les banques garderaient le reste comme prix de la transaction. Les Suisses n'ont rien de frugal. C'est un principe calviniste de faire payer un droit d'entrée au paradis pour éviter la pagaye. J'ai l'intention d'engager ces actions punitives financières avant même de savoir si Hel décide de prendre ou non la mission de Mlle Stern.

— Un geste en souvenir de votre frère ?

— Vous pouvez l'interpréter comme tel, si vous voulez. Mais il servira également à empêcher Hel, par le biais de l'argent, de nuire à la Mother Company et aux nations dont vous représentez les intérêts.

— Que ferez-vous si les pressions financières ne sont pas suffisantes ?

— Bien entendu, j'ai un autre moyen de parer à cette éventualité. La Mother Company fera pression sur le gouvernement britannique afin qu'il mette tout en œuvre pour protéger les membres de Septembre noir impliqués dans le massacre des Jeux de Munich. Elle lui demandera d'assurer la sécurité des terroristes quand ils s'empareront de l'avion de Montréal. Cette démarche sera moins délicate que vous ne le croyez. Depuis que les champs pétroliers de la mer du Nord sont actifs, les intérêts économiques de l'Angleterre sont plus proches de ceux de l'O.P.E.P. que de ceux des pays de l'Ouest. »

M. Able sourit. « Franchement, je vois mal les types des MI 5 et MI 6 capables de dissuader efficacement M. Hel. Ils dépensent la plus grande partie de leur énergie à écrire les souvenirs imaginaires de leurs chers exploits durant la Seconde Guerre mondiale.

— C'est exact. Mais ils feront office de gêneurs. Nous nous sommes aussi assurés de la coopération de la police française pour garder Hel en France. Et nous attaquons sur un autre front. Il est inconcevable que Hel essaye de pénétrer en Angleterre pour éliminer les membres de Septembre noir sans d'abord neutraliser la police britannique. Je vous ai dit qu'il achète des moyens de chantage à un informateur connu sous le nom du Gnome. Depuis des années, le Gnome a échappé à toutes les tentatives faites pour le situer et le neutraliser. Mais grâce à l'efficacité de ses services de renseignement, la Mother Company commence à cerner cet homme. Nous savons qu'il vit quelque part près de la ville de Bayonne, et nous nous occupons activement de resserrer le filet sur lui. Si nous le prenons avant que Hel n'entre en contact avec lui, nous pouvons entraver l'exploitation du chantage contre la police britannique. »

M. Able sourit. « Vous avez l'esprit très fertile, monsieur Diamond — quand il s'agit de vengeance personnelle. » M. Able se tourna soudain vers le délégué.

« Et vous, quelle est votre contribution ? »

Étonné, le délégué répondit : « Je vous demande pardon ? Quoi ?

— Sans importance. (M. Able jeta un autre coup d'œil à sa montre.) Finissons-en. Je suppose que vous ne m'avez pas demandé de rester ici afin de me faire l'éloge de votre déploiement de tactiques. Il est évident que vous désirez mon appui dans le cas improbable où toutes vos machinations échoueraient, et où Hel arriverait à éliminer les Septembristes.

— Exactement. Et c'est parce que la question est un peu délicate que j'ai fait sortir les deux autres clowns de la pièce pendant que nous en discutions. Je sais que les nations que vous représentez se sont engagées à protéger l'O.L.P., qu'il en est donc de même pour la Mother Company, et de même pour la C.I.A. Mais entre nous, soyons francs. Nous serions tous plus heureux si le problème palestinien (et les Palestiniens avec lui) disparaissait tout bonnement. C'est une sale race, indisciplinée, et corrompue, dont l'Histoire a fait le symbole de l'unité arabe. Vous êtes bien d'accord ? (M. Able reconnut l'évidence d'un signe de la main.) Très bien. Voyons notre position si nos plans échouent et si Hel arrive à exterminer les membres de Septembre noir. Il ne nous resterait plus qu'a assurer l'O.L.P. que nous avons agi énergiquement en sa faveur. Considérant leur mentalité d'arriérés, je pense qu'ils se calmeraient si nous les vengions en supprimant Hel et tout ce qu'il possède.

— En arrosant la terre de sel ? se moqua M. Able.

— Exactement. »

M. Able resta silencieux un moment, les yeux baissés,

chatouillant sa lèvre inférieure de son doigt. « Oui, je crois que nous pouvons miser sur la mentalité scolaire de l'O.L.P. à ce degré. Ils accepteraient un acte capital de vengeance — pourvu qu'il soit suffisamment atroce — en preuve de notre dévouement à leurs intérêts. (Il eut un sourire intérieur.) Et ne croyez pas qu'il m'échappe qu'une telle éventualité vous permettrait de faire d'une pierre deux coups. Vous résoudriez un problème stratégique d'une part, et vengeriez votre frère de l'autre. Au fond, ne préféreriez-vous pas voir toutes vos machinations échouer et Nicholaï atteindre les membres de Septembre noir, vous laissant libre de lui choisir un châtiment exemplaire ?

— Je ferai d'abord tout ce qui est en mon pouvoir pour l'empêcher d'agir. C'est l'intérêt de la Mother Company et ses intérêts priment mes sentiments personnels. » Diamond jeta un coup d'œil vers le Premier adjoint. Il était vraisemblable que celui-ci témoignerait auprès du président du loyalisme de Diamond envers l'Organisation.

« Eh bien voilà, dit M. Able, se levant de la table de conférence. Si vous n'avez plus besoin de moi, je vais retourner à mon rendez-vous que toute cette histoire a interrompu. »

Diamond sonna Mlle Swivven pour lui demander de raccompagner M. Able.

Le délégué se leva et s'éclaircit la voix. « Je suppose que vous n'avez pas besoin de moi ?

— L'ai-je jamais eu ? Mais vous devez vous tenir à ma disposition pour exécuter mes instructions. Vous pouvez partir. »

Diamond demanda au Premier adjoint de reprendre le déroulement des informations sur Nicholaï Hel et de le projeter assez lentement pour s'adapter à l'analphabétisme de Starr et du gardien de chèvres de l'O.L.P., qui revenaient de la salle de gymnastique. L'Arabe frottait ses yeux rougis en remettant son dictionnaire dans sa poche.

« Bonté divine, monsieur Diamond ! On ne peut pas lire dans cette pièce. Les lampes sur les murs sont tellement fortes !

— Asseyez-vous. J'attends de vous deux que vous appreniez tout ce que vous êtes capables d'apprendre sur Nicholaï Hel. Qu'importe si ça prend toute la nuit. J'ai décidé que vous m'accompagneriez quand j'irai voir cet homme — non parce que vous me serez d'une quelconque utilité, mais parce que vous êtes responsables de ce bousillage, et que j'ai l'intention de vous y faire assister jusqu'au bout.

— C'est le moins que vous puissiez faire », marmonna Starr.

Diamond s'adressa à Mlle Swivven qui sortait de l'ascenseur. « Notez. Un : terrain du Wyoming de Hel, éliminer. Deux : compte en Suisse : éliminer. Trois : Le Gnome, intensifier les recherches. Quatre : MI-5 et MI-6, état d'alerte et instructions. Très bien, Llewellyn, commencez à projeter le déroulement pour nos deux imbéciles. Et vous deux, vous feriez mieux de prier pour que Nicholaï ne soit pas déjà sous terre. »

Gouffre Porte-de-Larrau

A cet instant précis, Nicholaï était à trois cent quatre-vingt-treize mètres sous terre, se balançant lentement au bout d'un câble d'un demi-centimètre d'épaisseur. Soixante-quinze mètres plus bas, invisible dans le noir velouté de la cavité, se dressait le sommet d'un vaste cône d'éboulis, accumulation de milliers d'années de matériaux détritiques qui s'étaient déversés par la cheminée d'entrée. Et, au pied de ce cône, son équipier attendait qu'il terminât sa onzième descente dans la cheminée qui s'ouvrait sous lui comme une spirale géante tournée à l'envers.

Les deux jeunes Basques, qui manœuvraient le treuil au bord du gouffre à presque quatre cents mètres plus haut, avaient mis les cliquets de sécurité chargés d'assurer le câble pendant qu'ils replaçaient le dispositif de freinage usé par un neuf. C'était le moment le plus éprouvant et le plus fatigant de la descente. Éprouvant parce que Hel dépendait maintenant uniquement du câble, après avoir mis quatre-vingts minutes à franchir la cheminée avec ses goulets d'étranglement, ses saillies étroites, ses dièdres perfides, ses passages resserrés où il s'était glissé avec précaution, sans jamais pouvoir se suspendre au câble qui devait rester mou pour lui assurer une certaine liberté de manœuvre. Pendant toute la descente, il avait dû empêcher le câble de s'entortiller ou de s'emmêler avec la liaison téléphonique qui pendait à côté de lui. Mais tout au long de ces difficultés, les unes excitantes, les autres seulement fastidieuses, demeurait le réconfort de la paroi rocheuse, proche et visible à la lueur de son éclairage frontal et sur laquelle il savait pouvoir compter si le treuil ou le câble venait à lui faire défaut.

Maintenant, Hel était sorti de la cheminée et il se balançait juste au-dessous de la voûte de la première grande cavité, dont les parois disparaissaient dans l'obscurité, hors de la portée de son éclairage frontal ; il était suspendu dans l'infini du vide, le poids combiné de son propre corps, de quatre cents mètres de câble, du matériel et du ravitaillement dépendant uniquement des deux cliquets de freinage à quatre cents mètres au-dessus de lui. Hel avait une parfaite confiance dans le dispositif du treuil. Il l'avait conçu et fabriqué lui-même dans son atelier. C'était très simple, une commande à pédale actionnée par les jambes puissantes des deux montagnards basques là-haut, et démultipliée à la mesure de la lenteur de la descente. Des cliquets de sécurité, mâchoires destinées à mordre dans le câble et le stopper s'il excédait une certaine vitesse de descente. La chèvre était constituée par un trépied en tubes d'aluminium directement posé sur l'entrée du trou. Hel savait que ce dispositif devait en principe l'empêcher de s'écraser dans le noir sur l'amas d'éboulis et de blocs qui remplissait presque la moitié de la première grande cavité, mais il ne pouvait s'empêcher de prier que les garçons là-haut sachent le manœuvrer. Il était obligé de respirer par la bouche, car il était suspendu au beau milieu d'une chute d'eau produite par l'écoulement d'un courant souterrain dans la cheminée au mètre 370 qui faisait des derniers quatre-vingt-dix mètres une descente libre sous un jet glacial. L'eau lui coulait sur les bras en dépit des épais cercles de caoutchouc enserrant ses poignets, et dégoulinait jusqu'au creux brûlant de ses aisselles. Son éclairage frontal ne lui était plus d'aucune utilité ; il l'éteignit et se laissa mollement pendre dans le fracas et le sifflement assourdissant de l'eau, les côtes et les cuisses écorchées par les sangles du harnais. Il valait mieux ne rien voir. Pendant sa lente et pénible progression dans la cheminée, le câble s'était automatiquement enroulé sur lui-même et quand il déboucha à la hauteur de la voûte de la première cavité, Hel se mit à tournoyer, lentement d'abord, puis de plus en plus vite, ralentissant, s'arrêtant... et repartant dans l'autre sens. S'il avait pu voir la hauteur de la chute d'eau qui tourbillonnait autour de lui, il aurait eu le vertige, mais dans le noir il n'avait d'autre sensation que celle d'enfler comme un ballon, bras et jambes étirés par la vitesse du tournoiement.

Hel se sentit soudain tiré vers le haut de quelques centimètres pendant qu'on relâchait les cliquets de sécurité, et il retomba brutalement un peu plus bas quand on transféra son poids sur le nouveau tambour. Il attaqua sa descente dans la cascade bientôt transformée en brouillard. De temps à autre, il dirigeait le faisceau de son éclairage en dessous, là où l'attendait son coéquipier, installé prudemment hors de la trajectoire de la chute de pierres, d'eau et, à Dieu ne plaise, de Nicholaï Hel. Le raclement de son harnachement et du container du ravitaillement prévint Hel qu'il venait d'atteindre le sommet du cône d'éboulis. Il remonta les jambes pour se poser en position assise ; les garçons en haut allaient bloquer le câble au premier signe de relâchement et il aurait du mal à retirer son harnais, perché sur la pointe des pieds au sommet d'un rocher.

Le Cagot se hissa péniblement à sa rencontre et l'aida à défaire ses sangles et à se débarrasser de son équipement. Le froid et l'humidité lui avaient tellement coupé la circulation que Nicholaï avait les doigts gourds et insensibles et pouvait à peine détacher les sangles et les boucles.

« Et alors, Nikko! rugit Le Cagot de sa voix de basse retentissant dans la grotte. Tu te décides enfin à débarquer! Où étais-tu? Par les couilles de l'Esprit saint, je croyais que tu avais décidé d'abandonner et de rentrer chez toi! Allez, viens. J'ai fait du thé. »

Le Cagot chargea le container sur son épaule et redescendit le cône d'éboulis d'un pas assuré, évitant soigneusement les blocs instables qui auraient précipité un éboulement. Ouvrant et fermant les mains pour rétablir la circulation, Hel lui emboîta le pas. Le Cagot connaissait mieux que lui la traîtrise du cône d'éboulis. Le vieux chantre du Pays basque était là depuis deux jours; il avait installé un camp de soutien au pied du cône et tenté des petites sorties de reconnaissance dans les cavités et galeries donnant sur la caverne principale. La plupart avaient abouti à un bouchon ou une paroi aveugle ou encore un passage trop étroit pour s'y insinuer.

Le Cagot fouilla dans le container que venait de descendre Hel. « Qu'est-ce que ça veut dire? Tu avais promis d'apporter une bouteille d'Izarra! Ne me dis pas que tu as tout bu en descendant! Si jamais tu m'as fait ça, Nikko, par les couilles de saint Paul, je te casse la gueule, bien que cela me peine énormément car tu es un brave type en dépit de tes tristes origines. » Le Cagot était convaincu que tout homme ayant le malheur de ne pas être basque souffre d'une malformation génétique tragique.

« Elle est quelque part part là-dedans », dit Hel en s'allongeant sur une dalle avec un soupir douloureux.

Pendant les quarante heures qui venaient de s'écouler, alors que Le Cagot installait le camp de soutien et tentait ses petites sorties de reconnaissances, Hel avait onze fois descendu et remonté la cheminée d'entrée du gouffre, convoyant le ravitaillement, le matériel, la corde d'assurance, et les torches. A présent, il avait besoin de quelques heures de sommeil qu'il pouvait prendre à n'importe quelle heure dans l'obscurité constante de la cavité, même si dehors pointait l'aube.

Nicholaï Hel et Beñat Le Cagot faisaient équipe depuis seize ans. Seize années durant lesquelles ils avaient exploré la plus grande partie des grands réseaux européens, effectuant parfois des premières dans le petit monde de la spéléologie avec des records de profondeur et de distance. Au cours des années, la répartition des tâches entre eux était devenue machinale. Le Cagot, force de la nature malgré ses cinquante ans, descendait toujours le premier, dégageant les parois du trou sur son passage, déblayant les saillies et les dièdres des aspérités et des débris susceptibles d'être détachés par le câble et de tuer un homme dans la cheminée. Il prenait toujours avec lui la batterie de la liaison téléphonique et établissait une sorte de camp de soutien hors de la trajectoire des chutes de pierres et d'eau. Parce que Nicholaï Hel était plus souple et plus habile, il se chargeait de tous les convoyages quand — et c'était le cas pour ce nouveau puits — la cheminée d'accès était sinueuse ou en spirale et qu'elle ne permettait pas de descendre le matériel sans accompagnateur. L'opération ne demandait ordinairement que deux ou trois voyages. Mais cette fois-ci, ils étaient tombés sur tous les indices d'un grand réseau de cavernes et de galeries dont l'exploration demanderait un équipement considérable. Hel avait donc dû effectuer onze trajets exténuants. Et maintenant, le convoyage terminé, la fatigue s'emparait de lui et ses muscles noués se relâchaient douloureusement.

« Tu sais quoi, Nikko ? J'ai résolu un problème primordial à la faveur de mon esprit clairvoyant et perspicace. » Le Cagot versa une large rasade d'Izarra dans le bouchon métallique d'une gourde. Après deux jours de solitude dans l'obscurité de la cavité, l'instinct grégaire du Basque ressortait et le poussait inévitablement à monologuer face à une audience attentive. « Voilà ce que j'ai pensé, Nikko. Tous les spéléologues sont des fous, sauf bien entendu les spéléologues basques chez lesquels ce que les autres appellent folie est une manifestation de courage et d'esprit d'aventure. Tu es d'accord ? »

Hel grommela en s'enfonçant dans un sommeil comateux qui lui fit oublier la dureté de la dalle sous son dos.

« Mais, protesteras-tu, peut-on vraiment affirmer que le spéléologue est plus fou que l'alpiniste ? Je réponds oui. Pourquoi ? Parce que le spéléologue affronte des dangers plus difficiles. L'alpiniste lutte seulement contre les défaillances de son organisme et de sa résistance. Le spéléologue, lui, doit résister à l'usure des nerfs, l'angoisse des peurs primitives. L'animal primitif qui subsiste en tout homme connaît des terreurs profondes qui échappent au contrôle de la raison et de l'intelligence. Il a peur du noir. Il a peur d'être sous terre, de tout temps considéré comme le foyer des forces du Mal. Il a peur de la solitude. Peur d'être pris au piège. Il craint l'eau dont il est pourtant sorti autrefois pour devenir Homme. Tomber sans fin dans le noir et s'égarer dans un labyrinthe chaotique sont ses deux cauchemars dominants. Et le spéléologue — ce fou — choisit de son plein gré de les affronter. C'est en quoi il est plus insensé que l'alpiniste, car il risque à tout moment sa santé mentale. Voilà ce que j'étais en train de penser, Nikko... Nikko ? Nikko ? Nikko ? Comment ! Tu dors pendant que je te parle ! Couillon de fainéant ! Je te jure par les couilles de Judas que pas un homme sur mille ne s'endort pendant que je parle ! Tu insultes le poète en moi ! Tu fermes les yeux devant un coucher de soleil, tu fermes tes oreilles à la mélodie basque. Veux-tu que je te dise, Nikko ? Nikko ? Tu es mort ou quoi ? Réponds par oui ou par non. Bon, très bien, pour ta punition, je boirai ta ration d'Izarra. »

La cheminée d'accès au réseau qu'ils se préparaient à explorer avait été découverte par hasard l'année précédente, mais personne n'en avait rien dit parce qu'une partie du gouffre conique au-dessus d'elle se trouvait en Espagne, et que les autorités espagnoles risquaient d'en condamner l'entrée comme ils l'avaient fait pour le gouffre Pierre-Saint-Martin après la chute tragique et la mort de Marcel Loubens en 1952. Pendant l'hiver, une équipe de jeunes Basques avaient subrepticement changé de place les pierres de bornage pour faire rentrer l'aven en France, déplaçant les vingt bornes une à une afin de duper les douaniers espagnols qui patrouillaient dans le coin. Cet ajustement de frontière leur sembla parfaitement légitime ; après tout, la terre était avant tout basque, et une frontière arbitraire établie par les deux nations territoriales ne les concernait pas.

Il existait une autre raison à ce déplacement de frontière. Le Cagot et les deux garçons qui manœuvraient le treuil étaient connus comme activistes de l'E.T.A. Une arrivée impromptue de la douane espagnole pendant l'exploration risquait de leur faire passer le reste de leurs jours en prison.

Bien que le gouffre Porte-de-Larrau fût plutôt éloigné du vaste champ de dolines qui caractérisent la région autour du pic d'Anie, et lui méritent le nom de « Gruyère de France », des équipes de spéléologues avaient tenté de l'explorer, mais elles étaient reparties, déçues de tomber sur une perte sèche dont la cheminée était obstruée à quelques mètres de profondeur. Et le bruit courut bientôt parmi l'étroite communauté de spéléologues qu'il n'y avait point lieu de s'attaquer au gouffre Porte-de-Larrau quand il existait des explorations bien plus intéressantes dans le vaste champ karstique au-dessus de Saint-Engrace, où les flancs des montagnes et des hauts plateaux sont criblés d'une multitude d'avens formés par le ruissellement des eaux météoriques dans la roche calcaire.

Mais il y a un an, deux bergers, gardant leurs troupeaux dans les alpages, déjeunaient d'un morceau de fromage frais, de pain gris et de chorrizo au bord du gouffre Porte-de-Larrau, quand l'un des garçons jeta négligemment une pierre dans l'ouverture du gouffre et fut surpris par le vol effarouché de deux corbeaux. Tout le monde sait que les corbeaux nichent dans des cheminées d'une profondeur considérable, aussi leur parut-il étonnant que ces oiseaux aient fait leur nid dans une si petite dépression. Par curiosité, les deux bergers s'approchèrent du bord de l'entonnoir et jetèrent des pierres dans l'orifice. L'écho provoqué par la chute des pierres et des éboulis qu'elles détachèrent au passage rendait impossible le calcul de la profondeur de la cheminée, mais une chose était certaine : ce n'était pas un petit trou. En fait, le grand tremblement de terre de 1962, qui avait presque entièrement détruit le village d'Arrete, avait par la même occasion dégagé les bouchons de pierres et de roches qui obstruaient l'aven.

Quand deux mois plus tard, les bergers redescendirent dans la vallée, ils informèrent Beñat Le Cagot de leur découverte, sachant que le chantre du séparatisme basque était aussi un spéléologue passionné. Ben leur fit jurer de garder le secret et fit part de la nouvelle à Nicholaï Hel, chez qui il se cachait chaque fois, que ses récentes activités rendaient son séjour en Espagne particulièrement imprudent.

Ni Hel ni Le Cagot ne se laissèrent d'abord impressionner par la découverte. Ils ne pensaient pas trouver un réseau bien important au fond du puits d'entrée — en supposant qu'ils en atteignent le fond. Le tremblement de terre n'aurait sans doute dégagé que les parties supérieures de l'aven. Ou alors, comme c'était souvent le cas, ils découvriraient que des siècles d'éboulements avaient érigé un cône de déjection qui atteignait la voûte de la cavité et bouchait à jamais la sortie du puits.

Néanmoins, ils décidèrent de tenter une petite exploration préliminaire. Désobstruer la voie pour jeter un coup d'œil — rien d'important.

Avec l'automne, le mauvais temps revint en montagne. C'était un avantage car il réduisait le zèle des patrouilles de douaniers du côté espagnol (les Français étant généralement peu enclins à affronter de telles rigueurs). Le mauvais temps aurait, toutefois, l'inconvénient de ralentir le transport dans ces montagnes désolées de tout le matériel dont ils avaient besoin : cordes, treuil, liaison téléphonique, trépied, sans compter l'équipement et le ravitaillement.

Le Cagot prit les choses à la légère, rappelant à Hel que la contrebande dans ces montagnes était l'occupation traditionnelle du Basque Soule.

« Sais-tu que nous avons un jour transporté un piano d'Espagne ?

— On m'a raconté ça. Comment avez-vous fait ?

— Ah ! Ah ! C'est les gabelous qui aimeraient bien le savoir ! En fait, ce fut très simple. Encore un exemple que rien ne résiste à l'ingéniosité du Basque. »

Hel hocha la tête, fataliste. Plus moyen d'éviter le récit de l'exploit, maintenant ; car les diverses manifestations de la supériorité raciale des Basques étaient le thème favori de Beñat Le Cagot.

« Parce qu'on peut te considérer comme basque à titre honorifique — malgré le ridicule de ton accent — je vais te raconter comment nous avons fait passer ce piano. Mais promets-moi de garder le secret jusqu'à ta mort. Tu promets ?

— Pardon ? » Hel pensait à autre chose.

« J'ai ta promesse. Voilà comment nous avons procédé. Nous

avons transporté le piano, note par note. Cela nous a pris quatre-vingt-huit voyages. Mais le type s'est fichu par terre avec le Do, et il l'a ébréché. Depuis, le piano en question a deux Si mineurs côte à côte. C'est la vérité ! Je te le jure par les couilles de saint Jude ! Pourquoi mentirais-je ? »

Ils mirent deux jours et demi à transporter le matériel jusqu'au bord du gouffre, un jour pour l'installer et le tester, et le travail d'exploration commença. Hel et Le Cagot descendirent tour à tour dans le puits d'entrée, dégageant les cailloutis des corniches, faisant sauter les aspérités qui menaçaient d'user la corde, s'attaquant aux blocs qui obstruaient le passage. Avec le risque que l'un de ces blocs soit trop bien ancré dans la roche pour céder, ou qu'il se révèle être le sommet d'un cône d'éboulis, ce qui les obligerait à terminer là leur exploration, piteusement.

Le puits d'entrée n'était pas une cheminée verticale mais une spirale dans laquelle le câble se tordait tellement sur lui-même qu'à chaque descente libre ils devaient se laisser tournoyer de tout leur poids dans les deux sens jusqu'à ce qu'il se détorde. Outre le travail de désobstruction du puits et du nettoyage des corniches, ils devaient souvent décaper la roche mère elle-même, particulièrement dans les goulets d'étranglement et les retrécissements, pour établir une ligne de descente relativement droite qui permette au câble de filer sans frotter contre le tranchant de la paroi rocheuse, et d'éviter une usure susceptible de réduire tôt ou tard son épaisseur déjà calculée au plus juste : un facteur de sécurité de cent pour cent pour les quatre-vingt-deux kilos de Le Cagot, plus le matériel. En conservant son treuil à pédale, Hel avait choisi le câble le plus léger pour deux raisons : flexibilité dans les passages en tire-bouchon, et poids. Ce n'était pas le poids des serre-câbles qui l'inquiétait ; c'était plutôt le poids de la corde en descente libre. Quand un homme se trouve trois ou quatre cents mètres plus bas, le poids de la corde dans le puits triple les efforts des servants du treuil.

Comme il faisait toujours noir dans un puits, ils perdirent vite le sens du temps, et s'étonnèrent parfois de s'apercevoir qu'il faisait nuit en remontant. Chacun travaillait aussi longtemps que le lui permettait sa résistance physique, afin de limiter le temps perdu à remonter l'un et descendre l'autre. Il y eut des moments d'enthousiasme quand un bouchon était désobstrué, révélant dix mètres de verticale. Alors que ce soit en bas, au bout du câble, ou en haut au relais de liaison téléphonique, le moral remontait. Et d'autres fois, où ils dégagèrent un amas de blocs pierreux pour le voir s'écrouler un mètre ou deux plus bas, augmentant l'épaisseur du bouchon suivant.

Les jeunes servants du treuil étaient débutants, et il leur arriva une fois d'oublier d'installer le système de freinage. Dans le puits en dessous, Hel était en train de dégager un bouchon pyramidal de quatre blocs avec son piolet à manche court. Le passage s'ouvrit brusquement sous ses pieds. Le câble était lâche. Il tomba...

Trente centimètres jusqu'au bouchon suivant.

Pendant une fraction de seconde, il fut un homme mort. Il se contracta, sentant battre la charge d'adrénaline dans ses veines. Puis il actionna la commande du téléphone, et de sa voix sourde donna lentement des instructions précises sur l'utilisation des cliquets de freinage. Et il se remit au travail.

Quand Hel et Le Cagot étaient rompus de fatigue, les genoux et les coudes à vif, l'avant-bras trop raide pour serrer le manche du piolet, ils s'endormaient à l'abri de la *artzain xola,* cette cabane que les bergers utilisent pendant les pâturages d'été sur les flancs du pic d'Orhy, le plus haut sommet du Pays basque. Trop tendus pour trouver rapidement le sommeil, ils bavardaient pendant que le vent mugissait le long des pentes sud de la montagne. C'est là que Hel entendit pour la première fois l'adage énonçant que le Basque, où qu'il soit dans le monde, aspire toujours avec nostalgie à retourner à Eskhual-herri.

Orhiko choria Orhin laket : « Les oiseaux d'Orhy ne se plaisent qu'à Orhy. »

Ils rencontrèrent les conditions les plus dures et les plus décourageantes au mètre 365, où ils durent désobstruer un bouchon épais sous une infiltration constante d'eau glacée. Ils entendaient le grondement et le chuintement d'un cours d'eau souterrain qui pénétrait dans le puits, un peu au-dessous d'eux. D'après le bruit, il était évident que la rivière se transformait en chute d'eau après s'être infiltrée dans le puits et qu'elle avait dégagé le reste du trou.

Après trois heures de désobstruction, Hel remonta à la surface. Pâle, tremblant, trempé jusqu'aux os, il avait les lèvres violettes, la peau du visage et des mains décolorée et fripée par le travail sous l'eau. Le Cagot se moqua bruyamment de lui et voulut lui démontrer que la roche allait frémir et battre en retraite face à la puissance d'un Basque. Mais il était à peine descendu dans la cheminée qu'on l'entendit haleter et cracher dans le téléphone, maudissant le bouchon, l'eau glaciale, cette connerie de montagne, de spéléologie et de création tout entière, par les couilles de l'Esprit saint ! Et soudain, le silence. Sa voix parvint à Hel, étouffée, essoufflée.

« Ça glisse. Assure-toi que ces foutus cliquets sont bien mis. Si jamais je tombe et que je fous en l'air ma superbe carcasse, je remonte vous botter le cul, à tous.

— Attends ! » cria Hel dans le téléphone. Le câble avait encore suffisamment de mou pour donner à Le Cagot la place de remuer.

Il y eut un grognement quand Le Cagot donna le dernier coup

de pioche ; puis le câble se tendit, et on n'entendit plus rien. L'instant d'après, la voix du Basque montait, forcée, métallique : « Nous y voici, mes amis et admirateurs ! Nous sommes passés ! Et je suis pendu dans une foutue chute d'eau. (Une pause.) Par la même occasion, je me suis cassé le bras ! »

Hel respira profondément et se remémora la forme de la cheminée. Puis il parla de sa voix basse, calme. « Peux-tu remonter en t'aidant d'une seule main ? »

Pas de réponse.

« Beñat ? Peux-tu remonter ?

— Vu l'alternative, j'imagine que je ferais mieux d'essayer.

— On va faire le plus lentement et le plus doucement possible.

— Ce serait très aimable de votre part. »

Suivant les ordres que donnait Hel, le servant du treuil commença à actionner la pédale. Le système était si démultiplié que l'on maintenait facilement une allure lente de remontée, et les premiers vingt mètres ne présentèrent aucune difficulté. Puis Le Cagot pénétra dans le goulet d'étranglement qui montait en spirale pendant quatre-vingts mètres. Là, il devenait impossible de le remonter sur le treuil, les niches et les fissures qu'ils avaient taillées dans la roche pour laisser passer le câble n'avaient que quelques centimètres de large. Le Cagot allait être forcé d'escalader et parfois de se bloquer en opposition pour qu'on puisse lui donner du mou lui permettant de dégager le câble quand il se coincerait. Et tout ça d'une seule main.

Au début, la voix de Le Cagot leur parvint régulièrement sur la ligne téléphonique. Il plaisantait, fredonnait, manifestant bruyamment sa vaillance. Il avait pour habitude de chanter ou de parler sans arrêt quand il était sous terre, prétendant que le poète en lui aimait entendre l'écho lui renvoyer le son de sa voix. Hel savait parfaitement que ce bavardage ininterrompu avait pour but annexe de remplir le silence et de combattre la peur du noir et de la solitude, mais il n'y fit jamais allusion. Bientôt, les plaisanteries, roulades et jurons qui l'aidaient à crâner devant ses amis là-haut et à lutter contre l'angoisse firent place à un halètement ardu, pénible, entrecoupé de grincements de dents quand une vague de douleur irradiait son bras cassé.

Le câble montait et descendait. Quelques mètres de gagnés, et il fallait donner du mou pour permettre à Le Cagot de dégager la corde. Les deux mains libres, il aurait facilement pu libérer le passage et serait remonté sans problème.

Le premier servant du treuil était à bout de forces. Ils coincèrent le câble dans le cliquet à double friction pendant que le second garçon le remplaçait. La moitié du câble était à présent remontée dans les tambours de freins, et la manœuvre à la pédale était plus aisée, mais Le Cagot progressait lentement, irrégulièrement. Remonter deux mètres ; relâcher trois mètres pour dégager le câble ; raidir ; gagner un mètre ; en perdre deux ; regagner deux mètres et demi...

Hel ne parlait pas à Le Cagot. Ils étaient amis de longue date et il ne voulait pas peiner son camarade en lui faisant l'affront de croire qu'il avait besoin d'encouragements verbaux. Il se sentait inutile, épuisé par l'inquiétude et les mimiques aussi vaines que ridicules dont il accompagnait instinctivement la remontée de Le Cagot. Il se tenait près du tambour de liaison, écoutant le souffle rauque de son ami dans la ligne téléphonique. Le câble était marqué de rouge tous les dix mètres, permettant de repérer au fur et à mesure la remontée dans les palans de la poulie et de connaître l'emplacement exact de Le Cagot dans la cheminée. Et il se représentait les conditions qui entouraient Beñat ; ce petit rebord qui pouvait faire une prise de pied, ce dièdre autour duquel le câble allait s'entortiller ; ce retrécissement qui était une torture pour son bras cassé.

La respiration de Le Cagot leur parvenait, oppressée, haletante. Hel repéra la marque sur le câble ; Beñat en était au passage le plus délicat, un double dièdre au mètre 44. Juste en dessous, il y avait une saillie étroite qui pouvait servir d'appui pour le premier passage en opposition. Manœuvre hardie, même pour un homme en possession de ses deux bras, qui consistait à grimper dans une cheminée tellement étroite par endroits que l'on devait se hisser en prenant appui des talons et des genoux, et si large en d'autres que l'appui portait alors de la plante des pieds à la nuque. Et pendant toute l'ascension, le grimpeur était obligé de garder le câble lâche pour l'empêcher de se prendre dans les blocs en surplomb.

« Stop », dit Le Cagot d'une voix rauque. Il devait être sur la saillie, la tête renversée pour examiner le plus bas des deux dièdres à la lueur de son éclairage frontal. « Je crois que je vais me reposer ici un moment. »

Se reposer ? pensa Hel. Sur un rebord de six centimètres de large ?

De toute évidence, c'était la fin. Le Cagot n'en pouvait plus. L'effort et la douleur avaient eu raison de lui, et le plus dur restait encore à faire. Une fois passé ce double dièdre, il pourrait se laisser hisser de tout son poids sur le câble, comme un sac de millet ; mais avant, il fallait qu'il négocie seul ce fichu dièdre.

Le jeune garçon à la pédale du treuil regarda Hel, ses yeux noirs de Basque arrondis d'horreur. Papa Le Cagot était un héros pour ces jeunes. N'avait-il pas porté la poésie basque à la connaissance du monde entier lors de ses conférences dans les universités d'Angleterre et des États-Unis, où des jeunes gens enthousiastes applaudissaient son esprit révolutionnaire, écoutant avec recueillement des poèmes qu'ils ne pouvaient pas comprendre ? N'était-ce pas Papa Le Cagot qui était allé en Espagne avec cet étranger, Nicholaï Hel, pour délivrer les treize garçons que l'on avait mis en prison sans jugement ?

La voix de Le Cagot monta dans la ligne téléphonique. « Je vais rester ici un moment. » Il ne haletait plus, mais il y avait dans son intonation un calme résigné qui ne correspondait pas à son tempérament impétueux. « Cet endroit me convient. »

Sans savoir exactement dans quel but Nicholaï se mit à monologuer de sa voix sourde. « Des Néanderthals. Oui, ce sont probablement des Néanderthals.

— De quoi parles-tu ? demanda Le Cagot.

— Des Basques.

— Ça, c'est très bien. Mais qu'est-ce que tu veux dire avec tes Néanderthals ?

— J'ai un peu étudié l'origine des Basques. Tu connais les faits aussi bien que moi. Leur langue est la seule langue pré-aryenne encore vivante. Et il est prouvé qu'ils forment une race à part du reste de l'Europe. On ne trouve le groupe sanguin O que chez quarante pour cent des Européens, alors qu'il apparaît chez presque soixante pour cent des Basques. Et chez les Eskualdins, le groupe sanguin B est pratiquement inexistant. Tout cela laisse penser que nous sommes en présence d'une race totalement différente, une race qui descendrait d'un ancêtre primate différent.

— Laisse-moi te le dire tout de suite, Nikko. Ce bavardage prend un tour que je n'apprécie pas !

— ... et il y a aussi la forme du crâne. Le crâne rond du Basque se rapproche plus de celui de l'homme du Néanderthal que de celui, plus grand, de l'homme de Cro-Magnon dont descendent les races supérieures.

— Nikko ? Par les couilles de saint Jean-Baptiste, tu vas finir par me foutre en rogne !

— Je ne dis pas que c'est une question d'intelligence qui différencie les Basques du reste de l'humanité. Après tout, ils ont beaucoup appris au contact de leurs maîtres espagnols.

— Argh !

— Non ce serait plutôt une question de courage physique. S'ils ont une sorte de force et de bravoure spectaculaire, convenant au baiseur rapide et à l'homme de commando, les Basques sont plus embarrassés quand il s'agit d'endurance et de ténacité.

— Donne-moi du mou !

— Non pas que je les blâme. Un homme est ce qu'il est. Une ruse de la nature, une ride dans le temps, a conservé cette race inférieure dans un coin montagneux du monde où elle s'est arrangée pour survivre, car, disons-le franchement, qui d'autre aurait voulu de ce terrain vague et stérile qu'est l'Eskual-Herri ?

— Je monte, Nikko ! Je monte ! Profite bien du soleil ! C'est ton dernier jour !

— Tu parles, Beñat ! Même moi, j'aurais du mal dans ce double dièdre. Et j'ai deux bras ; et je ne suis pas un taré de Néanderthal. »

Le Cagot ne répondit pas. Seule sa respiration forte leur parvenait, et de temps en temps un grognement quand il heurtait son bras cassé.

Vingt centimètres ; trente. Le servant reprenait du mou, l'attention rivée sur les marques du câble qui s'enroulait dans les palans du trépied, avalant péniblement sa salive par compassion pour le halètement inhumain qui lui remplissait les oreilles. L'autre garçon tenait le câble dans sa main, en un vain geste d'assistance.

Hel ôta ses écouteurs et s'assit au bord du gouffre. Il ne pouvait plus rien faire, et il ne voulait pas entendre Le Cagot remonter, s'il remontait. Il baissa les yeux et se plongea dans la méditation, anesthésiant ses émotions. Il n'en sortit qu'en entendant le cri poussé par le garçon du treuil. La marque des quarante mètres était dans le palan. Ils pouvaient remonter Le Cagot sur le câble.

Hel se plaça devant l'ouverture étroite du gouffre. Il entendait Le Cagot à présent, le frottement de son corps affaibli contre les parois de la cheminée. Cran après cran, les garçons le montèrent avec lenteur et précaution pour ne pas le blesser. Les rayons du soleil ne pénétraient qu'à un mètre ou deux de profondeur dans le trou, aussi se passa-t-il quelques secondes entre l'apparition des sangles du harnais et Le Cagot et le moment où il se balança à la poulie.

Quand il reprit connaissance, Le Cagot était étendu sur un lit en planches dans la *artzain xola* du berger, le bras immobilisé dans une attelle improvisée. Les jeunes coéquipiers avaient fait un feu de brindilles et Nicholaï était assis au bord du lit, les yeux baissés sur le visage marqué par l'épreuve de son compagnon, avec ses yeux creusés et sa peau tannée encore blafarde d'émotion sous la barde rousse et grise.

« Veux-tu du vin ? demanda Hel.

— Est-ce que le pape est vierge ? (La voix de Le Cagot était faible et éraillée.) Tu me le verses dans la gorge, Nikko. Il y a deux choses qu'un manchot ne peut pas faire. Et l'une d'elles est de boire à un xahako. »

Boire à la régalade demande une coordination immédiate entre la main et la bouche, et Nicholaï fit maladroitement gicler quelques gouttes de vin dans la barbe de Beñat.

Le Cagot toussa et avala de travers. « Il n'y a pas pire infirmière que toi dans le monde, Nikko. Je te le jure par les couilles de Jonas. »

Hel sourit. « Et quelle est l'autre chose qu'un manchot ne peut pas faire ? demanda-t-il calmement.

— Je ne peux pas te le dire, Nikko. C'est trop cochon. Tu es trop jeune. »

En fait, Nicholaï était plus âgé que Le Cagot, bien qu'il parût de quinze ans son cadet.

« Il fait nuit, Beñat. Nous te redescendrons dans la vallée demain matin. Je trouverai un vétérinaire pour te remettre le bras en place. Les médecins ne soignent que l'homo sapiens. »

Alors Le Cagot se souvint. « J'espère que je n'ai pas tapé trop dur quand je suis remonté à la surface. Mais tu l'avais bien cherché.

— Je survivrai aux coups que tu m'as donnés.

— Bon. (Beñat sourit.) Tu es simple d'esprit, mon cher ami. Tu crois vraiment que je ne me suis pas aperçu de ton stratagème enfantin ? Tu espérais me rendre furieux pour me donner la force de remonter, hein ? Mais ça n'a pas marché, n'est-ce pas ?

— Non, ça n'a pas marché. L'esprit basque est bien trop subtil pour moi.

— Il est trop subtil pour tout le monde à part saint Pierre — qui, d'ailleurs, était lui-même basque, bien que peu de gens le sachent. Alors, raconte ! A quoi ressemble notre cave ?

— Je n'y suis pas descendu.

— Quoi ? Tu n'y es pas descendu ? *Alla Jainkoa !* Mais je ne suis pas arrivé jusqu'au fond, moi ! Alors, nous ne pouvons pas revendiquer le trou. Que va-t-il se passer si un de ces cons d'Espagnols tombe dedans et se l'approprie ?

— Très bien. J'irai demain, à l'aube.

— Bon. Et maintenant donne-moi un peu de vin. Et tiens la gourde droite cette fois-ci. Pas comme un type qui essaye de pisser son nom sur la neige. »

Le matin suivant, Hel descendit sur le câble. Ce dernier était entièrement dégagé. Il traversa la chute d'eau et le passage où la cheminée débouchait dans la cavité. Tournoyant au bout du câble pendant que ses coéquipiers de surface le maintenaient sur les cliquets pour replacer le serre-câble, Hel se rendit compte qu'ils venaient de faire une véritable découverte ! La cavité était si vaste que son éclairage frontal n'arrivait pas jusqu'aux parois.

Il atteignit rapidement le sommet du cône d'éboulis, et déposa son harnais sur une pierre où il pouvait le retrouver au retour. Après avoir descendu avec précaution le tas d'éboulis, monceau de pierres en équilibre instable, il se retrouva sur le plancher de la cavité, à quelque deux cents mètres en dessous du sommet du cône. Il alluma une fusée éclairante et la tint derrière lui pour éviter d'être aveuglé. La cavité était immense — plus large que l'intérieur d'une cathédrale — et une myriade de conduits et de ramifications s'en échappaient dans toutes les directions. Mais le courant de la rivière souterraine se dirigeait vers la France ; ce serait donc la voie pour une exploration plus importante, lorsqu'ils reviendraient. Malgré sa curiosité naturelle de spéléologue éprouvé, Hel ne se permit pas d'aller plus avant sans Le Cagot. Ç'aurait été injuste. Il remonta le long du cône d'éboulis et retrouva le câble libre.

Quarante minutes plus tard, il émergeait dans la lumière brumeuse du matin. Après quelques minutes de repos il aida ses coéquipiers à démonter le trépied en alluminium et les haubans du treuil. Ils roulèrent plusieurs gros rochers sur les abords de l'orifice, en partie pour le camoufler à qui s'aventurerait dans les parages, mais aussi pour empêcher les moutons de la prochaine transhumance d'y tomber.

Ils masquèrent sous des pierres et des cailloux les traces laissées par le treuil et les haubans, mais ils savaient que les rigueurs de l'hiver se chargeraient de les faire complètement disparaître.

De retour dans la *artzain xola,* Hel fit son rapport à Le Cagot qui se montra enthousiaste en dépit de son bras enflé et douloureux.

« Parfait, Nikko. On reviendra l'été prochain. Écoute. J'ai réfléchi pendant que tu étais en bas. Il faut donner un nom à notre cavité, non ? Et je veux me montrer équitable dans cette appellation. Bien entendu, tu es le premier à y être descendu, mais n'oublions pas que le dernier bouchon a sauté grâce à mon courage et à mon adresse. Donc, considérant tout ceci, j'ai trouvé le nom idéal pour la cavité.

— Et c'est ?

— La cavité Le Cagot ! Qu'en penses-tu ? »

Hel sourit. « C'est on ne peut plus équitable. »

C'était il y a un an. A la fonte des neiges, ils reprirent le chemin de la montagne et commencèrent les descentes de sondage et de croquis. Et aujourd'hui, ils étaient prêts à entamer leur exploration principale le long de la rivière souterraine.

Hel avait dormi plus d'une heure tout habillé et chaussé sur la dalle rocheuse ; Le Cagot n'avait pas cessé de monologuer, s'adressant à son ami endormi, sirotant la bouteille d'Izarra, gorgée après gorgée. Une pour lui. La suivante en l'honneur de Nikko.

Quand Hel remua enfin, sensible aux aspérités de la roche dans son sommeil, Le Cagot interrompit son monologue et poussa du pied son compagnon. « Hé ! Nikko ! Tu as l'intention de dormir toute ta vie, ou quoi ? Réveille-toi et regarde ce que tu as fait ! Tu as descendu la moitié de la bouteille d'Izarra, bougre de couillon ! »

Hel se redressa, étira ses muscles courbatus. Le froid humide de la cavité lui glaçait les os. Il se saisit de la bouteille. Elle était vide.

« J'ai bu l'autre moitié, avoua Le Cagot. Mais je vais te faire du thé. » Pendant que Beñat tripotait le réchaud portatif, Hel se débarrassa de son harnais et de la combinaison de parachutiste rendue étanche par les bandes élastiques aux poignets et au cou. Il ôta ses quatre chandails de laine fine, remplaça le dernier par un tricot de jersey à mailles lâches, et renfila par-dessus les trois autres, humides mais chauds. Tout ceci à la lueur d'un appareil qu'il avait mis au point, un simple raccordement d'une ampoule de dix watts à une batterie sèche. Malgré son caractère primitif, cette faible lumière les aidait à combattre l'angoisse de l'obscurité qui les assaillait. Une batterie neuve était capable d'alimenter l'ampoule jour et nuit pendant quatre jours. Si cela ne suffisait pas, on pouvait la remonter à la surface — maintenant qu'ils avaient élargi le rétrécissement et le double dièdre — et la recharger à la magnéto qui alimentait la batterie du téléphone.

Hel enleva ses guêtres et ses chaussures. « Quelle heure est-il ? »

Le Cagot tenait à la main un gobelet en étain rempli de thé. « Peux pas te dire.

— Pourquoi ?

— Parce que si je tourne mon poignet, couillon, je renverse ton thé ! Tiens. Prends-le, ton thé ! (Le Cagot secoua les doigts pour soulager la brûlure.) Maintenant, je peux regarder ma montre. Au fond de la cavité Le Cagot — et peut-être autre part dans le monde — il est exactement 6 h 37, à peu de chose près.

— Bon. (Hel ne put réprimer un frisson en goûtant le breuvage délayé que Le Cagot appelait du thé.) Ça nous donne cinq ou six heures pour nous restaurer et nous reposer avant d'explorer la rivière dans la grande galerie. Tout est prêt ?

— Et le diable, il a des cornes ?

— As-tu vérifié le compas Burton ?

— Et les bébés, ils chient jaune ?

— Es-tu sûr que la roche ne contient pas de fer ?

— Et Moïse, il faisait des feux de forêt ?

— Et la fluorescéine est-elle emballée ?

— Et Franco, c'est un trouduc ?

— Parfait. Je vais faire un somme dans mon sac.

— Comment peux-tu dormir ? Le jour J ! Nous sommes descendus quatre fois dans ce trou, à mesurer, prendre des croquis, repérer. Et chaque fois, nous avons résisté à l'envie de suivre le cours de la rivière, gardant la grande aventure pour la fin. Et maintenant que l'heure est venue, tu ne vas quand même pas dormir ? Nikko ! Nikko ! Que le diable l'emporte ! (Le Cagot haussa les épaules et soupira.) Va comprendre ces foutus Orientaux ! »

A eux deux ils auraient à transporter les deux kilos et demi de fluorescéine qu'il faudrait déverser dans la rivière souterraine au cas où leur progression serait interrompue soit par un rétrécissement impraticable, soit par la disparition de la rivière dans une zone formant siphon. Ils avaient calculé que la résurgence de la rivière devait se trouver dans le torrent d'Holçarte, et au cours de l'hiver, tandis que Le Cagot montait divers canulars patriotiques en Espagne, Hel avait étudié la partie de cette gorge magnifique où le torrent avait creusé un lit de deux cents mètres de profondeur. Il avait découvert les résurgences de plusieurs cours d'eau souterrains, mais un seul semblait avoir la vitesse et la direction de courant qui en faisaient un choix possible. Dans deux heures, deux jeunes Basques passionnés de spéléologie viendraient s'installer près de la résurgence et surveiller sans relâche le courant. A la première trace de colorant dans l'eau, ils noteraient l'heure à leur montre, réglée sur celle de Le Cagot. A partir de ce minutage, et de leur navigation à l'estime dans le réseau souterrain, Hel et Le Cagot calculeraient si l'on pouvait envisager de suivre la rivière en scaphandre et réaliser, le comble de la réussite dans toute véritable exploration, le trajet complet de la cheminée d'accès à la résurgence à l'air libre.

Après cinq heures de sommeil profond, Hel se réveilla ainsi qu'il le faisait toujours, sur-le-champ, sans bouger un muscle, sans ouvrir les yeux. Son sens de la proximité le prévint immédiatement. Il n'y avait qu'une personne alentour, et les vibrations qu'elle émettait étaient déconcentrées, vulnérables. Cette personne était en train de rêver, de méditer ou de dormir. Il entendit alors le ronflement de baryton de Le Cagot.

Beñat dormait tout habillé dans son sac de couchage. On n'apercevait que ses longs cheveux ébouriffés et sa barbe gris-roux à la faible lueur de l'ampoule. Hel se leva, alluma le camping-gaz et régla la flamme bleue. Dès que l'eau se mit à bouillir, il chercha son thé dans le container de ravitaillement, une mixture au tanin épais, du *cha,* infusée si longtemps qu'elle contenait deux fois plus de caféine que du café.

En homme qui s'engageait à fond dans toutes ses activités physiques, Le Cagot dormait comme un sourd. Il ne bougea même pas quand Hel lui sortit le bras du sac de couchage pour regarder l'heure. Il était temps d'y aller. Hel donna un coup de pied dans le sac de Beñat, mais n'obtint qu'un grognement accompagné d'un juron marmonné. Au second coup de pied, Le Cagot se tourna de l'autre côté et se recroquevilla sur lui-même, espérant l'évaporation en fumée de son persécuteur. Quand l'eau commença à frémir sur les bords de la casserole, Hel donna un troisième coup, plus vigoureux, dans les flancs de son compagnon. Les vibrations environnantes changèrent immédiatement. Beñat était réveillé.

Sans prendre la peine de se retourner, Le Cagot ronchonna : « Il existe un vieux dicton basque qui dit que ceux qui bottent les fesses d'un homme endormi doivent mourir.

— Tout le monde meurt.

— Tu vois ? Voilà une preuve supplémentaire de notre sagesse populaire.

— Allez, debout !

— Attends un peu ! Donne-moi une minute pour remettre de l'ordre dans mes idées, pour l'amour du Christ !

— Je termine de boire mon thé, et je m'en vais. Je te raconterai comment c'était à mon retour.

— Très bien ! » Le Cagot s'extirpa furieusement de son sac et s'assit sur la dalle de pierre à côté de Hel. Il se pencha d'un air morose sur son thé. « Jésus, Marie, Joseph et l'âne ! Qu'est-ce que c'est que cette mixture ?

— Du *cha* de montagne.

— Ça aurait plutôt le goût de pisse de cheval !

— Je suis bien obligé de te croire. Je n'ai pas ton expérience culinaire. »

Hel finit le reste du thé et soupesa les deux sacs avant de choisir le plus léger. Il ramassa son rouleau de corde Edelrid et un gros mousqueton sur lequel était enfilé un rang de mousquetons plus petits. Puis il vérifia rapidement dans la poche de son sac qu'il avait bien l'assortiment complet de pitons pour les diverses sortes de fissures. Dernière opération, il renouvela les batteries de son éclairage frontal. C'était une autre de ses inventions, fondée sur l'utilisation de la batterie Gerard/Simon, un boîtier cylindrique assez petit pour être inséré entre le haut du casque et la doublure de toile. Hel passait son temps à inventer et fabriquer des pièces d'équipement spéléologique dans son atelier. S'il n'avait jamais songé à les faire breveter, il donnait volontiers des prototypes de ses inventions à ses vieux amis spéléologues.

Hel regarda Le Cagot toujours penché d'un air rogue sur son thé. « Tu me retrouveras au bout du réseau. Je serai facile à reconnaître. Je serai le seul à arborer la victoire sur mon visage. » Et il commença à longer le couloir qui formait le lit de la rivière.

« Par les couilles de saint Pierre, tu as l'âme d'un négrier, sais-tu ? » cria Le Cagot à Hel ; et tout en enfilant rapidement son harnachement, il grommela : « Je parie qu'il a du sang phalangiste dans les veines. »

Peu après avoir pénétré dans la galerie, Hel s'arrêta et attendit Le Cagot. Tout cet étalage d'exhortations et de récriminations faisait partie du cérémonial établi de leurs relations. Hel était le chef d'expédition en vertu de son caractère, de son aptitude à trouver le bon passage grâce à son sens de la proximité, et à son extrême dextérité. La robustesse de Le Cagot et son endurance faisaient de lui le meilleur des coéquipiers. Dès le début, ils avaient établi des schémas permettant à Le Cagot de sauver la face et son amour-propre. C'était lui qui racontait les histoires en sortant des gouffres. Lui qui jurait constamment, qui râlait, se lamentait, comme un gosse mal élevé. Le poète, chez Le Cagot, s'était attribué le rôle du *miles gloriosus,* le clown Falstaffien, mais avec une différence ; ses bravades étaient fondées sur une réputation de courage enjoué dans les innombrables actions de guérilla entreprises contre les fascistes qui oppressaient son peuple en Espagne.

Quand Le Cagot rejoignit Hel, ils descendirent ensemble dans le boyau de plus en plus étroit dont le plancher et les parois polies par l'action de la rivière souterraine révélaient les étapes de la formation du réseau. A la partie supérieure, la roche était calcaire, mais le lit de la rivière était du schiste stratifié. Au cours des temps, les eaux d'infiltration avaient pénétré le calcaire poreux jusqu'au schiste imperméable, le long duquel elles couraient, cherchant à s'enfoncer jusqu'au point final de résurgence. Lentement, les eaux acides avaient dissous le calcaire au-dessus du schiste, créant leur propre conduit. Et lentement, elles avaient attaqué les bords du conduit, jusqu'à miner sa structure et provoquer des éboulements dont elles érodaient patiemment les débris ; ces derniers jouant eux-mêmes le rôle d'abrasifs, emportés par le courant, contribuant ainsi au travail de sape, provoquant des éboulements de plus en plus considérables. Et ainsi, suivant une progression géométrique dont les effets sont aussi les causes, s'était développé à travers les siècles le grand réseau des gouffres. L'essentiel de cette activité était un travail silencieux, patient et sans répit, d'érosion et de corrosion ; et ce n'est que très rarement qu'elle fut ponctuée par le grand drame géologique des effondrements majeurs, dont la plupart furent déclenchés par les tremblements de terre fréquents dans ce système de fissures et de failles que révèle la morphologie du paysage karstique, des affleurements abrupts, des cratères et des gouffres qui font la réputation spéléologique de cette région. Pendant plus d'une heure Hel et Le Cagot avancèrent lentement dans la galerie ; les parois et la voûte se refermaient peu à peu sur eux et ils en vinrent à se glisser le long d'une étroite saillie au bord de la rivière, dont le lit n'avait maintenant pas plus de deux mètres de large, mais quelque dix mètres de profondeur. La voûte devenant de plus en plus basse, ils eurent bientôt du mal à progresser, courbés en deux, leurs sacs accrochant la roche au-dessus d'eux. Le Cagot jura. Il avait les genoux raides et les jambes douloureuses à force de marcher à moitié recroquevillé sur lui-même.

A mesure que se rétrécissait la galerie, la même pensée les harcelait tous les deux. Quelle poisse si, après tous ces efforts de préparation et d'installation, l'expédition se terminait là. Si ce puits finissait par un rétrécissement où disparaissait la rivière ?

Le boyau s'incurvait à présent vers la gauche. Et soudain, l'étroite corniche se fermait par un bloc en surplomb au-dessus du courant tourbillonnant. Il était impossible à Hel de voir de l'autre côté du bloc, et il ne pouvait pas s'aventurer dans le lit de la rivière, trop profond dans cette étroite crevasse. Sans compter l'éventualité d'une zone en siphon. On racontait des histoires de spéléologues qui étaient tombés dans des zones en siphon en explorant des rivières souterraines. On disait qu'ils avaient été aspirés d'un seul coup, à cent, deux cents mètres de profondeur, dans une colonne d'eau rugissante au fond de laquelle leurs corps avaient été brassés dans un « chaudron de géant » d'écume et de roche, jusqu'à ce qu'ils soient pulvérisés. Et des mois plus tard, on retrouvait des morceaux d'équipement et de harnachement dans les ruisseaux et les torrents des étroites vallées des résurgences. Ceci, bien sûr, faisait partie des récits que l'on se raconte le soir autour des feux de camp, et la plupart n'étaient qu'inventions ou exagérations. Mais comme tout conte, ils reflétaient des peurs réelles, et pour la majorité des explorateurs dans ces montagnes, la terreur de la zone en siphon est plus éprouvante pour les nerfs que la peur d'une chute en cours d'escalade, d'un éboulement, ou même d'un tremblement sous terre. Et ce n'est pas la peur de la noyade qui les effraye le plus, c'est celle d'être déchiqueté dans cet immense chaudron en ébullition.

« Eh bien ? demanda Le Cagot, sa voix résonnant dans l'étroitesse du couloir. Que vois-tu ?

— Rien.

— C'est rassurant. Et tu as l'intention de rester là ? Je ne vais pas marcher toute ma vie à croupetons comme un berger béarnais qui a la chiasse.

— Aide-moi à enlever mon harnachement. »

Plié en deux, Hel eut du mal à se débarrasser de son sac, mais une fois libéré, il s'étira un peu. La crevasse était assez étroite pour qu'il pût se mettre face à la rivière, assurer ses pieds, et se laisser tomber en avant sur la paroi de l'autre côté. Ceci fait, il se retourna avec précaution, le dos à la paroi, ses chaussures à semelles Vibram lui donnant une prise sur le rebord. Prenant appui des épaules, des paumes et de la plante des pieds, il se glissa latéralement sous le bloc en surplomb, la rivière rugissant à quelques centimètres de ses fesses. C'était une progression ardue, pénible ; il y laissait la peau de ses mains ; mais il avançait peu à peu.

Le rire de Le Cagot résonna dans la cavité. « Hé ! Et qu'est-ce qui se passe si ça s'élargit, Nikko ? Tu ferais peut-être mieux de te coincer là et de me servir de pont ; il y en aurait au moins un qui y arriverait. » Et il se remit à rire.

Heureusement, ça ne s'élargit pas. Une fois passé le caillou, la galerie se rétrécit et la voûte s'éleva à une hauteur qui dépassait la portée de la lampe de Nicholaï. Il put se rabattre sur la saillie interrompue et continuer à avancer le long de la galerie qui s'incurvait toujours vers la gauche. Le découragement l'envahit quand il s'aperçut que la diaclase qu'ils suivaient se terminait brutalement par un éboulement, sous lequel la rivière gargouillait et disparaissait.

Il s'arrêta en bas de l'éboulement et regarda autour de lui. Il se trouvait au pied d'un grand bloc triangulaire dont la base mesurait deux mètres de large mais qui s'élevait au-delà du faisceau de sa lampe. Il fit une petite pause avant d'escalader l'angle formé par la diaclase et la paroi d'éboulis. Les prises de mains et de pieds étaient nombreuses et faciles, mais la roche était pourrie et Hel devait affermir chacun de ses mouvements, assurer chacune de ses prises. Après trente mètres d'ascension, il s'inséra dans une fissure entre deux blocs géants érigés l'un contre l'autre, et se retrouva sur une dalle d'où il ne voyait plus rien, ni devant ni sur le côté. Il frappa des mains et écouta. L'écho était lent, profond et multiplié. Hel se trouvait à l'entrée d'une grande cavité.

Son retour au caillou en surplomb fut rapide ; il descendit en rappel sur la corde d'assurance qu'il avait laissée en place. Arrivé devant le caillou il appela Le Cagot qui avait reculé de quelques pas sur la saillie, cherchant un endroit où s'accroupir et se reposer après être resté si longtemps cassé en deux.

Le Cagot revint sur ses pas. « Alors ? On peut y aller ?

— Il y a un beau trou.

— Formidable ! »

Les harnachements furent amarrés sur une corde autour du caillou que Le Cagot contourna comme l'avait fait Hel précédemment, gémissant sans arrêt, maudissant ce foutu machin par les couilles de l'aubergiste !

Hel avait laissé une corde en place et dégagé la plupart des débris de roche ; la remontée le long de l'éboulement se passa sans encombre. Quand ils se retrouvèrent sur la dalle de pierre, juste après la fissure entre les deux rocs en équilibre que l'on devait par la suite désigner sous le nom de Serrure, Le Cagot tira une fusée au magnésium, et pour la première fois depuis des millénaires, l'homme contempla le chaos fabuleux de cette énorme caverne.

« Par les couilles du Buisson ardent ! chuchota Le Cagot stupéfait. Une grotte ascensionnelle ! »

Le spectacle était terrifiant et magnifique. Le creuset de la création que représentait cette cavité annihilait les egos de ces deux insectes humanoïdes de moins de deux mètres de haut perchés sur leur petite dalle de pierre suspendue entre le plancher de la grotte, cent mètres plus bas, et la voûte fracturée, fissurée, à plus de cent mètres au-dessus. La plus grande partie des grottes ont un aspect paisible et éternel, mais les cavernes ascensionnelles sont effrayantes dans leur chaos organisé. Tout ici était déchiqueté, récent ; le plancher se perdait dans un amas de blocs et d'éboulis de la taille d'une maison ; la voûte gardait les traces d'effondrements récents. C'était une cavité en proie aux forces de la création, une grotte adolescente, inachevée et incertaine, encore dans son processus de formation, son plancher s'élevant à mesure des effondrements et des éboulis qui provenaient de la voûte. Elle se stabiliserait peut-être un jour (dans vingt, cinquante mille ans) et deviendrait une grotte ordinaire. A moins qu'elle ne continue à suivre la voie de ses fractures et de ses failles jusqu'à ce qu'elle atteigne la surface, formant dans son éboulement final l'entonnoir classique du puits sec. Bien sûr, la jeunesse et la précarité de la grotte étaient relatives ; il fallait les considérer en termes géologiques. Les traces de fractures sur la voûte pouvaient aussi bien avoir trois ans que cent.

L'éclat du magnésium faiblit progressivement, et ils mirent un certain temps à s'habituer à nouveau à la faible lueur de leur éclairage frontal. Clignant des yeux dans l'obscurité, Hel entendit Le Cagot déclamer : « Je baptise cette grotte. Elle s'appellera désormais La Cavité Le Cagot. »

Au bruit de l'éclaboussure, Hel sut que Le Cagot n'était pas avare d'eau baptismale. « Cela ne va-t-il pas prêter à confusion ?

— Qu'entends-tu par là ?

— Tu as donné le même nom à la première grotte.

— Humm. Tu as raison. Eh bien alors, je baptise cet endroit Le Chaos Le Cagot. Que dis-tu de cela ?

— Superbe.

— Mais je n'ai pas oublié ta contribution à cette découverte, Nikko. J'ai décidé de donner pour nom à ce fichu caillou en surplomb, derrière — celui que nous avons dû contourner —, le Caillou Hel. Qu'en dis-tu ?

— Je ne pouvais en demander plus.

— C'est vrai. On continue ?

— Dès que j'aurai relevé mes calculs. » Penché sur son carnet de croquis et sa boussole, Hel griffonna les estimations de distance et de direction, à la lueur de son éclairage frontal, comme il le faisait tous les cent mètres depuis qu'ils avaient quitté le camp de base au sommet de l'éboulis. Après avoir remis ses instruments dans son sac étanche, il se redressa. « Bon. Allons-y. »

Progressant avec prudence de bloc en bloc, se faufilant entre fissures et interstices, contournant des rochers effondrés de la taille colossale d'une maison, ils attaquèrent la traversée du Chaos. Ils avaient perdu le fil d'Ariane de la rivière souterraine sous des couches et des couches de rocs. Elle s'infiltrait, serpentait, bifurquait, se rejoignait, tissant ses milliers de fils dans le sol schisteux très loin en dessous. La date récente des effondrements et l'absence d'érosion atmosphérique qui adoucit si rapidement les caractéristiques de la morphologie de surface se combinaient pour créer un incroyable pêle-mêle de dalles en équilibre précaire et de blocs, dont l'invraisemblable inclinaison semblait démentir les lois mêmes de l'apesanteur et produisait un effet de maison en folie où l'eau avait l'air de couler vers le haut, où ce qui paraissait plat était dangereusement incliné. Hel et Le Cagot devaient garder leur équilibre instinctivement, sans se référer à ce qu'ils voyaient. Ils se dirigeaient à la boussole, leur sens de la direction étant faussé par les méandres de leur progression dans ce délire vertigineux. Les problèmes de navigation dans ce chaos étaient exactement contraires à ceux que pose le déplacement dans un paysage lunaire sans trait caractéristique. La mémoire était submergée par l'abondance et la variété des repères. Et le grand vide noir au-dessus de leur tête pesait sur leur subconscient, oppressé par cette invisible voûte fissurée qui menaçait de s'écrouler à tout instant et dont un millième pouvait les écraser comme des fourmis.

Deux heures et cinq mètres plus tard, ils avaient suffisamment progressé pour apercevoir l'extrémité de la cavité, là où la voûte rejoignait l'amoncellement des récentes chutes de pierres. Pendant la dernière demi-heure, un bruit avait grandi autour d'eux, émergeant peu à peu des chuintements et des gargouillements environnants, si bien qu'ils ne le remarquèrent pas avant de s'arrêter pour se reposer et faire le point. Les milliers de filets d'eau de la rivière à l'étage inférieur s'entremêlaient de plus en plus étroitement et le bruit qui remplissait la caverne allait de l'aigu des cymbales au son grave du tympanon. Il y avait une chute d'eau, une grande cascade quelque part derrière la jonction de la voûte et de l'effondrement qui semblait obstruer la cavité.

Pendant plus d'une heure, ils s'attaquèrent au mur d'éboulis, se faufilant dans les crevasses et les trouées triangulaires formées par des dalles de pierre de plusieurs tonnes, sans trouver d'ouverture. On ne trouvait pas de blocs à cette extrémité récente du chaos, mais seulement des dalles brutes dont beaucoup avaient la taille d'un fronton de pelote basque. Verticales, horizontales, inclinées à des angles invraisemblables, elles surplombaient parfois aux trois quarts le vide, contrebalancées par le poids d'une autre dalle. Et sans cesse, le profond rugissement de la cascade, derrière l'éboulement, poussait les deux hommes à trouver un passage.

« On va se reposer et réfléchir », cria Le Cagot par-dessus le brouhaha, en s'asseyant sur un bout de dalle. Il se débarrassa de son sac et en sortit des biscuits, du fromage et du chorizo. « Tu n'as pas faim ? »

Hel secoua la tête. Il griffonnait sur son carnet, effectuant des estimations approximatives de direction et des suppositions encore plus vagues quant à la pente, son inclinomètre ne lui étant d'aucune utilité dans le bouleversement du Chaos.

« Tu crois que la résurgence pourrait se trouver derrière cette paroi ? demanda Le Cagot.

— Je ne pense pas. Nous ne sommes encore qu'à mi-chemin du torrent d'Holçarté, et sans doute deux cents mètres trop haut.

— Et impossible d'arriver à l'eau pour y verser le colorant. Quelle merde ce mur ! Et le comble, on n'a même plus de fromage. Où vas-tu ? »

Hel avait enlevé son sac et commençait à escalader la paroi. « Je vais jeter un coup d'œil en haut.

— Essaye un peu à gauche.

— Pourquoi ? Tu aperçois quelque chose ?

— Non. Mais je suis juste dans la trajectoire de ta chute, et trop bien installé pour me bouger. »

Ils n'avaient pas étudié l'éventualité de passer par le haut de la paroi car, même s'il existait un moyen de traverser, cela les amènerait directement au-dessus de la cascade, qui devait être infranchissable. Mais la base et les flancs du bouchon n'offrant aucune ouverture, il ne leur restait que le sommet.

Une demi-heure plus tard, Le Cagot entendit un bruit au-dessus de lui. Il leva la lumière de son casque. Hel redescendait dans le noir. Il s'affala sur la dalle et s'allongea sur son sac, un bras sur le visage. Il était à bout de forces, hors d'haleine ; et l'ampoule de son éclairage frontal était brisée.

« Tu es vraiment sûr que tu ne veux rien manger ? » demanda Le Cagot.

Les yeux fermés, reprenant son souffle à grandes goulées d'air, le visage dégoulinant de sueur malgré le froid de la caverne, Hel répondit à l'humour noir de son compagnon par la version basque du geste universel d'animosité : il tendit le poing, pouce rentré. Puis il laissa retomber son bras, et resta sans bouger, pantelant, la gorge desséchée et douloureuse. Le Cagot lui passa sa *xahako,* et Hel but avidement, au goulot d'abord car il n'y voyait rien dans le noir, puis à la régalade, de plus en plus haut, dirigeant le jet du vin au fond de sa gorge. Il but si longtemps que Le Cagot commença à s'inquiéter pour son vin.

« Et alors, demanda-t-il d'un ton rogue. Tu as trouvé un passage ? »

Hel grimaça un sourire et hocha la tête.

« Et où as-tu débouché ?

— En plein au-dessus de la cascade.

— Merde !

— Non. Je pense qu'on peut contourner sur la droite, en traversant la cascade.

— Tu as essayé ? »

Hel eut un haussement d'épaules et désigna son ampoule cassée. « Je ne peux pas le faire seul. J'ai besoin que tu m'assures au-dessus. Il y a un bon point d'ancrage.

— Tu ne devrais pas t'y risquer, Nikko. Un de ces jours, tu vas te tuer et tu le regretteras. »

Après s'être insinué dans l'imbroglio de fissures qui le conduisit aux côtés de Hel sur une petite terrasse juste au-dessus de la chute d'eau, Le Cagot fut transporté d'admiration. Une gigantesque cascade, enfumant l'air immobile d'un brouillard qui jaillissait et remontait le long de la colonne d'eau, bouillonnait autour d'eux comme un bain de vapeur. On ne voyait rien dans ce brouillard, si ce n'est le départ de la cascade en dessous, et quelques mètres de roche glissante de part et d'autre de leur corniche. Hel ouvrit la voie sur la droite ; le rebord se réduisait à quelques centimètres, mais il suivait l'ouverture de la cavité. C'était une saillie arrondie, usée, sans doute un ancien seuil de la chute d'eau. Le mugissement de l'eau les obligeait à communiquer par gestes et Hel désigna le « bon » point d'ancrage qu'il avait trouvé, un affleurement rocheux où Le Cagot aurait à peine la place de se coincer pour assurer la corde autour de la taille de Hel et lui permettre de descendre dans la cascade. Sa ligne de descente devait lui faire traverser le brouillard, la colonne d'eau et le mener — espérons-le — derrière la chute d'eau. Le Cagot maugréa à propos de ce « fameux » point d'ancrage tout en se calant tant bien que mal dans l'affleurement et enfonça un piton dans la pierre calcaire en déclarant qu'un piton dans du calcaire n'est qu'une fioriture psychologique.

Hel attaqua la descente, s'arrêtant chaque fois qu'il trouvait une prise de pied ou une fissure dans la roche pour y fixer un piton et filer la corde dans l'œillet. Heureusement, la roche était riche en aspérités et offrait de nombreuses prises. Le changement du cours de la cascade était assez récent, et l'eau n'avait pas encore eu le temps d'éroder les saillies. Le plus problématique restait la corde au-dessus. Lorsqu'il eut descendu une vingtaine de mètres et passé la corde dans huit œillets, il devint dangereux de réduire le mou à cause du frottement de la corde trempée dans autant de mousquetons ; l'effort que fit Nicholaï pour enfiler la corde lui fit lâcher en partie ses prises de pied. Et cette déperdition d'équilibre se produisit naturellement juste au moment où Le Cagot laissait filer la corde et était, par conséquent, moins à même de l'assurer, s'il venait à glisser.

Centimètre par centimètre, Hel traversa le brouillard jusqu'à ce que la paroi luisante, noir et argent de la cascade ne soit plus qu'à une trentaine de centimètres de son éclairage frontal. Là, il s'arrêta, se préparant au moment le plus risqué de la descente.

D'abord, il aurait à fixer un ensemble de pitons, afin de

pouvoir travailler indépendamment de Le Cagot, qui continuerait à assurer et retenir Hel quand il serait sous la cascade, aveuglé par l'eau, tâtonnant à l'aveuglette pour trouver des prises. Avec tout le poids de la colonne d'eau sur le dos et les épaules. Il devait garder suffisamment de corde pour franchir la cascade, car il ne pourrait pas respirer avant d'être arrivé de l'autre côté. Mais, d'autre part, plus il prenait de corde, plus grande serait sa chute si l'eau lui faisait perdre l'équilibre. Il décida de se donner trois mètres de mou. Il aurait préféré en avoir davantage pour éviter d'être pris de court pendant qu'il était encore sous la colonne d'eau, mais il estima que trois mètres étaient la longueur maximum qui l'écarterait de la verticale de la chute, s'il venait à tomber et perdait connaissance.

Hel approcha lentement du rideau miroitant de la cascade, jusqu'à ce que celui-ci ne soit plus qu'à quelques centimètres de son visage, et il eut soudain l'impression irréelle que l'eau ne bougeait plus et que c'était son propre corps à lui qui s'élevait dans le fracas et le brouillard. Il étendit le bras. La paroi liquide se sépara en un lourd bracelet palpitant autour de son poignet pendant qu'il cherchait une prise. Ses doigts s'insérèrent dans une petite fissure, invisible derrière l'eau. Elle était plus basse qu'il ne l'aurait souhaité, car le poids de la chute sur son dos allait l'entraîner vers le bas, et une prise plus haute lui aurait permis de mieux ancrer ses doigts sous la pression de l'eau. Mais il ne trouva rien d'autre et le martèlement de la cascade sur son bras tendu lui brisait l'épaule. Il respira plusieurs fois, expirant à fond, chassant l'oxyde de carbone de ses poumons, inspira une dernière fois, gonfla son diaphragme au maximum, expira d'un tiers, et se jeta dans la chute.

Ce fut presque comique, et en tout cas inattendu.

Le rideau d'eau avait moins de vingt centimètres d'épaisseur, et le mouvement qui l'avait propulsé dans la cascade l'envoya d'un seul coup de l'autre côté, sur un confortable petit rebord sous lequel descendait un véritable marchepied de décombres, à la portée d'un enfant.

Le passage était évident, et Hel estima inutile de l'essayer. Il retraversa le rideau d'eau, grimpa vers Le Cagot à qui il expliqua, casque contre casque dans le vacarme de la cascade, l'heureuse situation. Ils décidèrent de laisser la corde d'assurance en place pour faciliter leur retour, et descendirent l'un derrière l'autre jusqu'au bas du marchepied.

Il se produisait un phénomène étrange une fois passé le rideau noir argenté de la cascade. L'épaisseur de l'eau étouffait les sons et ils pouvaient parler à voix presque normale. Il faisait plus calme derrière la chute d'eau qu'à l'extérieur. A mesure de leur descente, la cascade se transformait peu à peu en brouillard ; le volume de l'eau à la base était considérablement moins important qu'au départ. C'était à présent une masse diffuse donnant plus l'impression de pluie torrentielle lorsqu'on la traversait que de chute d'eau. Ils avancèrent avec précaution dans la vapeur aveuglante et glacée sur une surface lisse et luisante. Le brouillard diminua progressivement, et ils se retrouvèrent bientôt dans l'air sombre et froid, le bruit de la cascade s'éloignant derrière eux. Ils s'arrêtèrent et regardèrent autour d'eux. Ils étaient dans une grotte magnifique, cristalline, de dimensions plus humaines que le terrifiant Chaos Le Cagot. Une caverne pour touristes, qu'aucun touriste n'atteindrait jamais.

Bien que ce fût du gaspillage, leur curiosité les poussa à allumer une autre fusée au magnésium.

Une splendeur à vous couper le souffle ! Derrière eux bouillonnaient des nuages de vapeur dans l'appel d'air de la chute d'eau. Tout autour et au-dessus d'eux, suintantes d'humidité, des parois incrustées de cristaux d'aragonite scintillaient à la lueur de la fusée qu'agitait Le Cagot. Sur la paroi nord, une cascade de calcaire s'écoulait dans une mare semblable à du caramel ossifié. A l'est, des draperies de calcite se chevauchant les unes les autres, délicates et tranchantes comme des lames de rasoir, semblaient onduler sous un vent imaginaire. Près des parois, de minces buissons de stalactites de cristal allaient à la rencontre d'épaisses stalagmites, et ici et là, une grosse colonne formée de l'union de ces patients spécimens spéléologiques dominait la forêt.

Ils n'échangèrent pas un mot jusqu'au dernier sursaut orangé de la flamme, jusqu'à ce que le miroitement des parois soit remplacé par les points de lumière qui se mirent à danser dans leurs yeux contraints de s'accoutumer à la lueur comparativement faible de leur éclairage frontal. La voix de Le Cagot était inhabituellement étouffée quand il déclara : « Nous l'appellerons la Caverne Zazpiak Bat. »

Hel hocha la tête. *Zazpiak Bat,* « Sept en Une ». La devise de ceux qui cherchaient à réunir les sept provinces basques en une seule république transpyrénéenne. Un rêve impossible, ni même souhaitable, mais un but pour des hommes qui préféraient l'attrait romantique du danger à la sécurité et à l'ennui, des hommes capables de cruauté et de stupidité, certes, mais jamais de médiocrité et de couardise. Et il était bon que le rêve insensé de la nation basque fût représenté par une caverne de contes de fées pratiquement inaccessible.

Hel s'accroupit et mesura approximativement la distance jusqu'au sommet de la casade avec son clinomètre ; puis il se plongea dans ses calculs. « Nous sommes presque à la hauteur du torrent d'Holçarté. La résurgence ne doit pas être loin.

— D'accord, dit Le Cagot. Mais où est la rivière. Qu'est-ce que tu en as fait ? »

Il était vrai que la rivière avait disparu. Disloquée par la chute d'eau, elle s'était enfoncée dans les crevasses et les fissures et devait couler à l'étage inférieur. Il y avait deux possibilités. Soit elle ressortirait à nouveau à l'intérieur du réseau quelque part devant eux, soit elle disparaîtrait définitivement dans les crevasses au pied de la cascade pour ne réapparaître que dans la gorge. Cette dernière leur ôterait à jamais l'espoir de la victoire finale en les empêchant de suivre le cours d'eau à la nage jusqu'à l'air libre. Elle rendrait également inutile la longue veille des jeunes spéléologues qui campaient près du point d'émergence.

Le Cagot prit la tête pour traverser la Caverne Zazpiak Bat, ainsi qu'il le faisait toujours lorsque la progression devenait raisonnablement facile. Tous deux savaient que Nicholaï était un meilleur technicien du rocher ; Le Cagot n'avait pas besoin de l'admettre, ni Hel de le faire remarquer. L'un remplaçait l'autre, simplement et automatiquement, suivant la configuration du réseau. Hel menait dans les cheminées, les abîmes, le long des corniches ; Le Cagot prenait sa place quand ils entraient dans les grottes et les passages spectaculaires, que par conséquent il découvrait et « baptisait ».

Dès qu'il était en tête, Le Cagot éprouvait la portée de sa voix dans la cavité, entonnant l'une de ses mélodies basques qui démontrent la capacité de la race à supporter l'horreur la plus inesthétique. C'était une suite d'onomatopées allant de l'imitation des bruits à l'imitation des états émotionnels.

Il s'arrêta de chanter en atteignant l'extrémité de la caverne de cristal, devant une galerie large et surbaissée qui s'ouvrait comme un sourire noir et édenté. Le piège était là.

Le Cagot inclina le faisceau de sa lampe dans le passage. La pente augmentait légèrement, mais elle n'avait pas plus de 15°, et un homme tenait aisément debout. C'était une avenue, un véritable boulevard ! Et, qui plus est, sans doute la dernière configuration du réseau souterrain. Il fit un pas en avant... et tomba dans un fracas assourdissant de casserole.

Le sol était couvert d'une couche de marne aussi glissante et dégoûtante que de la graisse d'essieu. Le Cagot dévala la pente sur le dos, lentement d'abord, mais sans pouvoir s'arrêter. Il jurait, cherchait désespérément une prise, un rocher ou un affleurement où s'accrocher, mais la glaise recouvrait sol et parois. Ses efforts n'eurent pour effet que de le faire pivoter sur lui-même, et il repartit en arrière, jambes en l'air, impuissant, furieux, ridicule. De plus en plus vite. Du bord du puits, Hel vit diminuer peu à peu la lumière du casque, tournant lentement comme le fanal d'un phare. Il ne pouvait rien faire. La situation était fondamentalement comique, mais s'il y avait un abîme au bout du passage...

Il n'y avait pas d'abîme. Hel n'avait jamais rencontré de pente glaiseuse à une telle profondeur. Loin au fond, peut-être à une soixantaine de mètres, la lumière s'immobilisa. Pas un bruit. Pas un cri. Hel craignit que Le Cagot ne se soit fracassé contre la paroi.

Puis monta un grondement du fond du couloir. Le Cagot rugissait de rage et de fureur, proférant des mots que l'écho rendait incompréhensibles, mais qui avaient l'accent de la dignité outragée. Hel perçut une phrase dans le flot des imprécations... « par les couilles de saint Sébastien ! »

Il était sain et sauf ! La situation aurait pu être drôle si leur dernier rouleau de corde n'avait filé avec lui, et même un colosse n'aurait pu relancer soixante mètres de câble.

Hel soupira. Il n'avait plus qu'à revenir sur ses pas. La Caverne Zazpiak Bat, le pied de la cascade, les marches d'éboulis, la colonne d'eau, le brouillard glacé... et récupérer la corde qu'ils avaient laissée en place pour le retour. Il était fatigué d'avance.

Mais... il se débarrassa de son harnachement. Inutile de s'encombrer. Il cria en direction de la pente glaiseuse, espaçant ses mots dans l'écho :

« Je... vais... chercher... la corde ! »

Le point lumineux en dessous bougea. Le Cagot se redressait. « Pourquoi... fais-tu... pas... ça ! » lui retourna l'écho. Soudain la lumière disparut, un bruit d'éclaboussement monta, suivi d'un rugissement de colère, de propos incohérents et de jurons. Et la lumière réapparut.

Le rire de Hel remplit le couloir et la caverne. Apparemment, Le Cagot était tombé dans la rivière qui devait refaire surface en bas. Quel exploit de débutant !

Répercutée par l'écho, la voix de Le Cagot monta du bas de la pente : « Je... te... tuerai... quand... tu... dras... ici. »

Hel rit à nouveau et se dirigea vers le seuil de la cascade.

Trois quarts d'heure plus tard, il était revenu au bord de la pente et fixait la corde d'assurance dans une fissure à l'aide d'un piton.

Hel tenta en vain de déraper debout en se tenant à la corde ; l'argile était trop glissante. Il se retrouva tout de suite sur les fesses, les pieds en premier, un paquet gluant d'argile noirâtre lui remontant entre les cuisses, débordant sur ses hanches. C'était une position dégradante, dégoûtante, pénible à supporter et dépourvue de la noblesse des grands obstacles des réseaux souterrains : abrupts, éboulis, puits verticaux ou siphons. C'était une difficulté mineure, ridicule et irritante qui ne vous apportait aucune gloire. Les glissades sur les pentes glaiseuses sont la risée de tous les spéléologues qui y ont goûté.

Quand Hel glissa silencieusement à côté de lui, Le Cagot finissait un biscuit et un bout de chorizo, assis sur une dalle lisse. Encore honteux de sa dégringolade et trempé par son plongeon, il ignora l'arrivée de son équipier.

Hel regarda autour de lui. Sans aucun doute, c'était la fin du réseau. La salle avait la taille d'une petite maison, ou de l'une des pièces de réception de son château d'Etchebar. De toute évidence elle se remplissait parfois d'eau — les parois étaient lisses et le plancher sans aspérité. La dalle sur laquelle se restaurait Le Cagot couvrait les deux tiers du sol, et dans le coin opposé s'ouvrait une dépression cubique d'environ cinq mètres de côté, une sorte de « Cave à Vin » qui formait le point le plus bas de tout le réseau. Hel marcha jusqu'au bord de la cave et dirigea sa lumière vers le fond. La descente en angle ne semblait pas offrir de difficulté ; il se demanda pourquoi Le Cagot n'avait pas voulu être le premier homme à descendre au fond de la cavité.

« Je te l'ai réservée, expliqua Le Cagot.

— Un élan de fair play ?

— Exactement. »

Quelque chose sonnait faux là-dessous. Basque jusqu'à la moelle, Le Cagot avait été élevé en France, et le concept de fair play est totalement étranger à la mentalité du Français ; peuple qui a produit des générations d'aristocrates mais pas un seul gentleman ; culture où la légalité tient lieu d'honnêteté ; langue ou l'unique mot pour fair play est emprunté à l'anglais.

Néanmoins, il n'y avait aucune raison pour ne pas aller voir au fond de cette cavité. Hel baissa les yeux, cherchant la meilleure prise.

... Un instant ! Ce splash. Le Cagot était tombé dans l'eau. Où donc ?

Hel avança prudemment son pied dans la Cave à Vin. Quelques centimètres plus bas, il brisa la surface d'une eau si claire qu'on aurait dit de l'air. La configuration de la roche était d'une telle netteté qu'il était impossible de supposer qu'elle se trouvait sous l'eau.

« Salaud, murmura Hel. (Puis il rit.) Et tu es descendu droit dedans, hein ? »

Quand il retira son pied de l'eau, les rides disparurent de la surface, aspirées par l'action d'un siphon en dessous. Hel s'agenouilla au bord du puisard et le contempla avec fascination. Contrairement à ce qu'il avait cru, la surface n'était pas immobile, mais comme étirée, lissée par un courant aspirant. En fait, elle était même légèrement concave et quand Nicholaï y plongea son doigt, il sentit une forte succion et vit se former les cercles d'un remous. Il distingua une ouverture au fond du puisard qui devait être la sortie de la rivière. Il avait déjà rencontré ce genre de mares dans des cavités, des mares où l'eau pénètre sans trace de tourbillon, une eau exempte des minéraux et des micro-organismes qui la colorent habituellement.

Hel chercha sur les parois de leur salle des traces de l'écoulement de l'eau. Apparemment, le débit de la sortie du courant dans le conduit triangulaire plus bas devait être assez constant, alors que le volume de la rivière souterraine variait avec les chutes de pluie et les infiltrations. Toute la salle, y compris la pente glaiseuse derrière eux, tenait lieu de citerne qui recevait les différences entre l'arrivée et la sortie de l'eau. Cela expliquait la présence d'argile à une telle profondeur sous terre. Il avait sans doute existé une époque où cette salle était remplie d'eau jusqu'en haut de la pente glaiseuse. En fait, lors de pluies exceptionnellement fortes, la cascade de l'étage supérieur s'écoulait probablement dans un lac peu profond qui recouvrait le plancher de la Caverne Zazpiak. Cela expliquait la présence des stalagmites dans la caverne de diamant. S'ils étaient arrivés à un autre moment, peut-être une semaine après une grosse pluie, l'expédition de Hel et de Le Cagot aurait pris fin dans la Caverne Zazpiak. Ils avaient envisagé de descendre en scaphandre jusqu'à la résurgence au cours d'une exploration future, si le débit du colorant se révélait favorable. Mais s'ils avaient rencontré un lac dans la caverne supérieure, il aurait été bien peu probable que Hel trouvât jamais la pente glaiseuse sous l'eau, puisse la descendre à la nage, localiser la Cave à Vin, se faufiler dans l'ouverture triangulaire et suivre le courant jusqu'à la résurgence. Ils pouvaient s'estimer heureux d'être descendus après une longue période de sécheresse.

« Et alors ? dit Le Cagot en regardant sa montre, on verse le colorant ?

— Quelle heure est-il ?

— Pas tout à fait 11 heures.

— Attendons 11 heures pile. Cela facilitera mes calculs. » Hel baissa les yeux sur l'invisible miroir de l'eau. Comment imaginer qu'au fond, parmi ces configurations si nettes, un courant tourbillonnant vous aspirait. « Je voudrais bien savoir deux choses, dit-il.

— Seulement deux ?

— J'aimerais connaître la vitesse du courant. Et j'aimerais savoir si ce conduit triangulaire est clair.

— Mettons que nous ayons une bonne estimation — disons dix minutes — as-tu l'intention de le franchir à la nage la prochaine fois que nous descendrons ?

— Bien sûr. Même avec quinze minutes. »

Le Cagot secoua la tête. « C'est trop de corde, Nikko. Quinze minutes dans un boyau comme celui-là, je ne sais pas si j'arriverais à te retenir sur la corde contre le courant en cas de difficulté. Non, je ne crois pas. Dix minutes au maximum. Si c'est plus long, on laissera tomber. Il n'est pas si mauvais de laisser quelques-uns de ses mystères à la Nature. »

Le Cagot avait raison.

« Tu n'as pas de pain dans ton sac ?

— Pour quoi faire ?

— Le mettre sur l'eau. »

Le Cagot prit un morceau de sa baguette ; Hel le posa délicatement sur la surface de l'eau du puisard et le regarda attentivement. Le pain s'enfonça doucement, comme s'il tombait en chute lente dans l'air libre, comme s'il était actionné et attiré par un tourbillon invisible. C'était un phénomène irréel et inquiétant, et les deux hommes l'observèrent, fascinés. Puis soudain, comme par magie, le pain disparut. Le courant plus bas l'avait aspiré dans le boyau si vite que l'œil n'avait pas pu le suivre.

Le Cagot siffla en retenant son souffle. « Je ne sais pas, Nikko, mais ça ne me paraît pas bon. »

Mais Hel faisait déjà ses plans. Il pénétrerait dans le boyau les pieds en avant et sans palmes, car il serait suicidaire de se lancer la tête la première si jamais il rencontrait un bouchon. Le choc pourrait être fatal. Et de plus il voulait pouvoir revenir la tête en avant au cas où il ne trouverait pas de passage et aider Le Cagot à le remonter sur la corde en poussant avec ses pieds.

« Je n'aime pas ça, Nikko. Ce fichu petit trou peut causer ta mort, et pire, réduire le nombre de mes admirateurs. Et souviens-toi, mourir est une affaire sérieuse. Si un homme meurt en état de péché, il se retrouve en Espagne.

— On a deux semaines pour y penser. Nous en reparlerons quand nous serons sortis, et nous étudierons si cela vaut le coup de descendre tout le matériel de plongée jusqu'ici. En tout cas, le test du colorant va nous indiquer si le boyau est trop long ou non. Quelle heure est-il ?

— Presque l'heure.

— Versons le colorant. »

Ils avaient transporté la fluorescéine dans des sacs de deux kilos. Hel les sortit ; Le Cagot les aligna sur le rebord de la Cave à Vin et coupa les coins. Quand la grande aiguille passa sur douze, ils poussèrent les sacs dans l'eau. Une fumée d'un vert brillant s'en échappa dès qu'ils touchèrent l'eau limpide. Deux d'entre eux disparurent immédiatement dans le boyau, mais les deux autres restèrent au fond, des traînées fluorescentes s'échappant horizontalement vers le conduit jusqu'à ce que les sacs presque vides soient emportés par le courant. Trois secondes plus tard, l'eau était à nouveau claire et apparemment immobile.

« Nikko ? J'ai décidé de baptiser cette petite mare « L'Ame de Le Cagot ».

— Ah !

— Oui. Parce qu'elle est claire, pure et translucide.

— Et perfide, et dangereuse ?

— Tu sais, Nikko. Je commence à croire que tu manques singulièrement de poésie. C'est un de tes défauts.

— Personne n'est parfait.

— Parle pour toi. »

Le retour au pied du cône d'éboulis fut relativement rapide. Après tout, le réseau souterrain qu'ils venaient de découvrir faisait partie des explorations faciles qui ne vous obligent pas à ramper dans des étroitures, contourner des éboulements ou affronter des puits verticaux.

Les jeunes Basques somnolaient auprès du treuil quand ils entendirent avec surprise la voix des deux spéléologues sur la ligne du téléphone bien avant l'heure prévue.

« On a une surprise pour vous, dit l'un des garçons sur la ligne.

— Quoi ? demanda Le Cagot.

— Vous allez le voir vous-mêmes. »

La remontée du sommet du cône d'éboulis au premier étranglement fut épuisante pour les deux hommes. La pression sur le diaphragme et la poitrine exercée par la traction du harnais de parachute est énorme et certains hommes meurent asphyxiés. C'était d'ailleurs la compression du diaphragme qui avait provoqué la mort du Christ sur la croix — fait qui n'échappait ni à la connaissance ni aux commentaires de Le Cagot.

Pour abréger cette torture, les servants du treuil pédalaient héroïquement jusqu'à ce que le spéléologue qu'ils remontaient pût trouver une prise dans la cheminée et s'arrêter un moment pour reprendre sa respiration.

Hel remonta en dernier, laissant le plus gros de l'équipement en bas pour une future exploration. Après avoir franchi le double dièdre avec le câble lâche, il fut hissé rapidement jusqu'à l'orifice conique du gouffre et émergea de l'obscurité aveugle... dans le blanc aveuglant.

Pendant leur expédition souterraine, un renversement inhabituel des conditions atmosphériques s'était produit dans les montagnes, créant ce phénomène des plus dangereux que l'on appelle un jour blanc.

Depuis plusieurs jours, Hel et ses coéquipiers savaient qu'un jour blanc approchait. Comme chez tout montagnard de la Haute Soulte, leur inconscient percevait les changements atmosphériques que l'on pouvait lire dans l'éloquent ciel basque à mesure que les vents dominants tournaient sur le cadran de la boussole. D'abord, l'*Ipharra,* le vent du nord, qui balaye les nuages du ciel et apporte sa lumière froide, bleu-vert, auréolant la montagne de brume. Le temps de l'*Ipharra* est court, car bientôt le vent tourne à l'est et fraîchit, se transformant en *Iduzki-haizea,* le « vent du soleil », qui se lève le matin et tombe au coucher du soleil, créant le paradoxe des après-midi frais et des soirées chaudes. L'atmosphère est à la fois humide et claire, les contours des paysages aigus, particulièrement quand le soleil est bas et que ses rayons obliques jouent sur les

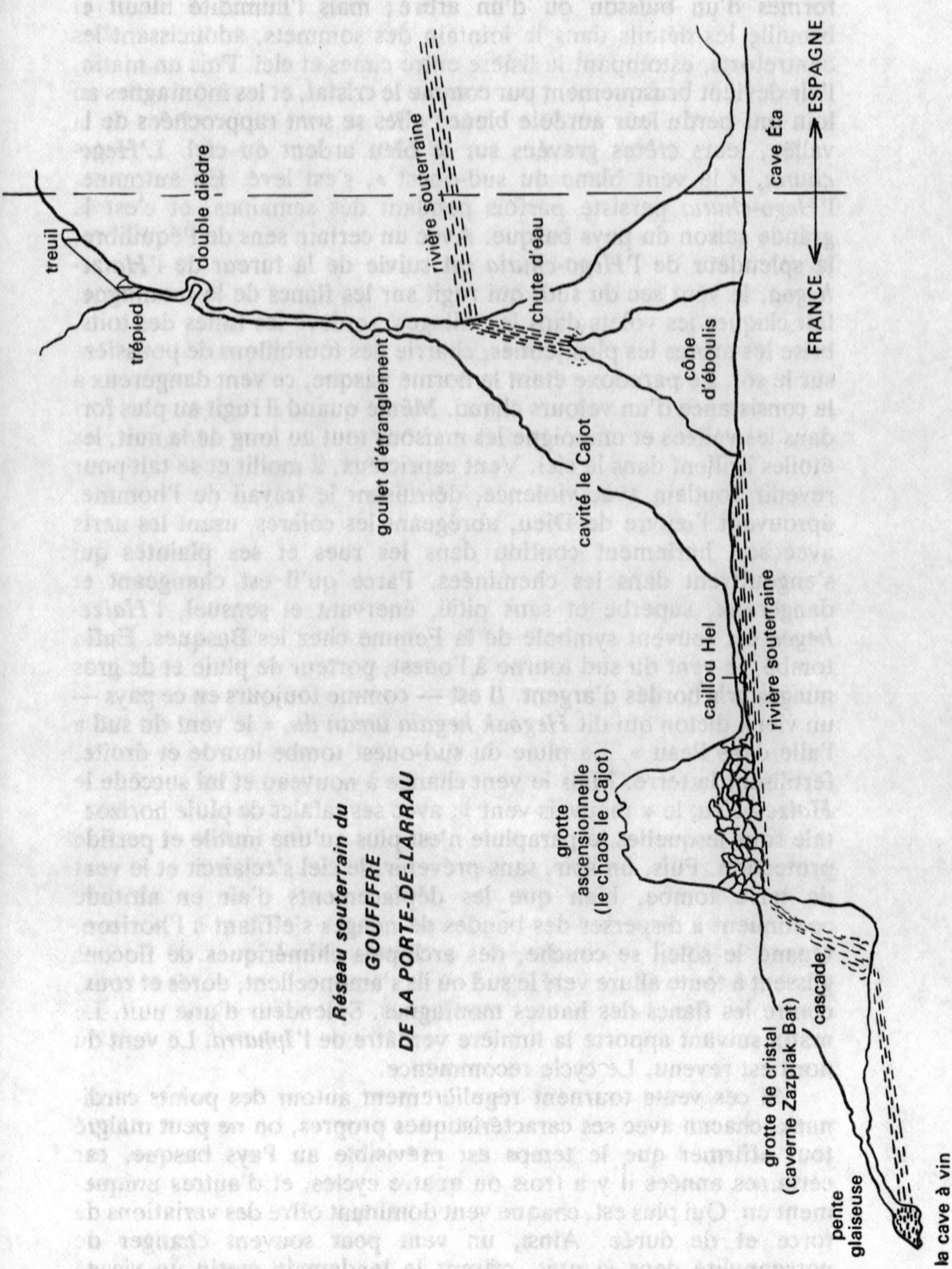
Réseau souterrain du
GOUFFRE
DE LA PORTE-DE-LARRAU
treuil
trépied
double dièdre
goulet d'étranglement
rivière souterraine
chute d'eau
cavité le Cajot
cône d'éboulis
cave Éta
FRANCE
ESPAGNE
caillou Hel
rivière souterraine
grotte ascensionnelle (le chaos le Cajot)
cascade
grotte de cristal (caverne Zazpiak Bat)
pente glaiseuse
la cave à vin

formes d'un buisson ou d'un arbre ; mais l'humidité bleuit et brouille les détails dans le lointain des sommets, adoucissant les contreforts, estompant la lisière entre cimes et ciel. Puis un matin, l'air devient brusquement pur comme le cristal, et les montagnes au loin ont perdu leur auréole bleue ; elles se sont rapprochées de la vallée, leurs crêtes gravées sur le bleu ardent du ciel. L'*Hego-churia,* « le vent blanc du sud-ouest », s'est levé. En automne, l'*Hego-churia* persiste parfois pendant des semaines, et c'est la grande saison du pays basque. Avec un certain sens de l'équilibre, la splendeur de l'*Hego-churia* est suivie de la fureur de l'*Haize-hegoa,* le vent sec du sud, qui rugit sur les flancs de la montagne, fait claquer les volets dans les villages, soulève les tuiles des toits, brise les arbres les plus jeunes, charrie des tourbillons de poussière sur le sol. Le paradoxe étant la norme basque, ce vent dangereux a la consistance d'un velours chaud. Même quand il rugit au plus fort dans les vallées et empoigne les maisons tout au long de la nuit, les étoiles brillent dans le ciel. Vent capricieux, il mollit et se tait pour revenir soudain avec violence, détruisant le travail de l'homme, éprouvant l'œuvre de Dieu, abrégeant les colères, usant les nerfs avec son hurlement continu dans les rues et ses plaintes qui s'engouffrent dans les cheminées. Parce qu'il est changeant et dangereux, superbe et sans pitié, énervant et sensuel, l'*Haize-hegoa* est souvent symbole de la Femme chez les Basques. Enfin tombé, le vent du sud tourne à l'ouest, porteur de pluie et de gros nuages gris bordés d'argent. Il est — comme toujours en ce pays — un vieux dicton qui dit *Hegoak hegala urean du,* « le vent du sud a l'aile dans l'eau ». La pluie du sud-ouest tombe lourde et droite, fertilisant la terre. Mais le vent change à nouveau et lui succède le *Haize-belza,* le « mauvais vent », avec ses rafales de pluie horizontale sous lesquelles le parapluie n'est plus qu'une inutile et perfide protection. Puis, un soir, sans prévenir, le ciel s'éclaircit et le vent de terre tombe, bien que les déplacements d'air en altitude continuent à disperser des bandes de nuages s'effilant à l'horizon. Quand le soleil se couche, des archipels chimériques de flocons glissent à toute allure vers le sud où ils s'amoncellent, dorés et roux, contre les flancs des hautes montagnes. Splendeur d'une nuit. Le matin suivant apporte la lumière verdâtre de l'*Ipharra.* Le vent du nord est revenu. Le cycle recommence.

Si ces vents tournent régulièrement autour des points cardinaux, chacun avec ses caractéristiques propres, on ne peut malgré tout affirmer que le temps est prévisible au Pays basque, car certaines années il y a trois ou quatre cycles, et d'autres uniquement un. Qui plus est, chaque vent dominant offre des variations de force et de durée. Ainsi, un vent peut souvent changer de personnalité dans la nuit, offrant le lendemain matin un visage différent. Il y a aussi les temps d'équilibre entre deux vents, quand aucun n'est assez fort pour dominer. Alors, le montagnard basque dit : « Il n'y a pas de temps aujourd'hui. »

Et quand il n'y a pas de temps, pas de mouvement dans la montagne, vient parfois le tueur magnifique, le jour blanc. Un épais manteau de brume se déploie, d'un blanc que le soleil rend éblouissant. Brûlant les yeux, impénétrable, si dense et brillant que la main tendue devient une ombre et que les pieds se perdent dans des reflets laiteux, un grand jour blanc crée des sensations plus dangereuses que l'obscurité, le vertige et l'inversion sensorielle. Un montagnard expérimenté peut trouver son chemin dans la nuit la plus noire. La diminution de la vue déclenche un renforcement des autres sens ; la caresse du vent sur sa joue lui indique un obstacle ; le roulement des cailloux lui donne l'inclinaison du sol et la distance qui le sépare du bas de la pente. Et l'obscurité n'est jamais totale ; l'œil perçoit toujours une certaine lumière dans le ciel.

Mais dans un jour blanc, aucune de ces réactions sensorielles ne vient compenser l'absence de vue. Le nerf optique, frappé par la lumière, persiste à communiquer au système nerveux central qu'il est capable d'y voir, entraînant un relâchement de l'ouïe et du toucher. Aucune indication de distance n'est donnée par le vent, puisque vent et jour blanc ne coexistent pas. Chaque bruit est trompeur, car il porte loin et clair dans l'air lourd, mais semble venir de partout à la fois, comme le bruit sous l'eau.

Et c'est dans un jour blanc que Hel sortit de l'obscurité du puits de la cavité. Pendant qu'il détachait son harnais, la voix de Le Cagot lui parvint de quelque part au bord du gouffre.

« C'est la surprise dont ils nous parlaient.

— Comme c'est gentil. » Quand Hel se fut hissé sur le bord du gouffre, il distingua vaguement cinq formes autour du treuil. Il dut s'approcher d'un mètre pour reconnaître les deux garçons qui avaient campé dans la gorge d'Holçarté, attendant la sortie du colorant de la rivière souterraine. « Vous êtes montés à travers cette brume ? demanda Nicholaï.

— Elle était en train de se former. Nous sommes arrivés juste à temps.

— Comment est-ce plus bas ? »

C'étaient tous des montagnards. Ils savaient ce que Hel voulait dire.

« C'est plus gris.

— Beaucoup ?

— Beaucoup. »

Si le banc de brume s'épaississait plus bas, c'eût été de la folie de tenter une descente dans cette montagne trouée comme un gruyère de gouffres et de failles. Il leur faudrait monter plus haut et espérer sortir de la brume avant d'atteindre le sommet. C'était la solution la plus sûre : on ne tombe généralement pas vers le haut d'une montagne.

Seul, Hel aurait pu tenter la descente, malgré la brume épaisse et déroutante. Il aurait pu se fier à son sens de la proximité et à sa parfaite connaissance de la montagne pour franchir les difficultés cachées par le brouillard aveuglant. Mais il ne pouvait prendre la responsabilité de Le Cagot et des quatre jeunes gens.

Comme on n'y voyait pas clairement à plus d'un mètre, et pas du tout à plus de trois, ils s'encordèrent. Hel commença une ascension lente et prudente, choisissant la voie la plus longue et la plus sûre, contournant les ressauts de rocher, évitant les abords des gouffres et les éboulis de pierres. La brume ne s'épaississait pas, mais elle devenait de plus en plus aveuglante à mesure qu'ils se rapprochaient du soleil. Après trois quarts d'heure, Hel surgit brusquement dans le soleil et le bleu éclatant du ciel. Le spectacle qui s'offrait à lui était à la fois merveilleux et angoissant. Dans l'immobilité absolue de la couche de brume, les mouvements de son corps créaient des tourbillons et des volutes se déroulant mollement derrière lui, troués par la corde qui le rattachait au grimpeur suivant dix mètres plus bas, encore caché par la muraille laiteuse. Hel avait les yeux à la hauteur d'une plate-forme de brouillard épais et immaculé, qui s'étendait sur des centaines de kilomètres, recouvrant les vallées d'un grand drap de neige. Perçant la brume, se dressaient les Pyrénées, morceaux de mosaïque plantés dans du plâtre blanc, leurs arêtes aiguisées par le soleil ardent. Et au-dessus, le ciel bleu profond particulier au Pays basque. Le calme était tel qu'il percevait le bruissement de son sang dans ses tempes.

Mais il entendit bientôt un autre son, la voix de Le Cagot qui demandait d'en bas : « Alors ! On va rester ici éternellement ? Par les couilles de Jérémie, tu aurais pu te soulager avant de partir ! (Et en traversant la barrière de brume, il ajouta :) Ah, je vois ! Monsieur admirait tout seul la beauté du paysage, pendant que nous croupissions au bout de notre ligne comme des appâts ! Tu n'est qu'un égoïste, Nikko ! »

Le soleil baissait peu à peu ; ils se hâtèrent de contourner le flanc de la montagne pour atteindre le plus haut des abris *artzain xola* avant la nuit. La cabane était déjà occupée par deux vieux bergers que la brume avait chassés de l'autre versant. Leurs sacs lourdement chargés laissaient supposer qu'ils faisaient de la petite contrebande. Le tempérament basque s'accommode toujours mieux de la contrebande que du commerce, du braconnage que de la chasse, les activités socialement permises manquant de piment.

Ils échangèrent salutations et vin, et comme un avion passait haut dans le ciel au-dessus d'eux, Le Cagot leva le poing et déclara que s'il en avait le pouvoir, il ferait tomber cet avion du ciel comme un oiseau blessé, jonchant la terre d'Espagne des corps de deux cents idiots de touristes qui partaient pour Lisbonne, réduisant ainsi le problème de la surpopulation mondiale. Car quiconque ose voler en un moment aussi sublime mérite par définition de disparaître.

Son humeur se déchaînant, Le Cagot étendit la malédiction à tous les étrangers qui polluent la montagne : touristes, campeurs, chasseurs et surtout ces skieurs qui vous envahissent de leurs affreuses installations, sportifs trop ramollis pour monter à pied, de leurs horribles chalets, de leurs baraques à distractions. Les emmerdeurs ! C'est pour avoir eu affaire à ces skieurs mal embouchés et à leurs pépées ridicules que le huitième jour, Dieu avait créé les pistolets !

Un des vieux bergers opina gravement du bonnet et admit que tous les étrangers sans exception sont des malfaisants « *Atzerri, otzerri* ».

Suivant le rituel des conversations entre inconnus, Hel répondit à ce vieux dicton par : « Mais je suppose que *chori backhoitzari eder bere ohantzea*[1].

— C'est vrai », dit Le Cagot. « *Zaha hitzak, zuhur hitzak.* »

Hel sourit. C'était les premiers mots de basque qu'il avait appris, des années auparavant, dans sa cellule de la prison Sugamo.

Ils mangèrent et burent sans plus parler devant le soleil qui se couchait, attirant dans son sillage la couche dorée des nuages. Un des jeunes spéléologues s'étira avec un soupir de satisfaction, et déclara que c'était ça la vie. Hel sourit en lui-même, sachant que ce ne serait sans doute pas cette vie-là qu'aurait le jeune homme, déjà contaminé par la radio et la télévision. Comme la plus grande partie de la jeune génération basque, il finirait probablement dans une usine en ville, sa femme aurait un réfrigérateur, et lui boirait du Coca-cola dans un bar au décor en plastique. La bonne vie, produit du Miracle économique français.

« C'est la vraie vie, prononça lentement Le Cagot. J'ai voyagé, j'ai tenu le monde dans la paume de ma main, comme une pierre aux veines colorées, et j'ai découvert ceci : un homme n'est vraiment heureux que lorsqu'il trouve l'équilibre entre ce qu'il désire et ce qu'il possède. Comment trouve-t-on cet équilibre ? L'une des solutions serait d'accroître ses propres biens au niveau de ses appétits, mais ce serait stupide. Cela signifierait l'accomplissement de choses peu naturelles — négocier, marchander, travailler. Alors ? Alors, le sage atteint l'équilibre en réduisant ses besoins au

1. *Atzerri, otzerri :* L'étranger à l'étranger.
Chori backhoitzari eder bere ohantzea : le nid de chaque oiseau est beau. (*N.d.T.*)

niveau de ses possessions. Et c'est encore plus facile si l'on sait apprécier à sa juste valeur ce que la vie vous donne gratuitement : les montagnes, la gaieté, la poésie, le vin offert par un ami, les femmes un peu moins jeunes, un peu moins minces. Pour ma part, je suis parfaitement heureux avec ce que je possède. L'essentiel est que j'en aie suffisamment !

— Le Cagot ? demanda l'un des vieux contrebandiers, en s'installant confortablement dans un coin de la *artzain xola*. Raconte-nous une histoire.

— Oui, renchérit son compagnon. Une histoire d'autrefois. »

En vrai poète populaire, qui préfère la parole à l'écriture, Le Cagot commença à tisser les fils de ses fables de sa belle voix de basse, tandis que chacun écoutait ou somnolait. Ils connaissaient tous ces histoires, mais leur plaisir tenait à l'art du conteur. Et la langue basque est mieux adaptée à la fiction qu'à l'échange d'informations. Personne ne peut apprendre à s'exprimer harmonieusement en basque ; on naît avec ce don, comme on naît avec des yeux noirs ou un groupe sanguin particulier. La langue est subtile et obéit à des règles imprécises, avec ses circonlocutions, ses déclinaisons vagues, ses doubles conjugaisons, ses tournures périphrasiques, avec ses anciennes formes narratives mêlées à des formes verbales rigides. La langue basque est un chant, et si les étrangers peuvent en apprécier les mots, ils ne peuvent jamais en maîtriser la musique.

Le Cagot leur raconta l'histoire de la *Basa-andere,* La Femme Sauvage qui tue les hommes de la façon la plus merveilleuse. L'on sait que la *Basa-andere* est très belle, que son corps est fait pour l'amour, et la fourrure qui la recouvre tout entière est étrangement attirante. Si, par malheur, un homme la rencontre dans la forêt (elle est toujours à genoux près d'un ruisseau, en train de démêler sa fourrure avec un peigne d'or), elle se tourne vers lui, lui sourit, s'étend, et s'offre à lui. Et chacun sait qu'elle donne un plaisir si intense que l'homme meurt en jouissant, mais pourtant nombreux sont ceux qui ont accepté de plein gré cette mort, le dos arqué dans l'agonie de ce plaisir indescriptible.

Un des vieux contrebandiers affirma qu'il avait un jour découvert dans les montagnes un homme qui était mort ainsi ; dans son regard fixe se lisait un affreux mélange d'horreur et de volupté.

Le plus silencieux des jeunes garçons pria Dieu d'avoir la force de résister si jamais il rencontrait la *Basa-andere* et son peigne d'or. « Tu dis qu'elle est entièrement couverte de fourrure dorée, Le Cagot ? Je n'arrive pas à imaginer des seins couverts de fourrure. Est-ce qu'on en voit les bouts ? »

Le Cagot renifla et s'étendit sur le sol. « En réalité, je ne peux pas te le dire d'expérience, fiston. Je n'ai jamais vu de mes yeux la

Basa-andere. Et j'en suis fort heureux, car si nous nous étions rencontrés, cette pauvre femme serait morte de plaisir ! »

Le vieux contrebandier rit et arracha une touffe d'herbe qu'il jeta à la tête du poète. « Vrai, Le Cagot, tu es aussi plein de vanité que Dieu l'est de miséricorde !

— C'est vrai, admit Le Cagot. Très vrai. A propos, vous ai-je jamais raconté l'histoire de... »

Quand l'aube se leva, la brume blanche avait disparu, dispersée par les vents de la nuit. Avant de redescendre dans la vallée, Hel paya les garçons pour leur coopération, et leur demanda de démonter le treuil et le trépied, et de les ranger à l'abri dans une grange à Larrau. Il commençait déjà à faire des plans pour la prochaine exploration du gouffre, avec les combinaisons et l'équipement de plongée cette fois-ci, car les deux jeunes spéléologues qui surveillaient la résurgence dans la gorge d'Holçarté avaient remarqué l'apparition du colorant dans l'eau huit minutes après l'instant où il avait été versé. Huit minutes n'étaient pas un délai considérable, mais elles pouvaient signifier une distance importante, en raison de la vitesse du courant dans l'ouverture triangulaire au fond de la Cave à Vin. Cependant, si le conduit n'était pas obstrué ou trop étroit pour le passage d'un homme, ils auraient peut-être la joie d'explorer leur gouffre de l'entrée jusqu'à la résurgence, avant de partager le secret de son existence avec la communauté des spéléologues.

Hel et Le Cagot descendirent en courant le long des pentes jusqu'au sentier où Hel avait laissé sa Volvo. Nicholaï décocha un vigoureux coup de pied dans la porte, ainsi qu'il en avait l'habitude, et après avoir examiné d'un œil satisfait la marque qu'il venait de faire, ils montèrent en voiture et descendirent jusqu'au village de Larrau, où ils s'arrêtèrent pour prendre un café, accompagné de pain et de fromage, après s'être lavés à la pompe de toute la boue séchée dont ils étaient couverts.

Leur hôtesse était une veuve alerte, au corps sculptural et au rire canaille, qui avait transformé deux pièces de sa maison en café-restaurant. Le Cagot la connaissait depuis des années, et quand les choses tournaient mal pour lui en Espagne, il traversait souvent la frontière par la forêt d'Irraty en bordure du village. Depuis des temps immémoriaux, la forêt d'Irraty était un repaire et un passage pour les contrebandiers et les bandits venant du Pays basque espagnol. La tradition voulait qu'il soit considéré comme impoli — et dangereux — de reconnaître qui que ce soit dans la forêt.

Lorsqu'ils entrèrent dans le café, une demi-douzaine de vieux, attablés devant un verre de vin, les assaillirent de questions : Comment les choses s'étaient-elles passées au gouffre ? Y avait-il une cavité sous le trou ?

Le Cagot commandait son déjeuner, une main possessive posée sur la hanche de la patronne. Il n'eut pas besoin de réfléchir pour garder le secret ; il utilisa automatiquement le procédé typiquement basque qui consiste à répondre à une question précise par une réponse vague, mais pas tout à fait mensongère.

« Mes amis, tous les trous ne mènent pas à des grottes. »

La patronne rougit à ce qu'elle prit pour un sous-entendu. Elle repoussa la main de Le Cagot avec une coquetterie satisfaite.

« Et avez-vous rencontré des patrouilles espagnoles ? demanda l'un des vieux.

— Non, je n'ai pas eu à encombrer l'enfer de nouvelles âmes fascistes. Cela vous va, l'abbé ? » Le Cagot s'adressait maintenant au prêtre, révolutionnaire à la triste figure, qui était assis dans le coin le plus sombre du café et s'était détourné à l'entrée de Le Cagot et de Hel. L'abbé Xavier nourrissait une haine cachée pour Le Cagot et déchaînée à l'égard de Nicholaï Hel. Bien qu'il ne s'exposât jamais en personne au danger, il circulait de village en village sur la frontière, prêchant la révolution, s'efforçant de rapprocher les buts de l'Indépendance basque à ceux de l'Église — démonstration locale de l'effort général tenté par les marchands de Dieu pour se diversifier dans le social et la politique, à une époque où le monde n'est plus concerné par la peur de l'enfer ou le salut de l'âme.

La haine du prêtre (qu'il qualifiait de colère divine) pour Le Cagot venait du fait que l'adulation et le culte du héros, par définition réservés aux chefs investis de la révolution, se trouvaient escamotés au profit de cet homme scandaleux, qui avait passé une partie de sa vie au pays des loups, hors du Pays basque. Mais du moins Le Cagot était-il un enfant du pays. Il en était autrement pour ce Hel, cet étranger qu'on ne voyait jamais à la messe, et qui vivait avec une Orientale. Il était insupportable au prêtre de voir des jeunes spéléologues basques, garçons qui auraient dû choisir leurs idoles dans les rangs du clergé, faire le panégyrique des prouesses de Hel dans les gouffres, et de son exploit lorsqu'il avait franchi la frontière avec Le Cagot pour faire sortir des prisonniers, membres de l'E.T.A., d'une prison militaire de Bilbao. C'était le genre d'homme capable de contaminer la révolution et de détourner ses forces vives de la création d'une Théocratie basque, dernière forteresse des fondements du catholicisme dans un pays où la pratique est primitive et profonde, et où les clés des portes du paradis sont un puissant instrument de pouvoir.

Peu après avoir acheté sa propriété d'Etchebar, Hel avait commencé à recevoir des lettres anonymes et des menaces. Par deux fois, on avait organisé des tapages nocturnes à l'extérieur du château, lancé des chats enveloppés de paille enflammée, hurlants, dans l'enceinte du domaine. Bien que Hel eût appris à mépriser ces prêtres fanatiques du tiers monde qui poussent les enfants à la mort, pour lier la cause du socialisme à celle de l'Église et sauver cette dernière de son atrophie naturelle face à l'accroissement du savoir et de la compréhension, il aurait dû ignorer ces manifestations. Mais il avait l'intention de s'établir au Pays basque, maintenant que la culture japonaise était contaminée par les valeurs occidentales, et il lui fallait mettre un terme à ces provocations s'il ne voulait pas être la risée du pays. Les lettres anonymes et les tapages nocturnes étaient des manifestations de lâcheté, et Hel craignait les lâches, toujours plus redoutables que les braves quand ils ont l'avantage du nombre et la possibilité de frapper par-derrière ; ils sont contraints d'infliger des coups mortels, par peur des représailles au cas où leur victime survivrait.

Par Le Cagot, Hel découvrit l'auteur de ces actes sournois, et deux mois plus tard, il rencontra le prêtre dans l'arrière-salle d'un café de Saint-Engrace ; l'homme de Dieu avalait en silence son repas gratuit, jetant de temps à autre un coup d'œil vers Nicholaï, qui buvait un verre de vin rouge en compagnie de quelques habitants du village — ceux mêmes qui se trouvaient auparavant assis à la table du prêtre, recevant la sagesse de sa parole.

Quand les hommes s'en retournèrent à leur travail, Hel se dirigea vers la table du prêtre. L'abbé Xavier fit mine de se lever, mais Hel le saisit par le bras et le força à se rasseoir. « Vous êtes un homme de bien, l'abbé, dit-il de sa voix sourde. Un saint homme. En fait, vous êtes plus près du ciel en ce moment que vous ne le croyez. Finissez votre repas, et écoutez-moi bien. Les lettres anonymes, les tapages nocturnes, c'est terminé. Vous saisissez ?

— Je crains de ne pas...

— Mangez.

— Comment ?

— Mangez ! »

L'abbé Xavier enfourna une autre bouchée de piperade qu'il mastiqua d'un air maussade.

« Plus vite, l'abbé. Emplissez votre bouche de cette nourriture que vous n'avez pas gagnée. »

Les yeux du prêtre débordaient de fureur et de crainte. Mais il avala bouchée sur bouchée aussi vite qu'il le put.

« Si vous décidez de rester dans cette partie du monde, l'abbé, et si vous n'êtes pas encore prêt à rejoindre Dieu, alors voici ce que vous allez faire. Chaque fois que nous nous rencontrerons dans un village, vous quitterez ce village. Chaque fois que nos chemins se croiseront, vous sortirez du sentier et vous tournerez le dos pendant que je passe. Vous pouvez manger plus vite que ça, l'abbé ! »

Le prêtre s'étouffa, et Hel l'abandonna toussant et suffoquant sur son assiette. Il raconta le soir même l'histoire à Le Cagot, en lui recommandant de la faire circuler. L'humiliation publique de ce lâche était une nécessité.

« Hé, pourquoi ne répondez-vous pas, père Esteka[1] ? » demanda Le Cagot.

Le prêtre se leva et quitta le café, tandis que Le Cagot l'interpellait : « Holà ! Vous ne finissez pas votre piperade ? »

Parce qu'ils étaient catholiques, les vieux du café n'osaient pas rire ; mais ils ricanèrent, parce qu'ils étaient basques.

Le Cagot flatta de la main les fesses de la patronne et réclama son déjeuner. « Je ne crois pas que nous nous soyons fait un ami, Nikko. Et c'est un homme à craindre. (Le Cagot se mit à rire.) Après tout, son père était français, et très actif dans la Résistance. »

Hel sourit. « En connais-tu un qui ne l'ait pas été ?

— C'est vrai. Il est étonnant de penser que les Allemands aient pu contrôler la France avec si peu de divisions, si l'on songe que tous ceux qui ne s'appliquaient pas à épuiser les ressources germaniques, en se constituant prisonniers pour obliger les nazis à les nourrir, s'étaient courageusement engagés dans la Résistance. Existe-t-il un seul village qui n'ait pas sa place de la Résistance ? Mais soyons objectifs ; il faut comprendre la notion française de résistance. Chaque hôtelier qui roulait les Allemands était un résistant. Chaque putain qui leur refilait la vérole était dans la Résistance. Et tous ceux qui ne les saluaient pas d'un aimable « bonjour » étaient des héros de la liberté. »

Hel éclata de rire. « Tu es un peu dur pour les Français !

— C'est l'histoire qui est dure pour eux. Je veux dire l'histoire véridique, pas la vérité de la Ve République que l'on enseigne dans leurs écoles. Cela dit, j'admire les Français plus que tous autres étrangers. Au cours des siècles, ils ont vécu côte à côte avec les Basques et ils ont absorbé certaines vertus — compréhension, instinct philosophique, sens de l'humour — et cela les a rendus meilleurs que les « autres ». Mais je suis tout de même obligé de reconnaître que c'est un peuple ridicule, au même titre que les Anglais sont des incapables, les Italiens des incompétents, les Américains des névrosés, les Allemands des sauvages exaltés, les Arabes des vicieux, les Russes des barbares, et les Hollandais des fabricants de fromage. Prends un exemple du ridicule des Français. Voilà un peuple qui allie une dévotion aveugle à l'argent avec la poursuite d'une gloire imaginaire. Ce sont les mêmes types qui trafiquent leur vin de Bourgogne pour un profit modique et sont capables de dépenser des millions pour la contamination atomique

1. Esteka : signifie impuissance en basque.

du Pacifique dans l'espoir de devenir technologiquement les égaux des Américains. Ils se prennent pour de fougueux David face aux avides Goliath. Malheureusement, aux yeux du reste du monde, ils ressembleraient plutôt à une fourmi qui grimpe sur la patte d'une vache en lui promettant d'être bien gentille. »

Le Cagot fixa pensivement le dessus de la table. « Je ne vois rien d'autre à ajouter sur les Français, en ce moment. »

La veuve s'était assise auprès de Le Cagot et lui faisait du genou. « Hé, il paraît que vous avez de la visite à Etchehelia, dit-elle, en utilisant le nom basque du château. C'est une fille. Étrangère. Arrivée hier soir. »

Hel ne s'étonna pas que la nouvelle ait déjà atteint Larrau, à trois sommets et quinze kilomètres de chez lui. Elle avait sûrement fait le tour de tous les villages environnants dans les quatre heures après l'arrivée de la visiteuse.

« Que sait-on d'elle ? » demanda-t-il.

La veuve haussa les épaules, et les commissures de sa bouche s'affaissèrent, signifiant par là qu'elle connaissait seulement les faits les plus élémentaires. « Elle a pris un café chez Jaureguiberry, et elle n'avait pas d'argent pour payer. Elle a fait à pied tout le trajet de Tardets à Etchebar et on l'a aperçue à plusieurs reprises du haut des collines. Elle est jeune, mais en âge d'être mariée. Elle porte un short qui laisse voir ses jambes, et il paraît qu'elle a une grosse poitrine. Elle a été reçue par votre femme, qui a payé la note de Jaureguiberry. Elle a l'accent anglais. Et les vieilles cancanières de votre village disent que c'est une putain de Bayonne qui a été mise à la porte de sa ferme parce qu'elle couchait avec le mari de sa sœur. Comme vous voyez, on ne sait pas grand-chose à son sujet.

— Tu dis qu'elle est jeune, avec une belle poitrine ? demanda Le Cagot. Elle est certainement venue pour moi. L'ultime expérience. »

La veuve lui pinça la cuisse.

Hel se leva. « Je vais rentrer à la maison, prendre un bain et dormir un peu. Tu viens ? »

Le Cagot jeta un regard en coin à la veuve. « Qu'est-ce que tu en penses ? J'y vais ?

— Je m'en fiche, vieillard. »

Mais elle le retint par la ceinture quand il fit mine de se lever. « Je vais peut-être rester un peu ici, Nikko. Je passerai ce soir pour jeter un coup d'œil à ta fille avec ses jambes nues et ses gros nénés. Et si elle me plaît, je te ferai peut-être l'honneur de prolonger ma visite. Ouïe ! »

Hel paya et se dirigea vers sa Volvo qu'il gratifia d'un coup de pied dans l'aile arrière. Puis il se mit en route vers chez lui.

Château d'Etchebar

Après avoir garé sa voiture sur la place d'Etchebar (il n'autorisait pas l'entrée des voitures dans la propriété), et donné au toit un coup de poing en guise d'adieu, Hel remonta l'allée qui menait au château, ressentant comme chaque fois qu'il rentrait chez lui un sentiment d'affection paternelle pour cette demeure du pur XVIIe siècle, à laquelle il avait consacré des années de travail et des millions de francs suisses. C'était son bien le plus cher au monde, une forteresse contre le XXe siècle. Il s'arrêta un moment, une fois franchies les lourdes grilles de l'entrée, pour tapoter la terre autour des arbustes nouvellement plantés, et perçut l'approche d'une présence vague et diffuse, qui ne pouvait être que celle de son jardinier, Pierre.

« Bonjour, m'sieur », fit ce dernier de son ton chantant, quand il reconnut Hel à travers les vapeurs des verres de vin rouge ingurgités à espaces réguliers depuis l'aube.

Hel fit un signe de tête. « J'ai appris que nous avions de la visite, Pierre.

— Oui. Une fille. Elle dort encore. Les femmes ont dit que c'était une putain de...

— Je sais. Madame est-elle réveillée ?

— Sûrement. On lui a annoncé votre retour il y a vingt minutes. (Pierre regarda le ciel et hocha la tête avec sagesse.) Ah, ah, ah », dit-il. Hel sut qu'il s'apprêtait à faire des prévisions sur le temps, comme chaque fois qu'il le rencontrait dans le jardin. Tous les Basques de la Haute Soulte sont persuadés qu'ils possèdent des dons particuliers pour les prévisions météorologiques, fondés sur leur héritage de montagnard et sur les nombreux dictons concernant les signes annonciateurs du temps. Les propres prédictions de Pierre, exprimées avec une assurance tranquille que n'altérait jamais leur immanquable inexactitude, constituaient le sujet principal de ses conversations avec M'sieur Hel depuis quinze ans, depuis le jour où l'ivrogne du village avait été élevé par l'étranger à la dignité de jardinier, et de défenseur officiel contre les ragots de village.

« Ah, m'sieur, il va pleuvoir avant ce soir, chantonna Pierre, avec résignation. Ce n'est pas la peine que je m'occupe des fleurs, aujourd'hui.

— Vraiment, Pierre ? » Combien de fois avaient-ils déjà échangé ces mots ?

« Oui, vraiment. Hier soir au coucher du soleil, il y avait du rouge et de l'or dans les nuages au-dessus de la montagne. C'est un signe certain.

— Oh ! Mais je croyais qu'il y avait un dicton qui disait le contraire ? Ne dit-on pas *arrats gorriak eguraldi ?*

— C'est ce qu'on dit, m'sieur. Mais... (Les yeux de Pierre brillèrent de la malice du conspirateur quand il répondit, tapotant l'aile de son long nez :)... tout dépend des phases de la lune.

— Oh ? »

Pierre ferma les yeux et secoua lentement la tête, souriant avec indulgence devant l'ignorance de tous ces étrangers, même si, comme m'sieur Hel, ce sont des gens bien. « Quand la lune croît, la règle est celle que vous dites ; mais lorsqu'elle décroît, c'est le contraire.

— Je comprends. Quand la lune décroît, c'est *Goiz gorriak dakarke uri ?* »

Pierre fronça les sourcils, gêné à l'idée de se prononcer aussi clairement. Il réfléchit un instant avant de répondre. « Ça dépend, m'sieur.

— J'en suis sûr.

— Et... il y a une autre complication.

— Racontez-moi. »

Pierre jeta un regard inquiet autour de lui et se mit à parler en français, pour éviter d'offenser les esprits de la terre qui, bien entendu, ne comprennent que le basque. « Vous voyez, m'sieur, de temps en temps, la lune se trompe. »

Hel soupira : « Allez, bonne journée, Pierre.

— Bonne journée, m'sieur. » Pierre s'éloigna dans l'allée en titubant, à la recherche d'une autre occupation.

Les yeux fermés, l'esprit perdu dans le vague, Hel était assis, plongé jusqu'au menton dans le baquet de bois japonais rempli d'une eau si brûlante qu'y rentrer procurait une sensation à la limite de la douleur et du plaisir. Les domestiques avaient allumé la chaudière à bois dès qu'on avait annoncé le retour de M. Hel. Le temps de se nettoyer et de prendre une douche glacée, son bain japonais était prêt et la petite salle emplie d'une vapeur épaisse.

Hana somnolait en face de lui, assise sur un banc un peu plus élevé qui lui laissait aussi le menton hors de l'eau. Comme toujours quand ils prenaient leur bain ensemble, leurs pieds étaient mêlés.

« Tu veux des détails sur notre visiteuse, Nicholaï ? »

Hel secoua la tête lentement, ne voulant pas interrompre l'état de relaxation proche de la perte de conscience qu'il ressentait. « Plus tard », murmura-t-il.

Au bout d'un quart d'heure, l'eau s'était suffisamment refroidie pour que l'on pût agréablement remuer. Hel ouvrit les yeux et sourit paresseusement à Hana. « On vieillit, ma très chère. Après deux jours dans la montagne, le bain devient une nécessité physiologique plus qu'un plaisir. »

Hana lui rendit son sourire et serra ses pieds entre les siens. « C'était un gouffre intéressant ? »

Il hocha la tête. « Assez facile, en fait. Un réseau sans longs rétrécissements, sans siphons. Mais je n'aurais pas eu la force d'en faire plus. »

Il sortit du bain et fit glisser la cloison qui séparait la salle de bains du petit jardin japonais qu'il perfectionnait amoureusement depuis quinze ans, sachant qu'il ne serait acceptable que dans quinze autres années. La vapeur monta dans l'air frais du jardin dont il sentait l'effet vivifiant sur sa peau encore frémissante de la chaleur de l'eau. Il savait qu'un bain chaud, vingt minutes de méditation, une heure consacrée à faire l'amour et une douche rapide régénéreraient son corps et son esprit mieux qu'une nuit de sommeil ; ce rituel était devenu une habitude lorsqu'il rentrait d'une expédition sous terre ou, autrefois, d'une opération de contre-terrorisme.

Hana sortit du bain, enfila un kimono légèrement matelassé sur son corps encore humide après avoir aidé Nicholaï à passer le sien, et ils traversèrent le jardin. Nicholaï s'arrêta un instant pour déplacer une pierre musicale dans le ruisseau qui coulait du petit bassin, car le son qu'elle produisait lui paraissait trop aigu. La salle de bains en planches épaisses était à demi cachée par un rideau de bambous qui bordait le jardin sur trois côtés. En face s'élevait une construction basse en bois sombre et cloisons de papier, comprenant la pièce japonaise, où il étudiait et méditait, et la « salle d'armes », dans laquelle il conservait les instruments de son ancienne activité. Le quatrième côté du jardin s'ouvrait sur l'arrière du château et les deux édifices étaient montés de façon à ne pas rompre l'harmonie de l'architecture classique. Hel avait consacré tout un été à la construction de ces maisons, avec l'aide de deux artisans venus de Kyoto, des hommes assez âgés pour se souvenir de l'assemblage à queue d'aronde.

A genoux devant une table basse laquée, face au jardin, ils prirent un repas léger composé de boules de melon (non glacé, pour en garder la saveur musquée), de prunes aigrelettes (translucides et juteuses), de galettes de riz et d'un demi-verre d'Irouléguy.

Leur repas terminé, Hana se leva. « Veux-tu que je ferme les cloisons ?

— Laisses-en une ouverte, que nous puissions voir le jardin. »

Hana sourit. Nicholaï et son jardin... un père avec son enfant délicat et entêté. Le jardin était ce qu'il possédait de plus précieux ;

souvent, il rentrait à l'improviste d'un voyage, se changeait, et allait travailler plusieurs heures dans son jardin avant que quiconque ne s'aperçût de son retour. Pour Nicholaï, le jardin et ses subtiles compositions étaient l'expression concrète du *shibumi*, à laquelle s'ajoutait une vérité automnale due au fait qu'il ne vivrait probablement pas assez longtemps pour en connaître l'expression achevée.

Hana fit glisser son kimono. « Nous faisons un pari ? »

Il rit. « D'accord. Celui qui gagne aura... voyons. Que dirais-tu d'une demi-heure de Délice du Rasoir ?

— Très bien. Je suis sûre d'y prendre un grand plaisir.

— Si sûre de toi ?

— Mon très cher, tu es resté absent pendant trois jours. Mon corps a emmagasiné l'amour sans pouvoir l'extérioriser. Tu as donc un très grand handicap dans ce pari.

— Nous verrons bien. »

Entre Hana et Nicholaï, les prémices de l'amour étaient autant mentales que physiques. Ils étaient tous les deux des praticiens du IVe degré, elle en raison de son entraînement intensif, et lui grâce à son contrôle mental acquis dans sa jeunesse et son sens de la proximité qui lui permettait d'épier les réactions de sa partenaire et de connaître avec exactitude les étapes de sa jouissance. Le jeu consistait à amener l'autre à jouir le premier, et tous les coups étaient permis. Le vainqueur avait droit au Délice du Rasoir, un effleurage à la fois relaxant et excitant, au cours duquel la peau des bras, des jambes, de la poitrine, du dos, du ventre et du pubis est délicatement caressée par un rasoir bien affûté. La volupté, mêlée à la crainte d'un mouvement maladroit, oblige le sujet à une décontraction totale sous peine de tensions et de plaisirs insupportables. Généralement, le Délice du Rasoir commence par les extrémités, créant des vagues de jouissance de plus en plus intenses à mesure que l'instrument s'approche des zones érogènes, qui s'enflamment sous l'effet du plaisir et de l'ombre de la peur. Les techniques employées en atteignant ces zones érogènes seraient dangereuses à décrire.

Le Délice du Rasoir s'achève par une rapide caresse buccale.

Celui des deux qui gagnait le pari en faisant jouir l'autre le premier avait droit au Délice du Rasoir, et Hana et Nicholaï possédaient tous les deux une technique très raffinée. Ils se connaissaient si bien l'un l'autre que chacun pouvait conduire son partenaire au bord de la jouissance, et faire durer le jeu juste au point d'équilibre entre le plaisir et le contrôle de soi.

Ce n'est qu'après avoir quitté la prison de Sugamo, et commencé à vivre en Occident, que Hel développa son expérience et sa technique sexuelles. Avant cela, il n'était qu'un amateur. Ses relations avec Mariko ressemblaient plus à des tentatives malhabiles pour agrémenter une forme d'affection juvénile qu'à de véritables rapports sexuels.

Avec les sœurs Tanaka, Hel avait atteint le Ier degré de l'amour, le stade simpliste et robuste de la curiosité sexuelle où de jeunes animaux assouvissent leur instinct de reproduction les uns avec les autres. Bien que plébéien et monotone, le Ier degré est sain et honnête, et Hel apprécia cette période, regrettant seulement que tant de gens inhibés par leur culture n'acceptent l'amour physique et animal qu'après l'avoir habillé de passion, d'amour, de tendresse ou d'expression de soi-même. Dans leur confusion, ils érigent le plaisir sexuel sur les fondations fragiles de la passion. Hel déplorait l'influence de la littérature romantique, qui alimentait des espérances sentimentales jamais réalisées, et contribuait à cette anarchie sexuelle si caractéristique des pays de l'Ouest. Durant son bref passage par le IIe degré — l'usage du sexe en tant que calmant psychologique ou narcose sociale, destiné à diminuer tensions et angoisses — Hel commença à entrevoir ce qu'était le IVe degré de l'expérience sexuelle. Réalisant que la sexualité allait devenir une part importante de sa vie, et méprisant l'amateurisme sous toutes ses formes, il entreprit de s'y préparer. Il se soumit à un entraînement quasi professionnel à Ceylan et dans les bordels spécifiques de Madagascar, où il vécut pendant quatre mois au contact de femmes de toutes races et de toutes cultures.

Le IIIe degré, celui de la gourmandise sexuelle, est le stade le plus élevé que puissent atteindre les Occidentaux et, en fait, la plupart des Orientaux. Hel le parcourut avec une certaine indolence et un bel appétit, parce qu'il était jeune, résistant, et doué d'une imagination fertile. Il ne risquait pas de s'embourber dans les subterfuges de la stimulation artificielle auxquels se livrent la frange la plus vicieuse du Jet Set et les intellectuels ramollis du monde de la littérature et du cinéma, cherchant à compenser leur manque de tonus et d'imagination en se roulant en groupe dans la chair et les lubrifiants divers.

Pendant cette mise en appétit que constitue le IIIe degré, Hel commença à s'intéresser à des tactiques plus raffinées, telles que la jouissance en suspens et le rapport sexuel mental. Il s'amusa à associer ces techniques à la terminologie du Go. Des termes tels que *aji keshi*[1], *ko,* et *hane* devenaient des images parfaitement expressives ; d'autres comme *kaketsugi, nozoki,* et *yosu-miru* ne s'appliquaient à l'art de faire l'amour qu'avec une notion plus élargie de la métaphore.

---

1. *Aji keshi :* arrière-goût ; *kaketsugi :* connection diagonale ; *ko :* situation répétitive ; *hane :* coup diagonal ; *nozoki :* l'indiscret ; *yosu-miru :* manœuvre de fin de partie ; *Kikashi :* coup dangereux appelant une réponse.

Quand il eut trente ans, les dispositions naturelles et la curiosité de Hel le conduisirent naturellement au IVe degré, le stade final, où l'excitation et la jouissance deviennent relativement peu importantes, dans un type d'activité qui requiert à la fois l'énergie cérébrale et la maîtrise de soi d'un tournoi de Go, l'expérience d'une prostituée ceylandaise, l'endurance et l'agilité d'un alpiniste de la classe six. Sa préférence allait à un jeu de son invention qu'il avait appelé *kikashi*. On ne pouvait le jouer qu'avec une partenaire du IVe degré, et uniquement quand chacun se sentait en pleine forme. Le jeu se déroulait dans une petite chambre, d'une superficie d'environ six tatamis. Les deux joueurs étaient revêtus de kimonos classiques et s'agenouillaient face à face, adossés au mur. Chacun, par sa seule concentration, devait atteindre l'extrême bord de la jouissance et s'y maintenir. Aucun contact n'était admis, seulement la concentration et quelques gestes d'une seule main.

Le but était de faire jouir le partenaire avant de jouir soi-même, et il était préférable de jouer un jour de pluie.

A la longue, Hel abandonna le *kikashi*, trop éprouvant, solitaire et égoïste, auquel faisaient défaut les caresses et la tendresse qui tiennent une place si agréable dans l'amour physique.

Les paupières hermétiquement closes, les lèvres serrées, Hana essayait de se dégager de la position compliquée dans laquelle la maintenait Hel, mais il ne la laissait pas s'échapper.

« Je croyais que nous avions dit que tu n'avais pas le droit de faire ça ! se plaignit-elle.

— Je n'avais rien dit du tout.

— Oh ! Nikko... je ne peux pas !... Je ne peux plus me retenir ! »

Elle se cambra et gémit dans un effort désespéré pour éviter de jouir.

Son plaisir envahit Hel qui cessa de se contrôler pour jouir à son tour, juste après elle. Soudain son sens de la proximité l'avertit. Elle trichait ! Son aura ne vacillait pas, comme elle aurait dû le faire si Hana avait atteint l'orgasme. Il s'efforça de vider son esprit et d'interrompre son plaisir. Trop tard. Il avait dépassé le seuil de la maîtrise de soi.

« Démon ! » cria-t-il en jouissant.

Elle éclata de rire en jouissant quelques secondes après lui.

Elle était à plat ventre, ronronnant tandis qu'il promenait lentement le rasoir au ras de ses fesses — œuvre d'art où se retrouvaient la délicatesse des Japonaises et la robustesse des Africaines. Il les embrassa légèrement et poursuivit le Délice du Rasoir.

« Ton contrat avec moi expire dans deux mois, Hana.

— Hmm-hmm. » Elle ne voulait pas interrompre la langueur qui l'envahissait.

« As-tu réfléchi à ma proposition de rester ici ?

— Hmm-hmm.

— Et alors ?

— Unh-nh-nh-nh. » Le son prolongé qui sortait de ses lèvres fermées signifiait : « Ne me force pas à parler. »

Il rit et la retourna sur le dos, poursuivant son effleurage avec une attention redoublée et une technique sans faille. Hana était dans une forme splendide. Elle avait dépassé la trentaine, l'âge le plus jeune pour une grande technicienne de l'amour. Grâce aux soins dont elle entourait son corps et aux effets rajeunissants du mélange de ses ascendances orientale, africaine et caucasienne, elle conserverait sans doute ces qualités pendant encore une quinzaine d'années. Qualités dont la plus grande était de savoir éprouver un plaisir total et naturel.

Quand le Délice du Rasoir parvint à son point final, laissant Hana moite et passive, Hel lui donna sa rapide conclusion habituelle. Et ils reposèrent quelques instants étroitement enlacés.

« J'*ai* envisagé de rester, Nikko, dit-elle, sa voix chuchotant tout contre sa poitrine. Il y a beaucoup de raisons qui me pousseraient à le faire. Nous vivons dans le plus bel endroit du monde, et je te serai à jamais reconnaissante de m'avoir fait connaître cette partie du Pays basque. Tu as réussi à édifier une vie de *shibumi* pleine d'attraits. Et il y a toi, si calme et décidé face au monde extérieur et si juvénile quand tu fais l'amour. Tu n'es pas sans un certain charme.

— Merci.

— Je dois avouer qu'il est beaucoup plus rare de trouver un homme compétent en amour qu'une femme. Mais... je me sens un peu seule ici. Je sais, je suis allée à Paris et à Bayonne aussi souvent que j'en ai eu envie — et j'y ai pris beaucoup de plaisir — mais dans la vie de tous les jours, malgré tes attentions, et l'intérêt de ta conversation, malgré la truculence de notre ami Le Cagot, la solitude pèse à une femme dont les appétits ont été aussi aiguisés que l'ont été les miens.

— Je comprends.

— C'est différent pour toi, Nikko. Tu es un solitaire de nature. Tu méprises le monde et tu n'en as pas besoin. Moi aussi, je trouve la plupart des gens qui m'entourent ennuyeux ou irritants. Mais je n'aime pas la solitude, je suis curieuse de tout. Et aussi... il y a autre chose.

— Quoi donc ?

— Eh bien, comment t'expliquer ? Des personnalités comme la tienne et la mienne sont faites pour dominer. Chacun de nous devrait s'épanouir au sein d'un large groupe, donner de la consistance à la masse. Nous rassembler tous deux dans un même lieu me semble un excès d'épices dans un même plat, alors que le reste du repas est sans saveur. Tu vois ce que je veux dire ?

— Cela signifie-t-il que tu as décidé de partir à la fin de ton contrat ? »

Elle souffla doucement dans les poils de la poitrine de Nicholaï. « Cela signifie que je ne suis pas encore décidée. (Elle resta silencieuse un instant, puis ajouta :) Je pense que je voudrais tout à la fois passer la moitié de l'année ici, à me reposer et m'instruire à tes côtés, et l'autre moitié ailleurs, à étonner mon public.

— Je n'y vois pas d'inconvénient. »

Elle rit. « Cela veut dire que tu devrais te contenter, six mois par an, des nymphettes bronzées aux longues jambes de la côte basque, jeunes starlettes ou mannequins par exemple. Tu pourrais le faire ?

— Aussi facilement que tu pourrais t'accommoder de jeunes et beaux garçons bien baraqués aux yeux vides. Pour chacun de nous, ce serait s'alimenter de hors-d'œuvre. Mais pourquoi pas ? Les hors-d'œuvre peuvent être amusants, même s'ils vous coupent l'appétit sans réellement vous nourrir.

— Laisse-moi réfléchir, Nikko. L'idée est séduisante. (Elle se souleva sur un coude et plongea son regard dans les yeux mi-clos et rieurs de son partenaire.) La liberté aussi est séduisante. Peut-être ne prendrai-je aucune décision.

— C'est déjà une décision. »

Ils s'habillèrent et allèrent prendre une douche sous la cuve en cuivre perforée qu'avait installé l'inventif bâtisseur du château quelque trois siècles auparavant. Ce n'est qu'à l'heure du thé, dans le salon or et crème de l'aile est, que Hel s'enquit de sa visiteuse.

« Elle dort encore. Elle était à bout de forces quand elle est arrivée hier soir. Elle était venue à pied du village, après avoir fait Rome-Pau en avion et de l'auto-stop jusqu'à Tardets. Malgré ses efforts pour soutenir la conversation et se montrer bien élevée, il était évident, dès le premier coup d'œil, qu'elle n'en pouvait plus. Elle s'est mise à pleurer lorsque je lui ai offert du thé. A pleurer sans même s'en apercevoir. Je lui ai donné un calmant et je l'ai envoyée se coucher. Mais elle a eu des cauchemars pendant la nuit et j'ai dû m'asseoir auprès de son lit, lui caresser les cheveux et lui parler doucement jusqu'à ce qu'elle se calme et s'endorme à nouveau.

— Quel est son problème ?

— Elle en a parlé pendant que je m'efforçais de la consoler. Il semble qu'il y ait eu une sale histoire à l'aéroport de Rome. Deux de ses amis ont été abattus.

— Abattus par qui ?

— Elle ne l'a pas dit. Peut-être ne le sait-elle pas.

— Pourquoi ont-ils été tués ?

— Aucune idée.

— T'a-t-elle dit pourquoi elle était venue ici ?

— Visiblement, ils se rendaient tous les trois ici. Elle n'avait pas d'argent, seulement son billet d'avion.

— T'a-t-elle donné son nom ?

— Oui. Elle s'appelle Hannah Stern. Elle dit que son oncle était un de tes amis. »

Il reposa sa tasse, ferma les yeux, et poussa un long soupir. « Asa Stern était un ami. Il est mort. Et je lui dois beaucoup. A une époque de ma vie, sans son aide, je serais mort.

— Et cette dette de reconnaissance, tu la dois aussi à cette fille ?

— Nous verrons. Tu as dit que cette histoire de Rome s'est passée hier après-midi ?

— Ou le matin. Je ne me souviens plus.

— Nous le saurons aux informations de midi. Quand elle se réveillera, s'il te plaît, envoie-la moi. Je serai dans le jardin. Oh ! je pense que Le Cagot se joindra à nous pour le dîner — s'il en a fini, à Larrau. »

Hel s'occupa de son jardin pendant une heure et demie, taillant, orientant, cherchant des effets subtils et mesurés. Il n'avait pas un grand sens artistique, mais une certaine sensibilité. Et si son jardin, qui était son principal moyen d'exprimer son besoin créatif, manquait de *sabi,* il avait cette qualité de *shibumi* qui distingue l'art japonais de la dynamique des mécanismes propre à la civilisation occidentale, ou des outrances baroques de l'art chinois. Il reflétait cette douce mélancolie, cette tristesse apaisante qui caractérise la beauté dans l'âme japonaise. Les imperfections voulues et la simplicité organique créaient et satisfaisaient les tensions esthétiques ; processus similaire à celui de l'équilibre et du déséquilibre dans l'art occidental.

Un peu avant midi, un domestique apporta une radio et Hel écouta le bulletin de midi de la B.B.C. dans sa salle d'armes. La speakerine avait une voix qui fit les délices de la communauté anglophone internationale pendant des années.

Au milieu de platitudes telles que gouvernements renversés, chute du dollar, événements de Belfast, on apprit le massacre de l'aéroport de Rome. Deux Japonais, identifiés d'après leurs papiers comme des membres de l'Armée rouge travaillant pour le compte de Septembre noir, avaient ouvert le feu avec des armes automatiques, tuant deux jeunes Israéliens, dont l'identité n'avait pas été révélée. Les assassins avaient à leur tour été abattus au cours d'une fusillade avec la police italienne et des agents spéciaux, fusillade provoquant plusieurs victimes dans la foule. Et maintenant une nouvelle plus agréable...

« Monsieur Hel ? »

Nicholaï arrêta la radio et fit signe d'entrer à la jeune femme debout dans l'embrasure de la porte. Elle portait un short kaki fraîchement repassé, une chemise à manches courtes dont les trois boutons du haut étaient défaits. Comme hors-d'œuvre, elle était plutôt appétissante ; de longues jambes robustes, une taille fine, une poitrine agressive et une chevelure rousse gonflée par un récent shampoing. Plus soubrette que grande dame, elle était à cet âge désirable qui marque la transition entre la grâce du jeune animal et le *zaftig*. Mais sur son visage lisse, que l'expérience n'avait pas encore marqué, l'angoisse prenait un air d'exaltation.

« Monsieur Hel ? » répéta-t-elle, embarrassée.

— Entrez et asseyez-vous, mademoiselle Stern. »

Elle prit une chaise sous un rayonnage rempli d'objets métalliques qu'elle n'assimila pas à des armes, et sourit timidement. « Je ne sais pas pourquoi, mais je m'attendais à rencontrer quelqu'un de plus âgé. Mon oncle Asa parlait de vous comme d'un ami, un homme de sa génération.

— Nous étions d'une génération ; nous avons partagé une époque. Bien que cela n'ait aucun rapport avec quoi que ce soit. » Il la regardait et l'évaluait calmement, la jugeant peu intéressante.

Mal à l'aise sous le regard inexpressif de ces yeux verts, elle se réfugia dans le bavardage poli. « Votre femme — je veux dire Hana — s'est montrée très gentille avec moi. Elle est venue durant la nuit et... »

Il l'interrompit d'un geste. « Parlez-moi d'abord de votre oncle. Pourquoi vous a-t-il envoyée ici ? Et ensuite, vous me donnerez des détails sur ce qui s'est passé à l'aéroport de Rome. Et vous me direz enfin quels sont vos projets et ce que vous attendez de moi. »

Surprise par la froideur du ton professionnel, elle prit sa respiration, rassembla ses idées, et commença son histoire, symptomatiquement, en parlant d'elle-même. Elle avait été élevée à Skokie, avait étudié à l'université de Northwestern ; elle s'était particulièrement intéressée aux questions sociales et politiques, et à la fin de ses études, elle s'était rendue en Israël pour voir son oncle — et retrouver ses racines.

Hel ferma les paupières avec un bref soupir. Puis, d'un geste circulaire de la main, il l'invita à poursuivre.

« Vous savez, bien sûr, que mon oncle Asa s'était consacré à châtier les auteurs des meurtres de Munich.

— C'est un bruit qui courait. Nous n'abordions jamais de tels sujets dans nos lettres. Quand je l'ai appris, j'ai eu le sentiment que votre oncle était bien léger de reprendre du service et de tenter une telle aventure, alors que ses anciens amis ou contacts avaient disparu ou étaient pourris par la politique. J'ai fini par croire que c'était une action désespérée, venant d'un homme qui se savait atteint d'une maladie fatale.

— Mais il avait organisé notre cellule voici un an et demi, et il est tombé malade il y a seulement quelques mois.

— Ce n'est pas vrai. Votre oncle était malade depuis plusieurs années. Il a eu deux brèves rémissions. A l'époque où vous dites qu'il organisait votre cellule, il prenait des calmants contre la douleur. Ceci explique peut-être le ralentissement de son cerveau. »

Hannah Stern fronça les sourcils et détourna le regard. « Vous ne semblez pas tenir mon oncle en grande estime.

— Au contraire, je l'aimais énormément. C'était un esprit brillant et un caractère généreux — un homme de *shibumi*.

— Un homme de... quoi ?

— Peu importe. Votre oncle n'a jamais fait partie du monde de la violence. Il n'était pas émotionnellement équipé pour cela, ce qui est un grand compliment en faveur de ses qualités humaines. Dans des temps plus sereins, il aurait mené une vie calme de professeur et d'érudit. Mais il avait la passion de la justice, et pas seulement pour son propre peuple. Si l'on pense à ce qu'était Israël, il y a à peine vingt ans, les hommes de cœur et de courage n'avaient pas plusieurs voies ouvertes devant eux. »

Hannah n'était pas accoutumée au chuchotement sourd qu'était devenue la voix de Hel depuis son séjour en prison. Elle se pencha instinctivement pour l'entendre.

« Vous avez tort de penser que je n'estime pas votre oncle. Voici seize ans, au Caire, il risqua sa sécurité, et sans doute sa vie, pour me venir en aide. Qui plus est, il mit en péril dans cette affaire un projet qui lui tenait à cœur. J'avais reçu une balle dans le côté et ma situation m'interdisait d'avoir recours à un docteur. Quand j'ai rencontré Asa, j'errais depuis deux jours dans des rues désertes, un pansement imbibé de sang sous ma chemise, n'osant rentrer à l'hôtel. Je titubais de fièvre. Non, je l'estime énormément, et j'ai une grande dette envers lui. » Hel avait prononcé ces paroles d'un ton monocorde, sans cette passion qu'elle aurait sans doute associée à la sincérité. Il lui disait ces choses parce qu'il pensait qu'elle devait, pour la mémoire de son oncle, connaître l'étendue de sa dette de reconnaissance. « Nous ne nous sommes plus jamais rencontrés après l'affaire du Caire. Notre amitié s'est développée dans une correspondance qui a duré des années, au cours de laquelle nous échangions des idées, partagions nos goûts pour les livres, déplorions certains événements de la vie et le poids du destin. Nous étions sans inhibition l'un vis-à-vis de l'autre ; de proches étrangers. » Il se demandait si la jeune fille pouvait comprendre un tel genre de relation. Sceptique, il en revint à l'affaire qui les occupait. « Bien, après que son fils eut été tué à Munich, votre oncle a donc créé cette cellule pour le venger. Combien de membres comprenait-elle, et où sont-ils actuellement ?

— Je suis la seule survivante.

— Vous faisiez partie de la cellule ?

— Oui, pourquoi ? Cela vous semble-t-il...

— Peu importe. » Hel était à présent persuadé qu'Asa avait agi sous l'empire du désespoir, pour avoir introduit cette petite godiche de bonne famille dans une cellule de combat. « Quelle importance avait la cellule ?

— Nous étions cinq. Nous nous étions donné pour nom Le Cinq de Munich. »

Hel baissa à nouveau les paupières. « Plutôt théâtral. Rien de mieux pour annoncer la couleur.

— Que voulez-vous dire ?

— Cinq membres ? Votre oncle, vous-même, les deux qui ont été abattus à Rome — qui était le cinquième ? David O. Selznik ?

— Je ne comprends pas. Le cinquième a été tué dans un attentat à la bombe à Jérusalem. Lui et moi, nous étions... nous étions... » Ses yeux se remplirent de larmes.

« Je suis sûr que vous étiez. C'est une variation de l'idylle de vacances : l'un des avantages du jeune révolutionnaire, c'est d'avoir toute l'humanité dans ses bras. Bon, dites-moi, où en étiez-vous avant la mort d'Asa ? »

Hannah était décontenancée et mortifiée. Cet homme ne ressemblait en rien à celui que lui avait décrit son oncle, un professionnel rigoureux mais aussi un être cultivé, qui honorait ses dettes et refusait de coopérer pour les puissances les plus odieuses privées ou nationales. Comment son oncle pouvait-il avoir été si proche d'un homme qui avait l'air tellement insensible ? Qui ne cherchait même pas à comprendre ?

Hel, bien sûr, ne comprenait que trop bien. Il avait eu affaire à plusieurs reprises à ces amateurs débordants d'enthousiasme. Il savait qu'en cas de coup dur, soit ils s'enfuyaient à toute allure, soit, mus par la même panique, ils mitraillaient allégrement tout ce qui se trouvait à leur portée.

Hannah s'étonna de ne plus avoir envie de pleurer. La froide concentration de Hel sur les faits et l'information avait cautérisé ses larmes. Elle renifla et dit : « Mon oncle avait des sources d'information en Angleterre. Il apprit que deux meurtriers survivants du massacre de Munich projetaient, avec un commando de Septembre noir, de détourner un avion au départ de Heathrow.

— Combien étaient-ils en tout ?

— Cinq ou six, nous ne savions pas exactement.

— Aviez-vous identifié ceux d'entre eux qui avaient participé à l'affaire de Munich ?

— Non.

— Donc, vous aviez l'intention de les abattre tous les cinq ? »

Elle acquiesça.

« Je vois. Et vos contacts en Angleterre ? A quoi ressemblent-ils ? Que peuvent-ils faire pour vous ?

— Ce sont des membres de l'Armée de Libération de l'Irlande du Nord qui luttent contre la domination anglaise.

— Oh ! mon Dieu !

— Il existe une fraternité entre tous les combattants de la liberté, vous savez. Nos méthodes peuvent varier, mais nos buts finaux restent les mêmes. Nous attendons le jour où...

— Je vous en prie, l'interrompit-il. Dites-moi maintenant ce que l'I.R.A. était censée faire pour vous ?

— Eh bien... ils surveillaient les Septembristes. Ils devaient nous héberger lorsque nous arriverions à Londres. Et ils devaient nous fournir des armes.

— Nous étant vous-même et les deux qui ont été abattus à Rome ?

— Oui.

— Je vois. Très bien. Maintenant, racontez-moi ce qui s'est passé à Rome ? La B.B.C. parle d'un commando de l'Armée rouge japonaise travaillant pour le compte de l'O.L.P. Est-ce exact ?

— Je ne sais pas.

— Vous n'y étiez pas ?

— Si, j'y étais ! (Elle parvint à se contrôler.) Mais dans ce tumulte... les gens qui mouraient... les coups de feu dans toutes les directions... » Dans son désarroi, elle se leva et se détourna de cet homme qui la torturait intentionnellement, la mettait à l'épreuve. Elle ne voulait pas pleurer, mais les larmes lui montaient aux yeux. « Je suis désolée. J'étais terrorisée, paralysée. Je ne me souviens pas de tous les détails. » Troublée, ne sachant que faire de ses mains, elle tendit la main vers un simple tube métallique posé sur l'un des rayonnages.

« Ne touchez pas à ça ! »

Elle sursauta et retira sa main, étonnée de l'entendre élever la voix pour la première fois. Un mouvement de colère la traversa. « Je n'avais pas l'intention d'abîmer vos petits jouets !

— Ce sont eux qui pourraient vous abîmer. (La voix de Hel était à nouveau calme et modulée.) C'est un tube de gaz qui agit sur les centres nerveux. Si vous aviez tourné la partie inférieure, vous seriez morte en ce moment. Et moi aussi, ce qui est plus grave. »

Hannah fit une grimace et s'écarta des rayonnages d'armes. Elle se dirigea vers la porte coulissante qui donnait sur le jardin et s'appuya à l'embrasure, s'efforçant de se ressaisir.

« Jeune fille, je vais essayer de vous aider, dans la mesure du possible. Mais je dois avouer que ce n'est pas évident. Votre groupe d'amateurs a accumulé toutes les gaffes, dont la moindre n'est pas d'avoir fait cause commune avec ces demeurés de l'I.R.A. Mais je dois à la mémoire de votre oncle de vous tirer d'affaire. Je peux peut-être vous protéger et vous ramener au confort bourgeois dont vous sortez ; vous assouvirez votre passion pour les causes sociales en luttant pour la propreté des jardins publics. Mais il me faut connaître tous les dessous de votre affaire. Aussi allez-vous garder votre exaltation et vos emphases pour vos futures mémoires, et répondre à mes questions aussi précisément que vous le pouvez. Si vous n'êtes pas capable de le faire maintenant, nous pourrons reprendre cette conversation plus tard. Mais il est possible qu'il me faille agir très rapidement. Dans de telles actions, après un raid de dissuasion (et cela me semble avoir été le cas pour cette affaire de Rome), le temps joue en faveur de l'adversaire. Voulez-vous poursuivre notre entretien ou préférez-vous aller déjeuner ? »

Hannah se laissa glisser sur le tatami qui couvrait le sol, le dos appuyé à l'encadrement de la porte, son profil se détachant sur le jardin ensoleillé. Après un moment, elle dit : « Je suis désolée. J'ai traversé des moments très durs.

— Je n'en doute pas. Maintenant racontez-moi le raid de Rome. Des faits, pas vos émotions. »

Elle baissa les yeux et dessina des petits cercles sur sa jambe bronzée avec son ongle, puis elle replia ses genoux et les ramena contre elle. « D'accord. Avrim et Chaïm avaient passé le contrôle des passeports avant moi. J'avais été retardée par un policier italien qui s'intéressait à ma poitrine. Je suppose que j'aurais dû boutonner ma chemise jusqu'en haut. Il a fini par me laisser passer et je me suis avancée dans la salle. C'est à ce moment-là que les coups de feu ont éclaté. J'ai vu Avrim se mettre à courir... et tomber. Un côté de la tête tout... tout. Excusez-moi. (Elle renifla, respira plusieurs fois, profondément.) Je me suis mise à courir à mon tour... la foule se précipitait, hurlait... un vieil homme avec une barbe a été touché... un enfant... une grosse femme. Puis on a tiré des coups de feu de l'autre côté de l'aérogare, de la mezzanine, les tireurs japonais se sont écroulés. Alors, les coups de feu ont cessé ; on n'entendait plus que les cris, et tous ces gens, blessés, pleins de sang. J'ai aperçu Chaïm écroulé contre les casiers de la consigne, ses jambes bizarrement repliées. Il avait été touché au visage. Alors... je suis simplement partie. Je suis partie. Je ne savais pas ce que je faisais, où j'allais. J'ai entendu l'annonce du vol pour Pau, et j'ai continué à marcher jusqu'à la porte d'embarquement. Et... et c'est tout.

— Très bien. C'est parfait. Maintenant, dites-moi, étiez-vous visée ?

— Comment ?
— Quelqu'un vous a-t-il tiré dessus ?
— Je ne sais pas ! Comment *pourrais*-je le savoir ?
— Les Japonais utilisaient-ils des armes automatiques ?
— Comment ?
— Est-ce qu'elles faisaient tat-tat-tat ou bien bang ! bang ! bang ! »

Elle lui lança un regard courroucé. « Je sais ce qu'est une arme automatique. Nous nous en servions en montagne.

— Tat-tat ou bang bang ?
— C'étaient des mitraillettes.
— Et y a-t-il eu quelqu'un de touché près de vous ? »

Elle réfléchit profondément, appuyant ses genoux contre sa bouche. « Non, personne autour de moi.

— Si des professionnels armés de mitraillettes n'ont abattu personne autour de vous, c'est que vous n'étiez pas visée. Peut-être n'ont-ils pas fait le lien entre vous et vos amis. Surtout si vous avez quitté le contrôle de police quelque temps après eux. Bon, maintenant concentrez-vous sur ces coups qui ont été tirés de la mezzanine et qui ont descendu le commando japonais. De quoi vous souvenez-vous ? »

Elle secoua la tête. « De rien. Je ne me souviens de rien. Les armes n'étaient pas automatiques. (Elle lui jeta un coup d'œil en biais.) Elles faisaient bang ! bang ! »

Il sourit. « A la bonne heure ! La colère et l'humour sont ce dont nous avons le plus besoin à présent ; ni émotions ni pleurnicheries. La radio parlait d'agents spéciaux qui accompagnaient la police italienne. Avez-vous remarqué quelque chose à ce sujet ?

— Non. Je n'ai pas vu les tireurs de la mezzanine. »

Hel fit un signe de la tête et se pencha en avant, les mains jointes, l'index sur les lèvres. « Laissez-moi un instant mettre de l'ordre dans tout ceci. » Il fixa son regard sur la trame régulière du tatami, et s'en détacha quand il eut passé en revue toutes les informations.

Assise par terre dans l'encadrement de la porte, Hannah contemplait le jardin où les reflets du soleil sur l'eau du ruisseau jouaient à travers les feuillages des bambous. Comme la plupart des gens de son milieu, elle n'avait pas les ressources intérieures capables de lui faire apprécier les joies du silence, et elle se sentit très vite mal à l'aise. « Pourquoi n'y a-t-il pas de fleurs dans votre... »

Il leva la main pour la faire taire, sans même la regarder. Quatre minutes plus tard, il releva la tête. « Vous disiez ?

— Je vous demande pardon ?
— Quelque chose à propos des fleurs ?

— Oh ! rien d'important. Je me demandais simplement pourquoi il n'y avait aucune fleur dans votre jardin.

— Il y en a trois.

— Trois sortes ?

— Non. Trois fleurs. Une pour chaque époque de floraison. Nous sommes entre deux saisons en ce moment. Bon. Voyons ce que nous savons, ou ce que nous pouvons supposer. Il semble pratiquement sûr que le raid de Rome a été organisé par l'O.L.P. ou les Septembristes, et qu'ils étaient au courant de votre projet — probablement grâce à vos camarades de l'I.R.A., qui vendraient leurs mères à des harems turcs si le prix était correct (et si les Turcs en voulaient). La présence de fanatiques de l'Armée rouge japonaise semble indiquer des Septembristes ; ils emploient souvent des étrangers pour les missions difficiles, n'ayant qu'un goût modéré pour le danger. Mais à ce stade, les choses se compliquent légèrement. Le commando a été liquidé en quelques secondes par des hommes qui étaient postés dans la mezzanine. Sûrement pas la police italienne, l'action était trop bien menée. La meilleure hypothèse serait qu'ils ont été trahis. Pourquoi ? La seule raison me venant à l'esprit est que personne ne désirait voir ces Japonais pris vivants. Et pourquoi ? Peut-être parce qu'ils n'étaient pas réellement un commando de l'Armée rouge. Cela nous conduirait alors à la C.I.A. Ou à la Mother Company, qui contrôle la C.I.A., et de fait l'ensemble du gouvernement américain.

— Qu'est-ce que la Mother Company ? Je n'en ai jamais entendu parler.

— Peu d'Américains la connaissent. C'est une organisation qui comprend les principales compagnies pétrolières et les producteurs d'énergie. Elle est liée aux Arabes depuis toujours et manipule ces heureux crétins comme des marionnettes dans ses combinaisons de pénurie volontaire et de super-profits. La Mother Company est un adversaire redoutable ; on ne peut agir sur elle par des pressions gouvernementales. Bien que ses membres aient monté une vaste opération de relations publiques destinée à faire croire qu'ils forment d'honnêtes et loyales compagnies américaines (ou anglaises, hollandaises, allemandes), c'est en réalité un para-gouvernement international dont le patriotisme se ramène au seul profit. Il est très probable que votre propre père soit l'un de leurs actionnaires, comme c'est le cas pour la moitié de ces chères vieilles dames aux cheveux gris de votre pays. »

Hannah secoua la tête. « Je ne puis imaginer la C.I.A. s'alliant aux Septembristes. Les États-Unis soutiennent Israël ; ce sont leurs alliés.

— Vous sous-estimez la souplesse qui caractérise la conscience de vos concitoyens. Ils ont évolué depuis l'embargo du pétrole. L'attachement à l'honneur que montrent les Américains est inversement proportionnel à leurs besoins en chauffage. Le propre de l'Américain est de n'être courageux et désintéressé que par accès. Ce qui explique pourquoi ils se conduisent mieux en temps de guerre qu'en temps de paix. Ils savent faire face au danger, pas à l'inconfort. Ils polluent l'air pour tuer des moustiques. Ils épuisent leurs sources d'énergie pour faire marcher leurs couteaux électriques. Il ne faut pas oublier que les combattants du Viêt-nam ne manquèrent jamais de Coca-cola. »

Hannah sentit monter en elle une poussée de chauvinisme. « Trouvez-vous honnête de généraliser ainsi sur tout un peuple ?

— Certainement. Les généralisations ne sont critiquables que lorsqu'elles s'adressent à des individus. C'est le moyen le plus exact de décrire la masse, le marais. Et votre pays est une démocratie, une dictature du marais.

— Je refuse de croire que les Américains aient eu une responsabilité dans ce massacre à l'aéroport. Des enfants, des vieillards...

— La date du 6 août signifie-t-elle quelque chose pour vous ?

— Le 6 août ? Non. Pourquoi ? » Elle serra ses jambes plus près de sa poitrine.

« Peu importe. (Il se leva.) J'ai besoin de réfléchir, maintenant. Nous reprendrons cette conversation après déjeuner.

— Avez-vous l'intention de m'aider ?

— Probablement. Mais sans doute pas de la façon que vous imaginez. A propos, puis-je vous donner un conseil très paternel ?

— Quel conseil ?

— C'est une question vestimentaire. Il est indécent, venant d'une jeune fille comme vous, dotée d'une toison si abondante, de porter des shorts aussi courts et de s'asseoir dans une posture aussi révélatrice, à moins que vous ne désiriez prouver que vous êtes naturellement rousse. Voulez-vous que nous allions déjeuner ? »

Le déjeuner était servi sur une petite table ronde, dressée dans le salon orienté à l'ouest, qui donnait sur la prairie en pente douce et l'allée principale. Les portes-fenêtres étaient ouvertes et les grands rideaux gonflaient paresseusement dans la brise chargée de l'odeur des pins. Hana portait une longue robe en soie prune ; elle sourit à l'entrée de Nicholaï et de Hannah tout en finissant de disposer de délicates campanules dans un milieu de table. « Quelle exactitude. Le déjeuner est prêt dans une minute. » En fait, elle attendait depuis dix minutes, mais l'un des charmes de Hana consistait à toujours mettre ses interlocuteurs à l'aise. Il lui suffit d'un bref regard pour s'apercevoir que Hannah était éprouvée par son entretien avec Hel, et elle entreprit d'animer seule la conversation.

Tout en dépliant sa serviette de lin amidonné, Hannah remarqua que son menu était différent de celui de Nicholaï et de

Hana. On lui avait servi une petite côtelette d'agneau, des asperges froides mayonnaise, et un pilaf de riz, tandis qu'ils mangeaient des légumes crus ou à peine cuits et du riz brun sans sauce.

Hana sourit et lui expliqua. « Notre âge et notre lourd passé nous obligent à être raisonnables en matière d'alimentation, ma chère. Mais nous n'obligeons pas nos hôtes à suivre ces régimes spartiates. En fait, lorsque je ne suis pas à la maison, à Paris par exemple, je fais de vraies orgies de nourriture. Manger, pour moi, est ce que vous pourriez nommer un vice contrôlé. Un vice particulièrement difficile à maîtriser lorsque l'on vit en France où, suivant le point de vue adopté, la cuisine peut être la deuxième meilleure cuisine du monde, ou la pire qui soit.

— Que voulez-vous dire ? demanda Hannah.

— D'un point de vue épicurien, la cuisine française n'est surpassée que par la cuisine traditionnelle chinoise. Mais elle est tant accommodée, accompagnée, hachée, farcie et assaisonnée, qu'elle devient une véritable catastrophe diététique. C'est pourquoi personne n'apprécie la cuisine autant que les Français, et personne n'a autant de maladies de foie.

— Et que pensez-vous de la cuisine américaine ? demanda ironiquement Hannah, qui faisait partie de cette catégorie d'Américains aimant faire preuve de sophistication à l'étranger en critiquant tout ce qui est américain.

— Je ne suis pas bon juge. Je n'ai jamais été aux États-Unis. Mais Nicholaï y a vécu quelque temps, et il m'a dit que la cuisine américaine pouvait être excellente dans certains domaines.

— Oh ! dit Hannah, jetant vers Hel un regard perçant. Je suis étonnée d'apprendre que M. Hel a quelque chose de favorable à dire sur les Américains ou l'Amérique.

— Ce ne sont pas les Américains qui m'irritent ; c'est l'américanisme : une maladie de la société post-industrielle qui contaminera à leur tour chacune des nations les plus développées, et qui est appelée « américaine » uniquement parce que votre pays montre les symptômes les plus avancés de cette maladie, de même que l'on parle de grippe « espagnole », ou de l'encéphalite « japonaise » du type B. Les symptômes en sont le manque de respect du travail, l'atrophie des ressources internes, et un besoin constant de stimulation extérieure, suivis par le délabrement spirituel et la narcose de la moralité. Vous pouvez reconnaître la victime à ses efforts permanents pour rester en contact avec elle-même, pour se persuader que son ramollissement spirituel est une intéressante anomalie psychologique, et pour transformer sa fuite devant les responsabilités en une affirmation que la vie est constamment offerte à de nouvelles expériences. Dans les dernières phases, le patient est amené à se limiter à l'activité la plus triviale de l'homme : le divertissement. En ce qui concerne la cuisine, personne ne niera que les Américains excellent dans un domaine très particulier : le snack. Et je présume qu'il faut y voir une valeur de symbole. »

Nicholaï avait pris un ton peu amène que Hana désapprouvait. Elle l'interrompit. « Arrête un peu, dit-elle en français, en secouant légèrement la tête. (Elle sourit à Hannah.) Il est insupportable lorsqu'il s'en prend aux Américains. C'est un défaut de sa personnalité. Le seul, prétend-il. Je voulais vous demander, Hannah, qu'avez-vous lu à l'université ?

— Lu ?

— Qu'avez-vous étudié ? précisa Hel.

— Oh ! La sociologie. »

Il aurait dû s'en douter. La sociologie, cette pseudoscience descriptive qui camoufle ses insuffisances dans un brouillard de statistiques, se retranchant sur le créneau étroit entre la psychologie et l'anthropologie. Le genre de science mineure que tant d'Américains choisissent pour justifier leur insignifiance intellectuelle d'éternels adolescents.

« Et qu'avez-vous étudié vous-même ? » demanda Hannah à son hôtesse sans réfléchir.

Hana eut un sourire. « Oh !... la psychologie informelle... l'anatomie esthétique... ce genre de choses. »

Hannah se pencha sur ses asperges et demanda d'un ton tranquille : « Vous n'êtes pas mariés, n'est-ce pas ? Je veux dire... L'autre soir, vous avez fait une plaisanterie en disant que vous étiez la concubine de M. Hel. »

Hana écarquilla les yeux, surprise. Elle n'était pas habituée à ce genre de questions frôlant l'indiscrétion, que les Anglo-Saxons prennent pour de la franchise. Hel tendit la main vers elle, lui faisant signe de répondre, les yeux brillants de malice.

« Eh bien... fit Hana, en fait, M. Hel et moi ne sommes pas mariés. Et il est vrai que je suis sa concubine. Voulez-vous que nous passions au dessert ? Nous venons de recevoir des cerises d'Itxassou qui font la fierté de nos amis basques. »

Hel savait que Hana n'allait pas s'en tirer aussi facilement, et il lui sourit tandis que Mlle Stern poursuivait imperturbablement. « Je ne pense pas que vous vouliez vraiment dire concubine. En anglais, concubine désigne quelqu'un qui est rétribué pour... pour ses services sexuels. Je pense que vous voulez dire « maîtresse ». Et même maîtresse est un peu démodé. Aujourd'hui, les gens disent simplement qu'ils vivent ensemble. »

Hana se tourna vers Hel, cherchant son aide. Il rit et prit sa défense. « Hana parle un anglais excellent. Elle connaît parfaitement les différences existant entre concubine, maîtresse et épouse. Une maîtresse n'est pas certaine de son salaire, une épouse n'en reçoit aucun, et toutes les deux sont des amateurs. Maintenant, si vous goûtiez ces cerises. »

Hel était assis sur un banc de pierre, au milieu du jardin. Bien que la brise de montagne fût fraîche, le soleil pénétrait son *yukata* et l'entraînait vers une sensation de douce somnolence. Il vacillait agréablement au bord du sommeil, quand il perçut l'approche d'une aura étrangère, troublée et tendue.

« Asseyez-vous, mademoiselle Stern, dit-il sans ouvrir les yeux. Je dois vous faire des compliments sur votre attitude pendant le déjeuner. Pas une seule fois, vous n'avez fait allusion à vos problèmes, comme si vous aviez compris que dans cette maison, le monde extérieur n'envahit jamais notre table. Pour être franc, je ne m'attendais pas à une telle intuition de votre part. La plupart des jeunes gens de votre âge sont si profondément plongés dans leurs problèmes — si concernés par leur univers personnel — qu'ils sont incapables de percevoir que le style et la forme sont l'essentiel, que le fond n'est qu'une illusion transitoire. (Il ouvrit les yeux et sourit en faisant un effort peu convaincant pour prendre l'accent américain.) L'important n'est pas ce que vous faites, mais comment vous le faites. »

Hannah se percha sur la balustrade de marbre en face de lui. Elle était pieds nus et n'avait pas tenu compte des observations vestimentaires de Nicholaï. « Vous m'aviez proposé de continuer notre entretien.

— Hm-m-m. Oui. Mais laissez-moi d'abord m'excuser pour mon attitude peu civile pendant notre précédent entretien et au cours du déjeuner. J'étais irrité. J'ai pris ma retraite il y a bientôt deux ans, mademoiselle Stern. Je ne m'occupe plus d'anéantir les terroristes ; je me consacre au jardinage, à la spéléologie ; j'écoute l'herbe pousser, je recherche une sorte de paix profonde que j'ai perdue il y a bien des années, perdue parce que les circonstances m'avaient empli de haine et de fureur. Et vous voilà avec votre demande d'assistance tout à fait légitime, en raison de ma dette envers votre oncle, et vous me contraignez à envisager de reprendre ce métier de violence et de peur. Et la peur est l'une des raisons de mon agressivité à votre égard. Il y a toujours un élément de malchance dans ce métier. Quelle que soit la perfection de l'entraînement auquel vous vous soumettez, l'attention, le sang-froid, la loi des grands nombres jouent en votre défaveur avec l'accumulation des années. Et il arrive un moment où la chance et la malchance pèsent de plus en plus lourd dans la balance. Ce n'est pas que j'aie bénéficié de tellement de chance dans mon activité — je m'en méfie toujours — mais je n'ai jamais eu à réellement souffrir de la malchance. Ce qui signifie que j'ai devant moi une bonne quantité de cette malchance qui attend son heure. Bien des fois, j'ai joué à pile ou face, et j'ai toujours tiré pile. Il y a plus de vingt années de « face » qui m'attendent. Bon! Je voulais seulement vous expliquer la raison de mon incorrection. C'est principalement la peur, et un peu d'irritation. Malgré tout, j'ai eu le temps de réfléchir. Je sais ce qu'il convient de faire. Heureusement, la ligne de conduite la mieux adaptée à la situation est aussi la plus sûre.

— Cela signifie-t-il que vous n'avez pas l'intention de m'aider ?

— Au contraire. Je vais vous aider en vous renvoyant chez vous. Ma dette envers votre oncle vous inclut, puisqu'il vous a envoyée vers moi ; mais elle n'inclut pas une notion abstraite de vengeance ou une quelconque organisation à laquelle vous appartenez. »

Elle fronça les sourcils et détourna les yeux vers la ligne lointaine des montagnes. « Votre notion de reconnaissance envers mon oncle est aussi celle qui vous convient à vous.

— On peut le prendre ainsi, oui.

— Mais... mon oncle a consacré les dernières années de sa vie à poursuivre ces tueurs, et tous ses efforts seraient vains si je n'essayais pas de faire aussi quelque chose. »

— Vous ne pouvez rien faire. Vous n'avez ni l'entraînement, ni les moyens, ni l'organisation nécessaire. Vous n'aviez même pas un plan qui tienne debout.

— Si, nous en avions un. »

Il sourit. « Très bien. Voyons un peu ce plan. Vous m'avez dit que les hommes de Septembre noir devaient détourner un avion au départ de Heathrow. Je suppose que votre groupe allait les attaquer à ce moment-là. Aviez-vous l'intention d'agir avant qu'ils n'embarquent ou à bord de l'appareil ?

— Je ne sais pas.

— Vous ne savez pas ?

— C'est Avrim qui était le chef après la mort de l'oncle Asa. Il ne nous avait dit que le strict nécessaire, au cas où l'un d'entre nous se ferait prendre. Mais je ne pense pas que nous aurions déclenché l'action à bord de l'avion. Je crois que nous allions les exécuter dans l'aérogare.

— Et quand ceci devait-il avoir lieu ?

— Le 17 au matin.

— C'est dans six jours. Pourquoi vous rendiez-vous à Londres si tôt ? Pourquoi vous exposer pendant six jours ?

— Nous n'allions pas à Londres. Nous venions ici. Mon oncle savait que nos chances de succès étaient faibles sans lui. Il avait espéré être assez fort pour nous accompagner et nous diriger. Mais la fin est venue trop vite.

— Alors, il vous aurait envoyés ici ? Je ne puis y croire.

— Il ne nous a pas réellement envoyés. Il avait mentionné votre nom à plusieurs reprises. Il disait que si nous avions des ennuis, nous pourrions nous adresser à vous, que vous nous aideriez.

— Je suis certain qu'il voulait dire que je vous aiderais à vous enfuir après l'opération. »

Elle haussa les épaules.

Hel soupira. « Ainsi, vous aviez tous les trois l'intention de prendre livraison de vos armes à Londres auprès de vos contacts de l'I.R.A., de vous promener dans la ville pendant six jours, de prendre un taxi pour Heathrow, de déambuler dans l'aérogare, de repérer vos cibles dans la salle d'embarquement, et de les descendre. C'était cela, votre plan ? »

Elle serra les mâchoires, et détourna les yeux. Présenté ainsi, ça paraissait ridicule.

« Alors, mademoiselle Stern, en dépit de votre dégoût et de votre horreur pour l'affaire de l'aéroport de Rome, il me paraît évident que vous preniez la responsabilité d'une affaire exactement similaire — un raid de destruction dans un lieu public surpeuplé. Des enfants, des vieilles femmes, des membres épars qui volent de tous côtés, tandis que les jeunes révolutionnaires aux yeux pleins d'éclairs et aux cheveux flottants entrent dans l'Histoire à grand renfort de mitraille. C'était ce que vous aviez en tête ?

— Si vous voulez dire que nous ne sommes pas différents des tueurs qui ont assassiné les jeunes athlètes de Munich, abattu mes camarades à Rome...

— La différence est évidente. C'étaient des professionnels ! (Il se reprit.) Je suis désolé. Dites-moi, de quelles ressources disposiez-vous ?

— Ressources ?

— Oui. En dehors de vos contacts avec l'I.R.A. — et il vaut sans doute mieux les oublier —, sur quelles ressources pouviez-vous compter ? Les garçons qui ont été tués à Rome étaient-ils bien entraînés ?

— Avrim l'était. Je ne pense pas que Chaïm ait participé à d'autres actions de ce genre auparavant.

— Et l'argent ?

— L'argent ? Eh bien, nous espérions en obtenir de vous. Il ne nous en fallait pas beaucoup. Nous avions espéré rester ici quelques jours — parler avec vous, vous demander des conseils et des instructions — nous rendre directement à Londres par avion et arriver un jour à l'avance. Nous avions seulement besoin du prix des billets d'avion et d'une petite somme supplémentaire. »

Hel ferma les yeux. « Ma chère, stupide, et dangereuse petite fille ! Si j'entreprenais quelque chose de similaire à ce que vous aviez projeté, le coût de l'opération approcherait des cent cinquante mille dollars. Et je ne parle pas de ma rémunération. Ceci ne couvrirait que les frais courants. Il faut un budget considérable pour atteindre ce genre d'objectif, et souvent plus pour en sortir. Votre oncle le savait. (Il contempla la ligne des crêtes qui se détachait sur le ciel.) Je commence à penser qu'il avait monté une opération suicide.

— Je n'en crois pas un mot ! Il ne nous aurait jamais conduits au suicide sans nous avertir !

— Il n'avait sans doute pas l'intention de vous exposer en première ligne. Il voulait probablement vous utiliser comme support, espérant achever l'opération à lui seul, et vous permettre de disparaître dans le tumulte qui aurait suivi. Et aussi...

— Aussi, quoi ?

— Eh bien, il faut se souvenir qu'il était sous narcotique depuis des années. Qui sait ce qu'il pouvait penser ; qui sait à quel point il était capable de penser vers la fin ?

Elle leva un genou et le ramena contre sa poitrine, dans une attitude à nouveau très révélatrice. Le regard fixé sur le jardin, elle murmura : « Je ne sais plus quoi faire. »

Les yeux mi-clos, Hel l'examinait. Pauvre petite chose qui cherchait un but et une raison de vivre tandis que son environnement et son éducation la condamnaient à épouser un riche négociant et à donner le jour à des chefs de publicité. Elle était effrayée, troublée, mais pas encore prête à abandonner son rendez-vous avec l'exaltation du danger pour retrouver une gentille existence de confort matériel et de projets de vacances. « Vous n'avez pas le choix. Vous devez retourner chez vous. Je serai ravi de vous offrir le voyage.

— C'est impossible !

— Il n'y a pas d'autre solution. »

Elle suçota son genou pendant un moment. « Monsieur Hel, puis-je vous appeler Nicholaï ?

— Sûrement pas.

— Monsieur Hel. Vous êtes en train de me dire que vous n'avez pas l'intention de m'aider, c'est bien cela ?

— Je vous aide en vous disant de rentrez chez vous.

— Et si je refuse. Si je décide de continuer toute seule ?

— Vous échouerez — et vous mourrez presque certainement.

— Je sais. Mais la question est la suivante : me laisserez-vous essayer d'agir seule. Votre dette envers mon oncle vous permettra-t-elle de me laisser faire ?

— Vous bluffez !

— Et si ce n'était pas le cas ? »

Il détourna les yeux. Il était après tout possible que cette infernale petite bourgeoise fût assez idiote pour l'entraîner là-dedans, ou tout du moins l'amener à considérer où était la frontière du devoir et de la loyauté. Il se préparait à la mettre à l'épreuve lorsqu'il sentit une présence qui s'approchait. C'était Pierre, le jardinier, qui avançait vers eux de son pas traînant.

« Bonsoir, m'sieur, m'selle. Ça doit être bien agréable de pouvoir se reposer au soleil, hein ? » Il tira une feuille de papier pliée en quatre de la poche de sa salopette de travail, et la tendit à Hel d'un air solennel ; puis s'excusant de ne pouvoir rester parce qu'il avait des milliers de choses à faire, il se dirigea vers le jardin et le pavillon d'entrée. Il était temps de redonner un peu de couleur à la vie à l'aide d'un autre petit verre.

Hel lut le message.

Il replia la feuille, en tapotant légèrement ses lèvres. « Il semblerait que nous n'ayons plus la liberté de choix que nous espérions, mademoiselle Stern. Trois étrangers sont arrivés à Tardets. Ils ont posé des questions à mon sujet et, ce qui est plus significatif, au vôtre. On me les décrit comme des Anglais ou des Américains — les gens du village ont du mal à faire la distinction entre les accents. La police française les accompagne, et se montre très coopérative.

— Mais comment peuvent-ils être au courant de ma présence ici ?

— De mille façons. Vos amis, lorsqu'ils ont été abattus à Rome, avaient-ils leur billet d'avion sur eux ?

— Je le présume. Sûrement, oui. Nous avions chacun notre billet. Mais ils n'étaient pas pour ici. Ils étaient pour Pau.

— C'est suffisant. Je ne suis pas un parfait inconnu. » Hel secoua la tête devant cette nouvelle preuve d'amateurisme. Les professionnels prennent toujours des billets pour une destination plus éloignée que la leur, sachant que les réservations sur ordinateur sont connues des gouvernements et de la Mother Company. « Qui croyez-vous que sont ces gens ?

— Je l'ignore.

— Qu'allez-vous faire ? »

Hel haussa les épaules. « Les inviter à dîner. »

Après le départ de Hannah, Hel resta assis une demi-heure dans son jardin, surveillant les nuages d'orage qui s'amoncelaient sur les contreforts des montagnes et contemplant l'alignement des pierres. Il parvint à deux conclusions simultanées : il allait pleuvoir ce soir, et il fallait prendre l'ennemi de vitesse.

De sa salle d'armes, il téléphona à l'hôtel Dabadie où étaient descendus les Américains. Un certain degré de négociation se révéla nécessaire. Les Dabadie enverraient les trois Amerlos dîner ce soir même au château, mais restait le problème des repas qu'on leur avait déjà préparés à l'hôtel. Tout le monde sait que les hôtels font leurs bénéfices sur la restauration, non sur les chambres. Hel leur assura que la seule conduite à tenir était d'inclure le prix des repas sur la note. Ce n'était pas la faute des Dabadie si ces étrangers avaient décidé, au dernier moment, de dîner chez M. Hel. Les affaires sont les affaires. Et si l'on considère que gâcher la nourriture est un péché aux yeux de Dieu, la meilleure solution serait peut-être de partager le repas avec l'abbé.

Hel trouva Hana en train de lire dans la bibliothèque, le nez chaussé de curieuses petites lunettes carrées qu'elle portait pour voir de près. Elle leva les yeux par-dessus la monture quand il entra. « Des invités pour dîner ? » demanda-t-elle.

Il lui caressa la joue. « Oui, trois Américains.

— Mais c'est très bien. Avec Hannah et Le Cagot, cela fera presque une petite fête.

— Exactement. »

Elle glissa une marque dans son livre et le referma. « Des ennuis, Nikko ?

— Oui.

— Qui ont un rapport avec Hannah et ses problèmes ? »

Il hocha la tête.

Elle rit légèrement. « Et ce matin même, tu m'invitais à rester ici six mois par an en me vantant la paix et la solitude de ta maison.

— Elle sera à nouveau paisible. Après tout, j'ai pris ma retraite.

— Le peut-on vraiment ? Peut-on échapper totalement à un métier comme le tien ? Si nous avons des invités, il faut que j'envoie quelqu'un au village. Hannah a besoin d'autres vêtements. Elle ne peut paraître à table dans le short qu'elle porte en ce moment, particulièrement avec les attitudes qu'elle affectionne.

— Vraiment ? Je n'avais pas remarqué. »

Un salut sonore montant de l'allée, un claquement de la porte du salon à faire vibrer toutes les vitres, des pas bruyants dans la bibliothèque à la recherche d'Hana, une embrassade vigoureuse accompagnée d'un gros baiser sur chaque joue, un verre de vin réclamé à grands cris comme marque d'hospitalité, et toute la maison sut que Le Cagot était arrivé. « Et alors ? Où est-elle cette jeune fille à la superbe poitrine dont parle toute la vallée ? Amenez-la-moi. Laissez s'accomplir sa destinée ! »

Hana lui dit que la jeune personne faisait la sieste, mais que Nicholaï travaillait dans le jardin japonais.

« Je n'ai pas envie de le voir. Je l'ai suffisamment supporté pendant ces trois derniers jours. Vous a-t-il parlé de ma cavité ? J'ai pratiquement dû le remorquer pendant toute l'expédition. C'est triste à dire, mais il devient vieux, Hana. Il est temps pour vous de penser à votre avenir, et de vous trouver un homme moins marqué par les atteintes de l'âge — un robuste poète basque par exemple. »

Hana rit et lui dit que son bain serait prêt dans une demi-heure. « Peut-être pourriez-vous ensuite vous habiller un peu ? Nous avons des invités pour le dîner.

— Ah ! Un public ! Très bien. Parfait. Je vais me chercher un peu de vin à la cuisine. Avez-vous toujours cette jeune Portugaise à votre service ?

— Il y en a plusieurs.

— Je vais faire un choix. Et attendez un peu de me voir dans mon nouveau costume. J'ai acheté quelques vêtements à la dernière mode il y a deux mois, et je n'ai pas encore eu l'occasion de les étrenner. Un seul regard à ma tenue, et vous allez vous pâmer, par les couilles... »

Hana lui jeta un coup d'œil en biais, et il rectifia aussitôt. « ... par l'extase de sainte Thérèse. Très bien, je cours à la cuisine. » Et il traversa toute la maison claquant les portes et réclamant son verre de vin.

Hana sourit après son départ. Dès le début Le Cagot s'était pris d'amitié pour elle, et cette avalanche de compliments hyperboliques était sa manière de lui montrer son affection. De son côté, elle appréciait ses manières honnêtes et rudes, et se réjouissait que Nicholaï eût un ami aussi fidèle et amusant en la personne de ce Basque de légende. Elle l'imaginait comme un héros mythique, un poète qui s'était construit ce personnage incroyablement romantique et passait sa vie à jouer le rôle qu'il avait créé. Elle avait un jour demandé à Nicholaï ce qui avait amené le poète à se dissimuler derrière cette façade picaresque digne d'un opéra bouffe. Hel n'avait pas voulu lui raconter l'histoire en détail, car il aurait trahi une confidence que Le Cagot avait faite sans le vouloir un soir de tristesse, de nostalgie et d'ivresse. Bien des années auparavant, le jeune et sensible poète qui devait plus tard endosser la personnalité de Le Cagot était un érudit de la littérature basque, en poste à l'université de Bilbao. Il était marié à une ravissante jeune Basque espagnole, et père d'un enfant. Un soir, pour des raisons assez vagues, il prit part à une manifestation contre la répression de la culture basque. Sa femme l'accompagnait, bien qu'elle ne prît aucune part active à la politique. La police gouvernementale dispersa la manifestation à coups de feu. La jeune femme fut tuée. Le Cagot fut arrêté et passa trois années en prison. Lorsqu'il s'évada, il apprit que son enfant était mort pendant qu'il était en prison. Le jeune homme se mit alors à boire et prit part à des actes de violence extrêmes, parfois gratuits, dirigés contre le gouvernement. On l'arrêta encore, et quand il réussit à nouveau à s'évader, le poète n'existait plus. Le Cagot le remplaçait, personnage caricatural et invulnérable qui allait devenir un héros populaire pour ses poèmes patriotiques, son soutien à la cause nationaliste basque et son tempérament gargantuesque, et être amené à lire ses œuvres et faire des conférences dans le monde entier. Le surnom qu'il avait choisi venait des Cagots, une ancienne race de parias qui pratiquaient une variante du christianisme et s'étaient attirés la haine de leurs voisins les Basques. Les Cagots avaient cherché un appui contre les persécutions auprès du pape Léon X en 1514, mais leur supplique, si elle fut bien reçue, resta sans effet, et humiliations et persécutions se perpétuèrent jusqu'à la fin du XIXe siècle, époque à laquelle ils cessèrent de représenter une race distincte. Ces persécutions prenaient des formes diverses. On les obligeait à porter sur leurs vêtements une marque distinctive représentant une patte d'oie. Ils n'avaient pas le droit de marcher pieds nus. Ils ne pouvaient pas être armés. Ils étaient interdits dans les lieux publics, et devaient même passer par une porte basse spécialement construite à leur intention pour entrer dans une église, porte qui existe encore dans de nombreux villages. Ils n'avaient pas le droit de se mêler aux autres fidèles, ni d'embrasser la croix. Ils pouvaient louer ou cultiver la terre, mais on ne leur permettait pas de vendre leurs récoltes. Et sous peine de mort, ils ne pouvaient ni se marier ni avoir des relations sexuelles en dehors de leur propre race.

Il ne leur restait qu'une chose : l'artisanat. Ainsi, pendant des siècles, ils furent les seuls bûcherons, charpentiers et menuisiers du pays. Plus tard, ils devinrent également les maçons et les tisserands du Pays basque. Et comme leurs corps déformés étaient sujets d'amusement, ils tinrent le rôle de musiciens et de conteurs de leur temps, créant ainsi la plus grande partie du folklore et de l'art populaire prétendus basques.

Bien que l'on ait longtemps supposé les Cagots d'être une race spécifique, originaire de l'Europe de l'Est, poussée par les invasions des Visigoths pour être reléguée, comme les éboulis d'une moraine, dans ce pays déshérité des Pyrénées, il apparaît aujourd'hui qu'il s'agit de groupes isolés de lépreux basques, primitivement tenus à l'écart pour des raisons sanitaires, diminués physiquement par leur maladie, présentant les caractéristiques particulières des mariages consanguins auxquels ils étaient contraints. Cette théorie explique en grande partie les restrictions qui pesaient sur leur liberté d'action.

La tradition populaire veut que les Cagots et leurs descendants n'aient pas de lobes d'oreille. Encore aujourd'hui, dans les villages les plus traditionnels du Pays basque, les filles ont toutes les oreilles percées dès l'âge de cinq ou six ans et portent des anneaux. Sans en connaître la raison véritable, les mères suivent cette ancienne coutume ayant pour but de démontrer que leurs filles avaient bien des lobes d'oreille capables de supporter des anneaux.

Aujourd'hui, les Cagots ont disparu. Ils se sont éteints ou se sont mêlés peu à peu à la population basque (quoiqu'il vaille mieux ne pas l'affirmer dans un café rempli de vieux Basques), et leur nom est pratiquement tombé en désuétude, sauf comme terme péjoratif pour désigner les vieilles bossues.

Le jeune poète, que les circonstances avaient transformé, choisit Le Cagot comme nom de plume pour attirer l'attention sur la situation désastreuse de la culture basque qui risquait de disparaître tout comme les bardes et ménestrels de l'ancien temps.

Peu avant 18 heures, Pierre se rendit sur la place d'Etchebar, si bien libéré des lois de la gravitation par l'effet cumulé des verres de vin ingurgités dans la journée qu'il navigua jusqu'à la Volvo en tirant plusieurs bords. Il devait aller chercher deux ensembles que Madame avait commandés pour Hannah Stern par téléphone, et prendre ensuite les trois invités à l'hôtel Dabadie. Après avoir manqué par deux fois la poignée de la porte, Pierre rabattit le bord de son béret et concentra toute son attention sur la tâche non négligeable de pénétrer dans la voiture ; tentative couronnée de succès, quand il se frappa le front, se souvenant d'une importante omission. Il s'évertua donc à s'extraire de la voiture, envoya un remarquable coup de pied dans l'aile arrière, suivant les habitudes de M'sieur Hel, et regagna difficilement le siège du conducteur. Avec la méfiance caractéristique de ses compatriotes pour la mécanique, Pierre limitait l'utilisation de la boîte de vitesses à la marche arrière et à la première. Accélérateur au plancher, il roulait sur toute la largeur de la chaussée et les deux bas-côtés. Tout ce qui surgissait devant son pare-chocs, moutons, vaches, humains ou solex chancelants, échappait à la catastrophe grâce à ses brusques coups de volant. Il avait définitivement exclu cette habitude efféminée d'utiliser le frein à pied, et le frein à main ne lui servait qu'à l'arrêt. Stoppant toujours sans débrayer, Pierre n'avait pas à se préoccuper de couper le moteur qui tressautait et s'éteignait au moment où, arrivé à destination, il tirait vigoureusement le frein à main.

Heureusement pour les paysans et villageois traînant entre le château et Tardets, le bruit de carrosserie brinquebalante de la Volvo joint au vrombissement du moteur tournant à plein gaz en première précédaient Pierre d'un demi-kilomètre ; cela leur laissait habituellement le temps de se mettre à l'abri derrière un arbre ou de sauter par-dessus un mur de pierre. Pierre était à juste titre fier de ses talents de conducteur, car il n'avait jamais eu d'accident. Fait d'autant plus remarquable qu'il était entouré de dangereux chauffards, qu'il voyait fréquemment se jeter dans les fossés, escalader les trottoirs ou même s'emboutir les uns les autres tandis qu'il passait les panneaux stop sans s'arrêter ou remontait les rues en sens interdit. Ce n'était pas tant l'incroyable maladresse des conducteurs qui troublait Pierre que la grossièreté avec laquelle ils l'abreuvaient d'insultes ou lui faisaient des gestes obscènes du doigt, du poing ou de l'avant-bras dans le rétroviseur.

Pierre arrêta la Volvo dans un dernier hoquet en plein milieu de la place de Tardets, et s'extirpa de son siège. L'orteil endolori par un contact brutal avec la porte cabossée, il partit vaquer à ses occupations, dont la première était de partager un verre avec de vieux amis.

Personne ne s'étonnait plus de le voir décocher un coup de pied en entrant ou sortant de la voiture ; shooter dans une Volvo était une coutume très répandue dans le sud-ouest de la France, remontant parfois jusqu'à Paris. En fait, cette pratique, importée dans de nombreuses métropoles du monde entier par les touristes, se transformait peu à peu en activité rituelle, et Nicholaï Hel s'en trouvait fort satisfait, lui qui en était indiscutablement à l'origine.

Quelques années auparavant, cherchant une voiture à tout faire pour le château, Hel avait suivi les conseils d'un ami et acheté une Volvo, persuadé qu'une voiture aussi coûteuse, aussi dépourvue d'esthétique, de confort et de performances, devait avoir d'autres qualités fondamentales. On lui avait en effet assuré qu'elle était avant tout fiable et durable. Son combat avec la rouille commença dès le troisième jour ; et les légers défauts de conception ou d'assemblage (parallélisme des roues l'obligeant à changer de pneus dès les premiers cinq cents kilomètres, balais d'essuie-glace refusant tout contact avec le pare-brise, fermeture du coffre nécessitant l'appui des deux mains et transformant chaque chargement de bagages en numéro de cirque) l'obligèrent à rapporter fréquemment la voiture à son concessionnaire à quelque cent cinquante kilomètres de là. Du point de vue du concessionnaire, les problèmes concernaient le constructeur, et pour le constructeur, ils étaient du ressort du concessionnaire. Après des mois, fatigué de recevoir de vagues lettres de regret visiblement indifférentes de la part de la compagnie, Hel décida de prendre le taureau par les cornes : il se mit à utiliser la voiture pour le transport des moutons et du matériel d'exploration en montagne, espérant la voir s'écrouler et se trouver contraint d'acheter une marque dotée d'un réseau d'entretien correct. Malheureusement, il se révéla que si la compagnie ne méritait en aucune manière sa renommée, la réputation de robustesse de la voiture n'était pas complètement injustifiée. Elle roulait imparfaitement, mais elle persistait à rouler. En d'autres circonstances, Hel aurait considéré la durabilité d'une machine comme une qualité ; dans ce cas particulier, cela signifiait qu'il devait supporter ses déficiences pendant encore de longues années.

Ayant eu l'occasion d'apprécier les talents de conducteur de Pierre, Hel imagina qu'il serait judicieux, pour mettre fin à ses ennuis, de lui confier la voiture le plus souvent possible. Mais l'ironie du destin voulut que Pierre n'eût jamais le moindre accident. Aussi Hel en vint-il à considérer la Volvo comme l'un des fardeaux burlesques de l'existence ; et il se contenta d'exprimer sa frustration en gratifiant la voiture de généreux coups de pied ou de poing chaque fois qu'il l'utilisait.

Ses compagnons d'exploration souterraine ne mirent pas longtemps à cogner sur la Volvo à chaque fois qu'ils passaient à proximité, d'abord en guise de plaisanterie, puis par habitude. Bientôt, toute la petite communauté de spéléologues se mit à taper sur toutes les Volvo. Et avec l'illogisme particulier aux modes, cogner sur une Volvo devint un passe-temps répandu, considéré ici comme un signe de non-conformisme, là comme une preuve de jeunesse d'esprit ; ici comme une marque d'anti-matérialisme, là comme la manifestation d'un comportement très « in ».

Les propriétaires de Volvo finirent par accepter cette pratique, qui les désignait comme faisant partie d'une élite internationale ; il s'en trouva même pour cogner sur leur voiture en cachette, afin de mériter cette réputation de cosmopolites. Un bruit — sans doute apocryphe — se répandit : Volvo allait lancer sur le marché un modèle cabossé en usine, pour attirer la clientèle de l'intelligentsia sur une marque qui, ayant tout sacrifié à la sécurité des passagers (malgré l'équipement d'une partie des modèles en pneus Firestone 500), s'adressait primitivement aux égoïstes nantis persuadés que leur survie avait une importance certaine pour la destinée du genre humain.

Après sa douche, Hel trouva préparé dans sa chambre son costume romantique de drap noir spécialement conçu pour éviter à ses invités de se sentir trop ou trop peu habillés, qu'ils soient en costume de ville ou en vêtements de soirée. Lorsqu'il rejoignit Hana en haut du grand escalier, elle portait une robe longue de style cantonnais, présentant les mêmes avantages que son costume.

« Où est Le Cagot ? demanda-t-il tandis qu'ils se dirigeaient vers le petit salon pour attendre leurs invités. J'ai senti sa présence plusieurs fois dans la journée, mais je ne l'ai vu ni entendu.

— Je présume qu'il est en train de s'habiller dans sa chambre. (Hana rit.) Il m'a annoncé que je serais tellement époustouflée par son nouveau costume que j'allais m'en pâmer dans ses bras.

— Oh ! mon Dieu. » Les goûts de Le Cagot en matière vestimentaire, comme en beaucoup de choses, allaient souvent vers l'outrance théâtrale. « Et Mlle Stern ?

— Elle est restée presque tout l'après-midi dans sa chambre. Tu n'as pas dû être très tendre pendant votre entretien.

— Hm-m-m.

— Elle va descendre dès que Pierre lui aura rapporté ses vêtements. Veux-tu connaître le menu ?

— Non, je suis certain que ce sera parfait.

— Parfait non, mais correct. Ces invités nous donnent l'occasion de nous débarrasser de l'izard que nous a donné M. Ibar. Il est à faisander depuis une semaine et doit être à point. Est-il un fait précis qu'il me faille connaître concernant ces gens ?

— Ce sont des inconnus pour moi. Des ennemis, je pense.

— Comment dois-je les traiter ?

— Comme n'importe lesquels de nos invités. Avec ce charme particulier qui permet à chaque homme en face de toi de se sentir irrésistible et intéressant. Je veux que ces hommes soient troublés et qu'ils perdent confiance en eux. Ce sont des Américains. Comme toi ou moi serions déconcertés à un barbecue, eux vont se trouver mal à l'aise au cours d'un dîner formel. Même leur gratin, le Jet Set, est aussi frelaté que la cuisine servie sur un avion.

— Que signifie barbecue ?

— C'est une coutume de sauvages, à base d'assiettes en carton, de coups de coude, d'insectes variés, de viande carbonisée, de hush puppies [1] et de bière.

— Je n'ose demander ce qu'est un hush puppy ?

— Mieux vaut pas. »

Ils restèrent assis dans la pénombre du salon, les doigts enlacés. Le soleil disparaissait derrière les montagnes, et par les portes-fenêtres ouvertes on voyait une brume d'argent s'élever de la pelouse, une lueur indistincte se répandre sous le couvert des pins, impressions que rendait éphémères l'orage grondant dans le lointain.

« Combien de temps as-tu vécu aux États-Unis, Nikko ?

— A peu près trois ans, juste après avoir quitté le Japon. En fait, j'ai encore un appartement à New York.

— J'ai toujours eu envie de connaître New York.

— Tu serais déçue. C'est une ville où règne la peur, une ville où chaque être humain court éperdument après l'argent : banquiers, truands, hommes d'affaires, putains. Tu lis deux choses dans les yeux des passants dans la rue, la peur et la rage. Ce sont des êtres diminués, tournant en rond derrière des portes fermées à triple tour. Ils luttent contre des hommes qu'ils ne haïssent pas, ils font l'amour à des femmes qu'ils n'aiment pas. C'est une société bâtarde, qui vit d'emprunts et de laissés-pour-compte du monde civilisé. Le kir est leur boisson à la mode ; ils affectent de préférer le Perrier à une eau qui compte parmi les meilleures du monde, et que l'on trouve dans la petite ville de Saratoga. Leurs meilleurs restaurants français vous offrent pour dix fois le prix un repas qui ne vaudrait guère plus de trente francs. Et le service n'est

1. Hush puppy : sorte de petite galette de maïs.

remarquable que par l'insupportable désinvolture des garçons dont la compétence ne dépasse pas la lecture du menu. Mais il est vrai que les Américains aiment à être insultés par les serveurs. C'est leur seul critère en matière de cuisine. Pourtant, à tout prendre, s'il faut vivre dans une ville américaine — épreuve singulièrement cruelle — autant vivre à New York même que dans l'une de ses copies artificielles à l'intérieur du pays. Il y a quelques bons côtés. Harlem est un quartier authentique. La bibliothèque municipale est convenable. Et il existe un homme qui s'appelle Jimmy Fox, et qui est le meilleur barman de toute l'Amérique du Nord. J'ai même eu deux fois l'occasion de parler de la nature du *shibui* — pas du *shibumi,* bien sûr. Les caractéristiques de la beauté sont plus conformes à l'esprit mercantile que l'essence même du Beau. »

Elle frotta une longue allumette et alluma la lampe posée sur la table devant eux. « Mais je me souviens t'avoir entendu dire un jour que tu aimais ta maison en Amérique.

— Oh ! mais ce n'est pas à New York. Je possède à peu près deux mille hectares dans l'État du Wyoming, dans les montagnes.

— Wy-om-ing. Un nom romantique. Est-ce beau ?

— Extraordinaire, plutôt. Trop sauvage et contrasté pour être beau. C'est aux Pyrénées ce que serait un dessin à la plume comparé à une peinture. La plupart de ces grands espaces sont superbes. Malheureusement, ils sont peuplés d'Américains. Mais il est vrai que l'on peut dire la même chose de la Grèce ou de l'Irlande.

— Oui, je vois ce que tu veux dire. J'ai été en Grèce. J'y ai travaillé pendant un an, pour un riche armateur.

— Oh ! Tu ne m'as jamais raconté ça.

— Il n'y avait rien à raconter. Il était très riche et très vulgaire, et cherchait à acquérir un rang social et une certaine classe, généralement sous forme d'épouses spectaculaires. Pendant ce contrat, mon rôle se limita à lui assurer un paisible confort. Il ne m'a jamais rien demandé d'autre. Il n'était plus à même de le faire, à cette époque.

— Je vois. Ah ! voici Le Cagot. »

Hana n'avait rien entendu, Le Cagot ayant pris soin de descendre l'escalier sans bruit pour leur faire la surprise de sa splendeur vestimentaire. Hel sourit intérieurement, car l'aura de Le Cagot était chargée de malice enfantine et de profond ravissement. Il apparut dans l'embrasure de la porte, bras écartés pour faire admirer ses nouveaux vêtements. « Regarde ! Regarde, Nikko, et meurs d'envie ! »

Visiblement, son habit de soirée venait d'un costumier de théâtre. C'était un mélange éclectique où dominait une touche fin de siècle, jabot de soie blanche en guise de cravate et gilet de brocart gris garni d'un double rang de boutons en pierre du Rhin.

Des revers de soie grise ornaient son habit noir. Avec ses cheveux encore mouillés, séparés par une raie au milieu, et sa barbe fournie tombant sur son jabot, Le Cagot ressemblait à un personnage de Tolstoï vêtu comme un joueur professionnel sur un bateau du Mississippi. La superbe rose jaune qu'il arborait à sa boutonnière s'accordait parfaitement à ce superbe amalgame de mauvais goût. Il fit les cent pas, brandissant sa longue *makila* comme une canne. La *makila* appartenait à sa famille depuis des générations. De nombreuses éraflures marquaient sa tige de frêne poli, et on apercevait un éclat sur son pommeau de marbre, preuves de son utilisation comme arme de défense par ses aïeux. La poignée de la *makila* se dévissait, découvrant une lame de vingt centimètres que l'on utilisait pour se fendre tandis que l'autre bout dans la main gauche permettait de parer les coups ; quant au pommeau de marbre, il servait à assommer l'adversaire. Aujourd'hui objet d'ornement dans les cérémonies, la *makila* était autrefois indispensable à la sécurité du Basque voyageant seul, ou parcourant la haute montagne.

« Vous êtes magnifique, dit Hana avec une sincérité outrée.

— N'est-ce pas ? N'est-ce pas ?

— Et où as-tu déniché ce... costume ? demanda Hel.

— On me l'a donné.

— Parce que tu as perdu un pari ?

— Pas du tout. Il m'a été donné par une femme en remerciements de mes... ah ! donner plus de détails manquerait à la galanterie. Alors, quand passons-nous à table ? Où sont vos invités ?

— Ils montent l'allée en ce moment même », dit Hel en se levant. Il se dirigea vers le hall d'entrée.

Le Cagot jeta un regard par la porte-fenêtre, mais il ne put rien voir. La nuit et l'orage avaient chassé la lueur du crépuscule. Habitué aux manifestations du sens de la proximité de Nicholaï, il supposa qu'il y avait quelqu'un dehors.

Au moment où Pierre allait tirer la chaîne de la sonnette d'entrée, Hel ouvrit la porte. Les chandeliers du hall d'entrée brillaient derrière lui, et il pouvait déchiffrer les expressions de ses invités, son propre visage restant dans l'obscurité. L'un d'eux était visiblement le chef ; le second un homme de main de la C.I.A., classe 1953, et le troisième un Arabe à la personnalité indéfinie. Tous trois semblaient sous le coup de l'émotion provoquée par la randonnée sur les routes de montagne, tous phares éteints, au cours de laquelle Pierre avait sans doute voulu montrer l'étendue de ses talents.

« Veuillez entrer, dit Hel en s'effaçant pour les laisser pénétrer dans le hall où Hana les accueillit d'un sourire.

— C'est très aimable à vous d'avoir accepté notre invitation impromptue. Je suis Hana. Voici Nicholaï Hel. Et notre ami, M. Le Cagot. » Elle leur tendit la main.

Le chef retrouva son aplomb. « Bonsoir. Voici M. Starr, M... Haman. Et je suis M. Diamond. » Le premier coup de tonnerre ponctua ses derniers mots.

Hel éclata de rire. « Voilà qui a dû être gênant. La nature est d'humeur mélodramatique, ce soir. »

TROISIÈME PARTIE

SEKI

Château d'Etchebar

Dès l'instant où ils eurent à subir l'épreuve du trajet dans la Volvo conduite par Pierre, les trois invités ne parvinrent plus à retrouver leur aplomb. Diamond s'était attendu à discuter d'emblée de choses sérieuses avec Hel, mais ce n'était visiblement pas l'intention de ce dernier. Tandis que Hana les conduisait vers le salon bleu et or pour y prendre un verre de Lillet avant le dîner, Diamond s'attarda pour glisser à Hel : « J'imagine que vous vous demandez pourquoi...

« Après le dîner. »

Diamond se raidit imperceptiblement, puis il sourit et s'inclina dans une attitude qu'il regretta instantanément, la jugeant théâtrale. Ce stupide coup de tonnerre !

Hana remplit les verres et offrit des amuse-gueule à ses invités, orientant la conversation de telle sorte que très vite Darryl Starr lui donnait du « chère madame » et en venait à penser que l'intérêt qu'elle manifestait pour le Texas et les Texans était l'effet de sa propre séduction. Le jeune stagiaire de l'O.L.P. du nom de Haman souriait avec béatitude à chaque marque de sollicitude destinée à le mettre à l'aise. Même Diamond se surprit à donner des impressions sur le Pays basque, qu'il jugea lucides et pénétrantes. Les cinq hommes se levèrent quand Hana s'excusa de les quitter, expliquant qu'elle allait chercher la jeune fille qui devait dîner avec eux.

Un silence lourd tomba après son départ, que Nicholaï laissa se prolonger, surveillant ses invités avec un détachement amusé.

Ce fut Darryl Starr qui trouva la phrase appropriée pour rompre l'embarras.

« C'est gentil chez vous.

— Aimeriez-vous visiter la maison ? demanda Hel.

— Non... vraiment, ne vous dérangez surtout pas pour moi. »

Hel dit quelques mots en aparté à Le Cagot, qui s'approcha de Starr et avec une rude bonhomie le souleva de son fauteuil par le bras et lui proposa de voir le jardin et la salle d'armes. Starr expliqua qu'il était très bien où il était, merci, mais le sourire de Le Cagot s'accompagna d'une pression douloureuse sur l'avant-bras de l'Américain.

« Faites-moi le plaisir de m'accompagner, mon cher ami », dit-il.

Starr haussa les épaules — autant qu'il le pouvait — et le suivit.

Diamond était troublé, pris entre le désir de garder le contrôle de la situation et une impulsion, qu'il jugeait lui-même infantile, de démontrer que ses manières pouvaient être aussi raffinées que celles de son hôte. Il sentait que Nicholaï Hel contrôlait le déroulement de la soirée et s'en irritait. Pour dire quelque chose, il fit remarquer : « Je vois que vous ne prenez rien avant dîner, monsieur Hel.

— C'est exact. »

Hel ne voulait pas donner à Diamond la satisfaction de relancer la conversation ; il préféra rester passif, laissant l'initiative à l'Américain qui continua d'un ton légèrement moqueur : « Je pense pouvoir vous dire que votre chauffeur est assez étrange.

— Ah ?

— Oui. Il a laissé la voiture sur la place du village et nous avons fait le reste du chemin à pied.

— Je ne laisse pas les voitures entrer dans la propriété.

— Oui, mais après avoir garé la voiture, il a donné un bon coup de pied dans la portière, ce qui n'a pas dû l'arranger. »

Hel fronça les sourcils. « Bizarre. Il faudra que je lui parle. »

A ce moment, Hana et Mlle Stern les rejoignirent ; la jeune fille était ravissante et désirable dans la robe d'été couleur thé qu'elle avait choisie parmi les vêtements que Hana avait achetés pour elle. Hel observa Hannah avec attention pendant qu'on la présentait aux deux hommes, admirant son sang-froid et son assurance face à ceux-là mêmes qui avaient organisé le meurtre de ses deux camarades à Rome. Hana lui fit signe de s'asseoir à ses côtés, et fit en sorte d'attirer l'attention générale sur la beauté d'Hannah, l'entraînant dans la conversation de telle façon que seul Hel pouvait percevoir les signes du vertige ressenti par la jeune fille. A un moment, il croisa son regard et baissa légèrement la tête pour lui marquer son admiration devant l'aplomb qu'elle manifestait. Elle avait du fond, après tout. Si elle passait quatre ou cinq ans en compagnie d'une femme comme Hana... qui sait ? »

Un éclat de rire sonore résonna dans le hall, et Le Cagot réapparut, le bras passé autour des épaules de Starr. Le Texan semblait un peu éprouvé ; il avait les cheveux complètement ébouriffés ; mais Le Cagot avait accompli sa mission, l'étui à revolver sous l'aisselle de Starr était vide.

« Je ne sais pas ce que vous en pensez », dit-il dans son anglais aux r roulés du francophone qui a enfin conquis cette consonne difficile, mais je meurs de faim ! Bouffons ! Je vais manger comme quatre ! »

La table était éclairée par deux chandeliers et des appliques placées dans les niches du mur ; le dîner n'était pas somptueux, mais bon : truite du gave, isard aux cerises, légumes du jardin cuits à la japonaise, et une salade verte avant les fruits et les fromages. Le service prévoyait un temps nécessaire à la conversation entre chaque plat. Les vins étaient soigneusement choisis en fonction de chaque mets et le problème délicat du gibier en sauce aigre-douce avait été résolu par un excellent rosé qui ne relevait ni ne contrariait aucune des saveurs. Diamond s'aperçut avec un certain embarras que Hel et Hana mangeaient du riz et des légumes durant la première partie du repas et ne se joignaient aux autres qu'au moment où l'on servit la salade. En outre, si la maîtresse de maison buvait comme ses invités, Hel goûtait à peine de chaque vin, si bien qu'à la fin du repas il avait à peine bu l'équivalent d'un verre.

« Vous ne buvez pas, monsieur Hel ? demanda-t-il.

— Mais si, comme vous pouvez le voir. Simplement, je ne trouve pas deux gorgées plus agréables qu'une seule. »

Dans leur passion pour le vin, les Américains soi-disant évolués deviennent facilement emphatiques en raison de leur incapacité à décrire lucidement leurs sensations, et Diamond se considérait comme une autorité en la matière. Il goûta le vin qui accompagnait l'isard, fit tourner le liquide dans son verre, examina sa couleur rosée et dit : « Ah, il y a Tavel et Tavel. »

Hel fronça les sourcils. « Ah... je suppose que vous avez raison.

— Mais, c'est bien un Tavel, n'est-ce pas ? »

Hel haussa les épaules et changea diplomatiquement de sujet ; horriblement embarrassé, Diamond sentit sa nuque se congestionner. Il était pourtant sûr qu'il s'agissait bien d'un Tavel.

Tout au long du dîner, Hel garda un silence distant, ses yeux se détachant rarement de Diamond, bien qu'il semblât fixer un point situé un peu derrière lui. Avec aisance, Hana amena chacun de ses invités à évoquer des souvenirs plaisants ou quelques bonnes histoires, manifestant un tel ravissement que chacun pensa qu'il s'était surpassé en séduction et finesse. Même Starr, au début renfrogné et distant après avoir été malmené par Le Cagot, se mit à lui raconter sa jeunesse à Flatrock, au Texas, et ses combats contre les citrons en Corée.

Au début du repas, Le Cagot entreprit de se bourrer de nourriture. Très vite, les extrémités dénouées de sa cravate flottèrent librement, sa queue-de-pie voltigea derrière sa chaise, et quand il fut prêt à tenir le devant de la scène avec ses histoires gaillardes et souvent corsées, il ne portait plus que son spectaculaire gilet orné de pierres du Rhin. Il était placé à côté d'Hannah. Inopinément, il mit sa large main sur la cuisse de la jeune fille et lui donna une petite pression amicale. « Dites-moi bien franchement, ma jolie, êtes-vous encore en train de lutter contre votre désir pour moi ? Ou avez-vous abandonné le combat ? Je vous demande cela simplement pour savoir quelle est la meilleure marche à suivre. En attendant, mangez ! mangez ! Vous allez avoir besoin de forces ! Eh bien, vous venez d'Amérique, vous autres ? Pour ma part, j'ai été en Amérique trois fois. Ce qui explique mon parfait anglais. Je pourrais presque passer pour un Américain, n'est-ce pas ? Pour l'accent, bien sûr ?

— Oh ! sans aucun doute », dit Diamond. Il commençait à comprendre l'importance du style pour des hommes comme Hel et Le Cagot, même face à des ennemis ; et il voulait leur montrer qu'il pouvait jouer ce jeu aussi bien qu'eux.

« Mais bien entendu, dès que l'on voit l'éclair de la vérité briller dans mes yeux, dès que l'on entend la musique de mes pensées, alors finie la comédie ! Tout le monde sait que je ne suis pas américain. »

Hel réprima un sourire.

« Vous êtes dur pour les Américains, dit Diamond.

— Peut-être, admit Le Cagot. Et je suis peut-être injuste. Vous ne nous envoyez que vos rebuts par ici, des négociants en vacances avec leurs femmes trop voyantes, des militaires aux épaules en carton pâte qui mâchent du chewing-gum, des jeunes gens à la recherche de leur « moi », et le pire de tout, ces bêtes de somme universitaires capables de persuader les donateurs de bourses que l'univers sera transformé s'ils se répandent en Europe. Je pense parfois que la principale exportation des États-Unis est constituée par ces professeurs ébahis qui passent ici leur année sabbatique. Ne dit-on pas que chaque Américain de plus de vingt-cinq ans possède un doctorat de quelque chose ? »

Le Cagot avait pris le mors aux dents, et il s'embarqua dans un de ses récits d'aventure, comme toujours fondé sur un fait réel, mais enjolivé au fur et à mesure de toutes les adjonctions pouvant rendre plus excitante la simple réalité. Sachant que son ami aurait l'assistance bien en main pendant de longues minutes, Hel garda sur son visage une expression poliment amusée, tandis qu'en lui-même, il calculait et supputait ce qu'il allait entreprendre après le dîner.

Le Cagot s'était tourné vers Diamond. « Je vais quelque peu éclairer vos connaissances historiques, cher invité américain de mon ami. Chacun sait que les Basques et les fascistes sont ennemis depuis la nuit des temps. Mais peu de gens connaissent l'origine de cette inimitié. C'est notre faute, je dois le confesser. Il y a des années, le peuple basque renonça à son habitude de chier au bord des routes, et ce faisant, priva la Phalange de sa principale source de subsistance. Et c'est la pure vérité. Je le jure par les c...

— Beñat ? l'interrompit Hana, lui désignant la jeune fille d'un signe de tête.

— Les cuisses de Mathusalem. Qu'y a-t-il ? demanda-t-il à

Hana, les yeux pleins de reproche. Croyez-vous que je ne sache pas me tenir ? »

Hel repoussa sa chaise et se leva. « M. Diamond et moi-même avons quelques affaires à discuter. Je vous propose d'aller boire votre cognac sur la terrasse. Vous en aurez sans doute le temps avant la pluie. »

Comme ils traversaient le hall principal en direction du jardin japonais, Hel prit Diamond par le bras. « Permettez-moi de vous conduire. Je n'ai pas pensé à prendre une lampe.

— Oh ! J'étais au courant de votre sens étonnant de la proximité, mais je ne savais pas que vous pouviez également y voir dans l'obscurité.

— Je ne le peux pas. Mais nous sommes dans ma propriété. Peut-être serait-il bon que vous vous en souveniez. »

Hel alluma deux lampes à pétrole dans la salle d'armes et indiqua à Diamond la table basse où étaient posés une bouteille et deux verres. « Servez-vous. Je suis à vous dans un instant. (Il porta l'une des lampes près d'un meuble-fichier contenant près de deux cent mille cartes au total.) Puis-je considérer que Diamond est votre nom véritable ?

— C'est le cas. »

Hel chercha la fiche maîtresse qui donnait les renvois de référence pour Diamond. « Et vos initiales sont ?

— Jack O. » Diamond sourit en lui-même en comparant le système de fiches primitif de Nicholaï Hel avec l'extraordinaire sophistication de son système d'information, Fat Boy. « Je n'ai pas cru devoir utiliser un alias, pensant que vous seriez frappé par ma ressemblance avec mon frère.

— Votre frère ?

— Vous ne vous souvenez pas de mon frère ?

— Pas sur le moment. » Hel murmurait entre ses dents en compulsant un tiroir plein de fiches. Les informations étaient rédigées en six langues différentes, les titres classés phonétiquement. « D. D-A, D-DAI diphtongue, D-AI-M... Ah ! nous y voici. Diamond, Jack O. Je vous en prie, servez-vous, monsieur Diamond. Mon système de classement est un peu compliqué, et je ne l'ai pas utilisé depuis que j'ai pris ma retraite. »

Diamond fut surpris de constater que Hel ne se souvenait même pas de son frère. Pour masquer sa confusion momentanée, il saisit la bouteille et lut l'étiquette : « Armagnac ?

— Hm-m-m. (Hel enregistra mentalement les indices de renvoi de référence et chercha les fiches correspondantes.) Nous sommes en bordure de l'Armagnac ici. Celui-ci est très vieux et excellent. Ainsi, vous êtes au service de la Mother Company ? Je présume que dans ces conditions, vous possédez un bon nombre d'informations me concernant, grâce à votre système informatique.

Je vous demanderai donc un moment pour me mettre à votre niveau. »

Son verre à la main, Diamond fit les cent pas dans la salle d'armes, examinant les armes inhabituelles disposées sur les casiers le long des murs. Il en connaissait certaines, le tube de gaz paralysant, les pulvérisateurs d'éclats de verre, le fusil à neige carbonique, par exemple. Mais d'autres lui étaient inconnues : de simples disques métalliques, un instrument composé de deux courtes baguettes d'hickory reliées par un anneau de métal, un cône qui ressemblait à un dé à coudre et se terminait par une pointe acérée. Sur la table, près de la bouteille d'armagnac, se trouvait un pistolet automatique de petite taille et de fabrication française. « Une arme bien banale au milieu de ces pièces rares », remarqua-t-il.

Hel leva les yeux de la fiche qu'il parcourait. « Oh ! en effet. C'est ce que j'ai remarqué en entrant. Pour vous dire la vérité, elle ne m'appartient pas. Elle est à votre ami, le bucolique gorille du Texas ; j'ai pensé qu'il se sentirait plus à son aise sans elle.

— Quel hôte attentionné.

— Merci. » Hel rangea la fiche qu'il compulsait et tira un autre tiroir. « Cet automatique est très révélateur. Visiblement, vous avez décidé de ne pas porter d'armes durant votre voyage, en raison des contrôles aux aéroports. Donc votre homme ne porte ce pistolet que depuis votre arrivée en France. La marque indique qu'il provient des forces de police françaises, et par conséquent que vous travaillez la main dans la main avec elles. »

Diamond haussa les épaules. « La France a besoin de pétrole, comme tout pays industriel.

— Oui. Ici on n'a pas de pétrole, mais on a des idées.

— Ce qui veut dire ?

— Rien en vérité. Un simple slogan de la propagande officielle française. Donc, je vois que le major Diamond de Tokyo était votre frère. C'est intéressant — enfin, plus ou moins intéressant. » En y réfléchissant, Hel trouvait maintenant une certaine ressemblance entre les deux hommes. Le même visage en lame de couteau, les yeux noirs rapprochés au regard intense, le nez busqué, la lèvre supérieure mince contrastant avec l'épaisseur de la lèvre inférieure, et une tension sous-jacente dans le maintien. « J'aurais pensé que vous vous en souviendriez en entendant mon nom.

— En fait, je l'avais pratiquement oublié. Nous avions réglé nos dettes. Ainsi, vous avez commencé à travailler pour la Mother Company dans le département des Retraites anticipées, n'est-ce pas ? Cela paraît très comparable à la carrière de votre frère. »

Quelques années auparavant, la Mother Company avait découvert que ses membres devenaient moins productifs passé cinquante ans, juste au moment où ils gagnaient un salaire maximum. Le problème fut soumis à Fat Boy qui suggéra une solution consistant à organiser un département des Retraites anticipées, chargé de la disparition accidentelle d'un petit pourcentage des intéressés, de préférence pendant les vacances, et généralement sous les apparences d'une crise cardiaque. L'économie réalisée par la compagnie était considérable. Diamond avait été nommé chef du département, avant d'être élevé au poste de directeur des relations de la Mother Company avec la C.I.A. et la N.S.A.

« ... Vous et votre frère avez ainsi pu combiner votre penchant naturel pour le sadisme et les avantages d'une situation confortable, lui en travaillant pour la C.I.A. et l'armée, vous pour les organisations pétrolières. Deux vrais produits du Rêve américain. Des jeunes loups aux dents longues.

— Du moins, aucun de nous deux n'est-il devenu tueur à gages.

— Sottise. Tout homme travaillant pour une organisation qui pollue, extrait à ciel ouvert, contamine l'eau et l'air, est un tueur. Le fait que vous et votre peu regretté frère aient assassiné sous couvert de motifs officiels et patriotiques ne signifie pas que vous n'êtes pas des assassins — cela signifie seulement que vous êtes des lâches.

— Vous pensez qu'un lâche viendrait dans votre repaire, comme je le fais ?

— Un certain type de lâche, oui. Un lâche qui aurait peur de sa lâcheté. »

Diamond eut un rire bref. « Vous me haïssez vraiment, n'est-ce pas ?

— Pas du tout. Vous n'êtes pas un individu. Vous êtes l'homme d'une organisation. On ne peut vous haïr en tant qu'individu. On ne peut que haïr le phylum. De toute manière, vous n'êtes pas du genre à susciter une émotion aussi intense que la haine. Le dégoût me semble plus approprié.

— Malgré tout, en dépit du mépris propre à votre éducation et à vos origines sociales, ce sont des gens comme moi — ce que vous appelez avec dédain la classe marchande — qui vous engagent et vous envoient faire leurs sales besognes. »

Hel haussa les épaules. « Cela a toujours été ainsi. A travers toute l'histoire, les marchands sont restés à l'abri derrière les murs de leurs villes, tandis que les chevaliers allaient se battre pour les défendre, en échange de quoi les marchands ont toujours courbé l'échine et... léché les bottes. On ne peut réellement leur en vouloir. Ils n'ont pas le sens inné du courage. Et qui plus est, vous ne pouvez mettre votre courage en banque. » (Hel parcourut rapidement la dernière fiche et la laissa tomber sur la pile qu'il comptait ranger plus tard.) Très bien, Diamond. Maintenant, je sais qui vous êtes et ce que vous êtes. Du moins, je sais ce que j'ai besoin ou envie de savoir.

— Je suppose que vos informations proviennent du Gnome ?

— Une grande partie vient en effet de cette personne que vous appelez Le Gnome.

— Nous donnerions beaucoup pour savoir comment cet individu est entré en possession de ces informations.

— Je n'en doute pas. Bien entendu, je ne vous le dirais pas, même si je le savais. Et en fait, je n'en ai pas la moindre idée.

— Mais vous connaissez sûrement son identité et sa résidence. »

Hel rit. « Bien entendu. Ce gentleman est l'un de mes vieux amis.

— C'est plus ou moins une sorte de maître chanteur.

— Absurdité. C'est un véritable artiste du renseignement. Il ne demande jamais rien pour ne pas dévoiler les informations qu'il rassemble dans le monde entier.

— Non, mais il révèle à des gens tels que vous des renseignements qui leur assurent l'impunité des gouvernements, et cela contre des sommes considérables.

— Ce type de protection est inestimable. Mais si cela peut vous tranquilliser, l'homme que vous nommez Le Gnome est très malade. Je ne pense pas qu'il vive encore plus d'un an.

— Vous serez alors très vulnérable.

— Je regretterai un homme de charme et d'esprit. Mais ne plus être protégé m'importe peu. Fat Boy a dû vous apprendre que j'ai pris ma retraite définitive. Et maintenant, si nous parlions de notre petite histoire.

— Avant de commencer, je voudrais vous poser une question.

— J'ai également une question à vous poser. Mais laissons cela pour plus tard. Afin d'abréger les préliminaires, je vais vous décrire les faits en quelques phrases, et vous me corrigerez si je m'égare. (Hel s'appuya contre le mur, le visage dans l'ombre, et poursuivit de sa voix sourde et monocorde.) Tout remonte au meurtre des athlètes israéliens par Septembre noir aux Jeux de Munich. Parmi les victimes figurait le fils d'Asa Stern. Celui-ci jure de se venger. Il organise dans ce but une pauvre petite cellule d'amateurs — ne méprisez pas M. Stern pour l'indigence de ses moyens ; c'était un homme capable, mais il était malade et affaibli par les drogues. Les services secrets arabes ont vent de son projet. Les Arabes, probablement par l'intermédiaire de l'O.P.E.P., demandent à la Mother Company d'éliminer ce gêneur. La Mother Company vous charge de cette mission, présumant que vous emploierez les gros bras de la C.I.A. à cet effet. Vous apprenez que la cellule d'Asa — je crois qu'ils s'étaient donné pour nom le Cinq de Munich — est en route pour Londres dans le but d'éliminer les derniers responsables survivants de l'attentat de Munich. La C.I.A. met sur pied une action de dissuasion à l'aéroport de Rome. Au passage, je pense que les deux crétins qui sont ici avec vous faisaient partie du commando ?

— Oui.

— Et vous les condamnez à réparer eux-mêmes les dégâts qu'ils ont causés ?

— C'est à peu près cela.

— Vous prenez des risques, monsieur Diamond. Un associé stupide est plus dangereux qu'un adversaire intelligent.

— C'est mon problème.

— En effet. Bon, vos gens se débrouillent comme des pieds à Rome. En fait, vous devriez vous estimer heureux, ils auraient pu faire bien pis. En associant les services secrets arabes et la technologie de la C.I.A., vous aviez des chances qu'ils se trompent d'aéroport. Mais comme vous venez de le dire, c'est votre problème. Par la suite, probablement en analysant les résultats du raid à Washington, vous découvrez que les Israéliens ne se rendaient pas à Londres. Ils étaient porteurs de billets d'avion pour Pau. Vous découvrez également que vos tueurs avaient négligé l'un des membres de la cellule, cette Mlle Stern avec laquelle nous avons dîné ce soir. Votre ordinateur a fait la liaison entre Asa Stern et moi, et les billets pour Pau ont confirmé l'hypothèse. Est-ce bien cela ?

— En gros, oui.

— Bon. Voilà pour le résumé. Je crois que la balle est à vous maintenant. »

Diamond n'avait pas encore décidé comment exposer son affaire, et quelle combinaison de menaces et de promesses permettrait de neutraliser Nicholaï Hel. Pour gagner du temps, il désigna d'un geste une paire de pistolets de forme étrange, munis de crosses recourbées semblables à celles des pistolets de duel, et d'un double canon de vingt centimètres légèrement évasé à l'extrémité.

« Qu'est-ce que c'est ?

— Des fusils de chasse, en quelque sorte.

— Des fusils ?

— Oui. Un industriel hollandais les a fait fabriquer pour moi. Un cadeau, en remerciement d'une opération assez risquée pour délivrer son fils que les terroristes moluquois tenaient en otage dans un train. Comme vous le voyez, chaque fusil a deux chiens qui frappent en même temps des cartouches de chasse spéciales, extrêmement puissantes, dispersant des charges de billes d'acier d'un demi-centimètre de diamètre. Toutes les armes qui sont dans cette salle ont une vocation particulière. Celles-ci servent à travailler dans l'obscurité, ou à détruire un groupe à l'instant où vous faites irruption dans une pièce. A deux mètres du canon, le cône de dispersion atteint un mètre de diamètre. (Hel fixa ses yeux vert bouteille sur Diamond.) Avez-vous l'intention de passer la soirée à parler de fusils ?

— Non. Je présume que Mlle Stern vous a demandé de l'aider à tuer les Septembristes qui se trouvent à Londres ? »

Hel hocha la tête.

« Et elle compte sur votre acceptation à cause de votre amitié pour son oncle ?

— C'est ce qu'elle imagine.

— Et quelles sont vos intentions ?

— Écouter vos propositions.

— Mes propositions ?

— N'est-ce pas ce que font les marchands, des propositions ?

— Je n'appellerais pas exactement cela une proposition.

— Et quoi, alors ?

— J'emploierais plutôt le terme d'action de dissuasion ; déjà engagée et prête à être accomplie, si vous aviez l'imprudence de vouloir vous interposer. »

Les yeux de Nicholaï se plissèrent en un sourire qui n'atteignit pas ses lèvres. Il fit signe à Diamond de poursuivre.

« Je dois vous avouer qu'en d'autres circonstances, ni la Mother Company ni ses alliés arabes ne se soucieraient beaucoup de ce qui peut arriver à ces maniaques du meurtre de l'O.L.P. Mais la communauté arabe vit une période troublée, et l'O.L.P. est devenue une sorte de point de ralliement, plus un support de relations publiques que l'objet de préférences individuelles. C'est pourquoi la Mother Company s'est engagée à en assurer la protection. Ce qui signifie que vous ne serez pas autorisé à intervenir dans le détournement de cet avion à Londres.

— Et comment m'en empêcherez-vous ?

— Vous vous souvenez que vous possédiez plusieurs milliers d'hectares dans le Wyoming ?

— Je suppose que le temps passé n'est pas dû à une faute de grammaire ?

— Parfaitement. Une partie de ces terres était située sur le comté de Boyle ; le reste sur celui de Custer. Si vous consultez les services du cadastre, vous découvrirez qu'il n'existe aucun acte prouvant votre droit de propriété sur ces terres. En fait, les actes officiels indiquent qu'elles appartiennent maintenant, et appartenaient depuis de nombreuses années, à l'une des filiales de la Mother Company, qui compte y exploiter une mine de charbon à ciel ouvert.

— Dois-je comprendre que si je coopère avec vous, je récupérerai ces terres ?

— Certainement pas. Cette propriété, représentant l'essentiel de ce que vous aviez mis de côté pour votre retraite, vous a été retirée en matière de représailles pour avoir eu l'audace de vous mêler des affaires de la Mother Company.

— Je présume que vous avez suggéré ces représailles, n'est-ce pas ? »

Diamond inclina la tête sur le côté. « J'ai eu ce plaisir.

— Vous êtes un joli petit salaud, n'est-ce pas ? Vous allez me dire que si je me retire de cette affaire, la terre ne sera pas exploitée à ciel ouvert ? »

Diamond fit la moue. « Oh ! je crains de ne pas être en mesure de faire une telle transaction. L'Amérique a besoin de toute l'énergie disponible pour se rendre indépendante de ses fournisseurs étrangers. (Il sourit en prononçant ce commentaire éculé des partis politiques.) Et il est vrai que l'on ne met pas la beauté dans un compte en banque. »

Il s'amusait énormément.

« Je ne comprends pas votre démarche, Diamond. Si vous avez l'intention de vous approprier ces terres et de les détruire, quelle que soit ma ligne de conduite, quel moyen de pression vous reste-t-il alors ?

— Comme je vous l'ai dit, le retrait de votre droit de propriété n'était qu'un coup de semonce. Et une punition.

— Ah ! je vois. Une punition personnelle. De votre part. A cause de votre frère ?

— Exactement.

— Il méritait la mort, vous savez. J'ai été torturé pendant trois jours. Mon visage n'a jamais retrouvé toute sa mobilité après ces interventions.

— C'était mon frère ! Maintenant, passons aux sanctions et pénalités qui vous seront appliquées si vous refusez de coopérer. Sous la section KL 443, Numéro de Code 45-389-75, vous aviez environ un million et demi de dollars en pièces d'or à la Banque fédérale de Zurich. Ceci représente pratiquement le reste de votre capital retraite. Veuillez noter à nouveau le temps passé. »

Hel garda le silence un moment. « Les Suisses aussi ont besoin de pétrole.

— Les Suisses aussi ont besoin de pétrole, lui fit écho Diamond. Cet argent réapparaîtra à votre compte sept jours après le succès de l'opération des Septembristes à l'aéroport de Londres. Ainsi, voyez-vous, loin de vous opposer à leurs interventions et d'éliminer certains de leurs membres, vous avez plutôt intérêt à faire en sorte qu'ils réussissent.

— Et j'imagine que cet argent sert également de garantie à votre sécurité personnelle.

— Précisément. Si quoi que ce soit arrivait à mes amis ou à

moi-même pendant que nous sommes ici, cet argent disparaîtrait, à la suite d'une erreur comptable. »

Hel s'était rapproché des portes coulissantes donnant sur le jardin japonais. La pluie tombait à présent, crissant sur le gravier, bruissant sur le feuillage noir et argent. « Et c'est tout ?

— Pas tout à fait. Nous pensons que vous avez probablement quelques centaines de milliers de dollars dispersés ici ou là à titre de fonds de réserve. Votre profil psychologique, tel que l'a décrit Fat Boy, montre que votre loyauté envers un ami disparu et envers sa nièce pourrait l'emporter sur des considérations de profit personnel. Tout ceci étant lié à votre type d'éducation et aux concepts de l'honneur qu'affectionnent les Japonais, nous avons pris des mesures pour contrecarrer cette absurde éventualité. En premier lieu, les MI-5 et les MI-6 anglais sont alertés et vous arrêteront à l'instant où vous poserez le pied sur leur territoire. Pour les assister dans cette tâche, la D.S.T. française s'engage à vous empêcher de quitter cette région. Votre description a été diffusée. Si l'on vous trouve dans un autre village que celui-ci, vous serez abattu à vue. Bien entendu, je connais votre réputation de réussir dans des conditions apparemment impossibles, et j'admets qu'il s'agit là pour vous d'obstacles plutôt que de réelle dissuasion. Mais nous avons néanmoins arrêté ces mesures. Il faut que l'on *sache* que la Mother Company fait tout ce qui est en son pouvoir pour protéger l'action des Septembristes à Londres. Si cette protection se révélait inefficace — et je le souhaiterais dans une certaine mesure —, alors la Mother Company se devra d'appliquer la peine prévue, peine dont la sévérité devra satisfaire nos amis arabes. Et vous connaissez ces gens. Pour satisfaire leur goût de la vengeance, nous serions amenés à quelque chose d'implacable… et d'imaginatif. »

Hel garda le silence pendant quelques minutes. « Je vous ai dit au début de cet entretien que j'avais une question à vous poser, à vous le négociant. La voici : Pourquoi êtes-vous venu ici ?

— Cela me paraît évident.

— Peut-être me suis-je mal exprimé. Pourquoi vous en personne ? Pourquoi ne pas avoir envoyé un émissaire ? Pourquoi exposer votre visage et prendre le risque que je vous reconnaisse ? »

Diamond regarda Hel en face. « Je vais être honnête avec vous…

— Ne changez pas vos habitudes à mon intention.

— Je voulais vous annoncer moi-même la perte de vos terres du Wyoming. Je voulais vous exposer moi-même la variété des représailles que j'ai imaginées, si vous étiez assez téméraire pour contrecarrer la Mother Company. Je le devais à mon frère. »

Le regard impénétrable, Hel fixait Diamond qui restait figé, un air de défi au fond de ses yeux dilatés par la peur s'emparant peu à peu de lui. Il avait choisi une voie dangereuse, ce marchand. Il avait quitté la protection des lois et des organisations derrière lesquelles s'abritent les hommes des grandes sociétés, et dont découle leur puissance ; et il avait couru le risque d'affronter à découvert Nicholaï Alexandrovitch Hel. En son for intérieur, Diamond avait conscience de son anonymat, celui de l'insecte social dont le rôle est de creuser la galerie dans la fourmilière du profit et de la réussite. Comme ceux de sa caste, il trouvait un réconfort spirituel dans le mythe du cow-boy. En cet instant même, il se voyait tel le héros viril et solitaire, arpentant bravement une rue poussiéreuse d'un quartier perdu de Hollywood, la main à quelques centimètres de l'étui de son ordinateur. Il est révélateur que le cow-boy soit le héros type de la culture américaine : un immigrant victorien, brutal et sans éducation, issu de la masse rurale. Diamond jouait un rôle ridicule, celui du Tom Mix du gros business affrontant un *yojimbo* dans un jardin. Il avait à sa disposition le système informatique le plus développé du monde ; Hel des fiches de carton. Diamond pouvait s'appuyer sur tous les gouvernements du monde industrialisé ; Hel avait quelques amis basques. Diamond représentait l'énergie atomique, la production mondiale de pétrole, le complexe militaire / industriel, les gouvernements corrompus et corrupteurs établis par le Wad pour masquer sa propre responsabilité ; Hel représentait le *shibumi,* concept oublié de la beauté inaccessible. Et pourtant il était clair que Hel avait un avantage considérable dans toute la bataille à venir.

Hel détourna son regard et secoua lentement la tête. « Tout cela doit être bien embarrassant pour vous. »

Pendant tout ce temps, Diamond était resté impassible, les ongles enfoncés dans la paume de ses mains. Il s'éclaircit la gorge. « Quelle que soit votre opinion à mon sujet, je ne puis vous croire prêt à sacrifier les années qui vous restent à vivre pour une action n'ayant d'autre bénéficiaire que cette petite dinde que j'ai rencontrée à dîner. Je crois savoir ce que vous allez faire, monsieur Hel. Vous allez réfléchir à la question, et vous rendre compte qu'une poignée de sadiques arabes ne vaut pas cette maison et votre existence actuelle ; vous allez vous rendre compte que votre dette d'honneur ne vous lie pas aux espoirs insensés d'un homme malade et drogué ; et finalement, vous déciderez de passer la main. L'une des raisons qui dictera votre conduite est que vous trouverez dégradant d'accomplir un acte de courage gratuit dans le seul but de m'impressionner, moi, un homme que vous méprisez. Bien entendu, je ne m'attends pas à ce que vous m'annonciez immédiatement votre retrait. Ce serait trop humiliant, trop éprouvant pour votre précieux sens de la dignité. Mais vous le ferez, en fin de compte. A dire vrai, je souhaiterais presque vous voir persister dans votre projet. J'aurais aimé mettre à exécution les châtiments que j'ai imaginés à votre intention. Mais, heureusement pour vous, le président de la Mother Company désire à tout prix qu'il n'arrive rien aux Septembristes. Nous sommes en train d'établir ce que l'on appellera les propositions de paix du Camp David, au cours desquelles pression sera faite sur Israël pour découvrir ses frontières au Sud et à l'Est. En contrepartie, l'influence de l'O.L.P. disparaîtra au Moyen-Orient : ils ont rempli leur rôle de détonateur. Mais le président veut garder la confiance des Palestiniens jusqu'à ce que ce plan soit mené à terme. Vous voyez, monsieur Hel, vous nagez en eau trouble, et vous avez affaire à des intérêts qui dépassent largement les fusils à canon court et les jolis jardins. »

Hel observa Diamond en silence. Puis il se tourna vers son jardin. « Notre entretien est terminé », dit-il calmement.

— Bien. (Diamond tira une carte de sa poche.) Vous pouvez me joindre à ce numéro. Je serai de retour à mon bureau dans dix heures. Lorsque vous m'aurez dit que vous avez décidé de ne pas intervenir dans cette affaire, je donnerai l'ordre de créditer votre compte en Suisse. »

Comme Hel semblait ne plus s'apercevoir de sa présence, Diamond déposa la carte sur la table. « Nous n'avons plus rien à discuter pour l'instant, je vous laisse.

— Comment ? Oh ! oui, je suis sûr que vous saurez retrouver votre chemin, Diamond. Hana vous offrira un café avant de vous renvoyer avec vos laquais au village. Pierre a dû retrouver des forces en buvant un peu et il sera en parfaite forme pour vous offrir une démonstration mémorable de son talent de conducteur.

— Très bien. Mais... j'avais une question à vous poser.

— Oui ?

— Le rosé que nous avons bu à table, qu'était-ce ?

— Un Tavel, bien sûr.

— J'en étais sûr.

— Non. Vous en étiez presque sûr. »

La partie du jardin qui bordait la maison japonaise avait été conçue pour écouter la pluie. Hel y travaillait des semaines entières à la saison des pluies. Pieds nus, vêtu d'un simple short trempé, il accordait le jardin. Il avait orienté et creusé gouttières et rigoles, placé et déplacé les plantes, répandu le gravier, disposé les pierres musicales dans le ruisseau, jusqu'à ce que le soprano de la pluie sur le gravier, la basse de l'eau tombant goutte à goutte sur les larges feuillages, les résonances bruissantes des feuilles de bambou, le contrepoint du ruisseau, tous les sons du jardin s'accordent et s'équilibrent de telle façon qu'assis au milieu exact de la pièce aux tatamis on n'eût jamais l'impression qu'un son l'emportait sur l'autre. L'auditeur pouvait, en se concentrant, isoler un timbre ou le laisser se fondre dans la masse sonore, suivant la manière dont il centrait son attention, un peu comme un insomniaque peut percevoir ou non le tic tac d'une pendule. L'effort nécessaire pour contrôler les sons d'un jardin parfaitement accordé est suffisant pour réprimer les préoccupations et l'anxiété quotidiennes. Mais cette propriété accessoire n'est pas le but majeur du jardinier, qui doit être plus attaché à la création de son jardin qu'à son usage.

Assis dans la salle d'armes, Hel entendait la pluie, mais n'était pas assez paisible pour l'écouter. Il y avait un mauvais *aji* dans cette affaire. Il était traître et dangereusement... personnel. Hel avait l'habitude de jouer contre les figures du damier, non contre des adversaires vivants et inconsistants. Et là, les mouvements devraient être décidés sans aucune logique ; il y aurait des écrans humains entre la cause et l'effet. Toute l'histoire respirait le sang et la sueur.

Il laissa échapper un long soupir. « Eh bien ? demanda-t-il. Que pensez-vous de tout cela ? »

Il n'y eut pas de réponse. Hel sentit l'aura féminine palpiter entre un désir de fuite et la peur de bouger. Il fit glisser la porte du salon de thé et fit signe à la jeune fille d'entrer.

Hannah Stern se tenait dans l'embrasure de la porte, les cheveux trempés par la pluie, sa robe mouillée plaquée sur son corps et ses jambes. Elle était gênée d'avoir été surprise en train d'écouter, mais n'avait pas envie de s'excuser. Dans son esprit, la gravité de la situation présente surpassait toute considération de forme ou de politesse. Hel aurait pu lui dire qu'à long terme, seules les vertus « mineures » ont une réelle importance. La politesse a plus de valeur que la compassion, la charité, ou même la sincérité ; de même que l'honnêteté est plus importante que l'abstraction de la justice. Les vertus majeures tendent à se désintégrer sous la pression de la rationalisation. Mais la forme est toujours la forme et reste immuable dans la tourmente des circonstances.

Hel aurait pu lui dire tout cela, mais il n'avait aucun intérêt à faire son éducation spirituelle, ni envie d'enjoliver l'imperfectible. De toute manière, elle n'aurait sans doute compris que les mots, et si elle arrivait à en pénétrer la signification, quel usage ferait-elle de ces solides remparts des bonnes manières, elle dont la vie allait s'écouler à Scarsdale ou autre banlieue fortunée ?

« Eh bien ? demanda-t-il à nouveau. Que pensez-vous de tout cela ? »

Elle secoua la tête. « Je n'imaginais pas qu'ils étaient si... organisés ; si... implacables. Je vous ai mis dans une situation épouvantable, n'est-ce pas ?

— Je ne vous tiens pas pour responsable de ce qui est arrivé jusqu'à présent. Considérant que mon activité a toujours été en opposition avec la texture même de l'organisation sociale, je devais nécessairement rencontrer un certain degré de malchance. Je n'ai pas eu cette malchance, et j'ai ainsi accumulé une dette de karma ; un poids de contre-chance dirigé contre moi. Vous avez été le véhicule de cette contre-chance, mais vous n'en êtes pas la cause. Comprenez-vous ce que je veux dire ? »

Elle haussa les épaules. « Qu'allez-vous faire ? »

L'orage s'éloignait, et les vents qui l'accompagnaient balayèrent le jardin, faisant frissonner Hannah dans sa robe mouillée.

« Il y a des kimonos molletonnés dans ce coffre. Ôtez votre robe.

— Je me sens très bien ainsi.

— Faites ce que je vous dis. La tragique héroïne devient un personnage ridicule quand elle renifle. »

En accord avec son short trop court, la chemise déboutonnée, et la surprise qu'elle affectait (et croyait éprouver) devant le désir des hommes, Hannah se débarrassa de sa robe mouillée avant d'aller chercher le kimono. Elle ne s'était jamais avoué qu'elle tirait avantage d'un corps désirable et apparemment disponible. Si elle y avait réfléchi, elle aurait appelé cet exhibitionnisme spontané une saine acceptation de son corps — une absence d'inhibition.

« Qu'allez-vous faire ? répéta-t-elle en s'enveloppant dans la chaleur du kimono.

— La vraie question est ce que vous allez faire, vous. Avez-vous toujours l'intention de poursuivre votre projet ? Vous jeter du haut de la falaise avec l'espoir que je vais vous suivre ?

— Le feriez-vous ? Sauter derrière moi ?

— Je n'en sais rien. »

Hannah plongea son regard dans l'obscurité du jardin, et serra le kimono plus étroitement autour d'elle. « Je ne sais pas... je ne sais pas. Tout semblait si simple hier. Je savais ce que je devais faire, où étaient la justice et le devoir.

— Et maintenant ? »

Elle haussa les épaules et secoua la tête. « Vous préféreriez que je retourne chez moi et que j'oublie tout cela, n'est-ce pas ?

— Oui. Et cela ne serait peut-être pas aussi facile que vous le pensez en fait. Diamond vous connaît. Vous rapatrier saine et sauve va demander un peu d'imagination.

— Et que va-t-il arriver aux Septembristes qui ont assassiné les athlètes à Munich ?

— Oh ! ils mourront. Tout le monde meurt, en fin de compte.

— Mais... si je rentre chez moi comme ça, la mort d'Avrim et celle de Chaïm n'auront servi à rien.

— C'est vrai. Ce furent des morts inutiles, et rien de ce que vous ferez n'y changera quoi que ce soit. »

Hannah se rapprocha de Hel et leva les yeux vers lui, son visage empreint de doute et de trouble. Elle avait envie d'être réconfortée, qu'on lui dise que tout allait bien se passer.

« Il faudra vous décider assez vite. Rentrons à la maison. Vous n'êtes pas en état de réfléchir, ce soir. »

Ils trouvèrent Hana et Le Cagot assis dans la fraîcheur de la terrasse encore mouillée. Des bourrasques de vent subsistaient derrière l'orage, et l'air était lavé par la pluie. Hana se leva à leur approche, elle prit la main de la jeune fille dans un geste spontané d'affection.

Le Cagot était affalé sur un banc de pierre, les yeux clos, son verre de cognac mal assuré dans la main, la respiration lourde, parfois entrecoupée d'un léger ronflement.

« Il a perdu conscience en plein milieu d'une de ses histoires, expliqua Hana.

— Hana, dit Hel. Mlle Stern va passer une seconde nuit ici. Peux-tu faire préparer ses bagages pour demain matin. Je la conduirai à la cabane. (Il se tourna vers Hannah.) J'ai une sorte de petit chalet dans la montagne. Vous pourrez y séjourner en sécurité, pendant que je réfléchirai au moyen de vous rendre à vos parents.

— Je n'ai pas décidé si je *voulais* rentrer à la maison. »

Sans lui répondre, Hel donna un coup de pied dans la semelle de la chaussure de Le Cagot. Le Basque sursauta, se passa la langue sur les lèvres. « Où en étais-je ? Ah ! oui. Je vous racontais l'histoire de ces trois bonnes sœurs à Bayonne. Eh bien, je les avais rencontrées...

— Non, vous aviez décidé de ne pas raconter celle-ci en présence des dames.

— Ah bon ! Vous voyez, jeune fille, une histoire de ce genre enflammerait vos passions, et lorsque vous vous tournerez vers moi, je veux que ce soit de votre plein gré, et non poussée par un désir aveugle. Qu'est-il advenu de nos invités ?

— Ils sont repartis. Probablement vers les États-Unis.

— Je vais te dire mon sentiment, Nikko. Je n'aime pas ces gens-là. La lâcheté se lit dans leurs yeux, et les rend dangereux. Tu devrais avoir des invités d'une autre classe, ou tu risques de ne plus me compter parmi vous. Hana, merveilleuse et désirable Hana, voulez-vous coucher avec moi ?

— Non, merci Beñat, répondit-elle en souriant.

— J'admire votre contrôle de vous-même. Et vous, jeune fille ?

— Elle est fatiguée, dit Hana.

— Ah bon. C'est peut-être mieux ainsi. Mon lit serait un peu encombré avec cette petite Portugaise bien dodue. Bien ! Je regrette de devoir vous priver du charme de ma présence, mais la superbe machine qu'est mon corps a besoin de s'épancher et de dormir. Bonne nuit, mes amis ! (Il se redressa avec un grognement, se dirigea vers la porte, et remarqua alors le kimono d'Hannah.) Qu'est-ce que c'est ? Qu'avez-vous fait de vos vêtements ? Oh ! Nikko, Nikko. La gloutonnerie est un vice. Allons... bonne nuit. »

A plat ventre, il avait laissé Hana lui masser doucement les muscles du dos et des épaules. Et maintenant, elle lui caressait les cheveux pendant qu'il s'endormait. Elle glissa son corps sur le sien, le creux du ventre contre ses reins, bras et jambes collés aux siens, le protégeant de sa chaleur, le forçant à se détendre. « Les ennuis commencent, n'est-ce pas ? » murmura-t-elle.

Il fit un « Hmmm » en guise d'affirmation.

« Que vas-tu faire ?

— Je n'en sais rien, dit-il à voix basse. Faire partir cette fille d'ici d'abord. Ils pourraient penser que sa mort me dégagerait de la dette que j'ai envers son oncle.

— Es-tu sûr qu'ils ne vont pas la trouver ? Il est impossible de garder un secret dans ces vallées ?

— Seuls les montagnards sauront où elle est. Ce sont mes amis ; et ils ne communiquent pas avec la police, par habitude et tradition.

— Et ensuite ?

— Je ne sais pas. Je vais y réfléchir.

— Veux-tu que je te donne du plaisir ?

— Non. Je suis trop tendu. Laisse-moi être égoïste. Laisse-moi te faire jouir. »

Hel s'éveilla à l'aube et travailla pendant deux heures à son jardin avant de prendre son petit déjeuner dans la pièce au sol couvert de tatamis s'ouvrant sur le flot de gravier ratissé qui descendait jusqu'au bord du ruisseau. « A la longue, ce jardin deviendra acceptable, Hana. J'espère que tu seras là pour en profiter.

— J'ai réfléchi, Nikko. Ta proposition n'est pas sans attrait. Tu t'es montré très persuasif, hier soir.

— Je devais éliminer des tensions. C'est un avantage.

— Si j'étais égoïste, je souhaiterais te voir toujours aussi tendu. »

Il rit doucement. « Oh ! peux-tu téléphoner et retenir un billet sur le premier vol pour les États-Unis pour Mlle Stern ? Un billet Pau-Paris, Paris-New York et New York-Chicago.

— Elle nous quitte donc ?

— Pas immédiatement. Je ne veux pas l'exposer. Mais les réservations seront enregistrées sur l'ordinateur des compagnies aériennes, et transmises à Fat Boy. Cela les mettra sur une fausse piste.

— Et qui est Fat Boy ?

— Un ordinateur. L'ultime ennemi. Il donne des renseignements à des imbéciles.

— Tu sembles plein d'amertume, ce matin.

— C'est vrai. Et même pitoyable.

— J'avais évité d'employer cette expression. Mais elle semble juste, même si elle ne convient pas à un homme comme toi.

— Je sais. (Il sourit.) Personne au monde n'oserait me reprendre ainsi, Hana. Tu es un trésor.

— C'est mon rôle d'être un trésor.

— Oui. A propos, où est Le Cagot ? Je ne l'ai pas encore entendu s'agiter.

— Il est parti voici une heure avec Mlle Stern. Il voulait lui montrer des villages abandonnés. Elle semblait avoir retrouvé ses esprits.

— Un esprit vide se remet rapidement. On n'écrase pas un oreiller. Quand reviennent-ils ?

— Pour déjeuner, certainement. J'ai promis à Beñat un gigot.

Tu avais dit que tu conduirais Hannah à la cabane. A quelle heure partirez-vous ?

— Après le coucher du soleil. Je suis surveillé.

— Tu vas passer la nuit là-haut avec elle ?

— Hmmm. Je pense, oui. Je n'ai pas envie de redescendre ce genre de route dans la nuit.

— Je sais que tu n'aimes pas Hannah, mais...

— Je n'aime pas ce genre de petite-bourgeoise en mal de sensations fortes, qui adore s'exciter dans la terreur et la révolution. Son existence m'a déjà coûté fort cher.

— As-tu l'intention de la punir pendant que vous serez là-haut ?

— Je n'y avais même pas pensé.

— Ne sois pas trop dur avec elle. C'est une bonne petite fille.

— Elle a vingt-quatre ans et ce n'est plus une enfant. Et elle n'est pas bonne. Au mieux, elle est gentille. »

Hel savait ce que Hana entendait par « punir » la jeune fille. Il s'était à l'occasion vengé de jeunes femmes qui l'avaient irrité en leur faisant l'amour, en mettant à profit son expérience et ses talents pour créer chez elles des sensations qu'elles ne pourraient plus jamais retrouver, et qu'elles rechercheraient en vain pendant le reste de leur vie auprès de maris ou de vagues amants.

Hana ne ressentait aucune jalousie à l'égard d'Hannah ; c'eût été un sentiment ridicule. Pendant les deux années qu'ils venaient de vivre ensemble, Nicholaï et elle avaient eu l'occasion de rechercher quelques variantes sexuelles au cours de voyages, des simples expériences de curiosité physique pour maintenir leur appétit en alerte et rendre encore plus précieux ce qui les liait, en comparaison. Hana se plaignait parfois de ce qu'il avait la partie belle, car un homme expérimenté peut atteindre des niveaux décents avec une femme de bonne volonté, tandis que la femme la plus douée aura du mal à dépasser le stade superficiel du plaisir avec l'instrument maladroit que représente un homme gauche et hésitant. Cependant elle ne dédaignait pas, de temps à autre, les robustes jeunes gens rencontrés sur la Côte d'Azur ou à Paris : de gentils ours en peluche.

Ils roulaient à la nuit tombante le long de la route sinueuse au fond de la vallée. Sur leur gauche, la montagne s'élevait abruptement, prenant des formes géométriques indistinctes, alors qu'à droite elle se teintait de rose et d'ambre dans les rayons obliques du soleil couchant. Au départ d'Etchebar, Hannah s'était mise à raconter avec entrain la joyeuse matinée qu'elle avait passée avec Le Cagot, visitant les hameaux abandonnés dans la montagne. Toutes les aiguilles des horloges d'église avaient disparu, avait-elle remarqué, et Le Cagot lui avait expliqué que c'étaient les villageois qui les avaient emmenées en partant, ajoutant qu'ils ne pouvaient faire autrement puisque personne ne restait pour les remonter et qu'il était inconcevable que la pendule du bon Dieu ne marquât pas l'heure exacte. L'austérité du primitivisme catholique basque s'exprimait dans cette inscription, gravée sur l'un des clochers abandonnés : « Chaque heure blesse, la dernière tue. »

Elle gardait le silence maintenant, saisie par la beauté sauvage de ces montagnes s'élevant si brusquement de la vallée étroite qu'elles paraissaient en surplomb. Par deux fois, Hel fronça les sourcils en lui voyant un regard paisible et un sourire calme sur les lèvres, étonné de trouver une saturation alpha dans son aura, tout à fait inhabituelle chez une personne qu'il avait jugée comme une petite écervelée. C'était un signe de calme et de paix intérieure. Il s'apprêtait à lui demander ce qu'elle avait décidé au sujet des Septembristes, quand son attention fut attirée par une voiture qui roulait derrière eux en lanternes et gagnait rapidement du terrain. Sur l'instant, il pensa que Diamond ou la police française avait eu vent de son projet. Il affermit ses mains sur le volant, passa en revue les caractéristiques de la route, décidant de l'endroit où il laisserait la voiture le dépasser pour pouvoir la faire basculer dans le ravin qui bordait la route sur leur gauche. Il avait suivi des cours très poussés d'attaque en voiture, et c'est pourquoi il utilisait toujours des véhicules lourds, comme cette satanée Volvo, pour parer à des situations comme celle-ci.

Suivant le cours sinueux de la rivière, la route ne comportait pas de ligne droite. Il n'y avait pas d'endroit suffisamment sûr pour effectuer un dépassement, mais cela n'arrêterait sûrement pas un conducteur français, dont les impulsions dans ce domaine sont toujours incontrôlées. La voiture derrière lui continuait à se rapprocher, jusqu'à ce qu'elle ne soit plus qu'à un mètre de son pare-chocs. Elle fit un appel de phares, donna un coup d'avertisseur, et le passa comme l'éclair en plein milieu d'un virage masqué.

Hel se détendit et ralentit pour lui laisser le passage. Phares et klaxon indiquaient qu'il ne s'agissait pas d'une tentative de meurtre. Aucun professionnel n'annonçait ainsi ses intentions. C'était encore un de ces conducteurs français infantiles.

Il secoua paternellement la tête en regardant la petite Peugeot le dépasser, son jeune conducteur crispé sur le volant, les yeux exorbités dans son effort pour maintenir la voiture sur la route.

De ses expériences, Hel avait retenu que seuls les vétérans des longues distances de l'Amérique du Nord, habitués à rouler sur des routes excellentes au volant de voitures bien adaptées, avaient surmonté les fantasmes de l'automobile considérée comme jouet ou signe de virilité. La témérité infantile des conducteurs français l'irritait fréquemment, moins cependant que l'attitude des Italiens qui considèrent la voiture comme un prolongement de leur pénis, ou des Anglais pour lesquels il s'agit d'un substitut.

Après avoir quitté la route de la vallée, ils montèrent vers les montagnes de Larun par un chemin de terre battue qui se tordait tel un serpent à l'agonie. Les virages en épingle à cheveux étaient parfois trop serrés pour le rayon de braquage de la Volvo et il fallait s'y prendre à deux fois, en dérapant sur les cailloux au bord du précipice. Ils roulaient en première et la montée était si raide qu'ils dépassèrent bientôt la zone d'obscurité profonde de la vallée pour atteindre le crépuscule alterné des hautes montagnes : une lueur blafarde reflétée dans le pare-brise quand on tourne à l'ouest, suivie du noir absolu lorsque les rochers en surplomb font écran au soleil couchant.

Puis, même ce chemin primitif finit par disparaître, et il ne resta plus que deux traces à peine marquées dans l'herbe rase des alpages. Le soleil énorme et rougeoyant s'aplatissait sur la ligne tremblante de l'horizon. Les névés roses sur les sommets viraient au mauve, puis au violet sur un fond de ciel noir. Les premières étoiles scintillèrent à l'est, tandis qu'à l'ouest une brume bleue flottait encore autour du disque rouge sang disparaissant.

Hel arrêta la voiture près d'un bloc de granit et serra le frein à main. « Nous ne pouvons pas aller plus loin. Il reste deux kilomètres et demi.

— Ça monte ? demanda Hannah.

— Presque tout le temps.

— Seigneur, cette cabane est vraiment isolée.

— C'est sa raison d'être. » Ils descendirent de la voiture et déchargèrent le sac d'Hannah, non sans faire au passage l'expérience du diabolique système d'ouverture du coffre de la Volvo. Ils avaient franchi une vingtaine de mètres quand Hel se souvint de son tonique rituel. Plutôt que de revenir en arrière, il ramassa une pierre et la lança vers la voiture, coup heureux qui étoila généreusement la vitre arrière.

« Qu'est-ce qui vous prend ? demanda Hannah.

— Un geste symbolique. L'homme en révolte contre le système. En route. Restez près de moi. Je connais le chemin par cœur.

— Combien de temps vais-je rester seule là-haut ?

— Jusqu'à ce que j'aie décidé quoi faire de vous.

— Resterez-vous cette nuit ?

— Oui. »

Ils marchèrent pendant une minute, avant qu'elle n'ajoutât : « Je suis contente. »

Il avançait rapidement, car la lumière diminuait vite. Jeune et robuste, elle le suivait sans peine, marchant en silence, fascinée par les subtiles variations de couleur d'un crépuscule de montagne. A nouveau, comme précédemment dans la vallée, il intercepta cette tonalité alpha de son aura qui l'avait surpris — le signal rapide, d'intensité moyenne, qu'il associait à la méditation et à la paix de l'âme, et non aux tonalités caractéristiques des jeunes Occidentaux.

Elle s'arrêta soudain alors qu'ils traversaient le dernier alpage menant à la cabane.

« Qu'y a-t-il ?

— Regardez. Ces fleurs. C'est la première fois que j'en vois. » Elle se pencha vers les clochettes couleur poussière d'or, droites sur leurs tiges, à peine visibles dans le clair-obscur de la prairie.

Il acquiesça. « On ne les trouve que dans cette prairie, et dans une autre un peu plus loin. (Il fit un geste vers l'ouest, vers la Table des Trois Rois, noyée dans l'obscurité.) Nous sommes juste au-dessus de douze cents mètres ici. Et elles ne poussent qu'à cette altitude. On les appelle les Yeux d'Automne dans la région, mais la plupart des gens n'en ont jamais vu, car elles ne fleurissent que trois ou quatre jours.

— C'est merveilleux. Mais il fait presque nuit, et elles sont encore ouvertes.

— Elles ne se ferment jamais. La tradition veut qu'ayant une vie si courte, elles n'osent se refermer.

— C'est triste. »

Il haussa les épaules.

Ils étaient assis face à face à une petite table, terminant leur dîner, les yeux tournés vers le mur en verre Securit d'où l'on apercevait le sentier étroit et profond, seul accès à la cabane. En temps normal, Hel ne serait jamais resté immobile derrière une vitre, sa silhouette découpée par la lumière de la lampe à huile, tandis que tout était sombre à l'extérieur. Mais il savait que la double épaisseur de verre était à l'épreuve des balles.

La cabane était construite en pierres du pays, suivant un plan très simple : une grande pièce avec une loggia en surplomb. A leur arrivée, il avait mis Hannah au courant des particularités de la maison : le torrent, alimenté par un névé, coulait directement sous la cabane, et où l'on pouvait puiser de l'eau par une trappe de l'intérieur. Le réservoir de quatre cents litres de mazout, qui alimentait le chauffage et la cuisinière, était encastré dans la maçonnerie et à l'abri du tir d'éventuels assaillants. Une plaque de blindage pouvait obstruer l'unique porte. Le garde-manger était taillé dans la paroi de granit formant l'un des murs de la cabane, et contenait des provisions pour trente jours. Et dans la paroi vitrée était inséré un carreau que l'on pouvait briser pour ouvrir le feu sur le ravin abrupt qui constituait l'unique accès pour ceux qui s'approchaient de la cabane. Les parois du ravin étaient lisses, tous les blocs de rocher avaient été éliminés ou roulés dans le fond.

« Mon Dieu, vous pourriez tenir éternellement le siège d'une armée ! s'exclama-t-elle.

— Pas une armée, et pas éternellement. Mais ce n'est pas une position facile à enlever. (Il prit sur un râtelier une carabine semi-automatique munie d'une lunette de visée, et la lui tendit.) Savez-vous vous servir de cette arme ?

— Euh... je pense que oui.

— Bon. L'important est que vous tiriez sur quiconque s'approchera de la maison et ne portera pas de *xahako*. Peu importe que vous le touchiez ou non. Le bruit de la détonation se répercutera dans les montagnes, et en moins d'une demi-heure les secours arriveront.

— Qu'est-ce qu'un... un...

— Une *xahako*. C'est une outre à vin comme celle-ci. Les bergers et les contrebandiers savent tous que vous êtes ici. Ce sont mes amis. Et ils ont tous leur *xahako*. Un étranger n'en porte jamais.

— Est-ce que je cours vraiment un tel danger ?

— Je ne sais pas.

— Mais pourquoi voudraient-ils me tuer ?

— Je ne suis pas sûr qu'ils le veuillent. C'est dans le domaine du possible. Ils peuvent penser que mon engagement disparaîtrait si vous étiez tuée, et que je n'aurais plus aucun moyen d'acquitter ma dette envers votre oncle. C'est un raisonnement stupide, car si vous étiez tuée pendant que vous êtes sous ma protection, je serais obligé de réagir. Mais nous avons affaire à des mentalités de marchands et de militaires dont la stupidité est la marque la plus évidente. Maintenant, voyons si vous avez bien tout compris. »

Il lui fit répéter les gestes nécessaires pour allumer le chauffage et la cuisinière, tirer l'eau par la trappe, charger la carabine. « Et n'oubliez pas de prendre un de ces cachets de sels minéraux par jour. L'eau provient de la neige fondue, elle ne contient pas de minéraux. A la longue, vous pourriez tomber malade.

— Mon Dieu, combien de temps vais-je rester ici ?

— Je ne sais pas exactement. Une semaine. Peut-être deux. Une fois le détournement de l'avion réussi, ils ne s'occuperont plus beaucoup de vous. »

Pendant qu'il préparait un dîner à base de conserves, elle avait marché dans la cabane, touchant les objets, enfermée dans ses pensées.

Et maintenant, ils étaient assis de part et d'autre de la table ronde près du mur de verre, les ombres de la flamme de la bougie jouant sur le doux visage d'Hannah que n'avaient pas encore creusé les rides du caractère et de l'expérience. Elle avait gardé le silence tout au long du repas, bu plus de vin que de coutume. Ses yeux étaient humides, son regard vague. « Il faut que je vous dise, vous n'avez plus à vous soucier pour moi. Je sais ce que je vais faire maintenant. Ce matin, j'ai pris la décision de rentrer chez moi, essayer d'oublier cette haine, cette... horreur. Ce n'est pas dans ma nature. Et de plus, je me rends compte que c'est — comment dire — sans réelle importance. (Elle jouait inconsciemment avec la flamme de la bougie, la traversant du doigt assez vite pour éviter d'être brûlée.) Une chose étrange m'est arrivée la nuit dernière. Irréelle. Mais merveilleuse. J'en ai ressenti les effets toute la journée. »

Hel pensa aux tonalités alpha qu'il avait interceptées. « Je ne pouvais pas dormir. Je me suis levée et j'ai erré dans votre maison dans le noir. Puis je suis allée dans le jardin. L'air était frais, il n'y avait pas un souffle de vent. Je me suis assise au bord du ruisseau, je regardais scintiller l'eau sombre. Je la regardais sans penser à rien de particulier, et tout d'un coup... une sensation... il me semble l'avoir ressentie quand j'étais petite. Brusquement, toutes les tensions, les angoisses, les peurs avaient disparu. Elles s'étaient évanouies. Je me sentais légère. J'avais l'impression d'être transportée ailleurs, un endroit où je n'avais jamais été, mais qui me semblait familier. Tout était calme, ensoleillé, et il y avait de l'herbe autour de moi. Il me semblait que je comprenais tout. Presque comme si j'étais... je ne sais pas. Presque comme si j'étais... aïe ! » Elle retira vivement sa main et suça le bout de son doigt.

Hel rit et secoua la tête, et elle se mit à rire également « Quelle idiote je suis.

— En effet. Mais je pense que vous alliez me dire que c'était presque comme si vous, l'herbe et le soleil ne faisiez qu'un, comme si vous faisiez partie d'un même élément. »

Son doigt toujours à la bouche, elle le regarda attentivement. « Comment savez-vous cela ?

— C'est une expérience que font certains. Vous disiez vous souvenir d'impressions similaires lorsque vous étiez enfant ?

— En fait, je ne m'en souviens pas vraiment. Je ne m'en souviens même plus du tout. Simplement, à ce moment-là, j'ai eu le sentiment que tout cela n'était pas nouveau, ou étrange. C'était quelque chose que j'avais déjà éprouvé. Mais en réalité, je ne me souviens pas de l'avoir éprouvé. Vous voyez ce que je veux dire ?

— Je crois que je comprends. Vous avez probablement participé à un ancestral...

— Je sais ce que c'est ! Excusez-moi, je ne voulais pas vous interrompre. Mais je vais vous dire à quoi cela ressemble. C'est exactement comme les meilleures sensations que l'on éprouve en fumant de l'herbe. Quand on est euphorique, que tout va exactement comme il faut. Ce n'est pas tout à fait ça, parce que vous n'arrivez jamais tout à fait à cette impression avec la drogue, mais vous croyez que vous allez y arriver. Vous voyez ce que je veux dire ?

— Non.

— Vous n'avez jamais fumé, ou autre chose ?

— Non. Je n'en ai jamais éprouvé le besoin. Mes ressources profondes sont intactes.

— Ah, bon. C'était quelque chose comme ça.

— Je vois. Et comment va votre doigt ?

— Oh ! ce n'était rien. En fait, lorsque cette impression s'est estompée, la nuit dernière dans votre jardin, je me suis sentie détendue et l'esprit clair. J'ai réalisé combien cette idée de châtier les Septembristes était vaine. La violence ne mène nulle part. Elle est sans objet. Maintenant, je voudrais simplement retourner chez moi. Prendre un peu de temps pour me retrouver. Ensuite, peut-être... je ne sais pas. Regarder ce qui se passe autour de moi. M'en occuper. (Elle se versa un autre verre de vin, le but et posa sa main sur le bras de Hel.) Je crois que j'ai été une véritable source d'ennuis, pour vous.

— Je crois que certains diraient que vous avez été une vraie source d'emmerdements.

— Je voudrais bien trouver un moyen de compenser cela. »

Il lui adressa un sourire en biais.

Elle se servit un autre verre. « Croyez-vous qu'Hana soit ennuyée de votre présence ici ?

— Pourquoi cela l'ennuierait-il ?

— Eh bien, je veux dire... croyez-vous que cela l'ennuie que nous passions la nuit ensemble ?

— Qu'entendez-vous par là ?

— Comment ? Eh bien... nous allons dormir ensemble.

— Dormir ensemble ?

— Je veux dire, sous le même toit. Vous savez bien ce que je veux dire. »

Il la regarda sans prononcer un mot. Son expérience mystique, même si elle était le fait d'une sensation passagère provoquée par la tension et l'angoisse de ces derniers jours, et non la fonction d'un esprit calme et équilibré, la parait d'une valeur nouvelle à ses yeux. Mais cette appréciation était teintée d'envie. Cette fille au regard vague avait été capable d'atteindre un état que lui-même ne connaissait plus depuis des années, qu'il avait sans doute à jamais perdu. Il avait beau reconnaître là l'envie de retrouver son enfance et son adolescence, c'était un sentiment difficile à bannir.

Elle fronçait les sourcils en regardant la flamme, s'efforçant d'apaiser ses émotions. « Il faut que je vous dise quelque chose.

— Vraiment ?

— Je veux être honnête avec vous.

— Ce n'est pas la peine.

— Si, il le faut. Bien avant de vous rencontrer, il m'arrivait de penser à vous... de vous imaginer. Il y avait toutes les histoires que mon oncle racontait à votre sujet. J'ai été vraiment surprise de voir à quel point vous paraissiez jeune. Et je suppose que si j'analyse mes sentiments, j'y découvrirai une sorte de projection du père. Vous êtes là, le mythe en chair et en os. J'étais effrayée, troublée, et vous m'avez protégée. Je vois bien toutes les impulsions psychologiques qui me poussent vers vous, et vous ?

— Et vous ne vous êtes pas demandé si vous n'étiez pas une ardente jeune fille éprouvant le désir très simple et parfaitement légitime de faire l'amour ? Ou est-ce une explication qui manque de subtilité ? »

Elle le regarda et baissa la tête. « Vous savez très bien dérouter quelqu'un, n'est-ce pas ? Vous ne lui laissez pas grand-chose pour masquer ses sentiments.

— C'est vrai. Et c'est peut-être peu civil de ma part. Voilà le fond de ma pensée en ce qui vous concerne. Vous êtes seule, isolée, troublée. Vous avez envie d'être consolée, réconfortée. Vous ne savez pas comment vous y prendre, parce que vous êtes un produit de la civilisation occidentale ; alors, vous essayez de négocier, d'échanger le sexe contre l'affection. Ce n'est pas inhabituel chez une femme occidentale. Après tout, elle est accoutumée à négocier uniquement avec des mâles occidentaux, dont les concepts de relations sociales sont fragiles et limités et qui exigent une relation sexuelle comme monnaie d'échange. Car c'est le seul type de marché dans lequel ils se sentent à l'aise. Mademoiselle Stern, si vous le voulez, vous pouvez coucher avec moi cette nuit. Je vous réconforterai et je serai gentil avec vous, si c'est ce que vous désirez. »

La gratitude, mêlée à un excès de vin, lui mouilla les yeux. « Cela me plairait beaucoup, c'est vrai. »

Mais l'animal qui sommeille en nous est rarement uniquement gouverné par de bonnes intentions. Quand il s'éveilla aux attentions d'Hannah et sentit qu'émanaient d'elle les pulsions alpha/bêta qui accompagnent l'excitation sexuelle, la réaction de Nicholaï ne fut pas seulement dictée par son désir de la protéger.

Elle était exceptionnellement épanouie et facile, tout son système nerveux sensible à la moindre sollicitation. Mis à part un léger problème de lubrification dû à sa jeunesse, elle pouvait jouir pratiquement en permanence sans effort particulier de sa part à lui.

Ses yeux chavirèrent et elle le supplia. « Non... je vous en prie... je n'en peux plus ! Je vais mourir si je jouis encore une fois ! » Mais les contractions involontaires se rapprochèrent de plus en plus, et elle suffoqua dans un quatrième orgasme qu'il prolongea jusqu'à ce qu'elle griffât les franges du tapis de ses ongles.

Il se souvint des recommandations d'Hana à propos de l'avenir amoureux d'Hannah, et comme il n'avait pas particulièrement envie de jouir lui-même, il la ramena lentement au calme, la caressant, apaisant le tremblement qui l'agitait tout entière alors qu'elle reposait immobile sur les coussins, à demi inconsciente, avec la sensation que sa chair se dissolvait.

Il se lava dans l'eau glacée, et alla dormir dans la loggia.

Un peu plus tard, il la sentit s'approcher en silence. Il lui fit une place et elle se coula dans ses bras. Avant de sombrer dans le sommeil, elle murmura comme en rêve « Nicholaï ?

— Non, je vous en prie, ne m'appelez jamais par mon prénom. »

Elle se tut un instant. « Monsieur Hel ? Ne vous inquiétez pas de ce que je vais vous dire ; c'est une chose fugitive. Mais en ce moment, je vous aime.

— Ne soyez pas stupide.

— Savez-vous ce que j'aimerais ? »

Il ne répondit pas.

« Je voudrais que ce soit le matin, je voudrais aller vous cueillir un bouquet de ces fleurs..., les Yeux de l'Automne, que nous avons vues. »

Il rit doucement et la serra plus étroitement contre lui. « Bonne nuit, mademoiselle Stern. »

La matinée était avancée lorsque Hana entendit le bruit d'une pierre jetée dans le ruisseau et, sortant du château, trouva Hel en train d'arranger pour la énième fois les pierres musicales, le bas du pantalon roulé aux genoux, les bras ruisselant d'eau.

« Crois-tu que j'y arriverai un jour, Hana ? »

Elle secoua la tête. « Tu es le seul à pouvoir le dire, Nikko. Hannah est-elle bien installée à la cabane ?

— Oui. Je pense que les filles ont fait chauffer l'eau du bain. Aimerais-tu en prendre un avec moi ?

— Certainement. »

Ils se faisaient face, les doigts de pied emmêlés comme d'habitude, les yeux fermés, le corps en état d'apesanteur.

« J'espère que tu t'es montré gentil avec elle.

— Très gentil.

— Et pour toi, c'était comment ?

— Pour moi ? (Il ouvrit les yeux.) Madame, votre emploi du temps est-il très chargé en ce moment ?

— Il faut que je consulte mon carnet, mais je pense pouvoir me libérer. »

Un peu après midi, lorsqu'il eut quelques raisons d'espérer que les services des postes locaux fonctionneraient, ne serait-ce qu'épisodiquement, Hel fit passer un avis d'appel pour le numéro que Diamond lui avait donné. Il avait décidé d'annoncer à la Mother Company que Hannah Stern était décidée à rentrer chez elle et renonçait à attaquer les Septembristes. Il imaginait que Diamond tirerait une satisfaction personnelle du fait qu'il avait effrayé et dissuadé Nicholaï Hel, mais l'approbation comme le mépris venant d'une telle source le laissaient indifférent.

Calculant qu'il faudrait sûrement plus d'une heure au réseau sénile et ramolli du téléphone français pour faire aboutir son appel, Nicholaï décida d'aller inspecter le parc. Il se sentait le cœur léger, plein de bonnes dispositions, de cette euphorie que l'on ressent après être passé près du danger. Pour une myriade de raisons indéfinissables, il avait redouté d'être mêlé à cette affaire.

Il marchait dans le dédale des troènes de la pelouse à l'est de la propriété quand il rencontra Pierre, naviguant au milieu de son habituel brouillard. Le jardinier leva les yeux au ciel et prédit : « Ah ! m'sieur, l'orage va bientôt éclater. Tous les signes le disent.

— Vraiment ?

— Oh ! oui. Ça ne fait pas de doute. Les petits nuages de ce matin se sont rassemblés au flanc de l'*ahune-mendi*. Le premier des *ursoa* est remonté dans la vallée cet après-midi. Le sagarra a retourné ses feuilles dans le vent. Ce sont des signes qui ne trompent pas. L'orage va éclater.

— Dommage. Une petite pluie aurait fait du bien.

— Sans doute, m'sieur. Tiens ! Voilà m'sieur Le Cagot. Quel beau costume il a ! »

Le Cagot traversait la pelouse dans son costume de soirée tout fripé. Pierre s'éloigna en trottinant, déclarant que l'attendaient des milliers de choses urgentes.

Hel salua Le Cagot. « Cela fait quelque temps que je ne t'ai vu, Beñat. Où étais-tu donc passé ?

— Bof. J'ai été voir la veuve à Larrau. Je l'ai aidée à éteindre le feu qu'elle a au ventre. » Le Cagot semblait mal à l'aise ; ses plaisanteries machinales tombaient à plat.

« Un jour, Beñat, cette veuve va te prendre dans ses filets, et tu seras... Qu'y a-t-il ? Qu'est-ce qui ne va pas ? »

Le Cagot posa ses mains sur les épaules de Hel. « J'ai de mauvaises nouvelles pour toi, ami. Un malheur est arrivé. Cette fille aux jolis seins. Ton invitée... »

Hel ferma les yeux et détourna la tête. Après un silence, il dit doucement : « Morte ?

— Je le crains. Un contrebandier a entendu les coups de feu. Le temps qu'il arrive à la cabane, elle était morte. Ils l'avaient abattue... criblée de balles. »

Hel inspira lentement, retint un temps sa respiration et expira à fond, encaissant le premier choc, repoussant l'éclair aveuglant de la fureur. S'efforçant de garder l'esprit vide, il se dirigea vers la maison japonaise, suivi de Le Cagot qui n'osait briser le mur de silence dont s'entourait son ami.

Hel resta assis dix minutes sur le seuil de la pièce au sol couvert de tatamis, fixant un regard vide sur le jardin, Le Cagot affalé à ses côtés. Il revint à la réalité et dit d'un ton monocorde : « Très bien. Et comment sont-ils entrés dans la cabane ?

— Ils n'ont pas eu besoin d'y entrer. On l'a trouvée dans la prairie en dessous ; elle était en train de cueillir des fleurs. Elle avait un gros bouquet à la main.

— Petite sotte, dit Hel d'un ton qui aurait pu être affectueux. Sait-on qui l'a tuée ?

— Oui. Tôt ce matin, on a vu deux étrangers dans le village de Lescun ; leur description correspond à l'*Amerlo* du Texas et cette petite merde arabe qui étaient ici avant-hier soir.

— Mais comment ont-ils appris où elle se trouvait ? Seuls nos gens étaient au courant.

— Il n'y a qu'une explication. Quelqu'un les a informés.

— Quelqu'un des *nôtres ?*

— Je sais. Je sais ! (Le Cagot parla entre ses dents.) J'ai demandé autour de moi. Tôt ou tard, j'apprendrai de qui il s'agit. Et ce jour-là, par les couilles de Joseph en Égypte, je jure que la lame de ma *makila* percera ce cœur noir ! » Il était honteux et furieux que l'un des siens, un Basque de la montagne, ait ainsi pu souiller le renom de sa race. « Qu'en dis-tu Nikko ? Allons-nous les poursuivre, l'Amerlo et l'Arabe ? »

Hel secoua la tête. « Ils sont en route vers l'Amérique, en ce moment. Leur temps viendra. »

Le Cagot frappa ses poings l'un contre l'autre, à s'en écorcher une phalange. « Mais pourquoi, Nikko ? Pourquoi tuer un si joli brin de fille ? Quel mal pouvait-elle leur faire, cette gosse ?

— Ils voulaient m'empêcher d'agir. Ils pensaient pouvoir effacer ma dette envers l'oncle en faisant disparaître la nièce.

— Et ils se sont trompés, bien entendu !

— Bien entendu ! »

Hel se redressa, son esprit se remettant à fonctionner sur un rythme nouveau. « Veux-tu m'aider, Beñat ?

— T'aider ? Et les asperges, elles te font pisser ?

— Ils ont des agents de la Sûreté nationale qui surveillent toute la région, avec l'ordre de m'abattre à vue si je quitte les environs.

— Bof ! Le seul charme de la Sûreté nationale est sa formidable incompétence.

— C'est vrai. Mais ils peuvent nous gêner. Et ils peuvent avoir la chance de leur côté. Il faudra les neutraliser. Te souviens-tu de Maurice de Lhandes ?

— L'homme qu'ils appellent Le Gnome ? Bien sûr.

— Il faut que je rentre en contact avec lui. J'aurai besoin de ton aide pour atteindre la Grande-Bretagne. Nous partirons ce soir en montagne, vers l'Espagne et Saint-Sébastien. J'ai besoin d'une barque de pêche pour m'amener par la côte jusqu'à Saint-Jean-de-Luz. Peux-tu arranger ça ?

— Une vache lècherait-elle la femme de Loth ? »

Après-demain, je prendrai l'avion de Biarritz pour Londres. Ils surveillent les aérodromes. Mais ils sont disséminés, et c'est bon pour nous. A partir de midi, ce jour-là, ils devront recevoir des renseignements indiquant que j'ai été vu à Oléron, Pau, Bayonne, Bilbao, Mauléon, Saint-Jean-Pied-de-Port, Bordeaux, Sainte-Engrace et Dax — chaque fois à la même heure. Je veux jeter la confusion dans leurs liaisons, de manière que le rapport venant de Biarritz soit noyé dans un torrent d'informations. Est-ce possible ?

— Possible ? Je… je ne trouve pas de dicton qui s'applique à la situation sur le moment. Oui, c'est possible. C'est comme au bon vieux temps, hein ?

— J'en ai peur.

— Je t'accompagne, bien entendu ?

— Non. Ce n'est pas ton genre d'affaire.

— Holà ! Ne te laisse pas abuser par les poils gris de ma barbe. C'est un jeune homme qui habite ce corps ! Un jeune homme particulièrement redoutable.

— Ce n'est pas la question. S'il s'agissait de prendre une prison d'assaut, ou de faire sauter un poste de police, je ne penserais à personne d'autre qu'à toi. Mais là, il ne s'agit pas de courage, il s'agit de ruse. »

Comme toujours quand il était dehors, Le Cagot avait déboutonné son pantalon et s'était détourné, non sans continuer à discourir. « Alors, tu ne me crois pas capable de finesse ? Moi qui suis la subtilité incarnée ! Capable, tel un caméléon, de me confondre dans tous les arrière-plans. »

Hel ne put s'empêcher de sourire. Ce mythe populaire ambulant, qui se tenait devant lui dans son costume d'apparat fin de siècle tout froissé, les boutons en pierre du Rhin de son gilet de brocart scintillant au soleil, le béret rabattu sur ses lunettes de soleil, sa barbe gris et roux couvrant son jabot de soie, sa vieille *makila* sous le bras, et qui était en train d'arroser le gazon de droite à gauche — cet homme prétendait être subtil et discret. « Non, je ne veux pas t'emmener avec moi, Beñat. Tu me seras plus utile en prenant les dispositions dont nous venons de parler.

— Et ensuite ? Qu'est-ce que je vais faire pendant que tu t'amuseras ? Prier et me tourner les pouces ?

— Je vais te le dire. Pendant que je serai parti, tu pourras accélérer les préparatifs pour l'exploration de notre cavité. Faire descendre dans le trou l'équipement dont nous aurons besoin. Les combinaisons de plongée, les bouteilles. Quand je serai de retour, nous ferons une tentative pour explorer le réseau d'un bout à l'autre. Qu'en dis-tu ?

— C'est mieux que rien. Mais ce n'est pas grand-chose. »

Une servante vint prévenir Hel qu'on le demandait au château.

Il trouva Hana au téléphone dans l'office, la main sur le récepteur. « C'est M. Diamond qui t'appelle des États-Unis. » Hel regarda l'appareil, puis fixa le sol. « Dis-lui que je reprendrai contact avec lui dans peu de temps. »

Ils avaient terminé leur dîner dans la pièce aux tatamis, et contemplaient les mouvements d'ombre dans le jardin. Nicholaï avait annoncé à Hana qu'il allait s'absenter pour une semaine environ.

— Cela a-t-il un rapport avec Hannah ?

— Oui. » Il ne lui parut pas nécessaire de lui parler de la mort de la jeune fille.

Après un silence, elle dit : « Lorsque tu seras de retour, la fin de mon séjour ici sera très proche.

— Je sais. A ce moment, tu devras décider si tu acceptes ma proposition de continuer à vivre avec moi.

— Je sais. » Elle baissa les yeux, et pour la première fois, aussi loin que Hel put s'en souvenir, elle rougit imperceptiblement. « Nikko ? Serait-il trop absurde dans notre cas de nous marier ?

— Nous marier ?

— Oh ! oublie cela. Une idée ridicule qui m'a effleuré l'esprit. » Elle avait fugitivement émis cette pensée, et se rétractait à sa première réaction.

Pendant plusieurs minutes, il s'absorba dans ses pensées. « Non, ce n'est pas ridicule du tout. Si tu décides de me consacrer des années de ton existence, il est légitime de penser à assurer ton avenir. Nous en reparlerons à mon retour.

— Je pense que je n'en reparlerai jamais.

— Peut-être. Mais je pourrais bien en reparler, Hana. »

QUATRIÈME PARTIE

UTTEGAE

Saint-Jean-de-Luz / Biarritz

La barque de pêche creusait son sillon sous le clair de lune, rides de mercure sur la mer, comme aurait pu le peindre un aquarelliste kitsch. Le moteur diesel avait un ronflement asthmatique qui s'étouffa soudainement en hoquetant. L'étrave s'inclina lorsque le bateau s'échoua en crissant sur la plage de galets. Hel sauta par-dessus bord, et se retrouva dans l'eau jusqu'aux genoux, son sac de marin sur l'épaule. A son geste de la main, répondit un mouvement indistinct à bord du bateau, et il s'avança sur la plage déserte, son pantalon de toile trempé, ses espadrilles s'enfonçant dans le sable. Le moteur toussa, retrouva son halètement rythmé, et la barque reprit la mer le long de la côte noire, en direction de l'Espagne.

De la crête de la dune, Hel apercevait les lumières des cafés et des restaurants en bordure du port de Saint-Jean-de-Luz. Les bateaux de pêche se balançaient lourdement sur l'eau visqueuse autour des appontements. Il changea son sac d'épaule et se dirigea vers le Café de la Baleine, pour confirmer le dîner qu'il avait réservé par téléphone. Le propriétaire du café était un chef réputé à Paris avant de prendre sa retraite dans sa ville natale, et il aimait de temps en temps faire preuve de ses talents, spécialement lorsque M. Hel lui donnait carte blanche, pour le menu comme pour le prix. Le dîner devait être préparé et servi chez M. de Lhandes, le « petit monsieur » qui vivait dans une vieille demeure sur la côte, et que l'on ne rencontrait jamais dans les rues de Saint-Jean-de-Luz, parce que sa silhouette aurait attiré des commentaires, si ce n'est des moqueries, de la part d'enfants mal élevés. M. de Lhandes était un nain, d'à peine plus d'un mètre, bien qu'il ait plus de soixante ans.

Hel frappa à la porte de derrière et le visage de Mlle Pinard apparut derrière le rideau, d'abord méfiant, puis éclairé d'un large sourire. Elle ouvrit la porte toute grande. « Ah ! monsieur Hel ! Soyez le bienvenu. Il y a bien longtemps que nous ne vous avions vu. Entrez, entrez ! Mais vous êtes tout mouillé ! M. de Lhandes attend votre dîner avec une telle impatience !

— Je ne veux pas faire de marques sur votre plancher, mademoiselle Pinard. Puis-je ôter mon pantalon ? »

Mlle Pinard rougit et lui donna, ravie, une tape sur l'épaule.

« Oh ! Monsieur Hel. Comment osez-vous dire des choses pareilles ? Ah, les hommes ! » Ce flirt sans conséquence était entre eux une vieille tradition, qui la troublait et l'enchantait tout à la fois. Mlle Pinard avait dépassé la cinquantaine — elle avait de tout temps dépassé la cinquantaine. Grande et sèche, des mains osseuses et la démarche raide, elle avait un visage trop long pour ses petits yeux et sa bouche mince, et l'on ne remarquait que le front et le menton. Avec plus de caractère dans l'expression, elle eût été laide, mais elle n'était que banale. Mlle Pinard appartenait à la race des vierges, et cette redoutable vertu n'était en aucune manière atténuée par le fait qu'elle était la dame de compagnie, l'infirmière et la maîtresse de Maurice de Lhandes depuis trente ans. Elle était le genre de femme qui s'exclame « Zut ! » ou « Ma foi », quand l'exaspération lui faisait perdre toute notion de bonne éducation.

En conduisant Hel à la chambre qu'il avait coutume d'occuper à chacune de ses visites, elle chuchota : « M. de Lhandes ne va pas bien, vous savez. Je suis heureuse qu'il profite de votre présence ce soir, mais faites attention. Il est près du Seigneur. C'est une question de mois, de semaines, peut-être, m'a dit le médecin.

— Je serai prudent, chérie. Nous y sommes. Voulez-vous entrer pendant que je me change ?

— Oh ! monsieur ! »

Hel haussa les épaules. « Bon. Mais un jour vos défenses vont tomber, mademoiselle Pinard. Et alors... Ah ! alors...

— Monstre ! Et M. de Lhandes qui est votre ami. Ah, les hommes !

— Nous sommes les victimes de nos appétits, mademoiselle. Des victimes innocentes. Dites-moi, le dîner est-il prêt ?

— Le chef et ses aides ont occupé la cuisine toute la journée. Tout est prêt.

— Bien. Je vous verrai donc tout à l'heure, et nous pourrons satisfaire ensemble nos appétits.

— Oh, monsieur ! »

Le dîner fut servi dans la plus grande pièce de la maison dont les murs couverts de rayonnages pleins de livres entassés témoignaient de la passion du maître de maison qui, considérant comme scandaleux de lire et de manger en même temps — l'une des passions étant alors amoindrie par l'autre —, avait eu l'idée de combiner salle à manger et bibliothèque, la longue table de réfectoire servant aux deux fonctions. Ils étaient assis à l'une des extrémités de la table, Maurice de Lhandes au bout, Hel à sa droite, et Mlle Pinard à sa gauche. Comme la plupart des meubles, la table et les chaises avaient été rabaissées ; elles étaient un peu trop hautes pour de Lhandes, un peu trop basses pour ses rares invités. C'était, avait-il déclaré à Hel, l'essence même du compromis : une situation qui ne satisfaisait personne, mais donnait à chacun la satisfaction de savoir que les autres étaient aussi mal lotis que lui.

Le dîner touchait à sa fin ; ils bavardaient paisiblement entre chaque plat. On leur avait servi du caviar de la Neva et des blinis encore chauds sur leurs serviettes, un potage Royal Saint-Germain (un soupçon de menthe en trop aux dires de De Lhandes), un suprême de sole au Château-Yquem, des cailles sous la cendre (de Lhandes fit remarquer que le noyer eût mieux convenu, mais les cendres de chêne dispensaient une saveur acceptable), un carré d'agneau Edouard VII (de Lhandes regretta qu'il ne fût pas suffisamment froid, mais admit que Hel n'avait eu que peu de temps pour ordonner le dîner), du riz à la grecque (un léger excès de poivre rouge, sans doute dû aux origines du chef), des morilles (un peu trop de citron, sans doute à cause de la personnalité du chef), des fonds d'artichauts Florentine (le déséquilibre flagrant entre le parmesan et le gruyère dans la sauce Mornay était indiscutablement de l'obstination, car cette erreur avait été relevée précédemment) et une salade Danicheff (que de Lhandes fut obligé de trouver parfaite, ce qui l'irrita légèrement).

De chacun de ces plats, de Lhandes prit le minimum nécessaire pour en apprécier toutes les saveurs à la fois. Son cœur, son foie, tout son système digestif était dans un état de délabrement tel que son médecin le restreignait aux nourritures les plus neutres. Hel mangeait peu, par habitude diététique. Mlle Pinard avait bon appétit, mais sa conception de la bonne éducation l'obligeait à prendre de toutes petites bouchées et à les mastiquer longuement du bout des lèvres qu'elle effleurait fréquemment de sa serviette d'un geste précieux. Le chef du Café de la Baleine éprouvait toujours la plus grande satisfaction à préparer ces dîners pour Hel, prévoyant le festin qu'il organiserait ensuite pour sa famille et ses amis le même soir.

« C'est effrayant de constater combien nous mangeons peu, Nicholaï, dit de Lhandes d'une voix étonnamment profonde. Vous et vos habitudes de moine, et moi avec ma santé défaillante ! A grignoter ainsi, j'ai l'impression d'être un enfant riche dans un bordel de luxe ! »

Mlle Pinard cacha son visage derrière sa serviette.

« Et ces dés à coudre que nous buvons ! poursuivit-il. Ah, je suis tombé bien bas ! Moi qui, alliant culture et moyens, avait fait de la gastronomie un art majeur ! Le destin est ironique, ou juste, je ne sais trop. Mais regardez-moi. On dirait une nonne exsangue qui ferait pénitence pour avoir eu de mauvaises pensées à propos d'un jeune curé ! »

La serviette de Mlle Pinard alla de nouveau cacher son visage.

« Quel est l'état de votre santé, mon ami ? » demanda Hel. La franchise était sans détour entre eux.

« Je suis définitivement fichu. Mon cœur ressemble plus à une éponge qu'à une pompe. J'ai pris ma retraite depuis — voyons ? Cinq ans maintenant ? Et durant quatre de ces années, je n'ai été d'aucun usage pour Mlle Pinard — sauf en tant qu'observateur naturellement. »

La serviette réapparut.

Le repas se termina par une bombe glacée et des fruits variés — ni cognac ni digestif —, et Mlle Pinard se retira pour laisser les hommes s'entretenir librement.

De Lhandes se laissa glisser de sa chaise et se dirigea vers la cheminée, s'arrêtant deux fois afin de reprendre sa respiration, pour aller s'installer dans une chaise basse d'où néanmoins ses deux pieds ne touchaient pas le sol.

« Toutes les chaises sont des *chaises longues* pour moi, mon ami. (Il rit.) Très bien. Que puis-je faire pour vous ?

— J'ai besoin d'aide.

— C'est évident. Malgré notre amitié, vous ne seriez pas venu ici par bateau, en pleine nuit, dans le seul but de goûter notre souper du bout des lèvres. Vous savez que je ne fais plus de renseignement depuis des années, mais j'ai quelques restes du bon vieux temps, et je vous aiderai bien volontiers, si je le puis.

— Je dois vous dire que l'on m'a privé de toute ma fortune. Je ne serai pas en mesure de vous rémunérer immédiatement. »

De Lhandes balaya l'objection de la main. « Je vous enverrai ma note du fond de l'enfer. Vous la reconnaîtrez à ses bords calcinés. Est-ce un individu ou un gouvernement ?

— Un gouvernement. Il faut que j'aille en Angleterre. On m'y attend. L'affaire est très importante, et je dois rassembler le maximum d'atouts. »

De Lhandes soupira. « Ah ! mon Dieu. Si seulement il s'agissait des États-Unis. J'ai là quelque chose qui ferait se coucher, jambes ouvertes, la statue de la Liberté. Mais l'Angleterre ? Rien d'intéressant. Des bribes, des broutilles. Quelques-unes assez vicieuses, mais rien de fondamental.

— Qu'est-ce que vous avez ?

— Oh ! du classique. L'homosexualité au Foreign Office...

— Ce n'est pas nouveau.

— A ce niveau, cela peut être intéressant. Et j'ai des photos. Rien d'aussi drôle que les postures prises par un homme en train de faire l'amour à un autre. Spécialement quand il n'est plus de la première jeunesse. Quoi d'autre ? Ah !... un peu de remue-ménage dans la famille royale ? Les petits arrangements et pots-de-vin coutumiers en politique ? Une enquête stoppée à propos de cet accident d'avion qui a coûté la vie à... vous vous souvenez. (De

Lhandes contempla le plafond, cherchant ce que contenaient encore ses dossiers.) Oh, il y a des preuves que la collusion entre les intérêts pétroliers arabes et la City est plus étroite qu'on ne l'admet généralement. Et aussi un tas de trucs sur certains membres du gouvernement — surtout des délits fiscaux ou moraux. Vous êtes vraiment sûr que vous ne voulez rien sur les États-Unis ? J'ai une caisse de dynamite. C'est pratiquement invendable. Trop gros pour être facilement utilisé. Un marteau-pilon pour casser un œuf.

— Non, il faut que ce soit sur l'Angleterre. Je n'ai pas le temps de faire agir Washington sur Londres.

— Hmm. Je vais vous dire. Pourquoi ne pas prendre tout le stock ? S'arranger pour le faire publier morceau après morceau. Scandale après scandale, pour ébranler l'édifice de la confiance. Vous voyez le principe. Une flèche seule ne suffit pas, mais tout le carquois... qui sait ? C'est ce que j'ai de mieux à vous offrir.

— Eh bien, il faudra que cela marche. Vous arrangez le tout comme d'habitude. Je prends les photocopies avec moi ? Nous mettons au point une méthode de déclenchement programmé avec les magazines allemands comme premiers bénéficiaires ?

— Ça n'a jamais raté. Vous êtes sûr que vous ne voulez pas l'hymen éhonté de la statue de la Liberté ?

— Je ne vois pas ce que je pourrais en faire.

— Ah bon, c'est une image qui fait peine à voir. Bien... avez-vous l'intention de passer la nuit avec nous ?

— Si c'est possible, oui. Je prends un vol de Biarritz, demain à midi. Les autorités locales ont droit à une prime en ce qui me concerne. Il vaut mieux que je me cache.

— Dommage. Ils devraient vous protéger en tant que dernier spécimen de votre espèce. Vous savez, j'ai pensé à vous ces derniers temps, Nicholaï Alexandrovitch Hel. Pas fréquemment , il est vrai, mais avec une certaine intensité. Pas fréquemment, car lorsque vous approchez du moment crucial de votre existence, vous ne vous attardez pas sur les divers protagonistes de votre comédie personnelle. Et l'une des principales difficultés pour l'égocentrique est d'admettre qu'il est un protagoniste mineur dans toutes les biographies, sauf dans la sienne. Je ne suis qu'un second rôle dans votre existence ; comme vous dans la mienne. Nous nous connaissons depuis plus de vingt ans, mais si l'on élimine nos relations d'affaires (et il faut toujours éliminer ce qui a trait aux affaires), nous avons eu ensemble tout au plus douze heures de conversation intime, douze heures d'analyse sincère de nos émotions et de nos pensées réciproques. Je vous ai connu, Nicholaï, l'espace d'une demi-journée. Ce n'est pas si mal, en vérité. La plupart des vrais amis et des couples mariés (qui sont rarement les mêmes) ne pourraient prétendre à douze heures d'intérêt sincère l'un pour l'autre après une vie entière de lieux et de soucis partagés, de revendications territoriales et de conflits. Ainsi... je vous ai connu pendant une demi-journée, mon ami, et je me suis mis à vous aimer. Je suis très fier de moi, car vous n'êtes pas un homme facile à aimer. A admirer ? Oui, sûrement. A respecter ? Si la crainte fait partie du respect, alors oui. Mais l'amour ? Ah, c'est une autre affaire. Parce que dans l'amour il y a une force qui pousse à pardonner ; et vous êtes un homme difficile à pardonner. Moitié ascète, moitié vandale, vous n'êtes pas fait pour le pardon. D'un côté vous êtes au-dessus du pardon ; de l'autre, vous êtes en dessous. Et toujours vindicatif. On a l'impression que vous ne pardonnez pas qu'on vous pardonne. (Ça ne veut sans doute pas dire grand-chose, mais ça sonne bien, et l'air est aussi important que les paroles.) Et après ces douze heures, je vous résumerai ainsi — réduit à une définition —, vous êtes l'anti-héros médiéval. »

Hel sourit. « L'anti-héros médiéval ? Seigneur ! Qu'est-ce que cela peut donc signifier ?

— Qui tient la scène en ce moment ? Vous ou moi ? Un peu de respect pour les mourants. Laissez-leur la parole ! Cela tient à votre origine japonaise — je veux dire votre culture japonaise. Seul le Japon a connu une époque classique et médiévale à la fois. En Occident, la philosophie, l'art, l'idéal politique et social, tout se rapporte à des périodes précédant ou suivant le Moyen Age, la seule exception étant le glorieux pont élevé vers Dieu qu'est la cathédrale. Seul le Japon a mêlé la période féodale à la période philosophique. Nous, Occidentaux, sommes habitués à l'image du prêtre guerrier ou du savant guerrier, ou même de l'industriel guerrier. Mais le philosophe guerrier ? Non. Ce concept dérange notre sens des conventions. Nous parlons de « la mort et la violence » comme si elles étaient deux manifestations des mêmes instincts. En fait, la mort est tout l'opposé de la violence, car cette dernière implique toujours un combat pour la vie. Notre philosophie est préoccupée par l'organisation de la vie ; la vôtre, par l'organisation de la mort. Nous cherchons la compréhension ; vous cherchez la dignité. Nous apprenons à conquérir ; vous apprenez à abandonner. Même l'étiquette de « philosophe » est trompeuse, car nos philosophes ont toujours été motivés par le désir de faire partager (ou, mieux, imposer) leurs conceptions, tandis que les vôtres se contentent (par égoïsme, peut-être) d'apporter la paix à chacun séparément. Pour l'Occidental, il y a une notion féminine (dans le sens du yang-ien, si cette expression n'offense pas votre oreille) dans votre conception de l'homme. A peine sorti du champ de bataille, vous endossez des vêtements de soie et parcourez vos jardins, le cœur rempli de compassion pour le pétale de cerisier qui tombe ; pour vous, douceur et courage sont à titre égal manifestations de la virilité. Pour nous, c'est inconséquent, si ce n'est contradictoire. Et au fait, comment va votre jardin ?

— Il prend forme.

— C'est-à-dire ?

— Il devient plus simple d'année en année.

— Vous voyez ! Ce satané penchant des Japonais pour le paradoxe qui tourne au syllogisme ! Regardez-vous. Un guerrier-jardinier ! Vous êtes un vrai Japonais du Moyen Age. Et un anti-héros. Non pas au sens où l'entendent à tort les critiques et les érudits, avides de lettres à accrocher à leurs noms. Ils nomment anti-héros des héros invraisemblables ou de séduisants coquins, le gros flic ou Richard III. Le véritable anti-héros est une variation du héros — non pas un clown qui occupe le premier rôle, ou un spectateur qui se défoule sur scène. Comme le héros classique, l'anti-héros conduit la masse à son salut. Il y eut une époque, dans la comédie du genre humain, où le salut reposait sur l'ordre et l'organisation, où tous les grands héros du monde occidental menaient leurs adeptes à lutter contre l'ennemi déclaré : le chaos. Maintenant, nous apprenons que l'ennemi fondamental n'est pas le chaos, mais l'organisation ; non la divergence, mais la similitude ; non le primitivisme, mais le progrès. Et le nouveau héros, l'anti-héros, est celui qui s'est donné pour but de s'attaquer à l'organisation, de détruire le système. Nous savons aujourd'hui que le salut de la race est lié à une tendance nihiliste, mais nous ignorons jusqu'où il faut aller. (De Lhandes s'arrêta pour reprendre son souffle et croisa le regard de Hel au moment où il s'apprêtait à continuer. Il se mit à rire.) Oh ! bon. Il vaut mieux que je m'arrête. De toute façon, je ne parlais pas vraiment pour vous.

— Je m'en étais rendu compte depuis un moment.

— C'est une convention de la tragédie classique, de laisser celui qui va mourir prononcer un dernier long discours. Une fois mis en route l'inévitable engrenage du destin qui l'emporte vers son pitoyable dénouement, rien de ce qu'il peut faire ou dire ne modifiera son sort. Mais il a droit à plaider sa cause, à déclamer longuement contre les dieux — même en pentamètres iambiques.

— Même si cela interrompt le cours du récit ?

— Au diable tout cela ! Pour deux heures d'anesthésie contre la réalité, de joyeuse participation indirecte au monde de l'action et de la mort, on devrait accepter de payer le prix de quelques minutes de connaissance de soi. Que l'analyse soit bien construite ou non. Mais faites comme vous l'entendez. Très bien. Dites-moi, les gouvernements se souviennent-ils encore du Gnome ? Retournent-ils toujours la terre pour tenter de découvrir son repaire ? Et grincent-ils des dents de frustration et de rage ?

— Toujours, Maurice. Il y a à peine quelques jours, j'avais chez moi un immonde Américain qui cherchait à s'informer sur vous. Il aurait donné ses couilles pour savoir d'où vous teniez vos renseignements !

— Vraiment ? En tant qu'Américain, il ne risquait sans doute pas grand-chose. Et que lui avez-vous dit ?

— Je lui ai dit tout ce que je savais.

— Ce qui signifie rien. Bien. La franchise est une vertu. Vous savez, mes sources d'information ne sont ni très subtiles, ni très compliquées. En fait, la Mother Company et moi sommes alimentés par les mêmes données. J'ai accès à Fat Boy par l'intermédiaire d'un de leurs spécialistes en informatique, un dénommé Llewellyn que j'ai acheté. Mon talent consiste à savoir ajouter deux et deux mieux qu'ils ne le font. Ou, pour être plus précis, je suis capable d'additionner un et demi plus un et deux tiers de façon à obtenir dix. Je ne suis pas mieux informé qu'eux ; je suis seulement plus malin qu'eux. »

Hel rit. « Ils donneraient pratiquement tout ce qu'ils ont pour découvrir où vous êtes et vous réduire au silence. Vous êtes l'épine sous leur pied depuis bien longtemps.

— Ah ! cette révélation va réjouir mes derniers jours, Nicholaï. Ma vie a valu la peine d'être vécue si j'ai été une gêne pour les valets des gouvernements. Et Dieu sait si elle n'a pas été facile. Lorsque vous faites commerce du renseignement, votre stock se déprécie très vite. Contrairement au cognac, l'information perd de la valeur en vieillissant. Rien n'est plus inintéressant que les péchés d'hier. Parfois, j'ai dépensé des fortunes pour obtenir des renseignements de premier plan et les voir perdre toute valeur par suite d'une fuite. J'avais acheté par exemple un tuyau exceptionnel aux États-Unis : ce que l'on a appelé par la suite l'Affaire du Watergate. Et tandis que je gardais la marchandise au chaud, en attendant que vous ou quelque service international me l'achète pour l'utiliser contre le gouvernement américain, deux jeunes reporters ambitieux ont reniflé quelque chose et y ont vu un moyen de faire fortune — et voilà ! Du jour au lendemain, le matériel était sans plus d'utilité pour moi. Ensuite, chacun des criminels a écrit un livre ou réalisé une émission de télévision, décrivant sa participation au viol du Droit public américain, et tous ont été grassement payés par le stupide public américain, qui semble avoir un goût particulier pour qu'on lui mette le nez dans sa propre merde. N'est-ce pas le comble de l'injustice de perdre une fortune à cause d'un stock inutilisable, pendant que le principal criminel gagne un paquet d'argent avec une série télévisée, réalisée par cette sangsue anglaise qui a montré qu'elle était prête à lécher les bottes de n'importe qui pour de l'argent, y compris Amin Dada. C'est un drôle de métier, que le mien.

— Avez-vous négocié de l'information toute votre vie, Maurice ?

— Oui, sauf à une brève période, où j'étais joueur de basket.

— Vieux fou !

— Écoutez, soyons sérieux un moment. Vous me dites qu'il s'agit d'une mission difficile. Je ne voudrais pas avoir l'air de vous donner des conseils, mais avez-vous songé que vous êtes à la retraite depuis un certain temps ? Êtes-vous mentalement en parfaite condition ?

— Raisonnablement. Je fais beaucoup de spéléologie, et la peur ne m'obscurcit pas trop le cerveau. Et heureusement, mes adversaires sont anglais.

— C'est un atout certain. Les gens des MI-5 et 6 ont la réputation d'être tellement subtils que leurs trucs passent inaperçus... Et pourtant, il y a quelque chose qui cloche dans cette affaire, Nicholaï Alexandrovitch. Il y a quelque chose dans votre intonation qui m'inquiète. Pas vraiment du doute, mais un certain fatalisme. Avez-vous décidé que vous alliez échouer ? »

Hel garda le silence un instant. « Vous êtes très perspicace, Maurice.

— C'est mon métier.

— Je sais. Il y a quelque chose qui ne colle pas — quelque chose de bizarre — dans tout cela. J'admets qu'en sortant de ma retraite, je me heurte au karma. Je pense qu'au bout du compte cette affaire me détuira. Pas la première mission. Je crois pouvoir débarrasser ces Septembristes du fardeau de leur existence sans trop de problème. C'est le type de danger que j'ai déjà affronté. Mais ensuite, l'affaire devient incertaine. Il y aura des représailles. Je les accepterai, ou non. Et si je ne les accepte pas, je devrai me remettre en campagne. J'éprouve une certaine... (Il haussa les épaules.)... une certaine fatigue émotionnelle. Pas vraiment une résignation fataliste, mais une sorte de dangereuse indifférence. Il est possible, si les tourments s'accumulent, que je ne voie plus de véritable raison de m'accrocher à la vie. »

De Lhandes hocha la tête. C'était le genre d'attitude qu'il avait pressentie. « Je vois. Permettez-moi de vous faire une suggestion, mon ami. Vous me dites que les gouvernements me font l'honneur de continuer à souhaiter ma mort. Ils donneraient énormément pour savoir qui je suis et où je suis. Si vous êtes en difficulté, je vous autorise à offrir cette information en échange de votre sécurité.

— Maurice !

— Non, non ! Je ne suis pas pris d'un accès de donquichottisme ! Je suis trop vieux pour cette maladie infantile. Mais ce serait notre ultime plaisanterie. Vous savez, vous leur donneriez un sac rempli de vent. Le temps qu'ils arrivent jusqu'ici, et je n'y serai plus.

— Merci, mais je ne pourrais pas. Non à cause de vous, mais à cause de moi. (Hel se leva.) Bien. Je dois dormir un peu. Les prochaines vingt-quatre heures vont être ardues. Pour la plupart, un jeu de l'esprit, sans le coup de fouet du danger physique. Je partirai avant le jour.

— Parfait. Quant à moi, je vais rester debout quelques heures encore ; passer en revue les délices d'une vie maudite.

— Très bien. Au revoir, mon vieil ami.

— Pas au revoir, Nicholaï.

— C'est donc si proche ? (De Lhandes hocha la tête. Hel se pencha et l'embrassa sur les deux joues.) Adieu, Maurice.

— Adieu, Nicholaï. »

Hel allait franchir le pas de la porte, quand il entendit : « Oh ! Nicholaï, voudriez-vous faire quelque chose pour moi ?

— Tout ce que vous voulez.

— Elle a été merveilleuse pour moi pendant ces dernières années. Saviez-vous qu'elle s'appelait Estelle ?

— Non, je l'ignorais.

— Eh bien, je voudrais faire quelque chose de spécial pour elle — une sorte de cadeau d'adieu. Voudriez-vous faire un détour par sa chambre ? La deuxième en haut de l'escalier. Et ensuite, vous lui direz que c'était un présent de ma part. »

Hel acquiesça. « Ce sera avec plaisir, Maurice. »

De Lhandes contemplait le feu en train de se consumer. « Pour elle aussi, espérons-le », murmura-t-il.

Hel avait prévu d'arriver à l'aéroport de Biarritz au dernier moment afin de rester exposé le moins longtemps possible. Il avait toujours détesté Biarritz, basque uniquement sur la carte, les Allemands, les Anglais et le jet set international en ayant fait une sorte de Brighton en Gascogne.

Il n'était pas à l'aéroport depuis cinq minutes que son sens de la proximité lui fit percevoir l'observation intense dont il était l'objet, sachant qu'on le surveillait dans tous les ports d'embarquement. Il s'appuya au bar où il prenait un jus d'ananas et balaya la foule du regard. Il repéra immédiatement le jeune représentant de la Sûreté nationale en civil et lunettes de soleil, et se dirigea vers lui, conscient de la tension et de l'embarras du jeune homme à mesure qu'il approchait.

« Pardonnez-moi, monsieur, dit-il dans un français teinté d'accent germanique, je viens juste d'arriver, et je ne sais pas où se trouve la correspondance pour Lourdes. Pouvez-vous me guider ? »

Le jeune policier examina le visage de Hel d'un air indécis. Cet homme correspondait au signalement, excepté les yeux brun foncé (Hel portait des lentilles de contact colorées). Mais rien dans le signalement ne laissait supposer qu'il était allemand. Et il était censé quitter le pays, et non y entrer. En quelques mots brusques, il dirigea Hel vers le bureau des informations.

En s'éloignant, Hel sentit le regard de l'agent fixé sur lui, mais la qualité de son attention était perturbée. Il allait sans nul doute signaler le cas, sans s'y attarder. D'ailleurs, les bureaux centraux recevaient le même type d'indication émanant d'une demi-douzaine de villes simultanément. Le Cagot s'en était chargé.

Au moment où il traversait la salle d'attente, un petit garçon se jeta dans ses jambes. Il le rattrapa pour l'empêcher de tomber.

« Rodney ! Oh ! je suis vraiment désolée, monsieur. »

Une femme d'environ trente ans, plutôt jolie, s'excusait auprès de Hel tout en grondant son enfant. Elle était anglaise et portait une robe d'été destinée à dévoiler non seulement son bronzage mais aussi ce qui n'était pas bronzé. Dans le charabia français commun aux Anglais qui considèrent que si les étrangers ont quelque chose d'important à dire, ils n'ont qu'à utiliser une langue véritable, la jeune femme parvint à expliquer que le petit garçon était son neveu, qu'elle revenait de vacances, qu'elle prenait le prochain avion pour l'Angleterre, qu'elle n'était pas mariée et que son nom était Alison Browne, avec un e.

« Mon nom est Nicholaï Helm.

— Enchantée, monsieur Hel. »

C'était ça. Elle n'avait pas entendu le *m* parce qu'elle ne s'attendait pas à l'entendre. C'était sans doute un agent anglais, soutenant l'action de la police française. Hel lui dit qu'il espérait être à côté d'elle dans l'avion et, avec un sourire enjôleur, lui demanda si elle voulait bien s'en occuper au bureau d'embarquement. Il lui offrit un jus de fruits ainsi qu'au petit Rodney, ce qu'elle accepta, sans manquer de souligner qu'elle n'acceptait généralement pas de telles offres de la part d'inconnus, mais qu'elle faisait une exception pour lui. Ils étaient, après tout, tombés littéralement dans les bras l'un de l'autre. (Gloussement.)

Pendant qu'elle essuyait les taches de jus de fruits sur le col de Rodney, penchée en avant pour révéler l'absence de soutien-gorge, Hel s'éloigna en s'excusant.

A la boutique de l'aéroport, il acheta un petit guide de Biarritz, une boîte, une paire de ciseaux et du papier d'emballage — une feuille de papier de soie blanche et une feuille d'aluminium décorée. Il emporta le tout aux toilettes, s'activa à envelopper le cadeau, et l'offrit à Rodney en retournant au bar.

« Un petit rien pour lui rappeler Biarritz. J'espère que vous ne m'en voudrez pas.

— Je devrais. Mais puisque c'est pour Rodney. Ils viennent d'appeler notre vol pour la deuxième fois. Ne croyez-vous pas que nous devrions embarquer ? »

Hel expliqua que ces Français, avec leur goût viscéral pour l'ordre, appelaient toujours les vols très à l'avance ; il n'y avait pas d'urgence. Il dévia la conversation et lui proposa de la revoir à Londres. Pour dîner, par exemple ?

Quand ils se présentèrent au dernier moment au comptoir d'embarquement, Hel passa devant Mlle Browne et le petit Rodney. Son sac sortit sans problème de l'exploration des rayons X. Tandis qu'il se pressait vers l'avion, il entendit derrière lui les protestations indignées de Mlle Browne et les avertissements des policiers. Lorsque l'avion décolla, Hel n'eut pas le plaisir d'être assis aux côtés de la séduisante Mlle Browne.

Heathrow

Les passagers qui se présentaient au contrôle étaient invités à prendre la file d'attente correspondant à leur statut : « Sujets britanniques », « Sujets du Commonwealth », « Citoyens du Marché commun », et « Autres ». Muni d'un passeport costaricien, Hel était sans aucun doute un « autre », mais il n'eut pas à se joindre à cette file particulière, car il fut immédiatement abordé par deux jeunes hommes souriants, les pectoraux étriqués dans leur costume à la dernière mode de Carnaby Street, le visage inexpressif dissimulé derrière de grosses moustaches et des lunettes de soleil. Comme chaque fois qu'il tombait sur ce genre d'individus, Hel les imagina cheveux courts et sans moustache pour savoir à qui il avait réellement affaire.

« Veuillez nous suivre, monsieur Hel », dit l'un, tandis que l'autre s'emparait de son sac. Ils l'encadrèrent de près et le conduisirent jusqu'à une porte sans poignée à l'extrémité de la salle d'arrivée.

Deux coups, et la porte fut ouverte de l'intérieur par un policier en uniforme qui s'effaça pour les laisser passer. Ils parcoururent en silence un long corridor sans fenêtre, aux murs d'un vert indéfinissable, qui menait à une seconde porte. Ils frappèrent. Un jeune homme leur ouvrit, du même acabit que les deux inspecteurs, et derrière lui une voix familière résonna aux oreilles de Hel.

« Entrez donc, Nicholaï. Nous avons juste le temps de prendre un verre et d'avoir un petit entretien avant que vous n'attrapiez votre vol pour la France. Posez ce sac, si vous le voulez bien. Et vous trois, veuillez attendre dehors. »

Hel prit une chaise près de la table basse, et repoussa la bouteille de cognac qui lui était tendue. « Je croyais qu'on avait fini par vous mettre à la retraite, Fred. »

Sir Wilfred Pyles ajouta un soupçon d'eau gazeuse à son cognac. « J'en pensais autant à votre sujet. Mais nous voici tous les deux, deux aventuriers d'un temps révolu, de chaque côté de la barrière, comme au bon vieux temps. Vraiment, vous ne voulez rien boire ? Non ? Bon, eh bien, j'imagine que le soleil est au zénith quelque part dans le monde, aussi. — A votre santé !

— Comment va votre épouse ?

— De mieux en mieux.

— Faites-lui mes amitiés quand vous la verrez.

— Espérons que ce sera le plus tard possible. Elle est morte l'année dernière.

— Je suis navré.

— Ne le soyez pas. Avons-nous terminé notre séance de politesse ?

— Je le présume.

— Bon. Donc, on m'a sorti de la naphtaline pour m'occuper de vous, quand ils ont appris de leurs patrons les pétroliers que vous pourriez vous mettre en route. Ils ont sans doute pensé que je me débrouillerais mieux en face de vous, depuis le temps que nous jouons à ce petit jeu-là, vous et moi. J'ai pour instruction de vous intercepter, de découvrir ce que je pourrai à propos de votre venue dans notre île embrumée, et de vous reconduire en bonne santé dans un avion qui vous ramènera d'où vous venez.

— Ils ont pensé que cela se passerait aussi facilement ? »

Sir Wilfred agita son verre. « Vous savez comment sont ces gens-là. Tout est dans le règlement, et il n'y a pas de problème.

— Et quelle est votre opinion, Fred ?

— Oh ! je pense que cela ne va pas être tout à fait aussi facile. Je pense que vous vous êtes embarqué avec des munitions fournies par votre ami, Le Gnome. Des photocopies dans vos bagages, à mon avis.

— Jetez-y un œil.

— Certainement, si vous le permettez », dit Sir Wilfred. Il ouvrit la fermeture et saisit la chemise de papier brun. « Rien d'autre là-dedans qui pourrait m'intéresser ? De la drogue ? Des documents séditieux ou pornographiques ? »

Hel sourit.

« Non ? C'est ce que je craignais. » Il ouvrit la chemise et se mit à parcourir les documents, feuille par feuille, ses sourcils grisonnants se levant et s'abaissant à chaque révélation.

« Et, au fait, qu'avez-vous bien pu faire à Mlle Browne ?

— Mlle Browne ? Je ne crois pas avoir le plaisir...

— Oh ! allons ! Pas de cachotterie entre vieux ennemis. J'ai appris qu'elle était en ce moment retenue dans un poste de police français, pendant que les mangeurs de grenouilles passent tous ses bagages au peigne fin. Le rapport que nous avons reçu est très complet, y compris l'amusant détail indiquant que le petit garçon qui lui servait de couverture a fait dans sa culotte, et que le consulat a dû faire passer le prix de nouveaux vêtements en frais généraux. »

Hel ne peut s'empêcher de rire.

« Allons. Entre nous. Que diable avez-vous fait ?

— Eh bien, elle s'est amenée avec la subtilité d'un éléphant dans un magasin de porcelaine, et je l'ai neutralisée. Vous ne savez plus les former comme autrefois. Cette idiote a accepté mon cadeau.

— Quel cadeau ?

— Oh ! un simple petit guide bon marché de Biarritz. Il était enveloppé de papier de soie. Mais j'avais découpé une feuille d'aluminium en forme de pistolet que j'avais glissé dans l'emballage. »

Sir Wilfred éclata de rire. « Ainsi, les rayons X détectaient un pistolet à chaque passage, mais les policiers n'arrivaient pas à mettre la main dessus. Superbe ! Il faut que je célèbre cette trouvaille ! » Il remplit à nouveau son verre avant de continuer à prendre connaissance des documents de chantage, ponctuant sa lecture de : « Ah, ça nous le savions déjà, mais il ne faudrait pas que cela se répande. » « Oh, Seigneur ! Celle-là est un peu raide. Comment a-t-il pu découvrir cette histoire ? »

Quand il eut terminé l'étude des photocopies, Sir Wilfred aligna soigneusement le paquet de feuilles en le tapotant sur la table avant de le replacer dans la chemise. « Aucune de ces informations prises isolément n'est suffisante pour nous impressionner.

— Je sais, Fred. Mais l'ensemble ? Une information transmise jour après jour à la presse allemande ?

— Hmm ! C'est juste. L'effet serait désastreux en ce moment ; le gouvernement perdrait toute crédibilité à l'approche des élections. Je suppose que l'information est du style « presse-bouton » ?

— Bien entendu.

— C'est bien ce que je craignais. »

Garder l'information sous la forme « presse-bouton » signifiait que les dispositions étaient prises pour qu'elle soit transmise immédiatement à la presse, si un message déterminé n'était pas reçu à midi chaque jour. Hel possédait une liste de treize adresses auxquelles il devait envoyer un télégramme chaque matin. Douze ne correspondaient à rien ; l'une était celle d'un associé de Maurice de Lhandes qui, à réception du message, téléphonait à un autre intermédiaire, qui téléphonait lui-même à de Lhandes. Le code entre Hel et de Lhandes était très simple, fondé sur un poème obscur de Barro, mais il aurait fallu beaucoup plus de vingt-quatre heures à un décrypteur pour repérer la lettre contenue dans un des mots du message qui était le signal de mise en action. Le terme « presse-bouton » faisait référence à une sorte de bombe humaine, conçue de telle sorte que l'explosion ne pouvait se produire aussi longtemps que l'homme maintenait le bouton pressé. Mais toute tentative pour le combattre ou l'abattre l'amènerait à relâcher le bouton.

Sir Wilfred considéra la situation pendant un moment. « Je reconnais que vos sacrées informations peuvent causer un dommage considérable. Mais nous avons des ordres stricts de la Mother Company de protéger cette vermine de Septembristes, et pas plus qu'aucun autre pays industrialisé, nous ne voulons nous mettre la Mother Company à dos. Il semble qu'il nous faille aujourd'hui choisir entre deux maux.

— C'est ce qu'il me semble. »

Sir Wilfred fit la moue et évalua Hel de ses yeux mi-clos. « Vous vous êtes lancé dans une entreprise dangereuse, Nicholaï — vous jeter droit dans nos pattes, comme ça. Il doit y avoir une sacrée somme pour vous faire sortir de votre retraite.

— Pour dire la vérité, je ne touche absolument rien pour cette affaire.

— Hm-m-m. C'était, bien sûr, la seconde éventualité que j'avais à l'esprit. (Il poussa un long soupir.) Le sentiment est parfois mortel. Mais vous le savez, naturellement. Bon. Voici ce que je vais faire. Je vais transmettre votre message en haut lieu. Nous verrons quelle est la réponse. Pendant ce temps, je pense qu'il vaudrait mieux trouver un endroit discret. Que diriez-vous d'un jour ou deux à la campagne ? Je vais donner quelques coups de téléphone pour donner à réfléchir à ces messieurs du gouvernement, et je vous emmène dans ma bagnole. »

La superbe Rolls 1931 de Sir Wilfred fit crisser le gravier d'une longue allée avant de s'arrêter devant la porte cochère d'une maison biscornue, dont le charme tenait surtout au désordre esthétique dû aux influences contradictoires d'architectes successifs.

Une femme s'avança à leur rencontre, robuste, d'un âge certain, suivie de deux jeunes filles d'environ vingt-cinq ans.

« Je pense que vous serez bien ici, Nicholaï, dit Sir Wilfred. Notre hôte est un crétin, mais il est absent. La femme est un peu timbrée, mais les filles sont exceptionnellement complaisantes. En fait, elles se sont fait une certaine réputation pour cette qualité. Que pensez-vous de la maison ?

— Étant donné votre penchant typiquement anglais pour la litote — par exemple traiter votre Rolls de bagnole — je m'étonne que vous n'ayez pas décrit cette maison comme un trois pièces.

— Ah ! Lady Jessica ! » dit Sir Wilfred à la plus âgée des trois femmes qui s'approchait d'eux, vêtue d'une robe d'été vaporeuse d'une couleur indéfinie que l'on aurait pu appeler « rose cendré ». « Voici l'invité dont je vous ai parlé au téléphone, Nicholaï Hel. »

Elle lui tendit une main moite. « Je suis heureuse de vous avoir. Je veux dire, de vous rencontrer. Voici ma fille, Broderick. »

Hel serra la main d'une jeune personne exagérément mince dont le visage émacié s'éclairait de deux yeux immenses.

« Je sais que c'est un prénom inhabituel pour une fille, poursuivit Lady Jessica, mais mon mari était décidé à avoir un garçon — je veux dire qu'il voulait avoir un garçon, dans le sens devenir le père d'un fils, pas dans l'autre sens. Mon Dieu, qu'allez-vous penser de lui ? Mais il a eu Broderick à la place, ou plutôt nous l'avons eue.

— Vous voulez dire dans le sens où vous êtes ses parents ? dit Hel, cherchant à libérer sa main de celle de la jeune fille.

— Broderick est mannequin », expliqua la mère.

Hel s'en serait douté. Elle avait un vide dans l'expression, une certaine nonchalance dans la démarche et une courbure de la colonne vertébrale qui révélaient le mannequin vedette de l'époque.

« Je ne fais pas grand-chose, en réalité, dit Broderick s'efforçant de rougir sous le plâtre de son maquillage. Un coup ou deux de temps en temps pour les magazines internationaux. »

Sa mère lui donna une petite tape sur le bras. « Ne parle pas de coup ! Qu'est-ce que M. Hel va penser ! »

Un toussotement de la seconde fille força Lady Jessica à dire : « Ah oui, voici Melpomene. Il n'est pas impossible qu'elle soit actrice un jour. »

Melpomene était une belle fille plantureuse, à la poitrine généreuse. Des jambes et des bras vigoureux, un teint rose et des yeux clairs, il ne lui manquait que la canne de hockey. Sa poignée de main fut rapide et énergique. « Appelez-moi Pom. Comme tout le monde.

— Ah... Pourrions-nous nous rafraîchir ? demanda Sir Wilfred.

— Oh ! bien sûr. Les filles vont tout vous montrer — je veux dire, vos chambres et tout ce dont vous avez besoin. Qu'allez-vous penser ? »

Hel dépliait ses vêtements quand Sir Wilfred frappa à la porte et entra. « Eh bien, que pensez-vous de l'endroit ? Nous serons confortablement installés ici pendant deux ou trois jours, tandis que les patrons méditent. Je les ai eus au téléphone, et ils doivent prendre leur décision demain matin.

— Dites-moi, Fred, vos hommes surveillent-ils les Septembristes ?

— Vos cibles ? Bien entendu.

— Si votre gouvernement accepte ma proposition, j'aurai besoin de toutes les informations qui sont en votre possession.

— Je savais que vous y comptiez. A propos, j'ai donné l'assurance aux patrons — au cas où ils prendraient une décision favorable — que vous mèneriez à bien cette opération sans la moindre implication ou responsabilité de notre part. C'est bien le cas, n'est-ce pas ?

— Pas tout à fait. Mais je m'arrangerai pour que, quels que soient les soupçons, la Mother Company ne puisse avoir aucune preuve.

— J'imagine que c'est ce qu'on peut faire de mieux.

— Heureusement, vous m'avez intercepté avant le contrôle de police, si bien que mon arrivée n'a pas été enregistrée dans vos ordinateurs, ni par conséquent dans le leur.

— Je ne me fierais pas trop à cela. La Mother Company a des milliers d'yeux et d'oreilles partout.

— C'est vrai. Vous êtes absolument certain que cet endroit est sûr ?

— Oh ! absolument. Ces dames ne sont pas ce qu'on pourrait appeler subtiles, mais elles ont une qualité tout aussi remarquable — elles sont totalement ignorantes. Elles n'ont pas la moindre idée de ce que nous faisons ici. Elles ne savent même pas de quoi je m'occupe. Le maître de maison, si on peut l'appeler ainsi, ne présente aucun problème. Nous le laissons rarement rentrer dans le pays, vous savez. »

Sir Wilfred expliqua alors que Lord Biffen vivait en Dordogne où il était le leader d'un groupe de vieillards spécialistes de l'évasion fiscale qui infestaient cette partie de la France, au scandale des gens du pays. Les Biffen étaient l'exemple type de leur classe : une noblesse irlandaise qui soutenait ses finances délabrées en introduisant à chaque génération dans la famille un peu de sang nouveau américain. Le gentleman avait un peu dépassé les limites des combines fiscales et s'était trouvé mêlé à des histoires louches aux Bahamas. Ce qui avait permis au gouvernement d'avoir prise sur lui et ses biens en Angleterre ; en revanche de quoi, il était très coopératif, et restait en France quand on lui en donnait l'ordre. Il y exerçait sa version personnelle de l'homme d'affaires avisé, escroquant des vieux meubles et des voitures anciennes aux vieilles dames de la région, mais se souciant toujours d'intercepter le courrier de sa femme pour éviter qu'elle n'apprît ses petites malversations. « Un vieux tordu, en réalité. Vous connaissez le genre. Des cravates exotiques, des bermudas avec des chaussures de ville et des chaussettes au genou. Mais la mère, les filles et la maison peuvent nous être utiles à l'occasion. Que pensez-vous de la vieille ?

— Un peu obsédée.

— Hmm. Je vois ce que vous voulez dire. Mais si vous aviez passé vingt-cinq ans à vous mettre sous la dent ce que cette vieille baderne avait à lui offrir, vous seriez un peu obsédé vous-même. Bon, allons les retrouver. »

Le lendemain, après le petit déjeuner, Sir Wilfred congédia les dames et se cala dans son fauteuil, sa dernière tasse de café à la main. « J'ai eu les patrons au téléphone ce matin. Ils ont décidé d'accepter votre proposition — avec quelques restrictions, bien sûr.

— Il vaudrait mieux qu'elles soient limitées.

— D'abord, ils veulent la garantie que ces informations ne seront plus jamais utilisées contre eux.

— Vous auriez pu leur donner vous-même cette assurance. Vous savez que l'homme que vous appelez Le Gnome détruit toujours les originaux dès l'accord conclu. Sa réputation en dépend.

— C'est exact. Et je me charge de les rassurer sur ce point. La seconde condition est que je les tiendrai informés et qu'après avoir étudié votre plan, je serai en mesure de leur confirmer qu'il est absolument sûr et ne peut mettre en cause le gouvernement, en aucune manière.

— Rien n'est absolument sûr dans ce genre d'affaires.

— C'est vrai. Raisonnablement sûr, alors. Cela signifie que vous devez me mettre dans la confidence — me donner les détails de vos plans et de vos combinaisons, et le reste.

— Il y a des détails que je ne pourrai vous fournir qu'après avoir pris connaissance de vos rapports sur les Septembristes. Mais je puis vous donner les grandes lignes dès maintenant. »

Au bout d'une heure, ils étaient tombés d'accord sur les propositions de Hel, avec quelques restrictions de la part de Sir Wilfred au sujet de la destruction de l'avion, car il s'agissait d'un Concorde « ... et nous avons déjà eu assez de mal à faire avaler cet engin aux usagers et aux compagnies aériennes.

— Ce n'est pas ma faute si l'avion en question est un monstre polluant et un gouffre d'énergie.

— Très bien, très bien.

— Donc, nous sommes bien d'accord, Fred. Si vos gens jouent leur rôle correctement, le coup devrait réussir sans que la Mother Company ne vous soupçonne de complicité. C'est le meilleur plan que je puisse vous proposer, étant donné que je n'ai eu que quarante-huit heures pour y réfléchir. Qu'est-ce que vous en dites ?

— Je n'ose donner les détails à mes patrons. Ce sont des politiciens — impossible de leur faire confiance. Mais je leur dirai que le plan me paraît acceptable dans son ensemble.

— Bien. Quand aurai-je vos informations concernant les Septembristes ?

— On me les fait porter ici cet après-midi. Vous savez, je songe à une chose, Nicholaï. Étant donné la nature de votre plan, vous n'avez pas besoin de vous en charger en personne. Nous pourrions nous débarrasser des Arabes nous-mêmes, et vous pourriez retourner en France dès à présent. »

Hel regarda Sir Wilfred fixement pendant dix secondes, et ils éclatèrent de rire tous les deux.

« Oh ! bon, dit Sir Wilfred avec un petit geste de la main. Vous ne pouvez pas m'en vouloir d'avoir essayé. Allons déjeuner. Et peut-être aurons-nous le temps de faire la sieste avant que les rapports n'arrivent.

— J'ose à peine retourner dans ma chambre.

— Oh ! Vous aussi, vous avez reçu de la visite cette nuit ?

— Oh oui. Et je les ai mises à la porte.

— Pas de dépense, pas de besoin, ai-je coutume de dire. »

Sir Wilfred somnolait dans son fauteuil, se chauffant au soleil couchant qui disparaissait derrière la terrasse. De l'autre côté de la table de métal blanc, Hel étudiait les rapports sur les activistes de l'O.L.P.

« Ah voilà ! dit-il enfin.

— Quoi ? Hmm ? Voilà quoi ?

— Je cherchais quelque chose dans la liste des contacts et des relations des Septembristes depuis leur arrivée dans ce pays.

— Et alors ?

— Par deux fois, ils ont rencontré cet homme que vous identifiez sous le code « Pelerin Y ». Il travaille pour une firme de restauration de lignes aériennes.

— Vraiment ? Je ne connais pas le dossier. On ne m'a fourré là-dedans — contre mon gré, je dois le dire — que lorsque vous vous en êtes mêlé. Qu'est-ce que c'est que cette histoire de restauration ?

— Eh bien, visiblement les Septembristes vont éviter de faire passer leurs armes par votre système de détection. Ils ne savent pas qu'ils bénéficient de la coopération passive de votre gouvernement. Et il fallait que je sache par quel moyen ils comptent faire passer leurs armes à bord de l'avion. Ils utilisent une formule bien connue. Les armes rentreront à bord avec les repas préparés. Les camions de restauration ne sont jamais sérieusement fouillés. Vous pouvez y embarquer n'importe quoi.

— Ainsi vous savez où se trouvent les armes. Et alors ?

— Je sais où ils devront se rendre pour les récupérer. Et c'est là où je me trouverai.

— Et vous ? Comment allez-vous transporter vos propres armes, sans laisser de trace compromettante ?

— Je passerai mes armes au contrôle de sécurité.

— Ah oui, j'avais oublié. Le tueur aux mains nues, et tout le bazar. Poignarder un homme avec une paille. Cela nous a drôlement compliqué la vie pendant des années. »

Hel referma le rapport. « Nous avons deux jours avant la date du vol. Comment allons-nous passer notre temps ?

— Nous allons nous la couler douce. Ne pas faire de vagues.

— Vous habillez-vous pour le dîner ?

— Non, je pense que je ne vais pas dîner ce soir. J'aurais dû suivre votre exemple et me passer de sieste. J'en ai eu deux sur les bras. Je vais probablement en rester infirme pour le restant de mes jours. »

Heathrow

L'avion était presque plein, et les passagers, tous des adultes, du genre capable de payer le supplément du billet sur Concorde. Les couples bavardaient ; les hôtesses et les stewards se penchaient sur les sièges, avec les mots apaisants de nounous bien entraînées ; les hommes d'affaires parlaient de leurs affaires ; ceux qui ne se connaissaient pas débitaient les stupidités habituelles destinées à provoquer un rendez-vous à Montréal ; les hyperactifs gardaient le nez plongé dans leurs documents, faisaient étalage de leurs machines à dicter de poche ; ceux qui mouraient de peur racontaient à quel point ils adoraient voler, et prenaient l'air détaché en parcourant les brochures qui indiquaient les issues de secours et les mesures à suivre en cas d'accident.

Un jeune couple arabe, lui très athlétique, elle élégamment vêtue, occupaient les deux sièges à l'arrière de l'avion, séparés par un rideau de l'endroit où étaient entreposés les repas et les boissons. Près du rideau se tenait un steward, souriant de ses yeux vert bouteille inexpressifs.

Deux jeunes Arabes, aux allures de riches étudiants, entrèrent dans l'avion et prirent place à peu près au milieu de la carlingue. Quelques instants avant la fermeture des portes, un cinquième Arabe, visiblement un homme d'affaires, s'engouffra dans l'avion et bafouilla quelques excuses à l'hôtesse, expliquant qu'il avait été retardé à son bureau et avait attrapé son vol de justesse. Il alla jusqu'au fond de l'avion et s'installa de l'autre côté du couple arabe auquel il adressa un signe amical.

Dans un vrombissement assourdissant, l'avion s'éloigna de la passerelle d'accès et peu après le grand ptérodactyle courbait le nez et décollait.

Lorsque le signal « Attachez vos ceintures » s'éteignit, la jolie Arabe se leva. « Les toilettes pour femmes sont-elles par ici ? » demanda-t-elle avec un sourire timide au steward aux yeux verts.

Il gardait une main derrière le rideau. Un sourire aux lèvres, il pressa le bouton sur lequel était resté posé son doigt : deux coups de gong résonnèrent dans la cabine des passagers. A ce signal, chacun des cent trente-six occupants de l'avion, hormis les Arabes de l'O.L.P., courba la tête et fixa le dossier du siège en face de lui.

« Où vous voulez, madame », dit Hel, écartant le rideau pour lui laisser le passage. Au même instant, l'homme d'affaires arabe lui posait une question d'une voix étouffée dans le but de détourner son attention pendant que la jeune femme s'emparait des armes cachées dans les plateaux-repas.

« Mais certainement, monsieur, dit Hel, semblant ne pas comprendre la question. Je vous l'apporte tout de suite. »

Il sortit un peigne de sa poche, et faisant demi-tour, suivit la jeune femme. Il ferma hermétiquement le rideau derrière lui.

« Mais attendez ! » s'écria l'homme d'affaires.

Hel avait disparu.

Trois secondes plus tard, il réapparaissait, un magazine à la main. « Je regrette, monsieur, nous n'avons plus de *Paris-Match*. Ceci peut-il vous convenir ?

— Crétin ! » marmonna l'Arabe, fixant le rideau tiré d'un air embarrassé. Cet imbécile heureux avait-il vu la jeune femme ? S'était-elle enfermée dans les toilettes en le voyant venir ? Où était-elle donc passée ?

Une bonne minute s'écoula. Les quatre Arabes étaient si troublés de ne pas voir réapparaître la jeune femme de derrière le rideau, un automatique à la main, qu'ils ne remarquaient pas que tous les autres passagers se tenaient tête baissée, l'œil rivé sur le dossier du siège devant eux.

Incapables de se contrôler plus longtemps, les deux étudiants arabes quittèrent leur place au milieu de l'avion et se dirigèrent vers l'arrière. En s'approchant du steward souriant au regard vert rêveur, ils échangèrent un coup d'œil inquiet avec l'homme d'affaires et le robuste compagnon de la jeune femme. Le plus âgé des deux leur fit signe d'aller voir derrière le rideau.

« Puis-je vous aider ? » demanda Hel, roulant le magazine qu'il tenait à la main.

« Les toilettes », murmura l'un. « Un verre d'eau », dit l'autre.

« Je vous l'apporte, monsieur, dit Hel. Pas les toilettes, bien entendu », plaisanta-t-il à l'adresse du plus grand des deux.

Il les fit passer devant lui derrière le rideau.

Quatre secondes plus tard, il réapparut, le visage empreint d'inquiétude. « Monsieur, dit-il d'un ton confidentiel à l'homme d'affaires. Vous n'êtes pas médecin, par hasard ?

— Médecin ? Non. Pourquoi ?

— Oh ! ce n'est rien. Rien de grave. Cette personne a eu un petit accident.

— Accident ?

— Ne vous inquiétez pas. Un membre de l'équipage va m'aider. Rien de sérieux, j'en suis certain. » Hel tenait à la main un gobelet en plastique dont il avait écrasé le fond en forme de pointe.

L'homme d'affaires se leva et s'avança dans le couloir.

« Si vous pouvez rester avec lui, je vais chercher quelqu'un », dit Hel en le suivant dans l'office.

Deux secondes plus tard, il avait repris sa place et regardait les passagers avec cet air protecteur que prennent souvent les stewards pendant le vol. Quand il croisa le regard franchement anxieux du jeune athlète à côté de lui, il cligna de l'œil et dit : « Ce n'était rien. Un étourdissement, je pense. Un premier voyage dans un avion supersonique, peut-être. L'autre passager est en train de s'occuper de lui. Malheureusement, je ne parle pas arabe. »

Une minute s'écoula. Une autre. La tension montait chez le jeune homme pendant que le steward fredonnait un air à la mode, l'œil vague, jouant machinalement avec le badge nominatif en plastique qu'il portait au revers de son uniforme.

Une autre minute.

Le jeune athlète ne put se maîtriser davantage. Il se dressa d'un bond et ouvrit brusquement le rideau. Par terre, semblables à des mannequins désarticulés, gisaient ses quatre compagnons. Il ne sentit même pas le rebord de la petite carte. Il était mort avant que son corps n'eût touché le sol.

En dehors du sifflement des réacteurs, l'avion était totalement silencieux. Tous les passagers regardaient devant eux. Le personnel de cabine se tenait à l'avant, les yeux rivés sur la cloison décorée en plastique au bout de l'appareil.

Hel s'empara du téléphone intérieur. Sa voix sourde avait un écho métallique dans les haut-parleurs.

« Détendez-vous. Ne regardez pas vers l'arrière de l'appareil. Nous allons atterrir dans quinze minutes. (Il replaça le combiné et appela le poste de pilotage.) Transmettez le message d'après les instructions qui vous ont été données. Ensuite, ouvrez l'enveloppe que l'on vous a remise et suivez les indications pour l'atterrissage. »

Le nez du ptérodactyle s'inclina à nouveau vers l'avant, le Concorde se posa sur un terrain d'aviation militaire temporairement évacué, dans le nord de l'Écosse. Une fois l'appareil immobilisé, moteurs coupés dans un sifflement, la porte de secours s'ouvrit et Hel descendit l'escalier mobile disposé devant l'ouverture, monta dans la Rolls 1931 qui avait suivi l'avion sur la piste, et s'éloigna.

Juste avant de passer derrière la tour de contrôle, Hel se retourna et vit les passagers descendre de l'avion, s'aligner en rang par quatre sous le commandement de l'homme qui jouait le rôle de chef de cabine. Cinq autocars militaires roulaient sur la piste dans leur direction.

Sir Wilfred dégustait un whisky, assis devant la table en bois délabrée du bureau des contrôles, pendant que Hel ôtait son uniforme de steward pour reprendre ses vêtements.

« Le message était-il correct ? demanda Hel.

— Absolument dramatique. Très convaincant. Le pilote a transmis par radio que l'avion était détourné et s'est interrompu en plein milieu du message. On n'a plus entendu que des parasites dans le silence.

— Et il était sur une longueur d'onde libre, qui permettra de trouver des confirmations de votre rapport, n'est-ce pas ? »

— Il a dû être entendu par une demi-douzaine d'opérateurs radio sur tout l'Atlantique.

— Parfait. Et demain, vos avions de surveillance déclareront avoir repéré des débris flottant à la surface, exact ?

— Exact.

— Les rapports indiqueront que les débris ont été recueillis et les émissions internationales de la B.B.C. relateront qu'on a la preuve qu'une bombe transportée par des pirates de l'air arabes a explosé accidentellement et détruit l'avion.

— Exactement.

— Qu'allez-vous faire pour l'appareil, Fred ? Les compagnies d'assurances ne vont-elles pas se poser des questions ?

— Laissez-nous faire. S'il ne reste qu'une chose de l'Empire britannique, c'est au moins ce penchant pour la duplicité qui nous a valu le nom de Perfide Albion. »

Hel rit. « Très bien. Cela n'a pas dû être facile de rassembler tant d'agents dans toute l'Europe et de les faire passer pour des passagers.

— En effet. Et les pilotes de la R.A.F. n'ont pas eu tellement l'occasion de s'entraîner sur Concorde.

— C'est maintenant que vous me le dites.

— Ça vous aurait rendu nerveux, mon vieux.

— Je regrette que vous ayez cent cinquante personnes au courant dans cette histoire. Mais c'était la seule solution pour garder votre gouvernement à l'abri des représailles de la Mother Company. Après tout, ce sont vos propres gens.

— C'est vrai. Mais ce n'est pas une garantie à long terme. J'ai un moyen de régler ce problème.

— Ah, vraiment ? Et comment cela ?

— Où pensez-vous que vont ces autocars ? »

Hel ajusta sa cravate et referma son sac. « Les cent cinquante ?

— Pas d'autre moyen, mon cher. Et dans deux jours, il faudra également s'occuper de l'équipe d'extermination. Mais il existe toujours un bon côté des choses, si l'on cherche bien. Nous avons un petit problème de chômage dans ce pays en ce moment. Nous aurons là toute une série de postes intéressants pour les jeunes qui veulent entrer dans les services secrets. »

Hel secoua la tête. « Vous êtes vraiment un vieux fossile coriace, Fred.

— Avec le temps, même l'âme devient blindée. Êtes-vous certain de ne pas vouloir un dernier verre d'adieu ? »

CINQUIÈME PARTIE

SHICHO

Les muscles ramollis par l'eau bouillante, le corps en état d'apesanteur, Hel somnolait, ses pieds enserrant indolemment le corps de Hana. Il faisait frais pour la saison, et la buée emplissait la petite pièce.

« Tu avais l'air fatigué en arrivant à la maison hier soir, dit Hana après un silence.

— Est-ce une critique ? » murmura-t-il sans remuer les lèvres.

Elle rit doucement. « Au contraire. La fatigue est un avantage dans nos jeux.

— C'est vrai.

— Est-ce que ton voyage fut... réussi ? »

Il hocha la tête.

Elle ne faisait jamais allusion à ses affaires ; son éducation l'en empêchait, mais lui avait appris à l'amener à en parler s'il le désirait. « Cette affaire ? Ressemblait-elle à ce que tu faisais lorsque nous nous sommes rencontrés ?

— Même genre. Pas la même race.

— Et ces gens désagréables qui sont venus ici, y étaient-ils mêlés ?

— Ils n'étaient pas sur place, mais c'étaient mes adversaires. (Son ton changea.) Écoute, Hana, je voudrais que tu prennes un peu de vacances. Va à Paris ou sur la Côte d'Azur pendant quelques semaines.

— Tu n'es de retour que depuis dix heures, et tu veux déjà te débarrasser de moi ?

— Ces « hommes désagréables » pourraient créer quelques ennuis. Et je voudrais te savoir hors d'atteinte. De toute manière... (il sourit)... tu pourrais peut-être t'intéresser à un ou deux jeunes gens, par exemple.

— Et toi ?

— Oh ! je serai hors de leur portée. Je vais aller en montagne explorer ce gouffre que Beñat a découvert. Je ne pense pas qu'ils puissent m'y trouver.

— Quand veux-tu que je parte, Nikko ?

— Aujourd'hui. Dès que possible.

— Tu ne crois pas que je serais en sécurité ici, avec nos amis de la montagne pour me protéger ?

— Le lien est rompu. Quelque chose est arrivé à Mlle Stern. Quelqu'un nous a donnés.

— Je comprends. (Elle pressa ses pieds entre les siens.) Sois prudent, Nikko. »

La température du bain avait suffisamment tiédi pour rendre les mouvements possibles et Hel brassa légèrement l'eau pour créer des remous plus chauds vers sa poitrine. « Hana ? Tu avais dit que tu n'aborderais plus le sujet du mariage, mais je t'ai répondu que j'y reviendrais, moi. C'est ce que je suis en train de faire. »

Elle sourit et secoua la tête. « J'y ai pensé ces derniers jours, Nikko. Non, pas de mariage. Ce serait un peu ridicule pour des gens comme toi et moi.

— Tu veux partir d'ici, alors ?

— Non.

— Quoi donc ?

— Ne faisons pas de projets. Restons ensemble par périodes d'un mois. Peut-être pour toujours. Mais seulement un mois à la fois. Cela te convient-il ? »

Il sourit et serra ses pieds entre les siens. « J'ai beaucoup d'affection pour toi, Hana.

— J'ai beaucoup d'affection pour toi, Nicholaï.

— Par les couilles de saint Thomas ! Qu'est-ce qui se passe ici ? (Le Cagot avait ouvert brusquement la porte de la salle de bains en entrant, introduisant derrière lui une masse d'air froid indésirable.) Êtes-vous en train de vous fabriquer votre petit jour blanc personnel ? Heureux de te revoir, Nikko. Tu as dû t'ennuyer sans moi. (Il s'appuya au baquet de bois, le menton posé sur le rebord.) Et je suis heureux de vous voir, Hana. Vous savez, c'est la première fois que je vous vois en entier ! Pour vous dire la vérité — vous êtes une femme très désirable. Et c'est un compliment de la part de l'homme le plus désirable de cette planète, gardez ça en tête.

— Sors d'ici », gronda Hel, non parce qu'il était gêné d'être nu, mais parce que les plaisanteries de Le Cagot tomberaient à plat s'il ne mordait pas à l'hameçon.

« Il crie pour cacher son plaisir de me revoir, Hana. C'est un vieux truc. Mère du ciel, quels jolis seins vous avez ! Êtes-vous bien sûre qu'il n'y a pas de sang basque dans votre mixture génétique ? Hé, Nikko ? Quand allons-nous voir s'il y a de l'air et de la lumière au bout de la cavité Le Cagot ? Tout est prêt. On a descendu les bouteilles, les combinaisons. Tout y est.

— Je pensais partir dans deux heures.

— Quand ?

— Dans deux heures. Sors.

— Bon. Cela me donne le temps de faire une visite à la petite Portugaise. Très bien, je pars. Vous n'avez qu'à vous débrouiller sans moi. » Il claqua la porte derrière lui, faisant tourbillonner le peu de vapeur qui restait dans la pièce.

Après qu'ils eurent fait l'amour et pris leur petit déjeuner, Hana commença ses valises. Elle avait décidé de partir pour Paris. Fin août, la ville serait relativement vide.

Hel alla s'occuper de son jardin, quelque peu négligé depuis son départ. C'est là que le trouva Pierre.

« Oh ! m'sieur. Le temps est tout détraqué.

— Vraiment ?

— Oui. Il a plu pendant deux jours, et maintenant il n'y a plus ni vent d'est ni vent d'ouest. Vous savez ce que ça veut dire ?

— Vous allez me le dire.

— Ça veut dire que c'est dangereux en montagne, m'sieur. C'est l'époque du jour blanc.

— Vous en êtes certain ? »

Pierre tapota le bout de son nez rougeoyant de son index, indiquant par là que certaines choses ne sont connues que des Basques, et que prédire le temps en fait partie.

Hel fut un peu rassuré par les affirmations de Pierre. Au moins, il était certain de ne pas être gêné par un jour blanc.

La Volvo déboucha sur la place du village de Larrau, où ils devaient prendre les jeunes gens qui manœuvraient le treuil. Ils garèrent la voiture près du café de la veuve, et l'un des enfants qui jouaient à la pala contre le mur de l'église courut vers eux et tapa obligeamment sur le capot de la voiture avec un bâton, comme il l'avait si souvent vu faire. Hel le remercia et suivit Le Cagot dans le café.

« Pourquoi emmènes-tu ta *makila,* Beñat ? » Il venait juste de remarquer que Le Cagot avait emporté sa canne-épée avec lui.

« Je me suis promis de l'emporter partout avec moi jusqu'à ce que je découvre qui des miens a trahi cette pauvre fille. Et alors, par les couilles d'Hérode, je ferai des trous d'aération dans la poitrine du traître. Viens, allons prendre un verre avec la veuve. Je vais lui faire le plaisir de lui mettre la main aux fesses. »

Les jeunes Basques qui les attendaient depuis le matin se joignirent à eux, discutant avec animation des chances qu'avait m'sieur Hel de franchir à la nage la rivière souterraine jusqu'à l'air libre. Une fois réussie l'exploration de bout en bout, le gouffre serait officiellement ouvert, et ils auraient la possibilité d'y descendre eux-mêmes et, mieux encore, d'en parler.

La veuve repoussa la main de Le Cagot à deux reprises ; puis, ayant fait preuve de vertu, elle la laissa reposer sur son ample arrière-train et resta debout au côté de Beñat, occupée à remplir son verre.

La porte des w.-c. s'ouvrit au fond de la pièce et le père Xavier pénétra dans la salle, les yeux brillant de vin et de fanatisme mystique. « Et alors ? dit-il aux jeunes Basques, vous osez vous asseoir avec cet étranger et son ami répugnant ? Boire leur vin et écouter leurs mensonges ?

— Vous avez dû boire un bon coup de Son sang ce matin, père Esteka ! dit Le Cagot. Vous vous êtes donné un peu de courage ! »

L'abbé grommela quelque chose dans sa barbe avant de s'affaler sur une chaise à la table la plus éloignée.

« Holà ! poursuivit Le Cagot, si votre courage est si grand, pourquoi ne pas venir en montagne avec nous, hein ? Nous allons descendre dans un puits sans fond d'où on ne peut pas sortir. Cela vous donnerait un avant-goût de l'enfer — autant vous y habituer !

— Laisse-le, murmura Hel. Laisse ce stupide salopard mariner dans sa haine.

— Le regard de Dieu est partout, siffla le prêtre en fixant Hel. Personne n'échappe à son courroux.

— La ferme, bonne sœur, dit Le Cagot, où je te plante cette *makila* à un endroit qui ne fera pas plaisir à l'évêque ! »

Hel retint Le Cagot par le bras ; ils burent leur vin et s'en allèrent.

Gouffre Porte-de-Larrau

Hel s'accroupit sur la roche plate qui bordait leur camp de soutien au pied du cône d'éboulis, la lampe de son casque éteinte pour économiser la batterie, et écouta dans la liaison téléphonique le flot de paroles de Le Cagot qui descendait sur le câble, mêlant injures, chansons et plaisanteries pour la plus grande joie des jeunes servants du treuil à la surface.

Le Cagot faisait une pause, arc-bouté au fond du goulet d'étranglement en tire-bouchon, avant de se laisser descendre dans le vide de la cavité Le Cagot et dans la chute d'eau où il allait rester suspendu, tournoyant sur lui-même, pendant que les garçons l'assureraient et remplaceraient le serre-câble.

Après leur avoir crié de s'activer, de ne pas le laisser suspendu là, comme le Christ sur la croix, sinon il allait remonter et leur faire subir quelques tortures raffinées, il déclara : « Ça va, Nikko. Je descends.

— C'est la seule façon d'obéir à l'attraction terrestre », commenta Hel en levant la tête pour apercevoir la première lueur de l'éclairage frontal de Le Cagot dans les embruns de la cascade.

A quelques mètres de l'entrée dans la cavité principale, la descente s'arrêta et le servant au treuil annonça dans la liaison qu'ils allaient changer les tambours.

« Grouillez-vous ! ordonna La Cagot. Cette douche froide va endommager ma virilité. »

Hel réfléchissait au transport des lourdes bouteilles d'air tout au fond de la Cave à Vin, à l'extrémité du réseau, heureux de pouvoir compter sur l'extraordinaire force physique de Le Cagot, quand un son étouffé lui parvint dans les écouteurs. Suivit une détonation. Quelque chose avait lâché ? Le câble ? Le trépied ? Son corps se contracta.

Deux autres détonations.

Des coups de feu !

Le silence.

Il voyait la lampe de casque de Le Cagot apparaître et disparaître dans le brouillard de la chute d'eau, son corps tourner lentement au bout du câble.

« Qu'est-ce qui se passe ? cria Le Cagot dans le téléphone.

— Je ne sais pas. »

Une voix leur parvint sur la liaison, faible et distante. « Je vous avais prévenu de ne pas vous mêler de cette affaire, monsieur Hel !

— Diamond ? demanda Hel, inutilement.

— Lui-même. Le marchand. Celui qui n'avait pas le courage de vous rencontrer face à face.

— Vous appelez ça face à face.

— C'est assez près. »

La voix de Le Cagot était étranglée par la pression du harnais sur son diaphragme. « Qu'est-ce qui se passe ?

— Diamond ? (Hel se forçait à rester calme.) Qu'est-il arrivé aux garçons du treuil ?

— Morts.

— Ah bon. Écoutez. C'est moi que vous voulez, et je suis au fond de ce puits. Ce n'est pas moi qui suis suspendu au câble. C'est mon ami. Je peux vous expliquer comment le descendre.

— Et pour quelle raison ferais-je cela ? »

Hel entendit la voix de Darryl Starr en arrière-plan dans les écouteurs. « C'est cet enfant de salaud qui m'a fauché mon flingue. Laissez-le pendre là, à tourner dans les courants d'air, cette lavette. »

Un gloussement étouffé, la petite ordure de l'O.L.P. qu'ils appelaient Haman.

« Qu'est-ce qui vous fait croire que j'ai quelque chose à voir dans vos affaires ? demanda Hel sur le ton de la conversation, cherchant désespérément à gagner du temps.

— La Mother Company a toujours un œil très vigilant sur nos amis anglais, simplement pour s'assurer de leur fidélité. Je crois que vous avez rencontré Mlle Biffen, le jeune mannequin ?

— Si je sors d'ici, Diamond...

— Gardez votre souffle, Hel. Il se trouve que je sais qu'il s'agit d'un puits sans fond d'où on ne peut pas sortir. »

Hel reprit lentement sa respiration. C'étaient les mots mêmes de Le Cagot dans le café de la veuve cet après-midi.

« Je vous avais prévenu, continua Diamond, que nous serions amenés à prendre des mesures de rétorsion propres à satisfaire la cruauté de nos amis arabes. Vous mettrez un certain temps à mourir, et c'est ce qu'ils aiment. J'ai ajouté une démonstration plus tangible à votre châtiment. Votre château. Il a cessé d'exister il y a une heure et demie.

— Diamond... (Hel n'avait rien à dire, mais il voulait garder Diamond à l'autre bout de la ligne.) Le Cagot n'est rien pour vous. Pourquoi le laisser suspendu là-haut ?

— C'est un petit détail qui amusera sûrement nos amis arabes.

— Écoutez, Diamond, il y a une équipe qui va venir prendre la relève au treuil. Ils vont nous découvrir et nous faire sortir.

— Ce n'est pas vrai. En fait, c'est un mensonge dérisoire.

Mais pour éliminer toute possibilité de voir quelqu'un débarquer ici à l'improviste, je vais faire enterrer vos amis basques, démonter votre quincaillerie et fermer l'entrée du gouffre. Je vous dis tout cela par pure gentillesse — pour que vous ne vous fassiez pas d'illusions inutiles. »

Hel ne répondit pas.

— Vous rappelez-vous de mon frère, Hel ?

— Vaguement.

— Eh bien, ne l'oubliez pas. »

Un bruit métallique résonna dans la liaison téléphonique quand Diamond rejeta ses écouteurs.

« Diamond ? Diamond ? » Hel pinça la ligne entre ses doigts. Seule s'entendait la respiration de Le Cagot.

Hel alluma son éclairage frontal et l'ampoule de dix watts reliée à la batterie pour permettre à Le Cagot d'y voir en dessous de lui et de se sentir moins abandonné.

« Eh bien, que penses-tu de cela, mon vieux ? (La voix à demi étranglée de Beñat lui parvint dans la liaison.) Ce n'est pas exactement la fin que j'aurais choisie pour le personnage haut en couleur que je me suis fabriqué. »

Un instant, Hel envisagea désespérément de tenter l'escalade des parois de la cavité pour parvenir au-dessus de Le Cagot et lui passer une corde.

Impossible. Il aurait fallu des heures pour parvenir à s'élever le long de cette paroi en surplomb et sans aspérités ; Le Cagot serait mort bien avant, étranglé par les sangles du harnais qui commençaient déjà à ralentir sa respiration.

Et si Le Cagot arrivait à s'extraire de son harnais et à grimper le long du câble jusqu'à l'entrée du tire-bouchon ? De là, il paraissait à peine concevable de remonter à la surface en ascension libre.

Hel le suggéra malgré tout à Le Cagot.

La voix de Beñat n'était plus qu'un faible râle. « Je ne crois pas... mes côtes... le poids... l'eau.

— Beñat !

— Quoi, pour l'amour de Dieu ? »

Un dernier espoir, la ligne téléphonique. Elle n'était pas très solidement attachée et Hel doutait qu'elle pût supporter le poids d'un homme ; mais il était possible qu'elle fût coincée quelque part plus haut, ou emmêlée dans le câble de descente.

« Beñat ? Peux-tu attraper la ligne du téléphone ? Peux-tu te dégager tout seul de ton harnais ? »

Le Cagot n'avait plus assez de souffle pour répondre ; mais d'après les vibrations dans la liaison, Hel sut qu'il essayait de suivre ses instructions. Une minute. Deux. La lumière du casque là-haut dansait par saccades dans le brouillard de la chute d'eau, près de la voûte de la cavité. Beñat s'était agrippé au câble du téléphone et mettait une énergie désespérée à taillader les sangles du harnais avec son couteau.

Il saisit le câble humide de la liaison de toute sa force, trancha la dernière sangle, mit tout son poids sur la corde... qui se décrocha.

« Jésus ! » cria-t-il.

La lumière du casque fonça vers Hel. En une fraction de seconde, la ligne s'enroula à ses pieds. Avec un bruit mat, le corps de Le Cagot heurta le sommet du cône d'éboulis, rebondit, roula dans un fracas de roche et de débris, et vint s'arrêter, la tête en bas, à moins de dix mètres de Hel.

« Beñat ! »

Nicholaï se précipita vers lui. Il n'était pas mort. Sa poitrine écrasée se soulevait convulsivement et de ses lèvres sortait une écume rouge. Le casque avait amorti le premier choc, mais s'était détaché dans la chute le long de l'éboulis. Beñat saignait du nez et des oreilles et, la tête en bas, suffoquait.

Aussi doucement que possible, Hel souleva le torse de Le Cagot dans ses bras, et l'installa confortablement. Le risque de le blesser davantage en le déplaçant importait peu, l'homme allait mourir. En fait, Hel sentait que seule sa robuste constitution de Basque empêchait son ami de s'abandonner à la mort.

Beñat haletait péniblement ; ses yeux grands ouverts se dilataient. Il toussa et l'effort lui causa une douleur intolérable. Hel caressa la joue râpeuse, gluante de sang.

« De quoi ?... (Le Cagot s'étouffa.)

— Reste tranquille, Beñat. Ne parle pas.

— De quoi... j'ai l'air ?

— Tu es très bien.

— Je n'ai pas la figure abîmée ?

— Beau comme un dieu.

— Bon. (Le Cagot serra les dents. Celles du bas s'étaient brisées dans la chute.) Le prêtre...

— Calme-toi, ami. Ne résiste pas. Laisse-toi aller.

— Le prêtre !... »

Le sang, aux commissures des lèvres, était déjà coagulé.

« Je sais. » Diamond avait cité les paroles de Le Cagot, « un puits sans fond ». La seule personne à avoir pu les entendre était le fanatique père Xavier. Et c'était lui, sans nul doute, qui avait indiqué le refuge de Hannah. Le confessionnal était sa source d'information, son Fat Boy.

Pendant trois interminables minutes, seuls les râles et les gargouillements de Le Cagot remplirent le silence de la cavité. Le sang qui lui sortait des oreilles s'épaississait.

« Nikko ?

— Calme-toi. Dors.

— De quoi j'ai l'air ?

— Tu es magnifique, Beñat. »

Brusquement, le corps de Beñat se raidit, et un mince sifflement sortit du fond de sa gorge. « Jésus !

— Tu as mal ? » demanda stupidement Hel, ne sachant que dire.

La crise passa, Le Cagot parut se recroqueviller sur lui-même. Il avala du sang et demanda : « Qu'as-tu dit ?

— Mal ? répéta Hel.

— Non... merci... j'ai tout ce qu'il me faut.

— Idiot, fit Hel doucement.

— Pas une mauvaise formule d'adieu, hein ?

— Non, pas mauvaise.

— Pense pas que tu en trouves une aussi bonne quand ce sera ton tour. »

Hel ferma les yeux de toutes ses forces, chassant les larmes, et caressa la joue de son ami.

La respiration de Le Cagot hésita... s'arrêta. Ses jambes tressautèrent, par spasmes. La respiration reprit, râles rapprochés, venant du fin fond de la gorge. Le corps désarticulé se tordit ; il cria : « Ah ! par les couilles de Jésus, Marie, Joseph... »

Un sang rosé s'écoula de sa bouche. Il était mort.

Hel émit un grognement de soulagement en dégageant les sangles de sa bouteille d'air. Il la coinça entre deux plaques de roche dure qui étaient tombées de la voûte de la grotte ascensionnelle, et s'assit lourdement, le menton sur la poitrine. Il aspirait de longues bouffées d'air spasmodiques qu'il expirait en toussant, les poumons écorchés. Il avait les cheveux trempés de sueur, malgré le froid humide qui régnait dans la caverne. Il croisa les bras et palpa doucement les endroits où la peau des épaules avait été arrachée par les sangles, malgré les trois pulls sous sa combinaison de parachutiste. Une bouteille d'air représente un poids terriblement encombrant dans les rétrécissements ou les parois difficiles. Si les sangles sont trop serrées, la bouteillle gêne les mouvements et engourdit les bras et les doigts ; si elles le sont trop peu, elle arrache la peau et donne du ballant, ce qui rend l'équilibre précaire.

Une fois qu'il eut repris son souffle, Hel but une grande gorgée d'eau mélangée de vin à sa *xahato* et s'étendit sur une dalle, sans prendre la peine d'ôter son casque.

Il n'avait emporté que l'essentiel : la bouteille, le maximum de corde, un matériel restreint, deux fusées, sa *xahato* et un sac de caoutchouc contenant le masque de plongée, une torche étanche et une poignée de cubes de glucose énergétiques. Même limité au strict nécessaire, c'était plus qu'il ne pouvait porter. Il était habitué à se mouvoir librement, à tracer la voie avec le minimum d'équipement, pendant que le robuste Le Cagot portait la plus grande partie du matériel. La force de son ami lui manquait ; et le soutien moral de ses plaisanteries, invectives et chansons diverses et constantes.

Il était seul maintenant. Ses forces diminuaient ; il avait les mains raides, lacérées. L'envie de dormir s'emparait de lui... exquise, mortelle. S'il s'endormait, il savait que le froid le pénétrerait, un froid pernicieux, narcotique. Ne pas s'endormir. Dormir, c'est la mort. Repose-toi, mais sans fermer les yeux. Ferme les yeux, mais ne t'endors pas ! Non, il ne faut pas fermer les yeux. Il arquait les sourcils pour garder les paupières ouvertes, les yeux levés vers la voûte. Ne pas dormir. Seulement se reposer un moment. Pas dormir. Simplement fermer les yeux un moment. Simplement... fermer les yeux...

Il avait laissé Le Cagot à côté du tas d'éboulis où il était mort. Impossible de l'enterrer ; le gouffre lui servirait de vaste mausolée, maintenant qu'ils avaient obstrué l'ouverture. Le Cagot reposerait pour toujours au cœur de sa montagne basque.

Quand le sang s'était enfin arrêté de couler, Hel avait délicatement nettoyé le visage de son ami avant de recouvrir son corps d'un sac de couchage.

Ensuite, il s'était accroupi auprès de Le Cagot, cherchant à atteindre un état de méditation intermédiaire qui lui permettrait d'avoir les idées plus claires et de tempérer ses émotions. Il n'était parvenu qu'à un apaisement relatif, mais en revenant à la réalité, se sentait capable de considérer calmement la situation. La décision était simple : toutes les alternatives étaient bloquées. Ses chances de réussir, seul et surchargé — longer l'étroite et interminable galerie, contourner le Caillou Hel, franchir le chaos de la grotte ascensionnelle, la cascade de la Caverne de Cristal, descendre le long de la pente glaiseuse jusqu'à la Cave à Vin —, ses chances de négocier tous ces obstacles sans accroc, sans l'aide de Le Cagot, étaient extrêmement minces. Une sorte de pari de Pascal. Mince ou pas, son seul espoir était d'y appliquer toute son énergie. Il n'osait penser au siphon au fond de la Cave à Vin, qu'il lui faudrait traverser à la nage ; ce passage où le courant se ruait avec une telle violence que la surface de la mare était concave. Chaque problème viendrait en son temps.

Contourner le Caillou Hel avait failli mettre fin à ses problèmes. Il avait attaché la bouteille d'air à une corde et l'avait posée en équilibre sur l'étroite saillie qui bordait la rivière souterraine bouillonnante au fond de la faille. Il s'était ensuite attaqué au caillou, dans une épuisante progression en opposition talon-épaule, étiré presque à plat entre les deux parois, les genoux tremblant sous l'effort et le poids du rouleau de corde posé sur sa poitrine. Une fois passé le caillou, il fallait récupérer la bouteille. Le Cagot n'était plus là pour lui filer la corde. Il n'y avait qu'une solution, faire tomber la bouteille dans l'eau et reprendre du mou rapidement quand elle se précipiterait au fond de la rivière. Mais il n'avait pu raidir assez vite ; emportée par le courant, la bouteille le dépassa. La corde sautait derrière elle à petits bonds. Impossible de l'assurer. Quand elle se raidit brutalement en fin de course, Hel perdit l'équilibre et trébucha de la saillie. Il ne pouvait lâcher : perdre la bouteille, c'était perdre tout espoir de s'en sortir. Il enfourcha le lit de la rivière, une chaussure sur le rebord, l'autre fermement maintenue par ses crampons sur la paroi lisse de l'autre côté. Il tenait par la seule force de ses jambes, les tendons de l'aine étirés à l'extrême. La corde filait rapidement entre ses mains ; il serra les dents et l'empoigna de toute ses forces. Le nylon mouillé lui entaillait les paumes. L'eau lui rentrait le long des poignets, le sang coulait. Pour surmonter la douleur, il rugit, un long cri désolé qui se répéta dans l'étroite diaclase.

La bouteille s'était arrêtée.

Hel la hala à contre-courant, tirant une main après l'autre, la corde semblable à du fer en fusion dans ses paumes à vif, les tendons de l'aine à la limite du claquage. Quand sa main atteignit les sangles de la bouteille, il hissa le cylindre jusqu'à lui et l'accrocha derrière son cou. Avec ce poids ballottant sur la poitrine, le rétablissement sur la saillie devenait hasardeux. Deux fois, il dérapa sur la paroi lisse, deux fois il vacilla et se rattrapa, appuyant de tout son poids sur la semelle de ses chaussures, les muscles près de se déchirer sous l'effort. A la troisième tentative, il se retrouva debout le long de la paroi, pantelant, les talons coincés sur le rebord, le bout des pieds dans le vide au-dessus du torrent rugissant.

Il parcourut la dernière étape qui le séparait du mur d'éboulis, fermant l'entrée de la grotte ascensionnelle, et il s'affaissa dans l'angle du bloc triangulaire, épuisé, la bouteille sur la poitrine, les paumes brûlantes et douloureuses.

Il ne pouvait rester longtemps ainsi. Ses mains allaient se raidir et ne plus lui obéir.

Il replaça la bouteille sur son dos et vérifia l'état de son masque. S'il était endommagé, c'était la fin. Le masque avait plus ou moins résisté aux chocs. Nicholaï se mit alors à gravir lentement l'arête qui séparait la diaclase et la paroi de blocs sous laquelle disparaissait la rivière. Comme la première fois, les prises de mains et de pieds étaient nombreuses, mais la roche friable lui restait entre les doigts ; des grains de pierre s'incrustaient dans ses plaies ouvertes. Son cœur battait la chamade dans sa poitrine, le sang tapait dans ses tempes. Quand il atteignit la dalle entre deux blocs en équilibre qui marquait l'entrée de la grotte ascensionnelle, il s'affala à plat ventre, et resta sans bouger, la joue contre la roche, la salive lui coulant du coin de la bouche.

Il se maudit de s'être si longtemps reposé. Il avait les mains gluantes de sérosité ; et elles se pliaient bizarrement, comme des pinces de crabe. Il se redressa et fit fonctionner ses articulations, ouvrant et fermant les doigts, résistant aux assauts de la douleur, jusqu'à ce qu'elles jouent à nouveau normalement.

Le passage suivant lui parut interminable. Il progressait en trébuchant dans la grotte, cherchant à tâtons son chemin autour de roches de la taille d'une maison qui le dominaient de toute leur hauteur, se glissant entre les dalles en équilibre, résultat des éboulements récents de la voûte fissurée au-delà de la portée de sa lampe, traçant sa voie le long de roches suspendues dans un aplomb précaire, qui auraient depuis longtemps dû subir les lois de la gravité si elles avaient été soumises à l'érosion de l'atmosphère extérieure. La rivière souterraine ne le guidait plus ; perdue au loin sous les éboulis, elle s'infiltrait en des milliers de ramifications dans le sol schisteux de la caverne. Trois fois, il se perdit, accablé de fatigue et d'angoisse, et sentit la terreur l'envahir à l'idée qu'il vidait ses réserves d'énergie à tourner en rond à l'aveuglette. Chaque fois, il se força à s'arrêter, à reprendre son calme, jusqu'à ce que son sens de la proximité lui indiquât un passage.

Il perçut enfin un bruit. Au bout de la grotte ascensionnelle, les ramifications de la rivière souterraine se rassemblaient et peu à peu montait le rugissement de basse de la grande cascade qui menait à la Caverne de Cristal. Devant lui, la voûte de la grotte s'inclinait jusqu'au pied d'une paroi de récents éboulements qui bloquaient le passage. Gravir cette paroi dans un labyrinthe de fissures et de cheminées, redescendre l'autre versant à travers la cascade rugissante sans être assuré par Le Cagot, ce serait la partie la plus dangereuse de sa progression. Il fallait qu'il se repose avant de l'attaquer.

C'est à ce moment que Nicholaï avait débouclé les sangles de la bouteille, assis sur la dalle, le menton sur la poitrine, respirant péniblement à grandes bouffées, la sueur lui dégoulinant dans les yeux.

Il avait bu une grande gorgée d'eau et de vin à sa *xahato,* et s'était étendu sur la dalle, sans prendre la peine d'enlever son casque.

Tout son organisme aspirait au repos. Mais il ne devait pas dormir. Le sommeil était la mort. Juste un peu de repos. Ne pas dormir. Simplement fermer les yeux un moment. Fermer... les yeux...

« Ahhh ! » Il se réveilla en sursaut, tiré d'un sommeil léger et agité par l'image de la lampe de Le Cagot qui se ruait sur lui depuis la voûte de la cavité. Il se redressa, en nage, frissonnant. Dormir ne l'avait pas reposé ; les effets de l'épuisement s'accumulaient ; il avait les mains raides comme des battoirs, les épaules nouées ; des nausées lui montaient à la gorge, provoquées par les trop fréquentes décharges d'adrénaline.

Il resta assis, à moitié affaissé, incapable de se décider. Et pour la première fois, les implications terrifiantes des paroles de Diamond le frappèrent. Son château n'existait plus ? Qu'avaient-ils fait ? Hana avait-elle pu s'échapper ?

Son anxiété au sujet de Hana, le désir de venger Le Cagot lui redonnèrent l'énergie que lui auraient apportée le repos et la nourriture. Il prit les derniers cubes de glucose dans son sac étanche et les mâcha consciencieusement avec ce qui lui restait d'eau et de vin. Le sucre mettrait quelque temps à pénétrer dans son sang. En attendant, il s'employa à faire fonctionner ses mains. La croûte des plaies se fendait ; chaque mouvement était un supplice mais il devait le supporter.

Quand il s'en sentit capable, il remit la bouteille sur son dos et attaqua la pénible ascension du mur qui bloquait l'entrée de la Caverne de Cristal. Il se souvint de Le Cagot lui demandant d'essayer un peu sur la gauche, parce qu'il était dans sa ligne de trajectoire et trop bien installé pour bouger.

Deux fois de suite, accroché aux prises minuscules dans la roche, il dut se débarrasser de la bouteille ; la fissure dans laquelle il s'insérait étant trop étroite pour le laisser passer avec son chargement, et risquant d'endommager le masque pendu à sa poitrine. A chaque fois, il prit soin d'assurer solidement la bouteille, car une chute aurait pu la faire exploser et le priver de l'air indispensable à sa traversée sous l'eau ; tous ces efforts, cette torture seraient alors vains.

Quand il eut franchi l'étroit rebord qui surplombait la cascade, Hel dirigea sa lampe le long de la chute vertigineuse d'où montait un brouillard tourbillonnant dans l'air immobile. Il s'arrêta pour reprendre son souffle et calmer les battements de son cœur. C'était le dernier instant de repos ; à partir de maintenant, ses mains et son corps n'auraient plus le temps de s'ankyloser, les images ne viendraient plus troubler sa volonté.

Le bruit assourdissant de la cascade et le brouillard fumant le gardaient de toute autre pensée que sa progression immédiate. Il avança sur le rebord arrondi et glissant, l'ancien seuil de la cascade, jusqu'à l'affleurement rocheux d'où Le Cagot avait pu l'assurer pour sa première descente le long de la colonne miroitante d'eau. Il ne serait pas assuré cette fois-ci. En descendant centimètre par centimètre, il trouva le premier piton qu'il avait enfoncé précédemment, y accrocha un mousqueton et arrima la corde en double ; il la passa ainsi dans chacun des pitons qu'il retrouvait sur son passage, afin de raccourcir sa chute s'il perdait pied. Là encore, comme la première fois, le frottement dans les mousquetons l'empêcha très vite de tirer aisément la corde à lui, et l'effort faillit lui faire perdre le peu de prise que lui offrait la paroi.

L'eau et la corde ravivaient les plaies de ses mains, et il s'agrippait de plus en plus fort, comme pour châtier la douleur en l'attisant. Quand il atteignit le point où il lui faudrait s'enfoncer dans la paroi liquide et passer derrière la cascade, Hel s'aperçut qu'il ne pouvait plus reprendre du mou. Le poids de l'eau sur la corde, le trop grand nombre de mousquetons, l'épuisement de ses propres forces, tout se combinait pour rendre la tâche impossible. Il n'avait plus qu'à abandonner la corde et à descendre librement. Répétant le même geste que la première fois, il tendit la main et fendit la surface noir argenté de la chute d'eau, qui se sépara en un lourd bracelet palpitant autour de son poignet. Il chercha et localisa la petite fissure aiguë, invisible derrière la paroi liquide, dans laquelle il avait déjà coincé ses doigts. Plonger dans la cascade serait plus difficile cette fois-ci. La bouteille donnait plus de surface au poids de la chute d'eau ; ses doigts étaient à vif et engourdis ; ses réserves d'énergie avaient disparu. Un mouvement souple. S'élancer simplement. Il y a un bon appui derrière la cascade ; et un angle droit formé par l'éboulis qui facilite la descente. Il respira à fond, trois fois, et fonça sous la paroi.

Les pluies récentes avaient doublé l'épaisseur de la chute, et presque triplé sa force. Le poids s'abattit sur son casque, sur ses épaules, faillit arracher la bouteille de son dos. Ses doigts gourds lâchèrent la prise. Il tomba.

La première chose dont il fut conscient en revenant à lui fut le silence relatif. Il se trouvait derrière la cascade, à la base de l'éboulis, assis dans l'eau jusqu'à la taille. Il était probablement resté évanoui pendant un certain temps. Les épisodes lui revinrent à l'esprit l'un après l'autre. Le choc de l'eau sur ses épaules, sur la bouteille ; la douleur quand ses doigts écorchés avaient lâché prise ; le craquement du métal, le bruit, la douleur, sa chute dans le tas d'éboulis — et ce silence relatif, l'eau qui lui montait jusqu'à la taille, à l'endroit même où il n'y avait que la roche humide auparavant.

Le silence n'était pas un problème. Hel n'était pas assommé. Il avait déjà remarqué que la cascade étouffait les sons quand on était derrière elle. Mais l'eau ? Cela signifiait que les pluies récentes s'étaient infiltrées dans le gouffre, qu'elles avaient transformé en lac le fond de la Caverne de Cristal.

Était-il blessé ? Il remua les jambes ; tout allait bien de ce côté. Son épaule droite lui faisait mal ; il pouvait la soulever, mais ressentait un élancement au point le plus haut. Un choc sur l'os, peut-être. Douloureux, mais pas grave. Il croyait s'être tiré pratiquement indemne de sa chute, miraculeusement, quand il éprouva une sensation bizarre. Ses mâchoires étaient anormalement fermées, les pointes des dents soudées les unes dans les autres. La moindre tentative pour les ouvrir déclenchait une douleur insupportable, à la limite de l'évanouissement. Il avait la mâchoire brisée.

Le masque. Avait-il résisté à la chute ? Il le tira du sac et l'examina à la lueur de la lampe qui jaunissait à mesure que s'épuisaient les batteries. Le verre était cassé.

Ce n'était qu'une fêlure. Elle ne céderait peut-être pas, aussi longtemps qu'aucune pression ne s'exercerait sur l'entourage de caoutchouc. Mais résisterait-elle au courant tumultueux qui agitait la rivière au fond de la Cave à Vin ? Sûrement pas.

Quand il se releva, l'eau ne lui arrivait plus qu'à mi-mollets. Il s'avança dans la cascade, plus diffuse maintenant, jusqu'à la Caverne de Cristal. L'eau était plus profonde à mesure que se dissipait le brouillard glacé.

L'une des deux fusées au magnésium s'était brisée dans la chute, recouvrant l'autre d'une poudre grasse qu'il dut essuyer soigneusement avant de l'allumer, de peur de la voir s'enflammer tout entière et lui brûler la main. Il planta la fusée sur son couvercle ; elle crachota, puis déploya un dôme de lumière blanche qui illumina les hautes parois incrustées de cristaux scintillants, faisant ressortir la beauté des draperies de calcite et les minces stalactites. Mais ces dernières ne rejoignaient pas les épaisses stalagmites, comme la fois précédente. Le sol de la caverne était aujourd'hui un lac peu profond qui recouvrait tous les spécimens spéléologiques bas. Ses premières craintes se confirmaient. Les pluies avaient rempli la dernière partie du réseau ; la longue pente glaiseuse était sous l'eau.

La première réaction de Nicholaï fut d'abandonner ; chercher un rebord hors de l'eau, s'asseoir, ne plus bouger, se perdre dans la méditation. Ça devenait trop difficile maintenant. Les chances de réussite étaient trop faibles. Au départ, il avait pensé que cette dernière et hasardeuse épreuve, le passage à la nage du fond de la Cave à Vin jusqu'à l'air libre, serait la plus facile d'un point de vue psychologique. Sans autre alternative, l'immensité de tout le réseau pesant derrière lui, cette ultime tentative bénéficierait de l'énergie du désespoir. En fait, il avait même pensé que ses chances d'aboutir étaient peut-être plus grandes que si Le Cagot avait été là pour l'assurer ; en effet, dans ce cas, il n'aurait pas été à la limite de son endurance, gardant des forces pour revenir en arrière si le passage était bloqué, ou trop long. Mathématiquement, ses chances étaient donc deux fois plus grandes, puisqu'il n'était pas question de revenir en arrière contre un courant d'une telle puissance.

Mais maintenant… La Caverne de Cristal était inondée, la distance à parcourir à la nage avait doublé. L'avantage du désespoir n'existait plus.

Ne serait-il pas préférable de s'asseoir et d'attendre la mort avec dignité, plutôt que de lutter contre le destin, comme un animal pris au piège ? Quel espoir lui restait-il ? Le plus léger mouvement de la mâchoire lui causait une douleur atroce ; il avait l'épaule engourdie, l'articulation jouait difficilement ; ses mains étaient en lambeaux ; et il était bien peu probable que ce satané verre résistât aux courants du conduit souterrain. Ce n'était plus un pari, c'était un jeu à pile ou face avec le destin, dans lequel ce dernier avait pile et face. Hel ne pouvait gagner que si la pièce tombait sur la tranche.

Il marcha lourdement jusqu'à la paroi de la Caverne, là où le calcaire dégoulinait comme du caramel durci. Il allait s'asseoir à cet endroit, et attendre la fin.

La fusée s'éteignit dans un crépitement, et la nuit éternelle des profondeurs se referma sur Nicholaï, l'écrasant de son poids immense. Des taches lumineuses, cristaux minuscules vus sous un microscope, se dessinaient dans l'obscurité quand il bougeait les yeux. Elles disparurent peu à peu, et l'obscurité fut totale.

Rien au monde ne serait plus facile que d'accepter la mort avec dignité, avec *shibumi*.

Et Hana ? Et ce prêtre dément, cause de la mort de Hannah Stern et de Le Cagot ? Et Diamond ?

Bon ! D'accord ! Nom de Dieu ! Hel coinça la torche étanche entre deux arêtes d'aragonite pour s'éclairer pendant qu'il accrochait le masque à la bouteille, grognant de douleur en serrant les joints de ses doigts écorchés. Après avoir soigneusement passé les sangles par-dessus son épaule endolorie, il ouvrit la soupage et ôta la buée du verre. La pression du masque contre sa mâchoire brisée était pénible, mais supportable.

Ses jambes étaient indemnes ; il pourrait se mouvoir dans l'eau en tenant la torche de sa main valide. Dès qu'il y eut assez de fond, il s'étendit à la surface et commença à nager, c'était moins pénible que de patauger dans l'eau.

Dans le lac translucide de la caverne, qu'aucun organisme ne venait troubler, les irrégularités du fond ressortaient à la lueur de la torche comme si elles étaient à l'air libre. Ce n'est qu'en atteignant la pente glaiseuse que Nicholaï ressentit les effets du courant — plus sous forme d'aspiration que d'une poussée venant de l'arrière.

La pression de l'eau lui boucha les tympans ; il entendit sa propre respiration résonner dans son crâne.

L'aspiration s'accrut quand il approcha de la fin de la pente glaiseuse. La force du courant arqua son corps vers le puisard de la

Cave à Vin. Une fois arrivé là, il n'aurait plus besoin de nager. Le courant l'emporterait, le tirerait en avant. Il faudrait s'efforcer de ralentir la vitesse et de contrôler la direction. La traction du courant était une force invisible ; il n'y avait pas de mouvement sous l'eau, pas de particules, aucune preuve des tonnes de force qui l'entraînaient.

C'est en essayant de saisir une aspérité, pour s'arrêter un instant et reprendre ses esprits avant d'entrer dans le puits, que Hel mesura la puissance du courant. La roche lui fut arrachée des mains, et il se sentit tiré sur le dos vers le bas du puits. Il lutta pour se retourner, se vrilla sur lui-même ; il devait pénétrer dans le conduit les pieds en avant pour avoir une chance de s'en sortir. S'il rencontrait un bouchon, tête la première, c'était la fin.

Inexplicablement, l'aspiration sembla diminuer une fois dans le puits ; Hel descendit lentement vers le fond, ses pieds vers l'ouverture triangulaire en dessous de lui. Il inspira un grand coup, et se concentra, se souvenant de la rapidité avec laquelle le courant avait emporté les sacs de fluorescéine, si vite que l'œil ne pouvait les suivre.

Son corps flottait paisiblement vers le fond du puisard. Ce fut sa dernière impression distincte.

Le courant l'agrippa, l'entraîna dans le conduit. Son pied heurta quelque chose. Sa jambe se replia, son genou cogna sa poitrine. Il tournoyait sur lui-même. Sa torche avait disparu. Un choc dans le dos, un autre sur la hanche.

Et soudain il se retrouva coincé derrière un bouchon. L'eau rugissait à côté de lui. Le masque bougea, la vitre éclata, les éclats lui tailladant la jambe au passage. La peur lui avait coupé le souffle depuis plusieurs secondes ; le besoin d'air faisait battre ses tempes. L'eau lui frappait le visage, remontait dans ses narines. C'était cette satanée bouteille ! Il était coincé parce qu'il n'y avait pas assez de place pour lui et la bouteille ! Il saisit son couteau, mit toute sa force dans sa main droite, résistant à l'eau qui tentait de lui faire lâcher prise. Détacher la bouteille ! Le poids de l'eau sur le cylindre imprimait les sangles dans ses épaules. Pas de place pour passer la lame. Il fallait couper les sangles directement sur la poitrine.

Douleur blanche.

Le pouls qui bat résonne jusqu'au cerveau. La gorge qui se convulse en quête d'air. Coupe plus fort ! Coupe nom de Dieu !

Et la bouteille lâcha, heurtant son pied en s'enfuyant sous lui. Il bougeait à nouveau, roulait sur lui-même. Un bruit sourd. Quelque chose le frappait derrière la tête. Son diaphragme se souleva, cherchant désespérément l'air. Les battements de son cœur cognaient dans sa tête. Il tournoyait dans un chaos de bulles et d'écume.

Des bulles… de l'écume ! Il voyait la lumière ! Remonter à la surface ! Remonter !

SIXIÈME PARTIE

TSURU NO SUGOMORI

Etchebar

Hel gara la Volvo sur la place déserte d'Etchebar, et sortit lourdement de la voiture, oubliant de fermer la porte derrière lui, et négligeant le coup rituel qu'il décochait à la carrosserie. Il respira à fond, expira lentement, et se mit à gravir la route sinueuse qui menait au château.

Derrière les volets mi-clos, les femmes du village l'épiaient et défendaient aux enfants d'aller jouer sur la place tant que M. Hel était encore là. Il y avait huit jours que M. Hel était parti en montagne avec Le Cagot, et que ces hommes terribles en uniforme avaient envahi le village et saccagé le château. Personne n'avait vu M. Hel depuis lors. On disait qu'il était mort. Aujourd'hui il revenait vers sa maison démolie, mais personne n'osait le saluer. Dans ce vieux village de montagne, les instincts primitifs l'emportaient ; chacun savait qu'il n'est pas bon de s'associer à l'infortune, sous peine de contagion. Après tout, n'était-ce pas la volonté de Dieu si ces horribles événements étaient survenus ? L'étranger n'était-il pas puni d'avoir vécu avec une Orientale, peut-être sans le sacrement du mariage ? Et qui sait de quoi d'autre Dieu le punissait encore ? Oh ! bien sûr, on pouvait éprouver de la pitié — c'était une des lois de l'Église —, mais mieux valait ne pas se mêler à ceux que Dieu châtie. Vous pouvez ressentir de la sympathie pour eux, mais pas au point de courir des risques personnels.

En gravissant l'allée principale, Hel ne pouvait voir les dégâts causés à son château ; les longues branches des pins le dissimulaient à sa vue. Mais du bas de la terrasse, l'étendue du dommage lui apparut. Le corps central et l'aile est avaient disparu, les murs soufflés par l'explosion, les décombres répandus dans toutes les directions, des blocs de granit et de marbre enfouis dans la pelouse dévastée jusqu'à une distance de cinquante mètres ; un reste de mur cernait les caves béantes, sombres et humides d'infiltrations. L'aile ouest était encore debout, les pièces ouvertes à l'air libre, les cloisons arrachées. Tout avait brûlé ; les planchers étaient défoncés, les poutres calcinées pendaient dans le vide, brisées. Toutes les vitres des fenêtres et portes-fenêtres avaient volé en éclats ; des traces de flammes sombres marbraient les murs au-dessus des ouvertures. Une odeur de chêne brûlé se mêlait à la brise qui faisait voleter des lambeaux de rideaux.

Seul s'entendait le bruissement du vent dans les pins, quand Nicholaï enjamba les décombres pour examiner les murs encore debout de l'aile ouest. Il découvrit en trois endroits des trous forés dans le granit. Les charges de dynamite étaient intactes ; ils s'étaient contentés de la destruction par le feu.

C'est la vue du jardin japonais qui le peina le plus. Visiblement, les assaillants avaient reçu l'ordre de s'y attaquer avec un soin tout particulier. Ils s'étaient servis de lance-flammes. La rivière musicale coulait dans des débris carbonisés ; une semaine après, l'eau luisait encore de traces huileuses. Disparus la maison de bains et son bosquet de bambous. Seules quelques pousses tenaces sortaient déjà du sol noirci.

La pièce couverte des tatamis et la salle d'armes étaient toujours là, excepté les portes tendues de papier de riz. Les structures légères avaient plié sous l'ouragan, mais elles avaient survécu.

Hel traversa le jardin dévasté, soulevant une fine poussière noire sous ses semelles. Il s'assit lourdement sur le seuil de la pièce aux tatamis, jambes pendantes à l'extérieur. Le service à thé sur la table basse en laque avait un drôle d'air, à la fois bizarre et émouvant.

Il était prostré, la tête basse, quand il sentit Pierre approcher.

Le chagrin mouillait la voix du vieil homme. « Oh ! m'sieur. Oh ! m'sieur ! Regardez ce qu'ils nous ont fait ! Pauvre Madame. Vous l'avez vue ? Elle va bien ? »

Hel avait passé ces quatre derniers jours à l'hôpital d'Oléron, ne quittant Hana que sur l'ordre des médecins.

Les yeux humides de Pierre s'emplirent de compassion à la vue de son maître. « Mais dans quel état êtes-vous, m'sieur ! » Hel avait une bande qui lui soutenait la mâchoire, des traces violettes sur tout le visage. Sous sa chemise, son bras était maintenu serré contre la poitrine, immobilisant l'épaule ; et ses deux mains étaient bandées du poignet à la deuxième phalange.

« Vous ne paraissez pas en très bon état vous-même, Pierre », dit-il d'une voix étouffée, entre ses dents.

Pierre haussa les épaules. « Oh ! ça ira. Mais regardez, nos mains sont pareilles. » Il éleva les mains, montrant les bandes de gaze sur ses paumes brûlées. Il avait une ecchymose au-dessus d'un sourcil.

Hel remarqua une tache sombre sur le devant de la chemise ouverte du jardinier. Sans doute un verre de vin avait-il glissé des battoirs maladroits qui lui servaient de mains.

« Que vous êtes-vous fait à la tête ?

— Ce sont les bandits, m'sieur ! L'un d'eux m'a assommé avec la crosse de son fusil pendant que j'essayais de les arrêter.

— Racontez-moi ce qui est arrivé.

— Oh ! m'sieur, c'est trop épouvantable !

— Racontez-moi simplement. Calmez-vous, et racontez.

— Nous pourrions peut-être aller jusqu'au pavillon d'entrée ? Je vous offrirai un petit verre, et j'en prendrai peut-être un moi-même. Ensuite, je vous raconterai.

— Très bien. »

En marchant vers le pavillon, le vieux jardinier proposa à Hel d'habiter chez lui. Les bandits avaient épargné sa petite maison.

Hel s'installa dans un gros fauteuil aux ressorts cassés que Pierre avait débarrassé pour faire place à son hôte. Après avoir bu à la bouteille, plus facile à tenir, le vieux jardinier contempla la vallée par la petite fenêtre de la chambre au premier étage.

« J'étais en train de travailler, m'sieur. Mille choses à faire, comme d'habitude. J'attendais la voiture que Madame avait commandée à Tardets pour l'emmener là où atterrissent les avions. J'ai entendu un ronronnement au-dessus des montagnes. Le bruit est devenu de plus en plus fort. Et ils sont arrivés, comme des grands insectes, rasant les collines, près du sol.

— Qui est arrivé ?

— Les bandits ! Dans des autogyres !

— Des hélicoptères ?

— Oui. Deux. Ils se sont posés dans le parc avec un grand bruit, et les horribles machines ont craché des hommes. Des hommes qui avaient tous des fusils, des tenues vertes camouflées, et des bérets orange. Ils criaient en courant vers le château. Je les ai interpellés, en leur disant de s'en aller. Les femmes à la cuisine hurlaient ; elles se sont enfuies vers le village. J'ai couru derrière les bandits, en les menaçant de prévenir m'sieur Hel s'ils ne partaient pas tout de suite. L'un d'eux m'a frappé avec son arme, et je suis tombé. Un grand bruit ! Des explosions ! Et les deux autogyres posés sur la pelouse, leurs ailes tournant sans arrêt. Quand j'ai pu me relever, j'ai couru vers le château. Je voulais me battre contre eux, m'sieur ! Je voulais me battre !

— Je sais.

— Oui, mais ils repartaient vers leurs appareils. On m'a jeté par terre à nouveau. Quand je suis arrivé au château... Oh ! m'sieur ! Il n'y avait plus rien ! De la fumée et des flammes partout. Alors, m'sieur... Oh, Seigneur ! J'ai vu Madame à la fenêtre de l'aile qui brûlait. Le feu, tout autour d'elle. Je me suis précipité. Des débris en flammes tombaient partout autour de moi. Quand je suis arrivé, elle restait sans bouger, elle ne pouvait plus trouver son chemin ! Les fenêtres avaient explosé, et le verre... Oh ! m'sieur, le verre ! » Pierre ne pouvait plus retenir ses larmes. Il enleva son béret et s'en couvrit la figure. Il n'avait jamais enlevé son béret, depuis quarante ans. Il s'en essuya les yeux, renifla bruyamment, et le replaça sur sa tête. « J'ai pris Madame et je l'ai fait sortir. Le chemin était barré par des choses en flammes. J'ai dû les écarter avec mes mains. Mais, j'y suis arrivé. Je l'ai sortie de là. Mais le verre !... » Pierre éclata en sanglots. Les larmes lui coulaient des narines.

Hel se leva et prit le vieil homme dans ses bras.

« Vous avez été brave, Pierre.

— Mais je suis le *patron,* quand vous n'êtes pas là, et je n'ai pas réussi à les arrêter !

— Vous avez fait tout ce qu'un homme pouvait faire.

— J'ai essayé de me battre contre eux.

— Je sais, Pierre.

— Et Madame ? Guérira-t-elle ?

— Elle vivra.

— Et ses yeux ? »

Hel détourna son regard, respira profondément. Un instant, il garda le silence, puis s'éclaircissant la voix : « Nous avons du travail, Pierre.

— Mais, m'sieur, quel travail ? Il n'y a plus de château.

— Nous allons déblayer, et réparer ce qu'il reste. J'ai besoin de vous pour engager des hommes et les surveiller pendant les travaux. »

Pierre secoua la tête. Il n'avait pas réussi à protéger le château. On ne pouvait lui faire confiance.

« Je veux que vous me trouviez des hommes. Il faut dégager les décombres. Protéger l'aile ouest des intempéries. Réparer ce qui doit être réparé pour passer l'hiver. Et au printemps prochain, nous reconstruirons.

— Mais, m'sieur ! Cela prendra toute la vie de reconstruire le château !

— Je n'ai pas dit que nous finirions un jour, Pierre. »

Pierre réfléchit. « C'est bien, dit-il. C'est bien. Oh ! vous avez du courrier. Une lettre et un paquet. Ils sont quelque part par ici. (Il fouilla parmi les chaises défoncées, les boîtes vides, l'incroyable bric-à-brac qui lui servait de mobilier.) Ah ! les voilà. Exactement où je les avais mis pour qu'ils soient en sécurité. »

Le paquet et la lettre venaient de Maurice de Lhandes. Pendant que Pierre reprenait quelques forces à sa bouteille, Hel lut le message de Maurice :

Mon cher ami,

J'ai déchiré et jeté ma première version épistolaire, car elle commençait par une phrase si mélodramatique qu'elle m'a fait rire, et je le crains, vous aurait embarrassé. Cependant, incapable de trouver une autre formule pour vous dire ce que je veux dire, je me vois obligé de vous livrer cette première phrase digne d'un collégien :

Quand vous lirez ceci, Nicholaï, je serai mort.

(Ici, silence pour mon rire spectral et votre embarras affectueux.)

Pour nombre de raisons, je me suis toujours senti très proche de vous, mais les trois suivantes feront l'affaire : d'abord, comme moi, vous avez toujours entravé et menacé l'action des gouvernements et des grandes compagnies. Ensuite, vous êtes la dernière personne, à part Estelle, à qui j'aurai parlé de mon vivant. Enfin, non seulement vous n'avez jamais fait allusion à mon apparence physique, mais vous ne l'avez jamais non plus sous-estimée, attentif à ne pas blesser ma sensibilité en me parlant brutalement d'homme à homme.

Je vous envoie un présent (que vous avez sans doute déjà ouvert, avide comme vous l'êtes). Il peut vous être de quelque utilité un jour. Vous vous souvenez, je vous ai dit que je possédais quelque chose sur les États-Unis d'Amérique ? Un truc tellement formidable qu'il suffirait à coucher la statue de la Liberté, jambes ouvertes à votre bon vouloir. Eh bien, le voilà.

Ce n'est qu'une photocopie. J'ai détruit les originaux. Mais l'ennemi n'en saura rien, et surtout, il ne sait pas que je suis mort. (Extraordinaire de pouvoir écrire cela au présent !)

Ils n'ont aucun moyen de savoir que les originaux ne sont plus en ma possession sous forme de presse-bouton ; mais avec un peu de mise en scène, vous devriez pouvoir les manipuler à votre guise.

Comme vous le savez, mon rationalisme m'a toujours empêché de croire à une forme de vie après la mort. On peut malgré tout conserver un certain pouvoir destructeur. Et cette idée me plaît assez.

S'il vous plaît, rendez visite à Estelle de temps en temps, donnez-lui l'impression qu'elle est désirable. Et faites mes amitiés à votre merveilleuse Orientale.

Avec mes sentiments affectueux.

P.-S. — Vous ai-je dit l'autre soir que les morilles n'avaient pas assez de jus de citron ? J'aurais dû le faire.

Hel déballa le paquet, et en parcourut le contenu. Des affidavits, des photographies, des rapports, une masse de documents sur les personnes et les organisations impliquées dans l'assassinat de John F. Kennedy ; avec les alibis de certains aspects de l'assassinat. En particulier, les déclarations de trois individus dénommés l'Homme au Parapluie, l'Homme de l'Escalier de Secours et le Commando de la Butte.

De la dynamite.

Après un simple repas de saucisses, de pain et d'oignon, arrosé d'un vin rouge rugueux, Hel et Pierre firent un tour dans le parc, restant délibérément à l'écart de la vue désolante du château. Le soir tombait, des traînées mauves et rose saumon s'accumulaient sur la crête des montagnes.

Hel annonça qu'il allait s'absenter pour plusieurs jours. Ils commenceraient les réparations à son retour.

« Vous me les confieriez, m'sieur ? Même si je n'ai pas su vous défendre ? » Il se sentait pitoyable. Il aurait pu mieux secourir Madame, s'il avait été complètement sobre.

Hel changea de sujet. « Que pensez-vous du temps pour demain, Pierre ? »

Le vieil homme regarda le ciel d'un air troublé, et haussa les épaules. « Je ne sais pas, m'sieur. A vrai dire, je n'ai jamais su prédire le temps. Je le prétendais seulement, pour me donner de l'importance.

— Mais, Pierre, vos prédictions sont infaillibles. Je m'y suis toujours tenu, et elles m'ont beaucoup servi. »

Pierre fronça les sourcils, s'efforçant de se souvenir. « Vraiment, m'sieur ?

— Je n'oserais pas partir en montagne sans avoir votre avis.

— Vraiment ?

— Je suis convaincu que c'est une question de sagesse, d'âge et de sang basque. Je peux atteindre l'âge, avec le temps, peut-être même la sagesse, mais le sang basque... » Hel soupira et frappa une branche de buisson au passage.

Pierre resta silencieux un moment, l'air méditatif, et finit par déclarer. « Vous savez, je pense que vous avez raison. C'est sans doute un don. Même moi, je crois que ce sont les signes dans le ciel. Mais en réalité, c'est un don — un talent que seuls les Basques possèdent. Par exemple, vous voyez les moutons floconneux qui ont des reflets roux dans le ciel ? Maintenant, il est important de savoir que la lune décroît et que les oiseaux volaient bas ce matin. Avec tout ça, je peux vous dire que... »

L'église d'Alos

Le père Xavier avait la tête penchée, les tempes entre ses doigts, sa main masquant en partie les traits indistincts de la vieille femme de l'autre côté de la grille en bois du confessionnal. Attitude de compassion attentive qui lui permettait de se plonger dans ses propres pensées, pendant que sa pénitente dévidait sa litanie, s'accusant des moindres peccadilles, espérant par la lassante insignifiance de ses péchés convaincre Dieu qu'elle n'avait rien de grave à se reprocher. Elle s'accusait maintenant des péchés d'autrui — demandant l'absolution pour ne pas avoir su empêcher son mari de boire, pour avoir écouté les médisances de sa voisine Mme Ibar, pour avoir permis à son fils de manquer la messe et d'aller à la chasse au sanglier, à la place.

Montant son susurrement interrogatif d'un ton à chaque pause, le père Xavier avait l'esprit occupé à spéculer sur les questions de superstition. A la messe, ce matin, il avait fait usage d'une ancienne superstition pour capter l'attention des fidèles et renforcer son message de foi et de révolution. Il était trop évolué lui-même pour partager ces peurs ancestrales significatives de la foi des montagnards basques ; mais en tant que soldat du Christ, il croyait de son devoir de s'emparer de toutes les armes à sa portée, et de marquer un point pour l'Église militante. Il connaissait cette croyance suivant laquelle une cloche qui sonne pendant la *Sagara* (l'élévation de l'hostie) est annonciatrice de mort. Et plaçant un réveil sous l'autel, de manière à le voir, il avait fait coïncider le moment de la *Sagara* avec celui où l'heure avait sonné. Une rumeur avait parcouru l'assistance, suivie d'un profond silence. Choisissant alors le thème des auspices de la mort pour son sermon, il avait prédit la fin de la répression contre le peuple basque, et la mort de l'athéisme dans le mouvement révolutionnaire. L'effet produit était satisfaisant : plusieurs invitations à dîner et à passer la nuit chez des paysans du cru, et une affluence inhabituelle à la confession du soir — y compris des hommes, parmi les plus âgés, bien sûr.

Cette dernière pénitente allait-elle un jour en terminer avec ses omissions dérisoires ? Le soir tombait, assombrissant l'intérieur déjà obscur de la vieille église, et le père Xavier ressentait les tiraillements de la faim. Peu avant que ce moulin à paroles n'ait introduit sa volumineuse personne dans le confessionnal, il avait jeté un coup d'œil dehors, et constaté qu'il n'y avait plus de pénitents. Il poussa un soupir et interrompit le déroulement sans fin des fautes vénielles, donna à la vieille femme du « ma fille », lui dit que le Christ la comprenait et lui pardonnait, et lui accorda une quantité de prières pour pénitence, afin qu'elle se sente importante.

Quand elle sortit du confessionnal, le père se renfonça dans son siège donnant à la femme le temps de quitter l'église. Se hâter vers un dîner gratuit, arrosé de vin, n'aurait pas été convenable. Il se préparait à se lever lorsqu'un bruissement de rideaux lui indiqua qu'un nouveau pénitent se glissait dans le confessionnal.

Le père Xavier soupira impatiemment.

Une voix sourde disait : « Vous n'avez que quelques secondes pour prier Dieu, père. »

S'efforçant de distinguer à travers la grille celui qui se tenait dans l'ombre, le père Xavier sursauta. La silhouette avait la tête entourée de bandages, semblables aux linges attachés sous le menton des morts pour empêcher leur mâchoire de s'ouvrir. Un fantôme ?

Trop évolué pour s'abandonner à la superstition, il se rejeta en arrière et brandit son crucifix devant lui : « Arrière ! *I ! Abi !* »

La voix sourde reprenait : « Souvenez-vous de Beñat Le Cagot !

— Qui êtes-vous ? Que... »

La grille se fendit en deux, et l'extrémité de la *makila* de Le Cagot plongea entre les côtes du prêtre, perçant son cœur et le clouant à la cloison du confessionnal.

Personne n'ébranlerait plus, désormais, la croyance des villageois dans la superstition de la *Sagara*, si bien démontrée ici-même. Et dans les mois qui suivirent, se créa une nouvelle légende, celle du mythe de Le Cagot, mystérieusement disparu dans la montagne, mais qui revenait soudainement dès que les combattants de la Liberté basque avaient besoin de lui. Animée par la vengeance, la *makila* du héros avait volé jusqu'au village d'Alos, et puni le prêtre qui l'avait trahi.

Hel pénétra dans le luxueux ascenseur privé, Dieu soit loué sans accompagnement musical, et remua prudemment la mâchoire de gauche à droite. En huit jours, depuis qu'il avait organisé cette entrevue, son état physique s'était considérablement amélioré. Il avait encore la mâchoire raide, mais ne portait plus l'encombrante bande de soutien ; on lui avait ôté les pansements de ses mains, et les dernières traces de choc sur son front s'étaient estompées.

L'ascenseur stoppa et la porte s'ouvrit directement dans un bureau de réception où un secrétaire accueillit Hel d'un sourire vide.

« Monsieur Hel ? Le président va vous recevoir bientôt. L'autre personne attend à l'intérieur. Voulez-vous la rejoindre ? » Le secrétaire, élégant jeune homme dans une chemise de soie ouverte sur la poitrine et des pantalons collants extrêmement révélateurs, guida Hel dans une seconde pièce de réception dont la décoration rappelait un salon de maison de campagne : fauteuils capitonnés en chintz fleuri, rideaux de dentelle, une table basse, deux rocking-chairs, une vitrine encombrée de bibelots, les photographies de trois générations dans leurs cadres, posées sur un piano droit.

L'homme qui se leva du confortable divan avait des traits sémites et un accent d'Oxford. « Monsieur Hel ? J'attendais votre visite avec impatience. Je suis M. Able, et je représente les intérêts de l'O.P.E.P. dans des affaires comme celles-ci. (Il mit une pression particulière dans sa poignée de main qui pouvait indiquer ses tendances sexuelles.) Veuillez vous asseoir, monsieur Hel. Le président va nous rejoindre dans un instant. Elle a dû s'absenter. Un problème de dernière minute. »

Hel choisit le fauteuil le moins hideux. « Elle ? »

M. Able laissa échapper un rire mélodieux. « Ah ! vous ignoriez que le président était une femme ?

— En effet, je l'ignorais. Pourquoi ne l'appelle-t-on pas présidente, dans ce cas, ou par l'une de ces affreuses locutions dont les Américains ont le secret pour sauvegarder leur conscience sociale ?

— Ah ! vous verrez que le président ne s'intéresse pas aux conventions. Devenue l'un des personnages les plus puissants du monde, elle n'a cure d'être reconnue ; et se placer sur un pied d'égalité avec qui que ce soit serait pour elle se rabaisser considérablement. (M. Able sourit et renversa la tête avec affectation.) Vous savez, monsieur Hel, j'ai beaucoup entendu parler de vous avant que Ma ne me demande d'assister à cet entretien.

— Ma ?

— Tous les proches du président l'appellent Ma. Une sorte de plaisanterie enfant. C'est le chef de la Mother Company, voyez-vous.

— Je vois, en effet. »

La porte du bureau de réception s'ouvrit et un bel athlète bronzé, aux cheveux blonds bouclés, entra, portant un plateau.

« Posez-le ici, lui dit M. Able. (Et s'adressant à Hel :) Ma me demandera certainement de faire le service. »

Le superbe éphèbe sortit après avoir disposé le service à thé en porcelaine épaisse et bon marché, décoré d'un motif chinois.

M. Able remarqua le coup d'œil de Hel sur le service à thé. « Je devine vos pensées. Ma préfère les objets qu'elle appelle « bien de chez nous ». J'ai eu connaissance de vos curieux antécédents au cours d'un briefing, il y a quelque temps. Bien sûr, je ne m'attendais pas à vous rencontrer, pas après que M. Diamond eut mentionné votre mort. Soyez certain que je regrette les actes commis par la police spéciale de la Mother Company sur votre demeure. C'est un acte barbare et impardonnable.

— Vraiment ? » L'attente irritait Hel. Il n'avait aucune envie de passer le temps à converser avec cet Arabe. Il se leva et se dirigea vers le piano et ses rangées de portraits de famille.

A ce moment, la porte du bureau du fond s'ouvrit, et le président entra.

M. Able se dressa d'un bond. « Madame Perkins, puis-je vous présenter Nicholaï Hel ? »

Elle prit la main de Hel et la serra chaleureusement entre ses doigts courts et boudinés. « Crénom, monsieur Hel, vous ne pouvez pas savoir comme j'attendais de vous rencontrer. » Mme Perkins était une femme rondelette d'une cinquantaine d'années. Elle avait un regard clair et maternel, un cou qui disparaissait sous plusieurs mentons, des cheveux serrés en un chignon d'où s'échappaient quelques mèches folles, une poitrine pigeonnante et des avant-bras rebondis, marqués de fossettes. Le tout vêtu d'une robe de soie violette à ramages. « Je vois que vous regardez ma famille. La joie de mon cœur, comme je les appelle. Mon petit-fils, là. Un vrai garnement. Et M. Perkins. Un homme merveilleux. Un vrai cordon-bleu, et un magicien avec les fleurs. (Elle sourit aux portraits et secoua la tête avec une affection de propriétaire.) Bien, il serait peut-être temps de nous occuper de nos affaires. Voulez-vous du thé, monsieur Hel ? (Elle se laissa tomber dans un des rocking-chairs avec un petit soupir.) Je ne sais pas ce que je deviendrais sans mon thé.

— Avez-vous lu les documents que je vous ai fait parvenir, madame Perkins ? » Il fit un geste de dénégation vers M. Able, indiquant qu'il se passerait de thé en sachet.

Le président se pencha en avant et posa sa main sur le bras de Hel : « Pourquoi ne pas m'appeler Ma ? Tout le monde le fait.

— Avez-vous lu les documents, madame Perkins ? »

Le sourire chaleureux disparut du visage poupin, et la voix prit une résonance métallique. « Certainement.

— Vous vous souvenez que j'ai mis comme première condition à notre entrevue votre promesse de ne pas révéler à M. Diamond que je suis toujours en vie.

— J'ai accepté cette condition. (Elle lança un regard rapide à M. Able.) Le contenu de la communication faite par M. Hel m'est strictement réservé. Vous devez me laisser la direction de cette opération.

— Certainement, Ma.

— Et alors ? demanda Hel.

— Je ne vais pas prétendre que vous ne nous coincez pas, monsieur Hel. Pour diverses raisons, nous préférerions qu'il n'y ait pas trop de remue-ménage en ce moment, quand notre congrès est en train de démolir cette loi Cracker sur l'énergie. Si je comprends bien la situation, il serait inopportun de prendre des mesures de rétorsion contre vous, qui auraient pour effet la transmission immédiate de ces informations à la presse européenne. Elles sont actuellement en la possession de cet individu que Fat Boy identifie comme Le Gnome. Est-ce bien cela ?

— Oui.

— C'est donc une question de prix, monsieur Hel. Quel est votre prix ?

— Plusieurs choses. D'abord, vous m'avez retiré mes terres dans le Wyoming. Je veux que vous me les rendiez. »

Le président secoua sa main potelée à une demande aussi insignifiante.

« Et je désire aussi que vos filiales interrompent toutes les exploitations à ciel ouvert dans un rayon de cinq cents kilomètres autour de ma propriété. »

Mme Perkins serra les mâchoires sous l'effet de la colère rentrée, les yeux froids fixés sur Hel. Puis elle cligna deux fois des paupières et dit : « Très bien.

— Ensuite, il y a l'argent qui a été retiré de mon compte en Suisse.

— Bien sûr. Bien sûr. Est-ce tout ?

— Non. Je sais que vous pouvez annuler à volonté chacune de

ces décisions. Aussi suis-je contraint de laisser les informations dans le circuit pendant une période indéfinie. Si vous me causiez quelque tort que ce soit, nous appuierions sur le bouton.

— Je vois. Fat Boy nous a informés que Le Gnome était en mauvaise santé.

— Je l'ai entendu dire.

— Vous devez vous rendre compte que s'il venait à mourir, votre protection disparaîtrait ?

— Pas vraiment, madame Perkins. Non seulement faudrait-il qu'il mourût, mais il faudrait aussi que vous soyez certains de sa mort. Et je sais que vous n'avez jamais réussi à découvrir où il se trouve, et que vous n'avez même pas la moindre idée de ce à quoi il ressemble. Je suppose que vous allez intensifier vos recherches, mais je fais le pari que vous ne le trouverez jamais.

— Nous verrons. Avez-vous d'autres demandes à formuler ?

— J'ai en effet d'autres demandes. Votre organisation a détruit ma maison. Il me sera sans doute impossible de la reconstruire, car les ouvriers et artisans qualifiés pour un travail de cette qualité n'existent plus, mais j'ai l'intention d'essayer.

— Combien ?

— Quatre millions.

— Aucune maison ne vaut quatre millions de dollars !

— Cinq millions !

— Mon jeune ami, j'ai commencé ma carrière professionnelle avec moins du quart de cette somme, et si vous pensez...

— Six millions ! »

Mme Perkins ferma brusquement la bouche. Il régna soudain un silence total. M. Able détourna les yeux du couple qui se mesurait du regard par-dessus la table basse, l'un d'un œil fixe et glacial, l'autre les paupières mi-closes sur ses yeux vert bouteille.

Mme Perkins respira lentement et profondément, pour retrouver son calme. « Très bien. Mais ceci, permettez-moi de vous le conseiller, devrait mettre un terme à vos exigences.

— Ce n'est pourtant pas le cas.

— Votre prix a atteint son maximum. Il y a une limite au degré où ce qui est bon pour la Mother Company l'est pour les États-Unis.

— Je crois, madame Perkins, que vous apprécierez ma dernière demande. Si votre M. Diamond avait correctement fait son travail, s'il n'avait pas laissé son inimitié personnelle interférer dans son jugement, vous ne seriez pas dans cette situation désastreuse. Ma dernière demande est la suivante : je veux Diamond, et je veux aussi l'homme de main de la C.I.A., Starr. Et le gardien de troupeaux que vous appelez M. Haman. Ne considérez pas ceci comme un paiement supplémentaire. Je vous rends

plutôt un service — j'inflige une punition pour incompétence.
— Et ce sera votre dernière requête.
— C'est la dernière requête. »
Le président se tourna vers M. Able. « Comment la mort des Septembristes dans cet accident d'avion a-t-elle été accueillie par vos compatriotes ?
— Jusqu'à présent, ils croient qu'il s'agit réellement d'un accident d'avion. On ne les a pas informés que c'était un assassinat. Nous attendions vos instructions, Ma.
— Bien. Ce M. Haman... c'est un parent du chef de l'O.L.P., il me semble ?
— C'est exact, Ma.
— Comment sa mort sera-t-elle reçue ? »
M. Able réfléchit pendant un moment. « Il sera peut-être nécessaire de faire quelques nouvelles concessions. Mais je pense que cela peut s'arranger. »
Mme Perkins se tourna vers Hel. Elle le regarda fixement pendant deux ou trois secondes.
— « Marché conclu », dit-elle.
Hel inclina la tête. « Voilà ce que vous allez faire. Vous montrerez à Diamond les informations qui vous sont parvenues au sujet de l'assassinat de Kennedy. Vous lui direz que vous avez une piste concernant Le Gnome, mais que vous ne faites confiance à personne qu'à lui pour tuer cet homme et récupérer les originaux. Il devra savoir à quel point il serait dangereux qu'un autre que lui puisse avoir connaissance de ces informations. Vous ordonnerez à Diamond de se rendre au village de Oñate, dans le Pays basque espagnol. Il sera contacté par un guide qui les emmènera, lui et ses deux compagnons, dans la montagne, à l'endroit où ils devront trouver Le Gnome. A partir de là, je prendrai le relais. Autre chose... et ceci est capital. Je désire que tous les trois soient bien armés lorsqu'ils iront en montagne.
— Avez-vous noté cela ? demanda le président à M. Able, les yeux toujours fixés sur le visage de Hel.
— Oui, Ma. »
Elle fit un signe de tête. Alors, l'expression de son visage s'éclaira, et elle sourit, agitant un doigt en direction de Hel. « Vous êtes un sacré phénomène, jeune homme. Un véritable marchand de chevaux. Vous iriez loin dans les affaires. Vous avez tout ce qu'il faut pour faire un excellent businessman.
— Je ne retiendrai pas cette insulte. »
Mme Perkins éclata d'un rire qui fit tressauter son triple menton. « J'aurais adoré bavarder avec vous, fiston, mais des gens m'attendent dans un autre bureau. Nous avons un petit ennui avec une bande de jeunes qui manifestent contre l'une de nos centrales

nucléaires. Les jeunes ne sont plus ce qu'ils étaient autrefois, mais je les aime quand même, ces petits fous. (Elle s'extirpa du rocking-chair.) Mon Dieu, c'est bien vrai ce qu'on dit : « Le travail de la femme n'est jamais fini. »

Col de la Pierre-Saint-Martin

Non seulement Diamond était exaspéré et mort de fatigue, mais il se sentait ridicule à marcher comme ça dans cet épais brouillard, aveuglément accroché à la corde attachée à la ceinture du guide dont il n'apercevait qu'épisodiquement la silhouette fantomatique à moins de trois mètres devant lui. La corde qui lui ceignait la taille se perdait derrière lui dans la brume lumineuse, pour finir entre les mains crispées de Starr, attaché à son tour à Haman, le stagiaire de l'O.L.P. qui gémissait à chaque pause, assis sur les rochers humides du col de montagne. L'Arabe n'était pas habitué à des exercices physiques aussi prolongés ; ses chaussures de montagne neuves lui meurtrissaient les chevilles, et il avait les muscles de l'avant-bras tétanisés par l'effort qu'il faisait pour s'accrocher à la corde qui le reliait aux autres, terrifié à l'idée de perdre le contact et de se retrouver seul dans cet endroit désolé. Cela ne ressemblait pas du tout à ce qu'il imaginait lorsqu'il s'était admiré dans la glace de sa chambre à Oñate deux jours auparavant, silhouette romantique en vêtements et chaussures de montagne, son lourd Magnum dans l'étui pendu à son côté. Il s'était même entraîné à dégainer aussi vite qu'il le pouvait, contemplant dans la glace le professionnel au regard d'acier. Il se souvenait de son excitation dans la prairie, un mois auparavant, lorsqu'il avait vidé son arme dans le corps de cette juive, après que Starr l'eut abattue.

Plus encore que les désagréments physiques de cette montée, les chansons et les fredonnements du vieux guide irritaient Diamond au plus haut point. Le vieil homme noueux traçait lentement son chemin, évitant les orifices des avens pleins de brume épaisse dont il mimait les dangers avec force gesticulations, bouche et yeux grands ouverts, bras battant l'air, imitant comiquement les gestes d'un homme en train de faire une chute mortelle, pour finir par joindre les mains et lever des yeux malicieux vers le ciel. Non seulement la mélopée nasale du Basque exacerbait Diamond, mais la voix semblait venir de partout à la fois, effet de l'écho créé par le jour blanc.

Diamond avait tenté de questionner le guide sur la longueur du trajet qui restait à parcourir dans cette soupe, n'obtenant pour seule réponse qu'un sourire et un signe de tête.

Quand le Basque espagnol qui les pilotait leur avait présenté le vieux guide, Diamond avait demandé s'il parlait anglais, mais le petit homme avait eu un large sourire et répondu : « Un petit peu. » Quand, un peu plus tard, Diamond avait demandé combien de temps ils mettraient pour arriver à destination, le guide avait répondu : « Un petit peu. » La réponse était suffisamment étrange pour que Diamond eût envie de savoir son nom. « Un petit peu. »

Oh ! bravo ! Splendide !

Diamond comprenait pourquoi le président l'avait envoyé régler cette affaire personnellement. Lui faire confiance sur une information aussi explosive était une marque d'estime, particulièrement bienvenue après la froideur des relations avec Ma depuis la mort des Septembristes dans l'explosion de l'avion. Mais voici trois jours qu'ils étaient en montagne, attachés comme des enfants jouant à colin-maillard, avançant péniblement dans cette brume aveuglante et douloureuse. Ils avaient passé une nuit froide et inconfortable à même le sol rocheux, après un dîner de pain dur, de saucisse grasse et forte à vous emporter la bouche et de vin rugueux qui sortait d'une espèce de sac de peau dont Diamond n'avait pas su se servir. Encore combien de temps faudrait-il pour parvenir au repaire du Gnome ? Si seulement ce paysan stupide pouvait s'arrêter de chantonner.

C'est ce qu'il fit à l'instant même. Diamond faillit se cogner dans le guide qui arborait un grand sourire, immobile au milieu du petit plateau couvert de rochers épars où s'ouvraient les gouffres dangereux qu'ils avaient évités tout au long de leur progression.

Quand Starr et Haman les rejoignirent, le guide leur fit signe de s'arrêter, pendant qu'il partait en avant pour une raison ou une autre.

« Combien de temps partez-vous ? demanda Diamond, accentuant chaque mot séparément.

— Un petit peu », répondit le guide, et il disparut dans le nuage épais. Un instant plus tard, sa voix leur parvint, de tous les côtés à la fois : « Installez-vous confortablement, mes amis. »

« Cette peau de fesse parle américain ! dit Starr. Qu'est-ce que ça veut dire ? »

Diamond secoua la tête, mal à l'aise dans le silence lourd et profond.

Les minutes passèrent. La sensation du danger et de l'isolement devint assez forte pour arrêter les gémissements de l'Arabe. Starr sortit son revolver et l'arma.

A la fois proche et lointaine, la voix de Nicholaï Hel avait sa douceur caractéristique. « Avez-vous compris, à présent, Diamond ? »

Ils s'efforcèrent de percer la lumière aveuglante. Rien.

« Jésus H. Christ ! » murmura Starr.

Haman se remit à gémir.

A moins de dix mètres d'eux se tenait Hel, invisible dans le jour blanc éclatant. La tête inclinée sur le côté, il se concentrait pour distinguer les trois sources d'énergie différentes émanant des trois hommes. Son sens de la proximité lui signalait un état de panique chez les trois, mais de qualité variable. L'Arabe s'effondrait. Starr était sur le point de tirer au hasard dans la brume. Diamond essayait de se contrôler.

« Dispersez-vous », chuchota Starr. C'était le professionnel.

Hel sentit Starr se déplacer vers la gauche, tandis que l'Arabe rampait à quatre pattes vers la droite, tâtonnant devant lui pour repérer le bord d'un gouffre invisible. Diamond restait sur place.

Hel arma les deux chiens de chacun des fusils courts, cadeau de l'industriel hollandais. L'aura de Starr se rapprochait sur la gauche. Hel serra la crosse aussi fermement qu'il le pouvait, dirigea son arme vers le centre de l'aura projetée par le Texan, et pressa sur la détente. Le vacarme de l'explosion simultanée des deux cartouches fut assourdissant. Le cône de dispersion des dix-huit billes d'acier déchira la brume, et pendant un instant Hel put voir Starr projeté en arrière, bras écartés, pieds soulevés de terre, son visage et sa poitrine déchiquetés. Le jour blanc se referma instantanément, et scella la déchirure dans le brouillard.

Hel lâcha le pistolet. La douleur causée par le recul lui élançait l'épaule.

Les oreilles bourdonnantes du bruit de la détonation, l'Arabe gémissait de plus en plus. Chacune de ses fibres le poussait à s'enfuir, mais vers où ? Il s'agenouilla, immobile à quatre pattes, tandis qu'une tache brune s'élargissait à l'entrejambe de son pantalon kaki. Il rampa au ras du sol, centimètre par centimètre, s'efforçant d'y voir à travers la brume éblouissante. Un rocher se dessina devant lui, forme grise et floue, qui n'apparut réellement qu'au moment où il le toucha, l'entoura de ses bras, sanglotant doucement.

La voix de Hel était sourde et proche. « Cours, gardien de chèvres. Cours. »

L'Arabe suffoqua et fit un bond en avant. Son dernier cri se répercuta interminablement, tandis qu'il disparaissait dans l'ouverture du gouffre profond et allait s'écraser avec un bruit mat, loin dans l'abîme.

Le fracas de pierres qui s'étaient détachées décrut peu à peu. Hel s'adossa au rocher et respira longuement, le second fusil à canon court au bout de son bras. Il dirigea son attention vers Diamond, toujours recroquevillé, immobile dans le brouillard, en avant de lui et légèrement sur la gauche.

Après le hurlement de l'Arabe, le silence résonnait dans les tympans de Diamond. Il respirait difficilement par la bouche, sans faire de bruit, balayant des yeux le rideau opaque, de droite à gauche, la peau brûlante dans l'anticipation de la douleur.

Dix secondes d'éternité. Il entendit la voix sourde de Hel. « Eh bien ? N'est-ce pas ce que vous aviez imaginé, Diamond ? Vous vivez aujourd'hui les fantasmes de virilité de l'homme de l'organisation. Le neow boy face au *yojimbo*. N'est-ce pas drôle ? »

Diamond tourna la tête de côté et d'autre, essayant désespérément de découvrir d'où venait la voix. Rien à faire. Elle venait de partout.

« Laissez-moi vous aider, Diamond. Vous êtes maintenant à environ huit mètres de moi. »

Dans quelle direction ? Dans quelle direction ?

« Vous pourriez essayer de tirer, Diamond. Vous auriez peut-être de la chance. »

Ne pas parler ! Il tirera dans la direction de ma voix !

Diamond leva le lourd Magnum qu'il tenait à deux mains et tira dans le brouillard. A gauche, à droite, encore à gauche. « Salaud ! criait-il en tirant. Salaud ! »

Deux fois, le chien résonna sur la culasse vide.

« Salaud ! » Il abaissa péniblement son arme, le haut du corps tremblant de peur et de désespoir.

Hel toucha le lobe de son oreille du bout du doigt. Il était collant et douloureux. Un éclat de rocher projeté par une balle perdue, sans doute. Il leva son second pistolet vers la zone d'où émanaient les pulsations rapides de l'aura en proie à la panique.

Et il s'arrêta. Abaissa le pistolet. A quoi bon ?

Ce jour blanc inattendu avait transformé la vengeance prévue en un massacre mécanique d'animaux acculés. Il n'y avait aucune satisfaction, aucune démonstration d'adresse et de courage. Sachant qu'ils seraient trois, et bien armés, Hel n'avait emporté que les deux pistolets avec lui, se limitant à deux coups. Il avait pensé jouer une partie bien disputée.

Mais ça ? Ce marchand à bout de nerfs, là dans le brouillard ? Bien trop méprisable pour être puni.

Hel s'éloigna de son rocher, sans bruit, laissant Diamond prisonnier du jour blanc, seul et terrorisé, s'attendant à être transpercé par le grondement de la mort à tout instant.

Il s'arrêta. Diamond était au service de la Mother Company, un valet de l'organisation. Hel pensa aux installations de forage sous-marin qui contaminaient les océans, aux mines à ciel ouvert qui dévastaient la terre, aux pipe-lines dans la toundra, aux centrales nucléaires. Il se souvint de l'adage : « Qui doit se charger des choses cruelles ? Celui qui le peut. » Et avec un grand soupir et une sensation de dégoût au fond de la gorge, il se retourna et leva son arme.

Le hurlement dément de Diamond fut pris entre le rugissement de l'arme et son écho. Le trou dans la brume permit à Hel d'apercevoir le corps disloqué qui se tordait en l'air avant de retomber dans le mur de vapeur.

Hana était totalement soumise ; elle n'avait pour armes que ses gémissements voluptueux et les contractions vaginales rythmées auxquelles elle était experte. Hel avait l'avantage de l'interruption, son endurance assistée par la nécessité de contrôler étroitement son mouvement, car dans leur position extrêmement compliquée, la plus légère erreur pouvait les blesser. En dépit de cet avantage, c'est lui qui fut amené à murmurer « Démon ! » entre ses dents serrées.

Dès qu'elle fut certaine qu'il s'abandonnait, elle se cambra et le rejoignit dans la jouissance, avec un plaisir exprimé sans retenue.

Quelques minutes après, il sourit et secoua la tête :

« Il semblerait que j'aie encore perdu.

— On dirait », rit-elle.

Hana était assise dans l'embrasure de la porte de la petite pièce aux tatamis, face aux ruines calcinées du jardin, son kimono sur les hanches, nue jusqu'à la taille pour recevoir le massage et les caresses qui étaient le prix convenu de leur jeu. Hel, à genoux derrière elle, effleurait sa colone vertébrale du bout des doigts, créant des vagues électriques qui lui remontaient le long de la nuque, jusqu'à la racine des cheveux.

Les yeux dans le vide, le visage détendu, Hel s'abandonnait à une joie mélancolique, mêlée de paix automnale. Il avait pris une décision définitive, la nuit précédente, et cette décision avait été récompensée.

Il était resté des heures seul, à genoux dans la salle d'armes, étudiant les connexions des pions sur le damier. Tôt ou tard, la Mother Company percerait ses fragiles défenses, c'était inévitable. Ils finiraient par découvrir la mort de M. de Lhandes, ou encore les révélations sur la mort de Kennedy seraient publiées — et ils se mettraient sur sa piste.

Il pouvait lutter, couper bien des tentacules de cette hydre sans visage, mais ils finiraient par l'avoir. Probablement avec quelque chose d'aussi impersonnel qu'une bombe, ou d'aussi ironique qu'une balle perdue. Où était la dignité dans tout cela ? Le *shibumi ?*

Pour le moment, les grues étaient au nid. Il pouvait vivre dans la paix et la tendresse aux côtés de Hana jusqu'à ce qu'elles se mettent à sa poursuite. Ensuite, il se retirerait volontairement. De sa propre main.

Dès qu'il eut atteint ce stade de compréhension du jeu, et qu'il sut où se trouvait la seule voie vers la dignité, Hel sentit s'éloigner toutes ces années de dégoût et de haine. Une fois déconnecté du futur, le passé n'était plus qu'une suite insignifiante d'événements mineurs, ni puissants ni douloureux.

Il ressentit le besoin de faire le bilan de son existence, d'examiner le peu de choses qu'il avait emmené avec lui. Tard dans la nuit, avec le vent du sud mugissant dans la toiture, Nicholaï resta agenouillé devant la table laquée sur laquelle deux choses étaient disposées : les *Go-ke* que lui avait offerts Kishikawa-san, et le formulaire de condoléances, à la pliure déchirée à force d'avoir été ouverte et refermée, qu'il avait emporté de la gare de Shimbashi parce que c'était tout ce qui restait du vieil homme mort dans la nuit.

Pendant toutes ces années d'existence errante en Occident, il avait porté en lui trois points d'ancrage spirituels : les *Go-ke,* symbole de son affection pour son père adoptif, la lettre défraîchie qui symbolisait l'âme japonaise, et son jardin — non le jardin aujourd'hui détruit, mais l'idée du jardin, dont ce bout de terre n'était qu'une pâle interprétation. Avec ces trois choses, il se sentait riche et heureux.

L'esprit maintenant libéré, il voguait d'une impression à un souvenir quand, tout naturellement, il se retrouva dans la prairie triangulaire, mêlé au soleil doré et à l'herbe.

Enfin chez lui... après tant d'années d'errance.

« Nikko ?

— Hmm ? »

Elle frottait son dos à la poitrine de Nicholaï. Il la serra contre lui en lui embrassant les cheveux.

« Nikko, es-tu bien sûr de ne pas m'avoir laissé gagner ?

— Et pourquoi aurais-je fait cela ?

— Parce que tu es un peu bizarre. Et plutôt gentil.

— Je ne t'ai pas laissé gagner. Et pour te le prouver, la prochaine fois, nous parierons le gage le plus fort. »

Elle rit doucement et il la serra encore plus fort, prenant ses seins dans le creux de ses mains.

« La seule consolation dans tout ceci, c'est ton jardin, Nikko. Je suis heureuse qu'ils l'aient épargné. Après toutes les années d'amour et de travail que tu lui as consacrées, j'aurais eu le cœur brisé s'ils avaient abîmé ton jardin.

— Je sais. »

Il n'y avait aucune raison de lui dire que le jardin était détruit.

Il était temps de prendre le thé qu'il avait préparé.

Achevé d'imprimer le 20 mars 1981
sur presse CAMERON
dans les ateliers de la S.E.P.C.
à Saint-Amand-Montrond (Cher)
pour
les éditions Robert Laffont

Dépôt légal : 1er trimestre 1981.
N° d'Édition : M 021. N° d'Impression : 412-220